StarTrek
Die neuen Abenteuer des Raumschiffs Enterprise

David Gerrold *Mission Farpoint*

Gene Deweese *Die Friedenswächter*

Carmen Carter *Die Kinder von Hamlin*

Drei Romane in einem Band

WILHELM HEYNE VERLAG
MÜNCHEN

HEYNE ALLGEMEINE REIHE
Nr. 01/9112

3. Auflage

Printed in Germany 1997
Quellenverzeichnis: s. Anhang
Umschlagillustration: Cintron / Pocket Books
Umschlaggestaltung: Atelier Ingrid Schütz, München
Gesamtherstellung: Elsnerdruck, Berlin

ISBN 3-453-07563-3

INHALT

QUELLENVERZEICHNIS

David Gerrold MISSION FARPOINT/Encounter at Farpoint

Aus dem Englischen von Andreas Brandhorst
(Der Titel erschien bereits in der Reihe »Heyne Science Fiction & Fantasy« mit der Band-Nr. 06/4589 in der 5. Auflage.)

Gene Deweese DIE FRIEDENSWÄCHTER/The Peacekeepers

Aus dem Englischen von Andreas Brandhorst
(Der Titel erschien bereits in der Reihe »Heyne Science Fiction & Fantasy« mit der Band-Nr. 06/4646 in der 4. Auflage.)

Carmen Carter DIE KINDER VON HAMLIN/The Children of Hamlin

Aus dem Englischen von Andreas Brandhorst
(Der Titel erschien bereits in der Reihe »Heyne Science Fiction & Fantasy« mit der Band-Nr. 06/4685 in der 3. Auflage.)

DAVID GERROLD

Mission Farpoint

PROLOG

Als Captain Jean-Luc Picard die *Enterprise* zum erstenmal sah, beeindruckte ihn ihre anmutige Eleganz. Es schien *richtig* zu sein, daß ein so großes und mächtiges Gebilde auch ästhetischen Ansprüchen genügte. Er hielt es für durchaus angebracht, daß Raumschiffe sowohl Stärke als auch Kunst demonstrierten.

Als Captain Jean-Luc Picard die *Enterprise* zum drittenmal sah, beobachtete er sie aus einer anderen Perspektive, und dabei fiel ihm der besondere Scherz des Konstrukteurs auf. Ein dünnes, fast unmerkliches Lächeln zeigte sich in seiner normalerweise unbewegten und steinernen Miene. Raumschiffe galten immer als ›weiblich‹ – doch die *Enterprise* wirkte weiblicher als alle anderen. Aus irgendeinem Grund gefiel ihm diese Vorstellung. Er nahm sich vor, sich später nach dem Grund zu fragen und eingehender darüber nachzudenken. Seit Celestes Tod hatte er kaum mehr Überlegungen in Hinsicht auf irgendwelche Beziehungen angestellt.

Als Captain Jean-Luc Picard die *Enterprise* zum siebtenmal sah, kam er mit dem Auftrag, das Kommando über sie zu übernehmen.

Die Tradition verlangte, daß der neue Captain eines Schiffes mit einem Shuttle eintraf, so daß man ihn mit einem Pfeifensignal an Bord begrüßen konnte. Dieser Brauch war fast hundert Jahre alt und reichte bis in jene Zeit zurück, als der legendäre Admiral James T. Kirk mit der ersten *Enterprise* aufgebrochen war. (Kaum jemand erinnerte sich daran, daß Kirk damals nur deshalb ein Shuttle benutzt hatte, weil der Bordtransporter eine Fehlfunktion aufwies.)

Picard war nicht abergläubisch, aber es handelte sich um die *Enterprise*, und er empfand es als angemessen, eine Tradition fortzusetzen, die mit dem ersten Raumschiff dieses Namens begonnen hatte.

Als Jean-Luc Picard zum erstenmal durch die Korridore der neuen *Enterprise* wanderte, erweckte alles um ihn herum den Eindruck von absoluter Neuheit. Es schien, als sei das Schiff noch nicht zum Leben erwacht, als stelle es kaum mehr als eine Vision dar. Er wußte, daß sich dieses Gefühl innerhalb kurzer Zeit verflüchtigen würde, aber er spürte ein vages Unbehagen.

Ein Androide begrüßte ihn an Bord.

»Data?« fragte er, als gebe es irgendwelche Zweifel. Die Haut des Kunstwesens schimmerte in einem goldfarbenen Ton, und es hatte den Anschein, als glühten die gelben Augen von innen heraus. Das Haar war glatt nach hinten gekämmt, auf eine nicht sehr attraktive Art und Weise.

Der Androide bestätigte seinen Namen mit einem knappen Nicken und salutierte.

Picard zögerte und erwiderte den Gruß dann. Es gab einige Starfleet-Offiziere, die nicht viel von solchen Förmlichkeiten hielten. Manche erachteten sie als anachronistisch in Hinblick auf eine Raumflotte, der keine unmittelbaren militärischen Aufgaben zukamen. Andere wiederum sahen darin einen Tribut an die vielen Jahrhunderte der Raumfahrt, ein traditionelles Erbe der maritimen Entdeckungsreisenden, die einst die irdischen Meere und Ozeane erforscht hatten. Picard akzeptierte das Ritual, obgleich er nicht alle Dinge schätzte, die darin zum Ausdruck kamen.

Dieser Augenblick – die erste Minute an Bord eines Schiffes – war nie angenehm. Picard sah sich um, musterte die Ehrenwache, die einige Schritte entfernt steifbeinig Haltung angenommen hatte, und entschied, die angespannte Atmosphäre ein wenig aufzulockern. Er streckte Data die Hand entgegen. »Es freut mich sehr, Sie kennenzulernen. Ich habe mich mit Ihrer Akte befaßt und fand sie recht interessant.«

»Danke, Sir.«

Die Hand des Androiden fühlte sich sonderbar kühl an – viel zu kalt, um mit der eines Menschen verwechselt werden zu können. Seltsam, dachte Picard und beschloß, Data später zu bitten, ihm über seinen persönlichen Hintergrund Auskunft zu geben.

»Zur Brücke geht es hier entlang, Sir.«

»Danke. Darf ich Sie etwas fragen, Commander?«

»Sir?«

»Ihr Name klingt ungewöhnlich. Data...«

»Ich habe mich selbst dafür entschieden, Sir. Ich liebe es, Informationen zu sammeln. Tatsächlich *bin* ich geballtes Wissen. Mein Körper ist nichts weiter als ein Behälter für Daten, und mein Wesen wird von der Summe dessen bestimmt, was in den Speicherbänken der hiesigen Computer enthalten ist. Gibt es eine bessere Bezeichnung für mich, um meine Funktion zu beschreiben?« Das freundliche Lächeln Datas schien irgendwie fehl am Platze zu sein.

Picard nickte. Es ergab einen gewissen Sinn.

Als Captain Jean-Luc Picard zum erstenmal die Brükke des Raumschiffs *Enterprise* betrat, überraschte es ihn, wie *leer* sie aussah. Der Unterschied zur alten *Stargazer* war enorm.

Nur drei Offiziere hielten sich in der Kommandozentrale auf, und dadurch wirkte sie unterbesetzt. Sie standen auf und drehten sich um, als der Captain hereinkam. Picard erkannte Worf, den Klingonen; er war auch kaum zu übersehen. Die anderen würde er in Kürze kennenlernen.

Er trat von der hufeisenförmigen Erhebung im rückwärtigen Bereich der Brücke herunter, näherte sich dem Befehlsstand und spürte dabei erwartungsvolle Blicke auf sich ruhen. Jean-Luc Picard nahm im Sessel des Captains Platz und fragte sich, ob er sich dort wohl fühlte. Die Antwort lautete: ja.

»Computer?«

»Ja?«

»Kannst du mich identifizieren?«

»Die Analyse des Stimmusters deutet darauf hin, daß Sie Captain Jean-Luc Picard sind. Sie haben die Anweisung, heute den Befehl über das Raumschiff *Enterprise*, NCC-1701-D, zu übernehmen.«

»Hiermit beanspruche ich das Kommando.«

»Registriert«, erwiderte der Computer.

»Schalte das elektronische Logbuch ein.«

»Aufzeichnung läuft.«

Picard räusperte sich. »Sternzeit 41150.7. Logbuch des Captains. Erster Eintrag: Dies sind die Ziele des Raumschiffs *Enterprise*. Unsere Aufgabe besteht darin, neue Welten zu erforschen, neues Leben und fremde Zivilisationen, dorthin vorzustoßen, wo vor uns noch kein Mensch gewesen ist. Ende.«

Picard sah die Offiziere an. Ihre Gesichter strahlten, und plötzlich applaudierten sie ihm.

Picard reagierte mit einer gewissen Verlegenheit und hob die Hand. »Warten Sie damit, bis es einen wirklichen Grund dafür gibt.«

Dann zog er sich in sein Büro zurück.

Erfreut stellte er fest, daß sein Aquarium bereits installiert worden war. Die Löwenfische waren sein einziges Laster. Er liebte es, ihnen zuzusehen. Picard setzte sich hinter den Schreibtisch und schob sein persönliches Speichermodul in das entsprechende Lesegerät. Auf diese Weise erhielt der Captain Zugang zu den nur für ihn bestimmten Dateien des Hauptcomputers.

»Ich habe einige Nachrichten für Sie, Sir«, erklang die leise Sprachprozessorenstimme des Computers.

Picard blickte auf den dunklen Schirm. Die meisten Botschaften gratulierten ihm zu seinem neuen Kommando. Zwei von ihnen wiesen die Insignien Starfleets auf. Eine davon bestätigte seine ursprüngliche Order, und die andere war mit einem speziellen Code geschützt und ließ sich erst dechiffrieren, wenn die *Enter-*

prise den Flug nach Farpoint Station angetreten hatte. Darüber hinaus wurde ihm ein Gruß von Admiral Hidalgo übermittelt.

Jean-Luc neigte nicht dazu, an sich selbst zu zweifeln, aber... das Raumschiff *Enterprise* war der Stolz der ganzen Flotte. Und ihr Captain trug eine ganz besondere Verantwortung. Demjenigen, den man zu ihrem Kommandanten ernannte, wurde große Ehre zuteil.

Aber das war noch nicht alles.

Picard erinnerte sich an eine apokryphe Geschichte, die in diesem Zusammenhang in Starfleet kursierte. Man erzählte sich, James T. Kirk habe einmal behauptet, das Kommando über die *Enterprise* käme einem Liebesakt im Scheinwerferlicht gleich – jede einzelne Bewegung werde aufmerksam beobachtet. Die Worte klangen wirklich so, als könnten sie von Kirk stammen, aber andererseits... Man schrieb dem legendären Admiral derart viel zu, daß es keine Möglichkeit mehr gab, zwischen Tatsachen und bewundernden Ausschmükkungen zu unterscheiden. Mit einem Anflug von Erheiterung dachte Picard daran, daß selbst beiden Vulkaniern, die solchen Wert auf emotionsfreie Logik legten, entsprechende Gerüchte im Umlauf waren.

Doch es gab einen anderen Grund für die dumpfe Besorgnis Picards.

Er wußte, daß er nun den Höhepunkt seiner Karriere erreicht hatte, den Posten, den er sich schon seit zwanzig Jahren wünschte. Er fragte sich, ob er imstande war, den damit einhergehenden Anforderungen gerecht zu werden – oder aber versagte. Er erinnerte sich an einige andere Kommandanten, die mit großer Verantwortung betraut worden waren – fähige Männer und Frauen, ausgestattet mit Mitgefühl und ausgeprägtem Beurteilungsvermögen, Menschen, in denen man Garanten für Erfolg sah – und die trotzdem das in sie gesetzte Vertrauen enttäuschten. Picard hatte sich eingehend mit ihren Akten befaßt, um den Grund dafür zu ermitteln, nach Parallelen in ihren beruflichen Laufbahnen zu suchen – in der Hoffnung, dadurch seine eigenen Schwächen zu entdecken.

Er fand dabei nur die Möglichkeit der *Hybris* – eines ganz besonderen Hochmuts, der vor dem Fall kam. Hinter jedem Scheitern stand als Ursache das blinde Vertrauen des Captains in die eigenen Fähigkeiten, die unerschütterliche Überzeugung, in jeder Hinsicht *rechtmäßig* zu handeln. Die Konsequenzen blieben nicht aus: Die betreffenden Kommandanten wurden engstirnig, stur und büßten einen großen Teil ihrer Flexibilität ein.

Picard schüttelte den Kopf. Seit einiger Zeit empfand er diesen Gedanken immer mehr als Belastung. Er seufzte leise, beugte sich vor und rief mit einem Tastendruck die Botschaft Admiral Hidalgos ab.

»Ich habe Ihnen bereits meinen Glückwunsch ausgesprochen, Jean-Luc. Jetzt sollte ich vielleicht einen mütterlichen Rat hinzufügen.«

Picard lächelte, als er diese Worte vernahm. Seit seinem vierzehnten Geburtstag hatte er weder väterliche noch mütterliche Ratschläge bekommen.

Die Frau auf dem Schirm bedachte ihn mit einem wohlwollenden Blick und fuhr fort: »Ich kenne Sie, Jean-Luc. Wahrscheinlich sitzen Sie jetzt an Ihrem Schreibtisch und grübeln darüber, ob Sie die Bürde der Verantwortung tragen können, die das Kommando über die *Enterprise* mit sich bringt. Vertrauen Sie mir: Ich bin sicher, Sie werden damit fertig.« Hidalgos breites Gesicht erhellte sich bei diesen Worten, und sie nickte zuversichtlich. Trotz ihres Alters war die Frau noch immer recht attraktiv.

»Ich weiß, was in Ihnen vor sich geht, Jean-Luc. Und deshalb ist mir auch klar, daß Sie sich zu viele Sorgen machen. Sie glauben, Raumschiffkommandanten sollten nicht an sich selbst zweifeln. Vielleicht glauben Sie sogar, ein schlechter Captain zu sein. Nun, ich möchte Ihnen etwas erklären, Jean-Luc. Sie stellen sich nicht etwa selbst in Frage. Ganz im Gegenteil: Sie bestätigen sich. Immer wieder prüfen Sie Ihre Entscheidungen und versuchen festzustellen, ob Sie etwas übersehen haben, ob es irgendwelche wichtigen Faktoren gibt, die eine neue Situationsbewertung erforderlich machen.

Und gerade aus diesem Grund wählten wir Sie aus. Besser gesagt: Sie boten sich von selbst für die Stellung an, die Sie nun bekleiden. Sie sind außerordentlich gründlich und wollen ganz sicher sein, daß Ihnen kein Fehler unterläuft. Deshalb hatten Sie als Starfleet-Offizier solchen Erfolg. Und deshalb geben wir Ihnen das beste Raumschiff der ganzen Flotte.

Und auch die beste Mannschaft. Sie können stolz sein auf die Mitglieder Ihrer Besatzung. Sie alle haben sich mehrfach ausgezeichnet. Nutzen Sie ihre Fähigkeiten. Vertrauen Sie ihnen. Fordern Sie sie heraus und geben Sie ihnen die Möglichkeit, sich zu beweisen. Bestimmt wird Sie niemand enttäuschen.

Oh, und noch etwas«, fügte die ältere Frau hinzu. »Vermutlich fragen Sie sich jetzt, woher ich weiß, was Ihnen durch den Kopf geht.«

Picard verzog das Gesicht. Vielleicht trafen die Gerüchte zu, die behaupteten, Admiral Hidalgo sei telepathisch begabt.

»Das hat nichts mit Magie zu tun, Jean-Luc. *Jeder* Captain macht eine solche Phase durch, wenn man ihn einem neuen Schiff zuweist. Ich habe solche Botschaften schon vielen Kommandanten übermittelt.« Sie lächelte. »Und jetzt verrate ich Ihnen das Geheimnis, wie man selbst die schwierigsten Situationen meistert. Gehen Sie immer vom Schlimmsten aus. Und sorgen Sie dafür, daß es nicht dazu kommt.

Meine besten Wünsche begleiten Sie, Jean-Luc. Ich bin sicher, Sie verstehen es, alle Probleme zu lösen.«

Picard schaltete das Lesegerät ab, lehnte sich in seinem Sessel zurück und lachte schallend.

KAPITEL 1

Jean-Luc Picard gab es rasch auf zu zählen, wie oft er die Brücke der *Enterprise* bereits betreten hatte. Mit jedem neuen Aufenthalt in der Kommandozentrale wuchs seine liebevolle Begeisterung für das Schiff. Der Anblick, den es bot, die Geräusche, der besondere Geruch, das leise Murmeln der Offiziere und die gelegentlich erklingende Stimme des Bordcomputers – all diese Dinge vermittelten ihm einen unmittelbaren Eindruck vom *Wohlbefinden* des Raumschiffes.

Derzeit vernahm er Laute der Zufriedenheit.

Das riesige Schiff der Galaxis-Klasse unterschied sich völlig von dem Explorer seines ersten Kommandos, der *Stargazer,* mit dem ihn noch immer melancholische Erinnerungen verbanden. Es war sogar noch wesentlich größer und leistungsfähiger als jene Einheit der Constitution-Klasse, die zum erstenmal die Bezeichnung NCC-1701 und den Namen *Enterprise* getragen hatte.

Picards aufmerksamer Blick glitt durch die Brücke, und eine Zeitlang beobachtete er die Offiziere. Sie arbeiteten routiniert und offenbarten dabei eine Sicherheit, die Admiral Hidalgos Angaben zu bestätigen schien. Lieutenant Natasha Yar sah auf ihre Konsole und runzelte die Stirn. Sowohl die Waffenkontrolle als auch die Taktische Station gehörten zu der etwas höher installierten hufeisenförmigen Kontrolleinheit hinter dem Sessel des Captains.

Tasha war eine der in körperlicher Hinsicht perfektesten jungen Frauen, die Picard jemals gesehen hatte. Man konnte sie nicht direkt als schön bezeichnen – zumindest fehlte ihr die Anmut, an die sich Jean-Luc Picard von Celeste her erinnerte. Andererseits: In dieser Hinsicht konnte es kaum jemand mit Celeste aufnehmen. Trotzdem bot Tasha einen beeindruckenden Anblick; ihre hellgrünen Augen standen in einem angenehmen Kontrast zu dem kurzen, blonden Haarschopf.

Der große klingonische Lieutenant Worf saß an der Funktionsstation weiter vorn. Er war sehr stolz auf seine klingonische Abstammung, und Picard hatte bereits bemerkt, daß es ihm nach wie vor schwerfiel, seine natürliche Aggression unter Kontrolle zu halten. Offenbar hielt sich Worf noch immer in erster Linie für einen *Soldaten*.

Picard lächelte bei diesem Gedanken. Worf mußte noch eine Menge lernen. Es gab ein Starfleet-Sprichwort, das lautete: »Jedes militärische Unternehmen ist von vorneherein zum Scheitern verurteilt.« Mit anderen Worten: In einem solchen Fall verletzte der Captain seine Pflicht als Friedensbewahrer. In diesem Zusammenhang existierte auch noch ein anderes geflügeltes Wort: »Selbst die größte Armee bleibt immer nur die zweitbeste.« Auch in der Mitte des vierundzwanzigsten Jahrhunderts kam es immer noch zu Kontroversen über militärische Bereitschaft.

Die Besatzung der *Enterprise* war wesentlich größer als die der meisten anderen Raumschiffe in der Flotte: rund achthundert Personen, wenn man auch die Wissenschaftler und Techniker der verschiedenen Bereiche berücksichtigte. Für die Überwachung der diversen Schiffsfunktionen wurden jedoch kaum mehr Leute benötigt als bei den alten Constitution-Einheiten. Darüber hinaus hielten sich noch etwa zweihundert weitere Personen an Bord auf, die nicht direkt zur Mannschaft gezählt werden konnten: Ehefrauen und -männer, auch Kinder. Starfleet sah für die Raumschiffe der Galaxis-Klasse Reisen vor, die zehn bis fünfzehn Jahre dauern mochten, und deshalb war es nur angebracht, auch die Familienangehörigen mitzunehmen. Picard war zum erstenmal mit einer solchen Situation konfrontiert, und die Vorstellung, daß sich seine Verantwortung auch auf

Zivilisten erstreckte, insbesondere auf Kinder, behagte ihm nicht sonderlich.

Gerade über diesen Punkt hätte er gern mit seinem Ersten Offizier gesprochen – doch der entsprechende Sessel war noch unbesetzt. Die restlichen Besatzungsmitglieder zur Vervollständigung der Crew warteten in Farpoint Station auf sie: Zu ihnen gehörten auch der Bordarzt und die neue Nummer Eins.

Picard hatte sich schon mehrfach mit dem Bericht über seinen Ersten Offizier beschäftigt und versucht, ein Bild von ihm zu gewinnen. Commander William T. Riker, zweiunddreißig Jahre alt, zuvor stellvertretender Kommandant der *Hood* und nun zur *Enterprise* versetzt. Sein dienstliches Führungszeugnis war nahezu tadellos, und außerdem hatte er es schon recht früh geschafft, in eine ziemlich hohe Position aufzusteigen – was nicht nur auf Ehrgeiz hindeutete, sondern auch Kompetenz. Allerdings hielt Picard die bisherige Karriere Rikers für *zu* perfekt. Offenbar hatte er es nie mit den Konsequenzen eines Fehlers zu tun bekommen. Vielleicht wußte er nicht einmal, was Versagen bedeutete. Picard fragte sich, ob Riker auch mit ausgesprochen kritischen Situationen fertig werden konnte – oder unter solchen Umständen sowohl die Nerven als auch das Selbstvertrauen verlor. Trotz all der Simulationen, Tests und psychologischen Analysen stellte sich erst im Ernstfall heraus, ob jemand fähig war, Verantwortung zu übernehmen.

Nun, das wird sich bald herausstellen, dachte Picard. *Wenn wir Farpoint Station erreichen.* Voller Stolz entsann sich Jean-Luc an seine besondere Gabe im Umgang mit Menschen. Er glaubte, sie gründete sich auf seine Bereitschaft, anderen Leuten zuzuhören und ihren Standpunkt zu verstehen. Er beschloß, Riker freundlich zu empfangen.

Farpoint Station – eine weitere Variable in einer Gleichung, für die es noch keine Lösung gab. Ein Rätsel.

Der Planet Deneb IV befand sich an der Peripherie des erforschten Raumbereichs. Als sich die erste Erkundungsgruppe auf die Oberfläche der öden Welt beamte, fand sie die Bandi, ein uraltes und kleines Volk, das in der einzigen Stadt lebte, die ihnen noch geblieben war. Die Bandi betrieben zwar keine Raumfahrt, aber sie verfügten über eine komplexe Technologie, die ihnen ein luxuriöses Dasein erlaubte und sie in die Lage versetzte, sich ganz auf Kunst und Wissenschaft zu konzentrieren. Das Kontaktteam hatte nur wenig über die Zivilisation der Bandi in Erfahrung gebracht, berichtete jedoch von einem erstaunlichen Reichtum an geothermischer Energie. Was die Grundlagen ihrer Technologie anging, erwiesen sich die Bewohner des Planeten als recht zurückhaltend. Ihr Oberhaupt, der alte *Groppler* Zorn, war fasziniert vom Starfleet-Konzept und den großen Raumschiffen, die durch die unendlichen Weiten des Alls reisten. Er hatte der Landegruppe viele Fragen gestellt und ihr anschließend etwas Erstaunliches versprochen: Wenn Starfleet einen regelmäßigen Handelsaustausch ermöglichte, würden die Bandi auf ihrer Heimatwelt einen modernen Raumhafen mit allen dazugehörigen Einrichtungen bauen.

Das lag inzwischen sechzehn Monate zurück. Die letzte Meldung besagte, daß Farpoint Station, eine hochmoderne Starbase, die denen der Föderation in nichts nachstand, fertig war und den ersten interstellaren Raumschiffen ihre Dienste anbot. Selbst die besten Analytiker Starfleets wußten nicht, wie die Bandi eine solche Leistung vollbracht hatten.

Picards Order lautete schlicht: *Finden Sie es heraus.*

Wie war so etwas möglich? Wie konnte eine allem Anschein nach nonindustrielle Kultur, die ein ruhiges und idyllisch anmutendes Leben führte, die weit und breit beste und modernste Starbase errichten? Starfleet würde nicht zögern, sie zu benutzen, aber zunächst ging es den Verantwortlichen darum, das Geheimnis zu lüften.

Das mochte einen längeren Aufenthalt in Farpoint Station bedeuten. Die letzte Ermittlungsgruppe hatte ebenfalls aufgeben müssen und war mit leeren Händen zurückgekehrt. Und auch die Bemühungen des offiziellen Kontaktteams blieben ergebnislos – obwohl es über Monate hinweg versuchte, Aufschluß zu gewinnen. Von Picard erwartete man, daß er innerhalb eines überschaubaren Zeitraums Antworten präsentierte.

»Schwierig«, murmelte Jean-Luc leise.

»Bitte, Sir?«

Picard hob den Kopf.

Data, sein Zweiter Offizier, sah ihn an, und in seinen gelben Augen glühte Neugier.

»Starfleets Anweisungen. Ich habe laut gedacht. Ich glaube, man gab uns einen recht schwierigen Auftrag. Finden Sie nicht auch, Data?«

»Wieso, Sir? Wir brauchen doch nur das Rätsel von Farpoint Station zu lösen.«

Lieutenant Commander Deanna Troi, die links von Picard saß, beugte sich vor, richtete ihre Aufmerksamkeit auf Data und lächelte sanft. »So einfach ist das.« Die Stimme der Beraterin klang melodisch, und ein leichter Akzent ließ sich nicht überhören. Als eine halbe Betazoidin besaß sie die Fähigkeit, telepathisch mit Betazoiden zu kommunizieren. Doch was andere Völker betraf, konnte sie mit Hilfe ihrer spirituellen Gaben nur starke Gefühle empfangen. Bei manchen Spezies versagten ihre Talente. Federation-Basic hatte sie von ihrem Vater gelernt, und ihr Tonfall wurde allgemein als sehr angenehm empfunden. Schon recht früh erkannte sie, daß sich andere Leute ihr mitteilen wollten und *zuhörten*, wenn sie etwas zu sagen hatte. Das war einer der Gründe für ihre Entscheidung, ausgerechnet diesen Beruf auszuüben. Als persönliche Ratgeberin des Captains fungierte sie unter anderem als Übersetzerin,

Anlaufstelle für Sorgen allgemeiner Art und als Vermittlerin zwischen dem Kommandanten, seiner Crew, den übrigen Besatzungsmitgliedern und allen Lebensformen, denen sie während einer Mission begegnen mochten.

Picard lächelte, als er ihre Bemerkung hörte. »Ja, Data. Vielleicht halten Sie die ganze Sache nur für ein Puzzle, das zusammengesetzt werden muß. Ich hingegen sehe darin auch ein logistisches, strategisches und diplomatisches Problem. Fest steht, daß ein fremdes Volk jene Starbase erbaut hat, Data. Wie soll ich einerseits eine für beide Seiten vorteilhafte Übereinkunft in Hinblick auf die Nutzung des Raumhafens als Zwischenlandestation für unsere Schiffe erzielen – und andererseits herumschnüffeln, um herauszufinden, wie und warum die Basis errichtet wurde? Dabei laufen wir Gefahr, die Bewohner Farpoints vor den Kopf zu stoßen.«

Data runzelte die Stirn. »Anfrage, Sir. Was bedeutet ›herumschnüffeln?‹«

Picard zwinkerte überrascht. »Data, ich dachte, Sie seien als eine Art Enzyklopädie für menschliches Wissen programmiert. Wie ist es möglich, daß Sie das Wort *herumschnüffeln* nicht kennen?«

Der Androide zögerte kurz, und Picard stellte sich vor, wie das Kunstwesen Informationen aus den internen Speicherbänken abrief. »Möglichkeiten. Eine Art des menschlichen Verhaltens, für deren Emulation ich nicht vorgesehen bin. Oder ein Jargon-Begriff, der nicht zu meinem Grundprogramm gehört. Vielleicht handelt es sich um eine archaische Form von...« Data brach verwundert ab.

»Der Ausdruck bedeutet ›spionieren, auskundschaften‹«, erklärte Picard.

»Oh!« machte Data und sah erfreut auf. »Etwas insgeheim in Erfahrung bringen, verstohlen erforschen, durchs Schlüsselloch sehen...«

»So in der Art«, sagte Picard und hob die Hand, um den Vortrag Datas zu beenden.

Troi lächelte und versuchte, wieder ernst zu werden.

»Bespitzeln, belauschen, stibitzen«, fuhr Data voller Enthusiasmus fort. »Abhören, ein wachsames Auge haben, kontrollieren, auf die Finger sehen, beschatten...« Data unterbrach sich erneut, als er den verärgerten Blick des Captains bemerkte. »Jetzt verstehe ich, Sir. Vielen Dank.«

Picard setzte zu einer Erwiderung an, um dem Androiden zu erklären, daß Starfleet ihn nicht etwa nur deswegen konstruiert hatte, damit er die Funktion eines Wörterbuchs für Synonyme wahrnahm, doch bevor er auch nur einen Laut von sich geben konnte, hörte er, wie Troi neben ihm aufstöhnte.

Sie erzitterte plötzlich und wäre fest aus dem Sessel gerutscht. »Captain...«

Picard drehte sich rasch zu ihr um. Troi krümmte sich zusammen, so als erlitte sie körperliche Schmerzen. Sie schien irgend etwas wahrzunehmen, was sich jenseits seines Erfahrungshorizonts verbarg – mentales Feuer, das ihre Gedanken versengte. »Captain!« brachte sie mühsam hervor. »Ich spüre eine... *mächtige* Präsenz...«

»Wo?« fragte Picard knapp.

Troi schnitt eine Grimasse und schüttelte den Kopf, konnte offenbar keine Antwort geben. Die ihr entgegenwogende psychische Flut ließ abrupt nach, als die Sirenen heulten. Die Betazoidin lehnte sich mit einem erleichterten Seufzen zurück; die anderen Offiziere auf der Brücke kontrollierten ihre Konsolen und starrten verwundert auf die Anzeigen der Instrumente. Data trat an die wissenschaftliche Station heran und veränderte die Justierungen einiger Geräte.

Worf runzelte die Stirn. »Die Detektoren registrieren etwas Seltsames, Sir.«

Zum zweitenmal erfolgte der Brückenalarm, und das laute Hupen übertönte die Stimme des Klingonen.

Gleichzeitig flackerte die Darstellung auf dem großen Wandschirm. Picard hielt unwillkürlich den Atem an, als er ein funkelndes Gitter sah, das sich über den ganzen Raumbereich vor ihnen erstreckte. Einerseits wirkte es geradezu gewaltig, andererseits auch so zart wie eine Spinnenwebe. Verblüfft beobachtete der Captain die geometrischen Formen.

Data sah von seiner Konsole auf, und in seinem Gesicht zeigte sich nur ein Hauch von Unruhe: Menschliche Besorgnis blieb Androiden weitgehend fremd. »Es scheint sich um ein festes Objekt zu handeln, Captain. Vielleicht haben wir es auch mit einem enorm starken Kraftfeld zu tun. In jedem Fall halte ich es für besser, eine Kollision zu vermeiden...«

Picard nickte und wandte sich an Lieutenant Torres. Der Offizier saß am Navigationspult neben Worf. »Gehen Sie auf Alarmstufe Gelb. Und schalten Sie den verdammten Lärm ab.«

Torres' Finger huschten über die Tasten, und das auf- und abschwellende Heulen der Sirenen verklang. »Alarmstufe Gelb, Sir.«

»Schilde und Deflektoren stabil, Sir«, meldete Worf. Tasha Yar aktivierte das Kommunikationsmodul ihrer Konsole, gab einen bestimmten Code ein und beobachtete den vorderen Turbolift.

Picard warf noch einmal einen Blick auf den Wandschirm. Das gleißende Gitter wuchs in die Breite, als die *Enterprise* näher herankam. Der Captain traf eine schnelle Entscheidung, drehte den Kopf und sagte wie beiläufig: »Geschwindigkeit auf null.«

»Aye, Sir«, bestätigte Torres.

Die schimmernden Energiegitter schienen so nahe zu sein, daß man nur die Hand auszustrecken brauchte, um sie zu berühren – obgleich die *Enterprise* noch eine knappe Lichtminute von der Barriere entfernt war.

»Wir sind jetzt stationär, Sir...«

Plötzlich knisterte das weiße Feuer eines Blitzes über

die Brücke. Direkt neben Picard gleißte grelles Licht aus einer Strukturlücke im Raum-Zeit-Gefüge. Aus einem Reflex heraus wichen die Offiziere zurück und schirmten die Augen ab.

Die Energiesäule zitterte – und verwandelte sich abrupt in eine menschliche Gestalt, die dicht vor Picards Kommandosessel stehenblieb. Für einige Sekundenbruchteile flimmerten ihre Konturen, doch dann verfestigten sie sich.

Ein humanoides Wesen.

Picard zwinkerte und konnte kaum glauben, was sich seinen Blicken darbot. Er sah einen Mann, der ein elisabethanisches Kostüm trug, ausgestattet mit den Metallteilen einer Zeremonienrüstung. Die Kleidung war in schwarzen, weißen und silbernen Tönen gehalten und entsprach bis ins letzte Detail der traditionellen Aufmachung: spitzenbesetzte Krausen am Hals und den Ärmeln, ein eng sitzendes Wams, Kniehose, hohe Stiefel. Die Gestalt hatte sich einen kurzen Umhang über die linke Schulter geworfen, und am Gürtel baumelte ein Paradeschwert. Picard sah kurzes Haar und einen spitz zulaufenden Vollbart. Unter dem linken Arm hielt das Wesen einen Helm.

Unmittelbar nach der Rematerialisierung richtete der Mann seine Aufmerksamkeit auf Picard und deutete eine Verbeugung an. Genau in diesem Augenblick öffnete sich die Tür des Turbolifts, und die Sicherheitsbeamten, die Tasha zur Brücke beordert hatte, traten vor. Der Fremde drehte sich ruhig um und nickte – woraufhin sich dicht vor dem Liftzugang eine kleinere Version des Energiegitters bildete und die verblüfften Wächter zurückschleuderte. Kurz darauf schloß sich die Tür wieder.

Der Elisabethaner warf Picard einen spöttischen Blick zu und verneigte sich erneut. Aber die Stimme des Fremden klang alles andere als freundlich, als er sagte: »Euch wird hiermit mitgeteilt, daß Eure Rasse schon zu weit in die Galaxis vorgedrungen ist. Ihr werdet aufgefordert, unverzüglich in Euer Heimatsystem zurückzukehren.«

Picard neigte skeptisch den Kopf zur Seite. Sorgfältig überlegte er sich seine Worte und beschloß, Zeit zu gewinnen, um festzustellen, mit wem sie es zu tun hatten. »Das klingt ganz wie ein Befehl«, erwiderte er ruhig. »Wer sind Sie, und was gibt Ihnen das Recht, uns derartige Anweisungen zu geben?«

»Um Begriffe aus Eurem beschränkten Vokabular zu verwenden: Wir nennen uns *Q*. Sprecht mich ruhig mit diesem Namen an. Es spielt eigentlich keine Rolle.« Er gestikulierte vage und deutete auf sein ausgefallenes Kostüm. »Versucht, in mir den Kommandanten eines anderen Raumschiffes zu sehen. Dann fällt es Euch vielleicht leichter, mich zu verstehen.« Seine Stimme war noch schärfer, als er hinzufügte: »Kehrt dorthin zurück, woher Ihr kamt.«

»Sie haben meine andere Frage noch nicht beantwortet. Was gibt Ihnen das Recht, uns einen solchen Befehl zu erteilen?«

In einem Anflug von Ärger verzog *Q* das Gesicht. »Wir sind mächtiger als Ihr. Über Jahrtausende hinweg entwickelten wir uns zu einer überlegenen Spezies, die Ihr nicht in Frage stellen solltet. Im Vergleich zu uns seid ihr *Menschen* noch immer Wilde. Wir lassen nicht zu, daß ihr plündernd und raubend durch die Galaxis zieht.«

Lieutenant Torres hatte sich vorsichtig in seinem Sessel umgedreht, und Tasha Yar warf ihm einen kurzen Blick zu. Mit der einen Hand tastete er nach dem kleinen Phaser am Gürtel. Bevor Yar eingreifen konnte, hob er die Waffe und zielte damit auf *Q*. Der Fremde achtete kaum auf ihn, nickte nur knapp. Blaue Funken umstoben den jungen Mann, und sein erschrockener Schrei brach abrupt ab. Er verlor das Gleichgewicht, und als er auf den Boden fiel, ertönte ein dumpfes Knistern. Picard stand ruckartig auf.

»Rührt Euch nicht von der Stelle!« warnte *Q*.

Picard ignorierte ihn und versuchte, die Beherrschung zu wahren, als er sich neben Lieutenant Torres niederkniete. Der Offizier erweckte den Eindruck, als sei er von einem Augenblick zum anderen tiefgefroren. Troi kam heran, ging auf der anderen Seite in die Hocke und überprüfte Puls- und Herzschlag des Erstarrten. Grauer Kondensdampf löste sich in trägen Schlieren von Torres' Leib. Troi sah erschrocken auf, als sie die Kälte des steinharten Körpers spürte.

»Data, geben Sie der Krankenstation Bescheid!« sagte Picard.

Der Androide streckte die Hand nach der linken Kontrollfläche vor dem Sessel des Captains aus, berührte einige Sensorfelder und setzte sich mit der medizinischen Abteilung in Verbindung. Unterdessen beendete Troi die kurze Untersuchung des reglosen Lieutenants. »Ich kann es kaum glauben. Kältestarre. Er lebt noch, aber seine Körperfunktionen sind drastisch reduziert.«

Picard griff nach dem Phaser, hielt ihn vorsichtshalber mit dem Kolben voran und zeigte ihn *Q*. »Er hätte Sie nicht verletzt!« Er deutete auf die Bedienungselemente. »Sehen Sie? Die Waffe ist auf Betäubung justiert.«

»Auf Betäubung?« Der Fremde hob die Augen und lächelte ironisch. »Manche Lebensformen ertragen keinen Nervenschock und gehen daran zugrunde, Captain. Hat Euer Offizier in Hinsicht auf meinen Metabolismus einen ausführlichen Systemcheck durchgeführt, bevor er beschloß, Gebrauch von dem Phaser zu machen? Außerdem: Selbst wenn ich nur damit hätte rechnen müssen, betäubt zu werden... Würdet Ihr Euch ohne weiteres in die Gefangenschaft eines barbarischen Volkes begeben? Ich habe nur gehandelt, um mich zu schützen. Und jetzt... *Wenn Ihr nicht unverzüglich um-*

kehrt, könnte ich mich dazu gezwungen sehen, Euch alle zu töten!«

»*Die Enterprise* wird erst dann wieder Fahrt aufnehmen, wenn wir Gelegenheit hatten, diesen Mann zu behandeln.«

Q musterte Picards entschlossene Züge, bemerkte seinen herausfordernden Blick und lachte amüsiert. »Natürlich. Typisch für Euch.« Unbeeindruckt zog er ein aus Damast bestehendes Taschentuch hervor. »Nun, wie Ihr wollt.«

Nur wenige Sekunden später traf das medizinische Team ein. Diesmal entstand kein Erggitter, das die Männer daran hinderte, den Turbolift zu verlassen. Dr. Asenzi, der Assistent des Bordarztes, sah erst *Q* an und dann Picard. Als der Captain auf Torres deutete, kam er hastig näher. Die Krankenpfleger folgten ihm mit einer Gravbahre und ihren Erste-Hilfe-Instrumenten. Aszenzi hielt einen Scanner über den tiefgefrorenen Körper und informierte seine Kollegen mit leiser und dumpf klingender Stimme von den angezeigten Werten. Schließlich nickte er den Pflegern zu. Sie legten den starren Leib vorsichtig auf die Liege und wandten sich dem vorderen Turbolift zu.

»Lebt er noch?« fragte Picard.

»Er ist im Kyroschlaf«, entgegnete Asenzi. »Damit werden wir schon fertig.« Doch irgend etwas in seinem Blick und der Ausdrucksweise gab dem Captain zu verstehen: *Vielleicht aber auch nicht*. Er folgte der Med-Gruppe in den Turbolift; hinter ihm schloß sich die Tür mit einem leisen Zischen.

Picard wandte sich *Q* zu. Der Fremde hatte nicht weiter auf Asenzi und seine Begleiter geachtet und prüfte statt dessen den Sitz seines ausgefallenen Kostüms. »Auf diese Weise beweisen Sie Ihre moralische Überlegenheit?« fragte der Captain.

»Ganz im Gegenteil. Es handelt sich um einen Beweis für meine physische Überlegenheit.« Plötzlich runzelte

Q die Stirn und blickte sich auf der Brücke um, so als sehe er sie jetzt zum erstenmal. »Wie ich feststelle, entspricht meine Aufmachung nicht mehr der aktuellen Mode. Ach, bei Euch Menschen vergehen die Jahrhunderte so schnell, Captain. Vielleicht ist das hier angebrachter.« Der Fremde hob kurz die Hand.

Erneut krachte eine energetische Entladung, und es blitzte so hell auf, daß man selbst dann geblendet werden konnte, wenn man die Lider geschlossen hatte. Als Picard wieder in der Lage war, die Konturen seiner Umgebung wahrzunehmen, hatte sich *Q* verändert. Er trug nun keinen Vollbart mehr, und das elisabethanische Kostüm war einer aus den achtziger Jahren des zwanzigsten Jahrhunderts stammenden Uniform der US-Marine gewichen. Auf der linken Brustseite bildeten Medaillen und Auszeichnungen drei schmale Reihen, und die Abzeichen an Ärmeln und Mütze entsprachen dem Rang eines Captains.

»Eigentlich geht es um Patriotismus«, sagte *Q* scharf. »Kehren Sie zu Ihrer Heimatwelt zurück und machen Sie der kommunistischen Aggression ein Ende. *Dafür* werden Ihre Männer gebracht.«

»*Was?* Wovon sprechen Sie überhaupt?«

»Das Reich des Bösen, Captain – der Kampf um Freiheit. Die Notwendigkeit, die Demokratie vor allen Gefahren zu schützen.«

Picard schüttelte verwundert den Kopf. *Q's* Worte schienen überhaupt keinen Sinn zu ergeben. »Sie sind noch immer in der falschen Zeit! Jenen Unsinn haben wir schon vor Jahrhunderten überwunden!«

»Aber Sie können nicht leugnen, Captain, daß Sie nach wie vor eine Rasse gefährlicher Wilder sind.«

»Dem widerspreche ich mit aller Entschiedenheit«, erwiderte Picard. »Ihre Vorwürfe treffen auf die Menschen zu, die solche Uniformen trugen. Vor *vierhundert* Jahren...«

Der Marine-*Q* trat näher an Picard heran und unterbrach ihn schroff. »Damals wurden Millionen von Menschen niedergemetzelt, weil Sie sich um die Aufteilung der Rohstoffe Ihres so kleinen und unbedeutenden Planeten stritten. Und vierhundert Jahre vorher brachten Sie sich im Verlauf von angeblich religiösen Kontroversen gegenseitig um. Seitdem gab es keine Anzeichen dafür, daß sich die Gattung Homo sapiens verändert hat...«

»Schon gegen Ende des zwanzigsten Jahrhunderts begannen wir damit, rasche Fortschritte zu machen«, sagte Picard. »Wir gingen gegen Hunger und Elend vor, gegen Armut und Analphabetentum. Wir beendeten Seuchen und gaben allen Menschen genug zu essen. Wir lehrten Nationen, die katastrophalen Folgen des Krieges zu überwinden. Wir waren Kinder, die allmählich erwachsen wurden. Vielleicht ließen unsere Bemühungen zu wünschen übrig, aber wir brachten die Bereitschaft mit, aus unseren Fehlern zu lernen. Wir *entwickelten uns weiter*. Und zwar ziemlich schnell. Und das ist auch heute noch der Fall.«

Ein höhnisches Lächeln umspielte *Q's* Lippen. »Ach, tatsächlich? Sehen wir uns doch einmal Ihre sogenannten raschen Fortschritte an.« Erneut hob er kurz die Hand. Diesmal zuckte Picard nicht zusammen, als er das dumpfe Donnern der Entladung vernahm und unmittelbar darauf von einem grellen Blitz geblendet wurde. Es war nichts weiter als ein Trick, dachte er – ein Spektakel, um das Publikum zu beeindrucken, um ihn, den Captain, zu verwirren. Und darauf fiel er nicht herein.

Diesmal vertauschte *Q* die Aufmachung eines amerikanischen Marine-Offiziers gegen die dunkle Uniform, wie sie während der schrecklichen Kriege in der Mitte des einundzwanzigsten Jahrhunderts verwendet worden war. Der Fremde zeigte sich ihnen jetzt als ein Söldner der Vierten Welt. Der Alptraum eines jeden Historikers: grausame und erbarmungslose Kämpfer, die keine Gefühle hatten, weder Furcht noch Mitleid empfanden, sich von nichts aufhalten ließen. Das glatte, säuberlich rasierte Gesicht wich der häßlichen, bärtigen Grimasse einer menschlichen Maschine. Man gebe ihr sowohl ein Ziel als auch den Befehl, es zu erobern oder zu vernichten – und der Soldat kehrte erst nach Durchführung des Auftrages zurück.

»Rascher Fortschritt, Captain«, spottete *Q*, und seine Stimme klang nicht ganz so deutlich und scharf wie zuvor. »Halten Sie es vielleicht für eine begrüßenswerte Weiterentwicklung, die Soldaten der Menschheit mit Hilfe von Drogen in Marionetten zu verwandeln?«

»Was ist mit Ihrem Volk? Haben Sie nie Fehler gemacht, nie aus ihnen gelernt?«

Worfs Konsole summte, und der Klingone beugte sich kurz vor. »Operator«, meldete er sich. Eine leise Stimme richtete einige Worte an ihn, und daraufhin erhellte sich sein dunkles Gesicht. Mit einem zufriedenen Lächeln wandte er sich zu Picard um und nickte. »Sir, Dr. Asenzi meint, Lieutenant Torres ginge es schon wieder besser.«

Q hörte das erleichterte Seufzen der Brückenoffiziere. »Sorge um das Schicksal eines Kameraden. Wie rührend.«

Worf warf dem verächtlichen Fremden einen zornigen Blick zu und sah dann Picard an. »Eine persönliche Anfrage, Sir. Darf ich die Brücke von ihm säubern?« Er meinte *Q*.

Picard schüttelte den Kopf – obwohl ihm nichts lieber gewesen wäre, als dem Klingonen eine positive Antwort zu geben. Worf setzte zu einer neuerlichen Bemerkung an, aber der Captain brachte ihn mit einem scharfen Blick zum Schweigen. Es war bereits ein Mann verletzt worden, und Picard hielt es für besser, jedes Risiko zu vermeiden – bis er ganz genau wußte, mit wem sie es zu tun hatten. Hinter ihm verließ Tasha die hufeisenförmige Kontrollstation und kam die kurze Rampe herunter.

»Lieutenant Worf hat recht, Sir. Als Leiterin der Sicherheitsabteilung kann ich nicht einfach tatenlos zusehen, wie...«

»Doch, das können Sie, Lieutenant«, unterbrach Picard die junge Frau.

Er sah, wie es in Tashas Augen blitzte und sie zu einem Einwand ansetzte. Der Captain wußte, was in ihr vor sich ging. An ihrer Stelle hätte er vermutlich ebenfalls protestiert. Alle ihre Instinkte drängten sie dazu, auf direkte und unmittelbare Weise gegen den Eindringling zu kämpfen – obgleich inzwischen kein Zweifel mehr daran bestand, daß *Q* weitaus mehr war, als er zu sein schien. Picard verstand sie nur zu gut – doch einem Raumschiffkommandanten kamen völlig andere Pflichten zu. Ein Captain mußte in erster Linie kühlen Kopf bewahren.

Tasha senkte den Blick. »Ja, Sir.« Picard hatte natürlich recht. Zunächst kam es darauf an abzuwarten, wie sich die Dinge entwickelten. Widerstrebend hörte sie auf die Stimme der Vernunft.

Der Söldner *Q* lächelte, griff nach einem dünnen Schlauch, der an seiner Uniform befestigt war, hielt ihn unter die Nase und atmete tief ein. »Ah, das tut gut.« Offenbar wirkte die Droge sofort. *Q* straffte seine Gestalt und musterte Picard mit unverhohlenem Sarkasmus. »Als die Menschen später in den Raum vorstießen, fanden sie dort neue Feinde, die es zu bekämpfen galt. Und um die Waffen nicht ruhen zu lassen, verbündeten sie sich mit anderen Völkern...« Der Fremde deutete auf Worf und Troi. »Auf diese Weise konnten sie weitere Kriege beginnen und ganze Welten vernichten. Es ist immer wieder die gleiche alte Geschichte.«

Picard versuchte, den Ärger zurückzuhalten, der in ihm emporzusteigen begann. Was bildete sich dieser aufgeblasene Kerl überhaupt ein? Wer gab ihm das

Recht, wie ein Halbgott aufzutreten und über die Menschen zu urteilen? *Q's* Gebaren deutete nicht gerade auf moralische Überlegenheit hin. Picard trat auf den Fremden zu und starrte ihn empört an. »*Nein*. Nein. Sie wissen nicht, wovon Sie reden. Sie haben nicht die geringste Ahnung, wer wir sind. Die gefährlichste ›gleiche alte Geschichte‹ ist die, mit der Sie uns konfrontieren. *Selbstgerechte* Lebensformen, die nicht zu lernen bereit sind, denen es nur darauf ankommt, das anzuklagen und zu verurteilen, was sie nicht verstehen können.«

Q neigte den Kopf zur Seite, bedachte Picard mit einem durchdringenden Blick und lachte. »Eine interessante Vorstellung. *Anklagen und verurteilen?*« Er wandte sich kurz vom Captain ab, dachte nach und drehte sich wieder um. »Und falls sich herausstellen sollte, daß wir die Menschen weitaus besser verstehen, als Sie glauben?«

»Wir fürchten uns nicht vor der Wahrheit.«

»Vor der Wahrheit? Fabelhaft, Captain. Einfach fabelhaft! Sie haben wirklich außergewöhnliche Ideen.« Der Fremde lächelte herablassend. »Nun, ich verlasse Sie jetzt. Aber glauben Sie nur nicht, damit sei alles vorbei. Zunächst müssen noch einige Vorbereitungen getroffen werden. Und wenn wir uns das nächste Mal begegnen, werde ich Ihren Vorschlag aufgreifen.« Q salutierte knapp, auf die Art und Weise eines Soldaten aus dem einundzwanzigten Jahrhundert. Dann trugen ihn Donner und Blitz fort.

KAPITEL 2

Das blendende Licht verblaßte, doch es dauerte noch einige Sekunden, bis die Brückenoffiziere begriffen, daß der Fremde tatsächlich fort war. Mit einer Mischung aus Verwirrung und Erleichterung sahen sie sich um.

In Picards Magengrube krampfte sich etwas zusammen. Die erste Krise bahnte sich viel zu schnell an. Er war noch nicht vorbereitet. Der Erste Offizier fehlte, und er hatte noch keine Gelegenheit erhalten, seine Mannschaft zu trainieren und sich an sie zu gewöhnen. Er empfand es als unfair, doch er wußte auch, daß der Weltraum keine menschliche Gerechtigkeit kannte.

Mit der einen Hand tastete Picard nach seiner Halsschlagader. Der Puls raste. Furcht? Aufregung? Es spielte keine Rolle. Er erinnerte sich daran, auf was es nun ankam. Er mußte *unter allen Umständen* einen beherrschten und gefaßten Eindruck erwecken. In ihrem Captain sah die Besatzung eines Raumschiffs vor allen Dingen einen Ruhepol, jemanden, der nicht die Nerven verlor und immer die richtigen Entscheidungen traf. *Na schön*, dachte er. *Laß dir nichts anmerken. Bleib kühl.*

Gelassen sah er sich auf der Brücke um. »Alles in Ordnung?« Die Offiziere nickten. »Gut.« Er nahm im Kommandosessel Platz und wandte sich an Data. »Haben die Instrumente irgend etwas registriert?«

Der Androide schüttelte den Kopf. »Keine Anzeige der Brückensensoren. Entweder war der Fremde gar nicht hier, oder er hat sich irgendwie abgeschirmt. Da wir wohl kaum einer optischen Täuschung erlegen sind, nehme ich an, daß es dem Eindringling gelang, unsere Geräte wenigstens zeitweise zu blockieren. Dritte Möglichkeit: Vielleicht war das Wesen nicht physisch präsent. Es könnte sich um eine quasimaterielle Projektion gehandelt haben. Allerdings hätten die Sensoren in diesem Fall irgend etwas feststellen müssen. Vierte Möglichkeit: Vielleicht benutzte das Wesen einen telepathischen Fokus, der von den Brückensensoren nicht geortet werden konnte. Fünfte Möglichkeit: Vielleicht…«

Picard hob die Hand. »Danke, Data.« Wie üblich beschränkte sich Data nicht etwa darauf, eine bestimmte Frage einfach zu beantworten; sondern sie nahm die Frage zum Anlaß, einen langen Vortrag zu halten, der die Geduld der menschlichen Zuhörer auf eine harte Probe stellte.

»Mit allem Respekt, Sir.« Worf stand auf. »Meiner Ansicht nach besteht unsere einzige Chance darin, gegen den Fremden zu kämpfen.«

Tasha verließ die hufeisenförmige Kontrollstation und blieb neben dem Klingonen stehen. »Dem kann ich nur beipflichten. Entweder Kampf – oder Flucht.«

Picard nickte und sah Troi an. »Haben Sie irgend etwas gespürt, Commander?«

Sie schüttelte den Kopf. »*Q's* Bewußtsein war zu mächtig, Sir.« Sie zögerte kurz und fügte dann hinzu: »Ich empfehle, weitere Kontakte zu vermeiden.«

»Interessant«, brummte Picard. »Sehr interessant.«

Er dachte über die Bemerkungen seiner Offiziere nach und versuchte, die Situation einzuschätzen. Ihnen waren keineswegs die Hände gebunden. Sie konnten handeln, und vielleicht gelang es ihnen sogar, *Q* zu überraschen. Picard hatte eine ganz bestimmte Möglichkeit im Sinn…

Nach einer Weile sah er auf. »Na schön. Von diesem Augenblick an werden alle Abteilungen des Schiffes auf eine Benutzung des Interkomsystems verzichten. Wir müssen verhindern, uns durch irgendwelche Signale zu verraten. Der Informationsaustausch zwischen den einzelnen Stationen findet mit Hilfe von Kurieren statt. Nur mein persönlicher Komkanal bleibt weiterhin geöffnet. Es wird sich bald herausstellen, ob wir dem

Fremden auf diese Weise ein Schnippchen schlagen können. Lieutenant Worf, der Maschinenraum soll Vorbereitungen für Maximalbeschleunigung treffen. Mal sehen, was ein Raumschiff der Galaxis-Klasse drauf hat.«

»Aye, Sir.«

Worf hielt sofort auf den vorderen Turbolift zu, und Picard sah Data an. »Anfrage, Data. Welche Konsequenzen könnten sich ergeben, wenn wir bei hoher Warpgeschwindigkeit in Gefechtskonfiguration gehen?«

»Bitte, Sir?« Data wirkte verblüfft.

»Sie haben mich verstanden. Es ist theoretisch möglich. Ich möchte wissen, ob so etwas schon einmal durchgeführt wurde – oder ob wir die ersten sind, die es versuchen.«

Voller Unbehagen senkte der Androide den Kopf und dachte über die Frage nach. Als er den Inhalt seiner internen Speicherbänke sondierte, schien er wieder zu einem emotionslosen Analytiker zu werden. Nach einigen Sekunden straffte er seine Gestalt. »Das entsprechende Manöver ist selbst bei geringer Warpgeschwindigkeit riskant, Sir.«

»Theoretische Elaboration«, sagte der Captain. »Wahrscheinlichkeitsangabe.«

Data führte eine weitere kurze Berechnung durch und zuckte andeutungsweise mit den Schultern. »Es *ist* möglich, Sir. Aber selbst der geringste Fehler könnte zu einer Katastrophe führen. Aus diesem Grund bin ich nicht in der Lage, entsprechende Wahrscheinlichkeiten zu nennen.«

»Ich verstehe. Danke, Data.« Noch einmal dachte Picard über seine Idee nach. Eine gefährliche Sache – weitaus gefährlicher, als ihm lieb war. Er fragte sich, ob er das Recht hatte, das Leben der Zivilisten an Bord zu riskieren. Andererseits: Q würde wohl kaum Rücksicht auf die Angehörigen der Besatzungsmitglieder nehmen...

Die erste schwierige Entscheidung, die Picard an Bord der *Enterprise* treffen mußte. Es hing alles davon ab, welche Prioritäten er setzte.

Der Captain seufzte, als er die Vor- und Nachteile des Plans gegeneinander abwog. Er wußte, daß er dabei zu keinem zufriedenstellenden Ergebnis kommen konnte, denn es existierte ein unüberbrückbarer Widerspruch zwischen Logik und Gefühl. In rein rationaler Hinsicht wußte er genau, worauf es jetzt ankam. Doch was den emotionalen Faktor seines Wesens betraf...

Picard faßte einen Beschluß. *Hört mir gut zu!*« sagte er laut. Die Offiziere drehten sich um und sahen ihn gespannt an. Er wartete, bis es still geworden war und er im Zentrum der allgemeinen Aufmerksamkeit stand. »Schicken Sie Kuriere aus und fordern Sie alle Abteilungen auf, sich auf Höchstbeschleunigung vorzubereiten. Triebwerks*maximum* – Sie wissen sicher, was das bedeutet. Die Aggregate werden dabei weit über die normalen Sicherheitsgrenzen hinaus belastet. Unsere Hoffnung besteht darin, die fremde Lebensform zu überraschen, die dort draußen auf der Lauer liegt. Wir müssen schneller sein als *Q.*« Picard zögerte kurz, und seine Stimme klang düster, als er hinzufügte: »Andernfalls bliebe uns nichts anderes übrig, als uns zu fügen und zur Erde zurückzukehren.«

Lieutenant Worf konnte sich beeilen, ohne zu laufen. Der Klingone ging mit weit ausholenden Schritten und war damit wesentlich schneller als ein Mensch. Er betrat den Maschinenraum der *Enterprise*, blieb stehen und sah sich nach dem diensthabenden Offizier um.

In der Mitte des zwei Stockwerke hohen Saals erhob sich der gewaltige Wandlerkern, reichte vom Boden bis zur Decke. Wenn die Brücke das Hirn des Raumschiffes darstellte, so war dies das Herz. Von oben wurde gewöhnliche Materie in den leise summenden Konverter eingeführt, und von unten kam Antimaterie hinzu. Die Dilithiumkristalle – eine wunderbare Gabe der Natur, die Warpgeschwindigkeit ermöglichte – sorgten anschließend dafür, daß sich die Atomkerne in reine Energie verwandelten.

Trotz der klingonischen Fortschritte in bezug auf die Technik des interstellaren Antriebs brachte Worf den Triebwerken Starfleets noch immer großen Respekt entgegen. Sie waren weitaus leistungsfähiger als alle ähnlichen Aggregate, die in der Allianz verwendet wurden. Vor fünfundzwanzig Jahren, bei den Verhandlungen zwischen dem Imperium der Klingonen und der Föderation, die schließlich zu einem Bündnis geführt hatten, stellten sie einen der entscheidenden Punkte dar. Klingonische Strategen spekulierten häufig darüber, was geschehen wäre, wenn sich die beiden großen Machtblöcke nicht zusammengeschlossen hätten. Tatsächlich handelte es sich dabei um ein taktisches Spiel, das sich auf Klinzhai großer Beliebtheit erfreute. Für gewöhnlich neigte man zu der Annahme, daß die Allianz *beiden* Seiten Vorteile brachte, sowohl der Föderation als auch dem Imperium. Dennoch dachte Worf oft daran, was aus dem Reich der Klingonen geworden sein mochte, wenn es in der Lage gewesen wäre, vor zweieinhalb Jahrzehnten von solchen Triebwerken Gebrauch zu machen – eine interessante, wenn auch nicht ganz zulässige Überlegung.

Chefingenieur Argyle trat ruhig auf ihn zu. »Kann ich Ihnen helfen, Lieutenant?«

»Ich bringe Ihnen eine Anweisung des Captains: Treffen Sie Vorbereitung für Höchstbeschleunigung.«

Argyle runzelte überrascht die Stirn. »*Maximum?*«

»Genau. Sobald der Captain das Zeichen gibt.«

Der Chefingenieur verzog kummervoll das Gesicht. Er mochte es nicht, wenn jemand seine Maschinen in

Gefahr brachte. »Ich hoffe, er hat einen verdammt guten Grund.«

»Wir sind einer fremden Macht begegnet und wissen noch nicht genau, was es mit ihr auf sich hat. Der Captain möchte sie auf die Probe stellen.«

»Mhm. Ich schätze, er will in erster Linie herausfinden, was *wir* auf dem Kasten haben.« Argyle sah die Techniker an den Konsolen an. »Nun gut. Alarmbereitschaft für Maschinenraum. Wandler hochfahren. Wir brauchen Energie, um von einem Augenblick zum anderen auf Warpmaximum zu gehen.«

Einige Männer drehten sich erstaunt um und starrten den Chefingenieur betroffen an. Argyles Gesicht blieb ruhig und unbewegt. Die abrupte Beschleunigung auf Höchstgeschwindigkeit belastete das Raumschiff und alle Aggregate an Bord, war jedoch nicht unmöglich. Die Besatzungsmitglieder kannten solche Manöver von den Übungen und Simulationen her, hatte in dieser Beziehung sogar schon bei einem Probeflug konkrete Erfahrungen sammeln können.

Dennoch galt so etwas als nicht besonders ratsam, denn es bestand das Risiko einer Phasenverschiebung. Argyle wußte, daß er sich auf seine Leute verlassen konnte, und deshalb machte er sich in diesem Zusammenhang kaum Sorgen. Als weitaus beunruhigender empfand er die Situation, die ihnen eine derartige Entscheidung aufzwang. »Die Schubaktivierung erfolgt auf Befehl des Captains. Blake, ich möchte maximale Ladestärke in den Reservezellen.«

Worf lächelte dünn und kehrte zur Hauptbrücke zurück. Als sich die Tür des Maschinenraums hinter ihm schloß, hörte er, wie das dumpfe Brummen des Materie-Antimaterie-Wandlers zu einem fast schrillen Kreischen wurde.

Picard stand hinter Data am Navigationspult, blickte auf den großen Wandschirm und beobachtete das seltsame Gittermuster. Ganz gleich, welchen Einstellwinkel sie für die Erfassungskameras wählten – die Barriere versperrte ihnen überall den Weg. Nur hinter der *Enterprise* war alles frei. Picard konzentrierte seine Hoffnungen auf etwas, das seine sportlichen Vorfahren als ›Endspurt‹ bezeichnet hätten.

Worf trat aus dem vorderen Turbolift und eilte im Laufschritt in Richtung Funktionsstation. »Der Maschinenraum ist bereit, Sir.«

»Danke, Worf. Data?«

»Alle Anzeigen grün, Captain.«

Picard nahm wieder in seinem Kommandosessel Platz. »Umkehrkurs, hundertachtzig Strich zwei. Bereitschaft.« Er ließ seinen Blick kurz über die Brücke schweifen und beobachtete die Offiziere, die nun auf die entscheidende Anweisung warteten. Der Captain holte tief Luft, betätigte eine Taste in der linken Armlehne und aktivierte damit seinen persönlichen Komkanal. *Los geht's!*« Die Hauptbrücke erzitterte, als das Warptriebwerk vollen Schub gab.

Für den Bruchteil einer Sekunde glaubte Picard, die enorme Beschleunigung zu spüren, als die *Enterprise* einen Satz nach vorn machte. Natürlich bildete er sich das nur ein. Ohne die Neutralisatoren, die die Pseudogravitation des Trägheitsmoments absorbierten, wäre er aus dem Sessel gerissen und an der rückwärtigen Wand zerquetscht worden. Trotzdem: Wie auch alle anderen Raumschiffkommandanten stellte sich Picard vor, die enormen Kräfte zu fühlen, die nun freigesetzt wurden.

Die *Enterprise* raste los – wie ein wildes Pferd, das Data mit seinen Navigationszügeln unter Kontrolle hielt. Und dann... *neigte sich das Schiff jäh nach links!* Es jagte gefährlich dicht an dem bizarren Energiegitter vorbei, sauste durch die rückwärtige Lücke, erreichte den freien Raum und beschleunigte weiter, eingehüllt in ein multidimensionales Warpfeld.

Data rührte sich nicht von der Stelle, und seine Fingerkuppen ruhten sicher auf den Kontrollen der Schalteinheit. Die *Enterprise* wurde noch schneller, und die Ergbarriere blieb hinter ihr zurück. Plötzlich sah Picard, wie das Gitter erbebte, sich abrupt zusammenzog und zu einer schimmernden Kugel wurde, die gleich darauf die Verfolgung begann.

Der Captain achtete nicht auf das immer lauter werdende Heulen des Antriebs und nahm die Berichte seiner Offiziere entgegen. »Warp neun Komma zwei«, sagte Worf und schnitt eine Grimasse. Es behagte ihm überhaupt nicht, einem Kampf auszuweichen – aber er schätzte die Bedeutung des ›strategischen Rückzugs‹. Insbesondere dann, wenn man damit Stärke *und* Klugheit bewies. Gab es bei den Menschen nicht ein Sprichwort, das derartige Situationen treffend beschrieb? »Wer es vorzieht, einen Kampf zu meiden, braucht nicht aus dem Leben zu scheiden.« Oder hieß es: »... braucht sich nicht für den Tod zu entscheiden?« Wie dem auch sei: Die Philosophie der Menschen hatte durchaus etwas für sich.

»Kurs drei fünf eins Strich eins eins«, meldete Data und sah kurz vom Navigationspult auf.

»Kurs halten.«

Tasha saß hinter Picard an der hufeisenförmigen Kontrollstation, von der aus man die Waffen bedienen und taktische Analysen vornehmen konnte. »Der Gegner verfolgt uns, Sir. Er kommt mit hoher Geschwindigkeit näher.«

Worf beugte sich zu seinen Instrumenten vor. »Wir haben jetzt Warp neun Komma drei erreicht, Sir.«

»Danke. Geben Sie mir Bescheid, wenn wir in die rote Zone gelangen.«

»Das ist jetzt der Fall, Sir: Warp neun Komma drei fünf.«

»Vielen Dank, Lieutenant. Teilen Sie dem Maschinenraum mit, daß wir weiterhin volle Energie benötigen.«

»Aye, Sir.«

»Beschleunigung fortsetzen«, sagte Picard ruhig. Er richtete seine Aufmerksamkeit auf Troi und deutete ein Lächeln an. »Counselor, unter den gegebenen Umständen würde ich gern erfahren, mit was für einer Lebensform wir es zu tun haben. Konnten Sie irgend etwas in Erfahrung bringen?«

Die Betazoidin neigte den Kopf, und das dunkle Haar beschattete ihr Gesicht, als sie nachdachte und versuchte, ihre emotionale Reaktion auf die vorherige Präsenz des Fremden zu bewerten. »Es… es fühlte sich wie etwas an, das sich völlig von dem unterscheidet, was wir unter dem Begriff ›Lebensform‹ verstehen.«

Picard runzelte die Stirn. »Bitte erklären Sie das.«

»Offenbar handelt es sich um eine *sehr* hoch entwikkelte Entität. Oder…« Troi überlegte einige Sekunden lang und nickte dann. »Oder sie ist vollkommen *anders!*«

Worf drehte sich um. »Sir, wir sind jetzt auf Warp neun Komma vier«, warf der Klingone ein.

»Der Gegner schließt weiterhin zu uns auf«, meldete Tasha.

»Seine Geschwindigkeit beträgt Warp neun Komma sechs, Sir«, fügte Data leise hinzu.

»Sind Sie sicher?« Picard bedauerte seine Worte, kaum hatte er sie ausgesprochen.

Data wandte den Blick nicht von seiner Konsole ab. Er wußte, daß rhetorische Fragen eine menschliche Angewohnheit darstellten. »Selbstverständlich, Sir. Der Gegner befindet sich jetzt innerhalb der Reichweite unserer visuellen Erfassung. Soll ich auf Vergrößerung schalten?«

»Ja.«

Das Bild an der bugwärtigen Brückenwand flackerte kurz, und der blinkende Punkt in der Mitte wuchs schlagartig zu einer rotierenden Kugel heran. Picard beobachtete den seltsamen Glanz des fremden Objekts.

Nervös sah Tasha auf die Anzeigen ihrer Instrumente. »Geschwindigkeit des Gegners beträgt jetzt Warp neun Komma *sieben*, Sir.«

Picard beugte sich in seinem Sessel vor, hielt den Blick weiterhin auf die Projektionsfläche gerichtet und betätigte eine Taste der in die Armlehne integrierten Schalteinheit. »Maschinenraum?«

Sofort antwortete ihm Argyles Stimme. »Sir... wenn wir nicht vorsichtig sind, fliegt uns der Wandler um die Ohren...«

»Zum Teufel mit der Vorsicht, Chefingenieur. Wir brauchen mehr Energie.« Picard unterbrach die Verbindung wieder. »Alarmstufe *Gelb*.«

Data berührte einen Sensorpunkt, und unmittelbar darauf ertönte das rhythmische Hupen des Alarms. Picard wandte sich an Tasha. »Photonentorpedos laden. Feuerbereitschaft.« Er bemerkte den besorgten Blick Tois, schenkte ihm aber keine Beachtung.

»Torpedos fertig, Sir.«

Plötzlich erbebte das Schiff. Das Brückendeck erzitterte so heftig, daß sich einige Offiziere an ihren Konsolen festhalten mußten, um nicht aus den Sesseln zu fallen. Gleich darauf vernahm der Captain ein dumpfes Donnern – wie von einem gewaltigen Ungeheuer, das bisher auf dem Grund eines dunklen Ozeans geschlafen hatte und in seiner Ruhe gestört worden war.

Troi sah sich rasch um, fühlte die erschrockene Besorgnis der Gefährten als eine schmerzhafte Vibration inmitten ihrer Gedanken. Dann stabilisierte sich die Lage des Schiffes wieder; hier und dort war ein erleichtertes Seufzen zu hören.

Worf führte rasch einige Schaltungen durch. An der Akademie hatte er Konstruktion und Technik von Raumschiffen im Nebenfach studiert, jedoch nie damit gerechnet, eine solche Reaktion selbst zu erleben. Im Jargon bezeichnete man sie als *primordiales Zittern*, und hervorgerufen wurde es von einer strukturellen Überlastung. Ein schlimmes Zeichen: Es deutete auf eine erste Phasenverschiebung im Wandler hin, und wenn die Synchronisatoren ausfielen, konnte das Triebwerk explodieren.

»Gegner auf Warp neun Komma acht, Sir«, meldete Tasha. Ihre Stimme klang ein wenig gepreßt.

Worf warf einen raschen Blick auf die Anzeigen seiner Konsole. »Unsere Geschwindigkeit ist bei Warp neun Komma fünf stabil.«

»Anmerkung«, sagte Data ruhig. »Wir könnten ebenfalls auf Warp neun Komma acht beschleunigen, wenn wir die volle Antriebskapazität ausnutzen. Aber das wäre ein extremes Risiko, Sir.«

»Gegner auf Warp neun Komma *neun.*«

Picard zögerte kurz und überlegte erneut, welche Möglichkeiten sich ihnen boten. Schon nach wenigen Sekunden kam er zu dem Schluß, daß ihnen praktisch gar keine Wahl blieb. Seit er den Startbefehl gegeben hatte, steuerte alles auf die Entscheidung zu, die er jetzt treffen mußte. Er durfte den Konsequenzen nicht ausweichen. Schließlich stand er auf und hob den Kopf. »*Hört gut zu.* Anweisung an alle Bordstationen. Vorbereitung auf Notmanöver für Gefechtskonfiguration.«

Tasha starrte Picard erschrocken an. Gleichzeitig richtete Troi ihren Blick auf die Leiterin der Sicherheitsabteilung und spürte ihre Furcht. Die Konstruktion des Raumschiffs ermöglichte ein Abkoppeln der Diskussektion, die den Flug als eigenständige Einheit fortsetzen konnte, wenn auch nur mit Hilfe des Impulsantriebs. Die andere Hälfte – der Rumpf mit den beiden Triebwerksgondeln und den Warpgeneratoren – verfügte nicht nur über eine zweite Brücke, sondern auch schwere Phaserkanonen und Katapulte für Photonentorpedos.

Nach der Konzeption Starfleets diente die Diskussektion in erster Linie als Refugium für Zivilisten, während der Rumpf als Verteidigungsmodul geplant war. Bei der Erforschung des Weltraums kam es immer wieder zu gefährlichen Zwischenfällen, doch bisher hatten es nur wenige Kommandanten für nötig gehalten, das Schiff zu teilen, den Diskus fortzuschicken und die Rumpfsektion auf den Kampf vorzubereiten. Wenn ein Captain eine derartige Entscheidung traf, glaubte er ganz offensichtlich, es mit einer außerordentlich ernsten Situation zu tun zu haben.

Picard forderte Worf mit einem Wink auf, die Station des Operators zu verlassen. »Sie übernehmen den Befehl über die Hauptbrücke, Commander.«

»Sir?« Der junge Klingone sprang auf und war so entrüstet, daß er für einige Sekunden den Respekt seinem Vorgesetzten gegenüber vergaß. »Ich bin Klingone, Sir. Ich werde nicht fliehen, während meinem Captain möglicherweise ein Kampf bevorsteht...«

»Ich nehme Ihren Einwand hiermit zur Kenntnis«, sagte Picard knapp. Seine Stimme klang betont kühl. »Aber Sie sind nicht nur Klingone, sondern auch Starfleet-Offizier, Lieutenant, und ich habe Ihnen gerade einen Befehl gegeben.«

Worf zögerte und überlegte, ob er erneut protestieren sollte. Dann aber nickte er, als Disziplin und Gehorsam die Oberhand gewannen. »Aye, Sir.« Sein finsteres Gesicht machte deutlich, was er von einer solchen Anweisung hielt.

Picard betätigte eine Taste des rechten Kontrollfeldes. »Logbuch des Captains«, sagte er leise. »Sternzeit 41153.73. Das Kommando wird jetzt der Kampfbrücke übertragen.« Er winkte Data zu. »Geben Sie das entsprechende Zeichen.«

Der Androide kam der Aufforderung sofort nach, und unmittelbar darauf ertönte das traditionelle Hornsignal. Es wiederholte sich mehrmals, während die Offiziere der Dienstcrew den Turbolift betraten, um die Kampfbrücke aufzusuchen. Gleichzeitig öffneten sich die Türen der beiden anderen Aufzüge, und die Ersatzmannschaft traf ein.

Widerstrebend trat Worf an den Kommandosessel heran und blickte düster darauf herab, bevor er Platz nahm. »Vorbereitung für Gefechtskonfiguration«, sagte er fest. »Befehl des Captains abwarten.« *Wenn ein Klingone Kommandant dieses Raumschiffes wäre,* fuhr es ihm durch den Sinn, *würden wir nicht fliehen.* Aber er war Starfleet-Offizier und... Nun, der Captain mochte nicht immer recht haben, doch er blieb der Captain.

Innerhalb weniger Sekunden fiel die Transportkapsel des Turbolifts der Kampfbrücke entgegen. Picard blickte gedankenverloren auf die Lichter der Richtungsanzeige und ging noch einmal seinen Plan durch. Es bedeutete ein großes Risiko, die Diskussektion während hoher Warpgeschwindigkeit abzukoppeln, aber ihr Vorsprung zum *Q*-Schiff (oder was das gleißende Objekt sonst darstellen mochte) war so groß, daß das Rumpfsegment der *Enterprise* rechtzeitig umkehren und den Gegner aufhalten konnte. Es kam in erster Linie darauf an, daß die Zivilisten und ein großer Teil der Besatzung die Möglichkeit erhielten, sich in Sicherheit zu bringen.

Kurz darauf hielt die Kabine an, und die beiden Türhälften schoben sich mit einem verhaltenen Fauchen auseinander. Vor Picard erstreckte sich die funktionell eingerichtete Kampfbrücke. Der Captain näherte sich dem Kommandosessel, und seine Begleiter nahmen rasch an den anderen Konsolen Platz. Data aktivierte das Navigationspult und beobachtete die Anzeigen, während Picard das elektronische Logbuch einschaltete und einen weiteren Eintrag sprach, mit dem er seine Strategie erläuterte.

»Gegner schließt weiter zu uns auf, Sir. Seine Geschwindigkeit ist bei Warp neun Komma neun stabil.«

»Interessant«, brummte Picard. »Ganz gleich, um

was für eine Art von Raumschiff es sich handeln mag: Es ist den gleichen Warp-Beschränkungen unterworfen wie die *Enterprise*. Vielleicht ist *Q* nicht ganz so mächtig, wie er vorgibt.« Picard nickte Tasha zu. »Lieutenant, die vorbereiteten Photonentorpedos müssen so abgeschossen werden, daß sie dicht genug vor dem Gegner explodieren, um ihn im Moment des Abkoppelns zu blenden. Lösen Sie die Katapulte erst auf mein Zeichen hin aus.«

»Verstanden, Sir.«

Picard öffnete einen internen Kommunikationskanal. »Lieutenant Worf, hier spricht der Captain.«

»Ja, Sir?« klang die Stimme des Klingonen aus dem Lautsprecher.

»Nach erfolgter Trennung reduzieren wir die Geschwindigkeit ein wenig, damit sich ein genügend großer Abstand zwischen den beiden Segmenten bildet.«

»Verstanden, Sir.«

»Countdown beginnen.« Picard holte tief Luft, beobachtete die schillernde Kugel auf dem Bildschirm und sagte dann fest: »Photonentorpedos los!«

Die Geschosse rasten aus den heckwärtigen Katapultröhren der *Enterprise* und blitzten kurz auf, bevor sie in der Dunkelheit des Alls verschwanden.

Tasha konnte mit dem Waffensystem ausgezeichnet umgehen, aber das Timing stimmte nur dann, wenn das fremde Schiff tatsächlich mit Höchstgeschwindigkeit flog. Wenn nicht – wenn es weiter beschleunigen konnte – explodierten die Torpedos weit dahinter, und dann verloren sie den Überraschungsvorteil, den die Diskussektion brauchte, um sich abzusetzen. Picard hoffte, daß seine frühere Vermutung in bezug auf die Technik der Fremden den Tatsachen entsprach.

»Countdown läuft«, meldete Data. »Sechs, fünf, vier, drei, zwei, eins, *Trennung*.«

Im hinteren Bereich des Diskussegments, dort, wo es auf den emporgeneigten, gekrümmten Hals des Rumpfes stieß, bildete sich ein Spalt. Die massiven Kupplungsmechanismen schwangen zur Seite und wichen in ihre Gehäuse zurück. Dampf zischte ins Vakuum des Weltraums, als die Verbindung gelöst wurde.

»Captains Logbuch. Sternzeit 41153.75: Trennung ist gerade erfolgt. Wir werden uns nun dem Feind stellen.«

»Viel Glück, Sir«, knurrte Worf, als er auf dem Wandschirm beobachtete, wie der Rumpf zurückblieb.

Der große Diskus entfernte sich rasch von der kobraförmigen Antriebssektion. Nach kurzer Zeit schlossen sich die Gehäuseplatten über den Kupplungsklammern. Im luftleeren Raum war das dumpfe Pochen nicht zu hören, wohl aber in den Kammern und Korridoren des Schiffes. Worf prüfte die Distanz und ordnete dann an, das Impulstriebwerk mit Energie zu beschikken. Der plötzliche Schub vergrößerte die Entfernung schlagartig und gab dem Rumpf genügend Manövrierfreiheit. Als der Diskus das Warpfeld der *Enterprise* verließ, schien das Gefechtsmodul einfach zu verschwinden. Innerhalb eines Sekundenbruchteils war es Lichtwochen entfernt, ebenso wie der Verfolger.

Genau darauf hatte Picard gehofft – auf eine Chance für die Diskussektion, die Weite des Alls als Tarnmantel zu benutzen und Kurs auf Farpoint Station zu nehmen.

»Abkopplung erfolgreich durchgeführt, Sir«, berichtete Data ruhig.

Picard seufzte erleichtert und stellte erst dabei fest, daß er den Atem angehalten hatte. »Grâce à Dieu. Wo ist der Gegner?«

Der Androide führte einige Schaltungen durch, und daraufhin glitzerte das fremde Schiff wieder in der Mitte des Bildschirms. Dicht davor schimmerte noch immer jener grelle Glanz, der von den explodierten Photonentorpedos stammte. Picard schlug sich triumphierend auf den Oberschenkel.

»Es hat geklappt. Und jetzt: Kursumkehr.«

Das Warpfeld der *Enterprise* gewann eine andere Ausrichtung, und der Rumpf drehte sich und flog dem Verfolger entgegen. Picards Aufmerksamkeit galt nach wie vor dem Wandschirm, und er stellte fest, daß die Photonentorpedos offenbar keine Auswirkungen auf das Q-Schiff hatten. Selbst die Energie der Geschosse, die in unmittelbarer Nähe detoniert waren, schien einfach zu verpuffen. Der Verfolger setzte seine Geschwindigkeit nicht herab.

Die beiden Raumschiffe waren jetzt auf Kollisionskurs.

Picard beobachtete die Darstellung noch einige Sekunden lang, und dann sagte er ruhig: »Position halten.«

Data hob überrascht den Kopf und erwiderte dann so gelassen wie möglich: »Aye, Sir.«

»Aber dann ist der Gegner innerhalb weniger Minuten heran...«, begann Troi.

»Ich weiß, Counsellor.«

»Wollen Sie kämpfen, Captain?« fragte Tasha. »Wenn es uns gelingt, das fremde Schiff zumindest zu beschädigen...«

Picard deutete auf den Schirm und schnaubte leise. »Lieutenant Yar, wollen Sie allen Ernstes gegen eine Lebensform antreten, die bereits eine erhebliche militärische Überlegenheit demonstriert hat?« Er sah sie scharf an und wartete. »Wenn Sie glauben, wir hätten eine Chance... Ich bin gern bereit, mir Ihre Vorschläge anzuhören.«

Lieutenant Yar errötete und senkte den Kopf, mied den herausfordernden Blick des Captains. Picard hatte natürlich recht. Und deshalb fühlte sich die junge Frau verlegen.

Tasha Yar wußte, worin ihr größter Fehler bestand: Sie reagierte übereilt. Einerseits war sie aus diesem Grund eine gute Leiterin der Sicherheitsabteilung, doch andererseits fiel es ihr schwer, mit Situationen fertig zu werden, bei denen die Sicherheit des Schiffes an zweiter Stelle stand. Diplomatische und strategische Erwägungen waren ihr noch immer fremd.

Sie war in einer Renegatenkolonie aufgewachsen, in einer gesetzlosen und in höchstem Maße gefährlichen Umgebung. Dabei hatte sie schon frühzeitig die Kunst des Überlebens lernen müssen. Die Erfahrungen ihrer Jugend ließen sich mit wenigen Worten beschreiben: Handle zuerst und versuche, eine gegebene Situation zu beherrschen, bevor du beginnst, sie zu analysieren. Bis zu ihrem Studium an der Starfleet-Akademie agierte sie in der sicheren Überzeugung, daß Zögern den Tod zur Folge haben mochte. Die Konfrontation mit den humanitären Prinzipien, die als Grundlage für alle Entscheidungen Starfleets dienten, führten bei ihr zunächst zu einem Schock. Inzwischen aber wußte sie, wie wichtig es war, zuzuhören und zu lernen...

Starfleets Lehrsätze berührten etwas in ihr. Jene philosophische Basis beeindruckte nicht etwa die Person, die sie zu sein vorgab, blieb auch ohne Einfluß auf die Rolle, die sie für ihre Gefährten spielte. Sogar die Tasha, die sie so gern sein wollte, blieb gleichgültig. Die Reaktion betraf den Kern ihres Ichs, ihr geheimes Selbst, das sie bisher mit niemandem geteilt hatte.

Die Politik Starfleets basierte auf einem Axiom, das lautete: *Leben ist heilig. Überall.*

Zuerst hatte Tasha dieser Einstellung nicht vertraut, zumindest nicht zu Anfang. Sie brachte der Maxime sowohl Argwohn als auch verächtlichen Spott entgegen. Bei den von Starfleet veranstalteten Philosophiekursen, bei denen es um Fragen der Ethik und Moral ging, wurden häufig kontroverse Diskussionen geführt. Doch nach einer Weile begriff die junge Frau, daß es dabei um all die Dinge ging, von denen sie seit vielen Jahren träumte.

Das Leben ist vielseitig und läßt sich in keine festgelegten Schemata pressen. Es gibt Dutzende von Alternativen zu der Lebensweise, die wir kennen. Wir können es besser machen.

Jeder von uns ist der Gemeinschaft verpflichtet und hat das Potential, über sich selbst hinauszuwachsen. Und das ist unsere Bestimmung: aus den Fehlern der Vergangenheit zu lernen und eine bessere Zukunft zu gestalten.

Allmählich dämmerte es Tasha, daß Starfleet die gleichen Ziele anstrebte wie sie selbst. Diese Erkenntnis kam einer Offenbarung gleich. Kinder mußten nicht mehr verhungern, Menschen nicht mehr in Armut leben. Analphabetismus war keine Fügung des Schicksals. Die Bedingungen, unter denen Tasha aufwuchs, stellten eine schreckliche Ausnahme dar, nicht die Regel.

Dies war das Leben, von dem sie immer geträumt hatte, und es war dort, in greifbarer Nähe – eine Chance, die sie nur wahrzunehmen brauchte. Tasha machte Gebrauch davon, indem sie schlicht und einfach erklärte: »Für eine bessere Zukunft müssen sich die Menschen ändern; was liegt näher, als selbst den Anfang zu machen?«

Diese Entscheidung führte zu einem radikalen Wandel im Wesen der jungen Frau.

Manchmal aber, unter besonderen Umständen, reagierte sie noch immer nach ihren alten Instinkten. »Ich... ich hätte gründlicher nachdenken sollen, bevor ich das Wort an Sie richtete, Sir«, antwortete sie betroffen und atmete tief durch. »Nun, Captain, ich halte es für angebracht, den Gegner von der Diskussektion abzulenken.«

Picard nickte zustimmend. »Das klingt schon besser, Lieutenant.«

»Geschwindigkeit null«, berichtete Data. »Position stationär.«

Picard sah Troi an, die am Kommunikationspult saß. »Troi, übermitteln Sie folgende Botschaft in allen Sprachen und auf allen Frequenzen: ›Wir ergeben uns.‹ Fügen Sie hinzu, daß wir keine Bedingungen für unsere Kapitulation stellen.«

Die anderen Offiziere auf der Kampfbrücke wechselten verwirrte und bestürzte Blicke. *Kapitulation?* Jean-Luc Picard wollte sich ergeben? Nur Troi spürte die ruhige Zuversicht des Captains, seine unerschütterliche Überzeugung, *richtig* zu handeln. Mit seiner Entscheidung gestand er weder eigenes Versagen noch Hilflosigkeit ein. Offenbar sah der Captain keine andere Möglichkeit, an seinen moralischen Prinzipien festzuhalten.

»Aye, Sir«, bestätigte Troi mit fester Stimme. »In allen Sprachen und auf allen Frequenzen.« Sie aktivierte den Kommunikator und verband ihn mit dem allgemeinen Transkriptionsmodul. »*Enterprise* an *Q*. Wir ergeben uns. Ich wiederhole: Wir ergeben uns. Unsere Kapitulation erfolgt ohne irgendwelche Vorbedingungen.«

Während Troi die Nachricht mehrmals durch den Äther schickte, richteten sich die Blicke aller Anwesenden auf den Wandschirm. Das fremde Raumschiff näherte sich ihnen rasch. Als es sie fast erreicht hatte, klappte das kugelförmige Gebilde auseinander, und dadurch entstand eine kleinere Gitterfläche. Gewölbt dehnte sie sich der *Enterprise* entgegen. Als sie das Rumpfsegment ganz einhüllte, erbebten die Decks, und irgend etwas donnerte und kreischte ohrenbetäubend laut: Picard befürchtete einige Sekunden lang, daß die Schiffshülle unter der enormen Belastung nachzugeben drohte. Der Boden der Kampfbrücke neigte sich jäh zur Seite, und die Offiziere klammerten sich an den Konsolen fest, um nicht den Halt zu verlieren. Das Heulen um sie herum wurde immer schriller, und alles erbebte. Dann blitzte Licht, so grell, daß sich alles im gleißenden Strahlen verlor.

Stille folgte.

KAPITEL 3

Das Licht verblaßte.

Picard stellte fest, daß er sich nicht mehr auf der Kampfbrücke befand. Zusammen mit Data, Troi und Tasha saß er auf dem Anklagepodium eines gewaltigen Gerichtssaals, der aus Stahl und Glas bestand, kühl und abstoßend wirkte. Die Einrichtung war funktionell. Zuschauer nahmen auf den Sitzbänken Platz, und es herrschte eine Atmosphäre gespannter Erwartung. Einige ziemlich mürrische Soldaten marschierten umher. Sowohl ihre Uniformen als auch die Aufmachung des Publikums deuteten auf eine ganz bestimmte Epoche hin. Picard hatte immer Gefallen an historischen Studien gefunden, vertrat die Ansicht, selbst die dunklen Kapitel der menschlichen Geschichte hielten Lektionen für Gegenwart und Zukunft bereit. Er erkannte die Architektur und das Szenarium, in dem sie ganz offensichtlich die Rolle von Gefangenen spielten.

Der Captain wußte nicht genau, wie er das gegenwärtige Erlebnis erklären sollte. Eine Falte im Raum-Zeit-Gefüge? Unwahrscheinlich. Transfer zu einem Ort, an dem man sorgfältige Vorbereitungen getroffen hatte? Möglich. Aber wenn das zutraf: Wo befanden sich dann die anderen Brückenoffiziere? Warum waren nur er selbst, Troi, Tasha und Data zugegen? Eine veränderte Kampfbrücke, von *Q* auf irgendeine Weise manipuliert? Vielleicht. Picard erinnerte sich daran, mit welcher Mühelosigkeit der Fremde an Bord der *Enterprise* sein Erscheinungsbild verändert hatte – und als er sich verabschiedete, entsprach seine Kleidung dieser besonderen Zeitperiode.

Er vernahm den dumpfen Klang einer Glocke und wurde auf einen Mann aufmerksam, der gerade den Saal betrat. Es handelte sich um einen Asiaten, der eine lange Kutte trug und einen kleinen Datensichtschirm bei sich führte. Aufgrund seiner historischen Kenntnisse hielt Picard den Unbekannten für einen mandarinischen Gerichtsdiener. Er nickte kurz, und daraufhin läutete die orientalische Glocke erneut.

»Die Gefangenen sollen aufstehen«, sagte der Gerichtsdiener. Picard bedeutete seinen Offizieren, sich nicht zu erheben.

Data sah sich mit großem Interesse im Raum um, und Picard vermutete, daß der Androide eine umfassende Analyse vornahm, während er den Saal, die Zuschauer und alles andere katalogisierte. »Historisch faszinierend, Captain«, kommentierte Data nach einer Weile. »Alle Einzelheiten sind exakt.«

Picard nickte, doch seine Bewunderung verwandelte sich in Besorgnis, als er überlegte, daß man diese Szenerie als Waffe gegen sie verwenden mochte. »Mitte des einundzwanzigsten Jahrhunderts, der postatomare Horror...« Der Captain verabscheute jene Ära. Es handelte sich um eine der größten Krisen in der Entwicklungsgeschichte der Menschheit. Nach den Schrecken des nuklearen Krieges versuchten die Völker der Erde, alle Nachwirkungen und sonstigen Probleme durch die gnadenlose Anwendung einer neuen diktatorischen Regierungsform zu lösen. Bei den daraufhin entstehenden Gesellschaftsstrukturen handelte es sich weder um Kapitalismus noch Kommunismus – obgleich sie einige Parallelen zu letzterem aufwiesen. Es waren die letzten und schlimmsten Regime, und als diese Phase der sozialen und moralischen Regression überwunden wurde, begannen die Menschen damit, ihr wahres Potential zu entfalten. Doch *Q* zog es offenbar vor, die späteren Epochen zu ignorieren, die die Menschheit in einem besseren Licht dargestellt hätten.

Einmal mehr läutete die Glocke. »Alle Anwesenden erheben sich und erweisen dem Ehrenwerten Richter Ihren Respekt!« verkündete der Gerichtsdiener.

Noch immer kamen Zuschauer herein, und diejenigen, die bereits auf den Sitzbänken Platz genommen hatten, standen auf. Es wurde still im Saal. Die Soldaten marschierten umher und zerrten einige heruntergekommen wirkende Gestalten auf die Beine. Picard streckte die Hand aus und forderte Data, Troi und Tasha mit einer knappen Geste auf, weiterhin sitzen zu bleiben.

Die Betazoidin schüttelte besorgt den Kopf. »Seien Sie vorsichtig, Sir. Dies ist weder eine Illusion noch ein Traum.«

»Solche Gerichtsverhandlungen fanden in der Vergangenheit statt.«

»Ich habe keine Erklärung dafür, aber eins steht fest: Dies ist die Realität. Ich *spüre* es. Wenn *Q* hier eine neue Wirklichkeit geschaffen hat, sind auch die Waffen echt. Und das bedeutet, wir könnten erschossen werden.«

»Wenn man tatsächlich gegen uns verhandeln will, dürfte *Q* wohl kaum die Absicht haben, uns einfach umzubringen«, wandte Picard ein.

»Nein, vielleicht gibt er uns vorher noch eine Gnadenfrist von einigen Sekunden«, sagte Tasha verdrießlich.

Ein Soldat trat auf sie zu und hob seine Waffe. »Hoch mit euch, Verbrecher!«

Die Starfleet-Offiziere schenkten ihm keine Beachtung. Wieder läutete die Glocke, und die letzten flüsternden Stimmen verklangen. Plötzlich herrschte völlige Stille im Saal. Data hob den Kopf und nickte in Richtung des breiten Eingangs. »Wenigstens kennen wir den Richter, Captain.«

Es überraschte Picard nicht sonderlich, *Q* zu sehen. Der Fremde saß auf einem thronartigen Gravsessel, der nun langsam in die große Kammer schwebte. Der Captain erinnerte sich an *Q's* begeisterte Reaktion in Hinsicht auf die Worte *anklagen* und *verurteilen*. Offenbar hatte er sie tatsächlich als Vorschlag aufgegriffen und ein entsprechendes Szenarium gebildet. Wenn die

Menschen nicht freiwillig bereit waren, in ihr heimatliches Sonnensystem zurückzukehren, so sollten sie mit einem *Urteil* dazu gezwungen werden.

Ein in der Nähe stehender Soldat feuerte dicht vor die Füße Picards, kam mit einigen raschen Schritten heran und knurrte wütend: »Ihr sollt *aufstehen*, Verbrecher!« Tasha handelte aus einem Reflex heraus, bevor der Captain reagieren konnte. Mit einem Satz war sie auf den Beinen, wirbelte um die eigene Achse und stieß die Waffe des Uniformierten fort. Der Mann versuchte, sie zu packen, aber Lieutenant Yar gab ihm einen Tritt, der ihn zu Boden schleuderte.

Der Richtersessel glitt näher, und Q rief: *»Du bist erledigt!«*

»Lieutenant!« sagte Picard scharf.

Zwei andere Soldaten traten vor und legten mit ihren Waffen an. Aber sie hatten es nicht etwa auf Tasha abgesehen, sondern zielten auf den rücklings vor dem Gefangenenpodest liegenden Uniformierten. Entladungen krachten, und der Wehrlose zuckte mehrmals, als sich Projektile in seinen Leib bohrten. Die Zuschauer klatschten voller Enthusiasmus, grölten und kreischten hemmungslos.

»Den Gefangenen wird kein Leid geschehen«, sagte Q ruhig. »Bis man sie für schuldig befindet.« Er bedachte Picard mit einem amüsierten Blick, doch der Captain nahm den Spott gelassen hin. Der Richter deutete wie beiläufig auf die Leiche des Soldaten. »Schafft ihn fort«, befahl er kühl. »Nun, Captain...«

Picard zog Tasha zurück und musterte sie kurz. Die junge Frau zögerte, senkte den Kopf und setzte sich wieder. Der Captain nickte zufrieden und trat einen Schritt auf Q zu. »Können wir mit einer fairen Verhandlung rechnen?«

»Selbstverständlich. Ihnen wird Gerechtigkeit widerfahren.«

Picard zögerte, hob die Waffe des erschossenen Soldaten auf und reichte sie einem der anderen Uniformierten. *Q* steuerte seinen Gravsessel dichter an das Podium heran und nickte dem Gerichtsdiener zu. »Fahren Sie fort.«

Der Mandarin sah auf den Videoschirm. »Das ehrenwerte Gericht legt den Gefangenen die barbarischen Grausamkeiten ihrer Spezies zur Last. Wie bekennt ihr euch, Verbrecher?«

Data schob sich vor. »Mit Ihrer Erlaubnis, Captain...« Picard nickte kurz. Er glaubte zu wissen, was ihnen jetzt bevorstand: Das historische Vokabular bezeichnete so etwas als ›abgekartete Sache‹. Aufmerksam beobachtete er, wie sich der Androide an *Q* wandte. »Einspruch, Euer Ehren. Im Jahre 2036 erklärten die Vereinten Nationen, daß sich kein Bürger der Erde für die Verbrechen seiner Vorfahren oder der ganzen Menschheit zu verantworten braucht.«

»Einspruch abgelehnt!« erwiderte *Q* sofort. Der Mann mit der Glocke läutete mehrmals, und das Publikum jubelte.

Picard schüttelte enttäuscht den Kopf. Ganz offensichtlich kehrten sich hier die Prinzipien der Rechtsprechung um: Angeklagte galten solange als schuldig, bis das Gegenteil bewiesen wurde. *Q* hatte bereits ein Urteil über die menschliche Vergangenheit gefällt und scherte sich nicht um Gegenwart und eine vielversprechende Zukunft. Seine Absicht bestand darin, die Menschheit als eine gefährliche Spezies zu brandmarken, die es nicht verdiente, sich in der Galaxis auszubreiten und Kontakte mit ›fortschrittlicheren Völkern‹ aufzunehmen. Die nächsten Bemerkungen *Q's* bestätigten Picards Verdacht.

»Dies ist ein Gericht des einundzwanzigsten Jahrhunderts, und die ›raschen Fortschritte‹ machten es möglich, den Unsinn einer ›Vereinten Erde‹ abzuschaffen.« Er sah Picard an und lächelte triumphierend.

Tasha schnitt eine zornige Grimasse, sprang erneut

auf und näherte sich dem Rand des Podiums. »Warum beurteilen Sie uns nicht nach dem, was wir jetzt sind?«

Picard berührte sie an der Schulter. »Ganz ruhig, Lieutenant...«

Sie schüttelte seine Hand ab, achtete nicht darauf, daß er der Captain und somit ihr Vorgesetzter war – außerdem ein Mann, in dem sie ein Vorbild sah. »Ich kann nicht anders...« Sie warf Q einen finsteren Blick zu. »Ich bin auf einer Welt aufgewachsen, die Dinge wie diese Verhandlung zuließ. Und es waren solche Leute...« – Tasha deutete auf die anderen Offiziere – »...die mich retteten. Ich bin der Ansicht, dieses sogenannte Gericht sollte vor Starfleet und dem, was die Flotte repräsentiert, auf die Knie sinken.«

»Schweigen Sie!« donnerte *Q's* Stimme und winkte abrupt. Bläuliche schimmernde Energie zuckte ihr entgegen, und von einem Augenblick zum anderen versteifte sich die junge Frau. Data war mit einem Satz neben ihr, hielt den vereisten Körper fest und ließ ihn vorsichtig zu Boden sinken.

»Kyrostarre«, sagte der Androide. »Wie bei Lieutenant Torres.«

Troi berührte den kalten Leib Tashas, und Wut blitzte in den Augen der sonst so ruhigen und beherrschten Betazoidin. »Sie *Barbar!«* fauchte sie und blickte zu Q hoch. »Sie bezeichnen sich als hochentwickelte Spezies, und doch bestrafen Sie all diejenigen, die so vermessen sind, Sie herauszufordern. Diese Frau...«

Sie brach ab, als Picard nach ihrem Arm griff. Der Captain musterte sie kurz und schüttelte andeutungsweise den Kopf. Troi begriff die stumme Warnung, unterdrückte ihren Zorn und wich wieder zurück.

»Die Verbrecher sollen schweigen!« rief der mandarinische Gerichtsdiener.

»In der Tat«, pflichtete ihm Q bei. »Ich lege großen Wert auf eine ordentliche Verfahrensweise.« Er richtete seine Aufmerksamkeit auf Tasha. *Zivilisierte* Wesen wissen, daß man sich in der Gegenwart überlegener Lebensformen demütig verhält.«

»Sie müssen noch viel über uns Menschen lernen, wenn Sie glauben, uns mit solchen Methoden einschüchtern zu können.« Picard sah Data an, der Tashas Puls fühlte und sie untersuchte. »Wie geht es ihr?«

»Derzeit ist ihr Zustand stabil, Sir. Aber ich weiß nicht, wie lange sie ohne medizinische Hilfe überleben kann.«

Der asiatische Gerichtsdiener näherte sich Picard. »Ihr werdet angeklagt, Verbrecher. Wie bekennt ihr euch?«

Picard ignorierte ihn. Die Zuschauer auf den Sitzbänken murmelten und brummten verwirrt. Offenbar hatten sie mit einem weitaus interessanteren Schauspiel gerechnet und waren nun enttäuscht. *Q* spürte den Unmut den Publikums und wandte sich dem Captain zu.

»*Wie bekennt ihr euch?* Beantwortet die Frage des Gerichts, Kriminelle.«

»Vor einigen Minuten haben Sie versprochen, den Gefangenen werde kein Leid geschehen. Wir sind nicht bereit, uns zu verantworten, solange Sie sich über Ihre eigenen Regeln hinwegsetzen.«

Einige Zuschauer knurrten aufgebracht. Man erwartete nicht etwa Aufsässigkeit von den Angeklagten, sondern unterwürfiges Verhalten. Was erdreisteten sie sich?

»Ich rate Ihnen, Sie konzentrieren sich auf das Verfahren, Captain«, sagte *Q* kühl. »Vielleicht stellt es Ihre einzige Hoffnung dar.«

»Und ich schlage vor, Sie lassen sich die ganze Sache noch einmal durch den Kopf gehen! Sie sicherten uns eine *faire Verhandlung* zu – aber möglicherweise fürchten Sie, zu verlieren.«

Q lachte verächtlich. »Verlieren?«

»Ja«, bestätigte der Captain. »Wenn Sie sich an die Übereinkunft halten, versprechen wir, die Entscheidung des Gerichts zu akzeptieren.« Er deutete auf den vereisten Körper Tashas. »Es kann wohl kaum als fair bezeichnet werden, einen hilflosen Gefangenen anzugreifen.«

Q überlegte. »Nun, dies ist ein gnädiges Gericht«, sagte er herablassend. Er hob die Hand, und als er auf die reglose junge Frau zeigte, flammte erneut kobaltfarben gleißende Energie. Tashas Lider zitterten, und kurz darauf schlug sie die Augen auf. Zuerst bewegte sie sich unsicher und steif, als sei die Kälte noch nicht ganz aus ihr gewichen, doch dann richtete sie sich auf. Data stützte sie.

Unruhe entstand in den Reihen des Publikums, und Dutzende von Zuschauern protestierten gegen das, was sie für unangemessene Nachsicht den Angeklagten gegenüber hielten. Einige sprangen auf, sahen zu *Q* herab und schüttelten die Fäuste. Der Richter ließ seinen thronartigen Sessel in die Höhe steigen, bis er mehrere Meter über der höchsten Sitzreihe schwebte. »*Ruhe!*« befahl er, und seine Stimme hallte so dröhnend aus verborgenen Lautsprechern, daß der ganze Gerichtssaal zu erbeben schien. Die verärgerten Zuschauer duckten sich unwillkürlich, nahmen rasch wieder Platz und wechselten furchtsame Blicke.

Gelassen beobachtete Picard, wie *Q* seine Macht demonstrierte. Er hatte bereits andere Personen kennengelernt, die dazu neigten, den starken Mann zu spielen, und so etwas beeindruckte ihn nicht. Bisher war ihnen *Q* einen Beweis für echte Überlegenheit schuldig geblieben. Offenbar stand ihm eine leistungsfähigere Technik zur Verfügung – zu der psychische Manipulationsmethoden gehören mochten –, aber nach Picards Ansicht ging es bei wirklicher Überlegenheit in erster Linie um Intelligenz, Umsicht und Moral.

Der Captain verglich *Q* immer mehr mit einem gewissenlosen Menschen, sah in ihm kaum noch den Repräsentanten eines höherentwickelten Volkes.

Q steuerte seinen Sessel wieder zur Plattform herab. »Wir setzen die Verhandlung nun fort, und ich weise Sie ausdrücklich darauf hin, daß keine Winkelzüge erlaubt sind. Diesem Gericht kommt es nur auf Fakten an.«

Picard ahnte, was der Fremde darunter verstand. »Fakten, ja«, wiederholte er. »Wir Menschen kennen unsere Vergangenheit und sind nicht sonderlich stolz darauf. Ich glaube, auf dieses Gericht trifft ein Ausspruch zu, den uns Shakespeare mit seinem Werk *Heinrich VII.* überliefert hat. Darin heißt es: Tötet alle Anwälte.«

»Was bereits erledigt wurde«, erwiderte *Q* knapp und lächelte humorlos.

Natürlich, dachte Picard. »Ich schätze, das führt zum Grundsatz: Die Angeklagten sind schuldig, solange nicht das Gegenteil bewiesen wurde.«

»Selbstverständlich«, sagte *Q* zufrieden. »Es wäre doch ziemlich unfair, gegen Unschuldige zu verhandeln.« Er beugte sich vor und grinste boshaft. Seine Stimme wurde wieder zu einem hallenden Donnern, als er hinzufügte: *Man legt Ihnen zur Last, eine Spezies gefährlicher Wilder zu sein. Rechtfertigen Sie sich!*«

Picard schüttelte den Kopf und entgegnete ruhig: »Wir sagen erst aus, wenn die Anklage spezifiziert wird. Die Bezeichnung ›gefährliche Wilde‹ ermöglicht eine Vielzahl von Interpretationen.«

»In *diesem Fall* bedeutet sie, anderen Personen Schaden zuzufügen.«

»Ach?« machte Picard und lächelte süffisant. »Und was ist mit dem Brückenoffizier, den Sie vereisten? Und dieser Frau, die das gleiche Schicksal erlitt? Wollen Sie uns etwa auf der Anklagebank Gesellschaft leisten?«

Q verzog das Gesicht, und Energie knisterte um ihn herum. »Sie Narr. Möchten Sie unbedingt eine vollständige Auflistung aller menschlichen Schandtaten? Nun gut.« Er gab dem mandarinischen Gerichtsdiener ein

Zeichen. »Zeigen Sie den Verbrechern die Anklageschrift.«

Der in einen langen Umhang gekleidete Asiate verneigte sich und trat auf das Podium zu. »Verlies die Anklage, Krimineller!«

Picard nahm den Videoschirm entgegen und betrachtete die Anzeige eine Zeitlang. Dann hob er den Kopf, blickte zu Q auf und zuckte mit den Schultern. »Ich sehe keine Anklage gegen *uns*, Euer Ehren.«

Der Richter schlug mit der flachen Hand auf die Armlehne des Gravsessels. »Das ist unerhört, Verbrecher!«

Unmittelbar im Anschluß an diese Worte setzten sich einige Soldaten in Bewegung und zückten ihre automatischen Waffen. Zwei Uniformierte bezogen zu beiden Seiten des Podiums Aufstellung und zielten auf Troi und Data. Q seufzte und sagte in einem beiläufigen Tonfall: »Soldaten, ihr werdet das Feuer auf die Gefangenen eröffnen, wenn die Verbrecher nicht mit ›schuldig‹ antworten...« Picard sah, wie die Zeigefinger der Uniformierten nach den Abzügen tasteten. Er zweifelte nicht daran, daß es Q ernst meinte. *»Kriminelle«*, erklang die Stimme des Richters, *»wie bekennt ihr euch?«*

Picard zögerte und versuchte, die Situation einzuschätzen. Data stand völlig ruhig und furchtlos, was ihn nicht weiter verwunderte. Der Androide hatte keine Angst vor dem Tod, der für ihn nur eine Funktionsunterbrechung bedeuten mochte. Troi hingegen hatte die Augen weit aufgerissen; vermutlich spürte sie die aggressive Stimmung im Saal. Einer der beiden Soldaten kam noch näher heran und hoffte offenbar, die Angeklagten seien noch immer nicht bereit, sich zu fügen. Tasha stand neben Picard, kampfbereit wie immer.

Aber in diesem Fall würden wir alle sterben, wenn wir uns auf einen Kampf einließen, dachte der Captain. *und ich bin nicht bereit, meine Leute dem Tod preiszugeben.*

»Euer Ehren«, sagte er langsam, »wir bekennen uns schuldig.« Die Soldaten entspannten sich, und das Publikum klatschte begeistert. Data musterte Picard neugierig, und Tashas Miene zeigte erstaunte Verwirrung. *Q* lehnte sich in seinem Sessel zurück und lächelte zufrieden.

»Allerdings unter Vorbehalt«, fügte Picard hinzu.

Erneut hoben die Soldaten ihre Waffen und sahen *Q* fragend an. Der Fremde musterte den widerspenstigen und hartnäckigen Captain der *Enterprise* und nickte schließlich.

»Nennen Sie den Grund dafür.«

»Wir fragen uns, ob das Gericht die eigenen Verfahrensregeln verletzt. Ich bitte um Erlaubnis für Lieutenant Commander Data, eine bestimmte Stelle aus dem Protokoll zu zitieren.«

»Ich warne Sie, Captain: Ich lasse keine Winkelzüge zu!« entgegnete *Q* scharf.

»Sind bei Ihrem so überlegenen Volk derartige Taktiken gebräuchlich?« fragte Picard. »Ich versichere Ihnen, daß wir nur Ihre Worte wiederholen.« Bevor *Q* reagieren konnte, wandte sich der Captain an den Androiden. »Data, welche Bemerkungen folgten auf die Versicherung des Richters, den Gefangenen werde kein Leid geschehen?«

Data konzentrierte sich und nahm eine Sondierung der internen Speicherbänke vor. Dann straffte er seine Gestalt und hob den Kopf. »Der Captain stellte folgende Frage...« Dann, mit Picards Stimme: »Können wir mit einer fairen Verhandlung rechnen?« Mit seinem angenehmen Tenor fuhr er fort: »Und darauf erwiderte der Richter...« Im Tonfall *Q's*: »Selbstverständlich. Ihnen wird Gerechtigkeit widerfahren.«

»Eine *unwichtige* Aussage«, sagte *Q* verärgert und winkte ab. »Sie spielt überhaupt keine Rolle.«

Picard bedeutete Data, auf einen Einwand zu verzichten. »Wenn Sie gestatten, Euer Ehren... Es gibt eine Möglichkeit, diese Meinungsverschiedenheit aus der Welt zu schaffen.« *Q* griff nach seinem Hammer, aber

Picard hob die Stimme. »Ich schlage eine neue Übereinkunft vor.«

Q zögerte und musterte Picard. Der Captain räusperte sich. »Wir geben zu, daß zumindest ein Teil der menschlichen Geschichte die Annahme des Gerichts stützt, unser Volk sei blutrünstig und barbarisch. Aber das hat sich inzwischen geändert. Testen Sie uns. Stellen Sie fest, ob sich die *heutigen* Menschen verändert haben oder nicht.«

Q kniff die Augen zusammen und schien eine Gefahr zu ahnen. »Ich verstehe.« Er sah Picard an. »Sie bitten das Gericht darum, Sie und Ihre Gefährten als Beweis für die Weiterentwicklung der Menschheit zu akzeptieren?«

»Nun, es gibt sicher viele Möglichkeiten, an uns zu testen«, erwiderte Picard. »Wir haben eine lange Mission vor uns...«

»Ja... ja!« sagte *Q*, und seine Miene erhellte sich plötzlich. »Eine hervorragende Idee, Captain! Allerdings bin ich der Ansicht, daß der Test keine längere Mission erfordert«. *Q* lächelte hintergründig, und Picard kam zu dem Schluß, daß der Fremde einen neuen Plan entwickelt hatte. »Das derzeitige Flugziel der *Enterprise* stellt eine größere Herausforderung dar, als Sie glauben.« Das Lächeln wuchs in die Breite, und *Q* nickte nachdenklich. »Ja, ja. Farpoint Station wäre ein ausgezeichneter Test.«

Picard sah seine Kameraden an. Data runzelte die Stirn, und die beiden Frauen wechselten einen verwunderten Blick. *Q* war nicht nur über ihr Ziel informiert, sondern wußte auch, was sie dort erwartete. Das Rätsel, das Picard für Starfleet lösen sollte, gewann dadurch eine noch größere Bedeutung. Darüber hinaus befürchtete der Captain, daß sie mit einer unbekannten Gefahr konfrontiert werden mochten. Es hatte natürlich keinen Sinn, *Q* um Auskünfte zu bitten. Das alles gehörte zu dem Spiel, das er ihnen aufzwang – und für das seine Regeln galten. Sowohl die *Enterprise* als auch Farpoint Station waren nichts weiter als Spielfiguren einer Partie, die zwischen Picard und *Q* ausgetragen wurde. Und es ging um die weitere Präsenz der Menschheit im All.

Der mandarinische Gerichtsdiener stand auf, als *Q* ihm zuwinkte. »Alle erheben sich respektvoll!« rief er. »Auf die Beine!« Die Zuschauer kamen der Aufforderung sofort nach, und Picard bedeutete seinen Gefährten, ihrem Beispiel zu folgen.

Q drehte den Gravsessel und ließ seinen Blick über das Publikum schweifen. »Das Gericht vertagt sich, um den Angeklagten die Möglichkeit zu geben, sich einem Test zu unterziehen.«

Der Asiate hob die Hand, und daraufhin schwang ein anderer Mann in seiner Nähe die orientalische Glocke hin und her. Die Stimme des Gerichtsdieners übertönte das Läuten. »Das ehrenwerte Gericht vertagt sich!«

Picard sah sich um und stellte überrascht fest, daß die Soldaten ihre Waffen ins Halfter schoben und zusammen mit den Zuschauern den Saal verließen. Offenbar hielten sie es nicht mehr für nötig, die Gefangenen zu bewachen. *Q* steuerte den thronartigen Sessel auf sie zu, und ein höhnisches Lächeln umspielte seine Lippen, als er Picard und seine Begleiter musterte.

»Sie sind ein außergewöhnlich kluger Mensch, Captain. Aber vielleicht müssen Sie sich bald der Erkenntnis beugen, nicht intelligent genug zu sein, um das Problem zu lösen, das sie auf Farpoint erwartet. Möglicherweise wäre es besser gewesen, sich dem Urteil des Gerichts zu beugen.«

»Und damit Ihnen und Ihren Bedingungen? Nein, tut mir leid. Der Test gibt uns wenigstens eine Chance.«

»Ich dachte mir schon, daß Sie das so sehen. Aber vielleicht täuschen Sie sich.« *Q* lachte und streckte die Hand in ihre Richtung.

Picard drehte den Kopf und kniff die Augen zu, als

ihnen grelles Licht entgegenflutete. Schon nach wenigen Sekunden trübte es sich wieder, und während der Captain noch zwinkerte und versuchte, die Umgebung zu erkennen, hörte er das vertraute Summen und Surren der Computer und Konsolen. Kurz darauf stellte er fest, daß er sich wieder an Bord des Rumpfsegments der *Enterprise* befand und im Kommandosessel saß. Troi, Data und Tasha nahmen ihre Plätze vor den entsprechenden Pulten ein und rieben sich die Augen, noch immer verwirrt infolge des plötzlichen Ortswechsels. Die anderen Brückenoffiziere wirkten ruhig und gelassen und schienen nichts Besonderes bemerkt zu haben – weder das grelle Licht noch den Transfer Picards und der anderen.

Data sah den Operator an, der neben ihm die Anzeigen der vorderen Konsole beobachtete. »Wie ist der gegenwärtige Kurs?«

Der Mann musterte ihn überrascht. »Wir sind direkt nach Farpoint Station unterwegs, Sir – wie es der Captain angeordnet hat.« Die Verwunderung des Navigators nahm noch zu, als Data mit Hilfe seiner Instrumente eine rasche Kontrolle vornahm und sich dann zu Picard umwandte.

»Es stimmt, Sir. Wir sind nach Farpoint unterwegs.«

»*Natürlich* sind wir das«, bestätigte der Mann am Navigationspult. »Zweifeln Sie etwa an meinen Angaben?«

Picard räusperte sich. »Was ist mit dem Gegner?«

Der Operator warf ihm einen verwunderten Blick zu und fragte sich ganz offensichtlich, was eigentlich vor sich ging. »Das fremde Raumschiff hat vor zehn Minuten abgedreht, und seitdem orten wir es nicht mehr. Die lange Verfolgungsjagd scheint überhaupt keinen Sinn zu ergeben: Wir wurden nicht angegriffen, und niemand versuchte, sich mit uns in Verbindung zu setzen. Ich verstehe nicht, was das alles zu bedeuten hat. Wissen Sie es, Captain?«

Picard winkte ab. »Ich bin sicher, es wird sich alles klären, sobald wir Farpoint Station erreichen.« Picard vermutete, daß die Zeit, die sie in *Q's* Gerichtssaal verbracht hatten, nur subjektiver Natur gewesen war. Vielleicht handelte es sich dabei um ein rein psychisches Erlebnis. Tasha, Troi, Data und er selbst: sie waren in einem so starken gemeinsamen Traum gefangen gewesen, daß ihn selbst die Betazoidin für Realität hielt. Aber den anderen Offizieren war nichts aufgefallen, und das deutete darauf hin, daß sie die Kampfbrücke nicht verlassen hatten. Nun, es gab noch eine andere Erklärung – die eines tatsächlichen, physischen Transfers, einer Projektion von Trugbildern, die den anderen Personen vorgaukelte, sie seien nach wie vor zugegen. Ganz gleich, was auch zutraf: Allem Anschein nach verfügte Q über ein weitaus größeres Potential, als sie bisher angenommen hatten. Die letzten Bemerkungen des Fremden gaben Anlaß zur Vermutung, daß der ›Test‹, der ihnen auf Farpoint bevorstand, von ihm kontrolliert wurde. Stimmte das? Oder handelte es sich dabei um einen weiteren wohlüberlegten Trick?

Der Navigator drehte den Kopf und bedachte Data mit einem beiläufigen Blick: »Wissen Sie etwas über Farpoint? Scheint ein ziemlich langweiliger Planet zu sein… Dort gibt es noch nicht einmal eine Niederlassung von Starfleet.«

Bevor der Androide Antwort geben konnte, lehnte sich Picard in seinem Sessel zurück und sagte: »Nun, vielleicht irren Sie sich. Nach dem, was ich hörte, könnte sich Farpoint als außerordentlich interessant erweisen.«

KAPITEL 4

Commander William T. Riker sah Deneb IV zum erstenmal auf den Bildschirmen der U.S.S. *Hood* – ein lohfarbener Planet mit Wolkenschlieren, die wie faserige Wattetupfer aussahen. Die nicht gerade einladend wirkende Oberfläche bestand zum größten Teil aus hohen Gebirgsmassiven und weiten Wüsten. Häufig kam es zu heftigen Stürmen, und die heulenden Böen trieben Sand vor sich her, der über eine öde Felslandschaft hinwegscheuerte.

Die einzige noch bewohnte Stadt befand sich in unmittelbarer Nähe der schimmernden Konstruktion, die einen modernen Raumhafen darstellte und den Namen ›Farpoint Station‹ trug. Riker hatte Hologramme der anderen Städte gesehen, die einst von den Bandi erbaut und vor Jahrhunderten aufgegeben worden waren. Die ältesten Orte waren längst ein Opfer der Erosion geworden und stellte kaum mehr dar als eine Anhäufung niedriger Ruinen. Sein Interesse galt jedoch in erster Linie der Stadt nahe der Starbase, denn sie stellte das Produkt einer hochentwickelten Technologie dar. Riker wußte noch immer nicht, ob die Bandi ihre Siedlungen einfach verlassen und neue errichtet hatten, wenn die alten nicht mehr genug Platz für die wachsende Bevölkerung boten – oder ob ein Teil des Volkes weitergezogen war, um sich in anderen Regionen niederzulassen. In jedem Fall schien es innerhalb kurzer Zeit zu einer bemerkenswerten technologischen Entwicklung gekommen zu sein.

Riker erinnerte sich an die ersten Tage auf Farpoint, nach dem Transfer von der *Hood*, an sein Erstaunen über die beeindruckende Ausstattung der Starbase, den elaborierten Luxus, den sie bot, an den freundlichen Diensteifer des Personals. Es handelte sich um den größten, besten und modernsten Raumhafen, den er jemals gesehen hatte.

Diese Dinge gingen ihm erneut durch den Kopf, als er sich rasierte und sein Abbild im Spiegel betrachtete, der eine ganze Wand des blitzsauberen Badezimmers einnahm. Die große Hygienezelle gehörte zu einem der Apartments in der Starbase. Das Spiegelbild zeigte ihm einen hochgewachsenen, schlaksigen und doch recht muskulösen Mann, der seine gute körperliche Verfassung den vielen Trainingsstunden in der Sporthalle der *Hood* zu verdanken hatte. Das lebhafte Blitzen in den blauen Augen ließ sowohl auf Intelligenz als auch Humor schließen. Riker war kein Narziß und erachtete sein äußeres Erscheinungsbild als akzeptabel.

Aber natürlich gefiel es ihm, daß ihn einige sehr hübsche Frauen in verschiedenen Sonnensystemen für attraktiv hielten.

Er hörte ein Geräusch im Wohnzimmer und wischte sich einige Schaumreste vom Hals, bevor er das Bad verließ. Eine große und elegante Bandi nahm gerade sein Frühstückstablett vom Tisch. Als sie ihn bemerkte, sah sie ihn an und lächelte. Riker erwiderte das Lächeln – und dann fiel ihm plötzlich ein, daß er nur mit einem um die Hüften geschlungenen Handtuch bekleidet war. Rasch zog er es fester.

»Ich habe nicht damit gerechnet, daß das Tablett so früh abgeholt wird«, sagte er.

»Reicht Ihnen eine Stunde fürs Frühstück nicht aus?«

»Doch, natürlich«, erwiderte Riker verlegen.

Die Frau blickte auf die Teller und stellte fest, daß Riker nur einen Teil des Schinkens gegessen und die Eier überhaupt nicht angerührt hatte. Sie waren grün – vermutlich aufgrund eines anomalen Faktors in der Genstruktur der Bandi-Hühner. »Es ist ungesund, überschüssige Nahrungsmittel zu lange der Luft auszusetzen«, meinte die Frau.

»Da haben Sie durchaus recht«, pflichtete Riker ihr

bei. »Wenn Sie mich jetzt bitte entschuldigen würden...«

»Sie haben die Eier nicht gegessen, Commander Riker. Waren Sie nicht damit zufrieden?«

Riker wollte die Bandi nicht beleidigen. »Oh, doch, natürlich«, erwiderte er hastig. »Es ist nur so... Wissen Sie, nach der vergangenen Nacht stand mir nicht der Sinn nach Eiern.« Erst recht nicht nach grünen, fügte er in Gedanken hinzu. Die Abschiedsparty, die seine Offizierskollegen von der *Hood* für ihn gegeben hatten, war ziemlich anstrengend gewesen. Als er sich der vielen Delikatessen und Spirituosen entsann, bildete sich erneut ein flaues Gefühl in seiner Magengrube.

Von solchen menschlichen Verdauungsproblemen hatte die Bandi offenbar keine Ahnung. Kritisch starrte sie auf die Eier. »Ich verstehe. Sie waren *nicht* zufriedenstellend. Sie wünschen etwas anderes.«

»Nein. Ich habe überhaupt keinen Appetit. Machen Sie sich deshalb keine Sorgen.« Er sah demonstrativ an sich herab. »Würden Sie mich bitte entschuldigen...?« wiederholte er und kehrte ins Bad zurück. Als er hörte, wie sich hinter der Bandi die Tür schloß, eilte er ins geräumige Schlafzimmer und zog dort seine normale Dienstuniform an. Der neue Starfleet-Schnitt (der dunkle Stoff paßte sich der Körperform an, und ein kleines Abzeichen deutete auf den Offiziersrang hin) war so bequem, daß er die Kombination ziviler Kleidung vorzog.

Die komfortable Kleidung schien dem sonderbar anmutenden Luxus in Farpoint Station zu entsprechen.

Als er das geräumige Apartment zum erstenmal sah – zwei Schlafräume, zwei große Hygienezellen, ein Wohnzimmer mit Eßecke –, hatte er um eine kleinere und nicht ganz so protzige Unterkunft gebeten. Zu seiner Überraschung antwortete Zorn, *Groppler* beziehungsweise Administrator der Starbase, es gebe keine schlichteren Quartiere.

In bezug auf den Raumhafenkomplex und das Personal kamen ihm viele Dinge seltsam vor. Die Bandi, deren Aufgabe offenbar darin bestand, seine Wohnung in Ordnung zu halten, hatte er ganz offen darauf hingewiesen, daß er klassische Weltraumdarstellungen in Öl lieber mochte als die zeitgenössischen Holoporträts, die an den Wänden hingen. Als er nach einigen Stunden von einem Spaziergang durch die Station zurückkehrte, fand er im Apartment Chesley Bonestell- und Robert McCall-Gemälde vor. Es schien sich um Originale zu handeln – und doch wußte er genau, daß sich die echten Bilder ausschließlich im Besitz von Museen und Kunstgalerien befanden, die meisten davon auf den Planeten des Sol-Systems. Dann die Pflanzen. Rikers Mutter war passionierte Gärtnerin gewesen und hatte die Liebe für alles Grüne und Blühende auf ihren Sohn übertragen. Bei einem Rundgang bemerkte er einen nach irdischer Art angelegten, doch nicht ganz richtig bepflanzten Garten. Die Gewächse, die mehr Sonnenlicht brauchten, wuchsen im Schatten. Bei ihrer nächsten Begegnung machte er den *Groppler* darauf aufmerksam, und als er sich den Garten sechzig Minuten später noch einmal ansah, ließ nichts mehr zu wünschen übrig. Eigentlich handelte es sich eher um Banalitäten, aber die Veränderungen waren *verblüffend schnell* erfolgt.

Riker wußte, daß Starfleet Fragen über die Bandi und Farpoint Station stellte – und Antworten erwartete. Daher vermutete er, daß die *Enterprise* diesen Planeten nicht nur deshalb anflog, um einige Besatzungsmitglieder der *Hood* aufzunehmen. Bestimmt kam sie auch mit dem Auftrag, Ermittlungen anzustellen.

William Riker kannte Jean-Luc Picard nicht persönlich, aber der Captain stand im Ruf, besonders scharfsinnig zu sein, seine Entscheidungen von kühler Logik bestimmen zu lassen und entschlossen zu handeln. Sicher hatte er nichts dagegen, daß sein neuer Erster Offizier mit eigenen Nachforschungen begann. Riker beschloß, sich gründlich umzusehen und nach Hinweisen Ausschau zu halten, die Picard dabei helfen konnten, sich ein Bild von Farpoint und den Bandi zu machen.

Der kleine und bequem eingerichtete Aufenthaltsraum des Einkaufszentrums verfügte über einen großen Bildschirm, der unter anderem als Sichtterminal für das komplexe Satelliten-Kontrollsystem von Farpoint Station diente; die künstlichen Trabanten im Orbit des Planeten hatten die Aufgabe, die Starbase rechtzeitig auf Raumschiffe im Anflug hinzuweisen. Durch einen breiten Zugang in der Nähe konnte man in einen hübschen Terrassengarten gelangen, der an einem riesigen Schwimmbecken endete, doch die beiden Starfleet-Angehörigen im Salon interessierten sich nur für die Darstellung auf der Projektionsfläche.

»Komm schon, los«, entfuhr es Fähnrich Hughes ungeduldig. »Wo bleibt sie denn?« Mark Hughes war ein sympathischer, einundzwanzig Jahre junger Mann mit rotem Haar. Er hatte gerade die Akademie hinter sich gebracht, zeichnete sich durch ein offenes, impulsives Wesen aus und neigte noch immer dazu, erst zu sprechen und dann nachzudenken.

Der andere Mann war einige Jahre älter, und sein bedächtiges Gebaren machte die größere Erfahrung deutlich. »Immer mit der Ruhe, Mark«, sagte er und lachte leise. »Es handelt sich praktisch um ihren Jungfernflug.«

»Geordi, es heißt, seitdem der alte Glatzkopf das Kommando übernommen hat, würde sie sich nie verspäten.«

»Sie meinen doch nicht etwa die *Enterprise*, oder?« fragte Riker nicht ohne eine gewisse Schärfe und kam näher.

Die beiden jungen Männer drehten sich überrascht um. Als sie sahen, daß sie es mit einem ranghöheren

Offizier zu tun hatten, nahmen sie sofort Haltung an. »D... doch, Sir«, entgegnete Hughes unsicher.

Riker lächelte angesichts der Nervosität des Fähnrichs. »Ich glaube, wir können hier auf Förmlichkeiten verzichten«, meinte er. »Noch sind wir nicht an Bord.«

»Sie wissen, daß wir zur *Enterprise* versetzt wurden, Sir?« fragte Hughes verdutzt.

»Natürlich.« Der Commander streckte die Hand aus. »Riker. Erster Offizier.« Er musterte sie beide, während er sie begrüßte. Hughes: groß und schlank, auf eine gemütliche Weise attraktiv. Der dunkelhäutige Offizier Geordi LaForge war kleiner und stämmiger, und sein freundliches Lächeln bildete einen auffallenden Kontrast zu der sonderbaren Vorrichtung, die er vor den Augen trug. Schon als Kleinkind hatte sich Geordi einer komplizierten Operation unterziehen müssen, die sein Hirn auf die Stimulierung durch eine optische Prothese vorbereitete. Obgleich blind, konnte LaForge weitaus besser sehen als normale Menschen. Das Gerät, das ihm derartige Wahrnehmungen ermöglichte, hieß VISOR: visuell-organische Restitution.

Tatsächlich stellte das VISOR weitaus mehr dar als nur einen Ersatz für Augen. Es gab LaForge einen teleskopischen und mikroskopischen Blick und versetzte ihn darüber hinaus in die Lage, in einem Spektralbereich zu sehen, der von Röntgenstrahlen bis zu infraroten Emissionen reichte. Geordie war als Navigator an Bord der *Hood* tätig gewesen, gehörte jedoch zu einer anderen Dienstcrew. Deshalb lernte ihn Riker erst jetzt persönlich kennen.

»Während des Fluges nach Farpoint habe ich die Akten aller versetzten Personen durchgesehen«, sagte Riker und sah den jüngeren Mann an. »Ihre Akademiezeugnisse sind exzellent, Mr. Hughes.«

»Danke, Sir.«

»Soweit ich weiß, sind Sie auch Torschützenkönig beim Null-G-Fußball.«

Hughes lächelte und zuckte mit den Schultern. »Dabei spielt man nicht allein. Und ohne die Unterstützung einer guten Mannschaft kann man nicht viel erreichen.«

»Was Sie angeht, Mr. LaForge... Captain DeSoto hält große Stücke auf Sie. Offenbar haben Sie ihm als Navigator an Bord der *Hood* ausgezeichnete Dienste geleistet. Warum Ihre Bitte, zur *Enterprise* abkommandiert zu werden?«

LaForge lächelte amüsiert. »Warum nicht, Sir? Die *Enterprise* ist das größte, neueste und schnellste Schiff in der ganzen Flotte...«

»Und es wird vom besten Captain Starfleets befehligt«, warf Riker ruhig ein. »Nicht wahr, Mr. Hughes?«

Hughes senkte verlegen den Blick, und seine Wangen glühten, als ihm das Blut in den Kopf schoß. Riker hatte die Bemerkung über den ›alten Glatzkopf‹ gehört. Nach einigen Sekunden sah der junge Mann wieder auf und antwortete mit einem schüchternen: »Ja, Sir.«

LaForge richtete seine Aufmerksamkeit wieder auf den großen Bildschirm und runzelte die Stirn. »Sie ist bereits überfällig, Sir«, sagte er.

»Und das sieht Picard gar nicht ähnlich. Es heißt, er lege großen Wert auf Pünktlichkeit.« Riker nickte und teilte Geordis Besorgnis.

»Haben Sie irgendeinen Auftrag für uns, Sir?« fragte LaForge.

»Ja.« Riker sah die beiden jungen Männer ernst an. »Ich habe mich bereits mit den anderen neuen Besatzungsmitgliedern der *Enterprise* in Verbindung gesetzt, die hier auf Farpoint warten. Starfleet ist sehr an dieser Starbase interessiert, und mir geht es darum, einen vorläufigen Bericht für Captain Picard zusammenzustellen. Ich möchte, daß Sie mich über alle Dinge informieren, die Ihnen ungewöhnlich erscheinen.«

»Ungewöhnlich, Sir? Zum Beispiel?«

Riker dachte kurz nach und suchte nach den richtigen Worten. »Ich meine damit etwas, für das es keine einfachen Erklärungen gibt. Vorgänge, die rätselhaft anmuten, wie... wie Magie.«

»Aber es handelt sich doch um einen modernen Raumhafen«, wandte Hughes ein. »Magie...«

»Die Basis wurde von einem fremden Volk erbaut, Fähnrich. Wir wissen nicht viel über die Bandi, und ich glaube, wir hätten uns wesentlich umfassender über sie informieren sollen – *vor* der Fertigstellung der Starbase.«

Es summte melodisch in den Lautsprechern des Interkom-Systems, und kurz darauf erklang die sanft klingende Stimme einer Frau. »Commander Riker, *Groppler* Zorn erwartet Sie in seinem Büro. Commander Riker, *Groppler* Zorn erwartet Sie in seinem Büro.«

»Entschuldigen Sie mich«, sagte Riker. Die beiden jungen Männer nickten und blickten wieder auf den Bildschirm.

Das Büro des Administrators befand sich in der alten Stadt, neben der man den Raumhafenkomplex errichtet hatte. Ein Gleitband trug Riker diagonal durch den breitesten Teil der Anlage. Als es anhielt, brauchte er nur fünf Minuten, um sein Ziel zu Fuß zu erreichen. Die Gassen der alten Stadt waren schmal und hoch – eine Beschreibung, die auch auf die Bandi selbst zutraf. Alle sahen so aus, als seien sie etwa sechzig irdische Jahre alt, selbst diejenigen, von denen Riker wußte, daß sie wesentlich jünger waren. Vielleicht wirkten sie aufgrund ihrer farblosen grauen Haut so alt. Hinzu kam ihre hochaufgeschossene, hagere Statur, die den Eindruck von Gebrechlichkeit vermittelte.

Zorns Assistent führte Riker herein. Der *Groppler* saß hinter einem großen, eleganten Schreibtisch, der das Meisterwerk einer erlesenen Handwerkskunst zu sein schien. Die Schubladen paßten so nahtlos ins glänzende Holz, daß man sie fast für organische Auswüchse halten konnte. Der Rest der Einrichtung – der Sessel, in dem Zorn saß, die zierlichen Beistelltische, hier und dort einige Stühle, an der einen Wand sogar eine schmuckvolle Vitrine – bestanden aus dem gleichen, burgunderroten Holz. Zu seinem großen Erstaunen bemerkte Riker eine Schüssel mit ausgewähltem irdischen Obst.

Der Administrator stand auf und streckte Riker die linke Hand entgegen. Sie hatten sich kurz nach dem Eintreffen der Gruppe kennengelernt, die zur *Enterprise* versetzt worden war. Offenbar hatte sich Zorn noch immer nicht ganz an die menschliche Geste des Händeschüttelns gewöhnt und brachte deshalb einige Dinge durcheinander. Er murmelte eine Entschuldigung, als ihm Riker aus einem Reflex heraus die rechte Hand anbot, ergriff sie und schaffte es dabei, Finger und Daumen in die richtige Position zu bringen.

»Ich habe mich sofort auf den Weg gemacht, als ich die Nachricht hörte, *Groppler*«, sagte Riker und nahm auf der anderen Seite des Schreibtisches Platz.

»Vielen Dank.« Zorn setzte sich wieder und schob einige durchsichtige Mitteilungsmodule zur Seite. »Das Raumschiff *Enterprise* hätte diesen Planeten längst erreichen müssen.«

Riker blickte auf das Wandchronometer hinter Zorn. »Es hat sich bereits um eine Stunde und vierzig Minuten verspätet.«

»Ja, in der Tat. Das war die geplante Ankunftszeit. Das ist doch nicht üblich, oder? Ich meine: Die Starfleet-Schiffe stehen in dem Ruf, bemerkenswert pünktlich zu sein. Und das trifft in besonderem Maße auf die *Enterprise* zu.«

»Sie haben recht. Doch wenn es unterwegs zu unerwarteten Zwischenfällen kommt...«

»Oh, natürlich.« Zorn nickte und zögerte dann. »Aber was könnte ein Raumschiff aufhalten?«

»Viele Dinge«, erwiderte Riker. »Sie wären überrascht.« In einem dozierenden Tonfall fügte er hinzu:

»Es gibt mehr zwischen Himmel und Erde, als sich die alte Schulweisheit träumen läßt.«

»Bitte? Ich fürchte, ich verstehe Sie nicht ganz…«

Riker musterte den Administrator nachdenklich. Zorn war in einer planetaren Kultur aufgewachsen, und sein Denken wurde von entsprechenden Traditionen bestimmt. Der Commander erinnerte sich daran, daß die Bandi die gelandete Erkundungsgruppe praktisch sofort entdeckt und im Anschluß daran großes Interesse an Raumfahrt, interstellarer Kommunikation und der Föderation entwickelt hatten. Obgleich sie inzwischen weitaus mehr über den Kosmus wußten, fiel es ihnen nach wie vor schwer, das Gefahrenpotential des Weltraums in seinem ganzen Ausmaß zu begreifen. In dieser Hinsicht bewahrten sie sich eine kindliche Naivität.

»Ist nicht weiter wichtig«, sagte Riker. »Um auf Ihre Frage zurückzukommen: Es ließen sich viele Erklärungen dafür anführen, daß ein Raumschiff den vorgesehenen Zeitplan nicht einhält.«

»Hm.« Zorn lächelte freundlich. »Ich hoffe, Sie mußten während des Wartens nicht auf eine gewisse Bequemlichkeit verzichten.«

»Ich finde die Bezeichnung ›Luxus‹ weitaus angemessener.« Riker beobachtete, wie der Administrator einfach nur mit den Schultern zuckte, so als sei das nicht weiter von Bedeutung. »Erschiene es Ihnen undankbar, wenn ich Sie um einige Informationen bitte?«

»Keineswegs. Fragen Sie nur.«

»Ich finde es faszinierend, daß Sie es fertiggebracht haben, mitten in Ihrer uralten Kultur einen hochmodernen Raumhafenkomplex aus Trilurium und Duraplast zu errichten. Das Energieniveau Ihrer Fabrikationsanlagen muß tatsächlich so hoch sein, wie ich hörte.«

Zorn lächelte stolz, und die weißen Zähne wirkten wie Fremdkörper in seinem grauen Gesicht. »Unsere Heimatwelt hat einen großen Vorteil: geothermische

Energie. Ich werde dafür sorgen, daß man Ihnen einen ausführlichen Bericht über unsere Energiequelle zur Verfügung stellt.«

»Danke.« Nicht zum erstenmal stellte Riker fest, daß der *Groppler* direkten Fragen auswich und die Antworten auf einen späteren Zeitpunkt verschob. »Trotzdem erscheint es mir unglaublich, daß Sie die Starbase in so kurzer Zeit fertigstellten und... derart perfekt an... an die Bedürfnisse Starfleets anpaßten.«

Vorsichtig schob Zorn die Obstschale über den Schreibtisch. »Greifen Sie nur zu, Commander. Soweit ich weiß, werden diese Früchte auf der Erde sehr geschätzt.«

»Nun, wenn ein Apfel dabei ist...« Riker warf einen kurzen Blick auf die Auswahl und sah Weintrauben, Orangen, Bananen, Birnen, Pflaumen, Mandarinen und Erdbeeren – aber keine Äpfel. »Tja, offenbar nicht«, brummte er enttäuscht.

»Tut mir leid, Commander.«

»Spielt keine Rolle. »Was ich gerade sagen wollte...« Er starrte an dem *Groppler* vorbei auf den Schrank hinter dem Schreibtisch. »Lieber Himmel, ich fasse es nicht!« Zorn drehte sich um. Auf der Ablage stand eine zweite Schale mit Obst, und ein glänzender Apfel krönte die dekorative Anordnung.

»O ja. Die andere Schüssel hatte ich ganz vergessen. Bitte, bedienen Sie sich.«

Riker stand auf, trat an Zorn vorbei, ergriff den roten Apfel und betrachtete ihn eine Zeitlang. »Ich hätte schwören können, daß er vor einigen Sekunden noch nicht da war.« Er schnupperte daran, und das süße Aroma erinnerte ihn an den Apfelbaum, der hinter dem Haus seiner Eltern wuchs und den er als Kind so oft erklettert hatte.

»Gefällt er Ihnen deshalb weniger?«

Riker schüttelte den Kopf. »Ganz und gar nicht, *Groppler*.«

Zorn lächelte zufrieden. »Ich nehme an, das trifft auch auf Farpoint Station zu, Commander. Einige leicht zu beantwortende Fragen werden das Interesse Starfleets an dem Raumhafenkomplex wohl kaum verringern.«

Riker musterte den Administrator nachdenklich. *Das klingt viel zu glatt*, überlegte er skeptisch. *Verbirgt er irgend etwas?* Er biß in den Apfel, und das Wasser lief ihm im Mund zusammen, als er genießerisch kaute. Zorn wartete auf eine Reaktion, und der Commander ließ sich Zeit, bevor er schließlich erwiderte: »Da haben Sie bestimmt recht.« Er hob den Apfel. »Schmeckt köstlich. Vielen Dank.« Bevor er den Raum verließ, drehte er sich noch einmal um. »Auf Wiedersehen, *Groppler* Zorn.«

Zorn stand auf, als sich die Tür hinter Riker schloß, hob den Kopf und sah sich aufgebracht im leeren Zimmer um.

»Ich habe dich aufgefordert, das zu unterlassen. Warum *verstehst* du denn nicht? So etwas weckt nur ihren Argwohn...« Er verschränkte die Arme und machte ein ernstes Gesicht. »Wenn das noch einmal geschieht, bestrafen wir dich, das versichere ich dir!«

Die Eisdiele befand sich in einer Ecke des großen Einkaufszentrums, und Geordi LaForge bewunderte sie. Es handelte sich um eine exakte Nachbildung der traditionellen Bars, die er von der Erde her kannte: ein Tresen aus Marmor, Zapfhähne für verschiedene Fruchtsäfte, hinter der dicken Glasscheibe die gekühlten Behälter mit verschiedenen Eissorten, Teller mit Nüssen, Kirschen, Schokolade und Bonbons, hohe Stühle vor der Theke – alle Details stimmten.

Zusammen mit Fähnrich Hughes saß LaForge an einem Tisch und genoß die Atmosphäre. Geordi bemerkte, daß der Ventilator an der Decke dem Stil des frühen zwanzigsten Jahrhunderts entsprach: Die Flügel bestanden aus massivem Holz. Der Mann hinter dem Tresen – er trug ein gestreiftes Hemd, eine weiße Hose und eine Mütze in der gleichen Farbe – reichte Hughes einen Eisbecher, den LaForge für nicht besonders aufregend hielt: Vanille mit dunkelrotem Kirschsirup, darüber ein Kegel aus Schlagsahne.

Hughes sah LaForge an und lächelte glücklich. »So etwas habe ich mir schon seit langem gewünscht. Der Bordküche der *Hood* mangelt es an einer gut programmierten Eismaschine. Das Zeug, das sie einem anbietet, hat überhaupt keinen richtigen Geschmack.« Er probierte den ersten Löffel und rollte entzückt mit den Augen. »Meine Güte...«

»Was ist denn?«

»Wie die Eiscreme, die meine Oma auf der Farm herstellte. Möchten Sie mal versuchen?«

»Nein.« LaForge neigte den Kopf zur Seite und hing melancholischen Gedanken nach. »Hier könnte mir niemand das anbieten, was ich wirklich möchte.« Der Mann hinter dem Tresen beobachtete ihn und hörte aufmerksam zu. »Es gab da eine ganz bestimmte Eisdiele in meiner Heimatstadt, und ihr Schokoladenbecher...« Er seufzte. »Ich übertreibe nicht, wenn ich ihn als wahres Kunstwerk bezeichne. Man träufelte ein wenig Erdnußbuttersirup darüber, und dann kam blaue Schlagsahne. Den Abschluß bildete eine dicke Kirsche.« Schwermütig schüttelte er den Kopf. Als Kind war er *verrückt* danach gewesen.

»Warum ausgerechnet *blaue* Schlagsahne?« fragte Hughes.

LaForge grinste. »Keine Ahnung. War eine Spezialität des Hauses. Nun, den letzten solchen Becher genehmigte ich mir, bevor ich das Studium an der Akademie begann...«

Der Barmann griff unter die Theke und holte ein großes, tulpenförmiges Glas hervor. LaForge rückte sich das VISOR zurecht und starrte auf dunkles Schokoladeneis, leckeren Erdnußbuttersirup, blaue Schlagsahne und eine rote Maraschinokirsche. Er betrachtete den Becher eine Zeitlang, griff dann nach einem Löffel und schob ihn sich gefüllt in den Mund.

Hughes beobachtete ihn neugierig. »Es ist...«

»Perfekt.« LaForge seufzte erneut. »Wie Magie.« Dann begriff er die Bedeutung seiner Worte und starrte den jüngeren Mann verblüfft an. Hughes erwiderte seinen verblüfften Blick. *Wie Magie*.

»Ich glaube, wir sollten Commander Riker Bescheid geben«, sagte Geordi.

»Genau«, bestätigte Hughes und stand auf.

»Warten Sie«, sagte LaForge und legte seinem Begleiter die Hand auf die Schulter. »Erst fülle ich mir damit den Magen.«

Das Foyer war eine blitzende Konstruktion aus Trilurium und Glas – eine betont moderne Kammer, hell und geräumig, geschmückt mit sorgfältig angeordneten Bäumen, Büschen und Blumenstauden. Manche Pflanzen stammten von der Erde, andere von fremden Welten. Einige Starfleet-Offiziere traten von der schattigen Promenade her ein. Bei den meisten von ihnen handelte es sich um Besucher von der *Hood*, die die Gelegenheit nutzten, sich in der neuen Starbase umzusehen. Dem zur *Enterprise* versetzten Personal hatte man Transitquartiere in Farpoint Station zugewiesen.

Als Riker das Foyer erreichte, sah er Dr. Beverly Crusher und ihren Sohn Wesley. Crusher war der neue Erste Bordarzt der *Enterprise*. Sie hatte eine steile Karriere hinter sich und ihren Rang nach nur dreizehn Jahren in der Flotte erreicht. Darüber hinaus erwies sie sich als eine in besonderem Maße attraktive Frau.

»Dr. Crusher!« rief Riker.

Wesley warf ihm einen kurzen Blick zu und wandte sich dann an seine Mutter. »Es ist Commander Riker.«

Dr. Crusher blieb stehen, damit Riker zu ihnen aufschließen konnte, aber sie lächelte nicht. Fremden gegenüber verhielt sie sich immer recht zurückhaltend und reserviert. Riker war ihr bereits einige Male an Bord der *Hood* begegnet, während des Fluges nach Farpoint. Offenbar hielt sie nicht viel von oberflächlicher Konversation, und der Commander hatte erlebt, wie sie auf die Annäherungsversuche der männlichen Offiziere reagierte. Er beschloß, sich ihr schlechtes Beispiel eine Lehre sein zu lassen.

Ihm fiel noch etwas anderes auf. Allem Anschein nach legte Beverly großen Wert darauf, mindestens zehn Jahre jünger auszusehen, als sie es in Wirklichkeit war. Doch der Blick ihrer dunkelblauen Augen deutete nicht nur auf hohe Intelligenz hin, sondern auch auf eine starke und profunde Persönlichkeit. Nun, wenn sie es vorzog, zu Fremden Distanz zu wahren, so ging das nur sie etwas an.

Ihr Sohn Wesley hatte kastanienfarbenes Haar und war klein und schlank. Die wache, konzentrierte Aufmerksamkeit stellte ein Erbe seiner Mutter dar, aber im Vergleich zu ihr wirkte er weitaus neugieriger und aufgeschlossener. Er sah nicht direkt gut aus, aber diesen Nachteil machte er mit einer betont offenen Einstellung wett, mit auffallender Lebensfreude und einem fröhlichen Wesen. An Bord der *Hood* hatte sich Riker einige Male mit ihm über die Technik von Raumschiffen unterhalten. Wesley stellte kluge Fragen, und was noch weitaus wichtiger war: Er *hörte zu*, wenn ihm jemand Antworten darauf gab.

»Hallo, Wesley. Gefällt es dir in Farpoint Station?«

»Ja, *Sir.*«

Riker fühlte den durchdringenden Blick Beverleys auf sich ruhen. Ganz offensichtlich wartete sie auf eine Erklärung. »Ich dachte mir, ich könnte Ihnen vielleicht Gesellschaft leisten. Wenn Sie erlauben.« Er lächelte freundlich.

Beverley blieb unbeeindruckt und ein wenig skeptisch. »Wir wollten gerade einkaufen.«

»Ich wollte mir ebenfalls die Promenade ansehen«, sagte Riker. »Darf ich Sie begleiten?«

»Selbstverständlich.« Dr. Crusher hielt auf die Glastür zu, die zum weiten Bereich mit den Geschäften und Ständen führte. Riker schritt neben ihr, und Wesley blieb ein wenig zurück und ließ die beiden Erwachsenen nicht eine Sekunde lang aus dem Auge.

Die Promenade war ähnlich gestaltet wie das Foyer: Geräumigkeit und helles Sonnenlicht, fast kunstvoll anmutende Anpflanzungen und duftende Blumen. Zu beiden Seiten des Weges gab es schmuckvolle Läden und kleine Nischen, die bestimmte Spezialitäten, Getränke und andere Dinge anboten. Die Bandi-Kaufleute begegneten dem Starfleet-Personal, das sich für ihre Waren interessierte, mit fast übertriebener Zuvorkommenheit. Beverly ließ ihren Blick über die Auslagen der vielen Geschäfte schweifen und schenkte Riker keine Beachtung.

»Meine Mutter zeigt Ihnen nicht etwa die kalte Schulter«, sagte Wesley arglos. »Sie ist nur schüchtern in der Nähe von Männern, die sie nicht kennt.«

Beverly errötete und drehte sich ruckartig um. »Wesley!«

»Eine Verhaltensweise, an der es nichts auszusetzen gibt«, erwiderte Riker. »Bei Frauen, die ich gerade erst kennengelernt habe, ergeht es mir ähnlich.« Er musterte Beverly amüsiert, und zögernd erwiderte sie sein Lächeln.

»Doktor Crusher...«, begann der Commander. »Zwar gehören wir noch nicht offiziell zur Besatzung der *Enterprise*, aber ich glaube, wir könnten uns nützlich machen, während wir hier auf das Schiff warten.«

Beverly sah ihn erstaunt an und hob fragend die Brauen. »Nützlich, Commander? Wie denn?«

»Indem wir einigen Dingen nachgehen, die mir hier

aufgefallen sind.« Beverly wandte sich von ihm ab und trat an einen Laden heran. Davor stand ein Tisch mit exotischen Tüchern. Die zusammengerollten Bündel bildeten lange Reihen, und hier und dort waren einige Stoffmuster ausgebreitet, damit sie besser zur Geltung kamen. Riker folgte der Ärztin und wartete, während sie die Waren betrachtete. »Captain Picard wird diesen Raumhafenkomplex für Starfleet inspizieren. Und wenn wir ihm vorher einige Informationen geben können, erleichtern wir ihm die Arbeit.«

»Mhm.« Beverley scheint sich weitaus mehr für die Tücher zu interessieren. Mit knappen Worten schilderte Riker das, was ihm selbst aufgefallen war: die Gemälde, das geheimnisvolle Erscheinen der zweiten Obstschale mit dem Apfel. Beverly hörte schweigend zu und strich mit den Fingerkuppen über einen mandarinfarbenen Stoff, der ihr besonders gefiel.

»Verstehen Sie denn nicht, wie seltsam jene Vorgänge sind?« schloß Riker.

»Nein, tut mir leid. Was ist daran denn so mysteriös? Während Ihrer Abwesenheit veränderten die Bandi das Dekor Ihres Apartments – auf Ihre Bitte hin. Und dann eine Schale mit Obst, die Sie zuvor übersahen...«

»Ich bin sicher, sie war nicht da, als ich das Büro des Administrators betrat.«

»Eine Schüssel, die Ihrer Aufmerksamkeit entging«, beharrte Beverly. Mit fester Stimme fügte sie hinzu: »Und sie enthielt den Apfel, den Sie sich wünschten. Ich bezweifle, ob Captain Picard solchen Dingen eine spezielle Bedeutung beimißt.« Sie zog eine Rolle aus kastanienbraunem Stoff zu sich heran, zupfte das Ende heraus und hielt es ins Licht. »Mit einem goldenen Muster sähe dieses Tuch noch hübscher aus«, sagte sie zu dem wartenden Händler. Der Bandi nickte und rückte die anderen Bündel auf dem Tisch beiseite. Wesley beobachtete den Mann interessiert, während sich seine Mutter direkt an Riker wandte. »Commander, ich verstehe durchaus, daß ein so junger Erster Offizier seinem Captain unbedingt beweisen möchte, wie tüchtig und fähig er ist.«

»He, einen Augenblick...«

»Aber meine Pflichten und Interessen liegen *außerhalb* der Kommandostruktur.« Beverly unterbrach sich, als sie Rikers verblüfften Blick bemerkte. Er starrte an ihr vorbei auf den Tisch: Das Tuch, das eben noch eine schlichte kastanienfarbene Tönung aufgewiesen hatte, zeigte nun ein feines Muster aus Silber und Gold.

»Erscheint es Ihnen nicht seltsam, daß der Bandi genau das hat, was Sie möchten?« fragte Riker mit einem Hauch von Sarkasmus.

Beverly musterte ihn stumm, runzelte kurz die Stirn und sah dann den Händler an, der gelassen lächelte und auf ihre Entscheidung wartete. »Vielen Dank. Ich nehme den ganzen Ballen. Schicken Sie ihn zur *Enterprise*, wenn das Raumschiff eintrifft, und stellen Sie die Rechnung auf meinen Namen aus: Doktor Beverly Crusher.«

Der Händler verbeugte sich und tippte die Daten in einen flachen Kreditmonitor, der an seinem Gürtel hing. Dann griff er nach dem Stoffbündel und trug es in den Laden, um es dort einpacken zu lassen. Beverly drehte sich um und bedachte Riker mit einem spöttischen Blick. Der Commander streckte die Hand aus und deutete auf die Promenade. Beverly nickte und ging neben ihm.

»Was meinten Sie eben, Doktor?« fragte Riker.

Beverly senkte kurz den Kopf. »Ich sagte, Sie erfinden irgendwelche Rätsel, um die Gunst des Captains zu gewinnen, um ihn zu beeindrucken.« Sie sah wieder auf und hielt seinem Blick stand. »Entschuldigen Sie bitte, Commander Riker.«

»Ich heiße Bill.«

»Ja, ich kenne Ihren Namen.«

»Das Tuch mit dem goldenen Muster gehörte nicht

zum Angebot, als wir vor dem Tisch stehenblieben«, warf Wesley ein. »Da bin ich ganz sicher.«

»Ich weiß.« Beverly verharrte und sah zu dem Geschäft zurück. Der Händler hatte den Laden wieder verlassen und stand hinter dem Tisch, um seine Waren anderen Kunden anzubieten. »Vielleicht gibt es hier *tatsächlich* etwas, das nicht mit rechten Dingen zugeht und von dem Jean-Luc erfahren sollte.«

»Jean-Luc? Sie kennen Captain Picard?«

»Er war zusammen mit meinem Vater an Bord der *Stargazer*«, sagte Wesley stolz.

Beverly legte ihrem Sohn die Hand auf die Schulter und lächelte nachsichtig. »Wes, Commander Riker ist nicht an unserer Familiengeschichte interessiert.« Sie sah Riker an. »Ich kenne Captain Picard nicht besonders gut. Wir sind uns einmal begegnet, das ist alles. Vor langer Zeit.« Sie wirkte plötzlich sehr nachdenklich. »Die Sache mit dem Tuchballen *war* seltsam. Wissen Sie was? Von jetzt an halte ich die Augen offen und gebe Ihnen sofort Bescheid, wenn mir noch etwas auffällt.«

»Das ist sehr nett von Ihnen... Beverly.«

Die Ärztin verbarg ihr Lächeln. Zwar sprachen sich an Bord von Starfleet-Schiffen die meisten Senioroffiziere mit dem Vornamen an, aber sie hatte nicht die Absicht, die Distanzbarrieren zwischen ihr und dem jungen Bill Riker zu rasch niederzureißen. Sie dachte wieder an seine Beobachtungen: Ihr eigenes Erlebnis bestätigte, daß sie weder einer ausufernden Fantasie noch übertriebenem Ehrgeiz entsprangen. Hüteten die Bandi ein Geheimnis? Und welche Intentionen verbanden sie mit Farpoint Station? Beverly kam zu dem Schluß, daß Riker richtig handelte, indem er das Starfleet-Personal aufforderte, wachsam zu sein und alles Ungewöhnliche zu melden.

»Sir...« Sie drehten sich um und sahen Geordi LaForge, der sich ihnen mit langen Schritten näherte. »Die *Enterprise* trifft ein...«

»Ist das ein offizieller Bericht, Lieutenant?« fragte Riker scharf.

»Entschuldigen Sie, Commander.« LaForge nahm Haltung an. »*Sir*, Lieutenant LaForge meldet, daß das Raumschiff *Enterprise* in eine Umlaufbahn schwenkt. Allerdings ohne Diskussektion.«

Riker wechselte einen verwirrten und besorgten Blick mit Beverly. »Nur das Rumpfsegment mit dem Warptriebwerk? Was ist geschehen?«

»Es liegen uns keine Informationen vor, Sir. Captain Picard läßt Ihnen mitteilen, Sie sollen sich sofort an Bord beamen.«

»Unser neuer Captain vergeudet keine Zeit«, bemerkte Beverly.

»Und daran sollte ich mir ein Beispiel nehmen«, erwiderte Riker trocken. »In Ordnung, Lieutenant. Vielen Dank dafür, daß Sie mich so rasch benachrichtigt haben.«

»Ja, Sir«, sagte LaForge. »Sie, wenn Sie erlauben... Vor einer Weile ist Fähnrich Hughes und mir etwas Seltsames aufgefallen...«

Riker hob die Hand. »Geben Sie mir einen ausführlichen Bericht, sobald Sie an Bord sind.« Er berührte den Kommunikator auf der linken Brustseite der Uniform. »*Enterprise*, hier spricht Commander Riker von Farpoint Station. Ich bin für den Transfer bereit.«

»*Enterprise* an Riker. Energie.«

Die Luft in unmittelbarer Nähe des Commanders begann zu schimmern und zu flirren. Langsam umhüllte die glitzernde Energie seine Gestalt und verflüchtigte sich kurz darauf. Beverly war noch immer von diesem Vorgang fasziniert, obgleich sie die Funktionsprinzipien des Transportersystems genau kannte. Die Starfleet-Technik hatte zu wunderbar anmutenden Errungenschaften geführt. Eine der erstaunlichsten war die

Methode, mit der sich die molekulare Struktur fester Objekte auflösen, in Energie verwandeln, über große Entfernungen transportieren und am Ziel wieder rematerialisieren ließ. Die Ärztin legte Weseley den Arm um die Schultern und nickte LaForge zu.

»Wenn Sie uns jetzt bitte entschuldigen würden, Lieutenant... Die Ankunft der *Enterprise* bedeutet, daß wir ebenfalls Vorbereitungen treffen müssen, um an Bord gebeamt zu werden.«

»Es handelt sich nur um die Gefechtssektion, Ma'am«, entgegnete LaForge. »Wir wissen nicht, was unterwegs passierte – und was aus dem Diskussegment geworden ist.«

Beverly musterte ihn ruhig und blieb gelassen. »Ich bin sicher, Captain Picard wird uns bald alles erklären. Wenn er den richtigen Zeitpunkt für gekommen hält.«

KAPITEL 5

Niemand erinnerte sich an den eigentlichen Transfervorgang. Man befand sich an einem Ort, wenn er begann – und an einem anderen, wenn er endete.

Riker beobachtete, wie das Glühen des Transporterfeldes verblaßte. Von der Seite aus betrachtet erweckte es den Eindruck, als bestehe es aus schillernden Funken, die bunt dahinstoben und durcheinanderwirbelten.

Als das letzte Flackern erlosch, sah er sich neugierig im Transporterraum um. Er war größer als die an Bord anderer Schiffe, und die gedämpften Pastellfarben wirkten beruhigend.

Der Techniker hinter der Konsole nickte ihm zu, und eine hochgewachsene, blonde Frau kam mit einigen raschen Schritten näher. Sie trug die Dienstuniform der *Enterprise*.

»Commander Riker? Ich bin Lieutenant Yar, Leiterin der Sicherheitsabteilung.«

Riker trat von der Transporterplattform herunter und streckte die Hand aus. »Es freut mich, Sie...«

»Captain Picard erwartet Sie auf der Kampfbrücke«, unterbrach ihn Tasha. »Bitte folgen Sie mir. Hier entlang.« Sie drehte sich ruckartig um und marschierte davon. Vor ihr öffnete sich zischend das Schott. Riker folgte ihr hastig und hatte Mühe, nicht den Anschluß zu verlieren. Auf der anderen Seite des Korridors sah er ein Terminal des Turbolifts, und Tasha stand bereits in der Kabine und wartete ungeduldig auf ihn.

»Die Diskussektion fehlt«, stellte er überflüssigerweise fest. »Ich nehme also an, unterwegs kam es zu einem Zwischenfall, nicht wahr?«

»Darüber wird ihnen der Captain Auskunft geben.« Tasha sah auf die Kontrollen. »Kampfbrücke.«

Riker musterte sie unverhohlen, doch die Frau ignorierte ihn einfach. »Yar«, sagte der Commander nachdenklich, »soweit ich weiß, hat Ihr Sicherheitsteam drei Jahre hintereinander die Flottenmeisterschaft gewonnen. Ich glaube, es ging dabei um die Suchen/Absichern-Übungen.«

»Das stimmt, Sir. Und wir sind fest entschlossen, den Titel zu verteidigen.«

»Eine bemerkenswerte Leistung, Lieutenant. Sagen Sie: Waren Sie auf der Kampfbrücke, als die Diskussektion abgekoppelt wurde?«

»Ja, Sir.«

»Was ist geschehen?«

»Die entsprechenden Informationen bekommen Sie sicher vom Captain, Sir.«

Riker schüttelte den Kopf. Es hieß von Picard, er sei ziemlich stur, aber vielleicht traf das auch auf einige andere Besatzungsmitglieder zu.

Picard saß im Kommandosessel der Kampfbrücke und beobachtete aufmerksam das Bild auf dem großen Wandschirm. »Haben wir Anflugerlaubnis?« fragte er Data.

Der Androide nahm den Platz des Operators ein und nickte. »Aye, Sir. Genehmigung für Standard-Parkorbit.«

»Dann los.«

Die Tür des Turbolifts öffnete sich, und Tasha führte Riker herein. »Commander Riker, Sir«, stellte sie ihn vor.

Der erste Offizier nahm neben Picards Sessel Haltung an. »Sir, William T. Riker meldet sich wie befohlen an Bord.« Er erwartete, daß ihm der Captain die Hand reichte, aber Picard warf ihm nur einen flüchtigen Blick zu und sah dann Tasha an.

»Ist das Sichtgerät vorbereitet, Lieutenant?«

»Ja, Sir.«

Picard stellte fest, daß Riker noch immer steifbeinig

neben dem Kommandosessel stand. »Rühren, Commander. Zuerst möchte ich Ihnen von einem... kleinen ›Abenteuer‹ berichten, das wir auf dem Weg hierher erlebten. Anschließend unterhalten wir uns.«

»Hier entlang, Sir«, sagte Tasha und trat an einen Videoschirm im hinteren Bereich der Brücke heran.

Picard verliert weder Zeit noch Worte, dachte Riker, als er Lieutenant Yar folgte. Sie bedeutete ihm, vor dem kleinen Schirm Platz zu nehmen und betätigte dann einige Tasten der in die Wand integrierten Kontrolleinheit. Riker war stolz auf seinen ausgeprägten Geruchssinn, der ihn in die Lage versetzte, den individuellen Duft jeder Frau zu bestimmen. Bei Tasha nahm er nur die schlichten Aromen von Seife und Shampoo wahr. Offenbar hielt sie nichts vom weiblichen Privileg, Parfüm zu verwenden, gab sich damit zufrieden, sauber zu sein. *Interessant,* dachte er.

Die Projektionsfläche erhellte sich und stellte die Szenen dar, die von den Brückenkameras aufgezeichnet worden waren. Riker beugte sich verblüfft vor und riß unwillkürlich die Augen auf. Der Fremde namens Q erschien, befahl Picard, ins Sol-System zurückzukehren und drohte ihm fatale Konsequenzen für den Fall an, daß er sich nicht an die Anweisung hielt. Hinter dem Ersten Offizier summten die Konsolen und Pulte, und er konzentrierte sich, um alle Einzelheiten des Wortwechsels zu verstehen.

Data wandte sich von der Station des Operators ab und sah Picard an. »Nachricht von Lieutenant Worf, Sir. Die Diskussektion wird in fünfzehn Minuten eintreffen. Der Lieutenant übermittelt Ihnen seinen Glückwunsch.«

»Antworten Sie, wir koppeln sofort an, wenn der Diskus in die Umlaufbahn schwenkt.« Der Captain stand auf und näherte sich dem Bereitschaftsraum an der Backbordseite der Brücke. Als er an Tasha vorbeikam, sagte er: »Schicken Sie den Commander zu mir, wenn er die ganze Aufzeichnung gesehen hat.«

»Ja, Sir.« Lieutenant Yar drehte den Kopf und beobachtete den Ersten Offizier, der noch immer vor dem Videoschirm saß.

Riker schüttelte den Kopf und murmelte leise: »Und das nennt er ein ›kleines Abenteuer‹?«

Picard saß an dem Schreibtisch im Bereitschaftszimmer der Kampfbrücke, hatte den Datenprojektor eingeschaltet und betrachtete einige Formeln der Materie-Antimaterie-Verschmelzung, als der Türsummer erklang. Er desaktivierte den Monitor und rief: »Herein.«

Die Tür glitt auf, und Riker betrat den Raum. Der Captain winkte ihn heran und nickte in Richtung des Sessels, der auf der anderen Seite des Schreibtischs stand. Der Commander nahm Platz und musterte den Mann, der nun sein neuer Vorgesetzter war. Jean-Luc Picard mochte etwa fünfzig Jahre alt sein, war kahlköpfig und hatte ein schmales Gesicht mit scharfgeschnittenen Zügen, in dem klug und erfahren blickende Augen auffielen. Für gewöhnlich wirkte seine Miene ernst und steinern, doch wenn er lächelte, sah er aus wie ein gutmütiger und nachsichtiger Vater. Er war größer als die meisten anderen Männer und hielt seinen hageren, durchtrainierten Körper kerzengerade. Riker erinnerte sich daran, welchen tiefen Eindruck der Captain auf ihn gemacht hatte, als er ihn auf der Brücke zum erstenmal sah. Hier, in dem kleineren Raum, schien Picards starke Persönlichkeit noch wesentlich intensiver zu sein.

Ein geborener Raumschiffkommandant...

»Es tut mir leid, daß wir Ihnen keinen besseren Empfang bereiteten, Commander«, sagte Picard in einem dunklen Bariton. »Ich hatte nicht die Absicht, den neuen Ersten Offizier nur mit der Hälfte meines Schiffes zu begrüßen.«

Riker lächelte verständnisvoll. »Sie scheinen einiges durchgemacht zu haben, Captain.«

»Offenbar hat man uns nur deshalb am Leben gelassen, um uns einem Test zu unterziehen, bei dem eine Menge auf dem Spiel steht. Und wenn wir versagen, droht uns ein ganz bestimmtes Urteil.«

»Ein Urteil, Sir?«

»Ja. Wie bei einer... Gerichtsverhandlung. Wenn wir den Anforderungen nicht genügen, müssen wir damit rechnen, ins Sol-System verbannt zu werden. Dann ist der Weltraum für uns tabu. Es stellt sich also folgende Frage: Wie beweisen wir, daß wir aus unserer Vergangenheit gelernt haben und würdig sind, das All zu erforschen? Und worin besteht der Test? Nun, wie dem auch sei: Ich nehme an, Farpoint Station spielt dabei eine entscheidende Rolle.« Der Kommunikator summte, und Picard sah auf. »Ja?«

Datas Stimme klang aus dem Lautsprecher. »Die Diskussektion fliegt jetzt auf parallelem Orbitalkurs, Sir.«

»Gut.« Der Captain zögerte kurz. »Commander Riker wird ein manuelles Ankopplungsmanöver durchführen. Picard Ende.«

Riker hob überrascht die Brauen. »Sir?«

Picard bedachte ihn mit einem durchdringenden Blick. »Sie haben sich offiziell an Bord gemeldet, nicht wahr? Und Sie sind doch qualifiziert, oder?«

»Ja, Sir.«

»Dann führen Sie meinen Befehl aus, Commander. Und zwar *sofort*.«

Riker sprang auf und verließ den Bereitschaftsraum. Picard lehnte sich in seinem Sessel zurück und sah dem jungen Offizier nach. *Scheint recht tüchtig zu sein*, dachte er. *Jedenfalls hat er keine Angst vor einer Herausforderung.* Er stand auf und folgte Riker auf die Brücke.

Der Erste Offizier nahm an der Kontrollkonsole Platz und beobachtete die Darstellung auf dem großen Wandschirm, als sich Picard in den Kommandosessel sinken ließ. Data saß neben Riker am Pult des Operators, aber Riker war viel zusehr auf das bevorstehende Manöver konzentriert, um ihm Beachtung zu schenken. Das große Projektionsfeld zeigte den rückwärtigen Bereich der Diskussektion, die vor dem Rumpfsegment schwebte. Riker beobachtete die Andocknische. Sie schien viel zu klein zu sein, geradezu winzig.

»Kurs halten«, sagte er. »Rendezvousgeschwindigkeit.«

Data, Tasha und Picard ließen ihn nicht aus den Augen und versuchten, den neuen Offizier einzuschätzen. Seine Hände lagen ruhig auf den Kontrollfeldern der Konsole. Die Haltung deutete auf eine gewisse Anspannung hin, aber seine Stimme klang fest und gelassen.

»Ich bestätige manuelles Andocken«, sagte der Androide. »Die Automatiken sind desaktiviert.«

Riker blickte nicht zur Seite, nahm eine Kursanalyse vor und überprüfte die Geschwindigkeit. »Wie befohlen«, erwiderte er leise.

Der siphonförmige Gefechtsteil des Schiffes glitt langsam auf das Diskussegment zu. *Noch immer ein wenig zu niedrig*, dachte Riker. »Geschwindigkeit auf einen halben Meter pro Sekunde herabsetzen. Kursvektor: drei Grad negativ.« Seine Hände bewegten sich, und die Kuppen langer Finger berührten einige Sensorpunkte. »An alle Stationen: Vorbereitung auf Ankopplung.«

Die beiden großen Sektionen befanden sich nun auf einer Höhe, und die Distanz zwischen ihnen schrumpfte immer mehr zusammen. »Höhenausgleich«, meldete Riker. »Andockgeschwindigkeit halten.« Der Rand des riesigen Diskus schien in greifbare Nähe zu rücken, und das Kupplungsmodul wuchs in die Breite. Rikers Finger tanzten flink über die Tasten. »Manövriertriebwerk aus. Schub null. Das Trägheitsmoment müßte jetzt genugen.«

Der obere Teil des Rumpfsiphons schob sich in die

Andocknische, und die stählernen Verankerungsbolzen fuhren aus den Gehäusen. Riker führte zwei weitere Schaltungen durch. »Ankopplung erfolgt... *jetzt*. Dockcrew: Alle Verbindungen herstellen und sichern.« Der Erste Offizier drehte sich im Sessel und sah Picard an. »Manöver beendet, Sir. Alle Anzeigen grün.«

Picard klopfte mit der rechten Hand auf die Armlehne des Sessels. »Danke, Maschinenraum. Brücke Ende.« Er stand auf und nickte Riker zu. »Wenn Sie mir bitte folgen würden, Commander... Wir haben noch einige Dinge zu besprechen.«

Die beiden Männer betraten den Turbolift, und Picard sagte knapp: »Aussichtsdeck.« Der Kabinencomputer reagierte und schloß die Tür. Unmittelbar darauf setzte sich die Transportkapsel in Bewegung und sauste nach oben, in Richtung Diskussegment. Riker wartete darauf, daß Picard das Wort an ihn richtete. Es wäre anmaßend gewesen, selbst das Gespräch zu beginnen.

»Die Wiederherstellung der Verbindung zwischen Rumpf und Diskus ist zwar kaum mehr als ein normales Routinemanöver, aber Sie haben großes Geschick dabei bewiesen.« Picard wußte ganz genau, wie gefährlich ein solcher Vorgang war – es sei denn, der beauftragte Offizier hatte ein scharfes Auge und gute Reflexe. Der Ankopplungssimulator in der Akademie galt als Alptraum all derjenigen, die nicht das richtige Gefühl für die Abstimmung von Geschwindigkeit und Neigungswinkel entwickelten. Alle Kadetten, die bei solchen Übungen versagten, hatten keine Möglichkeit mehr, in den Kommandokader aufgenommen zu werden. Man wies sie statt dessen den technischen oder wissenschaftlichen Abteilungen zu, gab ihnen eine Arbeit, bei der Fehler oder Unaufmerksamkeiten nicht sofort zu katastrophalen Folgen für das ganze Schiff führten.

»Vielen Dank, Sir«, erwiderte Riker ruhig. »Ich bin kein Anfänger.« Riker konnte banale Komplimente nicht ausstehen. In Hinsicht auf den Simulator in der

Akademie hatte er die absolut besten Werte erzielt und entsprechende Manöver bereits von den Brücken der *Yorktown* und *Hood* aus geleitet. Offenbar wußte Picard davon, denn er warf ihm einen anerkennenden Blick zu.

»Ich habe noch einige andere Tests für Sie«, sagte der Captain leise, als der Turbolift anhielt. Die Tür glitt auf, und Picard führte den jüngeren Mann durch den Korridor.

»Ja, Sir. Das dachte ich mir schon.« Riker war weder sarkastisch noch respektlos, doch er wollte sich nicht so einfach einschüchtern lassen.

Kurz darauf betraten sie die Aussichtskammer. Dabei handelte es sich um einen großen, leicht gewölbten Raum, dessen Konturen sich dem weiten Bogen der Diskussektion anpaßten. Durch die breiten Fenster hatte man einen ausgezeichneten Blick auf das riesige, scheibenförmige Segment der *Enterprise*. Das Licht ferner Sterne und glühender, interstellarer Plasmawolken spiegelte sich kalt darauf wider. Tief unten drehte sich langsam die goldbraune Kugel des Planeten Deneb IV. Picard hielt auf eine Wandnische zu, und über die Schulter hinweg fragte er Riker: »Kaffee?«

»Gern, Sir. Schwarz.«

Picard drückte zweimal auf eine der flachen Tasten, und einige Sekunden später schoben sich zwei Becher mit einer dampfenden Flüssigkeit aus dem Ausgabefach. Den einen reichte der Captain seinem Ersten Offizier und forderte ihn dann auf, in unmittelbarer Nähe eines Fensters Platz zu nehmen.

»Dies ist nicht Ihr erstes Raumschiff.«

Das wissen Sie ganz genau, dachte Riker. »Nein, Sir. Ich war drei Jahre lang Zweiter Offizier an Bord der *Yorktown*, bevor ich zur *Hood* versetzt wurde und dort den Posten des Ersten Offiziers übernahm.«

»Und jetzt hat man Sie erneut abkommandiert, zu einem größeren Schiff. Kommt es Ihnen nur darauf an, mehr Platz zu haben, oder halten Sie nichts davon, sich längere Zeit an einem Ort aufzuhalten, Commander?«

Riker lächelte und zuckte andeutungsweise mit den Schultern. »Eine Mission, die zwanzig Jahre dauert, scheint mir lange genug zu sein.«

Picard ignorierte diese scherzhafte Bemerkung. »Ihrer Akte konnte ich entnehmen, daß Captain DeSoto viel von Ihnen hält. Ich respektiere seine Meinung. Doch eine Sache interessiert mich. Warum haben Sie es nicht zugelassen, daß er sich auf den Planeten Altair III beamte?«

»Meiner Ansicht nach stellten die besonderen Bedingungen auf Altair III eine zu große Gefahr für den Captain dar.« Riker zögerte und begegnete dem Blick Picards. »Ich bereue meine Entscheidung nicht.«

»Ich verstehe. Der Rang eines Captains scheint Ihnen nicht viel zu bedeuten.«

»Ganz im Gegenteil, Sir. Das *Leben* des Captains ist mir wichtiger als alles andere. Meine Pflicht besteht darin sicherzustellen, daß der Captain ständig seine Verantwortung gegenüber Schiff und Besatzung wahrnehmen kann. Deshalb mußte ich verhindern, daß DeSoto mit einem Transfer auf den Planeten sein Leben riskierte.«

»Commander Riker«, sagte Picard scharf, »glauben Sie nicht auch, daß man nur dann Kommandant eines Raumschiffes wird, wenn man gelernt hat, Gefahren richtig zu bewerten? Halten Sie es nicht für ziemlich unverschämt von einem Ersten Offizier, die Einschätzungen seines Captains in Frage zu stellen?«

»Darf ich ganz offen sprechen, Sir?«

»Natürlich.«

Riker beugte sich vor, stützte die Ellenbogen auf die Knie und drehte die Hände. »Sie waren selbst einmal Erster Offizier, und daher wissen Sie ja, was es bedeutet, Verantwortung für die Sicherheit des Schiffes zu nehmen. Definitionsgemäß gehört dazu auch die des

Captains. Ich werde mich an alle Ihre Anweisungen halten, aber in bezug auf Ihre persönliche Sicherheit bin ich zu keinen Kompromissen bereit. Wenn Ihnen meine Einstellung nicht gefällt, Sir, so steht es Ihnen frei, mich zur *Hood* zurückzuschicken, bevor sie wieder Fahrt aufnimmt.«

»Sie sind entschlossen, an diesem Prinzip festzuhalten?«

»Ja, Sir«, erwiderte Riker und ließ keinen Zweifel daran, daß er es ernst meinte.

Picard musterte ihn eingehend, und der jüngere Mann wich seinem Blick nicht aus. Die Eintragungen in Rikers Akte deuteten darauf hin, daß er ein ambitionierter Offizier war, doch sein Ehrgeiz hielt sich die Waage mit seiner Kompetenz. Die Besatzungsmitglieder akzeptierten ihn als Vorgesetzten, und außerdem hatte er eine gute Menschenkenntnis. Er arbeitete hart und galt als intelligent und tüchtig. Alle Offiziere des Kommandokaders an Bord der *Enterprise* hatten sich mit Studien beschäftigt, die nicht unmittelbar mit ihrem eigentlichen Aufgabengebiet in Zusammenhang standen: Antriebstechnik, Kommunikation, verschiedene Wissenschaften. Bei Riker war das in einem ganz besonderen Maße der Fall. Als Akademiker hätte er bestimmt verschiedene Doktortitel erwerben können.

Was Altair III und die Hartnäckigkeit anging, mit der er auf seinem Standpunkt beharrte...

Picard nickte. »Freut mich, das zu hören, Commander. Ich wäre nicht bereit gewesen, Ihrer Versetzung zur *Enterprise* zuzustimmen, wenn Sie jetzt einen Rückzieher gemacht hätten.« Er legte eine kurze Pause ein. »Da ist noch eine andere Sache... Würden Sie mir einen persönlichen Gefallen erweisen?«

»Selbstverständlich, Sir.«

Picard räusperte sich und versuchte, einen Anflug von Verlegenheit zu verbergen. »Helfen Sie mir bitte mit den Kindern.«

»Sir?« fragte Riker verwirrt. Welche Probleme konnte ein so selbstsicherer Captain wie Picard mit Kindern haben?

»Ich bin kein besonders familiärer Mann, Riker, aber Starfleet gab mir ein Raumschiff, in dem sich viele Kinder aufhalten. Ich wäre Ihnen sehr dankbar, wenn Sie Gebrauch von der gleichen Standfestigkeit machen könnten, die Sie Captain DeSoto gegenüber bewiesen – um zu verhindern, daß mich die Jungen und Mädchen an Bord für einen Vollidioten halten.«

»Ja, Sir.«

»Sie wecken Unbehagen in mir«, fuhr Picard fort. »Und ich möchte vor ihnen nicht das Gesicht verlieren, wenn Sie verstehen, was ich meine. Kinder halten Raumschiffkommandanten für Halbgötter. Bitte helfen Sie mir dabei, ihnen diesen Glauben zu bewahren.«

Riker hätte am liebsten laut gelacht, und es gelang ihm nur mit Mühe, ernst zu bleiben. »Ja, Sir.«

Picard schien die Erheiterung seines Ersten Offiziers nicht zu bemerken. »Ich weiß nicht, wie es Ihnen geht, Commander, aber... Nun, ich halte nichts von Kindern an Bord dieses Schiffes. Sie sind einem im Weg, bringen dauernd alles durcheinander. Es sind besondere Sicherheitsmaßnahmen notwendig, um zu verhindern, daß sie in wichtigen Sektionen auf Entdeckungsreise gehen. Und bestimmt wollen sie *alle* einen Abstecher zur Brükke machen.«

»Da bin ich ganz sicher, Sir. Wir könnten sie zu Besuchergruppen zusammenfassen und Besichtigungstouren veranstalten. Ich glaube, Kinder lernen am besten durch Erfahrung. Die Erwachsenen sollten ihnen Gelegenheit geben, ihre Persönlichkeit zu entfalten.«

Picard warf ihm einen giftigen Blick zu. »Nach meiner Erfahrung dienen Begriffe wie ›Persönlichkeit entfalten‹ nur dazu, irgendwelche dummen Streiche zu entschuldigen. Und bei der Vorstellung von jungen Bengeln, die durch die *Enterprise* schleichen und überlegen, was sie als nächstes anstellen könnten, läuft es mir kalt über den Rücken.« Ein dünnes Lächeln umspielte die Lippen des Captains. »Wie dem auch sei: Wir müssen irgendwie mit den Kindern fertig werden, ohne die Disziplin an Bord zu beeinträchtigen.«

»Ja, Sir. Ich bin sicher, das läßt sich irgendwie bewerkstelligen.«

Picard nickte und streckte die Hand aus. »Willkommen an Bord der *Enterprise*, Commander Riker.«

Die beiden Männer schüttelten sich die Hände. Zum erstenmal spürte Riker die menschliche Wärme unter der kühlen Fassade des Captains. Zweifellos stand Picard zu Recht in dem Ruf, ein sehr strenger Kommandant zu sein – doch Riker war sicher, daß sich unter der harten Schale Mitgefühl und Verständnis verbargen.

Riker verließ den vorderen Turbolift, betrat die Hauptbrücke der *Enterprise* und seufzte bewundernd. Sie war groß, selbst im Vergleich zur Kommandozentrale der *Hood*, und ihre weichen, fast sanft wirkenden Konturen konnten nicht darüber hinwegtäuschen, daß sie eine geballte Ansammlung der modernsten Technologie Starfleets darstellte. Auf der linken Seite bot der vom Boden bis zur Decke reichende Wandschirm einen klaren Blick auf den gewölbten Horizont des Planeten und die Myriaden Sterne jenseits davon. Die Kontroll- und Schaltkonsolen mit ihren weit nach hinten geneigten Sitzen standen unmittelbar vor der breiten Projektionsfläche. Weiter hinten, an dem hufeisenförmigen Podium, das den rückwärtigen Bereich der Brücke von der Kommandosektion trennte, sah Riker den Sessel des Captains, daneben einige weitere für den Ersten Offizier, den Bordcounselor und Besucher oder Offiziere aus anderen Abteilungen, die zur Brücke beordert worden waren. Rampen führten links und rechts an der hufeisenförmigen Station nach achtern, wo man einige Instrumentenpulte und Computerbänke installiert hatte:

Dort arbeiteten die wissenschaftlichen Offiziere und Triebwerkstechniker. Des weiteren gaben sie der Brükkencrew die Möglichkeit zur manuellen Steuerung aller wichtigen Bordanlagen und zur Überwachung der Lebenserhaltungssysteme. Der Zugang des hinteren Turbolifts befand sich unmittelbar neben den Fächern mit der Notausrüstung. Rechts von Riker führte eine Tür zum Bereitschaftszimmer des Captains. Zur Decke gehörte eine spezielle Beobachtungskuppel, durch die man ebenfalls ins All hinaussehen konnte. Der Commander fand den Anblick atemberaubend, doch die wenigen Personen, die derzeit auf der Brücke ihren Dienst verrichteten, achteten überhaupt nicht darauf. Riker vermutete, daß er sich im Laufe der Zeit ebenfalls daran gewöhnen würde. Gleichzeitig hoffte er, niemals den zufriedenen Stolz zu vergessen, der seinen Pulsschlag beschleunigte, als er zum erstenmal die Hauptbrücke der *Enterprise* betrat.

Der junge klingonische Lieutenant, der im Kommandosessel saß, stand respektvoll auf, als er die Rangabzeichen des Commanders sah. Der einzige Fremde mit solchen Insignien mußte der Erste Offizier sein. »Commander Riker?«

»Ja«, bestätigte er und trat vor. »Sie sind...?«

»Lieutenant Worf, Sir. Kann ich Ihnen helfen?«

»Wo finde ich Lieutenant Commander Data?«

»Er hat einen Sonderauftrag erhalten, Sir. Er fliegt ein Shuttle und bringt einen Senioroffizier zur *Hood* zurück.«

»Senioroffizier?«

Worf berichtigte sich. »Ich bitte um Verzeihung, Sir. Ich meinte einen Senioroffizier *im Ruhestand*. Er kam kurz nach der Ankopplung an Bord und inspizierte die medizinische Abteilung.«

Riker lächelte. »Ich verstehe. Der Admiral.«

»Ja, Sir«, bestätigte Worf. »Ein bemerkenswerter Mann.«

Data führte den Greis durch die Korridore der *Enterprise* und hielt sich dicht neben ihm, um den alten Mann gegebenenfalls zu stützen. Der Admiral ging langsam und vornübergeneigt; seine Haut war faltig, fast transparent. Die wenigen Haarreste glänzten gelb und weiß. »Wann sind wir endlich da?« fragte er krächzend und mürrisch.

»Es ist nicht mehr weit, Sir«, erwiderte Data. »Nur noch einige Dutzend Meter. Der Transporter wird Sie innerhalb weniger Sekunden an Bord der *Hood* transferieren.«

Der Admiral blieb stehen und schnitt eine verärgerte Grimasse. Er richtete sich so weit auf, wie er es vermochte, starrte den Androiden aus zornig blitzenden blauen Augen an. »Kommt überhaupt nicht in Frage, mein Junge. Das mit dem Transporter können Sie sich gleich aus dem Kopf schlagen. Ich habe mich nur deshalb zum Admiral befördern lassen, weil mir das die Möglichkeit gibt, ein Shuttle anzufordern, wenn ich eins brauche.«

»Aber, Sir...«

»Ich verlange hiermit, daß Sie mir eine Raumfähre zur Verfügung stellen.«

»Sir, der Transporter...«

Der Admiral trat näher an den Androiden heran und schob trotzig das Kinn vor. »Gibt es irgendeinen Grund dafür, warum Sie darauf bestehen, meine Atome im All zu verteilen?« fragte er aufgebracht.

»Nein, Sir.« Normalerweise war Data nicht auf den Mund gefallen. Wenn er Gelegenheit zu einem Vortrag bekam, brachte er es sogar fertig, jemanden zur Vernunft zu bringen, der an einem fortgeschrittenen Wahnsinns-Syndrom litt. In diesem besonderen Fall jedoch... »Angesichts Ihres Alters«, entgegnete er diplomatisch, »halte ich es für besser, Sie verzichten auf die Anstrengungen eines Shuttlefluges und...«

Das Knurren des Admirals wies ihn darauf hin, daß

er die falsche Taktik gewählt hatte. »Was ist mit meinem Alter?«

»Tut mir leid, Sir. Wenn Ihnen dieses Thema nicht behagt...«

»Wieso sollte es mir nicht behagen? Was ist denn so verdammt schlimm daran, daß man mich noch nicht zu Grabe getragen hat? Für wie alt halten Sie mich überhaupt?«

Endlich konnte Data eine Antwort geben, die keine mißverständlichen Interpretationen zuließ. »Sie wurden vor hundertsiebenunddreißig Jahren geboren, Admiral. So steht es im Starfleet-Bericht.«

Der Greis kniff die Augen zusammen und musterte das ruhige Gesicht Datas. »Und wieso erinnern Sie sich so genau daran?«

»Ich brauche nur die Informationen abzurufen, die in meinen Gedächtnisspeichern abgelegt sind, Sir.«

Der Admiral beugte sich noch näher heran, verzog das Gesicht und betrachtete den Kopf des Androiden. »Sie haben keine spitzen Ohren, aber Sie *klingen* wie ein Vulkanier.«

»Nein, Sir. Ich bin ein Androide.«

Der Admiral schnaufte abfällig. »Fast ebenso schlimm. Von Vulkaniern konstruiert?«

Data zwinkerte. Der alte Mann verwirrte ihn, aber er war entschlossen, respektvoll zu bleiben. »Nein, Sir.« Er zögerte kurz und fügte dann hinzu: »Ich dachte, man hielte die Vulkanier gemeinhin für eine hochentwickelte und verdienstvolle Spezies.«

Der Admiral starrte ihn einige Sekunden lang an, und Data bemerkte eine gewisse Veränderung: Der zuvor so strenge Blick des Greises wurde sanfter, und seine faltige Miene erhellte sich ein wenig. Er schien sich an irgend etwas zu erinnern, klopfte dem Androiden auf den Arm und nickte knapp. »Das stimmt auch, mein Junge.« Und dann, wieder mürrisch: »Aber manchmal gehen sie einem auch auf die Nerven.«

»Wenn Sie meinen, Sir...«

Der Admiral straffte seine Gestalt und runzelte erneut unwillig die Stirn. »Wir sollten nicht länger herumtrödeln und auf der Stelle den Shuttlehangar aufsuchen. Den verdammten Transporterraum will ich nicht einmal *sehen*, kapiert?«

»Ja, Sir. Selbstverständlich.« Data schob die Hand behutsam unter den rechten Ellenbogen des alten Mannes und führte ihn zum nächsten Terminal des Turbolifts. »Bitte hier entlang.«

Admiral Leonard McCoy, pensionierter Angehöriger des medizinischen Korps von Starfleet, verzog die Lippen und lächelte schief. Er hatte einmal mehr gewonnen. Dieser Sieg war weitaus einfacher gewesen als die Überwindung der bürokratischen Hürden, die ihn daran hindern wollten, an Bord der *Hood* nach Farpoint zu fliegen, um sich dort die neue *Enterprise* anzusehen. Als sie das Raumdock im Marsorbit verließ, befand sich McCoy im Bethesda Starfleet Hospital. Verdrossen schüttelte er den Kopf, als er sich an den dummen Unfall erinnerte, sah sich selbst, wie er über ein Spielzeug seiner Ururenkel stolperte, fiel und sich dabei sowohl das Hüftbein brach als auch einen Bänderriß im Knie zuzog. Und warum das alles? Weil er in aller Eile die Videokammer aufsuchen wollte, um sich dort eine Triholo-Dokumentation über den Bau der neuen *Enterprise* und ihre Geschichte anzusehen – eine Geschichte, in der er selbst eine nicht unerhebliche Rolle spielte. Seine Tochter Joanna meinte, der eigentliche Grund für seinen Unfall sei arrogante Selbstüberheblichkeit. Sie behauptete, er habe auf diese Weise sicherstellen wollen, daß man seinen Namen erwähnte!

McCoy hatte sich aufgeregt und gewettert, jedoch keine Möglichkeit gefunden, das Krankenhaus eher zu verlassen. Angesichts der modernen Medizin erweckten sogar einige *seiner* früheren Methoden einen primitiven Eindruck – in diesem Zusammenhang fiel ihm

Spock ein, der ihn häufig als Quacksalber bezeichnete, um ihn auf die Palme zu bringen –, doch wenn alte Knochen brachen, dauerte es noch immer mindestens zwei Tage, bis sie wieder zusammenwuchsen. Daher blieb ihm nichts anderes übrig, als auf einem normalen Sichtschirm zu beobachten, wie die *Enterprise* in Dienst gestellt wurde. Damit gab er sich nicht zufrieden. Er wollte *dabei* sein. Er hatte die anderen Raumschiffe gesehen, die diesen Namen trugen, war in drei Fällen sogar als Schiffsarzt in die Besatzung aufgenommen worden – bis ihn Starfleet zum Admiral des medizinischen Korps ernannte.

Schon seit zehn Jahren führte er das recht angenehme, aber auch langweilige Leben eines Pensionärs, auf einer kleinen Farm in einer immer noch ländlichen Region Georgias. Die Nachricht vom Bau einer weiteren *Enterprise* stellte eine willkommene Abwechslung in seinem eintönigen Leben dar, und er versuchte alles, um das neue Raumschiff zu sehen.

Um sich seinen Wunsch zu erfüllen, griff ›Pille‹ McCoy zu einem Mittel, von dem er noch nie zuvor Gebrauch gemacht hatte. Er ließ seine Verbindungen spielen. Als Admiral im Ruhestand und ehemaliger Senioroffizier der alten *Enterprise* setzte er sich mit Freunden und Bekannten in Verbindung und erinnerte sie mit freundlichem Nachdruck an alte Verpflichtungen. Auf diese Weise schaffte er es, an Bord der *Hood* zu gelangen, die nach Farpoint Station flog, um dort einige Besatzungsmitglieder zur *Enterprise* zu transferieren. Als sie Deneb IV erreichten, fiel es ihm nicht weiter schwer, eine Besichtigungstour zu arrangieren und die Genehmigung zu erhalten, sich in der medizinischen Abteilung umzusehen.

Das neue Schiff der Galaxis-Klasse gefiel McCoy. Die jüngste *Enterprise* war größer als alle anderen Einheiten der Flotte, doch es waren nicht nur ihre Ausmaße, die ihn so sehr beeindruckten. In ihren schlanken und anmutigen Konturen sah er das Erbe des ersten Raumschiffes mit diesem Namen. Ihre Aufgabe bestand darin, unbekannte Raumbereiche zu erforschen, und sie vermittelte den Eindruck leistungsfähiger Kompetenz, wirkte erhaben und majestätisch – mächtig und unbesiegbar. McCoy legte großen Wert auf Stil, und die *Enterprise* entsprach genau seinen Vorstellungen. Ihre Besatzung bestand aus den besten und fähigsten Leuten. In diesem Zusammenhang dachte er insbesondere an Jean-Luc Picard – ein völlig anderer Captain als James T. Kirk, aber zweifellos hochintelligent und tüchtig. Er hielt es für angemessen, daß man ihm das Schiff anvertraut hatte.

Nach einer Weile erreichten sie den Shuttlehangar. McCoy brummte leise und schnappte keuchend nach Luft: Die gerade erst verheilten Verletzungen belasteten ihn noch immer. Der Androide sah ihn besorgt an.

»Ist alles in Ordnung mit Ihnen, Sir?«

McCoy nickte knapp. »Ja. Darf ich Ihnen einen Rat geben?«

»Natürlich, Sir.«

»Dies ist ein neues Schiff, mein Junge, aber es trägt den richtigen Namen. Denken Sie daran.«

»Ja, Sir.«

»Behandeln Sie es wie eine Lady. Dann wird es Sie immer nach Hause zurückbringen.«

KAPITEL 6

Beverly Crusher hatte in einigen der besten Starfleet-Krankenhäuser und an Bord diverser Raumschiffe gearbeitet, doch die Technologie, die ihr in der medizinischen Abteilung der *Enterprise* zur Verfügung stand, verblüffte sie geradezu. Ismail Asenzi, der junge Arzt, der als ihr Assistent fungierte, erklärte ihr stolz die Funktionsweise der verschiedenen Instrumente und zeigte ihr die Betten im Behandlungszimmer. Er schien seinen Job zu verstehen. Andererseits aber bemerkte Beverly, daß sich Asenzi zu sehr auf die automatischen Systeme verließ. Vor allen Dingen galt sein Vertrauen der ständigen Computerüberwachung.

»Jede Liege ist mit einer autarken Konsole ausgestattet«, sagte er und deutete auf die entsprechenden Anzeigen.

Beverly nickte, streckte die Hand aus und berührte einen Sensorpunkt neben der Liege. Eine Ablage mit verschiedenen Werkzeugen schob sich aus einem verborgenen Fach, und sie betrachtete sie nachdenklich. »Ja. Vom Bordcomputer sterilisiert und kontrolliert. Prüfen Sie sie jemals selbst, Doktor?«

»Das ist nicht nötig. Der Computer gibt auf den Medschirmen sofort eine Warnmeldung aus, wenn sie Bakterienspuren oder Abnutzungserscheinungen aufweisen.«

Beverly betätigte den Kontaktschalter noch einmal, und daraufhin glitt das Tablett unters Bett zurück. Dann drehte sie sich um und musterte ihren Assistenten scharf. »Danach habe ich Sie nicht gefragt, Dr. Asenzi. Ich möchte wissen, ob Sie die Instrumente persönlich kontrollieren.«

Der junge Mann wirkte plötzlich verlegen. Er wußte, daß die Vorschriften behandelnde Ärzte und Chirurgen dazu verpflichteten, die Instrumente trotz der Computerüberwachung zu prüfen, doch seine Erfahrung besagte, daß es nie irgend etwas zu beanstanden gab. Aus diesem Grund hatte er sich daran gewöhnt, der Automatik zu vertrauen. »Nein«, gab er zerknirscht zu. »Das wurde immer vom Computer erledigt.«

»Nun, ich glaube, das steht nicht im Einklang mit den Prinzipien Ihrer Ausbildung, oder?« Etwas sanfter fügte Beverly hinzu: »Es ist die Pflicht eines jeden Arztes, sich selbst zu vergewissern, daß die Instrumente in Ordnung sind. Und in meiner Krankenstation bedeutet das: Der Doktor kümmert sich persönlich darum.«

Asenzi nickte. »Sie haben recht. Bitte entschuldigen Sie meine Nachlässigkeit.«

»Ich bin sicher, von jetzt an lassen Sie größere Sorgfalt walten.« Beverly näherte sich einer glänzenden Fläche an der nahen Wand.

»Das MEDAS ist natürlich auf dem neuesten Stand.« In dieser Hinsicht war Asenzis Stolz durchaus angebracht. Das Medizinische Datenbanksystem gehörte in seinen Aufgabenbereich, und er wußte natürlich, welche Bedeutung ihm zukam. Das Leben eines Patienten konnte von der Zuverlässigkeit der im MEDAS gespeicherten Informationen abhängen, und deshalb verwendete Asenzi einen nicht unbeträchtlichen Teil seiner Zeit darauf, die Daten zu vervollständigen. »Es ist alles in Ordnung. Wenn Sie selbst eine Kontrolle vornehmen möchten...«

»Vielen Dank.« Beverly wandte sich dem Paneel zu und sagte klar und deutlich: »Computer, zeig mir alle Resultate der letzten physischen Untersuchung Captain Picards.« Sofort erhellte sich der Bildschirm und projizierte lange Zahlen- und Buchstabenkolonnen. Bei den Angaben ging es um Stoffwechselsystem, Zahnstruktur und organische Funktionen. »Gute Arbeit, Dr. Asenzi. Es sind mehr Details angegeben, als ich erwartete. Sie werden die elektronischen Akten ständig erweitern, und wenn sich dabei irgendwelche Probleme ergeben sollten, so zögern Sie bitte nicht, sich an mich zu wenden. Computer: Darstellung löschen.« Der Schirm wurde wieder dunkel, und Beverly drehte sich zu Asenzi um. »Ich bin sehr zufrieden mit dem gegenwärtigen Zustand der medizinischen Abteilung und ihrer Ausstattung, Doktor. Sie sind tüchtig und gewissenhaft, und ich bin sicher, das wird auch so bleiben. Ich möchte so bald wie möglich eine Mitarbeiterkonferenz anberaumen.«

»Was halten Sie von heute abend? Nach dem Essen?«

»Das paßt mir gut, danke...« Dr. Crusher unterbrach sich und starrte an Asenzi vorbei, als sich die Tür der Krankenstation öffnete.

Jean-Luc Picard kam herein, blieb stehen und sah die beiden Ärzte an. Ein wenig unsicher sagte er: »Entschuldigen Sie bitte. Störe ich?«

Beverly holte tief Luft und lächelte zaghaft. »Ganz und gar nicht. Ich habe mich gerade mit der medizinischen Abteilung vertraut gemacht.«

»Nun, Doktor«, warf Asenzi ein. »Ich bereite die Zusammenkunft für Sie vor. Um 20.30 Uhr?«

»Ja. Vielen Dank.«

Asenzi nickte Beverly und Picard zu und trat dann auf den Korridor. Hinter ihm schloß sich das Schott mit einem leisen Zischen. Dr. Crusher und Picard blieben einige Meter voneinander entfernt stehen, und eine bedrückende Stille senkte sich auf sie herab.

Sie sieht prächtig aus, dachte der Captain. *Fast so, als seien für sie keine fünfzehn Jahre vergangen.* Seine Erinnerung zeigte ihm die Beverly Crusher, der er zum erstenmal begegnet war, fröhlich und sanft – und dann die andere Frau, die fast verzweifelte, als er ihr die Leiche ihres Mannes zurückbrachte. Picard verlagerte sein Gewicht vom einen Bein aufs andere und räusperte sich. »Ich hielt es für angebracht, Sie persönlich an Bord zu begrüßen, Dr. Crusher.«

»Bin ich zu spät dran, Sir? Ich wollte mich nach der Inspektion meiner Abteilung offiziell bei Ihnen melden.«

Picard zögerte einige Sekunden lang, und sein Schweigen ließ ein vages Unbehagen in Beverly entstehen. Schließlich seufzte der Captain und musterte sie offen. »Um ganz ehrlich zu sein: Ich war gegen Ihre Versetzung zur *Enterprise*, und ich möchte Ihnen auch die Gründe dafür nennen.«

»Glauben Sie, mir fehlt die notwendige Qualifikation?«

»Das wäre absurd. Ich weiß, daß Sie kompetent sind. Immerhin gelten Sie als die beste Ärztin in der ganzen Flotte, und daher gibt es keinen Anlaß für mich, Ihre beruflichen Fähigkeiten in Frage zu stellen.«

Beverly schob trotzig das Kinn vor. Sie wußte, daß irgend jemand versucht hatte, ihre Versetzung in die Krankenstation der *Enterprise* zu verhindern. Doch erst jetzt erfuhr sie, daß sie ihre Schwierigkeiten der zweifelhaften Intervention Picards zu verdanken hatte. »Dann erheben Sie also persönliche Einwände«, erwiderte sie eisig. »Mit einem solchen Motiv wird es Ihnen bestimmt nicht leichtfallen, bei Starfleet eine erneute Abkommandierung durchzusetzen.«

»Ich versuche nur, Rücksicht auf Ihre Gefühle zu nehmen«, entgegnete Picard langsam. »Es wäre bestimmt nicht einfach für Sie, den Dienst an Bord eines Raumschiffes zu verrichten, dessen Kommandant Sie immerzu an den Tod Ihres Mannes erinnert...« Er hoffte, daß sie sein Mitgefühl verstand.

Beverly konnte ihren Zorn nicht länger zurückhalten und schlug mit der Faust auf das Bett neben ihr. »Sie unterschätzen mich, Jean-Luc Picard. Wenn ich Ihre Präsenz als Belastung empfände, hätte ich wohl kaum darum gebeten, hierher versetzt zu werden.«

Picard starrte sie verblüfft an. »Sie haben darum *gebeten?*« Er hatte das Gegenteil angenommen – ohne irgendeine Faktenbasis, was nur selten geschah. Und das erwies sich nun als Fehler.

»Offensichtlich bin ich in dieser Sache von falschen Voraussetzungen ausgegangen«, sagte er.

»Das scheint tatsächlich der Fall zu sein«, schnappte Beverly.

»Ich ziehe hiermit alle Einwände gegen Ihre Anwesenheit an Bord zurück.« Picard wandte sich zur Tür um. »Wenn Sie mich jetzt entschuldigen würden...«

Er hatte das Schott fast erreicht, bevor sich Beverly von ihrer Überraschung erholte und ihm nachrief: »Captain!« Picard blieb stehen, sah zurück und fragte sich, welche Worte sie an ihn richten mochte. Als er versuchte, sich in ihre Lage zu versetzen, lag die Antwort auf der Hand. »Ich versichere Ihnen, daß meine Gefühle in bezug auf Jacks Tod nichts mit Ihnen oder meiner Stellung an Bord des Schiffes zu tun haben. Ich bin fest entschlossen, meine Arbeit als Bordärztin der *Enterprise* gewissenhaft zu erledigen.«

Picard dachte kurz nach und nickte. »Vielen Dank, Doktor.« Noch immer herrschte eine gewisse Anspannung, aber die Feindseligkeit existierte nicht mehr, hatte sich während ihres gegenseitigen Versuchs verflüchtigt, Verständnis aufzubringen.

Beverly suchte ihr Büro auf und ließ sich dort in den Sessel sinken. Sie bedauerte es jetzt, die Beherrschung verloren zu haben, aber es gab eine ganz einfache Erklärung dafür: Sie hatte nicht damit gerechnet, sich für ihre Entscheidung rechtfertigen zu müssen, die medizinische Abteilung der *Enterprise* zu leiten. Glücklicherweise war Jean-Luc Picard ebenso ruhig und mitfühlend wie vor fünfzehn Jahren. Beverlys Gedanken glitten in die Vergangenheit... Sie hatte ihn vor der zweiten Reise der *Stargazer* kennengelernt. Damals arbeitete sie bereits als Ärztin, in einer privaten Praxis, die ihr die Möglichkeit gab, acht Jahre lang unmittelbare Erfahrungen zu sammeln. Irgendwann kehrte Jack nach Hause zurück und berichtete ihr voller Stolz, man habe ihn zum neuen Ersten Offizier der *Stargazer* ernannt. Er verehrte Captain Picard aufgrund seiner Leistungen während der ersten zehnjährigen Forschungsmission. Es handelte sich nur um ein kleines Schiff, doch Jack hielt es für ein Privileg, in die Besatzung aufgenommen zu werden.

Drei Monate später erhielt Beverly die Nachricht, ihr Mann sei während eines Landeunternehmens ums Leben gekommen. Ein ganz normaler und nicht besonders riskanter Auftrag, wie es zunächst schien: Es ging darum, sich mit Ganzkörpermasken getarnt unter die Bewohner des betreffenden Planeten zu mischen und mehr über ihre Kultur in Erfahrung zu bringen. Nichts deutete auf irgendeine Gefahr hin – doch plötzlich wandten sich die Eingeborenen gegen das Erkundungsteam und griffen es an. Jack fand den Tod, weil er ausharrte, um es seinen Kameraden zu ermöglichen, sich an Bord des Schiffes zurückzubeamen. Seine Leiche blieb zurück, und seltsamerweise rührten die Fremden sie nicht an. Im Schutze der Dunkelheit begab sich Picard auf den Planeten, um die sterblichen Überreste seines Ersten Offiziers zu bergen.

Man bezeichnete Lieutenant Jack Crusher als Helden und beschloß, seinen Leichnam zur Erde zurückzubringen, um ihn dort mit einer Starfleet-Zeremonie zu ehren und zu bestatten. Beverly genügte den in sie gesetzten Erwartungen, nahm an dem feierlichen Ritual teil und verhielt sich wie die Witwe eines Helden. In aller Deutlichkeit erinnerte sie sich an den kühlen Novembertag, an einen strahlendblauen Himmel, den hellen Sonnenschein, der die Kälte nicht vertreiben konnte und in völligem Gegensatz zu ihren düsteren und schwermütigen Gefühlen stand. Starfleet stellte sowohl eine Ehrenwache als auch das Flottenorchester zur Verfügung, und mehrmals überflog eine Shuttlestaffel den Friedhof. Beverly entsann sich auch an die steinerne Miene Picards, der in ihrer Nähe stand, sah ihn als zutiefst erschütterten Mann. Die Subraum-Mitteilungen Jacks deuteten darauf hin, daß Picard und er innerhalb kurzer Zeit gute Freunde geworden waren und sich gegenseitig ergänzten.

Die Zeremonie erschien ihr viel zu lang. Beverly hatte bereits alle Tränen vergossen, nachdem ihr ein Starfleet-Kaplan die Nachricht vom Tod ihres Mannes brachte. Während der offiziellen Trauerfeier blieben ihre Wangen trocken: Sie fühlte sich leer und ausgehöhlt, und der Kummer lastete wie ein immaterielles Gewicht auf ihr. Nur Wesley war ihr geblieben. Sie beobachtete, wie die Ehrenwache die Flagge vom Sarg zog und sorgfältig zum traditionellen Dreieck zusammenfaltete. Sie entsann sich an den jungen Lieutenant, der ihr die Fahne respektvoll überreichte. *Die Witwe des Helden.* Voller Bitterkeit dachte sie daran, daß sie viel lieber eine normale Ärztin und Frau eines Starfleet-Offiziers gewesen wäre.

Am nächsten Tag bewarb sie sich beim Medizinischen Korps der Flotte. Jack Crusher konnte nicht mehr zu den Sternen fliegen, aber Beverly und ihrem gemeinsamen Sohn stand der Kosmos nach wie vor offen.

Wesley Crusher schob seine Koffer in die geräumige Unterkunft, die man ihm und seiner Mutter zugewiesen hatte, und anschließend machte er sich sofort auf die Suche nach Altersgenossen. Er brauchte sich nicht anhand der Bordkarte zu orientieren, um das Freizeitdeck zu finden. Wes besaß ein eidetisches Gedächtnis, und mit Hilfe des Informationspakets, das seine Mutter vor dem Transfer erhalten hatte, war es ihm möglich gewesen, sich die interne Struktur der *Enterprise* fest einzuprägen. Er nahm an, daß um diese Zeit kein Unterricht mehr stattfand. Vermutlich hielten sich die meisten anderen Teenager entweder im Freizeitbereich oder in den Holokammern auf.

Er begegnete den beiden Harris-Zwillingen – Adam und Craig – vor dem Zugang zum Holodeck 4. Wie sich herausstellte, waren sie in seinem Alter, und vielleicht teilte man sie der gleichen Klasse zu. Adam, Craig und ihre Eltern befanden sich an Bord, seit die *Enterprise* in Dienst gestellt worden war, und Wesley beneidete sie um ihre größere Erfahrung. Dennoch verhielten sich die beiden Zwillinge keineswegs herablassend. Holodeck 4 konnte programmiert werden, und Wesley entschied sich für einen heißen Regenwald, über dem sich ein purpurner Himmel wölbte. Schon in jungen Jahren hatte er Bücher geradezu verschlungen, und Abenteuergeschichten gefielen ihm besonders gut. Er liebte die Romane Edgar Rice Burroughs und träumte davon, mit Tarzan John Carter vom Mars auf Entdeckungsreise zu gehen.

Kurze Zeit später schwangen sich die drei Jungen an Lianen durch einen tropischen Dschungel und stießen dabei weithin hallende Schreie aus. Wesleys feuchte Hände verloren den Halt an einem dünneren Strang, und daraufhin fiel er zu Boden. Er landete mit dem Hinterteil im Schlamm und lachte glücklich. Die beiden Zwillinge kamen heran, und Wes ließ ihren gutmütigen Spott mit einem Lächeln über sich ergehen.

»Einfach großartig«, sagte er, stemmte sich wieder in die Höhe und versuchte vergeblich, seine nassen Sachen zu säubern. »Ich habe noch nie ein so großes Holodeck gesehen.«

»Möchtest du die Umgebung verändern?« fragte Adam. »Es dauert nur eine Minute, um ein neues Programm einzugeben.«

»Gestern haben wir uns den Mount Everest angesehen«, warf Craig ein. »Die Kontrollautomatik wollte keine Lawine zulassen, aber sie projizierte einen echt tollen Yeti, den wir verfolgten.«

»Ja, und der Zufallsgenerator sorgt dafür, daß man ihn manchmal sogar erwischen kann.«

Wesley spürte ein flaues Gefühl in der Magengrube und sah auf sein Chronometer. »Jetzt nicht. Ich muß gleich zurück. Wie wär's nach dem Abendessen?«

»Einverstanden«, sagte Adam. »Wir können dir auch das Ökodeck zeigen. Niemand hat etwas dagegen, wenn wir uns dort die Vögel und andere Tiere ansehen.«

Ökodecks waren zwar interessant, aber Wesley kannte sie bereits. Manchmal erlaubten es die Techniker den Kindern, ihnen bei der Fütterung zahmer Tiere zu helfen. Doch Wesleys Interesse galt etwas ganz anderem: Sein größter Wunsch bestand darin, die Kommandozentrale zu besuchen. »Ich würde gern die Brükke sehen.«

Craig schüttelte den Kopf. »Unmöglich, Wes. Das ist völlig ausgeschlossen.«

»Gibt es hier keine Besichtigungstouren oder etwas in der Art?«

»Nicht an Bord eines Raumschiffes, das von Captain Picard befehligt wird«, antwortete Adam. »Unser Vater meinte, die meisten Besatzungsmitglieder kämen nie auf die Brücke. Sie haben dort einfach nichts zu suchen.«

»Hm«, machte Wesley nachdenklich. »Nun, wir sehen uns später. Um 20.15 Uhr, auf dem Ökodeck. In Ordnung?«

Craig und Adam nickten, und Wesley stapfte durch den Regen in Richtung Ausgang. Er berührte die Kontrollfläche neben der Tür, und das große Schott glitt beiseite. Als der Junge durch den Korridor lief, ließ er eine nicht zu übersehende Spur aus Wasser und Schlamm zurück.

Ein Besatzungsmitglied, das kurz darauf durch den Gang schritt, starrte mißmutig auf den nassen und verschmutzten Boden, blieb dann neben dem Zugang zum Holodeck stehen und schüttelte den Kopf. »Schon wieder Regenzeit«, seufzte der Mann.

Riker stand vor dem großen Wandschirm und beobachtete, wie die *Hood* langsam Fahrt aufnahm und den Orbit verließ. Er wußte, daß die anderen Brückenoffiziere hinter ihm die Anzeigen ihrer Konsolen im Auge behielten und kaum auf die Darstellung des Projektionsfeldes achteten, während er sich stumm von dem Raumschiff verabschiedete, in dem er drei Jahre lang seinen Dienst verrichtet hatte. Die *Hood* galt als eins der besten Schiffe in der Flotte, und Riker war Captain DeSoto für die Möglichkeit dankbar, daß er dort als Erster Offizier Erfahrungen hatte sammeln können. Er würde ihn vermissen. Als er hörte, wie sich die Tür des Turbolifts öffnete, drehte er sich um und sah Picard.

»Bekommen Sie allmählich ein Gefühl für die *Enterprise*, Commander Riker?«

Picard nahm im Kommandosessel Platz, und Riker trat auf ihn zu. »Ich würde sie gern aus der Umlaufbahn steuern und auf Warp fünf beschleunigen, um festzustellen, wie sie bei Überlichtgeschwindigkeit reagiert.« Er deutete auf den Wandschirm. »Wir könnten der *Hood* einige Parsec in Richtung Erde folgen.« Er lächelte verschmitzt. »Wenn Sie nichts dagegen haben...«

»Ich fürchte, unter den gegebenen Umständen bleibt uns dafür keine Zeit«, erwiderte Picard trocken. »Obwohl ich Sie sehr gut verstehe. Haben Sie der *Hood* meine Nachricht übermittelt?«

»Ja, Sir. Der genaue Wortlaut. *Bon voyage, mon ami.*«

Ein dünnes Lächeln umspielte die Lippen Picards. »Captain DeSoto ist ein alter Freund von mir.« Er stand auf, näherte sich dem Projektionsfeld und fragte: »Wie lautete die Antwort, Computer?«

Das Bild auf dem großen Schirm flackerte, und plötzlich flutete grelles Licht in die Kommandozentrale der *Enterprise*. Als es verblaßte, zeigte der Wandschirm das Abbild *Q's*. Der Fremde war noch immer wie ein Richter gekleidet, und seine Stimme dröhnte: »Sie vergeuden

Zeit! Oder dachten Sie etwa, ich könnte Sie hier nicht erreichen?«

Picard und Riker zuckten zusammen, doch der Captain erholte sich sofort von seiner Überraschung. Der am Navigationspult sitzende Worf reagierte aus einem Reflex heraus: Er sprang jäh auf und riß den Phaser aus dem Halfter. Mit zwei raschen Schritten trat er zwischen Picard und das Projektionsfeld, richtete die Waffe auf die Darstellung *Q's*.

»Wollen Sie ein Loch in den Bildschirm schießen, Lieutenant?« fragte Picard ruhig.

Worf starrte erst auf die große Sichtfläche, blickte dann den Captain an und senkte verlegen den Kopf. Er steckte den Phaser wieder ein und kehrte an seinen Platz zurück.

Picard richtete seinen Blick wieder auf das Abbild des Fremden. »Euer Ehren«, sagte er gelassen, »bei dem Test geht es darum festzustellen, ob die Menschen aus den Fehlern der Vergangenheit gelernt und sich weiterentwickelt haben. Um das zu beweisen, müssen wir auf unsere eigene Art und Weise vorgehen.«

»Sie wollen mich nur hinhalten!« donnerte *Q*. »Ich gebe Ihnen vierundzwanzig Stunden Zeit! Wenn es zu weiteren Verzögerungen kommt, riskieren Sie ein Schnellverfahren, Captain.« Das strahlende Licht verblaßte, und einige Sekunden später zeigte der Wandschirm wieder den Planeten Farpoint.

Riker sah Picard an und schüttelte den Kopf. »Schnellverfahren?«

»Offenbar liebt *Q* dramatische Auftritte. Und da wir gerade dabei sind... Mister Worf.«

»Tut mir leid, Sir.«

»Sie haben schnell reagiert, Lieutenant«, sagte Riker anerkennend. Er machte dem Klingonen keine Vorwürfe: Worf hatte nur gehandelt, um den Captain zu schützen, und das entsprach seinen eigenen Grundsätzen.

»Aber auf die falsche Weise«, sagte Picard knapp.

»Ein solcher Fehler wird mir nicht noch einmal unterlaufen, Sir.«

»Nun, Sie haben viel Zeit, um zu lernen. Schließlich steht uns eine lange Mission bevor.« Picard nickte Worf zu und nahm seinen Worten durch ein angedeutetes Lächeln die Schärfe. Der Klingone wandte sich wieder seiner Konsole zu.

Riker deutete kurz auf den Wandschirm und erinnerte damit an *Q*. »Was unternehmen wir jetzt, Sir? Wenn der Fremde uns ständig überwacht und alles verstehen kann, was wir sagen...«

»Wir verhalten uns so, als existiere *Q* überhaupt nicht«, unterbrach ihn der Captain. »Wenn wir schon verurteilt werden sollen, dann für das, was wir wirklich sind.«

Aufgrund der verspäteten Ankunft sowohl des Rumpfsegments als auch der Diskussektion fand Picard erst am nächsten Tag Zeit, einen Termin mit *Groppler* Zorn zu vereinbaren. Riker berichtete von den sonderbaren Vorkommnissen, die er in Farpoint Station beobachtet hatte, und Picard beorderte ihn auf die Brücke zurück. Der Commander saß im Sessel des Captains, als der seltsam aussehende Offizier, der ihm bereits aufgefallen war, den Kontrollraum betrat.

»Lieutenant Commander Data meldet sich zum Dienst, Sir.«

Riker musterte ihn eingehend: ein mittelgroßer und schlanker Mann, das dunkle Haar zurückgekämmt, die Augen gelb, die Haut gelbbraun. »Wie ich hörte, haben Sie Admiral McCoy zur *Hood* zurückgebracht, Mister Data. Es ist schon eine ganze Weile her, seit sie den Rückflug zur Erde begonnen hat.«

»Bitte entschuldigen Sie, Sir. Der Admiral behielt mich so lange an Bord, bis die *Hood* fast außer Shuttlereichweite war. Er bestand darauf, mir einen sogenannten ›Julep‹ anzubieten, aber er konnte keine Pfefferminze finden.« Er runzelte verwirrt die Stirn. »Anfrage: Was ist ein Julep?«

»Ein alkoholisches Eisgetränk, Lieutenant«, antwortete Riker. »Von der Erde. Im Süden der Vereinigten Staaten erfreut es sich besonderer Beliebtheit – und der Admiral stammt aus jener Region.«

»Oh.« Data speicherte die Information automatisch ab. »Aber ich trinke natürlich nicht.«

Riker zögerte und spürte, wie eine gewisse Anspannung in ihm entstand. Nach einer Weile sagte er: »Ihre Personalakte steht nur dem Captain zur Verfügung, Mister Data, aber... Nun, ich habe den Eindruck, Sie sind kein Mensch.«

»Und in gewisser Weise haben Sie damit vollkommen recht. Ich bin ein Androide, von einer Ihnen fremden Spezies konzipiert und konstruiert. Es kommt ganz auf die Perspektive an, nicht wahr, Sir?«

»Mister Data...«, begann Riker.

»Nennen Sie mich einfach nur Data, Sir«, unterbrach ihn der Androide. »Wie auch alle anderen. Soll ich eine Kontrolle der Bordsysteme vornehmen, Sir? Der Captain legt Wert darauf, daß eine solche Überprüfung alle zwölf Stunden stattfindet.«

»Wie Sie meinen, Mister...«

»Data.«

»In Ordnung«, brummte Riker. Ein Computer als Zweiter Offizier der *Enterprise* – diese Vorstellung gefiel ihm nicht sonderlich. An Logikcomputern gab es soweit nichts auszusetzen – aber sie trafen ihre Entscheidungen nach festgelegten Programmen. Sie waren nicht in der Lage, spontan auf neue Situationen zu reagieren. Er beobachtete den geraden Rücken des Androiden, als Data den Platz des Operators einnahm und einen Systemcheck einleitete. Was mochte Picard von ihm halten?

Als der Computer am nächsten Morgen zur gewünschten Zeit den Wecker summen ließ, rollte sich Riker in seinem Bett auf die andere Seite. Er gähnte, streckte seinen hageren Leib und setzte sich auf. Er hatte wieder von ihr geträumt, und oft wachte er auf, weil er wußte, daß es sich nur um einen Traum handelte – und weil er sich davon befreien wollte. Doch wenn er in die wohlige Dunkelheit des Schlafs zurücksank, schob sich *ihr* hübsches Gesicht in seinen geistigen Fokus und schenkte ihm ein zärtliches Lächeln. Er hatte sich nicht einmal von ihr verabschiedet, bevor er die *Yorktown* verließ – eine Flucht, wie er sich eingestehen mußte. Um ihrer Schönheit und seinen Gefühlen für sie zu entrinnen. Er war ehrgeizig und wollte Karriere machen. Und die Logik sagte ihm, daß sich eine feste Beziehung bei diesen Plänen nur als Behinderung herausgestellt hätte. Als sie ihn *Imzadi* nannte, begriff er von einem Augenblick zum anderen, daß er fort mußte – und zwar unverzüglich. Er wußte nicht genau, was jener Begriff zum Ausdruck brachte, doch die allgemeine Bedeutung war die einer permanenten Bindung. Riker stöhnte leise, als er sich an all diese Dinge erinnerte, daran, wie mies er sich gefühlt hatte. Zunächst kam er sich wie ein Mistkerl vor, aber im Laufe der Zeit überzeugte er sich davon, richtig gehandelt zu haben. Doch manchmal regte sich noch immer das alte Schuldbewußtsein in ihm und störte seinen Schlaf, konfrontierte ihn erneut mit ihrem zauberhaften Lächeln.

Das Nahrungsmittelterminal bot ihm ein Frühstück an, das aus Schinken, Eiern, Butter, Toast und einer Tasse mit dampfendem Kaffee bestand. Er machte sich gerade darüber her, als sich das Computerfeld an der Wand erhellte. Eine melodische Sprachprozessorenstimme verkündete: »Commander Riker, bitte melden Sie sich bei Captain Picard im Bereitschaftsraum. Bestätigung.«

Riker warf einen betroffenen Blick auf das Frühstückstablett. »Bestätigung erfolgt hiermit«, antwortete er. »Hat es der Captain sehr eilig, oder darf ich mir zehn Minuten Zeit lassen?«

Er trank noch einen Schluck Kaffee und trat unter die Dusche, bevor das Kontrollfeld noch einmal aufglühte und die Computerstimme verkündete: »Zehn Minuten sind akzeptabel, Commander.« Rikers »Danke« wurde vom Rauschen des Wassers übertönt.

Als er wenig später das Bereitschaftszimmer betrat, bot ihm Picard eine zweite Tasse Kaffee an. Riker lehnte höflich ab und nahm im Sessel auf der anderen Seite des Tisches Platz. »Inzwischen sind elf Stunden vergangen, seit Q...«

»Das ist mir durchaus klar, Commander. Bisher ist nichts Außergewöhnliches geschehen. Und doch deuteten die Worte des Fremden darauf hin, daß uns hier ein schwieriger Test erwartet.«

»Auf Farpoint.«

»Q wies ausdrücklich auf diesen Planeten hin.« Picard beugte sich vor und schaltete den Monitor ein. »Ich habe mich noch einmal mit all dem befaßt, was wir über die Bandi, ihre Welt und die Starbase wissen. Dabei bin ich auf einige interessante Punkte gestoßen. Nehmen wir nur die Energiequelle der Bandi...«

»Ja, Sir. Die hohen Temperaturen im Innern des Planeten stellen den Bewohnern von Deneb IV große Ressourcen an geothermischer Energie zur Verfügung. Aber das wär's auch schon. Viel mehr hat Farpoint nicht anzubieten.«

»Glauben Sie, das ist der Grund, warum die Bandi in der Lage waren, innerhalb erstaunlich kurzer Zeit einen großen Raumhafenkomplex nach den Starfleet-Standards zu bauen?«

Riker nickte und holte seine eigenen Unterlagen hervor. »Vielleicht tauschten sie überschüssige Energie gegen die Konstruktionsmaterialien ein, die beim Bau verwendet wurden. Bevor Sie eintrafen, führte das wissenschaftliche Personal der *Hood* mehrere Sondierungen durch, und die Resultate wurden uns anschließend übermittelt. Die Sensoren der *Enterprise* bestätigen, daß die Starbase zu einem großen Teil aus Substanzen besteht, die auf Farpoint nicht vorkommen.« Er sah zu Picard auf und stellte fest, daß ihm der Captain aufmerksam zuhörte. Er war immer konzentriert, ließ sich nie ablenken. »Daraus ergibt sich folgende Frage: Wer sind die Handelspartner der Bandi? Das erste Erkundungsteam berichtete, die Bewohner des Planeten hätten keine eigene Raumfahrt entwickelt...«

»Es handelt sich um eine rein planetare Kultur.«

»Ja, Sir. Aber bestimmt wissen Sie auch, daß die Bandi den Mitgliedern der Landegruppe mitteilten, *sie* seien die ersten interstellaren Reisenden, die Kontakt zu ihnen aufnähmen. Wenn das stimmt, gab es zumindest bis zu jenem Zeitpunkt keinen Handel mit anderen Spezies. Hat sich das inzwischen geändert? Und wenn: Mit *wem* schließen die Bandi ihre Geschäfte ab?«

»Dabei fallen einem natürlich sofort die Ferengi ein.«

»Deneb IV liegt ein ganzes Stück abseits ihres kosmischen Territoriums«, sagte Riker skeptisch.

Picard lächelte dünn und schüttelte den Kopf. »Commander, ich kenne die Aktivitäten der Ferengi nun schon seit mehr als fünfundzwanzig Jahren, und ich kann Ihnen versichern: Wenn ein verlockender Profit in Aussicht steht, würden sie *Hunderttausende* von Lichtjahren zurücklegen, um die gute Gelegenheit zu nutzen.«

In diesem Punkt mußte Riker dem Captain recht geben. Die Ferengi stellten ein immer noch recht geheimnisvolles Volk dar, und bisher war es noch zu keinen direkten Begegnungen zwischen ihnen und Menschen gekommen. Aber auf vielen Planeten, die von Forschungsschiffen Starfleets angesteuert wurden, ließen sie ihre Verträge als Visitenkarten zurück. Die ersten Hinweise auf jene Spezies fand die Föderation vor rund fünfzig Jahren in einem bis dahin unbekannten Quadranten. Seitdem gab es deutliche Anzeichen für eine beständige Expansion der Ferengi-Allianz, und da sich die Föderation ebenfalls ausdehnte, waren Konflikte unvermeidlich.

Soweit man wußte, bestand die Ferengi-Allianz aus einer Planetenunion, in der den Ferengi eine hegemoniale Rolle zukam. Einige Informationen von Prospektoren und freien Händlern, die sich ohne Starfleet-Eskorte in unerforschte Raumbereiche vorwagten, gaben Anlaß zu der Vermutung, daß nicht alle Völker die Vorherrschaft der Ferengi begrüßten. Einige Welten waren ihrem Heimatplaneten so nahe, daß sie sich ihrem Einfluß nicht entziehen konnten. Andere hatte man mit militärischen Unternehmungen zur Räson gebracht, und Unabhängigkeitsbestrebungen wurden im Keim erstickt. Hinzu kam der politische und wirtschaftliche Druck. Offenbar dachten die Ferengi vor allen Dingen in Begriffen interstellarer Ökonomie.

In gewisser Weise ähnelten die Ferengi den irdischen Kapitalisten des neunzehnten Jahrhunderts. Vermutlich fühlten sie sich geschmeichelt, wenn man ihnen Habgier vorwarf. Es kam ihnen nur darauf an, *Profit* zu machen. Wenn sie eine neue Spezies entdeckten, schlossen sie Verträge – natürlich mit dem Ziel, einen ordentlichen Gewinn zu erzielen. Sie standen in dem Ruf, harte und gefährliche Verhandlungspartner zu sein, aber man sagte ihnen auch nach, daß sie sich bis ins kleinste Detail an vereinbarte Kontrakte hielten. Natürlich erwarteten sie deshalb, daß auch die andere Seite alle Vertragsbestimmungen respektierte. Es kursierten einige ziemlich erschütternde Geschichten über das Schicksal derjenigen, die versuchten, Ferengi übers Ohr zu hauen.

Die Ferengi-Männer beschrieb man als kleine, dünne und braunhäutige Humanoiden, die sich trotz ihrer fragil anmutenden Statur durch eine erstaunliche Körperkraft auszeichneten. Sie waren kahlköpfig, und die trichterförmigen Ohren lagen nicht am Kopf an, sondern ragten nach vorn. Bisher hatte niemand eine Ferengi-Frau zu Gesicht bekommen, vielleicht ein Zeichen der hohen – oder niedrigen – Wertschätzung, die man ihnen entgegenbrachte.

»Nun, es wäre *denkbar*, daß sich die Ferengi ohne das Wissen Starfleets mit den Bandi in Verbindung gesetzt und einen Vertrag abgeschlossen haben«, sagte Riker nachdenklich. »Mit der Klausel, den Kontakt geheimzuhalten.«

Picard lächelte. »Vielleicht läßt sich diese Sache auch mit den Zwischenfällen vergleichen, die Sie in Ihrem Bericht als ›fast magische‹ Versuche beschrieben, uns zufriedenzustellen.«

»Jene Dinge haben sich tatsächlich zugetragen, Sir. Nicht nur ich wurde Zeuge solcher Vorkommnisse, sondern auch andere Personen. Ich behaupte nicht, die Bandi seien dazu in der Lage, magische Kräfte zu entfalten. Aber sie erwecken zumindest den *Anschein*.«

Picard stand abrupt auf. »Nun, mit der Zeit finden wir bestimmt eine Erklärung dafür. Bisher deutet nichts auf eine Bedrohung hin. Ich wünschte, *jede* Lebensform wäre so versessen darauf, fremden Besuchern zu gefallen. Begleiten Sie mich nach unten? Ich bin gespannt auf die Begegnung mit *Groppler* Zorn.« Der Captain öffnete die Tür und wartete auf Riker.

»Ich glaube nach wie vor, daß mehr dahintersteckt als nur der Wunsch, uns zu gefallen.« Der Erste Offizier stand auf und ließ Picard den Vortritt, als sie auf die Brücke zurückkehrten.

»Vermuten Sie irgendeinen Trick *Q's*?«

Riker war so sehr auf den Captain konzentriert, daß er das leise Zischen überhörte, mit dem sich der Zugang des Turbolifts öffnete. »Sie sind *Q* von Angesicht zu Angesicht gegenübergetreten, Sir. Wäre er imstande, ein derartiges Szenarium zu schaffen, um uns hinters Licht zu führen?«

»Farpoint Station besteht aus festem Material, Riker. Und das Erlebnis, mit dem uns Q konfrontierte, halte ich inzwischen für eine überaus geschickt gestaltete Illusion.« Picard blieb stehen und winkte jemandem zu. »Ich habe unseren Bordcounsellor gebeten, uns zum Administrator zu begleiten.«

Der Captain trat beiseite – und Riker hatte das Gefühl, als setze sein Herzschlag für einige Sekunden aus.

Die Frau war ebenso schön wie in seinen Träumen: langes, dunkles Haar, das wie ein seidener Schleier zu den Schultern herabreichte, große, braunschwarze Augen, ein sanftes Lächeln. Als er ihre atemberaubende Figur sah, spürte er, wie unsichere Verlegenheit in ihm entstand.

»Wenn ich Sie vorstellen darf... Unser neuer Erster Offizier, Commander William Riker. Commander Riker, das ist Bordcounsellor Deanna Troi.«

Sie reichte ihm förmlich die Hand, schien überhaupt nicht überrascht zu sein, ihn wiederzusehen. *Natürlich nicht*, fuhr es Riker durch den Sinn. Zu den Pflichten des Counsellors gehörte die Durchsicht der Akten neuer Besatzungsmitglieder. Bestimmt hatte sie auf diese Weise von seiner Versetzung erfahren. War das der Grund für den besonders intensiven Traum während der vergangenen Nacht? Vielleicht hatte Deannas Nähe seine unterbewußten Reaktionen auf sie stimuliert.

Betazoiden besaßen starke telepathische Fähigkeiten, doch bei Deanna wurden sie von menschlichen Genen abgeschwächt. Oftmals konnte sie Gefühle und Stimmungen anderer Personen wahrnehmen, sogar die von völlig fremdartigen Wesen. Und jemand, zu dem sie eine besondere emotionale Beziehung geknüpft hatte, war imstande, ihre projizierten Gedanken klar zu empfangen.

Sie begrüßten sich, und Deannas Stimme flüsterte in

Rikers Bewußtsein: »Erinnerst du dich an das, was ich dich lehrte, *Imzadi?* Kannst du noch immer meine Gedanken verstehen?« Laut sagte sie: »Angenehm, Commander.«

»Äh...« Riker schluckte. »Sehr... erfreut, Counsellor«, stotterte er.

Picard musterte sie und spürte instinktiv, daß zwischen ihnen eine seltsame Verbindung bestand. »Kennen Sie sich?«

»Ja... ja, Sir«, brachte Riker nervös hervor.

Interessant, dachte der Captain. Er glaubte zu verstehen, was die Antwort seines Ersten bedeutete. Raumschiffkommandanten erhoben keine Einwände gegen Affären zwischen männlichen und weiblichen Offizieren, also mußte es einen anderen Grund für das offensichtliche Unbehagen Rikers geben. Um ihn zu beruhigen, sagte Picard: »Ausgezeichnet. Ich halte es für angebracht, daß meine wichtigsten Offiziere über ihre Fähigkeiten Bescheid wissen.«

»Das ist bei uns der Fall, Sir«, erwiderte Troi leise. Riker scharrte mit den Füßen.

»Können wir jetzt?« Picard deutete auf den Turbolift und setzte sich in Bewegung.

Troi bedachte Riker mit einem freundlichen Lächeln, und erneut vernahm er ihre mentale Stimme: »Ich bin froh, daß wir uns wieder begegnet sind, *Imzadi.*«

KAPITEL 7

Wind wehte Staub über die freien Plätze in der alten Stadt, als Zorns Assistent Picard, Riker und Troi ins Büro des Administrators führte. Die Böen fauchten und zischten an den Fensterläden vorbei, und gelbbrauner Sand schmirgelte über steinerne Mauern.

Zwar war der *Groppler* an ein solches Wetter gewöhnt, aber es stimmte ihn trotzdem mürrisch. Die aufgewirbelten Staubmassen trübten das Licht der Sonne, und das schwefelgelbe Glühen über der Stadt deprimierte ihn. Dennoch nahm er sich vor, die Besucher betont freundlich zu empfangen und nicht aus der Rolle zu fallen – bis er sah, daß der Captain von seinem Ersten Offizier Riker und einer Betazoidin begleitet wurde. Zu den Informationen, die Zorn von Starfleet erhalten hatte und die über die vielen Völker und Planeten der Föderation berichteten, gehörte auch eine ausführliche Beschreibung der telepathischen Fähigkeiten von Betazoiden. Wollte ihm Picard eine Falle stellen?

Er begrüßte sie förmlich, wenn auch ein wenig knapp. Riker spürte die Reserviertheit des *Gropplers* und bemerkte, daß er keine Anstalten machte, den Besuchern die Hände zu schütteln. Er warf Picard einen kurzen Blick zu. Der Captain sah den Administrator nun zum erstenmal und konnte daher nicht wissen, daß er ein ungewöhnliches Gebaren offenbarte. Um über seine Unsicherheit hinwegzutäuschen, bot Zorn seinen Gästen Kaffee, Fruchtsaft, Kuchen und andere Dinge an, doch Picard und seine Begleiter lehnten höflich ab.

Daraufhin setzte sich Zorn und beobachtete die Gruppe, die auf der anderen Seite seines Schreibtischs Platz nahm. Nervös faltete er die grauen Hände, und sein Blick richtete sich immer wieder auf Troi. »Nun, was kann ich für Sie tun, Captain?«

»Sie haben den Raumhafenkomplex inzwischen fertiggestellt und Starfleet offiziell zur Nutzung angeboten. Ich bin beauftragt, die Starbase zu inspizieren, bevor ich eine Empfehlung ausspreche.«

»Dagegen habe ich natürlich nichts einzuwenden«, sagte Zorn mit einem neuerlichen Blick auf Troi. »Allerdings frage ich mich, warum Sie eine Betazoidin zu dieser Besprechung mitgebracht haben. Wenn sie meine Gedanken lesen soll...«

Troi beugte sich vor und lächelte beruhigend. »Meine Fähigkeiten beschränken sich darauf, starke Gefühle wahrzunehmen, *Groppler*, denn ich bin nur zur einen Hälfte Betazoidin. Mein Vater war Starfleet-Offizier.«

»Selbstverständlich habe ich nichts zu verbergen. Sehen Sie sich ganz nach Belieben in der Starbase um, Captain.«

»Ich beziehe diese Einladung nicht nur auf mich, sondern auch auf meine Offiziere«, sagte Picard scharf. Zorn nickte und lächelte unsicher.

»Ja. Wie Sie wollen.«

»Gut.« Picard nickte. »Das, was wir bisher von Ihrer Konstruktionstechnik gesehen haben, beeindruckt uns sehr. Es müssen überaus fähige Ingenieure gewesen sein, die es fertigbrachten, einen hochmodernen Raumhafen in so kurzer Zeit zu bauen. Vielleicht bittet Sie Starfleet darum, auch woanders solche Stationen zu errichten.«

»Captain, wir sind nicht am Bau weiterer Basen interessiert, erst recht nicht auf anderen Planeten.«

Troi hörte dem Wortwechsel aufmerksam zu und suchte im Mienenspiel und der Körpersprache des Administrators nach Hinweisen, die sie als ausgebildete Counsellor zu interpretieren vermochte. Als sie ihre Sinne erweiterte, spürte sie die Nervosität des *Gropplers*. Dann plötzlich fühlte sie noch etwas anderes, an der Peripherie ihrer Wahrnehmung... Kummer und Schmerz.

»Möglicherweise ließe sich ein Handelsabkommen in

bezug auf die von Ihnen verwendeten Baumaterialien treffen«, schlug Picard vor.

»Aber sie sind ganz gewöhnlich und stehen Ihnen sicher auf vielen Planeten zur Verfügung, Captain.«

Das fremde Empfinden bohrte sich tiefer in Trois Bewußtsein. Dumpfe, endlose Pein. Einsamkeit. Heimweh. Wie aus weiter Ferne hörte Deanna die Stimme Rikers, und sie versuchte, sich wieder auf das Gespräch zu konzentrieren.

»Wenn Sie erlauben, Captain...?« Als Picard nickte, wandte sich Riker an Zorn. »Vielleicht könnten wir ins Geschäft kommen, *Groppler.* Sie schicken uns Architekten und Ingenieure, um Ihre Konstruktionstechnik zu demonstrieren, und dafür liefern wir Ihnen Dinge, die Sie brauchen. Starfleet würde Ihren Leuten angemessene Unterkünfte zur Verfügung stellen und sie bezahlen...«

»Es geht uns nicht ums Geld, Commander. Bandi verspüren nicht den Wunsch, ihre Heimatwelt zu verlassen. Wenn Starfleet diese kleine Schwäche nicht akzeptieren kann, sind wir leider gezwungen, mit einem anderen Volk eine Allianz einzugehen, zum Beispiel mit den Ferengi...«

Troi stöhnte leise und war nicht imstande, sich vor den Emanationen kummervollen Schmerzes abzuschirmen. Picard drehte den Kopf und sah sie an. »Was ist mit Ihnen, Counselor?«

Troi atmete tief durch und bemühte sich, nicht die Kontrolle zu verlieren. Trotzdem vibrierte ihre Stimme ein wenig, als sie erwiderte: »Kann ich ganz offen sprechen?«

»Ja!« sagte Picard sofort und warf Zorn einen kurzen Blick zu. »Wir haben keine Geheimnisse vor dem Administrator. Schließlich sind wir *Freunde,* nicht wahr, *Groppler?*«

Zorns Anspannung wuchs, und die Finger seiner zusammengefalteten Hände wirkten fast weiß. »Wir Bandi haben nichts zu verbergen.«

Troi stöhnte erneut, als sich die fremde Gefühlsflut weiter verstärkte. »*Schmerz*... Pein, Einsamkeit... schreckliche Einsamkeit... Verzweiflung...« Deanna schüttelte den Kopf. »Die Emotionen stammen nicht etwa vom *Groppler*, Sir. Auch nicht von einem anderen Bandi. In diesem Punkt bin ich völlig sicher... Aber sie haben ihren Ursprung ganz in der Nähe.«

»Was hat es damit auf sich, Zorn?« fragte Picard scharf. »Können Sie uns irgendeine Erklärung anbieten?«

Der Administrator erhob sich ruckartig. »Nein! Absolut nicht. Und außerdem finde ich Ihr Verhalten weder hilfreich noch in irgendeiner Art und Weise konstruktiv!«

Picard stand ebenfalls auf. »Das ist alles? Mehr haben Sie uns nicht zu sagen?«

»Was erwarten Sie von mir? Die Starbase Farpoint Station wurde von uns so errichtet, daß sie genau den Anforderungen Starfleets entspricht. Es handelt sich um eine Basis, die Ihren Bedürfnissen gerecht wird und selbst nach menschlichen Maßstäben luxuriös ist. Wir haben sie mit allen Dingen ausgestattet, die Sie sich nur erträumen können – um Sie zufriedenzustellen. Was verlangen Sie sonst noch?«

»Antworten«, entgegnete Picard kühl. »Bisher sind Sie selbst den einfachsten Fragen ausgewichen. Ich glaube, wir sollten die Besprechung vertagen und noch einmal unseren Standpunkt prüfen.« Er winkte den beiden Offizieren zu, und Troi und Riker folgten ihm zur Tür.

»Captain, die Ferengi wären sicher *sehr* an einem solchen Raumhafenkomplex interessiert.«

Picard sah sich noch einmal um und musterte den Administrator mit einem durchdringenden Blick. »Wie Sie meinen. Ich hoffe, Sie sammeln mit ihnen ebenso angenehme Erfahrungen wie die anderen Völker vor Ihnen.«

Picard knallte die Tür nicht hinter sich zu, aber das war auch gar nicht nötig. Er hatte seine Meinung in aller Klarheit zum Ausdruck gebracht. Die Ferengi verdienten kein Vertrauen – obwohl man ihnen nachsagte, sich strikt an abgeschlossene Verträge zu halten. Die Informationsmodule der Föderation enthielten auch Angaben über die interstellare Wirtschaftspolitik der Ferengi – und ihre Auswirkungen auf planetare Kulturen. Wenn die ökonomische Falle erst einmal zugeschnappt war... Die einzige Alternative bestand in einem gegenseitigen Kooperationspakt mit Starfleet – oder der Möglichkeit, Farpoint Station in eigener Regie zu betreiben und darauf zu hoffen, daß sich genügend Handels- und Passagierschiffe in diesen abgelegenen und bisher nur wenig erforschten Raumquadranten vorwagten.

Zorn sank in seinen Sessel zurück und starrte sorgenvoll ins Leere. Die Zukunft der Bandi hing zum großen Teil von der Starbase ab. Es gab keinen materiellen Mangel, und sie konnten ein recht angenehmes Leben führen, aber die Bevölkerungszahl verringerte sich ständig, und erst das Eintreffen der von Starfleet ausgeschickten Landegruppe beendete den Zustand allgemeiner Hoffnungslosigkeit und Apathie. Zorn erinnerte sich daran, wie sehr die Menschen von der großen Neugier der Bandi in Hinsicht auf Starfleet und den interstellaren Verkehr überrascht gewesen waren. Man hatte ihnen ausführlich die Erste Direktive erklärt, doch der *Groppler* bestand darauf, daß die einzige Rettung für sein Volk in einer kulturellen Intervention durch die Föderation bestand. Deshalb die Konstruktion der Starbase. Doch Starfleet mußte sich offiziell bereit erklären, das Angebot der Bandi zu akzeptieren. Solange eine entsprechende Entscheidung ausblieb, stand zuviel auf dem Spiel.

Verärgert verließ Picard das Büro des Administrators; Riker und Troi folgten ihm mit langen Schritten. Nachdem er sich ein wenig beruhigt hatte, blieb der Captain abrupt stehen und wandte sich an Troi. »Zorn weicht unseren Fragen aus, und das gefällt mir überhaupt nicht. Konnten Sie irgend etwas über ihn in Erfahrung bringen?«

»Ich spürte nervöse Anspannung und... Enttäuschung. Ich glaube, er hat versucht, uns etwas vorzumachen. Vermutlich wollte er uns mit dem Hinweis auf die Ferengi unter Druck setzen.« Deanna zögerte kurz. »Aber da war noch etwas anderes...«

»Ja?«

»Ich nahm Aufregung wahr, als ich von den Emanationen der Einsamkeit und des Schmerzes berichtete, die aus der Nähe stammten.« Troi musterte den Captain besorgt. »Ich bin sicher, er log, als er behauptete, nichts davon zu wissen.«

Picard sah auf, als der Türmelder des Bereitschaftszimmers summte. »Herein!« rief er und schaltete den Monitor ab, der ihm einmal mehr alle bekannten Daten über Deneb IV und die Bandi gezeigt hatte. Riker trat ein, und Picard deutete auf einen nahen Sessel. »Nehmen Sie Platz.«

»Sie wollten mich sprechen, Sir?«

»Ja. Wie ich Zorn bereits während der Besprechung ankündigte: Ich möchte in Farpoint Station eine *gründliche* Inspektion durchführen. Sie werden das Team leiten.«

»Eine umfassende Untersuchung«, erwiderte Riker und nickte. »Bedeutet das, wir sollen selbst durch die kleinsten Wartungsschächte kriechen und uns alle Nieten, Schweißnähte und Trägerstrukturen ansehen?«

»In der Tat, Riker. Zählen Sie die Spinnweben – falls Sie welche finden.«

»Ja, Sir.« Der Erste Offizier lächelte kurz. »Wir erstellen auch eine Liste aller Fliegen in den Netzen.«

»Tja, wer weiß? Vielleicht stellt sich das als sehr wichtig heraus.«

Riker rückte seinen Sessel näher an den Tisch heran und beobachtete den Captain nachdenklich. »Glauben Sie, Zorn hat es ernst gemeint, als er die Möglichkeit erwähnte, die Starbase den Ferengi anzubieten? In ökonomischer Hinsicht ergäbe das einen gewissen Sinn. Vielleicht haben die Ferengi den Bandi nach der Fertigstellung des Raumhafenkomplexes ein besseres Angebot unterbreitet als Starfleet. Es gäbe den galaktischen Händlern einen großen wirtschaftlichen Vorteil, in diesem Quadranten eine Basis zu unterhalten.«

Picard schüttelte den Kopf. »Starfleet hat noch gar kein Angebot gemacht. Die Starbase wurde konstruiert, weil uns die Bandi beeindrucken wollten. Andererseits: Vielleicht hoffen Sie, Starfleet zu erheblichen finanziellen Zugeständnissen zu bewegen, indem sie ein Bündnis mit den Ferengi androhen.«

»Nun, wenn sie ihnen die Station tatsächlich zur Verfügung stellen, bekäme es Starfleet in diesem Sektor mit nicht unerheblichen Problemen zu tun. Wie Sie eben schon sagten: Deneb IV ist ziemlich weit vom Einflußgebiet der Ferengi entfernt. Mit anderen Worten: Sie könnten ihr Territorium schlagartig erweitern. Und wenn sie Farpoint als Ausgangsbasis benutzen, hätten sie die Möglichkeit, die Welten der Föderationsperipherie zu erreichen. Ich hoffe, Zorn hat wirklich nur geblufft.«

Stille schloß sich an, als beide Männer darüber nachdachten, welche Konsequenzen sich aus einer Ferengi-Präsenz auf Farpoint ergeben mochten. Die galaktischen Händler hatten bereits ökonomische Brückenköpfe in Sonnensystemen errichtet, die von der Föderation beansprucht wurden. Für gewöhnlich folgten den wirtschaftlichen Kontakten bald politische Abkommen.

Etwas anderes kam hinzu: Starfleet hatte bereits mehrfach die bittere Erfahrung machen müssen, daß Welten, die sich der Ferengi-Allianz anschlossen, nicht in die Föderation zurückkehren konnten.

»Ich schlage vor, Sie nehmen Data in Ihre Inspektionsgruppe auf, Commander. Seine analytischen Fähigkeiten...«

»...sind die eines Computers. Wir benutzen Tricorder, Sir. Und sicher ist der Bordcomputer in der Lage, die von uns übermittelten Informationen auszuwerten.«

»Ich verstehe.« Picard musterte Riker mit neuem Interesse. Es erstaunte ihn, daß sein Erster Einwände gegen die Zusammenarbeit mit einem der besten Offiziere Starfleets erhob. Aber natürlich sah Riker in Data keinen *Offizier,* sondern nur eine Maschine. Außerdem hatte er noch keine Gelegenheit gehabt, die besonderen Qualitäten des Androiden schätzen zu lernen. »Vermutlich wissen Sie bereits, daß die medizinisch-technische Akte Datas nur mir zur Verfügung steht.« Riker nickte. »Andererseits: Seine Dienstunterlagen sind nicht klassifiziert und können von allen Senioroffizieren eingesehen werden. Vielleicht wäre es ganz angebracht, daß Sie sich einmal damit beschäftigen.«

»Ja, Sir«, erwiderte Riker zurückhaltend.

»Darüber hinaus schlage ich vor, Sie nehmen sich die Zeit, Data besser kennenzulernen.«

»Als *Person,* Sir?«

Picard ignorierte den kaum verhohlenen Sarkasmus. »Als *Offizier,* der ebenfalls zur Besatzung der *Enterprise* gehört, Commander Riker. Ich nehme an, es fällt Ihnen nicht weiter schwer, Klingonen oder Vulkanier als Kollegen zu akzeptieren, oder?«

»Nein, Sir.«

»Vielleicht werden Sie den Umgang mit Data als leichter empfinden, wenn Sie feststellen, welchen Standpunkt er Menschen gegenüber vertritt. Klingonen, Vulkanier und andere Völker halten *uns* für Aliens. Data sieht die Dinge aus einer anderen Perspektive. Es wäre bestimmt nützlich für Sie, sich einmal damit zu befassen.«

»Ja, Sir. Darf ich jetzt gehen?« Riker wandte den Blick vom Captain ab, und auf seinen Wangen bildeten sich einige rote Flecken. Die letzten Worte Picards machten ihn verlegen. »Um Ihren Rat zu beherzigen?« fügte er hinzu.

Picard nickte knapp und schaltete wieder den Monitor ein. Riker stand auf und verließ das Bereitschaftszimmer. Der Captain sah auf, als sich die Tür hinter seinem Ersten Offizier schloß. Er glaubte, den Charakter des jüngeren Mannes richtig eingeschätzt zu haben, und das bedeutete, daß ihm eine interessante Erfahrung bevorstand.

Eine halbe Stunde lang ging Riker die Dienstakte des Androiden durch. Sie führte viele verschiedene Bereiche an, in denen Data als Experte galt. Starfleet hatte ihm zwei akademische Grade verliehen, und aufgrund seiner Leistungen war er regelmäßig befördert worden. Die Kommandanten von drei verschiedenen Raumschiffen sprachen ihm ihre Anerkennung aus, und anschließend erfolgte die Versetzung zur *Enterprise*, als Zweiter Offizier. Riker schüttelte verwirrt den Kopf. Die Unterlagen waren so beschaffen, als handele es sich um einen ganz normalen Flottenangehörigen, der sich jedoch durch enorme Kompetenz auszeichnete. Aber Riker sah noch immer in erster Linie einen Androiden in ihm, und dieser Umstand beeinträchtigte sein Urteilsvermögen. Offenbar gründete sich die hohe Meinung Picards auf mehr als nur die Dinge, die in der Dienstakte zum Ausdruck kamen. Der Erste Offizier beschloß, mit dem Mann – dem *künstlichen* Wesen – zu sprechen und sich auf diese Weise einen unmittelbaren Eindruck zu verschaffen.

Riker erkundigte sich nach dem gegenwärtigen Aufenthaltsort Datas, und der Computer teilte ihm mit, der Androide befinde sich auf dem Holodeck 2. Er betrat den Turbolift und erreichte kurz darauf die entsprechende Sektion des Schiffes. Eine dunkelhaarige Frau – sie trug die Uniform der technischen Abteilung – kam vorbei, und Riker rief ihr nach:

»Entschuldigen Sie bitte, Fähnrich...«

Sie drehte sich um und nahm sofort Haltung an, als sie die drei goldenen Scheiben seiner Rangabzeichen sah. »Sir?«

»Könnten Sie mir helfen, Lieutenant Commander Data zu finden? Soweit ich weiß, ist er irgendwo auf diesem Deck.«

»Oh, natürlich, Sir. Hier entlang.« Die junge Frau streckte die Hand aus und deutete auf eine schwarze Fläche an der Korridorwand. Riker erkannte sie als ein Computer-Interface. »Kennen Sie sich noch nicht mit den Schiffen der Galaxis-Klasse aus, Sir?«

»Bisher fehlte es mir an der Zeit, mich ausreichend damit vertraut zu machen«, gestand Riker ein.

Die Frau berührte das schwarze Kontaktfeld. »*Auskunft:* gegenwärtiger Aufenthaltsort von Lieutenant Commander Data.«

Die dunkle Fläche erhellte sich, und Riker beobachtete, wie sich ein Lichtmuster formte, das den Hinweis ›Bereich 4-J‹ bildete. Die sanfte Stimme des Computers erwiderte: »Lieutenant Commander Data... in Holodeck-Sektion 4-J lokalisiert.« Kurz darauf glühte eine strukturelle Karte, die alle Gänge, Korridore und Kammern zeigte. Eine farbige Linie kennzeichnete den kürzesten Weg zum angegebenen Ziel.

Die dunkelhaarige Frau lächelte freundlich und nickte in Richtung der Darstellung. »Wie Sie sehen, Sir, gibt Ihnen der Computer eine Wegbeschreibung. Folgen Sie einfach den Signalen.«

»Vielen Dank, Fähnrich.«

Er wandte sich von ihr ab, und die junge Frau sah ihm nach. »Nichts zu danken, Sir«, sagte sie und deutete ein sanftes, hoffnungsvolles Lächeln an.

Als Riker durch den Korridor schritt, erhellten sich andere Wandbereiche, und ein blinkendes Zeichen wies ihm den Weg. »Das nächste Schott auf der rechten Seite«, sagte die Sprachprozessorenstimme.

»Danke«, antwortete er automatisch.

»Ich stehe immer zu Ihren Diensten, Commander Riker«, erwiderte der Computer.

Riker warf einen kurzen Blick auf die Interfacewand und begriff, daß die Computer an Bord der *Enterprise* weitaus aufmerksamer und – er zögerte, bevor er in Gedanken das nächste Wort formulierte – *einfühlsamer* waren, als er es für möglich gehalten hätte. Wenn es sich bei den Rechnern wirklich nur um Maschinen handelte, deren Aufgabe darin bestand, der Besatzung zu Diensten zu sein... Welches Leistungspotential kam dann einem so elaborierten Mechanismus wie Data zu?

Er näherte sich dem nächsten Schott und blieb davor stehen. »Wenn Sie eintreten möchten, Commander...«, fügte die Computerstimme melodisch hinzu.

Riker zwinkerte mehrmals und erwiderte ein wenig schroff: »Das war tatsächlich meine Absicht.« Sofort glitt das Schott beiseite und gab den Blick auf eine weite und herrliche Parklandschaft frei. Der Erste Offizier sah üppige Vegetation in satten Grüntönen, beobachtete Bäume, Büsche und Sträucher, die in verschiedenen Niederungen und an sanften Hängen wuchsen. Kühle Schatten luden zum Ausruhen ein. Einige Dutzend Meter entfernt gluckerte das klare Wasser eines Baches über glatte Kiesel. Verwundert stellte Riker fest, daß sich der Wald über viele Kilometer hinweg zu erstrekken schien. Faserige Wolkenschleier glitten langsam über den dunkelblauen Himmel. Weiter links hörte der Erste Offizier das Krächzen einer Krähe, und in den Baumwipfeln zwitscherten kleinere Vögel. Er lächelte unwillkürlich, als ein Kolibri an ihm vorbeisauste und über einem nahen Busch verharrte. Er hatte schon viele Holodecks gesehen, aber dies war einzigartig. Es vermittelte Besuchern den Eindruck, sich wirklich auf der Erde zu befinden. *Es ist nur eine Illusion,* erinnerte er sich. *Geschaffen von einer Maschine.*

Dann plötzlich hörte er außer dem Trillern der Vögel und dem leisen Quieken von Eichhörnchen noch etwas anderes, ein seltsames, ziemlich disharmonisches Pfeifen. Er erkannte die Melodie, hatte sie oft als Kind gesummt, und er schüttelte den Kopf, als die letzten Töne verklangen. Er orientierte sich und glaubte festzustellen, daß die pfeifenden Laute von rechts vorn kamen. Als er sich in Bewegung setzte, begann die Melodie erneut, und wieder kam es zu auffallenden Dissonanzen.

Auf der Kuppe eines niedrigen Hügels blieb Riker stehen, sah über den kleinen Fluß hinweg und hielt nach dem unbekannten Pfeifer Ausschau. Die Laute schienen ihren Ursprung irgendwo am anderen Ufer zu haben, doch die Bäume und einige dicht an dicht wachsende Sträucher verwehrten ihm den Blick. »Hallo!« rief Riker. Er bekam keine Antwort.

Im Bach lagen einige breite Steine, die es erlaubten, ihn trockenen Fußes zu überqueren. Riker zögerte nicht, setzte mit langen Schritten über die kachelartigen Erhebungen hinweg und hielt auf das andere Ufer zu. Plötzlich gab einer der Steine unter ihm nach, und der Erste Offizier schwankte einige Sekunden lang. Er schaffte es, das Gleichgewicht zu wahren und sprang mit einem Satz an die Böschung. Er hielt es für sonderbar, daß die Holoprogrammierung Platz ließ für einen lockeren Stein - aber das entsprach genau dem, was man von einem echten Bach erwartete. Offenbar hatte der Entwicklungstechniker ›Fehler‹ programmiert, die in der Natur vorkamen.

Er zögerte am Ufer und lauschte einige Sekunden lang dem fast schrill klingenden Pfeifen. Kurz darauf ging er wieder los und folgte dem Verlauf des schmalen Pfades, der durch das Dickicht führte. Nach einer Weile erreichte er eine Lichtung, auf der Veilchen und dreiblättrige Zeichenwurz in den Schatten der Bäume wuchsen. *Die Holoprojektoren sind auf ›Frühling‹ justiert,* dachte Riker geistesabwesend.

Der Unbekannte stimmte das Lied zum drittenmal an, und Riker setzte den Weg in die entsprechende Richtung fort. Wenig später sah er einen dicken Baumstamm, dessen Äste ein breites ›Y‹ formten. Data hockte in der Gabelung, schürzte die Lippen und versuchte, die Melodie stimmgenau zu pfeifen. Erneut erwischte er den falschen Ton; offenbar mangelte es dem Androiden an einem genau genug ausgeprägten musikalischen Gehör. Riker pfiff die letzten Takte, und Data wandte sich zu ihm um. Als er ihn erkannte, sprang er zu Boden und trat auf ihn zu.

»Ich finde es erstaunlich, wie leicht Menschen so etwas fällt«, sagte er bewundernd. »Ich brauche noch viel Übung. Sind Sie aus einem bestimmten Grund hierher gekommen, Sir?«

»Auf Farpoint gibt es einige Rätsel, die Captain Picard lösen möchte.«

»Ja, unsere Informationen in Hinsicht auf die Bandi und die Konstruktion der Starbase sind noch immer unvollständig.«

»Der Captain riet mir, Sie in die Inspektionsgruppe aufzunehmen, die sich den Raumhafenkomplex ansehen soll.«

»Ich werde mich bemühen, auf adäquate Weise zu funktionieren, Sir.«

Riker musterte den Androiden, der seinen Blick geduldig erwiderte. »Daran zweifle ich nicht.« Der Erste Offizier zögerte und fügte dann hinzu: »Auf Picards Rat hin habe ich mir Ihre Dienstakte angesehen.«

»Ja, Sir. Daran gibt es nichts auszusetzen. Sie kennen mich nicht, und ich kann verstehen, daß Ihnen daran gelegen ist, meine Fähigkeiten und Fachkenntnisse einzuschätzen.«

Riker spürte, wie vages Unbehagen in ihm entstand, und er verlagerte das Gewicht vom einen Bein aufs andere. Warum begegnete ihm dieser Mann – die *Maschine* – mit solcher Offenheit? Data war ganz ruhig, und seine Stimme klang höflich und zuvorkommend. Sein Gebaren offenbarte keine Unterwürfigkeit, und es kam ihm auch nicht darauf an, sich bei dem ranghöheren Offizier einzuschmeicheln. Er verhielt sich schlicht und einfach neutral. Das Gesicht des Androiden war zu sehr menschlich wirkender Mimik in der Lage, aber Riker bezweifelte, ob das Mienenspiel echte Emotionen widerspiegelte.

»In den Unterlagen stand, man habe Sie auf einem Planeten gefunden, dessen einheimische Lebensformen durch eine verheerende biologische Katastrophe ausgerottet wurden.«

»Das stimmt, Sir.«

»Es handelte sich dabei um eine irdische Kolonie.«

»Ja, Sir.«

»Andererseits behaupteten Sie, das Produkt einer fremden Spezies zu sein.«

»Das ist ebenfalls korrekt«, erwiderte Data unbewegt. »Die ausgelöschte menschliche Kolonie, die Sie eben erwähnten, betraf den Planeten Kiron III. Die Siedler wußten nicht, daß dort auch eine hochentwikkelte Roboterzivilisation existierte. Als die Maschinen feststellten, daß den Kolonisten der Tod drohte, bauten Sie mich. Sie wollten das bewahren, was sie für die wichtigste menschliche Qualität hielten: ihr Wissen. Da sie selbst anorganischer Natur waren, erachteten sie Informationen als die bedeutendste Errungenschaft überhaupt. Offenbar wurde ich kurz vor der Katastrophe fertiggestellt.«

»Worin bestand sie?«

»Darauf kann ich Ihnen leider keine Antwort geben,

Sir. Ich erinnere mich nur an die Dinge, die sich *nach* dem Tod der menschlichen Siedler zutrugen. Irgend jemand startete eine Kom-Sonde und steuerte sie in eine Umlaufbahn. Schließlich traf ein Starfleet-Schiff ein und entdeckte mich als einzige überlebende Person auf dem Planeten. Menschen waren die erste intelligente Spezies, die ich kennenlernte.« Data lächelte ein wenig scheu. »Man brachte mich zur Erde, und dort wurde ich von Starfleet-Wissenschaftlern untersucht. Doch selbst dabei fanden sich keine Hinweise auf das, was die Kolonie auf Kiron III zerstörte. In meinen Gedächtnisspeichern sind keine entsprechenden Daten enthalten.«

»Was ist mit den Fremden, von denen Sie konstruiert wurden?«

»Ihr Schicksal ist mir ebenfalls ein Rätsel. Offenbar gingen sie zusammen mit den Siedlern zugrunde.«

»Seltsam, daß man Ihnen die Gestalt eines Menschen gab...«

»Vielleicht glaubten meine Schöpfer, auf diese Weise fiele es Menschen leichter, Kontakte zu mir zu knüpfen. Nun, meine körperliche Struktur weist einige Unterschiede zu der des Homo sapiens auf, aber das ist auch nicht weiter verwunderlich. Schließlich kannten meine Konstrukteure nicht alle menschlichen Aspekte.«

»Hm.« Riker beobachtete die gelben Augen des Androiden, seine glänzende, goldfarbene Haut – die einzigen Anzeichen dafür, daß er ein Fremder war. »Sie sind ein biomechanisches Wesen. Bedeutet das, Sie müssen essen?«

»Ich kann fast jedes feste Material aufnehmen und Betriebsenergie daraus gewinnen, und außerdem brauche ich Sauerstoff für diverse chemische Reaktionen. Flüssigkeiten haben keinen Nutzen für mich; aus diesem Grund war ich recht verwirrt, als der Admiral darauf bestand, mir einen Drink anzubieten.«

»Machen Sie sich deshalb keine Sorgen.« Riker lächelte. »Ein typisches Verhalten des Admirals.«

»Ja, Sir, ich verstehe«, erwiderte Data und fügte rasch hinzu: »Vielleicht könnten Sie mir etwas erklären, Sir. Wissen Sie, warum er mich immer wieder ›Junge‹ nannte? Mir ist zwar klar, daß ich alle Funktionen eines erwachsenen männlichen Exemplars Ihres Volkes wahrnehmen kann, aber...«

Riker räusperte sich und suchte nach den richtigen Worten. »Ich glaube... Nun, vermutlich handelt es sich dabei um einen Ausdruck, den der Admiral bei allen Männern verwendet, die jünger sind als er.«

»Oh.« Diese Antwort schien Data vollkommen zufriedenzustellen.

Rikers Unbehagen hatte sich noch nicht gelegt, und er beschloß, festeren thematischen Boden zu betreten. »Sie nehmen den Rang eines Lieutenant Commander ein. Vermutlich ehrenhalber.«

Data schüttelte den Kopf und entgegnete fröhlich: »Nein, Sir. Ich gehöre zum Starfleet-Jahrgang '78 und habe das Studium der Wahrscheinlichkeitsmechanik und das der Exobiologie mit Auszeichnung abgeschlossen.«

Der Androide lächelte, als er Rikers Überraschung bemerkte. »Die Vorschriften Starfleets geben allen Flottenkandidaten, die als intelligente Lebensform eingestuft sind, volle Rechte. Stört Sie das in meinem Fall, Sir?«

»Um ganz ehrlich zu sein: ein wenig.«

Data nickte betroffen. »Ich verstehe, Sir. Vorurteile sind eine sehr menschliche Eigenschaft.«

»Das ist genau der Punkt. Halten Sie sich für überlegen?«

»Ich *bin* es in vielerlei Hinsicht. Aber...« Data zögerte. »Ich würde gern darauf verzichten, wenn ich ein Mensch sein könnte.«

Riker musterte ihn erneut und analysierte seine Empfindungen. Die Tatsache, daß Data ein Androide war, schien immer unwichtiger zu werden. Eine weitaus größere Rolle spielten seine Aufrichtigkeit, das sanfte Wesen und der mitleiderweckende Wunsch, mehr zu sein als nur eine biomechanische Apparatur. Schließlich sagte Riker: »Nett, Sie kennenzulernen – Pinocchio.« Data starrte ihn verwirrt an. »Ein Scherz«, fügte der Erste Offizier hinzu.

»Oh. *Faszinierend.* Bitte erklären Sie ihn mir.«

Riker grinste plötzlich. »Ich schätze, Sie werden sich als interessanter Kamerad erweisen, Data.« Er warf einen kurzen Blick aufs Chronometer. »Wir sollten jetzt zurückkehren. Der Captain möchte, daß die Inspektionsgruppe so rasch wie möglich mit der Arbeit beginnt.«

Sie schritten über den Pfad, der zum Bach zurückführte. Riker sah sich immer wieder um, bewunderte den Wald und schüttelte den Kopf. »Eine herrliche Landschaft«, sagte er. »Natürlich gibt es auch an Bord der *Hood* ein Holodeck, aber es hält keinen Vergleich mit diesem hier stand. Soweit ich weiß, existieren praktisch unendliche Programmiermöglichkeiten.«

»Ja, Sir. Einige Varianten scheinen beliebter zu sein als andere. Das trifft in besonderem Maße auf diesen Wald zu. Vielleicht deshalb, weil er so sehr an die Erde erinnert. Wenn ich hierher komme, fühle ich mich fast... wie ein Mensch.«

Riker blieb stehen, griff nach einem langen Grashalm und betrachtete ihn eine Zeitlang. »Ich hätte nicht gedacht, daß Simulationen so real wirken können.«

»Viele Dinge, die Sie hier sehen, *sind* echt, Sir. Denken Sie nur an die Transporter, die in der Lage sind, unsere Körper in Energie umzuwandeln und am Ziel wieder rematerialisieren zu lassen...«

»Ja, natürlich.« Riker streckte die Hand aus. »Die molekulare Struktur der Felsen und Vegetation ist wesentlich einfacher. Auf dem Weg zu Ihnen habe ich einen Kolibri gesehen, Eichhörnchen und Vögel gehört...«

»Projektionen, Sir.« Data deutete auf einen nahen Bereich. »Die rückwärtige Wand der Holokammer.«

Riker sah genauer hin, konnte jedoch kein Ende der Waldlandschaft erkennen. Überall wuchsen hohe Bäume, Sträucher und Büsche, und hier und dort bildeten Blumen bunte Flecken im Grün. »Sind Sie sicher?«

»Wir stehen direkt davor.« Der Androide bückte sich und nahm einen Stein zur Hand, während Riker nach irgendeinem Hinweis auf eine Begrenzung Ausschau hielt. Data holte aus und warf den Kiesel. Mitten in der Luft stieß er an ein Hindernis, prallte mit einem dumpfen Pochen ab und fiel ins dichte Gras. »Haben Sie gesehen?« fragte Data.

»Unglaublich.« Riker wußte, daß seine Augen volle Sehschärfe hatten, doch nach wie vor bot sich nur der Wald seinen Blicken dar. Einige Sekunden später drehte sich der Erste Offizier um, als er etwas weiter entfernt die Stimme Wesleys hörte.

»Ist das nicht großartig?« rief der Junge.

Wes eilte am Hang des gegenüberliegenden Ufers herab und näherte sich dem Bach. »Dies ist eins der *einfachen* Programme, Commander Riker. Es gibt noch *tausend* andere, und die meisten davon sind weitaus komplexer.« Er begann damit, den Bach zu überqueren, sprang flink von Stein zu Stein. »Ich war gerade im Himalaya und habe einen Yeti verfolgt…«

Riker erinnerte sich plötzlich an die lockere Platte. »Vorsicht beim nächsten Stein!« rief er.

Aber es war bereits zu spät. Wesley spürte, wie unter ihm etwas nachgab, und er verlor das Gleichgewicht und fiel mit einem lauten Platschen ins Wasser. Data lief sofort los, brachte die Böschung mit weiten Sätzen hinter sich und sprang auf die schiefe Platte. Offenbar fiel es ihm überhaupt nicht schwer, die Balance zu wahren, als er sich bückte und nach dem Kragen des Jungen griff. Verblüfft beobachtete Riker, wie der Androide

Wesley mit einer geschmeidigen und mühelos wirkenden Bewegung aus dem Bach zog.

Wes strich sich das nasse Haar aus dem Gesicht und starrte Data voller Ehrfurcht an. »*Wow!*« entfuhr es ihm. Data lächelte und setzte den Jungen auf einem festen Stein ab. »Sie sind bestimmt der Androide. Ich meine, *Sir*... äh, vielen Dank. Ich kann zwar schwimmen, aber...«

»Die Temperatur des Wassers beträgt nur zehn Grad Celsius, um einen Gebirgsbach zu simulieren. Ich glaube, du solltest jetzt in dein Quartier zurückkehren und dir trockene Sachen anziehen. Sonst holst du dir noch eine Erkältung.«

»Er hat recht, Wes«, sagte Riker. Er sah die stumme Bitte in den Augen des Jungen und ahnte, was er sich wünschte. In seinem Alter hatte er ähnlich empfunden. »Lieutenant Commander Data«, fügte er förmlich hinzu, »darf ich Ihnen Wesley Crusher vorstellen?«

»Sehr erfreut, Mr. Crusher«, erwiderte Data. Er reichte dem Jungen die Hand und drückte vorsichtig zu. Wesley strahlte. Jetzt hatte er ein *richtiges* Abenteuer erlebt, von dem er Adam und Craig Harris erzählen konnte.

Das breite Schott, das die Holodecksektion 4-J vom Korridor trennte, schob sich beiseite, als sich die drei Personen näherten. Data, Riker und der völlig durchnäßte Junge traten auf den Gang. Wes achtete nicht auf die deutlich sichtbaren Schlammspuren, die er auf dem Flurboden zurückließ, während er den beiden Männern folgte und ihrem Gespräch zuhörte.

Picard befand sich ebenfalls auf dem Holodeck und nahm einen Bericht von Commander Reasons entgegen, der die Bestandsabteilung der *Enterprise* leitete. Er wurde sofort auf die drei Gestalten aufmerksam, die die Parklandschaft verließen. Riker und Data erkannte er auf den ersten Blick, doch der Junge mit der tropfnassen und schmutzigen Kleidung war ihm nicht bekannt. Der Captain runzelte unwillig die Stirn, als er die Pfützen beobachtete, die auf dem sauberen Korridorboden zurückblieben. Reasons unterbrach sich und sah ihn fragend an. Picard winkte ab. »Sie können jetzt gehen, Mark. Wir treffen uns in Ihrem Büro.« Dann wartete er auf Riker und seine beiden Begleiter.

Wesley spürte, wie ihm das Blut in den Kopf schoß. Er war sich sehr wohl seiner durchnäßten Kleidung bewußt, hörte das Quietschen der Schuhe und starrte betroffen auf die Schlammspuren, die er zurückließ. Er ahnte, um wen es sich bei dem einschüchternd wirkenden Mann mit dem strengen Blick handelte, der an der Korridorkreuzung stand. Selbst wenn er die vier kleinen, goldenen Scheiben des Rangabzeichens übersehen hätte: Nur zu deutlich erinnerte er sich an die Holografien, die seine Eltern zusammen mit Jean-Luc Picard zeigten. Als sie vor dem Captain stehenblieben, wäre Wesley am liebsten im Boden versunken. Aber er konnte sich nicht einfach in Luft auflösen, und seine Verlegenheit nahm immer mehr zu, als das von Hose und Jacke tropfende Wasser eine große Lache bildete.

»Es freut mich, daß wir uns hier begegnen, Captain«, sagte Riker. »Ich wollte gerade zur Brücke zurückkehren, um mich bei Ihnen zu melden.« Er warf Data einen kurzen Blick zu und sah dann wieder Picard an. »Ich habe mich mit den Dingen befaßt, die Sie mir nahelegten, und es war sehr aufschlußreich.«

»Das freut mich für Sie, Commander«, erwiderte der Captain. Er richtete seinen Blick auf die Pfütze vor Wesleys Füßen.

»Data ist damit einverstanden, sich der Inspektionsgruppe anzuschließen«, fuhr Riker fort. »Außer ihm möchte ich noch Lieutenant Yar und Lieutenant Commander Troi mitnehmen.«

»Eine gute Wahl.«

Wes konnte die Peinlichkeit der Situation kaum mehr

ertragen, hatte das Gefühl, als ströme das ganze Wasser des Baches an ihm herab. *Es sind nur ein paar Tropfen,* versuchte er sich einzureden. Gleichzeitig wußte er, daß selbst *ein einziger* Tropfen bereits zuviel gewesen wäre.

»Ich möchte Ihnen noch einen anderen Vorschlag machen, Sir. Als ich an Bord eintraf, begleitete mich ein junger Lieutenant. Nach den Med-Unterlagen besitzt er eine besondere visuelle Wahrnehmungsgabe, die uns bei der Inspektion von großem Nutzen sein könnte. Sein Name lautet LaForge.«

»In Ordnung.« Erneut betrachtete Picard die Pfütze vor den Schuhen des Jungen.

Wes räusperte sich und brachte unsicher hervor: »Sir, vielleicht sollte ich einen Lappen holen, um hier saubermachen.«

»Gute Idee«, entgegnete Picard kühl, drehte sich um und ging davon.

Wes sah ihm verdutzt nach.

Wesley betrat die Krankenstation und bat seine Mutter um ein Handtuch. Nachdem er alle Schlammspuren im Korridor des Holodecks beseitigt hatte, trocknete er sich in Beverlys Büro ab und berichtete ihr von seinem Abenteuer.

»...und außerdem gibt es auch noch eine Sporthalle mit Niedrigschwerkraft. Wußtest du, daß zu den Tieren auf dem Ökodeck auch zwei sondrianische Sumpfbären gehören? Meine Güte, an Bord dieses Schiffes fällt es einem wirklich nicht leicht, sich zu langweilen...«

»Ich möchte vor allen Dingen wissen, wieso du so naß bist.« Beverly griff nach einem weiteren verschmutzten Handtuch. »Sieh dir nur diesen Dreck an.«

»Es war nicht meine Schuld, Mom. Als ich den Bach überquerte, gab ein Trittstein unter mir nach. Dadurch verlor ich das Gleichgewicht und fiel ins Wasser. Commander Data zog mich heraus.«

Beverly setzte die Kontrolle der medizinischen Vorräte fort und überprüfte sie anhand einer Inventarliste. »Ich schätze, hinter diesen schlichten Worten verbirgt sich eine ziemlich lange Geschichte. Was hältst du davon, sie mir beim Abendessen zu erzählen?«

»Einverstanden.«

»Gut. Und jetzt zieh dich um.«

»Ja, sofort.« Wes sah hoffnungsvoll zu seiner Mutter auf und beschloß, ihr jetzt die Frage zu stellen, die ihm schon seit einer ganzen Weile durch den Kopf ging. »Mom... ich würde mir gern die Brücke ansehen. Könntest du mir dabei helfen, die Erlaubnis dafür zu bekommen?«

»Das widerspricht den Anweisungen des Captains. Ich darf die Kommandozentrale nur dann aufsuchen, wenn ein medizinischer Notfall besteht oder Picard mich ausdrücklich dazu aufgefordert hat.«

»Hast du ebenfalls Angst vor dem Captain?«

Beverly drehte sich zu ihrem Sohn um und sah ihn verärgert an. »Natürlich *nicht!*«

»Aber Captain Picard ist ziemlich streng, nicht wahr?«

Beverly zögerte und überlegte sorgfältig, welche Antwort sie darauf geben sollte. Wenn sie Wes zustimmte, hatte sie ihre Ruhe, aber andererseits: Sie wußte, daß eine große Verantwortung auf ihr lastete, denn sie mußte ihren Sohn allein erziehen, ohne die Hilfe des Vaters. Aus diesem Grund bemühte sie sich immer, ehrlich und offen Auskunft zu geben. »Dein Vater hat ihn sehr geschätzt. Berühmte Forscher... und Raumschiffkommandanten... sind oft sehr einsam... können keine Familie gründen...«

»Ich möchte nur *einen* Blick auf die Brücke werfen, Mom. Wenn sich die Tür öffnet, bleibe ich im Turbolift stehen, das verspreche ich dir. Dagegen gibt es doch nichts einzuwenden, oder? Der Captain wird mich nicht einmal *bemerken.*«

»Du forderst Schwierigkeiten geradezu heraus, Wes«, sagte Beverly unheilvoll. Dann musterte sie ihn und stellte fest, wie sehr er es sich wünschte, den Kontrollraum der *Enterprise* zu sehen. Sie seufzte. *Ich konnte ihm noch nie etwas abschlagen*. »Mal sehen«, gab sie leise zurück.

KAPITEL 8

Geordi LaForge war überrascht, als er hörte, daß die Lautsprecherstimme seinen Namen nannte. »Lieutenant LaForge, bitte melden Sie sich beim Ersten Offizier Riker im Transporterraum Drei. Lieutenant LaForge, bitte begeben Sie sich unverzüglich in den Transporterraum Drei.«

Hughes starrte ihn verblüfft an. »Was will er von Ihnen?«

»Keine Ahnung. Aber ich sollte wohl keine Zeit verlieren und mich sofort auf den Weg machen.«

»Was ist mit Commander Barton? Wir haben die Order, uns um Punkt 13.00 Uhr bei ihm zu melden. Und es ist gleich soweit.«

Geordi zuckte mit den Schultern. »Der Erste Offizier nimmt einen höheren Rang ein. Seine Anweisungen gehen vor.«

Als Geordi den Transporterraum betrat, sah er Riker und drei andere Offiziere der Brückencrew. Er nahm Haltung an und sagte förmlich: »Lieutenant LaForge meldet sich wie befohlen, Sir.«

»In Ordnung, LaForge. Sie begleiten uns auf den Planeten.« Riker hob kurz die Hand. »Commander Data, Commander Troi und Lieutenant Yar.«

Geordi begrüßte sie und fragte sich, was er in einer Gruppe so ranghoher Offiziere zu suchen hatte. Er richtete seinen Blick wieder auf Riker und sagte: »Sir, Commander Barton erwartet mich in Kürze...«

»Ich weiß. Captain Picard wird den Commander informieren. Und nun... Treten Sie auf die Transporterplattform, Lieutenant.«

Geordi kam der Aufforderung rasch nach, und die anderen bezogen ebenfalls Aufstellung. »Darf ich fragen, was Sie von mir erwarten, Sir?«

»Ich brauche Ihre Augen, Lieutenant.« Riker nickte dem Techniker an der Kontrollkonsole zu. »Energie.«

Sie rematerialisierten in der Nähe des Foyers vor dem Einkaufszentrum. Dutzende von dienstfreien Besatzungsmitgliedern der *Enterprise* wanderten durch die Promenade, plauderten mit den Zivilisten und Verkäufern. Die Bandi begegneten den Besuchern mit ausgesuchter Höflichkeit, und Riker fiel auf, daß die meisten von ihnen sogar recht fröhlich wirkten. Sie schienen ehrlich erfreut zu sein, die Wünsche ihrer Gäste zu erfüllen.

Tasha sah sich kurz um und trat an die Seite Rikers. »Ich empfehle, mit der Untersuchung der unteren Sektoren zu beginnen, Sir. Wenn das Konstruktionsmuster dieser Starbase den anderen entspricht, die wir bereits kennen, müßte es unter dem Komplex ein ausgedehntes Netzwerk aus Wartungstunneln geben. Vielleicht finden wir dort irgendwelche Hinweise.«

»Unsere Sensoren bestätigen die Existenz solcher Tunnel, Sir. Was halten Sie davon, wenn wir uns die Kellergewölbe ansehen? Unterdessen könnten die anderen hier mit der Inspektion beginnen.« Troi warf ihm einen bedeutungsvollen Blick zu, und Riker vermutete, daß sie aus einem ganz bestimmten Grund mit ihm allein sein wollte. Unsicher wandte er sich von ihr ab.

»Tasha – Sie und die Counsellor.«

»Sir.« Lieutenant Yar ging sofort los. Troi sah den Ersten Offizier noch einmal an, und Riker glaubte, in ihren dunklen Augen ein amüsiertes Funkeln zu erkennen. Dann folgte sie Tasha.

Riker sah Geordi und Data an und forderte sie mit einem Wink auf, sich ihm anzuschließen. »Wir nehmen uns die oberen Sektoren der Starbase vor. Lieutenant LaForge?«

»Sir, ich weiß noch immer nicht, worin mein Auftrag besteht.«

»Es gibt eine Menge Fragen in bezug auf den Bau dieser Station, Mr. LaForge«, erklärte Data. »Vor allen Dingen müssen wir in Erfahrung bringen, was die Bandi in die Lage versetzte, den Raumhafenkomplex in so kurzer Zeit fertigzustellen und welche Materialien sie verwendeten.«

»Sehen Sie sich aufmerksam um, Lieutenant. Fällt Ihnen in Hinblick auf die Substanzen in unserer Nähe irgend etwas auf?«

Geordi begann mit einer Sondierung und drehte langsam den Kopf. Das VISOR ermöglichte ihm nicht nur mikroskopische und teleskopische Wahrnehmungen, sondern erweiterte seine optische Sensibilität auch auf wesentlich breitere Spektralbereiche.

»Nun, Lieutenant?« fragte Riker nach einer Weile.

Geordi wandte sich wieder um und schüttelte den Kopf. »Ich bin nicht imstande, durch feste Materie zu sehen, aber... Nun, Sir, die Bausubstanzen machen einen ganz normalen Eindruck auf mich. Legierungen, reine Metalle, Holz, molekularverdichteter Beton und synthetische Stoffe. Nichts Außergewöhnliches.«

Datas Brauen kamen einige Millimeter weit in die Höhe. »Eine faszinierende Fähigkeit, Lieutenant. Sie sind ganz sicher, daß es sich ausschließlich um natürliche Materialien handelt?«

»Ja, Sir. Bis auf die Kunststoffe.«

»Und wir haben es nicht mit irgendwelchen Trugbildern zu tun?« fragte Riker. »Alles ist echt?«

»Ja, Sir. Daran kann gar kein Zweifel bestehen.«

Riker war enttäuscht, gab die Hoffnung jedoch nicht auf. »Danke, Lieutenant. Ich glaube, Sie sollten sich Lieutenant Yar und Commander Troi anschließen und im Tunnelsystem eine weitere Sondierung vornehmen. Data, bitte kommen Sie mit.«

Als die beiden Männer davongingen, berührte Geordi seinen Kommunikator. »LaForge an Yar. Nennen Sie mir Ihre Koordinaten.«

Riker führte den Androiden zum rückwärtigen Bereich der Promenade. Von jener Stelle aus hatte man Zugang zur alten Stadt. »Data, kennen Sie die Informationen, die uns die Bandi zukommen ließen, als sie Starfleet ersuchten, die Starbase offiziell in Betrieb zu nehmen?«

»Ja, Sir. Die *Enterprise* bekam eine Kopie des Antrags. Sie ist im Bordcomputer gespeichert, und wenn Sie möchten, kann ich Ihnen die einzelnen Abschnitte nennen.«

»Darum wollte ich Sie bitten. Stichwort: Baumaterialien.«

Der Androide horchte kurz in sich hinein und hob dann den Kopf. »Die Bandi legten uns detaillierte Pläne und Blaupausen vor, forderten jedoch weder Rohstoffe noch Halbfertigprodukte für die Konstruktion an. Offenbar stellten sie alle notwendigen Komponenten selbst her.«

»Das erste Kontaktteam berichtete, auf Farpoint gebe es weder Fabriken noch Laboratorien für die Produktion solcher Materialien. Andererseits aber waren die Bandi imstande, Luxuswaren anzubieten, alles was das Herz begehrte.«

»Vielleicht gibt es subplanetare Fabrikationskomplexe, die von unseren Sensoren nicht geortet werden konnten.

Riker berührte seinen Kommunikator und sagte leise: »Yar.«

»Hier Yar«, meldete sich Tasha sofort.

»Möglicherweise verfügen die Bandi in den tiefergelegenen Basisebenen oder unter der alten Stadt über geheime Laboratorien oder verborgene Produktionsanlagen. Halten Sie insbesondere nach Rampen, Klimaschächten und Wartungsfluren Ausschau – nach allen Dingen, die auf ein industrielles oder technologisches Zentrum dort unten hindeuten.«

»Ja, Sir.«

Tasha drehte den Kopf, als sich Geordi näherte. Seine

Stiefel kratzten über die Sprossen der Leiter, die von der oberen Luke herabreichte. Er sprang zu Boden, wandte sich den beiden Frauen zu und lächelte. »Commander Riker meinte, Sie könnten hier vielleicht meine spezielle Wahrnehmung gebrauchen.«

»Ich wollte mich gerade mit ihm in Verbindung setzen, als er einen Komkanal zu mir öffnete«, erwiderte Tasha. »Was halten Sie hiervon?« Sie streckte den Arm aus, und Geordi sah sich im Tunnel um.

Nach einigen Sekunden pfiff er leise durch die Zähne. »Was *ist* das?«

Die Wände des Korridors erweckten einen überaus seltsamen Eindruck. Die glatte Substanz wies hier und dort einige Buckel mit sonderbar anmutenden Markierungen auf. Außerdem glühte sie matt und reflektierte das diffuse Licht.

»Das habe ich mich ebenfalls gefragt«, sagte Tasha.

Aufmerksam betrachtete Geordi die glänzende Oberfläche. »Solche Wände habe ich noch nie zuvor gesehen.«

»Erstatten Sie dem Commander Bericht«, schlug Troi vor. »Er sollte davon erfahren.«

Erneut berührte Tasha ihren Kommunikator. »Gruppenführer, wir haben etwas Interessantes entdeckt.«

»Wo?« erkundigte sich Riker.

»Wir befinden uns in einem Gang direkt unter dem Einkaufszentrum, Sir. Lieutenant LaForge untersucht das hiesige Material, und er meint, er sehe so etwas zum erstenmal.«

»Auf welche Weise analysieren Sie die Substanzen, LaForge?«

»Mikroskopisch und thermisch, Sir. Darüber hinaus versuche ich, die reflektiven Eigenschaften in Hinsicht auf das elektromagnetische Spektrum festzustellen. Die Werte sind alles andere als normal, Sir. Sehr rätselhaft.«

Rikers Stimme klang nachdenklich. »Rätselhaft. Genau das richtige Wort, Lieutenant. Was ist mit Ihnen, Troi? Spüren Sie etwas Ungewöhnliches?«

Troi runzelte die Stirn, als sie ihren Kommunikator aktivierte. Sie zögerte mit der Antwort, denn sie ahnte, welche Anweisung sie vom Ersten Offizier zu erwarten hatte. Unbehagen regte sich in ihr. »Sir, bisher habe ich es vermieden, meine Sinne zu erweitern. Die Präsenz, die ich im Büro des *Gropplers* wahrnahm, konfrontierte mich mit ausgesprochen unangenehmen Empfindungen.«

»Tut mir leid, Counsellor«, sagte Riker sanft und gleichzeitig fest. Er konnte sich vorstellen, welchen mentalen Belastungen sich die Betazoidin ausgesetzt sah. »Aber wir brauchen mehr Informationen.«

»Ja, Sir, ich verstehe.« Troi warf Tasha und Geordi einen kurzen Blick zu. Yar sah sie mitfühlend an, aber bestimmt begriff sie nicht ganz, was geschah, wenn Deanna ihre psychischen Schilde senkte, mit denen sie sich bisher geschützt hatte. Der junge LaForge hingegen verstand sie vielleicht ein wenig besser. Sein visueller Sinn wurde elektronisch verstärkt, während Trois mentale Sensibilität eine Steigerung durch telepathische Energien erfuhr. Möglicherweise wußte er, daß ihre besondere Gabe manchmal einer schweren Bürde gleichkam.

Langsam senkte Deanna ihre geistigen Barrieren. Sie spürte viel geistige Aktivität in der Nähe, und jedes davon war eine Quelle intensiver Gedanken. Troi war nicht in der Lage, die Bedeutung der einzelnen Überlegungen zu erfassen, spürte nur die damit einhergehenden Emotionen. Die Gefühlsflut, die nun in ihrem inneren Fokus wogte, wies einige individuelle Aspekte auf. LaForges Neugier. Etwas weiter entfernt die Besorgnis Rikers. Ein dünnes Lächeln umspielte Trois Lippen. Die mentalen Emanationen des Ersten Offiziers hätte sie überall lokalisieren können, denn zwischen ihren beiden Geistessphären herrschte eine ausgeprägte Affinität.

Tasha beobachtete sie aufmerksam und trat ungeduldig von einem Bein aufs andere. Offenbar konnte sie es gar nicht abwarten, endlich etwas zu unternehmen. Plötzlich gab Troi einen spitzen Schrei von sich und sank auf die Knie. »Solcher Schmerz«, kam es über ihre Lippen. Tasha sprang auf sie zu und legte ihr den Arm um die Schultern. Troi schwankte hin und her, und ihr Gesicht war eine Maske von Pein. »Ich nehme... Qual wahr...«

Wie aus weiter Ferne hörte sie Rikers Stimme aus dem kleinen Lautsprecher des Kommunikators. »Halten Sie durch. Ich bin gleich bei Ihnen. *Enterprise*, Signalanpeilung und sofortiger Transfer!«

Geordi trat an die Seite Tashas und versuchte, Troi zu helfen. Die Betazoidin vernahm das leise Murmeln ihrer Stimmen, doch der Schmerz wurde immer stärker, füllte den Kern ihres Ichs ganz aus. Sie versuchte, die geistigen Schutzmauern aufzubauen und sich abzuschirmen; es gelang ihr, einen Teil der Pein aus sich zu verbannen, als in unmittelbarer Nähe ein Transporterfeld glühte. Data und Riker rematerialisierten.

Der Erste Offizier war mit einigen raschen Schritten neben Troi, griff behutsam nach ihren Händen und half ihr auf. »Es tut mir leid. Ist alles in Ordnung mit Ihnen?«

Troi nickte und lehnte sich einige Sekunden lang an ihn. Seine liebevolle Sorge gab der Frau in ihr neue Kraft. Sie verdrängte ihre emotionale Reaktion auf das, was sie in Riker spürte, konzentrierte sich wieder auf ihre Rolle als Counsellor. »Bericht, Sir«, sagte sie. »Ich...«

»Was war es?« unterbrach Riker die Betazoidin. »Handelte es sich nur um Schmerz, oder...«

»Nein, mehr als das. Trauer und Schwermut... profunde Verzweiflung.«

»*Wer?*« fragte der Erste Offizier.

»Ich weiß es nicht! Die Impulse stammten nicht von

den Bandi, gingen von keiner uns bekannten Lebensform aus. Das psychische Muster unterschied sich von allem, was ich bisher kennengelernt habe.«

»Wer empfindet eine derartige Qual?« fragte Data nachdenklich.

Riker schüttelte den Kopf und starrte auf die glühenden Tunnelwände. »Lieber Himmel, was ist dies eigentlich für ein Ort?«

In der Kommandozentrale der *Enterprise* hielten sich nur wenige Offiziere auf, und Picard gewann fast den Eindruck, die Brücke ganz für sich allein zu haben. Worf saß vorn an der Operatorstation, und die restlichen Angehörigen der Dienstcrew arbeiteten im rückwärtigen Bereich an den wissenschaftlichen Konsolen. Ihre Aufgabe bestand darin, die Bordsysteme zu überwachen. Picard war zu nervös, um im Bereitschaftszimmer auf den Bericht der Inspektionsgruppe zu warten. Auf der großen Brücke hatte er wenigstens Platz genug, um sich ein wenig Bewegung zu verschaffen, wenn ihm der Sinn danach stand. Als er hörte, wie sich die Tür des hinteren Turbolifts öffnete, drehte er sich um – und versteifte sich unwillkürlich, als er die beiden Personen in der Transportkapsel sah.

Beverly Crusher stand in der Liftkabine und senkte unwillkürlich den Kopf, als sie den mißbilligenden Blick des Captains bemerkte, der sowohl ihr als auch Wesley galt. Sie sah ihren Sohn vorwurfsvoll an, aber Wes bemerkte gar nichts davon. Staunend beobachtete er die Brücke und versuchte, innerhalb weniger Sekunden alles in sich aufzunehmen. Nach einer Weile gab sich Beverly einen Ruck, trat vor und bedeutete ihrem Sohn, in der Liftkabine zu bleiben. *Am besten, ich bringe es so schnell wie möglich hinter mich,* dachte sie.

Sie hatte sich einen einigermaßen triftigen Grund einfallen lassen, um zu erklären, warum sie die Brücke aufsuchte und nicht etwa das Interkom-System benutzte, um sich mit Picard in Verbindung zu setzen. Als Vorwand wollte sie einen Mangel an wichtigen medizinischen Versorgungsmaterialien verwenden: Die Lagerräume der *Enterprise* beinhalteten zwar ausreichende Vitaminpräparate und alle notwendigen Arzneien, doch es fehlte an den Substanzen, mit denen sich künstliches Blut herstellen ließ – das bei Notfällen dringend gebraucht wurde. Vermutlich war eine fehlerhafte Kennzeichnung verschiedener Transportbehälter dafür verantwortlich. Dr. Crusher wollte den Captain darauf aufmerksam machen und ihn bitten, die Vorräte sobald wie möglich zu ergänzen.

»Bitte um Erlaubnis, dem Captain Bericht zu erstatten...«, begann Beverly.

Picards Stimme klang so kühl, daß die Temperatur in der Kommandozentrale um zehn Grad zu sinken schien. »Kinder sind auf der Brücke *nicht* zugelassen, Doktor.«

Beverly holte tief Luft. Sie hatte natürlich mit Schwierigkeiten gerechnet, als sie die Entscheidung traf, Wesley mitzunehmen, aber dennoch war sie der Ansicht, daß es der Captain mit seiner Strenge übertrieb. »Mit allem Respekt, Sir: Mein Sohn, befindet sich nicht *auf* der Brücke, sondern steht nach wie vor im Turbolift.«

Picard zögerte. »Ihr *Sohn?*« Er erkannte den Jungen, den er in Rikers und Datas Begleitung gesehen hatte, erinnerte sich dabei an die Schlammspur im Korridor.

»Er heißt Wesley. Sie sind ihm schon einmal begegnet, vor einigen Jahren, als...«

»Oh«, machte Picard. »Ja.« Er entsann sich des kleinen Kindes, das er gesehen hatte, als er Jack Crushers Leiche zurückbrachte...

Der Junge machte keine Anstalten, die Liftkabine zu verlassen, sah sich noch immer mit eulengroßen Augen um. Er mußte etwa fünfzehn sein, überlegte Picard, aber er war ein wenig zu klein für sein Alter. Er hatte das kastanienbraune Haar seiner Mutter, auch ihre zarten Züge. Doch die intelligent blickenden, nußfarbenen Augen entsprachen denen seines Vaters. *Wenn Jack damals nicht den Tod gefunden hätte...* dachte der Captain. *Wäre ich dann bereit gewesen, seinen Sohn auf der Brücke zu dulden – als Zugeständnis einem Mann gegenüber, den ich respektierte und schätzte?*

Picard räusperte sich. »Nun, da du schon einmal hier bist...« Wesley sah ihn hoffnungsvoll an, und in seinem Blick kam eine stumme Bitte zum Ausdruck. Beverly wartete.

Picard zuckte mit den Schultern und versuchte, freundlicher zu klingen, als er hinzufügte: »Ich kannte deinen Vater, Wesley. Möchtest du dir die Brücke ansehen?« Der Junge sprang mit einem Satz aus dem Lift. »Aber rühr nichts an«, sagte der Captain rasch.

Die Kommandozentrale war weitaus größer, als Wes angenommen hatte, und der Wandschirm erschien ihm geradezu riesig. Sein Interesse galt vor allen Dingen den Konsolen des etwas höher gelegenen Achterdecks auf der Brücke, doch seine Mutter trat die Rampe herab, und Wesley folgte ihr gehorsam. Er hatte noch immer gehörigen Respekt vor dem Captain und versuchte, sich so still und unauffällig wie möglich zu verhalten.

Picard stand auf und wich vom Kommandosessel zurück, als Beverly und ihr Sohn herankamen. Was versprach sich der Junge von einem Aufenthalt auf der Brücke? Als der Captain genauer darüber nachdachte und sich in Wesleys Lage versetzte, entwickelte er ein gewisses Verständnis für seinen Wunsch. Er deutete auf den Sessel. »Was hältst du davon, dort Platz zu nehmen? Aber nur für eine Minute.«

Wesley strahlte überglücklich. Vorsichtig setzte er sich und beobachtete die Kontrollflächen in den Armlehnen.

Picard blieb neben ihm stehen und deutete auf die einzelnen Schaltsegmente. »Das Paneel auf der linken Seite dient für Logbucheintragungen. Außerdem kann man damit Daten aus dem Bibliothekscomputer abrufen, die Darstellungen des Wandschirms modifizieren und die Interkom-Anlage aktivieren. Faß bloß nichts an.«

»Nein, Sir.« Wesley zeigte auf die Sensorpunkte in der linken Armlehne. »Ersatzsysteme für die Kontrolle der Navigations- und Operatorstationen; außerdem Bedienungselemente für die Bordgeschütze und Deflektoren.«

»Sei vorsichtig damit.«

»Ja, Sir.« Wes blickte sich bewundernd um. »Dieses Schiff hat *wirklich* was auf dem Kasten.«

Picard sah Beverly an, runzelte die Stirn und richtete seine Aufmerksamkeit dann wieder auf Wes. »Ich nehme an, das ist ein Kompliment, oder?«

Beverly nickte und lächelte dünn. »Jugendlicher Jargon...«

»Ich wollte sagen, die *Enterprise* ist großartig, Sir«, warf Wes ein.

»Oh, ich verstehe«, gab Picard trocken zurück. »Danke. Falls du dich für den Wandschirm interessierst: Er wird von der Konsole des Operators aus kontrolliert...«

Wesley nickte. »Die externen Sensoren übertragen ein multispektrales Bild mit ultrahoher Auflösung, und die internen Modifikatoren erlauben jede gewünschte Vergrößerung.«

»Woher weißt du das, Junge?« fragte der Captain scharf. Wes schien klüger zu sein, als er erwartet hatte.

Bevor Beverly oder ihr Sohn antworten konnten, erklang ein leises Summen von der Kontrollfläche in der linken Armlehne des Kommandosessels. Aus einem Reflex heraus streckte der Junge die Hand aus und betätigte einen Schalter. »Perimeteralarm, Captain.« Und als er begriff, was er sich erlaubt hatte, erstarrte er förmlich.

Beverly errötete verlegen, und in Picards Augen blitzte es zornig auf. Drei Stimmen ertönten gleichzeitig.

»Das hättest du nicht tun dürfen, Wes.«

»Entschuldigung!« stieß Wesley hervor und sprang auf. »Ich wollte es gar nicht. Ich habe ganz automatisch gehandelt.«

»Verschwinde von der Brücke«, brummte Picard. »Und das gilt auch für Sie, Dr. Crusher.«

Worf saß nach wie vor an der Konsole des Operators, drehte sich um und wußte nicht so recht, wie er sich verhalten sollte. Das Signal mußte beantwortet werden, doch der Captain schien nicht weiter darauf zu achten.

Beverly schob ihren Sohn in Richtung Turbolift und warf Picard einen kurzen Blick zu. »Es tut mir leid...«

»Ich habe ihn ausdrücklich darauf hingewiesen, nichts zu berühren.«

Das Summen wiederholte sich, und Worf entschied sich zu einem Hinweis. »Perimeteralarm, Sir.«

Beverly blieb stehen und drehte sich zu Picard um. Wesley mochte sich falsch verhalten haben, aber wie sich nun herausstellte, hatte er sich nicht geirrt. Deshalb hielt sie es für unangebracht, daß ihm der Captain Vorwürfe machte. »Wie Ihnen mein Sohn mitzuteilen versuchte!« erwiderte sie spitz. Dann trat sie hoch erhobenen Hauptes in den Lift, zog Wesley zu sich heran und sagte: »Unterkunftsdeck 3.«

Als sich die Tür schloß, schlug der Captain wütend mit der Faust in die flache Hand, trat an den Kommandosessel heran und schaltete das Interkom ein. »Hier Picard.«

Die Stimme des stellvertretenden Leiters der Sicherheitsabteilung ertönte aus dem Lautsprecher. »Die Sensoren haben ein Objekt geortet, das sich Deneb IV nähert. Derzeit wird kein anderes Raumschiff erwartet, Sir.«

»Handelt es sich vielleicht um die *Hood*, die aus irgendeinem Grund zurückkehrt?«

»Energetische Struktur und Masse des fremden Objekts entsprechen nicht den Werten der *Hood*.«

»Worf, justieren Sie den Hauptschirm.«

Der Klingone betätigte einige Tasten, und sofort veränderte sich die Darstellung des Projektionsfeldes. Trotz der großen Entfernung war kein Teleskopeffekt notwendig, um das Raumschiff zu erkennen. Es schien riesig zu sein, wirkte düster und unheilvoll. Nur einige wenige Positionslichter glühten matt, und es hatte den Anschein, als absorbiere die graue Außenhülle das Glimmen der Sterne. Selbst das Leuchten der Sonne, die Deneb IV Licht und Wärme spendete, zeigte das gewaltige Schiff nur als einen Schatten, der sich deutlich sichtbar vor dem Feuerrand der Milchstraße bewegte. Es kam rasch näher.

»Identifikation?« fragte Picard.

Worf schüttelte verwirrt den Kopf. »Schiff unbekannt«, erwiderte er voller Unbehagen. »Konfiguration fremdartig. Ursprung: keine Angaben möglich, Sir.«

»Nehmen Sie Kontakt mit dem Objekt auf!«

»Das habe ich bereits versucht, Sir. Automatische ID-Nennung mit Bitte um Antwort. Negativ, Sir.«

»Deflektoren aktivieren, Lieutenant.«

Worfs Finger tanzten über die Kontrollen der Operatorstation. »Schilde stabil, Sir. Volle Energiestärke.«

»Phaser vorbereiten.«

»Phaser geladen und feuerbereit, Sir.« Dieser Hinweis stammte vom Sicherheitsoffizier an der Waffenkonsole.

»Geben Sie Alarmstufe Gelb.«

Das Heulen der Sirenen hallte durch die Korridore und Kammern der *Enterprise*, und kurz darauf traten die Männer und Frauen der Alarmcrew ein und nahmen an den Pulten Platz. Picards Aufmerksamkeit galt noch immer dem fremden Objekt, das sich weiterhin näherte. Er hatte ein solches Raumschiff noch nie zuvor gesehen, aber das bedeutete nicht unbedingt, daß es von fremden Wesen konstruiert worden war. »Öffnen Sie einen Komkanal zu *Groppler* Zorn, Lieutenant. Und senden Sie weiterhin Grußsignale auf allen Frequenzen.«

Worf führte einige weitere Schaltungen durch. Es summte kurz, und dann klang die Stimme des Administrators von Farpoint aus dem Lautsprecher.

»Hier ist *Groppler* Zorn, Captain.«

Picard verschwendete keine Zeit mit Höflichkeitsfloskeln. Ganz gleich, wer sich an Bord des unbekannten Raumschiffs befinden mochte: Der Captain hatte das unangenehme Gefühl, daß der oder die Betreffenden nicht mit friedlichen Absichten kamen. Steckte Q dahinter? Oder bekamen sie es jetzt mit einem ganz anderen Gegner zu tun? »Ein fremdes Objekt nähert sich dem Planeten, und bisher ignoriert es unsere Anfragen. Wissen Sie, was es damit auf sich hat?«

»Derzeit werden keine Schiffe erwartet...«

»Ich habe Sie gefragt, ob Sie wissen, *wer* Farpoint ansteuert. Sie erwähnten die Ferengi-Allianz...«

Zorns Stimme vibrierte nervös. »O ja. Aber um ganz ehrlich zu sein: Es fanden keine Verhandlungen zwischen uns und den Ferengi statt. Es war nur eine... eine Idee.«

»Sind Sie da ganz sicher? Oder haben Sie den galaktischen Händlern eine Botschaft übermittelt und um die Entsendung eines Schiffes gebeten? Heraus damit!«

»*Nein.*« Der Administrator klang nahezu verzweifelt. »Captain, ich versichere Ihnen, es war nur eine leere Drohung. Ich wollte Sie unter Druck setzen, Sie dazu veranlassen, Starfleet gegenüber eine Empfehlung auszusprechen. Bitte verzeihen Sie mir...«

»Unbekanntes Objekt schwenkt in eine Umlaufbahn«, meldete Worf. »Die von den Sensoren ermittelten Werte deuten darauf hin, daß es zwölfmal so groß ist wie die *Enterprise*.«

»Was wollen die Fremden?« fragte Zorn besorgt. Er wußte um die Ausmaße der *Enterprise* – und ein so viel größeres Raumschiff stellte sowohl für die Bandi als auch die von ihnen errichtete Starbase eine enorme Gefahr dar.

»Offenbar haben sie nicht die Absicht, uns darüber Auskunft zu geben«, entgegnete Picard kühl.

»Captain, können Sie sie nicht dazu zwingen, sich zu identifizieren? Wenn sie uns angreifen wollen...«

»Wir werden alles tun, um Sie zu schützen, *Groppler*. Picard Ende.«

»Irgendein Trick *Q's*, Sir?«

Picard hatte bereits an diese Möglichkeit gedacht und schüttelte den Kopf. »Ich schätze, wir haben ihn nicht zum letztenmal gesehen. Aber dieses Schiff weist keine Ähnlichkeiten mit dem auf, das uns während des Fluges nach Deneb IV mit einer Ergbarriere aufhielt.«

Der Captain sah wieder auf den Wandschirm und beobachtete, wie das kolossale Raumschiff herankam und in einem geostationären Orbit verharrte, nicht weit von der *Enterprise* entfernt. Picard stellte sich die gewaltige Masse des riesigen, diskusförmigen Objekts vor und schauderte unwillkürlich. Plötzlich flammte an der Unterseite ein pulsierendes Licht auf und tastete nach der *Enterprise*.

Der helle Glanz flutete durch die Brücke und tauchte alles in einen silbrigen Schein. Picard drehte den Kopf und stellte fest, daß sich die Konturen sowohl der anwesenden Offiziere als auch der diversen Installationen seltsam scharf abzeichneten. Die Männer und Frauen sahen sich verblüfft um, aber niemand schien Schmerzen zu empfinden.

Langsam verblaßte das Gleißen wieder, und Picard schaltete das Interkom ein. »An alle Stationen – Schadensbericht.« An die Brückencrew gerichtet fügte er hinzu: »Statusmeldung.«

»Alle Bordsysteme funktionieren einwandfrei, Sir«, antwortete Worf.

Die restlichen Offiziere bestätigten. Das sonderbare Glühen hatte auch die anderen Abteilungen des Schiffes erfaßt, jedoch nirgends Beschädigungen verursacht. Niemand war verletzt worden. Der Captain nickte zufrieden.

»Wissenschaftliche Station: Analyse der eingesetzten Energieform.«

Der wissenschaftliche Offizier prüfte die Anzeigen der Konsolen. »Offenbar handelte es sich um eine energetische Sonde, Sir, vermutlich sensorischer oder telepathischer Natur.«

Worf sah vom Pult des Operators auf. »Die Detektoren registrieren eine umfassende Sondierung aller Systemkomponenten der *Enterprise*, Sir.«

KAPITEL 9

Der unterirdische Tunnel war recht groß, aber Riker spürte dennoch, wie sich ein Hauch von Platzangst in ihm regte. Unruhig beobachtete er die sonderbar glatten und glänzenden Wände, von denen ein mattes Glühen ausging. Troi wirkte ruhig und gefaßt, schien sich weder der bedrückenden Atmosphäre noch ihrer Kameraden bewußt zu sein, als sie sich an die Wand lehnte und auf die emotionalen Emanationen konzentrierte, die nach wie vor ihrem mentalen Fokus entgegenfluteten. Der Erste Offizier musterte sie und wußte, daß sich die Counsellor vor ihnen abschirmte und es einer fremden Präsenz gestattete, auf den Pfaden ihrer Bewußtseinssphäre zu wandeln. Geordi untersuchte weiterhin die Substanzen, aus denen der Tunnel bestand, und Data bemühte sich, Kontakt mit der *Enterprise* aufzunehmen.

Tasha trat auf Troi zu und berührte sie an der Schulter. »Spüren Sie wieder Schmerzen?« fragte sie direkt. Auf einer rein intellektuellen Ebene wußte Lieutenant Yar, daß Troi die Gefühle anderer Personen empfangen konnte. Aber da sie keine telepathischen Fähigkeiten besaß, sah sie sich außerstande, die besonderen Erfahrungen der Betazoidin nachzuvollziehen.

»Troi, das genügt jetzt!« sagte Riker scharf.

»Nein«, erwiderte Deanne und schüttelte den Kopf. »Ich komme der Antwort immer näher, fühle... Einsamkeit und ein dringendes Verlangen.« Tränen quollen ihr in die Augen, und Troi wischte sie mit ruckartigen Bewegungen fort.

Data versuchte auf allen Kommunikatorfrequenzen, sich mit der *Enterprise* in Verbindung zu setzen. Nach einer Weile wandte er sich zu Riker um und runzelte verwirrt die Stirn. »Commander, irgend etwas neutralisiert die Signale.«

»Befinden wir uns zu tief in der planetaren Kruste?«

»Nein, Sir. Die Reichweite der neuen Komgeräte ist groß genug, und gewöhnliche Baumaterialien dürften nicht zu einem Energieverlust der Sendungen führen.«

»Es handelt sich nicht um normale Substanzen«, wandte Geordi ein.

Troi zwinkerte einige Male und richtete ihren Blick auf Riker und die anderen. Ein Teil ihres Geistes hatte die Bedeutung des kurzen Wortwechsels erfaßt, und als sie antwortete, reagierte sie auf beide Feststellungen. »Das bestätigt meinen Eindruck«, sagte sie und wandte sich an Data. »Es ist, als wolle irgend jemand eine Kommunikation zwischen uns und der *Enterprise* verhindern.«

»Na schön«, brummte Riker. »Ich schlage vor, wir kehren zur Oberfläche zurück.«

Der große Wandschirm zeigte nach wie vor das fremde Raumschiff, das nicht sehr weit von der *Enterprise* entfernt über dem Planeten Deneb IV schwebte. Picard beobachtete den gewaltigen, unheilvoll wirkenden Diskus, und seine Besorgnis nahm immer mehr zu. »Irgendwelche Reaktionen, Worf?«

Der große Klingone schüttelte den Kopf. »Die Analyse der im Bibliothekscomputer gespeicherten Daten brachte kein Ergebnis. Kein Starfleet-Schiff ist jemals einem solchen Objekt begegnet.«

Der Operator drehte sich um und informierte Picard: »Unsere Signale werden weiterhin ignoriert, Sir. Wir haben alles versucht – abgesehen von Drohungen.«

»Sensorerfassung, Mr. Worf.«

»Negativ, Sir. Die Sondierungsfelder werden abgelenkt.«

»Sie bekommen keine Anzeigen?«

»Nicht die geringsten, Sir.« Worf richtete seinen Blick auf den Wandschirm und beobachtete das gewaltige Schiff. »Ich frage mich, mit wem wir es zu tun haben...«

Plötzlich löste sich ein blauweißer Blitz von dem riesenhaften Diskus und zuckte zum Planeten herab. Nach einigen Sekunden erfolgte eine zweite Entladung. Alarmiert sah Worf den Captain an. »Die Fremden feuern auf Farpoint, Sir!«

»Photonentorpedos vorbereiten!« wies Picard den stellvertretenden Leiter der Sicherheitsabteilung an. »Schadensbericht, Lieutenant Worf. Gilt der Angriff dem Raumhafenkomplex?«

Worf betätigte einige Schalter seiner Konsole und sagte über die Schulter hinweg: »Keine Beschädigungen feststellbar. Die Unbekannten haben es nicht etwa auf die Starbase abgesehen, sondern die alte Bandi-Stadt.«

Riker und die Angehörigen seiner Inspektionsgruppe eilten durch den unterirdischen Tunnel. Troi und Tasha hatten die Führung übernommen. Nach kurzer Zeit bemerkte der Erste Offizier, wie die glatten, gewölbten Wände den aus gewöhnlichem Stein bestehenden Mauern eines kantigen Korridors wichen. Er verharrte kurz, beobachtete die Übergangsstelle und winkte Geordi heran. Lieutenant LaForge blieb neben ihm stehen und prüfte das Material mit Hilfe der VISOR-Apparatur.

»Nun?« fragte Riker.

»Hier besteht die Wand aus ganz normalem Fels, Sir. Die chemische Struktur entspricht dem Gestein auf der Oberfläche des Planeten.« LaForge runzelte die Stirn. »Erstaunlicherweise ist kein Saum zu erkennen. Es hat den Anschein, als gingen die beiden unterschiedlichen Materialien nahtlos ineinander über.«

»Die Treppe dort vorn«, warf Troi ein. »Sie führt nach oben.«

Riker drehte den Kopf. Etwa zwanzig Meter weiter vorn – dort, wo sich der Tunnel verbreiterte – sah er einige dunkle Stufen. Plötzlich vernahm er das dumpfe Donnern einer Explosion, und unmittelbar darauf folgte eine heftige Erschütterung. Der Erste Offizier taumelte an die Wand und versuchte, das Gleichgewicht zu wahren. Tasha erholte sich als erste von der Überraschung. »Eine Phaserentladung, Sir.«

»Negativ«, widersprach Data ruhig. »Aber eine ähnliche Energieform.«

»Wo?« fragte Riker knapp.

Data schaltete seinen Tricorder ein und hob den Kopf. »Eintausendzweihundert Meter entfernt. In der alten Stadt.« Eine zweite Explosion krachte und ließ den Boden erbeben.

Riker warf Troi einen kurzen Blick zu. »Versuchen Sie erneut, Kontakt mit der *Enterprise* aufzunehmen. Geben Sie dem Transporterraum die Anweisung, Sie, Yar und LaForge an Bord zu beamen. Los!« Er sah den Androiden an und nickte in Richtung Treppe. »Data, Sie begleiten mich. Ich möchte feststellen, was oben geschieht.« Er hielt auf die Stufen zu, und Data schloß sich ihm sofort an.

»Nein!« entfuhr es Troi. Riker blieb stehen und drehte sich um. Deanna wußte, daß sie einen Fehler machte, aber ihre Besorgnis war zu groß. *Nein!* riefen ihre Gedanken. *Wenn du verletzt wirst...*

Rikers Züge verhärteten sich. »Ich habe Ihnen einen Befehl gegeben, Commander! Halten Sie sich daran!«

Troi senkte den Kopf, und rote Flecken der Verlegenheit bildeten sich auf ihren Wangen. Sie spürte Rikers Zorn und bereute ihre Reaktion. »Ja, Sir. Es tut mir leid.« Der Erste Offizier und Data stiegen bereits die Treppe hoch, als Deanna ihren Kommunikator berührte. »*Enterprise*«, sagte sie. »Retransfer an Bord, drei Personen.«

Kurz darauf erreichten Riker und Data die Geschäftspromenade, in der das reinste Chaos herrschte. Zwar war es nirgends zu Beschädigungen gekommen, doch die Bandi flohen panikerfüllt. Eine dritte Detonation dröhnte, und dort, wo die Passage zur alten Stadt führte, wallte aufgewirbelter Staub. Riker nickte dem Androiden zu und lief in die entsprechende Richtung.

Mark Hughes war beauftragt worden, dem Techniker im Transporterraum 7 zu assistieren. Es langweilte ihn, einfach nur neben dem Pult zu stehen und zuzusehen, wie der Mann seinen Pflichten nachkam. An der Akademie hatte er Gelegenheit gehabt, sich mit den grundlegenden Funktionen des Transportersystems vertraut zu machen, und deshalb glaubte er, die Kontrollen problemlos bedienen zu können. Andererseits jedoch war er nur ein Fähnrich, der gerade erst seinen Dienst begonnen hatte, und während des ersten Jahres an Bord der *Enterprise* bestand seine Aufgabe darin, in allen Abteilungen Erfahrungen zu sammeln.

Der Techniker bestätigte die Mitteilung Trois, peilte die Kom-Signale an und justierte seine Konsole auf die Koordinaten des Raumhafenkomplexes. »Warum befinden sie sich *unter* der Starbase?« überlegte er laut, zuckte dann mit den Schultern und leistete den Transfervorgang ein.

Auf der Plattform vor dem Pult bildeten sich drei schimmernde Energiesäulen, und kurz darauf rematerialisierten Tasha Yar, Deanna Troi und Geordi LaForge. Als sie vom Podest heruntertraten, näherte sich Hughes seinem Bekannten. Tasha schenkte dem Fähnrich keine Beachtung und sagte über die Schulter hinweg: »Mr. LaForge – begleiten Sie uns bitte zur Brükke.«

»Ja, Ma'am.« Geordi zögerte und blieb hinter den beiden Frauen zurück, als Hughes neben ihm stehenblieb.

»He, Geordi, was ist denn los?« fragte der Fähnrich. »Sie sind gerade erst an Bord, und schon teilt man Sie einer Landegruppe zu. Jetzt werden Sie sogar zur Brücke beordert...«

Lieutenant Yar sah zurück und stellte fest, daß ihr der

dunkelhäutige Mann mit der VISOR-Prothese nicht folgte. »Mr. LaForge«, sagte sie scharf.

»Bin schon unterwegs«, erwiderte Geordi. Er sah Hughes wortlos an, breitete hilflos die Arme aus und beeilte sich, um zu den beiden weiblichen Offizieren aufzuschließen.

Hughes beobachtete, wie sie den Transporterraum verließen, drehte sich dann um und richtete seinen Blick auf den Techniker an der Konsole. »Manche Leute wären zu großen Opfern bereit, um Karriere zu machen – und anderen legt man sie geradezu in den Schoß.« Er beneidete Geordi um sein Glück – obgleich er zugeben mußte, daß LaForge einen höheren Rang einnahm. *Aber der Unterschied zwischen uns beiden spielt kaum eine Rolle,* dachte er ein wenig verbittert. Er war ehrlich genug sich selbst gegenüber, um zu dem Schluß zu gelangen, daß er sich schlicht und einfach übergangen fühlte. Er kannte kaum jemanden aus der regulären Besatzung der *Enterprise,* fühlte sich noch immer wie ein Fremder an Bord. Und der Mann, in dem er einen Freund sah, entfernte sich von ihm, setzte mit weiten metaphorischen Sprüngen über die Hindernisse auf der Karrierepiste hinweg... Vielleicht gewann er bald einen solchen Vorsprung, daß ihm nichts mehr an der Gesellschaft eines Mannes lag, der nur den Rang eines Fähnrichs einnahm.

Riker und Data erreichten eine der peripheren Bereiche zwischen Farpoint Station und der alten Bandi-Stadt. Es handelte sich um eine freie Fläche, die wie ein Dorfplatz anmutete und nun nicht mehr zum Ausruhen einlud: Auf der gegenüberliegenden Seite platzte ein steinernes Gebäude auseinander, als sich die destruktiven Energien eines blauweißen Blitzes entluden. Eine stählerne Tür unterbrach den Verkehrsstrom zwischen den beiden Sektionen, und Data stellte fest, daß sie verriegelt war.

»Setzen Sie Ihren Phaser ein«, wies Riker den Androiden an. Data justierte die Waffe auf einen gebündelten Strahl, und der Erste Offizier berührte seinen Kommunikator. »*Enterprise*, hier ist Riker.« Er bekam nicht sofort Antwort. Data sah kurz auf, zielte dann auf das Schloß der Tür und drückte ab. Das Metall verdampfte, und anschließend fiel es dem Androiden nicht schwer, die Pforte aufzustoßen.

»*Enterprise*, bitte kommen«, sagte Riker. Er schüttelte den Kopf und folgte Data nach draußen. »Vielleicht sind Captain Picard und seine Offiziere zu beschäftigt – mit dem Angreifer...«

Das Fauchen und Krachen einer weiteren energetischen Entladung übertönte seine Stimme. Riker und Data drehten sich ruckartig um und beobachteten, wie ein weiteres Gebäude einstürzte. Staub wallte in dichten Schwaden. Der Erste Offizier preßte die Lippen zusammen und versuchte erneut, sich mit der *Enterprise* in Verbindung zu setzen.

Ruhig betrachtete Picard die Darstellung des großen Wandschirms. Das geheimnisvolle Raumschiff feuerte einmal mehr auf die Oberfläche des Planeten. Doch selbst bei maximaler Vergrößerung waren keine Einzelheiten zu erkennen. Worf rutschte auf seinem Sitz vor der Operatorstation hin und her. Der Captain sah, wie sich die Schultermuskeln des Klingonen anspannten, und er ahnte, was in ihm vorging. Schließlich preßte Worf hervor: »Feuerbereitschaft, Sir.«

Picard zögerte, holte tief Luft und schüttelte den Kopf. »Auf Bereitschaft bleiben. Welche Ziele nimmt das fremde Schiff unter Beschuß?«

»Das läßt sich von hier aus nur schwer feststellen, Sir. Es hat den *Anschein*, als hätten es die Unbekannten auf die alte Stadt abgesehen, aber einige Strahlblitze zerstörten Bereiche in unmittelbarer Nähe des Raumhafenkomplexes.«

»Noch keine Antwort von Riker?«

»Nein, Sir – obgleich ich auf mehreren Frequenzen versucht habe, Kontakt mit ihm aufzunehmen.« Worf deutete auf den Schirm. Ein weiterer Energiestrahl raste zum Planeten hinab. »Vielleicht steckt er in Schwierigkeiten.«

Plötzlich erklang die Stimme des *Gropplers* aus den Brückenlautsprechern. »Enterprise, Enterprise! *Bitte helfen Sie uns!*«

»Das fremde Schiff feuert wieder, Sir«, knurrte Worf.

»Was sollen wir jetzt machen?« fragte Zorn ängstlich.

Picard betätigte die Kommunikationskontrollen in der linken Armlehne. »*Groppler...*«

»Captain! Retten Sie uns! Wir werden angegriffen, und es gibt bereits viele Verletzte...«

»Wir schicken Ihnen Hilfe, *Groppler*«, unterbrach ihn Picard scharf. »Wo befinden sich die Verwundeten?«

»In der Stadt.« Zorns Stimme vibrierte, und deutlich war das Krachen einer Explosion zu hören. »Im Zentrum der alten Stadt. Ich flehe Sie an: Beeilen Sie sich! Unternehmen Sie etwas!«

»Ja«, sagte Picard knapp und aktivierte das Interkom. »Krankenstation, Dr. Crusher.«

Sofort ertönte die Stimme Beverlys. »Hier Crusher.«

»Die alte Stadt wird angegriffen, und die Bandi brauchen medizinische Hilfe. Stellen Sie ein Einsatzteam zusammen. Notausrüstung.«

»Wird sofort erledigt. Crusher Ende.«

Picard brummte bestätigend und schaltete auf einen anderen Komkanal um. »Commander Riker, bitte melden Sie sich. Wo sind Sie?« Als er das leise Zischen hörte, mit dem sich die Tür des Turbolifts öffnete, drehte er den Kopf. Troi, Tasha und Geordi eilten auf die Brücke. »Was ist mit Riker?« fragte Picard rasch.

»Er befindet sich noch immer auf dem Planeten«, erwiderte Troi.

»Ich verstehe. Mr. LaForge?«

»Sir?«

»Sie sind als Navigator ausgebildet, nicht wahr?« Als Geordi nickte, deutete der Captain auf den freien Sessel neben Worf. »Nehmen Sie dort Platz. Vielleicht müssen wir einige rasche Manöver durchführen.«

»Ja, Sir.« Geordi trat an die entsprechende Konsole heran, setzte sich und überprüfte die Anzeigen. Unterdessen löste Tasha den stellvertretenden Leiter der Sicherheitsabteilung an der Waffenstation ab. Troi ließ sich auf den Sitz links neben Picard sinken.

»Wo hielt sich Riker auf, als Sie ihn zum letztenmal sahen?« wandte sich der Captain an die Counsellor.

Genau in diesem Augenblick klang die Stimme des Ersten Offiziers aus den Lautsprechern. »Riker an *Enterprise*. Bitte kommen.«

»Endlich«, seufzte Picard. »Wo sind Sie, Commander?«

»Am Rande der alten Stadt, Captain. Zusammen mit Data. Hier geht alles drunter und drüber.«

»Das hörte ich bereits. Und Farpoint Station? Irgendwelche Beschädigungen?«

Im Hintergrund krachte es noch einmal, bevor Riker antwortete: »Negativ, Sir. Der Raumhafenkomplex ist bisher nicht getroffen worden. Wer auch immer die Angreifer sind: Offenbar kommt es ihnen darauf an, die Starbase zu schonen.«

»Ein fremdes Raumschiff«, informierte der Captain seinen Ersten Offizier. »Es ist in eine Umlaufbahn geschwenkt und nicht allzu weit von uns entfernt. Keine ID-Kennung. Und bisher hat es nicht auf unsere Signale reagiert..«

»In der Bandi-Stadt kommt es zu ausgedehnten Verwüstungen. Ich befürchte viele Opfer unter der Bevölkerung.«

»Verstanden, Commander. Eine medizinische Einsatzgruppe mit Notausrüstung trifft in Kürze ein.« Picard machte eine Pause und schürzte die Lippen. *Es gibt eine Zeit zum Nachdenken und Überlegen,* fuhr es ihm durch den Sinn. *Und eine andere zum Handeln.* Er legte sich seine Worte sorgfältig zurecht, bevor er hinzufügte: »Erheben Sie irgendwelche Einwände, wenn Ihr Captain Sie mit einer zweifellos illegalen Entführung beauftragt?«

»Nein, Sir – wenn Sie so etwas für notwendig halten.«

»Das ist der Fall. Vielleicht kennt Zorn die Antworten, die wir brauchen. Bringen Sie ihn hierher!«

»Aye, Sir!« erwiderte der Erste Offizier sofort. »Riker Ende.«

»Mr. Worf, schalten Sie die visuelle Erfassung wieder auf das fremde Schiff.« Der Klingone betätigte einige Tasten, und das Bild auf dem großen Wandschirm wechselte. Es zeigte nun wieder den dunklen Diskus, der hoch über Farpoint schwebte. Picard beobachtete ihn eine Weile und fragte sich, was er davon halten sollte. Nach einer Weile schüttelte er den Kopf und sah Troi an. »Warum greifen die Fremden nur die alte Stadt an? Wenn sie etwas gegen uns hätten, würden sie das Feuer auf die *Enterprise* oder die Starbase eröffnen. Warum beschränken sie sich darauf, die Bandi-Stadt zu zerstören?«

»Was die erste Frage angeht, muß ich leider passen«, erwiderte Deanna. »Aber wie dem auch sei: Wir sind moralisch verpflichtet, die Bewohner von Deneb IV zu schützen.«

»Sie stellen mich vor eine sehr schwierige Entscheidung, Counsellor.«

»Ich bezweifle, ob es einer Verletzung der Ersten Direktive gleichkäme, zugunsten der Bandi einzugreifen. Sie haben uns um Hilfe gebeten. Sicher, es sind keine offiziellen Verbündeten…«

»Aber wir führen diplomatische Verhandlungen mit ihnen.« Picard nickte. »Sie haben recht. Wir dürfen nicht einfach die Hände in den Schoß legen.« Ohne sich zu Tasha umzudrehen, befahl der Captain: »Zielerfassung der Phaser auf das fremde Schiff justieren, Lieutenant.«

Die dünnen Finger Lieutenant Yars huschten flink über die Kontrollen. »Zielerfassung positiv, Captain.«

Unmittelbar darauf gleißte weißes Licht auf der Brükke, und Captain Picard sprang mit einem Satz auf. Eigentlich überraschte es ihn nicht sonderlich, *Q* zu sehen. Er trug noch immer die rotschwarze Richterkutte, in die er bei der Verhandlung gekleidet gewesen war. Spöttisch sah er sich in der Kommandozentrale der *Enterprise* um, musterte die Offiziere und bedachte Tasha an der Waffenkonsole mit einem besonders verächtlichen Blick. »Typisch«, sagte er. »So typisch. Unzivilisierte Lebensformen halten sich nicht einmal an ihre eigenen Regeln. Und damit entlarven sie sich selbst.«

»Was soll das heißen, *Q*?«

Der hochgewachsene Humanoide wandte sich zu Picard um, und seine Lippen deuteten ein ironisches Lächeln an. »Ich erinnere mich an eine recht beeindrukkende Rede, die ich vor nicht allzu langer Zeit hörte… an den Vortrag einer jungen Frau, die ich bei einer gewissen Gelegenheit kennenlernte…« Er richtete seinen Blick wieder auf Tasha. »Wie hieß es noch? Ah, ja. ›Dieses sogenannte Gericht sollte vor Starfleet und dem, was die Flotte repräsentiert, auf die Knie sinken.‹ Wissen Sie noch, Captain? Und entsinnen Sie sich auch an Ihre eigene Bemerkung? Lassen Sie mich nachdenken…« Q schnippte mit den Fingern. »Ich hab's. ›Wir geben zu, daß zumindest ein Teil der menschlichen Geschichte die Annahme des Gerichts stützt, unser Volk sei blutrünstig und barbarisch. Aber das hat sich inzwischen geändert. Testen Sie uns. Stellen Sie fest, ob sich die *heutigen* Menschen verändert haben oder nicht.‹ Dieser Vorschlag gefiel mir, Captain. Ich fand ihn überzeugend. So überzeugend, daß ich Sie an Bord Ihres

Schiffes zurückbrachte und Ihnen erlaubte, sich hier einem Test zu unterziehen.«

»Verschwinden Sie von meiner Brücke!« donnerte Picard.

Q lächelte mitleidig und schüttelte den Kopf. »Ihr Befehl in Hinsicht auf die Phaser... sehr interessant.«

»Phaser nach wie vor feuerbereit, Captain«, sagte Tasha kühl. *Q* sah sie kurz an, aber die junge Frau ignorierte ihn. Ihre Aufmerksamkeit blieb auf Picard gerichtet.

Der Humanoide wandte sich dem Captain zu, hob die Hände und lächelte. »Lassen Sie sich nicht stören.« Und mit einem anzüglichen Brummen fügte er hinzu: »Setzen Sie ruhig Ihre Bordgeschütze ein.«

»Da ich nicht weiß, wer sich an Bord des fremden Schiffes aufhält, war meine Anweisung nur eine routinemäßige Vorsichtsmaßnahme. Man hat uns nicht angegriffen. Der Diskus feuert auf die Bandi-Stadt, und wir haben keine Ahnung, was für Kontroversen zwischen den Bewohnern und jenen Fremden bestehen...«

Q rollte mit den Augen und lachte schallend. »Ach, wirklich? Sie wissen nicht, um was es sich bei dem Schiff dort handelt?« Erneut schüttelte er den Kopf, verwundert von der dummen Naivität der Menschen. »Die Bedeutung des Objekts liegt auf der Hand, aber Sie sind offensichtlich nicht dazu in der Lage, über Ihren begrenzten Primatenhorizont hinauszublicken. Übrigens, Captain: Sie behaupten doch, zivilisiert zu sein. Warum unternehmen Sie nichts, um den Verwundeten in der Stadt zu helfen?«

Aha! dachte Picard. *Vielleicht weiß er nicht alles.* Er betätigte die Komkontrolle in der Armlehne des Kommandosessels. »Captain an Erste Bordärztin. Haben Sie mitgehört?«

Es knackte in den Lautsprechern, und Beverly antwortete: »Die medizinische Hilfsgruppe bereitet sich auf den Transfer vor, Captain. Sie erreicht das Einsatzgebiet in fünf Minuten.«

»Kompliment, Doktor.« Picard sah Q an, der noch immer spöttisch lächelte. »Irgendwelche Fragen? Das Starfleet-Personal ist ausgebildet, um überall dort zu helfen, wo...«

»Wo Sie es zulassen, daß intelligente Wesen zu Schaden kommen?«

»Dieser Vorwurf ist völlig ungerechtfertigt, und das wissen Sie auch«, entgegnete Picard.

»Mag sein. Dennoch entspricht er der Wahrheit. Und da wir gerade dabei sind, für Sie unliebsame Tatsachen beim Namen zu nennen, Captain: Die Angehörigen von Starfleet *können nicht logisch denken,* denn sonst wüßten Sie bereits, was hier geschieht. Wenn Sie zu den richtigen Schlußfolgerungen gelangt wären, hätte kein einziger Bandi sterben müssen.«

»Und was ist mit Ihnen, Q – mit Ihrer angeblich so überlegenen Intelligenz? Sie bezeichnen uns als ›Wilde‹, aber offenbar *wußten* Sie, was sich hier anbahnte. Warum gaben Sie uns keinen Hinweis? Warum unternahmen Sie nichts, um die Bandi zu schützen? Rechtfertigt der ›Test‹ den Tod unschuldiger Personen? Meiner Ansicht nach sind *Sie* es, der ein unzivilisiertes Verhalten zeigt.«

»Sir, das fremde Schiff feuert erneut auf den Planeten«, sagte Worf.

Picard drehte den Kopf und beobachtete den blauweißen Blitz, der zur alten Stadt hinabzuckte und ein Gebäude im Zentrum vernichtete. Nur wenige Sekunden später folgte eine weitere Entladung.

»Impulstriebwerk: Positivschub! Bringen Sie uns zwischen den Planeten und das fremde Schiff. Deflektoren auf volle Energie!«

»Aye, Sir«, erwiderte Geordi knapp, beugte sich zur Navigationskonsole vor und führte die notwendigen Schaltungen durch. »Impulstriebwerk auf...« Er unterbrach sich und starrte verwundert auf die Anzeigen der Konsole. »Sir, wir haben keine Kontrolle mehr über die *Enterprise.* Die Bordsysteme sind *blockiert!*«

Riker und Data liefen durch die schmalen Gassen der alten Stadt und näherten sich dem Büro des Administrators. Unter normalen Umständen wäre es den beiden Männern möglich gewesen, sich von einem Transporterfeld innerhalb eines Sekundenbruchteils zum Ziel bringen zu lassen; doch kurz nachdem Riker den Befehl des Captains bestätigte, brach die Verbindung zur *Enterprise* ab. Der Erste Offizier besaß eine gute Kondition, aber nach dem Sprint durch die Stadt schnappte er keuchend nach Luft. Für Data existierten solche Probleme natürlich nicht. Die Entfernung zum Amtssitz des *Gropplers* betrug nur noch wenige Meter, als sich ein besonders greller Energieblitz direkt neben der Tür in den Boden brannte. Der felsige Untergrund bebte, und Riker und Data verloren das Gleichgewicht. Das Dach eines nahen Gebäudes stürzte ein, und Staub und Sand rieselten auf die beiden Männer herab. Als es um sie herum still geworden war, bewegte sich der Androide vorsichtig und setzte sich auf. Neben ihm stemmte sich Riker in die Höhe und duckte sich, als sich ein lockerer Mauerstein ganz löste und herunterfiel.

»Sind Sie verletzt, Sir?« fragte Data.

»Nein. Und Sie?«

Datas Blick trübte sich, als er seine internen Systeme kontrollierte. Nach einigen Sekunden zwinkerte er und schüttelte den Kopf. »Alle meine Komponenten funktionieren einwandfrei.«

»Dann los.«

Sie standen auf und näherten sich dem Büro. Die Tür hing schief in den Angeln, und Rauch wallte träge durchs Zimmer. Von der Einrichtung waren nurmehr Trümmer übriggeblieben: Einer der letzten Strahlen mußte ein Volltreffer gewesen sein. Draußen hallte das dumpfe Donnern einer neuerlichen Entladung über die Stadt.

Riker und Data betraten das Büro vorsichtig und sahen sich betroffen um. Nur der prächtige Schreibtisch schien den Angriff unbeschadet überstanden zu haben.

»Zorn?«

Riker vernahm ein leises, ächzendes Stöhnen, das seinen Ursprung irgendwo unter dem Tisch hatte. Rasch setzte er sich wieder in Bewegung. *Groppler* Zorn?« Der alte Bandi-Administrator hockte hinter dem wuchtigen Möbelstück und zitterte vor Furcht. »Bitte stehen Sie auf, Sir. Wir beamen Sie an Bord der *Enterprise.*« Riker streckte die Hände aus und zog den Bandi mit behutsamem Nachdruck auf die Beine.

Zorn schien ihn überhaupt nicht gehört zu haben, starrte ihn flehentlich an. »Bitte... Sorgen Sie dafür, daß es aufhört. Verjagen Sie es.«

»*Was* sollen wir verjagen, *Groppler?*«

Der alte Mann zuckte zusammen und biß sich auf die Lippen, so als hätte er bereits zuviel gesagt. »Ich weiß es nicht«, erwiderte er hastig.

»Das glaube ich kaum, Sir«, ließ sich Data vernehmen. Er sah den Administrator an. »Nach den uns vorliegenden Berichten waren Sie für alle Kontakte mit Starfleet verantwortlich. Daher nehme ich an, andere Außenweltler wandten sich ebenfalls direkt an Sie.«

»Wir haben uns nichts zuschulden kommen lassen!«

»Wenn das stimmt, brauchen Sie auch nichts zu befürchten. An Bord der *Enterprise* droht ihnen keine Gefahr...«

»Ich habe Ihrem Captain nichts zu sagen.«

»Ich fürchte, dann können wir Ihnen nicht helfen«, antwortete Riker fest. »Leben Sie wohl, Sir.« Er wandte sich um, und Data machte Anstalten, ihm nach draußen zu folgen.

»Nein!« entfuhr es Zorn erschrocken. Er versuchte, die Fassung zu wahren und die Beherrschung nicht ganz zu verlieren. »Nein, bitte gehen Sie nicht«, fuhr er fort, und dabei klang seine Stimme fast ruhig. »Ich möchte Ihnen einige Dinge erklären…«

In unmittelbarer Nähe des Administrators entstand ein gespenstisches Glühen, und entsetzt starrte der *Groppler* an seinem Körper herab.

»Nein!« schrie er. »Nein…«

Riker trat einen Schritt auf ihn zu, als der funkelnde Glanz den alten Bandi ganz einhüllte.

Verzweifelt streckte Zorn die Hand nach ihm aus. »Helfen Sie mir!« entfuhr es ihm. »Bitte…«

Das Gleißen erweiterte sich auch auf den Leib Rikers, und er spürte ein sonderbares Prickeln in den Armen…

»Nein, Sir!« Data packte den Ersten Offizier an den Schultern und riß ihn zurück. Die enorme Kraft, die der Androide dabei entfaltete, überraschte Riker, und sein Erstaunen wuchs, als er feststellte, daß ihn Data nur mit wenigen Fingern berührt hatte.

Von einem Augenblick zum anderen verklang die Stimme des *Gropplers*. Data und Riker wirbelten herum.

Zorn war verschwunden.

KAPITEL 10

Riker starrte auf die Stelle, an der sich eben noch der Administrator befunden hatte. Hinter ihm murmelte Data: »Ich schätze, das bringt uns in Schwierigkeiten.«

»Offenbar neigen Sie zu Untertreibungen, Commander.« Riker berührte seinen Kommunikator und sagte: »Erster Offizier an *Enterprise*.«

Picards Stimme drang aus dem kleinen Lautsprecher. »Was ist los, Riker?«

Die Nachricht wird ihm bestimmt nicht gefallen, aber daran kann ich leider nichts ändern, dachte Riker. Er schüttelte andeutungsweise den Kopf und holte tief Luft. »Wir haben Zorn verloren, Sir. Eine Art Transporterfeld hat ihn entmaterialisiert und fortgebracht.«

»Eine *Art*? Der Transfer wurde nicht von uns eingeleitet?«

»Nein, Sir«, bestätigte Data.

»Anfrage, Captain«, fügte Riker hinzu. »Steckt Q vielleicht dahinter?«

Q hob spöttisch die Brauen und lächelte, als er die säuerliche Miene Picards sah. Eigentlich war die Sache ganz einfach – aber die Primitiven standen dennoch vor einem für sie unlösbaren Rätsel. »*Niemand* von ihnen weiß, wer den *Groppler* transferiert hat? Ihre Zeit läuft ab, Captain.«

Troi zuckte unwillkürlich zusammen, als ihre paranormalen Sinne auf etwas aufmerksam wurden. Sie hatte sowohl die Verärgerung des Captains als auch den Spott *Q's* gespürt, doch jetzt schob sich etwas anderes ins Zentrum ihrer mentalen Aufmerksamkeit – irgend etwas tastete behutsam an der Peripherie ihres Bewußtseins entlang. »Captain«, sagte sie schließlich. »Ich nehme etwas wahr...« Picard drehte sich um und sah sie fragend an. »Zufriedenheit. Tiefempfundene Zufriedenheit.«

»Ach, wie nett«, höhnte *Q* und kicherte.

Picard ignorierte ihn. »Der gleiche Ursprung wie zuvor?«

»Nein. Diesmal befindet sich der Ausgangspunkt der emotionalen Signale nicht auf dem Planeten, sondern ganz in der Nähe.«

Der Captain sah auf den Wandschirm und beobachtete das riesige, diskusförmige Raumschiff. *Q* wippte auf den Zehen und warf Troi einen anerkennenden Blick zu. »Ausgezeichnet, Counsellor!« Mit dem Daumen deutete er auf Picard. »Ihr Captain scheint ein wenig schwer von Begriff zu sein, wie?«

»Vielleicht«, gab Picard scharf zurück. »Aber Sie scheinen das alles nur für Rätselraterei zu halten – während wir die Angelegenheit für wesentlich ernster halten.«

Eine Stimme erklang aus dem Lautsprecher des Interkoms. »Transporterraum 6 an Captain. Der Erste Offizier und Mister Data sind an Bord zurückgekehrt und werden gleich auf der Brücke eintreffen.«

»Oh«, machte *Q* fröhlich. »Nicht schlecht! Vielleicht hilft es Ihnen, von anderen Primitiven beraten zu werden...«

Picard wirbelte um die eigene Achse und fuhr aus der Haut. Er verlor nur selten die Beherrschung, vertrat die Ansicht, daß Wutanfälle nichts nützten. Aber er konnte den arroganten Humanoiden nicht mehr ertragen. »Das *reicht* jetzt, verdammt!«

Q wich ein wenig zurück und grinste hochmütig. »Haben Sie unsere Übereinkunft vergessen? Ich wollte Sie nur daran erinnern, daß Ihnen nicht mehr viel Zeit bleibt.«

Picard hörte, wie sich die Tür des Turbolifts öffnete und jemand die Brücke betrat. Vermutlich Data und Riker. Doch er wandte den Blick nicht von *Q* ab. Mit einigen weiteren Schritten vergrößerte der Humanoide die Distanz zu ihm, und aus einem Reflex heraus folgte ihm der Captain. Seine Fechterfahrungen lehrten ihn: Wenn sich ein Gegner zurückzieht, so laß nicht locker und geh in die Offensive.

»Ja, wir haben ein Abkommen getroffen – das Sie gerade brechen, indem Sie dieses Schiff übernehmen und meine Handlungsfreiheit beschränken!« Picard blieb dicht vor Q stehen, und obgleich er betont ruhig sprach, war die Autorität in seiner Stimme unüberhörbar. »Verschwinden Sie endlich – oder machen Sie der Farce ein Ende!«

Q musterte ihn nachdenklich. Die Offiziere auf der Brücke hielten den Atem an und warteten gespannt auf die Reaktion des gefährlichen Fremden. Der plötzliche Vorstoß des Captains hatte ihn zwar überrascht, aber Q fand trotzdem Gefallen an der allgemeinen Situation. Schließlich deutete er ein sarkastisches Lächeln an und erwiderte mit zuckersüßer Freundlichkeit: »Immer mit der Ruhe, *mon capitaine*. Ich versuche doch nur, einer bemitleidenswert rückständigen Spezies zu einem kleinen Erfolgserlebnis zu verhelfen, bevor ich sie für immer auf ihren Heimatplaneten verbanne. Aber vielleicht verzichte ich darauf, wenn Commander Riker mir einen kleinen Gefallen erweist.«

»Gehen Sie nicht darauf ein!« wandte sich Picard an seinen Ersten Offizier.

Riker hatte auch gar nicht die Absicht und warf dem Captain einen bestätigenden Blick zu. Q näherte sich ihm, und seine Stimme klang liebenswürdig, als er sagte: »Ich verlange doch gar nicht viel. Und außerdem ist es nötig, wenn Sie dieses Rätsel lösen wollen.«

»Was wollen Sie?« fragte Riker.

Q deutete wie beiläufig auf den großen Wandschirm. »Beamen Sie sich an Bord des fremden Schiffes. Zusammen mit Ihrer...« Er zögerte und sah Picard fragend an. »Inspektionsgruppe? Ist das der richtige Ausdruck?«

»Ich dulde es nicht, daß meine Leute unwägbare Risiken eingehen.«

Der Humanoide schüttelte mitleidig den Kopf. Der Umgang mit Menschen war wirklich nicht leicht. Sie lehnten sogar seine Hilfe ab. »Eigentlich sollten Sie bereits wissen, was Sie dort drüben erwartet, Captain. Aber vielleicht ist das Rätsel zu kompliziert für Sie, zu anspruchsvoll. Vielleicht übersteigt es Ihre Intelligenz...« Er zögerte. »Wie wäre es, wenn Sie die Phaser abfeuern? Das ist doch üblich bei Ihnen, um Probleme aus der Welt zu schaffen, nicht wahr?«

»Ich warne Sie, *Q*...«

»Captain...«, sagte Riker. »Mit allem gebührenden Respekt, Sir: *Q's* Vorschlag hat durchaus etwas für sich.«

Der Humanoide drehte sich zu ihm um. »Oh, was für ein vielversprechender junger Mann...«

Riker unterbrach ihn verärgert und nickte in Richtung Picard. »Haben Sie auch nur ein Wort von dem verstanden, was Ihnen der Captain klarzumachen versuchte? Wir Menschen sind keine barbarischen Wilden mehr!«

»Wie sagte man im zwanzigsten Jahrhundert so schön? Ja, jetzt fällt es mir wieder ein: ›Leere Worte‹. Ihre Behauptungen klingen zwar recht gut, lieber Riker, aber *Sie müssen sie erst noch beweisen!«* Die Gestalt des Humanoiden verflüchtigte sich in einem Blitz aus weißem Licht, und die Offiziere der Brückencrew kniffen die Augen zu, um nicht geblendet zu werden.

Nach dem grellen Gleißen wirkten die sanften Pastellfarben der Brücke fast wie verblaßt. Riker achtete nicht weiter darauf und wandte sich an den Captain. »Sir, bitte erlauben Sie mir, mich zusammen mit den anderen an Bord des fremden Schiffes zu beamen. Nur dort können wir hoffen, Antworten auf unsere Fragen zu finden.«

»Es überrascht mich, daß Sie das ebenfalls glauben«, erwiderte Picard.

Riker zuckte kurz mit den Schultern. »Warum nicht,

Sir? Wir haben sonst überall gesucht. Und ich bin sicher, in oder unter Farpoint Station läßt sich das Rätsel nicht lösen.«

Picard dachte darüber nach. Riker hatte natürlich recht, und der Captain wußte, daß ihm gar keine andere Wahl blieb, als seinem Ersten Offizier die gewünschte Genehmigung zu erteilen. Er nickte.

»Wenn es dort drüben irgend etwas Interessantes gibt, so werden wir es finden, Sir.«

Picard nickte erneut, ging die Rampe hoch und hielt auf den Turbolift zu. »Sir?« fragte Riker. »Was wollen Sie unternehmen, wenn Q nicht bereit ist, Beweise zu unseren Gunsten zu akzeptieren?«

Picard blieb am oberen Ende der Rampe stehen und drehte sich um. »Ich erfülle weiterhin meine Pflicht.«

»Bis zum bitteren Ende?«

Der Captain senkte kurz den Kopf und dachte darüber nach. Ein dünnes Lächeln umspielte seine Lippen, als er erwiderte. »Ich sehe nichts Bitteres darin.« Riker nickte ernst, streckte die Hand aus und deutete mit dem Daumen nach oben. Picard näherte sich dem Turbolift und betrat die Kabine, nachdem sich die Tür geöffnet hatte. »Krankenstation«, sagte er knapp, woraufhin sich das Schott wieder schloß.

Riker fand den Captain immer sympathischer. Wenn die gegenwärtige Krise überstanden war, so überlegte er, würde es ihm eine Freude sein, unter dem Kommando von Jean-Luc Picard mit der *Enterprise* auf große Fahrt zu gehen.

Beverly Crusher war noch damit beschäftigt, die zur *Enterprise* versetzten Besatzungsmitglieder routinemäßig zu untersuchen und die Resultate mit den Angaben in den entsprechenden Med-Akten zu vergleichen. Gerade hatte sich Lieutenant LaForge auf der Analyseliege ausgestreckt. Die von den Scannern ermittelten Werte deuteten auf einen ausgezeichneten körperlichen Zustand hin und bestätigten die Daten früherer Checkups. An seinen metabolischen Reaktionen war die Ärztin ebenso interessiert wie an der visuellen Prothese, die neben ihm auf dem Tisch lag. Er starrte blind ins Licht, und der Anblick seiner weißen und pupillenlosen Augen weckte vages Unbehagen in der Ärztin. Sie ließ das handliche Meßinstrument sinken und richtete sich auf. »Natürlich habe ich über Ihren Fall gelesen. Die VISOR-Vorrichtung befähigt Sie zu einer optischen Wahrnehmung, die weitaus besser als die normaler Menschen...«

»Ja, es ist erstaunlich, was die bioelektronische Technik heute zu leisten vermag. Mit der Prothese ›sehe‹ ich einen großen Teil des elektromagnetischen Spektrums. Ich kann nicht nur infrarote Strahlen erkennen, sondern auch Radiowellen und vieles andere.« Geordi klang ein wenig gelangweilt. »Ich habe solche Bemerkungen schon tausendmal gehört – und fast immer die gleiche Antwort darauf gegeben.« Er seufzte.

»In Ihrem Krankenbericht steht, Sie seien Ihr ganzes Leben lang blind gewesen.«

Dr. Crusher klopfte ihm kurz auf die Schulter, und daraufhin richtete sich Geordi auf und schwang die Beine über den Rand der Liege. »Ich bin blind geboren«, erwiderte er schlicht. Und das war ein Umstand, mit dem man sich abfinden mußte. Er hatte es längst aufgegeben, sich selbst zu bemitleiden, weil er nicht so sehen konnte wie gewöhnliche Menschen, erachtete das VISOR inzwischen als ein Werkzeug, das ihm wichtige Vorteile gab. Beverly griff nach dem Gerät und reichte es ihm.

»Und in all den Jahren hatten Sie dauernd Schmerzen?«

Geordi nickte gelassen. »Es heißt, der Grund dafür sei die unterschiedliche Stimulierung meiner neuralen Rezeptoren.«

Beverly nickte nachdenklich. Es war natürlich möglich, LaForge in diesem Zusammenhang Erleichterung zu verschaffen – doch nicht ohne gewisse Konsequenzen, über die er bestimmt Bescheid wußte. Inzwischen schien sich der junge Lieutenant an seine Situation gewöhnt zu haben und sie einfach hinzunehmen. Dennoch: Ein Versuch konnte nicht schaden. »Ich sehe zwei Möglichkeiten, Ihnen zu helfen. Die erste: schmerzstillende Mittel...«

»Die jedoch die Funktionsweise der Prothese beeinträchtigen«, entgegnete Geordi sofort. Er setzte die spangenartige Vorrichtung auf und sah die Ärztin direkt an. »Nein.«

Die Tür der Krankenstation öffnete sich, und Picard kam herein. Beverly blickte an Geordi vorbei und versteifte sich ein wenig, als sie den Captain erkannte. Dann richtete sie ihre Aufmerksamkeit wieder auf LaForge, als der Lieutenant fragte: »Und die andere Alternative?«

»Moderne Neurochirurgie. Eine Desensibilisierung des Hirnbereichs, der die Schmerzen projiziert.«

Geordi stand auf und schüttelte den Kopf. Er hatte diesen Vorschlag schon gehört, und er gefiel ihm ganz und gar nicht. Mühsam rang er sich ein Lächeln ab. »Dabei müßte ich mit ähnlichen Auswirkungen rechnen. Nein, vielen Dank.«

Beverly erwiderte das Lächeln verständnisvoll. »Ich hielt es nur für richtig, Sie auf die in Frage kommenden Behandlungsmethoden hinzuweisen. Außerdem bin ich sicher, daß sich bald noch andere Möglichkeiten ergeben.«

»Ich bin gern bereit, mir Ihre Ratschläge anzuhören, Doktor.«

Picard näherte sich ihnen und sah erst Beverly und dann LaForge an. »Irgendwelche Probleme, Doktor? Lieutenant?«

»Nein, Sir, absolut keine«, antwortete Geordi. Er nickte der Ärztin zu und wandte sich zur Tür um.

Picard sah ihm nach, als sich das Schott öffnete und der dunkelhäutige Mann auf den Korridor trat.

»Kann ich Ihnen helfen, Captain?« fragte Beverly. Picard drehte den Kopf und musterte sie. Er fühlte sich nicht ganz wohl in seiner Haut, aber er wußte, daß man unangenehmen Dingen nicht ausweichen konnte. Er hielt es für besser, offen zu sein und schwierige Situationen so schnell wie möglich zu bereinigen. »Ich bin gekommen, weil ich glaube, es sollte etwas geklärt werden. Ich möchte nicht, daß Sie glauben, ich sei herzlos und eingebildet.«

Beverly hob langsam die Brauen und schaffte es, ihr Lächeln zu verbergen. Ihre Stimme klang jedoch ein wenig amüsiert, als sie erwiderte: »Warum sollte ich mir ein solches Bild von Ihnen machen?«

Picard spürte ihre Erheiterung und entspannte sich ein wenig. Offenbar war Dr. Crusher bereit, seine Entschuldigung anzunehmen. Er hatte befürchtet, nach den beiden jüngsten Konfrontationen könne sie ihm distanziert oder gar feindselig begegnen, und jetzt überraschte sie ihn erneut. Einmal mehr mußte der Captain feststellen, daß ihr Gebaren nicht seinen Erwartungen entsprach. Interessant... Er verdrängte diesen Gedankengang hastig und konzentrierte sich auf das, was er der Ärztin sagen wollte. »Ich habe Sie nicht gerade mit offenen Armen empfangen, weder privat noch als Captain. Ich ließ mich dazu hinreißen, Ihren Sohn anzuschreien, der, wie Sie bemerkten, die Lage auf der Brükke richtig einschätzte. Offenbar kennt er sich mit den Bordsystemen von Raumschiffen ziemlich gut aus. Hiermit möchte ich mich in aller Form dafür entschuldigen. Ich... äh... ich habe keine große Erfahrung im Umgang mit Kindern.«

Beverly lächelte und nickte. »Das verstehe ich, Captain. Und ich darf Ihnen versichern: Weder Wesleys noch mein Seelengefüge kam dauerhaft zu Schaden.«

Picard dachte einige Sekunden lang über diese Bemerkung nach und streckte dann die Hand aus: »Willkommen an Bord, Doktor. Ich hoffe, wir können Freunde werden.«

Beverly drückte die ihr dargebotene Hand kurz. »Danke.« Rasch zog sie den Arm wieder zurück und wurde ernst. Picard musterte sie eingehend und fühlte, wie eine neue Barriere zwischen ihnen entstand. Er wußte, daß ihm keine andere Wahl blieb, als zu gehen, und deshalb nickte er knapp und verließ die Krankenstation. Beverly erinnerte sich an ihre Befürchtung, den Captain mit ihren offenen Worten so sehr beleidigt zu haben, daß er sich weigerte, sie in die Besatzung der *Enterprise* aufzunehmen. Doch ganz offensichtlich stimmte all das, was Jack über ihn gesagt hatte. Jean-Luc Picard war streng, aber gerecht. Er wußte, daß er Fehler machen konnte, und er gestand sie ein, wenn ihm welche unterliefen. Vielleicht... Ja, vielleicht lernte sie ihn im Verlauf der Zeit ebenso schätzen wie Jack. Kurzes Unbehagen regte sich in Beverly und verflüchtigte sich dann wieder.

Möglicherweise beschränkte sich ihre Beziehung in Zukunft nicht nur auf Freundschaft und gegenseitigen Respekt.

Rikers Begleiter traten auf die Transporterplattform und überprüften rasch und sorgfältig ihre Ausrüstung. Der Erste Offizier entschied sich für Lieutenant Yar, Troi und Lieutenant Commander Data, weil er während der Inspektion des Raumhafenkomplexes Gelegenheit erhalten hatte, die individuellen Fähigkeiten dieser drei Besatzungsmitglieder einzuschätzen. Die Bordcounsellor nahm er deshalb mit, weil sie sich durch eine besondere Sensibilität anderen Lebensformen gegenüber auszeichnete – was sich an Bord des fremden Schiffes als recht nützlich erweisen mochte. Der Androide war in der Lage, Informationen zu analysieren und innerhalb kurzer Zeit zu Schlußfolgerungen zu gelangen. Eine Eigenschaft, die ihn zu einem wertvollen Helfer machte – obgleich er dazu neigte, Menschen mit komplexen Anfragen zu verwirren, wenn er es mit Dingen zu tun bekam, denen eine konkrete Faktenbasis fehlte.

»Phaser auf Betäubung justieren«, befahl Riker. Er wartete, bis seine Gefährten bestätigten, bevor er sich umwandte und den Techniker hinter der Konsole ansah. »Alles klar.«

Der Mann kontrollierte die Anzeigen des Pults. »Ich habe Koordinaten gewählt, die etwa in der Mitte des Schiffes liegen, aber da die Signale unserer Sensoren abgelenkt werden, weiß ich nicht, was Sie am Ziel erwartet, Sir. Eins steht jedoch fest: Der Retransfer wird *nicht* in der Nähe des Triebwerks stattfinden, das sich aufgrund der intensiven energetischen Emissionen leicht lokalisieren läßt.«

Riker nickte. »Verstanden. Energie.«

Sie rematerialisierten in einer Art Tunnel, und Riker erkannte die glatten Wände und ihr sonderbares Glühen sofort wieder. Data nahm eine Sondierung mit seinem Tricorder vor und prüfte die angezeigten Werte. »In höchstem Maße interessant, Sir. Licht – aber keine feststellbare Lichtquelle. Beschaffenheit der Wände unbekannt. Der Tricorder kann das Material nicht analysieren.«

»Vermutlich handelt es sich um die gleichen Substanzen, die wir unter Farpoint Station fanden«, warf Tasha ein.

Data sah kurz auf. »Zu diesem Schluß bin ich ebenfalls gelangt«, sagte er. Riker glaubte, in der Stimme des Androiden einen Hauch von Ironie zu vernehmen. »Darüber hinaus bemerken Sie sicher, daß es völlig still ist. Offenbar existieren hier keine Bordsysteme, die irgendwelche Geräusche verursachen.«

»Dann frage ich mich, wie dieses Schiff funktioniert.«

Riker deutete nach vorn. »Versuchen wir, es herauszufinden.«

Tasha übernahm sofort die Spitze und führte ihre Kameraden in die entsprechende Richtung. Data hob immer wieder seinen Tricorder, schüttelte jedoch den Kopf. Offenbar blieben seine Analyseversuche ergebnislos.

Plötzlich zuckte Troi so heftig zusammen, als hätte sie einen Schlag erhalten. Riker war mit einigen eiligen Schritten an ihrer Seite.

»Was ist los, Deanna? Spüren Sie etwas?«

»Ja... Aber die Emanationen unterscheiden sich von denen, die ich auf dem Planeten wahrnahm.« Vorsichtig senkte sie ihre mentalen Barrieren, die ihr Bewußtsein abschirmten, und unmittelbar darauf empfand sie ein vages Prickeln an der Peripherie ihres Geistes. Die Betazoidin runzelte die Stirn und sah Riker an. »Die emotionalen Signale sind wesentlich stärker... voller *Wut*... und *Haß*.«

»Gegen uns gerichtet?«

»Nein. Sie gelten der alten Bandi-Stadt.«

Data setzte sich wieder in Bewegung. »Faszinierend. Dieses Schiff nahm nicht etwa den Raumhafenkomplex unter Beschuß, sondern die Gebäude derjenigen, die ihn bauten.« Er unterbrach sich abrupt und warf Riker einen verlegenen Blick zu. »Entschuldigen Sie bitte, Sir. Vielleicht stört es Sie, daß ich dauernd Kommentare abgebe.«

Riker unterdrückte ein Lächeln. »Ganz im Gegenteil, Data. Ich schätze Ihre Bemerkungen. Halten Sie sich nicht zurück.«

Vorsichtig setzten sie den Weg fort und beobachteten die seltsam gewölbten Wände des Tunnels, der kein Ende zu nehmen schien. Ab und zu zweigten links und rechts andere Korridore ab, aber auf Rikers Anweisung hin ging Tasha geradeaus weiter.

»Wenn es sich um Passagen wie an Bord der *Enter-*

prise handelt, müßten sie Zugang zu diversen Räumen und Kammern gestatten«, sagte Riker nach einer Weile. »Aber das ist ganz offensichtlich nicht der Fall.« Er sah seine Begleiter fragend an. »Wie erreicht man andere Etagen?«

»Eine Vermutung, Sir«, warf Data ein. »Vielleicht sind die Fremden imstande, feste Wände zu passieren, möglicherweise mit Hilfe von Dimensionstoren.«

Tasha neigte skeptisch den Kopf. »Warum sollten sie dann überhaupt erst Wände errichten?« Lieutenant Yar dachte immer praktisch. Der Hinweis leuchtete Data ein, und er nickte nachdenklich. Kurz darauf summte Rikers Kommunikator, und die Stimme des Captains drang aus dem kleinen Lautsprecher.

»Picard an Riker. Bericht.«

»Hier Riker. Unser Retransfer erfolgte in einem langen Tunnel, Sir. Weit und breit keine Spur von Besatzungsmitgliedern. Und bisher haben wir auch keine Anzeichen von installierten Geräten oder elektronischen Komponenten gefunden...«

»Halten Sie mich auf dem laufenden, Commander. Picard Ende.«

Riker sah seine Gefährten an. »Unser Captain scheint ein wenig ungeduldig zu sein.«

»O nein, Sir«, antwortete Data fröhlich. »Er möchte nur am liebsten alles selbst erledigen.«

»Danke für den Hinweis, Data.«

»Gern geschehen, Sir.«

Vermutlich hätte Data die Gelegenheit genutzt, um einen längeren Vortrag zu halten, aber Troi unterbrach ihn bereits im Ansatz. »*Groppler* Zorn«, sagte sie scharf. »Voller Angst.« Sie deutete auf eine Abzweigung. »Dort von.« Sie eilten los, und diesmal übernahm Troi die Führung. Während sie liefen, gab sie Riker ein Zeichen. Er verharrte dicht neben ihr, als die Counsellor stehenblieb. »In diesem Teil des Korridors empfange ich *völlig* andere Gefühle...«

Zorns schmerzerfüllte Stimme hallte ihnen entgegen. »Nein, *bitte!* Ich halte es nicht mehr aus!«

Riker und seine Begleiter betraten den Seitengang – und erstarrten förmlich. Vor ihnen schwebte der Administrator Zorn in einem zylindrischen Kraftfeld, dessen Ränder in einem bläulichen Ton schimmerten. Funken stoben, und als es leise knisterte, verzerrte sich das Gesicht des Gefangenen zu einer Fratze, der Pein.

»Nein! Bitte nicht! Hört endlich auf! Quält mich nicht länger!«

Riker und Tasha traten näher und spürten kurz darauf, wie sich ihnen ein unsichtbares Hindernis entgegenstellte. »Data, stellen Sie das Ausmaß des Kraftfeldes fest.« Der Androide nickte und hob erneut seinen Tricorder. Zorn stöhnte, und Riker beobachtete den leidenden *Groppler.* »Können Sie mich verstehen, Zorn?«

Der Bandi drehte langsam den Kopf und sah sie an. Seine Miene kam einer Grimasse gleich, und Riker spürte, wie es ihm kalt über den Rücken lief, als er die Qual in den Augen des alten Mannes sah. »Bitte. Es... ich ertrage es nicht. Bitte sorgen Sie dafür, daß es aufhört. Ich flehe Sie an...«

»Hat der Fremde versucht, sich mit Ihnen...?« Troi unterbrach sich und starrte Riker an, als sie plötzlich begriff. »Das ist es, Sir! Ich spüre hier nur *ein* fremdes Bewußtsein.«

Zorn wimmerte erneut und erbebte am ganzen Leib, als das Kraftfeld neuerlichen Schmerz in seinem Körper aufflammen ließ. »*Bitte!* Ich weiß nicht, was es von mir will...«

Troi warf Riker einen kurzen Blick zu und schüttelte den Kopf. »Das stimmt nicht. Er weiß genau Bescheid – und deshalb hat er solche Angst.«

Data beendete die Untersuchung des Kraftfeldes und machte Riker auf die Anzeigen des Tricorders aufmerksam. »Der Energiezylinder durchmißt einen halben Meter, reicht jedoch vom Boden bis zur Decke. Eine Strahlungsquelle kann ich zwar nicht lokalisieren, aber sehen Sie sich das hier an...« Er deutete auf ein bestimmtes Kontrollfeld, und Riker hob überrascht die Brauen, bevor er seinen Phaser zog und den Einstellregler der Waffe betätigte.

»Oberste Betäubungsstufe«, wies er seine Gefährten an. »Feuern Sie mit mir zusammen.« Er zielte direkt auf den *Groppler*.

»Nein, nein!« schrillte die Stimme des alten Bandi. »Bitte nicht!«

Die Phaserentladungen traten das Kraftfeld, das daraufhin bunt zu schillern begann. Einige Sekunden später löste es sich auf, und Zorn fiel zu Boden. Tasha und Data näherten sich der reglosen Gestalt, während der Erste Offizier seinen Kommunikator aktivierte. »Riker an *Enterprise*.«

Troi spürte, wie sich die fremde Präsenz am Rande ihres Bewußtseins verdichtete, und Besorgnis regte sich in ihr. Noch immer spürte sie eine Wut, die fast ausschließlich dem Administrator galt. Kurz darauf fühlte sie so etwas wie Neugier... Plötzlich versteifte sich die Counsellor. Ein sonderbarer Plasmatentakel wuchs auf der einen Wand und tastete Riker entgegen. *Imzadi!* riefen Deannas Gedanken.

Andere Pseudopodien zuckten auf Data und Tasha zu, die sich über den reglosen Zorn beugten. Troi fühlte eine Berührung am Rücken, und etwas Dünnes und Biegsames schlang sich um ihre Taille. »*Enterprise*, bitte kommen!« wiederholte Riker nervös. »Beamen Sie uns an...« Ein Tentakel schloß sich um seinen Hals und drückte ihm die Luft ab.

Picard befand sich nach wie vor auf der Brücke und hörte die gedämpft klingende Stimme seines Ersten Offiziers. Mit einer abrupten Bewegung betätigte er eine Taste in der Armlehne des Kommandosessels. »Transporterraum, holen Sie Riker und die anderen zurück. *Jetzt sofort!*«

Worf nahm den Platz des Operators ein, sah Picard an und deutete auf den Wandschirm. »Sehen Sie nur, Captain!«

Picard drehte den Kopf und starrte verblüfft auf die Darstellung. Das riesige Raumschiff *veränderte* sich: Die Konturen verschwammen, und der Diskus schien eine andere Form zu gewinnen. »Bei allen Raumgeistern, was...«

Weißes Licht blitzte und kündigte *Q's* Rückkehr an. Diesmal trug der Humanoide die Uniform eines Starfleet-Captains – deutlich waren die vier goldenen Scheiben des Rangabzeichens zu erkennen. Picard runzelte unwillig die Stirn und erachtete das Gebaren des Fremden einmal mehr als anmaßend.

»Ihre Zeit ist abgelaufen, Captain«, sagte *Q*.

Picard schenkte ihm keine Beachtung und sagte scharf: »Transporterraum, haben Sie die Koordinaten?« Er wartete einige Sekunden lang und rechnete mit einer raschen Antwort. Als sie ausblieb, beugte er sich besorgt vor. »Transporterraum!«

Q schlenderte an den Kommandosessel heran und lächelte zufrieden. »Der Techniker kann Sie nicht hören, Captain.«

Picard berührte seinen kleinen Insignien-Kommunikator und schaltete ihn ein. »Transporterraum, bitte melden!« Wieder reagierte niemand auf seine Anfrage, und *Q's* Lächeln wuchs in die Breite. Picard sah ihn zornig an. »*Q*, an Bord des fremden Schiffes befinden sich einige meiner Besatzungsmitglieder. Vielleicht sind sie in Gefahr...!« Er stand auf, trat einige Schritte vor und deutete auf das große Projektionsfeld.

Der Humanoide nahm im Kommandosessel Platz und streckte die Beine aus. Picard drehte sich um und hob die Hand, als einige Brückenoffiziere finstere Mienen schnitten und sich dem Eindringling näherten.

»Niemand unternimmt etwas. Das ist ein Befehl!« Daraufhin wichen die Männer und Frauen wieder zurück. Sie waren noch immer aufgebracht, gehorchten jedoch. Picard verabscheute die Vorstellung, Q um etwas zu bitten, aber er mußte handeln, um Riker und die anderen zu retten. »Meine Leute sind in Schwierigkeiten, Q. Geben Sie mir die Möglichkeit, ihnen zu helfen.« er zögerte kurz und fügte widerstrebend hinzu: »Anschließend unterwerfe ich mich Ihrem Willen.«

Q lächelte betont liebenswürdig, ließ die Hand sinken und breitete die Finger fächerförmig aus. Unmittelbar im Anschluß an diese Geste erklang ein seltsames Geräusch, das Picard nie zuvor gehört hatte. Es wies gewisse Ähnlichkeiten mit dem leisen Sirren eines Transporterfeldes auf, doch gleichzeitig spürte der Captain, daß es sich um etwas ganz anderes handelte. Zwischen dem Kommandosessel und den vorderen Konsolen begann die Luft zu flimmern. In dem vagen Flirren bildeten sich fünf Gestalten, und Picard seufzte erleichtert, als er Riker, Data, Troi, Tasha und Zorn erkannte. Niemand von ihnen schien verletzt zu sein.

»Und nun fügen Sie sich allen meinen Anweisungen?« fragte Q wie beiläufig.

Picard zögerte und nickte dann. Er hatte sein Wort gegeben, und sein Ehrgefühl verbot es, jetzt einen Rückzieher zu machen – obgleich er ahnte, daß Q keine Rücksicht auf das nehmen würde, was der Captain für richtig und angebracht hielt. Picard vermutete, daß ihn eine Demütigung erwartete. »Wenn ich mich recht entsinne, habe ich Ihnen ein solches Angebot gemacht – falls Sie für die sichere Rückkehr meiner Leute sorgen.«

»Dann brauchen Sie sich zu nichts verpflichtet zu fühlen, Sir«, sagte Troi. »Es war nicht etwa Q, der uns rettete.«

Picard warf ihr einen kurzen Blick zu, richtete seine Aufmerksamkeit dann wieder auf den Humanoiden, als Q aufsprang. »Schützen Sie sich!« Er zeigte auf den

Wandschirm. »Vielleicht werden Sie gleich angegriffen.«

Der Captain drehte sich um und stellte fest, daß das fremde Objekt nicht nur seine Form verändert hatte, sondern sich auch der *Enterprise* näherte. »Was ist das für ein Gebilde?«

»Es hat uns hierher zurückgeschickt, Captain«, sagte Riker.

»Woher wissen Sie das?«

Troi trat vor und wirkte sehr ernst. »Ich kann es spüren. Es handelt sich nicht etwa um ein Raumschiff, Captain, sondern um ein lebendes Wesen.«

»Sie lügt!« rief *Q*. »Zerstören Sie es, solange Sie noch dazu in der Lage sind.« Mit einigen raschen Schritten hielt er auf Tasha zu, die an der Waffenkonsole stand. »Machen Sie die Phaser und Photonentorpedos einsatzbereit!«

»Nein!« sagte Picard. »Hören Sie nicht auf ihn.« Er starrte *Q* wütend an. »Offenbar glauben Sie, die Uniform gebe Ihnen das Recht, meinen Offizieren Befehle zu erteilen. Sie irren sich.«

Zorn setzte sich in Bewegung und schwankte unsicher. Allem Anschein nach litt er noch immer an den Nachwirkungen des fremden Kraftfeldes. »Aber das Etwas hat Dutzende von Bandi getötet, Captain...«

»Das stimmt«, räumte Picard ein. »Aber warum? Gibt es einen Grund dafür?«

Der *Groppler* mied seinen Blick und schüttelte den Kopf.

»Es ist etwas Fremdes, Captain«, warf *Q* ein. »Genügt das nicht?«

»Wenn Sie sich jene Uniform verdient hätten, wüßten Sie, daß unsere Aufgabe gerade darin besteht, das *Fremde* zu untersuchen!« erwiderte Picard schroff.

Q schnaubte abfällig und wandte sich ab. »Vergebliche Bemühungen«, sagte er höhnisch. »Sie sind nicht intelligent genug, um durch die Begegnung mit dem Unbekannten zu neuen Erkenntnissen zu gelangen.«

Picard spürte, daß der Humanoide in die Defensive gedrängt wurde. Er drohte ihnen jetzt nicht mehr, verzichtete darauf, sie unter Druck zu setzen, gab sich damit zufrieden, mit verächtlichen Bemerkungen seine angebliche Überlegenheit zu demonstrieren. Nach Picards Erfahrungen deutete ein solches Verhalten auf eine schwächer gewordene Position hin. »Das muß sich erst noch herausstellen«, erwiderte der Captain ruhig und wandte sich an Zorn. »Beginnen wir mit den Tunneln unter Farpoint Station, *Groppler*.«

»Sie sind mit denen an Bord des fremden Schiffes identisch«, stellte Riker fest. »Warum sind Sie bestraft worden, Zorn? Vielleicht deswegen, weil *Sie* einer anderen Lebensform Schmerzen zufügten?«

Picard trat auf den Administrator zu und blieb dicht vor ihm stehen. Der *Groppler* duckte sich unwillkürlich und senkte den Kopf. »Wir haben uns nichts zuschulden kommen lassen!« entgegnete er schließlich. »Das Wesen ging am Rande unserer Stadt nieder. Es war schwach... nahezu verhungert... Auf seiner langen Reise durchs All hatte es schwere Verletzungen erlitten... Und wir... wir versuchten, ihm zu helfen...«

»Danke«, unterbrach ihn Picard. »Das fehlende Glied in der Kette. Jetzt ist mir alles klar. Lieutenant Yar, beschicken Sie die Hauptphaser mit Energie und bereiten Sie alles für einen singulären Fokus vor.«

»Aye, Sir.« Tasha versuchte, sich ihre Verwirrung nicht anmerken zu lassen. Sie fragte sich, was der Captain plante, als ihre Fingerkuppen über die Sensorfelder der Waffenkonsole strichen. Anzeigen flackerten, und grüne Betätigungslichter glühten.

Picard wandte sich erneut an Zorn. »Sie meinten eben, Sie hätten versucht, dem Wesen zu helfen. Wollen Sie uns etwa weismachen, aus diesem Grund sei das

Geschöpf dort draußen so außer sich geraten, daß es die alte Stadt angriff?«

Voller Unbehagen wand sich Zorn hin und her. Die Bandi brauchten die Hilfe des Wesens. Es hatte alle ihre Wünsche erfüllt – obgleich manchmal ein wenig ›Nachhilfe‹ nötig gewesen war. »Jene Lebensform ernährt sich von Energie, und die stand uns im Übermaß zur Verfügung. Sie ist in der Lage, Gedankenbilder zu empfangen und schuf all das, was wir uns vorstellten... Aber um sie zu kontrollieren, mußten wir die Energie rationieren, die wir ihr zur Verfügung stellten...«

Riker seufzte. »Viele Exobiologen halten es für möglich, daß irgendwo in der Galaxis Leben existiert, das Energie direkt in Materie umwandeln kann.«

»Und imstande ist, der geschaffenen Materie eine bestimmte Struktur zu geben, so wie im Fall unserer Transporter und der Holodecks«, fügte Data hinzu.

Tasha justierte den energetischen Fokus für einen gebündelten Phaserstrahl und sah auf den Wandschirm. »Sehen Sie nur, Captain!« entfuhr es ihr.

Das fremde Schiff verformte sich weiter, schien auseinanderzufließen und gewann eine amorphe Gestalt. An den Außenflächen pulsierten bunte Farben. »Zorn, Sie haben ein solches Geschöpf gefangen, nicht wahr? Und für Ihre Zwecke mißbraucht.«

»Es wollte uns zu Diensten sein«, protestierte der Administrator. »Um sich für unsere Hilfe zu bedanken.«

»Sie haben es festgehalten«, stellte Troi richtig. »Es versklavt.«

»Nein, nein. Wir baten es nur darum, einen... Gebäudekomplex für uns zu errichten.«

»Es schuf Farpoint Station für Sie«, sagte Riker. Dann schüttelte er den Kopf und verbesserte sich: »Nein, es ist wie das Wesen, das wir zunächst für ein fremdes Raumschiff hielten... Umstrukturiertes Körpergewebe: Die gefangene Lebensform ist mit der Starbase *identisch*.«

Picard beobachtete die Darstellung des Projektionsfeldes. Die amorphe Präsenz in der Nähe der *Enterprise* sah nun aus wie eine gewaltige Meduse. An der Unterseite bildeten sich lange, fadenartige Auswüchse, als es langsam dem Planeten entgegensank und auf den angeblichen Raumhafenkomplex zuhielt.

»Bitte warnen Sie mein Volk!« stieß der *Groppler* besorgt hervor. »Es ist in Gefahr. Fordern Sie die Bandi auf, Farpoint Station unverzüglich zu verlassen!«

»Er hat Sie angelogen, Captain«, warf Q ein. »Warum lassen Sie seine Artgenossen nicht einfach sterben?«

»Ein interessanter Rat«, entgegnete Picard mit beißendem Spott. »Zumal er von dem Repräsentanten einer außerordentlich hochentwickelten Zivilisation stammt.« Er wartete keine Antwort ab und sah Data an. »Senden Sie den Bandi folgende Nachricht: ›Verlassen Sie Farpoint Station auf der Stelle und bringen Sie sich in Sicherheit.‹ Wiederholen Sie die Botschaft, ganz gleich, ob eine Reaktion darauf erfolgt oder nicht.«

»Aye, Sir.« Der Androide wandte sich sofort der Konsole zu und führte die notwendigen Schaltungen aus.

Troi hatte links vom Kommandosessel Platz genommen und blickte noch immer auf den Wandschirm. Das Raumwesen sank weiterhin dem Planeten entgegen. »Ich habe zwei verschiedene Bewußtseinssphären wahrgenommen. Die eine auf dem Planeten, voller Kummer, Verzweiflung und Schmerz – und die andere hier im Orbit, erfüllt von Wut und Haß...«

»Und die zweite feuerte nicht etwa auf die Starbase, sondern auf die alte Stadt der Bandi.«

Picard sah Troi an und war gespannt, ob sie seine nächste Bemerkung bestätigen konnte. »Griff sie diejenigen an, die... die ihren Partner gefangennahmen?«

Die Counsellor prüfte die Empfindungen, die sie zuvor gespürt hatte, schüttelte schließlich den Kopf. »Diese Bezeichnung ist nicht ganz richtig.« Sie bedachte Riker mit einem kurzen Blick. »Vielleicht wäre der beta zoidische Begriff ›Imzadi‹ angemessener.«

Der Erste Offizier errötete.

»Fokus vorbereitet und stabil, Sir«, meldete Tasha.

»In Ordnung, Lieutenant Yar. Koordinaten: Farpoint Station.«

Es gefiel *Q* ganz und gar nicht, von den Menschen ignoriert zu werden. Hatten sie die Übereinkunft zwischen ihm und Picard vergessen? Niemand berücksichtigte seine Wünsche. Alle schienen die Ansicht zu vertreten, er sei nicht weiter von Bedeutung. »Offenbar habe ich Sie mit einem zu leichten Rätsel konfrontiert. Aber Großzügigkeit war schon immer eine meiner größten Schwächen.«

Picard schenkte ihm noch immer keine Beachtung und nickte Tasha zu. »Das Wesen soll soviel bekommen, wie es absorbieren kann. Energie.«

Lieutenant Yar betätigte die Auslösertaste und sah auf den Wandschirm. Das Bild veränderte sich, als Data eine andere Darstellungsperspektive wählte, zeigte einen hellblauen Energiestrahl. Er traf das Zentrum des Raumhafenkomplexes, doch die Entladung führte zu keinen Zerstörungen. Irgend etwas schien die geballte Kraft aufzunehmen. Tasha prüfte die Anzeigen ihrer Konsole und sah besorgt auf. »Es kommt zu einem energetischen Feedback, Sir.«

»Phaser aus«, sagte Picard. »*Groppler* Zorn, wenn meine Annahmen zutreffen, wird es bald keine Farpoint Station mehr geben.«

»Sie hatten nur Glück, das ist alles«, brummte *Q* enttäuscht.

Nach wie vor achtete niemand auf ihn. Selbst Zorn, der nicht wußte, um wen es sich bei dem Fremden handelte, würdigte ihn keines Blickes. »Bitte glauben Sie mir, Captain. Wir wollten dem Wesen nichts zuleide tun. Es befand sich in einer Notlage und brauchte dringend neue Energie...«

»Und das haben Sie zu Ihrem eigenen Vorteil ausgenutzt.«

»Aber wir *fütterten* das Geschöpf!« wimmerte der Administrator – als rechtfertige dieses Zugeständnis die Versklavung der exotischen Entität. Sein Volk hatte sich tatsächlich um das Wesen gekümmert, denn andernfalls wäre es gestorben – ohne die Wünsche der Bandi erfüllen zu können. Das änderte jedoch nichts daran, daß sie nur ein Werkzeug darin sahen, ein Instrument, um das zu erreichen, was sie anstrebten.

»Sie gaben dem Geschöpf gerade genug Energie, damit es überleben und die von Ihnen verlangte Form annehmen konnte...«

»Sir«, sagte Data. Picard drehte sich um, und der Androide zeigte auf den großen Bildschirm.

Farpoint Station schimmerte und gleißte, und die Konturen des Raumhafenkomplexes begannen sich zu verflüchtigen. Langsam veränderte sich die Starbase zu einem quallenförmigen, majestätisch wirkenden Etwas, das mit atemberaubender Eleganz in die Höhe stieg. Das andere Raumwesen war wesentlich größer, doch ebenso prächtig, und mit erhabener Ruhe sank es seinem Partner entgegen.

»Sir«, hauchte Troi. »Es ist wundervoll! Ein Gefühl der Freude. Und der Dankbarkeit.«

Zorn, Q und die Offiziere auf der Brücke sahen auf den Wandschirm und beobachteten, wie sich die beiden Präsenzen trafen und die langen, glitzernden Pseudopodien ausstreckten, sich damit berührten – ein Kontakt zwischen Energie und semistabiler Materie. Kurz darauf kehrten beide Geschöpfe Seite an Seite ins All zurück und schwebten an der *Enterprise* vorbei.

»*Große* Freude und Dankbarkeit«, sagte Troi leise. »Von beiden.«

Q schnaufte abfällig, als die beiden fremden Geschöpfe Deneb IV hinter sich ließen und in ihre Heimat zurückkehrten: den interstellaren Raum. »Es ist ja so langweilig, wenn man die Antworten kennt.«

Verärgert drehte sich Picard zu ihm um. »Benutzen Sie andere Lebensformen zum Zeitvertreib?«

»Mag sein. Aber Sie eignen sich leider nicht besonders dafür.«

»Verlassen Sie uns. Wir haben den Test bestanden und zu Ihrer Musik getanzt. Aber jetzt gefällt uns die Melodie nicht mehr.«

Q lächelte beschwichtigend und hob die Hände. »Immer mit der Ruhe, *mon capitaine…*«

Auch diesmal erzielten seine Worte nicht die gewünschte Wirkung. *»Verschwinden Sie aus meinem Schiff!«* donnerte Picard.

Wenigstens schien *Q* zu wissen, wann der Zeitpunkt für einen strategischen Rückzug gekommen war. Spöttisch verneigte er sich vor dem Captain und lachte leise. »Ich gehe nur, weil mir gerade der Sinn danach steht. Aber ich kann Ihnen nicht versprechen, daß wir uns nie wiedersehen.« Der Humanoide verschwand in einem Blitz aus grellem Licht, und Zorn zwinkerte verwirrt.

»Was Farpoint Station angeht…«, begann Picard.

Der Administrator wirkte verzweifelt und hoffnungslos, ließ traurig und kummervoll die Schultern hängen. Er deutete auf den Wandschirm, der nun die Stelle zeigte, an der sich zuvor der Raumhafenkomplex befunden hatte. Die Bandi-Stadt existierte nach wie vor, und die Zerstörungen waren unübersehbar. Daneben wirbelte der Wind gelben Staub über eine leere Felsebene. »Es gibt keine Starbase mehr, Captain. Sie werden melden müssen, daß die Bandi Starfleet nichts anbieten können.«

Picard beobachtete die Darstellung eine Zeitlang, wandte sich dann um und sah den *Groppler* nachdenklich an. »Dennoch ist dies ein geeigneter Ort für die Errichtung einer Basis.«

»Ein geeigneter Ort, ja. Mehr aber auch nicht. Wir

hatten gehofft, mit Hilfe der Farpoint Station dauerhafte Verbindungen zu anderen Welten herstellen und auf diese Weise unserer Kultur zu einer neuen Blüte verhelfen zu können. Aber nun sehe ich ein, daß wir den *falschen* Weg wählten. Dadurch ist unsere Lage noch schlechter als vorher.«

»Bestimmt ist Starfleet nach wie vor an Farpoint interessiert. Wenn Ihr Volk mit der Föderation zusammenarbeitet, könnte Deneb IV zu einem wichtigen Anflugziel für unsere Raumschiffe werden. Nun, was halten Sie von diesem Vorschlag?«

Zorn sah auf, und neue Hoffnung glättete die Sorgenfalten im grauen Gesicht. Seinem Volk kam es in erster Linie darauf an zu überleben, einen neuen zivilisatorischen Aufschwung zu erfahren und durch den Kontakt mit anderen Kulturen zu wachsen. »Eine ganze Menge«, erwidert er langsam und lächelte zaghaft.

»Gut.« Picard erwiderte das Lächeln. »In dem Fall haben wir noch eine Menge zu besprechen.«

»Es wird mir eine Ehre sein«, sagte Zorn. Er verneigte sich, doch der Captain winkte ab und bat den Administrator, ihn zum Kommandosessel zu begleiten.

Riker beobachtete, wie Data ein neues Programm in die Wissenschaftliche Station 1 eingab, ging die Rampe hoch und näherte sich dem Androiden. Data drehte sich um, als er den Ersten Offizier bemerkte. »Ich habe gerade eine Analyse in Hinsicht auf die beiden Raumwesen durchgeführt. Ich finde es höchst interessant, daß bei ihnen die Umwandlung von Energie in Materie so vollständig ist, daß unsere Sensoren sie in jenem Zustand nicht als Lebensformen erkennen konnten.«

»Ja, faszinierend, Commander...«

»Nennen Sie mich einfach nur Data, Sir.«

Riker lächelte. »In Ordnung, Data. Ich wollte Ihnen nur sagen, daß Sie ausgezeichnete Arbeit geleistet haben.«

»Meine Programmierung zeichnet sich durch eine außergewöhnliche hohe Qualität aus, Sir«, erwiderte der Androide ruhig.

»Ja. Was ich wirklich meinte, ist folgendes: Die Zusammenarbeit mit Ihnen war nicht annähernd so schwierig, wie ich zuerst vermutete.«

»Dieses Kompliment gebe ich gern zurück, Sir.«

Riker räusperte sich. »Ich möchte mich in aller Form entschuldigen, falls ich irgend etwas gesagt haben sollte, was Sie als Beleidigung interpretieren könnten.«

Picards sanfte Stimme unterbrach ihn. »Nun, Nummer Eins...«

»Offenbar ist er sehr zufrieden mit Ihnen«, flüsterte Data. »Sonst würde er Sie nicht ›Nummer Eins‹ nennen.«

Riker sah Data an und stellte fest, daß ihn die gelben Augen des Androiden mit auffallendem Ernst musterten. *Ich frage mich, wie er das fertigbringt,* fuhr es dem Ersten Offizier durch den Sinn. Dann verdrängte er diesen Gedanken. Der Captain hatte ihn zu sich beordert, und er kehrte rasch in die Kommandomulde zurück. »Ja, Sir?«

Picard war aufgestanden, um Zorn ins Besprechungszimmer zu führen. »Zweifellos sind Sie auf recht ungewöhnliche Weise an Bord empfangen worden. Aber es gibt noch eine Menge zu tun, bevor wir den Orbit verlassen können.« Er bemerkte den amüsierten Gesichtsausdruck Rikers, als sich der hochgewachsene Mann in den Sessel des Ersten Offiziers sinken ließ. »Stimmt etwas nicht, Commander?«

»Ich hoffe nur, dieses Abenteuer gibt mir keinen Vorgeschmack auf das, was uns bei den nächsten Missionen erwartet.«

Picard erweckte den Anschein, einige Sekunden lang nachzudenken. Dann schüttelte er den Kopf. »O nein, Nummer Eins. Ich bin sicher, die meisten werden weitaus interessanter sein.«

Gene DeWeese

Die Friedenswächter

KAPITEL 1

»Wir sind nur Phantomen nachgejagt, Nummer Eins. Und ich muß zugeben, daß ich das nicht besonders bedauere.«

Tatsächlich wirkte Captain Jean-Luc Picard recht zufrieden. Ein dünnes Lächeln lockerte seine sonst so strengen Züge, und er wirkte entspannt, als er seine hagere Gestalt in den Kommandosessel sinken ließ. Der Hauptschirm zeigte die wenigen Sterne eines entlegenen Sektors im Orion-Arm: Sie sausten an der *Enterprise* vorbei, während das Schiff mit hoher Warpgeschwindigkeit flog. Ziel war eine Hunderte von Parsec entfernte Starbase.

Der rechts neben Picard sitzende Commander William Riker schmunzelte. »Selbst unter besonders günstigen Voraussetzungen sind die Ferengi keine sehr umgänglichen Leute.«

Picard nickte, und der Schatten einer Erinnerung verdunkelte kurz sein Gesicht. »Sie neigen allmählich zu Untertreibungen, Nummer Eins. Ich persönlich hätte überhaupt nichts dagegen, den Rest meiner Dienstzeit zu verbringen, ohne jemals wieder diesen Namen zu hören.«

»Sie sollten die Sache positiver sehen«, schlug Riker vor. »Wir fanden zwar keine Hinweise darauf, daß die Ferengi irgendwelche Aktivitäten in diesem Sektor entfaltet haben, aber dafür entdeckten wir zwei bisher unbekannte Planeten der Klasse M, die in einigen Generationen für einen Kontakt mit der Föderation bereit sein könnten.«

»Er hat recht, Captain«, warf Lieutenant Commander Data ein, der an der vorderen Station saß. »Eine Mission, die zur Entdeckung von drei Milliarden intelligenten Wesen führt, verdient wohl kaum die Bezeichnung ›Phantomjagd‹.«

Riker musterte den Androiden und grinste. »Es überrascht mich, daß Sie mit diesem Ausdruck vertraut sind, Mr. Data.«

»Oh, da irren Sie sich, Commander. Ich habe ihn eben gerade zum erstenmal gehört, und ich muß zugeben, daß er mich ein wenig verwirrte. Nun, die Informationen meines internen Datenarchivs lassen den Schluß zu, daß die Wertvorstellungen und kulturell-moralischen Eigenheiten der Ferengi nicht mit den unsrigen übereinstimmen, und da solche Dinge keine feste Substanz besitzen, dachte ich zunächst, der Begriff ›Phantome‹ sei wörtlich gemeint. Da es allerdings sinnlos wäre, rassenspezifischen Charakteristiken ›nachzujagen‹, mußte ich meine ursprüngliche Bedeutungsinterpretation revidieren, denn die Ferengi sind Geschöpfe aus Fleisch und Blut. Diese Tatsache legt die Folgerung nahe, daß es sich um eine Redewendung handelt, die nicht in meiner verbalen Speichereinheit enthalten ist. Der kurze Wortwechsel zwischen Ihnen bestätigt diese Annahme.«

Riker lachte. »Und wie lautet in diesem Zusammenhang Ihre Definition?«

Data holte tief Luft und hob den Kopf, verhielt sich wie ein Schüler, der gerade aufgefordert wurde, seinem Lehrer Antwort zu geben. »›Phantomen nachjagen‹ - ein Projekt, das fehlgeschlagen ist, weil die ihm zugrundeliegenden Informationen sich als falsch oder irreführend erwiesen«, intonierte der Androide und bedachte Picard mit einem fragenden Blick.

»Ausgezeichnet, Mr. Data«, sagte der Captain. In seinen Mundwinkeln zuckte es. »Noch nie zuvor habe ich eine bessere Erklärung dieses Begriffs gehört. Eigentlich erstaunlich, wenn man bedenkt, daß Sie den Ausdruck bis vor einigen Minuten überhaupt nicht kannten.«

»Danke Sir. Wie Sie wissen, wurde ich dazu konstruiert ...«

Data unterbrach sich abrupt, und der Glanz seiner großen goldenen Augen verstärkte sich kaum merklich, als er die Anzeigen der Konsole vor sich betrachtete. Die Finger des Androiden berührten einige schimmernde Sensorflächen. Datenkolonnen wuchsen.

»Captain«, sagte er schließlich, »die Scanner haben ein künstliches Objekt mit beträchtlicher Masse erfaßt. Koordinaten: Null eins zwei Strich null null fünf.«

»Ein anderes Raumschiff?« erkundigte sich Picard. »Hoffentlich keine Einheit der Ferengi.«

»Die Masse entspricht der eines gewöhnlichen Kreuzers, aber es lassen sich keine energetischen Emissionen feststellen.«

»Ein Wrack?« Der Captain straffte seine Gestalt und beugte sich ein wenig vor.

»Möglich, Sir. Aber auf diese Entfernung ...«

»Also sollten wir näher heran. Ändern Sie den Kurs, Mr. La Forge.«

»Aye, aye, Sir.« Lieutenant Geordi La Forge rückte sich das dünne, silberne Visor über den blinden Augen zurecht und gab die neuen Koordinaten ein.

»Mr. Data, projizieren Sie das fremde Objekt auf den Schirm. Maximale Vergrößerung.«

»Ist bereits geschehen, Sir. Aber über die gegenwärtige Distanz hinweg bleiben Einzelheiten verborgen.«

Picard starrte auf die Projektionsfläche und beobachtete den gestaltlosen Fleck in der Mitte. Ein Hauch von Ungeduld und Ärger zeigte sich in seinen Zügen: Zwar stellten die Anlagen an Bord der *Enterprise* das Nonplusultra der Föderationstechnik dar, aber gelegentlich mußte sich Picard der unangenehmen Erkenntnis stellen, daß sie keineswegs einer modernen Magie entsprachen. Sie hatten ihre Grenzen, woran auch die Befehle des Captains nichts änderten.

»Lieutenant Worf«, sagte er, stand auf, wandte sich der rückwärtigen Brückensektion zu und richtete seinen Blick auf den Klingonen an der wissenschaftlichen Station. »Irgendwelche Hinweise auf Lebensformen?«

»Noch nicht, Sir, aber ...«

»Ich weiß. Die Entfernung ist noch zu groß, um ganz sicher zu sein.«

»Ja, Sir«, bestätigte Worf mit einem kehligen Brummen.

»Nun, ich wollte folgendes hinzufügen: Die Sensoren können zwar keine Lebensformen entdecken, doch offenbar gibt es an Bord des Schiffes eine funktionierende Energiequelle.«

»Na, das ist doch wenigstens etwas«, sagte Picard. »Lieutenant Yar, öffnen Sie die Kommunikationskanäle.«

»Kommunikationskanäle offen, Sir«, erwiderte die Frau mit dem kurzen blonden Haar. Yar war Leiterin der Sicherheitsabteilung und saß an der taktischen Station, direkt hinter und über dem Kommandobereich.

»Mr. La Forge, schalten Sie einige Millionen Kilometer vor dem fremden Objekt auf Impulstriebwerke um. Gehen Sie nicht näher als bis auf zehntausend Kilometer heran und warten Sie neue Anweisungen ab.«

»Aye, aye, Sir. Zehntausend Kilometer Minimaldistanz.«

»Keine Reaktion, Sir«, meldete Yar und sah auf die Anzeigen der taktischen Konsole.

»Bemühen Sie sich weiter, Lieutenant. Senden Sie eine Botschaft, die unsere friedlichen Absichten erklärt. In allen Sprachen und mit voller Frequenzbreite.«

»Alle Sprachen, volle Frequenzbreite, Sir.«

Die Tür des vorderen Turbolifts öffnete sich, und Counselor Deanna Troi betrat die Brücke. Für gewöhnlich trug sie ihr schwarzes Haar in einem Knoten, aber diesmal fiel es lockig bis auf die Schultern herab. Sie blieb neben Picard stehen.

»Ich spüre eine gewisse Aufregung in Ihren Gedanken, Jean-Luc«, sagte sie sanft.

Der Captain deutete auf den Bildschirm. »Dort draußen befindet sich etwas«, erwiderte er. »Wir werden gleich feststellen, um was es sich handelt.«

Die Counselor nickte, beobachtete die Darstellungen eine Zeitlang. Ihr Blick glitt kurz zu Riker, kehrte dann zur Projektionsfläche zurück.

Der Fleck dehnte sich aus, schwoll an. Stille herrschte, und Data war der erste, der das allgemeine Schweigen brach. In seiner Stimme ließ sich so etwas wie beherrschte Neugier vernehmen — eine typische pseudoemotionale Reaktion des Androiden, wenn er sich mit etwas Neuem konfrontiert sah, für das es in seinem phänomenal umfangreichen Gedächtnisspeicher keine Erklärung gab. »Ich kann kein Antriebssystem entdecken, Captain. Halten Sie es nicht ebenfalls für seltsam, daß ein triebwerksloses Raumschiff mehr als ein Parsec vom nächsten Sonnensystem entfernt ist?«

Picard nickte und trat näher an die holografische Projektion heran.

»Ein Antrieb muß nicht unbedingt so offensichtlich sein wie Warpgondeln«, warf Riker ein. »Denken Sie nur an unsere Impulstriebwerke.«

»Wir unterbrechen den Überlichtflug«, kündigte La Forge an. Einige Sekunden später erzitterte das Bild kurz, stabilisierte sich dann wieder. Der Fleck blähte sich nun rasch auf, gewann Konturen, die nicht nur für Datas scharfe Augen sichtbar wurden.

Das fremde Raumschiff schien tatsächlich über kein Antriebssystem zu verfügen. Rikers erster Eindruck war der einer gedrungenen, kantigen Version der Diskuskomponente gewesen, wie sie auch zur *Enterprise* gehörte — eine dicke Scheibe, die durchs All trieb, vom vertrauten Rumpfsegment getrennt. Doch jetzt sah er ein rechteckiges, kastenförmiges Objekt. Riker hielt vergeblich nach Öffnungen Ausschau: Die Außenhülle erstreckte sich völlig glatt und fugenlos, ohne Vorsprünge oder Markierungen.

»Die Sensoren registrieren keine Lebensformen, Captain«, berichtete Worf von der rückwärtigen Station. »Das Schiff scheint sehr alt zu sein.«

»Wie alt, Lieutenant?« fragte Picard, ohne den Blick vom Schirm abzuwenden.

»Mindestens zehntausend Jahre, Sir.«

Der Captain schauderte unwillkürlich. Zwar war der Weltraum schon längst zu seiner eigentlichen Heimat geworden, aber er hatte noch nicht den Punkt erreicht, an dem die Begegnung mit den Wundern des Kosmos, mit der ungeheuren Mannigfaltigkeit des Universums, zu reiner Routine wurde. Einige Raumschiffkommandanten behaupteten, nach der Entdeckung von hundert neuen Sonnensystemen mit hundert völlig andersartigen Zivilisationen verlören sie jenes ehrfürchtige Staunen, das sie während der ersten Forschungsreise durchs All begleitete. Picard gehörte nicht zu ihnen. Und er hoffte, daß er sich die Demut gegenüber dem gewaltigen Potential der Schöpfung weiterhin bewahren konnte. Andernfalls würde es Zeit, sich an irgendeinen Schreibtisch zurückzuziehen und einem jüngeren Captain Platz zu machen, jemandem, der nicht nur an seine Pflicht dachte, wenn er die Milliarden Sterne sah, die vielen Trillionen Kubikparsec, die es noch zu erforschen galt.

»Was ist mit der Energiequelle, Lieutenant Worf?«

»Gewöhnliche Antimaterie, Sir. Sie scheint einige separate Mechanismen zu versorgen.«

»Und was sind das für Geräte?«

»Keine Ahnung, Sir. Sie nehmen extrem wenig Energie auf, so als seien sie auf Standby-Betrieb justiert oder nicht ganz funktionstüchtig.«

Picard runzelte nachdenklich die Stirn. »Hibernationsapparaturen für die Besatzung? Interstellare Reisen in einem Raumschiff, das nicht über ein Warptriebwerk verfügt, dauern ziemlich lange. Solche Flüge führen zu einer großen Belastung für die Psyche von Mannschaftsmitgliedern und Passagieren. Sie ziehen sich in den Kälteschlaf zurück, um erst am Ziel geweckt zu werden.«

Worf gab keinen Ton von sich, warf Picard jedoch einen kurzen Blick zu. Offenbar vertrat er die Ansicht, daß Klingonen im Gegensatz zu Menschen auf einen solchen Luxus verzichten konnten.

Das Bild in der dreidimensionalen Projektionsfläche wuchs weiter, bis es fast den ganzen Schirm ausfüllte.

»Noch immer keine Anzeichen eines Triebwerks, nicht

einmal auf Impulsbasis«, stellte Data fest. »Darüber hinaus scheint eine Vorrichtung zur Stabilitätskontrolle der Fluglage zu fehlen. Das fremde Objekt dreht sich langsam um die eigene Achse, mit einer Bogensekunde pro Minute. Wenn diese Eigenbewegung nicht verändert wird, dauert eine vollständige Rotation drei Jahre, siebenundsiebzig Tage und neun ...«

»Danke, Mr. Data«, unterbrach ihn Picard und beobachtete weiterhin die Darstellung auf dem großen Bildschirm. Nach wie vor zeigten sich keine Vorsprünge in der Außenhülle, weder dünne Fugen noch andere Hinweise auf Luftschleusen.

»Wir halten die Minimaldistanz von zehntausend Kilometern, Sir«, sagte La Forge.

»Noch immer negative Anzeichen in Hinsicht auf Lebensformen, Lieutenant Worf?«

»Bestätigung, Sir. Wenn sich tatsächlich irgendwelche Wesen in der Hibernation befanden, sind sie längst tot.«

»Was ist mit der Geschwindigkeit des Schiffes in bezug auf die nächsten Sterne, Mr. La Forge? Läßt der Kurs einen Rückschluß auf das Ursprungssystem zu?«

»Nein, Sir. Die lineare Bewegung im Vergleich zu den lokalen Sonnen hat praktisch den Wert Null.«

Picard furchte die Stirn.

»Interne Struktur und Atmosphäre, Mr. Data?«

»Die Innenaufteilung entspricht einem schachbrettartigen Muster, Sir. Extrem schmale Korridore durchziehen das ganze Schiff. Die Antimaterie verarbeitende Energiequelle befindet sich im Zentrum, ist leicht abgeschirmt und umgeben von ...«

»›Leicht‹ abgeschirmt, Mr. Data?«

»Die Schilde sind weitaus weniger leistungsfähig als die an Bord der *Enterprise*. Die daraus resultierende Strahlung könnte über lange Zeiträume bei organischem Leben fatale Zellschäden zur Folge haben.«

»Mit anderen Worten: Sie hätte die Besatzung töten können? Selbst in der Hibernation?«

»Im Verlauf von zehntausend Jahren wäre das durchaus möglich, Sir.«

»Aber sie stellt keine nennenswerte Gefahr für Personen dar, die sich ihr nur für kurze Zeit aussetzen?«

»Meinen Sie damit die Angehörigen einer Sondierungsgruppe?« Als Picard nickte, fügte Data hinzu: »Nun, ich glaube, sie gingen keine besonderen Risiken ein.«

»Na schön.« Der Captain nickte. »Setzen Sie Ihre Untersuchungen fort. Gibt es Wohnquartiere an Bord?«

»Offenbar nicht, Sir. Keine Anzeichen für eine interne Atmosphäre. Die Räumlichkeiten des fremden Objekts sind luftleer.«

»Nur ein Zufall? Ist das Gas irgendwann durch ein Leck entwichen?«

»Darauf kann ich Ihnen leider keine Antwort geben, Captain. Wir brauchen mehr Informationen, und die müssen wir direkt vor Ort sammeln.«

»Sonst noch etwas?« fragte Picard.

»In der Nähe des Zentrums befindet sich eine zweite, kleinere Antimateriemasse. Die Abschirmung ist noch geringer als bei der anderen, aber aufgrund ihrer beschränkten Quantität emittiert sie nicht mehr Strahlung.«

Der Captain schürzte die Lippen. »Vielleicht eine Waffe?«

»Denkbar, Sir. Sie weist eine funktionelle Ähnlichkeit mit unseren Photonentorpedos auf, aber angesichts ihrer Position in der Nähe des Mittelpunkts sehe ich keine Möglichkeit, sie außerhalb des Schiffes einzusetzen.«

»Nun«, sagte Picard, »nach Ihren bisherigen Angaben kann man das Schiff nur mit Hilfe eines Transporters verlassen, und das gilt sowohl für eventuelle Besatzungsmitglieder wie auch für unbelebte, anorganische Objekte. Sie haben noch immer keine Öffnungen gefunden, oder?«

»Nein, Sir, aber das bedeutet nicht ...«

»Ich weiß. Unsere Entfernung ist nach wie vor zu groß, um versiegelte Schotten oder kleine Katapultkammern zu entdecken. Doch selbst wenn Abschußröhren oder etwas in der Art existieren: Ein einzelner Offensivmechanismus an Bord eines ansonsten unbewaffneten Raumers ergäbe ebensowenig Sinn wie das Fehlen eines Antriebssystems. Im Falle eines Angriffs könnte das Schiff nicht einmal fliehen.«

»Vielleicht wurde diese Option als unnötig erachtet«, sagte Worf. »Ich habe gerade einige Anzeigen analysiert. Sie deuten auf das Vorhandensein einer einfachen und inzwischen nicht mehr funktionsfähigen Tarnvorrichtung hin.«

Picard drehte ruckartig den Kopf und sah zur wissenschaftlichen Station. »Es läßt sich nicht mehr einsetzen? Sind Sie ganz sicher?«

»Bestätigung, Sir. Nach den aktuellen Daten zu urteilen, sind die wichtigsten Komponenten des Systems — damit meine ich die Bestandteile, die das Tarnfeld erzeugen — entweder ausgefallen oder fehlen ganz.«

Picard wandte sich wieder dem Schirm zu und starrte auf das Rätsel. Einige Sekunden lang schwieg er, während es in seinen Augen blitzte. Schließlich seufzte er und trat zurück.

»Stellen Sie eine Erkundungsgruppe zusammen, Nummer Eins«, sagte er plötzlich.

Riker lächelte. Er hatte das kurze Aufleuchten in den Pupillen seines Captains gesehen, und er wußte auch, was es bedeutete: Picard bedauerte es, die Vorschriften beachten und an Bord der *Enterprise* bleiben zu müssen; es wäre ihm viel lieber gewesen, das Sondierungsteam selbst zu leiten.

»In Ordnung, Sir«, erwiderte der Erste Offizier und winkte La Forge und Yar zu, als er sich dem vorderen Turbolift näherte.

Die drei Mitglieder der Erkundungsgruppe standen mit aktivierten Individualschilden auf der Transporterplattform. Riker gab Fähnrich Carpelli an den Kontrollen ein Zeichen.

Picard befand sich nach wie vor auf der Brücke, wartete

hinter Lieutenant Commander Data an der vorderen Station.

»Wir beamen uns jetzt an Bord des fremden Schiffes, Sir«, meldete Riker.

»Viel Glück, Nummer Eins«, erwiderte Picard und lächelte dünn. »Halten Sie uns auf dem laufenden.«

»Selbstverständlich, Sir.« Rikers Stimme verklang, als sich das Transferfeld bildete.

Einige Sekunden lang herrschte Stille, und dann sagte Worf: »Sir, die Sensoren bestätigen, daß das Team den Einsatzort erreicht hat. Retransfer im angegebenen Zielkorridor.«

Wenig später ertönte erneut die Stimme des Ersten Offiziers. Sie klang nur ein wenig leiser, obwohl die Entfernung nun zehntausend Kilometer betrug. »Hier ist alles leer, Captain«, sagte er und fügte hinzu: »Die Anzeigen der Tricorder deuten auf keine Lebensformen hin. Das Innere des fremden Raumschiffs steht nicht unter Druck, und es herrscht völlige Schwerelosigkeit. Das einzige Licht stammt von unseren Lampen.«

Kurze Stille schloß sich an. »Wir sind in einem langen, kaum einen Meter breiten Korridor. Soweit unser Blick reicht, verläuft er völlig gerade. Es scheint sich jedoch nicht in dem Sinne um einen Flur zu handeln, eher einen Wartungsschacht oder Inspektionstunnel. An den Wänden zeigen sich hier und dort einige Tafeln, die ...«

Riker unterbrach sich. »Lieutenant La Forge, ich schlage vor, Sie übernehmen die Beschreibungen. Vermutlich sehen Sie weitaus mehr als Yar oder ich.«

»Wie Sie meinen, Sir«, sagte La Forge und berührte sein Visor.

Er schwieg kurz, ließ seinen von der visuell-organischen Restitution verstärkten Blick durch den Korridor wandern, beobachtete die verschiedenen Wellenlängen, deren Wahrnehmung ihm das Visor ermöglichte. Für jemanden, der nicht an ein solches Gerät gewöhnt war, hätte sich ein unentwirrbares Chaos dargeboten; aber die mehrjährige

Erfahrung im Umgang mit dem speziellen Instrument befähigte La Forge, die verschiedenen Eindrücke nach Belieben zu selektieren. Er fokusierte seine Aufmerksamkeit auf einige ganz bestimmte Frequenzbereiche, ignorierte zunächst die Informationen, die ihm von den anderen übermittelt wurden. Der Auswahlprozeß stellte praktisch nur eine instinktive Reaktion dar. Er erforderte nicht mehr Konzentration als das Bemühen eines ganz normalen Menschen, eine rote Fahne inmitten von hundert grünen auszumachen und anschließend ihre Formen voneinander zu unterscheiden.

»Der Korridor reicht etwa fünfzig Meter weit in beide Richtungen«, sagte Geordi. »In regelmäßigen Abständen zweigen Nebengänge ab, und auf beiden Seiten sehe ich mindestens ein Dutzend Türen oder Kontrollflächen. Sie weisen ebensowenig Markierungen auf wie die Tunnelwände. Die Türen sind hoch und breit genug, um Personen von unserer Größe Durchlaß zu gewähren. Die nächste Tafel ...«

»Captain!« warf Worf mit einem alarmiert klingenden Knurren ein. »Holen Sie die Erkundungsgruppe sofort zurück!«

»Was ...«

»Das Gerät mit der zweiten Antimateriemasse ist aktiviert worden! Wenn die energetischen Emissionen weiterhin zunehmen, wird die kritische Phase in knapp einer Minute erreicht, und die Folge wäre eine vollständige Vernichtung des fremden Schiffes!«

KAPITEL 2

Picard berührte das Brustabzeichen seiner Uniform, schaltete damit den Kommunikator ein. »Transporterraum«, sagte er scharf. »Unverzüglicher Retransfer des Sondierungsteams!«

Erneut tippte er auf das kleine Instrument. »Nummer Eins, wir holen Sie und Ihre Begleiter zurück. Irgend etwas geschieht bei Ihnen.«

Abrupt drehte er sich um, stieg die Rampe hoch, trat an die wissenschaftliche Station heran und wandte sich an den Klingonen. »Die zweite Antimateriemasse, Lieutenant – haben Sie ihre genauen Koordinaten?«

»Ja, Sir.«

»Übermitteln Sie die Daten sofort an den Transporterraum, wenn Riker, La Forge und Yar wieder an Bord sind.«

Angespannt wartete der Captain auf die Rückkehr-Bestätigung. Als sie eintraf, sagte er rasch: »Transporterkontrolle: Richten Sie den Transferfokus auf das Objekt, dessen Koordinaten Sie von Lieutenant Worf erhalten. Bringen Sie es so weit wie möglich vom fremden Schiff fort! Ihnen bleiben weniger als zwanzig Sekunden!«

»Aye, aye, Sir«, antwortete Fähnrich Carpelli. »Transferfokus wird ausgerichtet, Sir.«

»Fünfzehn Sekunden bis zur Explosion, Captain«, brummte Worf. »Nach den Sensoranzeigen zu urteilen, ähnelt das Objekt einem Photonentorpedo ohne Eigenantrieb.«

»Transporter wird mit Energie beschickt«, sagte Carpelli. »Transfer erfolgt – jetzt.«

»Noch fünf Sekunden«, meldete Worf. »Kritische Masse ist aus dem Wrack verschwunden, aber ...« Der Klingone zögerte, starrte auf die neuen Daten. »Entfernung des Objekts vom fremden Schiff beträgt nun fünftausend Kilometer. Detonation imminent, Sir.«

Plötzlich strahlte die gleißende Helligkeit eines Explosionsblitzes vom Bildschirm, und die Konturen des Wracks verloren sich in dem flackernden Schimmern.

»Detonationsprozeß abgeschlossen«, sagte Worf und blickte weiterhin auf die Kontrollen der wissenschaftlichen Station. »Das fremde Schiff scheint unbeschädigt zu sein.«

Kurze Zeit später öffnete sich die Tür des vorderen Turbolifts mit einem leisen Zischen, und die Mitglieder der Erkundungsgruppe betraten die Brücke, angeführt von einem verwirrten Riker.

»Was ist passiert, Captain? Warum haben Sie uns zurückholen lassen?«

»Irgend etwas – Ihre Anwesenheit, nehme ich an – löste eine Antimaterie-Vorrichtung aus«, entgegnete Picard und deutete auf den Schirm, der noch immer ein vages Nachglühen der Explosion zeigte. Das ruhige, gleichgültige Leuchten der Sterne schien wie von einem vagen Schleier getrübt zu werden.

»Ein Stolperdraht, verbunden mit einer Bombe?« fragte Riker und hob die Brauen.

Data musterte ihn neugierig, als er diese Worte vernahm, gab jedoch keinen Ton von sich.

»Eine Bombenfalle, ja«, bestätigte Picard. »Zumindest deutet alles darauf hin. Und wer sie installiert hat, scheint zu sehr drastischen Maßnahmen zu neigen. Die Explosion hätte das ganze Schiff in atomaren Staub verwandelt.«

Riker schnitt eine Grimasse. »Vielen Dank, daß Sie so schnell gehandelt haben, Captain.«

Picard winkte ab. »Nicht der Rede wert.«

»Sehen wir uns das Wrack noch einmal an?«

Der Captain wandte sich wieder der wissenschaftlichen Station zu. »Lieutenant Worf? Orten die Sensoren andere destruktive Apparaturen?«

»Abgesehen von der zentralen Energiequelle gibt es keine Hinweise auf nennenswerte Antimateriemassen an Bord des fremden Schiffes. Allerdings sollten wir die Möglichkeit nichtnuklearen Sprengstoffs berücksichtigen.«

Yar schüttelte den Kopf. »So etwas halte ich für unwahrscheinlich. Wenn derartige Bomben existierten, müßten sie vor der Antimateriefalle ausgelöst werden. *Nachher* hätten sie nur wenig Sinn.«

»In der Tat, Lieutenant«, sagte Picard. »Sie wären zusammen mit dem Schiff vernichtet worden. Andererseits: Bei einem so alten Wrack könnte es zu der einen oder anderen Fehlfunktion kommen. Vielleicht erklärt das sogar die Explosion.«

»Das glaube ich nicht, Captain«, sagte Worf, dessen Aufmerksamkeit in erster Linie seinen Instrumenten galt. »Die Anzeigen legen den Schluß nahe, daß die Destruktionssequenz von einer vorher festgelegten Ereigniskette ausgelöst wurde.«

»Aber welchen *Sinn* hatte sie?«

»Das liegt auf der Hand, Sir«, brummte Worf. »Ziel war eine Zerstörung des Schiffes und die Eliminierung aller Wesen an Bord.«

Lieutenant Yar räusperte sich. »Das klingt nur dann plausibel, wenn das Wrack die Funktion eines militärischen Vorpostens oder etwas in der Art ausübte. Vorrichtungen zur Selbstvernichtung sind uns aus der Geschichte vieler Welten bekannt.«

Picard dachte nach. »Ein militärischer Vorposten?« wiederholte er. »Ohne Triebwerk, ausgerüstet nur mit einem Tarnsystem? Und die einzige Waffe ein Mittel zur Selbstzerstörung?« Er blickte sich auf der Brücke um. »Data? Lieutenant Worf?«

»Die Sensoren registrieren keine anderen Waffen, Sir«, antwortete der Klingone und fügte hinzu: »Zumindest keine, die wir kennen.«

»Aber es arbeiten nach wie vor einige uns unbekannte Mechanismen, Sir«, warf Data ein. »Dabei könnte es sich durchaus um Apparaturen mit Offensivpotential handeln. Sie scheinen nicht voll aktiv zu sein, und die bisher ermittelten Werte deuten auf Subraum-Komponenten hin.«

»Können Sie nähere Angaben dazu machen?«

»Leider nicht, Sir. Das ist ohne eine genaue Untersuchung ausgeschlossen.«

Picard überlegte. »Die Vorrichtungen, von denen Sie gerade sprachen ... Hat sich ihr energetisches Niveau verändert?«

»Nein, Sir«, erwiderte Data nach einem kurzen Blick auf seine Konsole. »Es kam zu keinen Veränderungen.«

Riker sah den Captain an. »Wir brauchen zusätzliche Informationen, Sir.«

Picard schwieg kurz und beobachtete die Darstellung des großen Bildschirms. Schließlich nickte er. »Na schön. Aber seien Sie darauf vorbereitet, jederzeit zur *Enterprise* zurückzukehren.«

Die vier Mitglieder des Sondierungsteams – Riker, Data, Yar und La Forge – rematerialisierten in einem leeren Korridor. Als sich die letzten Schlieren des Transporterfelds verflüchtigten, fühlte Geordi eine wenige Sekundenbruchteile dauernde Verwirrung, an die sich Schwindel aufgrund der fehlenden Gravitation anschloß. Er veränderte die Justierung seines Individualschilds, und daraufhin entstand ein schwaches Magnetfeld, das dem Oben und Unten die gewohnten Positionen zurückgab. Das Vakuum in dem Wrack störte nicht weiter – im Innern der einzelnen Schilde herrschte normaler atmosphärischer Druck –, doch die plötzliche Stille wirkte irgendwie unheimlich.

»Vergeuden wir keine Zeit«, sagte Riker. Seine Stimme klang seltsam dünn aus den Lautsprechern der Kommunikatoren. »Volle Energie auf die Schirmfelder. Derzeit bleiben wir zusammen und ...«

»Nummer Eins«, unterbrach ihn Picard, »Ihre Ankunft scheint die Selbstzerstörungs-Vorrichtung erneut aktiviert zu haben. Zwar existiert jetzt keine Antimateriebombe mehr, aber Sie sollten trotzdem vorsichtig sein.«

»Verstanden, Sir. Unsere Tricorder reagieren auf die verwendete Energie. Wir nehmen sofort eine Überprüfung vor. Gehen Sie voran, Lieutenant La Forge.«

Geordi blickte auf die Anzeige seines kleinen Ortungsinstruments und drehte sich langsam. »Dort entlang«, sagte er und hob den Kopf. »Ich glaube, ich brauche dieses Ding überhaupt nicht«, fügte er hinzu und deutete auf den Tricorder. »Für mich ist das Strahlungsleck des Antimateriekerns wie ein unübersehbares Fanal.«

Er schauderte leicht, als er sich in Bewegung setzte und durch den schmalen Gang wanderte. Seine Gefährten folgten ihm. Der vom Visor verstärkte visuelle Sinn nahm die Strahlung als fast grelles Licht wahr, und er erinnerte sich deutlich an den Emissionsblitz, der die *Enterprise* unmittelbar im Anschluß an die Explosion erfaßt hatte — und der nur für ihn und die Sensoren des großen Schiffes sichtbar gewesen war. Bei solchen Gelegenheiten erwies sich das elektronische Gerät vor seinen Augen nicht nur als Segen, sondern auch als Fluch. Geordi wußte, daß ihnen von der Strahlung des Kerns keine Gefahr drohte, wenn sie sich ihr nicht zu lange aussetzten, doch das Gleißen weckte profundes Unbehagen in ihm, eine vage Furcht, die er kaum zu kontrollieren vermochte. Eine instinktive, tief in seiner genetischen Struktur verwurzelte Reaktion auf die potentielle Tödlichkeit solcher Emissionen?

Es lief Geordi kalt über den Rücken, und er versuchte, diese Überlegungen aus sich zu verdrängen, als er um eine Ecke bog. Sein Blick fiel nicht etwa auf eine Wandtafel, sondern auf ein massives Schott. Mit Hilfe des Visors beobachtete er das helle Funkeln eines Strahlungslecks. Er senkte den Kopf, blickte kurz auf den Tricorder, der die Koordinaten von zwei Energiequellen angab. Die erste — der Antimateriekern — befand sich ein Dutzend Meter hinter und unter dem Deck, abgeschirmt von zwei verschiedenen Schilden. Die zweite verbarg sich direkt hinter der metallenen Barriere und ließ sich im grellen Schillern der Strahlung nur schwer lokalisieren. Geordi hielt vergeblich nach einer Möglichkeit Ausschau, das Schott zu öffnen. Die gesamte Zentralsektion des Wracks wirkte wie ein einziges, großes Modul, dazu bestimmt, bei einer Fehlfunktion einfach ausgetauscht zu werden.

»Nach unseren Sensoren zu urteilen, stehen Sie jetzt direkt über dem Vernichtungsapparat, Nummer Eins«, erklang Picards Stimme aus den Lautsprechern der Kommunikatoren. »Sie zeigen auch, daß die Strahlung intensiver wird. Ist soweit alles in Ordnung mit Ihnen?«

»Ja, Sir«, erwiderte Riker und starrte auf den kleinen Schirm seines eigenen Tricorders. »Aber ich fürchte, wir können die Vorrichtung nicht untersuchen. Zumindest nicht direkt. Wir müßten uns mit den Phasern durch das Schott schneiden, und unter den gegenwärtigen Umständen halte ich das für unklug. Wie Sie schon sagten: Die Strahlung nimmt zu, und hinter der Wand erreicht sie bereits die Gefahrenschwelle.«

Riker zögerte und betätigte einige Sensorpunkte des Tricorders. »Seltsamerweise hat die energetische Aktivität im Kern nur ganz leicht zugenommen. Ich frage mich, warum die Emissionen vor uns ...«

»Ich glaube, ich kann Ihnen eine Erklärung anbieten, Sir«, unterbrach ihn Data und sah von seinem Ortungsinstrument auf. »Als die zweite, kritische Antimateriemasse ins All transferiert wurde, erfaßte das Transporterfeld auch einige Substanzen, die sich direkt in der Nähe befanden, darunter vermutlich ein Teil des Decks. Da jene Metalle zur Abschirmung des Kerns gehörten, hat sich die Strahlung verstärkt. Daraus könnte sich eine weitere Konsequenz ergeben: Vielleicht kam es durch den Schildverlust zu einer molekularen Belastung, die nun zu einer stetigen Destabilisierung der übrigen Materialien führt.«

»Ich schlage vor, Sie entfernen sich von jenem Bereich, Nummer Eins«, sagte Picard. Sein Tonfall machte deutlich, daß es sich um einen Befehl handelte. »Und zwar sofort!«

»Ja, Sir«, erwiderte Riker rasch. »Aber es gibt noch keinen Grund, uns zur *Enterprise* zurückzubeamen.«

»Vielleicht nicht — *wenn* Sie die Gefahrenzone schnell genug verlassen.«

»Wir sind schon unterwegs, Sir«, bestätigte der Erste Offizier und forderte seine Begleiter mit einem Wink auf, ihm zu folgen.

Erleichterung durchströmte Geordi, als er dem Strahlungsgleißen den Rücken zuwandte. Er wußte, daß die Emissionen noch nicht tödlich waren, aber ihr grelles Schimmern verunsicherte ihn.

»Wenn die Dauer unseres Aufenthalts an Bord dieses Schiffes beschränkt bleiben muß, sollten wir uns aufteilen«, meinte Data, als sie gut ein Dutzend Meter zurückgelegt hatten.

»An diese Möglichkeit habe ich ebenfalls gedacht, Mr. Data«, erwiderte Riker nach kurzem Zögern. »Nach unseren bisherigen Beobachtungen sind die hiesigen Korridore insgesamt einen Kilometer lang. Sie und Lieutenant La Forge sehen sich in den Sektionen rechts von diesem Gang um. Lieutenant Yar und ich übernehmen die linke Seite.«

Fünf Minuten später kamen sie zu dem Schluß, daß alle Tunnel und Passagen im Wrack die gleiche monotone Beschaffenheit aufwiesen wie der Korridor, in dem sie nach dem ersten Transfer rematerialisiert waren. Selbst Geordis Visor konnte die einzelnen Wandtafeln nicht voneinander unterscheiden, und die von den Tricordern ermittelten Daten zeigten uniforme und nach wie vor unbestimmbare Aktivität hinter jeder Tür. Hunderte von rätselhaften Dingen arbeiteten auf einem sehr niedrigen energetischen Niveau, nahmen dabei so wenig Energie auf, daß die Tricorder trotz der geringen Distanz keine Schaltkreisanalyse vornehmen konnten. Es gab weitere Hinweise auf Subraum-Komponenten, was den Schluß zuließ, daß die Apparaturen vielleicht nichts anderes darstellten als nur über Warpentfernungen hinweg funktionierenden Com-Empfänger. Andere Anzeichen deuteten auch auf die Existenz von vertrauter Transportertechnik hin. Sonderbarerweise schienen direkte Verbindungen zwischen den entsprechenden Geräten zu existieren.

Nur in Hinsicht auf die Kontrollflächen selbst lieferten

die Tricorder eindeutige Angaben: Jeder Versuch, die Tafeln zu manipulieren, mußte einen starken Stromstoß auslösen, der die Maschinen hinter den Wänden in glühende Schlacke verwandelte.

Geordi wandte sich enttäuscht vom dritten Paneel ab, das ebenso beschaffen war wie alle anderen – und spürte plötzlich, wie der Boden unter ihm erzitterte. Eine Sekunde später fühlte er eine leichte Vibration. Ruckartig drehte er sich um, sah in Richtung Kern. Zwar befanden sich einige Wände zwischen ihm und der zentralen Energiequelle des Wracks, aber trotzdem konnte er deutlich erkennen, daß die Strahlung noch heller pulsierte, das Metall mühelos durchdrang.

»Wir holen Sie zurück!« ertönte Picards scharfe Stimme. »Halten Sie sich bereit!«

Dann hörten sie Carpellis Stimme aus dem Transporterraum: »Fokus auf Yar und Riker.«

Stille. Wenig später die Stimmen der beiden Offiziere, als sie an Bord der *Enterprise* von den Transferfeldern traten: »Wo sind La Forge und ...«

»Sie werden gerade erfaßt«, sagte Carpelli. Geordi spürte das leichte Prickeln der Transporterenergie.

Doch von einem Augenblick zum anderen ließ es wieder nach.

»Ich habe sie verloren, Sir!« hörte er Carpelli. »Irgend etwas ...«

»Das Wrack hat sich in einen Deflektorschirm gehüllt, Captain!« meldete Worf auf der Brücke. »Der Transporterstrahl kann es nicht durchdringen ...«

KAPITEL 3

»Deflektoren?« fragte Picard, und seine Stimme brachte eine Mischung aus Verblüffung und Ärger zum Ausdruck. »Gawelski!« Er wandte sich an den hohlwangigen jungen Fähnrich, der La Forges Platz am Navigationspult einnahm. »Bringen Sie uns bis auf visuelle Reichweite heran!«

Gawelskis Finger huschten über die Tasten und Sensorpunkte, und die Impulstriebwerke der *Enterprise* dröhnten, warfen das Schiff vorwärts. Die Entfernung von zehntausend Kilometern schrumpfte innerhalb weniger Sekunden zusammen.

»Data! La Forge!« sagte Picard scharf. »Können Sie mich hören?«

»Klar und deutlich, Sir«, erwiderte der Androide mit unerschütterlicher Gelassenheit. »Derzeit scheint uns keine Gefahr zu drohen. Wie dem auch sei: Aus irgendeinem Grund vibriert das Schiff, und zwar in einer Frequenz von zwölf Komma vier acht Hertz. Darüber hinaus zeigen unsere Tricorder an, daß der Antimateriekern seinen Energieausstoß erheblich erhöht hat.«

»Und damit wächst auch die Strahlung«, fügte Geordi hinzu. »Angesichts unserer derzeitigen Distanz zum Kern ist sie nicht tödlich – *noch* nicht –, aber ich wäre Ihnen sehr dankbar, wenn Sie eine Möglichkeit fänden, uns zur *Enterprise* zurückzubringen.«

»Wir lassen nichts unversucht, das versichere ich Ihnen, Lieutenant«, erwiderte Picard.

»Analyse des Deflektorschirms läuft, Sir«, berichtete Worf. »Offenbar ist er in erster Linie dazu bestimmt, Transporterimpulse abzulenken. Phaserstrahlen kann er nur sehr geringen Widerstand leisten. Ich schlage einen Phaser-Punktfokus vor, direkt auf die Generatoren gerichtet.«

»Können Sie die entsprechenden Geräte lokalisieren, Lieutenant?« erkundigte sich Picard.

»Nachdem sie jetzt aktiv geworden sind — ja, Sir.« Worf berührte ein Schaltfeld. »Die Koordinaten werden der taktischen Station übermittelt, Sir.«

Dort saß Lieutenant Brindle und bedachte den Captain mit einem fragenden Blick.

»Wir warten noch damit, das Feuer zu eröffnen, meine Herren«, sagte Picard. »Mr. Data? Lieutenant La Forge? Nach den Anzeigen unserer Sensoren besteht keine unmittelbare Lebensgefahr für Sie. Ist das richtig?«

»Wenn die Strahlung nicht weiter zunimmt, brauchen Sie sich um mich überhaupt keine Sorgen zu machen«, erwiderte der Androide. »Geordi hingegen muß in schätzungsweise siebenundzwanzig Stunden mit ersten Zellschäden rechnen.«

»Nun gut«, brummte Picard. »Lieutenant Brindle, richten Sie die Phaser auf die von Lieutenant Worf bestimmten Koordinaten. Energie auf die Speicherbänke. Halten Sie sich in Bereitschaft.«

»Phaser ausgerichtet und feuerbereit, Sir.«

Einige Augenblicke später traten Riker und Yar auf die Brücke. Brindle wich zur Seite, als die Leiterin der Sicherheitsabteilung zur taktischen Station eilte und die Kontrollen prüfte.

»Ich benötige möglichst viele Informationen«, sagte Picard. »Und was noch wichtiger ist: Ich brauche eine Bestätigung dafür, daß uns keine andere, noch unangenehmere Überraschung erwartet, wenn wir die Deflektorgeneratoren des Wracks unter Beschuß nehmen. Das gilt auch für Sie, Mr. Data und Lieutenant La Forge. Nutzen Sie Ihre gegenwärtige Lage, um weitere Daten zu sammeln. Aber gehen Sie kein Risiko ein; seien Sie vorsichtig.«

»Natürlich, Sir«, bestätigte der Androide. »Wir wollen versuchen, eine Art Kontrollraum zu finden. Ich glaube, unsere Tricorder ...«

»Strahlung wird erneut intensiver!« warf Geordi ein. »Ich kann es sehen.«

»Alles für eine Punktsalve auf die Schirmfeldgeneratoren bereit?« fragte Picard.

»Positiv, Sir.«

»Wie stark haben die Emissionen zugenommen, Lieutenant Worf?«

»Ungefähr um zehn Prozent, Sir«, antwortete der Klingone. »Offenbar handelt es sich dabei nicht um eine Destabilisierung der Strahlungsschilde, sondern um eine Erhöhung des energetischen Outputs.«

»Zu welchem Zweck, Lieutenant? Werden irgendwelche anderen Waffen für den Einsatz vorbereitet?«

»Nein, Sir. Die Energie fließt in einen bisher nicht aktiven Bereich.« Worf betrachtete die Anzeigen der wissenschaftlichen Station. »Es scheint eine Hibernationseinheit zu sein. Allerdings ist die betreffende Sektion so gut vor einer Sensorerfassung geschützt, daß keine Einzelheiten festgestellt werden können.«

Während das Wrack allmählich zu erwachen schien, blickte Data auf seinen Tricorder. Der Glanz in seinen goldenen Augen verstärkte sich ein wenig, als er den Kopf hob. »Captain, wenn ich mich nicht irre, sind wir kaum dreißig Meter von dem aktiv werdenden Funktionsbereich entfernt, den Lieutenant Worf eben erwähnte. Mit Ihrer Erlaubnis gehen wir der Sache nach.«

»Erlaubnis erteilt, Mr. Data. Ich brauche Sie wohl nicht extra darauf hinzuweisen, Vorsicht walten zu lassen.«

»Nein, Sir. Vielen Dank. Geordi ...« Der Androide unterbrach sich und sah erneut auf die kleine Schirmfläche des Tricorders. »Ich glaube, es bildet sich eine neue Atmosphäre.«

»Er hat recht, Sir«, sagte Worf. »Dreißig Prozent Sauerstoff, der Rest Edelgase. Wenn es so weitergeht, herrscht in fünf Minuten normaler irdischer Luftdruck.«

»In vier Komma sechs acht Minuten«, berichtigte Data, den Blick nach wie vor auf sein Analyseinstrument gerichtet.

»Wahrscheinlich hängt es mit der Aktivierung der Hibernationseinheit zusammen«, vermutete Geordi. »Die

Schiffssysteme stellen für organisches Leben geeignete Bedingungen her. Wenn wir uns beeilen, erreichen wir die betreffende Sektion, bevor der Schläfer zu sich kommt – und das scheint mir der sicherste Zeitpunkt zu sein.«

»Mr. Data ...« begann Picard, doch seine Stimme verklang plötzlich.

»Captain?« Der Androide sah Geordi an, berührte dann das Brustabzeichen seiner Uniform. »Captain?« wiederholte er, bekam aber keine Antwort.

Geordi griff nach Datas Arm.

»Kommen Sie«, sagte er. »Wir sollten uns auf den Weg machen. Allem Anschein nach werden nun auch unsere Kommunikatorsignale blockiert. Noch ein Grund mehr, die Hibernationskammer aufzusuchen, bevor das *Etwas* erwacht.«

Data eilte sofort los, und La Forge folgte ihm, widerstand der Versuchung, das Magnetfeld des Individualschilds auszuschalten und die Schwerelosigkeit zu nutzen, um sich von der Wand abzustoßen und durch den Gang zu *fliegen*. Was mochte geschehen, wenn die Gravitation ganz plötzlich zurückkehrte? Der Androide behielt ständig die Anzeigen seines Tricorders im Auge, bewegte sich zwar nicht besonders elegant, dafür aber mit unverkennbarem Geschick. Geordi warf einen Blick auf sein eigenes Instrument und stellte fest, daß der Luftdruck weiterhin zunahm. Allerdings sank der Sauerstoffgehalt, bis er nur noch vierundzwanzig Prozent betrug.

»Die Strahlung steigt«, sagte Geordi, als sie eine von vielen Tunnelecken passierten. »Wieviel Zeit bleibt mir noch, Data?«

»Bei der gegenwärtigen Intensität? Etwa zwölf Stunden, bis Sie mit ernsten Folgen rechnen müssen. Aber bis dahin hat uns der Captain bestimmt zurückgeholt.«

»Wollen wir nur hoffen, daß dieses Schiff jetzt alle seine Trümpfe ausgespielt hat.«

Sie verharrten vor einer dicken Tür, die ebenfalls keine Markierungen aufwies, jedoch doppelt so breit war wie die anderen Wandflächen. Geordi schüttelte den Kopf. »Die frühere Besatzung des Wracks scheint nicht viel von Zimmernummern gehalten zu haben.«

»Könnten Sie mit solchen Kennzeichnungen etwas anfangen?« fragte Data, hielt den Tricorder vor die Tür und nahm eine Kontrolle vor.

Geordi folgte seinem Beispiel und lachte leise. »Nein, wohl kaum. Übrigens: Inzwischen hat sich der Luftdruck auf siebzig Prozent der Erdnorm stabilisiert.«

Ganz plötzlich flackerten die Deckenplatten im Korridor, glühten schließlich in einem matten, für normale menschliche Augen eher trüben Schein. Einige Sekunden später erzitterte die Tür und glitt beiseite, verschwand in der glatten Metallwand. Geordis Visor-Blick fiel auf mehr als zehn hüfthohe Plattformen, auf denen rechteckige, sargartige Behälter ruhten.

»Vielleicht hat man nur darauf gewartet, daß wir anklopfen«, sagte La Forge voller Unbehagen.

»Oder darauf, daß der Luftdruck einen bestimmten Wert erreicht«, erwiderte Data. Seine Aufmerksamkeit wechselte zwischen der Kammer und den Anzeigen seines Tricorders hin und her. »Das dort sind zweifellos die Hibernationseinheiten, die Worf ortete. Seltsam: Die Lebensindikatoren geben nach wie vor Null-Werte an.«

»Mit anderen Worten: Die Wesen in den Tiefschlafzellen sind tot?«

»Mag sein. Trotzdem müßten sich organische Reste feststellen lassen ...«

Der Androide verstummte abrupt, als sich einer der Behälter öffnete. Ein Flankensegment löste sich, kippte zur Seite und offenbarte eine gepolsterte Liegefläche, groß genug, um einen Menschen aufzunehmen.

Doch die Kapsel enthielt nur ein Durcheinander aus Kabeln und Röhren.

Datas Pupillen weiteten sich kaum merklich. »Sonderbar«, murmelte er. »Zwar existiert kein Tiefschläfer, aber die Automatik spult trotzdem ihr gespeichertes Programm ab.«

Geordi zuckte mit den Schultern. Tief in ihm regte sich ein Hauch von Nervosität. »So ist das eben mit Maschinen«, sagte er leichthin. Als er begriff, daß Data seine Worte falsch verstehen konnte, fügte er hastig hinzu: »Anwesende natürlich ausgenommen.«

Der Androide neigte den Kopf zur Seite, schien zu lauschen, als er La Forges Hinweise einer Signifikanzanalyse unterzog. »Oh, ja, ich verstehe. Ihre zweite Bemerkung war als Entschuldigung gedacht — für den Fall, daß ich die erste als Beleidigung empfinde.«

Geordi lächelte schief. »Aber in Wirklichkeit habe ich dadurch nur erst Ihre Aufmerksamkeit erweckt. Tut mir leid.«

Datas blasse Lippen zuckten in dem wenig erfolgreichen Versuch, ein menschliches Schmunzeln zu imitieren. »Schon gut, Geordi. So ist das eben mit Menschen.«

Geordi lachte, und ein großer Teil seines Unbehagens verflüchtigte sich. »Sie haben völlig recht, Data. Manchmal frage ich mich, warum Sie angeblich so versessen darauf sind, uns nachzuahmen. Viel zu oft ist unsere Zunge schneller als das Gehirn.«

Der Androide erstarrte erneut und rief die Daten aus seinem internen Interpretationsspeicher ab. »Ich nehme an, dabei handelt es sich um eine Redewendung«, erwiderte er schließlich. »Immerhin wird die Zunge direkt vom Hirn kontrolliert und kann sich höchstens aufgrund von ungesteuerten Nervenreflexen in Bewegung setzen. Hinzu kommt, daß Sprache eine recht aufwendige motorisch-psychische Koordinierung erfordert, und daraus folgt ...«

»Eine Redewendung, in der Tat«, bestätigte Geordi rasch. »Aber bevor wir uns deswegen graue Haare wachsen lassen — ja, auch das ist eine Redensart —, sollten wir uns die Dinge dort näher ansehen.« Er deutete auf die anderen, noch immer geschlossenen Hibernationsbehälter.

Data zog wieder seinen Tricorder zu Rate. »Weder energetische Aktivität noch positive Anzeigen der Lebensindikatoren«, sagte er. »Die Wecksysteme der ersten Kapsel sind inzwischen ausgeschaltet worden.« Er zögerte, wandte sich einer Tür zu. »In jener Richtung registriere ich ein hohes elektrisches Niveau ...«

Die metallene Pforte sauste jäh nach oben, gab den Weg in einen kleinen Raum frei.

Als sie das Zimmer betraten, sah Geordi nicht die glatten, monotonen Wände, die er erwartet hatte.

»Volltreffer!« stieß er hervor und grinste fast von einem Ohr zum anderen.

Ein Bildschirm nahm die obere Hälfte der gegenüberliegenden Wand ein. Darunter erstreckten sich zwei lange Instrumentenflächen, deren Kontrollen fremdartige Beschriftungen aufwiesen. Vermutlich hatte jede Schaltvorrichtung eine ihr fest zugewiesene Funktion – im Gegensatz zu den programmierbaren Pulten an Bord der *Enterprise*.

In der Mitte der oberen Reihe blinkte ein bernsteinfarbenes Licht, und kurz darauf zeigte der Schirm eine Karte von der inneren Struktur des Schiffes, in dem sich Geordi und Data aufhielten.

Im symbolischen Bereich des Antimateriekerns glänzte ein grüner Kreis, pulsierte im Rythmus der goldbraunen Anzeige. Direkt darunter wurden einige Schriftzeichen eingeblendet, wahrscheinlich ein Hinweis für die Beobachter.

»Die Strahlung!« entfuhr es La Forge, und in Gedanken kehrte er noch einmal zu den jüngsten Ereignissen zurück. Auf einmal ergab alles einen Sinn. »*Sie* ist der Grund. Wir schwächten die Abschirmung, als wir die Bombe ins All beamten! Ich nehme an, irgendwo an Bord gibt es einen Computer, der alle Systeme überwacht. Als er die Zunahme der Emissionsintensität bemerkte, aktivierte er Deflektoren, um zu verhindern, daß jemand ins Schiff gelangt. Und eben hat er gerade versucht, jemanden zu wecken, der den Schaden reparieren kann. Doch die Wartungstechniker sind schon seit zehntausend Jahren fort, ohne daß der Computer davon erfuhr.« Er schüttelte den Kopf. »Data, glauben Sie, Sie kommen mit der Schalttafel zurecht?«

»Das bezweifle ich, Geordi. Die möglichen Kombinationen und Reaktionen sind zwar nicht unendlich, aber doch so groß, daß meine Elaborationsfähigkeit nicht ausreicht. Wenn es eine Möglichkeit gäbe, die hiesige Anlage mit dem Bordcomputer der *Enterprise* zu verbinden ...« Er brach ab.

La Forge seufzte. »Einen solchen Einwand habe ich befürchtet. Meine Güte, wenn es uns gelänge, daraus schlau zu werden ...« – er deutete auf die Schaltflächen –, »... könnten wir vielleicht die Deflektoren desaktivieren und von hier verschwinden, bevor uns die Strahlung grillt.«

Versuchsweise berührte er den Insignienkommunikator, erhielt jedoch keine Antwort. »Wir sind noch immer abgeschnitten. Vermutlich blockiert der Schild nicht nur unsere Signale, sondern auch die Phaser der *Enterprise*. Andernfalls hätte der Captain längst die Generatoren zerstört und uns zurückgebeamt. Ich habe gehört, daß Worf die Koordinaten der taktischen Station übermittelte, bevor die Verbindung abbrach. Tasha erklärte Feuerbereitschaft.«

»Ich bin zu ähnlichen Schlüssen gelangt, Geordi. Nun, wir befinden uns im Innern des Abschirmfeldes, und das versetzt uns in die Lage, selbst etwas gegen die Generatoren zu unternehmen.«

La Forge nickte. »Ganz meine Meinung.« Er warf einen kurzen Blick auf seinen Tricorder, hob dann den Kopf, streckte den Arm aus und deutete in Richtung Schiffsmitte. »Irgendwo dort, glaube ich«, sagte er und verließ das Zimmer.

Bevor er die Tür erreichte, hielt ihn Data an der Schulter fest. Er drückte sanft zu, aber Geordi wußte, daß er sich nicht aus dem Griff des Androiden hätte befreien können.

»Überlassen Sie das mir, Geordi«, sagte Data. »Ganz offensichtlich befinden sich die Generatoren in der Nähe des Antimateriekerns, und dort ist die Strahlung besonders intensiv.« Er prüfte die Anzeigen des Tricorders. »Vor knapp fünfundvierzig Sekunden erfolgte eine weitere Zunahme der Emissionen. Angesichts der derzeitigen Entfernung sind Sie noch einige Minuten lang sicher, aber in der Nähe des Kerns könnten Sie die Strahlung ohne einen schweren Schutzanzug nur wenige Sekunden lang ertragen. Ich bin nicht nur wesentlich schneller und agiler als Sie, sondern auch unempfindlicher. Anders ausgedrückt: Mir droht keine unmittelbare Gefahr.«

»Data ...«

»Es wäre nicht logisch, wenn Sie mich begleiten, Geordi«, sagte der Androide, die Hand nach wie vor auf der Schulter des jungen Lieutenants.

»Ich weiß, Data, aber ...«

»Aber es ist menschlich, so einen Wunsch zum Ausdruck zu bringen — obgleich Sie wissen, daß er eigentlich gar keinen Sinn hat?«

La Forge schwieg kurz und nickte schließlich. »Manchmal — ziemlich oft, um ganz ehrlich zu sein — wird unsere Logik vom Gefühl verdrängt.« Er holte tief Luft. »Gehen Sie, bevor die Strahlung selbst für Sie zu stark wird.«

»In Ordnung.« Data ließ Geordi los.

Der grüne Kreis auf dem Bildschirm wuchs und verschwand dann. Innerhalb einer Sekunde flammten hundert oder noch mehr runde Markierungen auf, strahlten in einem warnenden Gelb und verblaßten dann wieder.

Alle bis auf eine.

Kurz darauf löste sich auch die Kartendarstellung auf, und das Bild zeigte die *Enterprise*, bevor gestaltlose Gräue heranкroch.

Dutzende von Kontrollampen flackerten auf den beiden Schalttafeln, bildeten ein Muster, das für Geordi ohne Bedeutung blieb.

Und dann, von einem Augenblick zum anderen, flutete helles Licht heran, und die beiden spürten den prickelnden Fokus eines Transporterfelds.

»Mr. Data! Lieutenant La Forge!« Picard klopfte mehrmals auf seinen Insignienkommunikator, doch es gelang ihm nicht, einen Kontakt zum Wrack herzustellen.

»Feldenergie der Deflektoren steigt«, knurrte Worf. »Die Com-Signale werden abgelenkt, erreichen das fremde Schiff überhaupt nicht.«

»Können unsere Phaser die Abschirmung durchdringen?«

»Ich glaube schon, Sir. Wenn uns Zeit genug bleibt. Und wenn wir die Strahlen ausreichend stark bündeln. Allerdings müssen wir folgendes berücksichtigen: Wahrscheinlich nähme der energetische Ausstoß des Antimateriekerns sofort zu, um die Deflektoren stabil zu halten, und die daraus resultierende Intensitätszunahme der Strahlung ...«

»Vielleicht bleibt uns keine andere Wahl!« zischte Picard. »Lieutenant Yar, halten Sie die Phaser weiterhin auf die Koordinaten der Generatoren gerichtet. Dr. Crusher, begeben Sie sich sofort in den Transporterraum. Nehmen Sie all das mit, was Sie für die Behandlung umfassender Strahlenschäden benötigen.«

»Ich bin schon unterwegs Captain«, antwortete Beverly Crusher aus der Krankenstation.

»Nummer Eins? Lieutenant Yar? Sie befanden sich ebenfalls an Bord des Wracks. Haben Sie irgendwelche Informationen, die uns helfen könnten?«

»Tut mir leid, Sir«, sagte Riker und schüttelte den Kopf. »Wir fanden nur Korridore und Türen, weder Kontrollen noch Markierungen irgendeiner Art. Und unsere Tricorder bestätigten die bereits durch die Sensoren der *Enterprise* gewonnenen Daten.«

»Dem kann ich mich nur anschließen, Sir«, meinte Tasha Yar. »Nun, in bezug auf die Phaser möchte ich zwei Vorschläge unterbreiten. Erstens: Bevor wir das Feuer eröffnen, sollten wir so nahe wie möglich an das fremde Schiff heran, bis zur Peripherie der Deflektoren. Zweitens: Richten Sie alle Phaser auf die Zielkoordinaten. Wählen Sie als Einstellung Maximalenergie und minimale Streuung. Feuern Sie sie gleichzeitig ab.«

»Einverstanden, Lieutenant.« Picard nickte. »Wenn es klappt, wenn wir die Abschirmung schnell genug durchstoßen, bleibt die Emissionszunahme im Wrack nur von kurzer Dauer. Fähnrich Carpelli, richten Sie den Transporterfokus auf Mr. Data und Lieutenant La Forge, sobald sich die Ergschilde auflösen. Holen Sie unsere Leute möglichst rasch hierher!«

»Alles bereit, Sir!«

»Lieutenant Worf, wie groß ist der Deflektorradius?«

»Eins Komma drei Kilometer, Sir.«

»Fähnrich Gawelski, bringen Sie uns bis auf eins Komma vier Kilometer heran.«

»Aye, aye, Sir.«

»Lieutenant Yar, überprüfen Sie die Koordinaten noch einmal.«

»Ja, Sir. Wir haben es mit einem kugelförmigen Schutzfeld zu tun, und die Generatoren befinden sich genau in der Mitte, etwa zehn Meter vom Antimateriekern entfernt.«

Picard verzog das Gesicht. »Die Streuung der Phaser ...«

»Auf diese geringe Distanz treffen wir das Ziel mit einer Genauigkeit von plus-minus einem Meter — sogar dann, wenn alle Batterien gleichzeitig abgefeuert werden.«

»Sind Sie fertig, Dr. Crusher?«

»Noch nicht ganz, Sir. Die Dekontaminierungsgeräte sind ziemlich unhandlich, und ich möchte, daß sie bereitstehen, wenn die beiden Männer eintreffen. Es kommt darauf an, sie *sofort* zu behandeln, nicht eine einzige Sekunde zu verlieren. Insbesondere Geordis Leben könnte davon abhängen.«

»Das ist mir durchaus klar, Doktor!« erwiderte Picard ungehalten.

»Daran zweifle ich nicht, Captain. Aber Sie sollten auch wissen, daß eventuelle Zellschäden kaum von der Zeitspanne zwischen jetzt und dem Angriff auf die Schirmfeldgeneratoren abhängen. Im Augenblick ist das Strahlungsniveau zwar recht hoch, aber noch tolerierbar, solange Geordi und Data eine sichere Distanz zum Kern wahren.

Doch wenn die Phaser feuern, müssen wir mit einer jähen Emissionsintensivierung rechnen, und gerade sie stellt die eigentliche Gefahr dar.«

Picard schwieg kurz und nickte dann, obwohl er keine Sichtverbindung zur Krankenstation hergestellt hatte. »Sie haben natürlich recht, Doktor. Geben Sie mir Bescheid, wenn Sie soweit sind.«

Ungeduldig wanderte er auf und ab, blickte mehrmals auf den Bildschirm, musterte das gleichmütig-ausdruckslose Gesicht des Klingonen Worf, sah die angespannten Züge Yars. Das Warten fiel Picard immer schwer, aber unter den gegenwärtigen Umständen empfand er es als besondere Belastung. In gewisser Weise fühlte er sich für die Lage der beiden Männer im Wrack verantwortlich: Er hatte sie zusammen mit Riker und Tasha zurückkehren lassen, beim ersten Hinweis auf Gefahr jedoch nicht schnell genug reagiert. Es wäre besser gewesen, sich mehr Zeit für die Entscheidungsfindung zu nehmen, genauer und gründlicher zu überlegen, die eigene Neugier in Hinsicht auf die Rätsel des fremden Schiffes zu unterdrücken, sich auf die Verantwortung gegenüber der *Enterprise* und ihrer Crew zu besinnen ...

»Fertig, Captain«, meldete Beverly Crusher.

Picard spürte, wie sich in seiner Magengrube ein Knoten bildete, dann wieder auflöste, als Tasha Yar mit einem Nicken ihre Bereitschaft bestätigte.

»Fähnrich Carpelli«, sagte der Captain.

»Alles in Ordnung, Sir«, antwortete der Transportertechniker.

»Feuer frei, Lieutenant Yar.«

Kurze Stille folgte. »Phaser feuern — jetzt, Sir.«

Dicht vor dem Wrack gleißten blendend helle Energieentladungen und verblaßten innerhalb weniger Sekunden.

Das Wrack trieb schutzlos im Raum.

»Ergschilde existieren nicht mehr, Sir«, berichtete Yar. Ihre Stimme klang triumphierend.

»Strahlungsintensität nimmt weiter zu«, brummte Worf. »Wenn sie nicht nachläßt, müssen wir uns mit einem eigenen Abschirmfeld schützen.«

»Haben Sie Data und La Forge, Mr. Carpelli?« fragte Picard scharf.

Der Transporterraum antwortete nicht.

»Carpelli! Hören Sie mich?«

Wieder schloß sich Stille an. Schließlich knackte es im Lautsprecher der internen Kommunikation. »Ich kann sie nicht finden, Sir. Sie sind einfach verschwunden!«

KAPITEL 4

Geordi La Forge seufzte erleichtert, als er spürte, wie ihn das Transporterfeld erfaßte. Fast unmittelbar darauf strömte seinen Visor-Sinnen das kaleidoskopartige Funkeln und Schillern der Entmaterialisierung entgegen. Es veränderte sich so schnell, daß sich in dem Wogen und Wabern keine Formen bildeten.

Noch während ihn die Transferenergie umhüllte, einen schimmernden Kokon um ihn spann, bemerkte Geordi einen Unterschied. Das Leuchten erschien ihm trüber als sonst, nicht ganz so bunt und intensiv. Er erinnerte sich daran, daß jeder Transport einzigartig war, daß sich keine zwei ganz glichen. Die einzelnen Funken, die ihm entgegenflogen und sich dann im Nichts des Transfermediums verloren, ließen sich mit Schneeflocken vergleichen: Von ihrer Natur her ähnelten sie sich, und doch gab es erhebliche Unterschiede zwischen ihnen. Geordi befreite sich von diesen Überlegungen: Es kam nur darauf an, daß es Captain Picard doch noch geschafft hatte, das Deflektorfeld des fremden Schiffes zu durchdringen. Wenn ihn das Feld freigab, wenn er rematerialisierte, würde er auf der Transporterplattform der *Enterprise* stehen. Dann drohte ihm keine Gefahr mehr ...

Für den Bruchteil einer Sekunde nahm Geordi das Nichts des eigentlichen Transfers wahr, und darauf folgte neuerliches chaotisches Wabern, ein energetisches Negativbild dessen, was er kurz vorher wahrgenommen hatte.

Doch bevor das Glühen und Funkeln verblaßte, bevor sich um ihn herum eine Welt aus fester Materie formte, begann alles wieder von vorn.

Und diesmal waren die Unterschiede ebenso dramatisch wie furchterweckend.

Der Fokus, der ihn nun durch die Raum-Zeit schleuderte, erschien ihm nicht mehr trüb und irgendwie blaß, konfrontierte ihn statt dessen mit einem grellen, blendenden Glanz.

Darüber hinaus erstreckte sich das Strahlen auch auf Frequenzen, die normalerweise nicht von einem Transfer betroffen wurden, die unter gewöhnlichen Umständen selbst seinen Visor-Sinnen verborgen blieben. Seltsame Strukturen umwirbelten ihn, bildeten Muster, die an Geordis geistiger Stabilität nagten, in ihm das Verlangen entstehen ließen, sich die visuell-organische Restitution von den Augen zu reißen.

Aber im Transporterfeld konnte er sich nicht bewegen.

Entsetzen quoll in ihm empor: Wirkte sich die Strahlung des Antimateriekerns auf die Funktionsweise des Transporters aus? War sie im Augenblick des Transfers so stark geworden, daß es zu einer energetischen Interaktion mit dem Transfermedium kam? Konnte die Empfangsanlage an Bord der *Enterprise* die beiden Energieformen nicht voneinander trennen? Bildeten die Emissionen nun einen integralen Bestandteil seiner physisch-psychischen Matrix? Sah er deshalb die verwirrenden, Wahnsinn induzierenden Muster?

Noch während sich diese Gedanken in ihm formten, fühlte Geordi wieder das Nichts des Transfers. Eine nicht meßbare Zeitspanne später kehrte der Mahlstrom aus fließenden Energien zurück, strömte diesmal in die entgegengesetzte Richtung — einer Flutwelle gleich, die von ihm fortrollte.

Dann begann die Rematerialisierung.

Verwundert nahm La Forge die vom Visor übermittelten Informationen auf.

Das grelle Gleißen der Antimateriestrahlung, das kurz vor dem Transfer fast schmerzhaft intensiv geworden war, existierte nicht mehr.

Und die kaum merklich leuchtende, charakteristische Gestalt des Androiden stand noch immer vor ihm, nahm den gleichen Platz ein wie vorher.

Hinter Data ...

Geordis bewußter Verstand versuchte vergeblich, das Durcheinander aus Tausenden von verschiedenen Wahrnehmungsfrequenzen zu sortieren, die unvertrauten Bilder zu ordnen, die an seinen mentalen Pupillen vorbeirasten. Als er danach trachtete, sie mit den Formen und Konturen des Transporterraums in der *Enterprise* zu vergleichen, verlor er endgültig die Orientierung und begann zu schwindeln. Hinzu kam das Gefühl der Schwäche, das der Transfer in ihm bewirkte – Geordi taumelte.

Datas kräftige Hände griffen nach seinen Schultern, halfen ihm, das Gleichgewicht zu wahren. Der Androide musterte ihn besorgt.

»Ist alles in Ordnung mit Ihnen?«

Geordi hob die Hände, schloß sie um Datas Unterarme, als hoffte er, auf diese Weise die Leere in seinem Innern mit neuer Kraft füllen zu können.

Einige Sekunden lang konzentrierte er sich nur auf Data und ignorierte die Umgebung und ihre verwirrenden Muster, um wieder zu sich selbst zu finden.

Nach einer Weile stabilisierte sich das multifrequente Zittern, und Geordi begriff plötzlich, daß sie sich keineswegs an Bord der *Enterprise* befanden.

Erst dann stellte er fest, daß nach wie vor Schwerelosigkeit herrschte – ein Umstand, der seine vorherigen Beobachtungen bestätigte.

Trotz der fehlenden Gravitation kam auch das Wrack nicht als Rematerialisierungsort in Frage. Nirgends zeigte sich das Strahlungsgleißen, das Geordi bis kurz vor dem Transport gesehen hatte.

Daraus ergab sich die Frage: *Wo* waren sie?

Geordi ließ Datas Arme los, drehte sich um die eigene Achse und nahm eine gründliche Visor-Sondierung vor.

Zusammen mit dem Androiden stand er auf einer Transporterplatte in einem auffallend schlichten Raum. Die obere Hälfte der gegenüberliegenden Wand bestand aus einem Bildschirm, und davor bemerkte La Forge einen einfachen Stuhl mit flachen, kantigen Armlehnen. Nirgends zeigten sich Kontrollen.

Über dem Stuhl aber, befestigt an einer unsichtbaren Haltevorrichtung, hing eine Art Helm: eine kleine, silberne Halbkugel, von der fünf gewölbte Metallstreifen ausgingen — wie Finger, die nur darauf warteten, sich um einen Kopf schließen zu können.

Einen Meter vor der anderen Wand ruhte ein Hibernationsbehälter, der den Kapseln an Bord des Wracks ähnelte. Allerdings wies er keine externen Schalteinheiten auf, war offen und leer.

Auf der anderen Seite erblickte Geordi ein Objekt, das der spartanischen Atmosphäre des Zimmers zu widersprechen schien: eine primitive Luftschleuse, die ihn an entsprechende Apparaturen aus dem späten zwanzigsten Jahrhundert der Erde erinnerte. Eine kurze spektrographische Analyse ergab Werte einer simplen Stahllegierung, während alle anderen Gegenstände, sogar der Stuhl, aus festeren und widerstandsfähigeren Materialien bestanden. Die Schleuse mochte rund drei Meter hoch und noch etwas breiter sein, und sie reichte zweihundert Zentimeter weit ins Zimmer.

»Geordi?« Datas normalerweise fast monoton klingende Stimme brachte Besorgnis zum Ausdruck. »In physiologischer Hinsicht scheint mit Ihnen alles in Ordnung zu sein, aber Ihr Verhalten ...«

»Schon gut, Data«, erwiderte La Forge abrupt, wandte sich dem Androiden zu und lachte nervös. »Ich brauchte nur eine Weile, um zu erkennen, daß wir nicht mehr in Kansas sind.«

»Kansas?« Data musterte ihn verwirrt. »Ich bin nie in Kansas gewesen, Geordi. Sind Sie ganz sicher, daß die jüngsten Ereignisse zu keiner Beeinträchtigung Ihrer mentalen Leistungsfähigkeit geführt haben?«

»Nun, es geht mir soweit ganz gut«, sagte La Forge und rang sich ein Lächeln ab. »Ich habe mir nur gerade einen eher hintergründigen Scherz erlaubt. Eine Anspielung auf den *Zauberer von Oz*. Seien Sie froh, daß ich Sie nicht Toto nannte.«

»Toto? Aber warum ...« Data unterbrach sich mitten im Satz, und Geordi ahnte, was nun hinter der Stirn des Androiden geschah: Sein analytischer Verstand stellte neue Verbindungen zwischen einzelnen Informationsfragmenten her, nahm umfangreiche Datenkorrelationen vor. In den goldenen Augen leuchtete es auf. »Oh, ja, ich verstehe den Zusammenhang, auch das Wortspiel in bezug auf meinen Namen. Allerdings bleibt mir ein Rätsel, was Sie zu einer solchen Gedankenkette veranlaßte.«

»Ich muß eingestehen, daß sie nicht das Ergebnis logischer Überlegungen war, Data. Wenn ich mich fürchte, fallen mir die seltsamsten Dinge ein, einfach so.«

»Das habe ich bereits vermutet«, erwiderte Data und klang vage enttäuscht. »Die daran beteiligten psychischen Prozesse gehören zu den vielen Geheimnissen des menschlichen Wesens, die sich nach wie vor meinem Verständnis entziehen.«

»Wenn ich jemals herausfinden sollte, was es damit auf sich hat, gebe ich Ihnen sofort Bescheid«, sagte Geordi, straffte die Gestalt und sah sich noch einmal in der Kammer um. »Im Augenblick aber müssen wir uns mit ganz anderen Mysterien beschäftigen. Zum Beispiel: Wo sind wir? Und wie sollen wir zurückkehren?«

Er berührte seinen Insignienkommunikator. »*Enterprise*, hier spricht Lieutenant La Forge. Bitte kommen.«

Er versuchte mehrmals, eine Verbindung herzustellen, bekam jedoch keine Antwort. Auch Datas Bemühungen blieben erfolglos. Sie stellten fest, daß die Luft im Zimmer atembar war, desaktivierten daraufhin die Individualschilde, um sicher zu sein, daß es zu keinen Interferenzen kam – aber trotzdem gelang es ihnen nicht, einen Kontakt zu Picard herzustellen. Wo auch immer sie sich jetzt befanden: Offenbar wurden die Com Signale ebenso neutralisiert wie während der letzten Minuten an Bord des Wracks.

Oder die Entfernung ist zu groß, fuhr es Geordi durch den Sinn. Er verdrängte diesen Gedanken sofort wieder. Ein Transporter hatte sie an diesen Ort versetzt, und die Reichweite solcher Geräte war naturgemäß beschränkt, ganz gleich, wieviel Energie man dabei einsetzte. Zwar mochte die fremde Technologie fortgeschrittener sein, aber La Forge hielt es trotzdem für unmöglich, daß sie während des Transfers Lichtmonate oder gar Lichtjahre zurückgelegt hatten.

Daraus folgte, daß ein energetischer Schild existierte. Und wenn die betreffenden Generatoren stillgelegt wurden, bestand die Möglichkeit, der *Enterprise* eine Nachricht zu übermitteln.

Zuerst aber ging es darum, die Maschinen zu finden, die den Deflektorschirm erzeugten.

»Verschwunden?« Picard runzelte die Stirn, und in seiner Magengrube krampfte sich etwas zusammen. »Das ist doch absurd!«

»Lieutenant La Forge und Mr. Data sind nicht mehr da, Captain!« beharrte Carpelli. »Ich kann sie nicht mehr lokalisieren, und das verstehe ich ebensowenig wie Sie. Ich *glaube*, sie waren noch im Wrack, als sich das Schirmfeld auflöste, aber ...«

»Carpelli! Zum Teufel auch, worauf wollen Sie hinaus?«

»Ich habe mich an Ihre Anweisungen gehalten und den Transporter auf automatischen Transfer justiert«, erwiderte der Techniker in einem entschuldigenden Tonfall. »La Forge und Data sollten in dem Augenblick erfaßt werden, als die Schilde destabil wurden. Und genau das ist geschehen. Der Fokus richtete sich auf die beiden Offiziere. Sie hatten sich ungefähr dreißig Meter von der Stelle entfernt, an der sie zunächst lokalisiert wurden. Aber bevor ich Energie geben und sie zurückholen konnte, entmaterialisierten sie einfach. Mir blieb nicht genug Zeit. Eine Frage von Sekundenbruchteilen, Sir. Die Positionssignale der

Kommunikatoren brachen von einem Augenblick zum anderen ab.«

»Vielleicht kam es zu einer Fehlfunktion aufgrund der verstärkten Strahlung!« entfuhr es Picard. »Sie hätten trotzdem handeln und ein Transferfeld an den entsprechenden Koordinaten schaffen können!«

»Ich hab's versucht, Sir! Aber der Entstofflichungsfokus fand kein festes Objekt!«

»Captain«, warf Lieutenant Worf ein, der die Anzeigen der wissenschaftlichen Station im Auge behielt. »Die letzte Analyse deutet darauf hin, daß ein anderer Transporter – offenbar an Bord des fremden Schiffes – aktiv wurde, als die Deflektorschilde zusammenbrachen.«

Picard wirbelte zu dem Klingonen herum. »Arbeitet er noch immer?«

»Negativ, Sir.«

»Können Sie feststellen, wo er sich befindet?«

»Nein, Sir. Vermutlich gehört er zu den Mechanismen, die zuvor nur wenig Energie verbrauchten. Zumindest eins der Geräte wechselte vom Standby-Modus zum aktiven Funktionsniveau, als sich das Wrack in ein Abschirmfeld hüllte. Und als unsere Phaser die Generatoren zerstörten, kam es zu einem automatischen Transfer.«

»Mit welchem Ziel?« fragte Picard. »Was zeigen die Sensoren innerhalb normaler Transporterreichweite an?«

»Nichts, Sir. Abgesehen von dem fremden Schiff und der *Enterprise* registrieren die Sensoren nur interstellaren Staub.«

»Aber wo ...?« begann der Captain. Er atmete tief durch. »Suchen Sie nach Lebensformen, Lieutenant Worf. Nutzen Sie das ganze Erfassungspotential der Indikatoren.«

»Bereits erledigt, Sir. Alle Lebensanzeigen beschränken sich auf die *Enterprise*.«

Picard klopfte auf das Uniformabzeichen, das gleichzeitig als Kommunikator diente. »Commander Data! Lieutenant La Forge! Melden Sie sich!«

Alles blieb still.

»Computer«, sagte Picard. »Sind Data und La Forge an Bord?« Hatte sie der fremde Transporter zur *Enterprise* gebeamt? Waren sie vielleicht in einem entlegenen Teil des Schiffes rematerialisiert?

»Nein, Captain«, antwortete die Sprachprozessorstimme des Computers. »Genannte Personen befinden sich nicht an Bord.«

Picard unterdrückte einen Fluch. Seine Gedanken rasten. Wohin war der Retransfer der beiden Offiziere erfolgt? Seine ursprüngliche Absicht bestand darin, sich sofort nach der Rückkehr Datas und La Forges von dem fremden Schiff zurückzuziehen, es den Apparaturen an Bord und vielleicht der Selbstzerstörung zu überlassen.

Aber jetzt wagte er es nicht, einen solchen Befehl zu geben.

Ganz gleich, *was* die beiden Männer fortgebracht hatte, entweder ein Transportersystem, wie Worfs Instrumente behaupteten, oder irgendeine der Föderation völlig unbekannte Transfertechnik: Die dafür verantwortlichen Anlagen gehörten zur Ausstattung des namenlosen Raumschiffes, das nun nicht länger wie ein Wrack wirkte, sondern einer gut vorbereiteten Falle gleichkam.

Ohne jenes Schiff, ohne eine genaue Untersuchung der nach wie vor funktionierenden Geräte an Bord, gab es keine Möglichkeit, den gegenwärtigen Aufenthaltsort der Verschwundenen festzustellen.

Und sie zurückzuholen.

»Lieutenant Worf, was ist mit dem Antimateriekern? Besteht die Gefahr einer energetischen Überladung?«

»Zumindest keine unmittelbare, Sir. Aber er ist instabil geworden, und die Abschirmung fehlt fast völlig. Die Phaserentladung hat offenbar auch einen großen Teil des Innenschilds zerstört und die zentralen Kontrollkomponenten beschädigt.«

»Maschinenraum!« sagte Picard. »Ich nehme an, Sie haben mitgehört und eigene Messungen vorgenommen.

Ich benötige Angaben darüber, ob die Energiequelle des fremden Schiffes ...« Er unterbrach sich kurz und schüttelte den Kopf. »Ich möchte von Ihnen wissen, *wann* die Energiequelle des Wracks stabilisiert werden kann.«

»Nun, Sir«, brummte Chefingenieur Argyle, »wir haben natürlich versucht, so viele Informationen wie möglich zu gewinnen, aber solange wir uns die Sache nicht aus nächster Nähe ansehen, läßt sich nicht feststellen, wie groß die Schäden sind und wie sie behoben werden können. Hinzu kommt das Problem, eine völlig fremde Technik zu verstehen ...«

»Mr. Argyle, was Sie *nicht* können, spielt derzeit keine Rolle. Sagen Sie mir, *wozu* Sie in der Lage sind.«

»Tut mir leid, Captain, aber unter den gegenwärtigen Umständen sehe ich mich außerstande, irgend etwas zu versprechen. Ich kann Ihnen nur versichern, daß wir uns die größte Mühe geben werden. Andererseits: Ohne eine vollständige Abschirmung des Kerns brauchen wir nicht einmal daran zu denken, irgend etwas in Hinsicht auf das fremde Kontrollsystem zu unternehmen. Nach den derzeitigen Anzeigen zu urteilen, schützen selbst schwere Strahlenanzüge nicht lange genug, um auch nur eine verdammte Schraube festzuziehen, Sir. Von langwierigen Reparaturen ganz zu schweigen. Wir müssen zuerst ein ferngesteuertes Wartungsmodul schicken, das einen ordentlichen Schutzschild errichtet und die Schäden behebt, die ihr Typen auf der Brücke mit den Phasern angerichtet habt.«

Picard seufzte und mußte sich eingestehen, daß der Chefingenieur recht hatte. »Na schön, Commander Argyle. Leiten Sie alles in die Wege.«

»Sofort, Captain. Mein Assistent Singh holt gerade einen Roboter aus dem Lager.«

Es dauerte nur fünf Minuten, bevor das erste Modul ins Strahlungschaos gebeamt wurde, aber Picard und den anderen Offizieren erschien diese Zeitspanne wie eine halbe Ewigkeit.

Geordi und Data suchten vergeblich nach irgendwelchen Hinweisen auf das Abschirmfeld, das nach La Forges Meinung ihre Kommunikatoren blockierte. Mehrmals veränderten sie die Justierungen ihrer Tricorder, aber die angezeigten Werte deuteten nicht auf die Existenz eines Ergschildes hin.

Schließlich gaben sie es auf, eher enttäuscht als entmutigt, richteten ihre Aufmerksamkeit statt dessen auf ihre unmittelbare Umgebung.

Die erste Entdeckung erhöhte nur ihre Verwirrung: Die Luftschleuse stellte nicht die erwartete Verbindung zu einem anderen Raum dar. Das Schott öffnete sich problemlos, doch eine rasche Überprüfung mit den Tricordern ergab, daß die Pforte auf der anderen Seite nicht funktionierte. Die Kontrollen schienen eher Verzierungen zu sein, und hinter dem Innenschott erstreckte sich die massive Wand der Kammer.

Es gab weder andere Türen noch irgendwelche Öffnungen — in dieser Hinsicht ähnelte das Zimmer den Räumen an Bord des Wracks. Transfersysteme stellten die einzige Zugangsmöglichkeit dar.

Kurz darauf beschäftigten sie sich mit dem Problem des Transporters und dem völligen Fehlen von Kontrollen. Entweder waren sie in einer Art Kerkerzelle rematerialisiert, oder die fremden Anlagen arbeiteten vollautomatisch. Der Helm wiederum ließ den Schluß zu, daß sich die Funktionen der verborgenen Geräte und Instrumente mit geistigen Anweisungen bestimmen ließen. Geordi schreckte davor zurück, die haubenartige Vorrichtung zu benutzen, obgleich keine direkte Gefahr zu bestehen schien.

La Forge und Data richteten ihre Tricorder auf die Transporterplattform und hofften, vertraute Schaltkreise zu finden. Vielleicht war die Apparatur nicht völlig desaktiviert, sondern wartete im Bereitschaftsmodus. Wenn diese Vermutung zutraf, versetzte sie das reduzierte Energieniveau in den einzelnen Komponenten in die Lage, auf gewisse Funktionsmuster zu schließen. Mit ein wenig mehr

Glück fanden sie möglicherweise die Prozessoren, die den fremden Transporter von Empfang auf Senden umschalteten.

Zwar registrierten die Tricorder einen gewissen Energiefluß in den Systemeinheiten, aber Geordi und Data stellten schon nach kurzer Zeit fest, daß die erhofften Modusoperatoren nicht existierten. Und falls es sie doch geben sollte, befanden sie sich nicht im Standby-Betrieb.

Mit anderen Worten: Der Transporter konnte nicht senden, nur empfangen.

»Das ist doch verrückt, Data!« platzte es aus Geordi heraus, als er die ermittelten Werte mehrmals überprüfte und verdutzt den Kopf schüttelte. »Einfach verrückt! Welchen Sinn hat ein Transporter, der nicht sendet?«

»Als Empfänger funktioniert er recht gut«, erwiderte der Androide ruhig. »Und vielleicht wurde er genau dazu konstruiert. Eigentlich erstaunlich, wenn man das enorme Alter der Anlage bedenkt.«

»Hinweise auf das technische Geschick derjenigen, die diese ... diese verdammte Rattenfalle konstruierten, haben mir jetzt gerade noch gefehlt«, knurrte Geordi. »Himmel, wir wären weitaus besser dran, wenn sie keine so dauerhaften Anlagen geschaffen hätten!«

Data musterte La Forge einige Sekunden lang, und seine goldenen Pupillen weiteten sich verwundert. »Es war doch nur eine Beobachtung, Geordi. Ich wollte Sie nicht ...« Er zögerte, dachte kurz nach.

»Ah, ja, jetzt verstehe ich«, fuhr der Androide schließlich fort. »Wenn ich mich nicht irre, gibt es in der menschlichen Psychologie eine Bezeichnung, mit der sich Ihre gegenwärtige Haltung gut beschreiben läßt: Feindseligkeitsübertragung. Ihre Verärgerung gilt in erster Linie unserer derzeitigen Lage, vielleicht auch den Maschinen, die uns hierher gebracht haben. Oder auch Ihnen selbst, weil Sie nicht imstande waren, etwas gegen den Transfer zu unternehmen. Um ein Ventil für Ihren emotionalen Aufruhr zu schaffen, rücken Sie mich in den Fokus Ihres ...«

»Data!«

»Ja, Geordi?«

»Bitte verzichten Sie auf Vorträge über die menschliche Psychologie«, sagte La Forge mürrisch. Als er weiterhin Datas Blick auf sich ruhen spürte, holte er tief Luft und senkte verlegen den Kopf. »Schon gut. Sie haben den Nagel auf den Kopf getroffen, wie es so schön heißt. Bitte entschuldigen Sie.«

»Machen Sie sich nichts draus, Geordi. Ich bin immer daran interessiert, die Besonderheiten der menschlichen Psyche kennenzulernen.«

La Forge lachte. »Vermutlich kommen wir Ihnen manchmal ganz schön verschroben vor, was?« entgegnete er und wurde dann wieder ernst.

Ruckartig wandte er sich um, beobachtete Bildschirm und Helm. »Ich schätze, wir müssen einen Versuch wagen.«

Unsicher streckte er die Hand nach der Haube aus, berührte das kühle Metall der fünf silbernen ›Finger‹. *Es bleibt uns gar nichts anderes übrig,* dachte er, um sich Mut zu machen. *Ganz gleich, welche Funktion der Helm erfüllt: Schlechter kann unsere Situation wohl kaum werden.*

Als er vorsichtig an der Haube zog, löste sie sich aus der unsichtbaren Halterung. Geordi untersuchte sie eingehend, zuerst mit dem spektroskopischen und mikroskopischen Visor-Blick, anschließend mit dem Tricorder. Die Ergebnisse bestätigten nur, daß *irgend etwas* in dem Gerät und seinen zangenartigen Erweiterungen arbeitete. Kleine Energiemengen flossen in komplexen Mustern durch jeden Millimeter der seltsamen Vorrichtung, aber es ließ sich nicht bestimmen, welchen Zweck sie erfüllten.

Schließlich senkte Geordi den Helm auf seinen Kopf herab, rückte die ›Finger‹ ein wenig zur Seite, damit sie nicht das Visor berührten. Data behielt sowohl La Forge als auch den Tricorder im Auge, stand dicht neben dem Stuhl, jederzeit zum Eingreifen bereit.

Die Haube begann matt zu glühen, aber sonst geschah überhaupt nichts.

Eine Zeitlang rührte sich Geordi nicht von der Stelle, schwankte nur leicht in der Schwerelosigkeit.

Er horchte in sich hinein, doch in seinem inneren Kosmos blieb alles still.

Dann plötzlich ...

Er empfand ein leichtes Prickeln.

Seine Hände schlossen sich um den Helm, doch er widerstand der Versuchung, ihn einfach fortzureißen.

Das Prickeln wurde stärker, breitete sich in alle Richtungen aus, verwandelte sich in ein kaum merkliches Stechen, als es in Geordis Leib wuchs, erst den Torso erfaßte, dann auch Arme und Beine. Seiner vom Visor sensibilisierten Wahrnehmung bot sich ein schleierartiges, alles durchdringendes Leuchten dar, das ihn an die energetischen Begleiterscheinungen beim Einsatz einer Sensorsonde erinnerte, jedoch etwas sanfter anmutete.

Kurze Zeit später verblaßte das Schimmern.

Der Bildschirm erhellte sich, zeigte zunächst nur ein regenbogenartiges Wogen, das nicht nur den ganzen, von menschlichen Augen wahrnehmbaren Spektralbereich umfaßte, sondern auf beiden Seiten um einige Ångström darüber hinausreichte.

Eine Art Testbild? fragte sich Geordi. Bevor sich deutliche Muster formten, verflüchtigten sich die Schlieren wieder.

Und wichen dem Bild eines Planeten, das fast den ganzen Schirm ausfüllte. Für einen Sekundenbruchteil verdrängten Triumph und Erleichterung alle anderen Empfindungen aus La Forge.

Die Erde! Wir befinden uns direkt über der Erde!

Dann erfolgte emotionale Ernüchterung: Durch die Wolkenfasern sah Geordi das Blau der Ozeane, weiße Polkappen, braungelbe Landmassen, die jedoch keine Ähnlichkeit mit den irdischen Kontinenten aufwiesen.

Ganz offensichtlich eine Welt der Klasse M — aber nicht die Erde.

Die Euphorie verschwand, und ein Hauch von Furcht nahm ihren Platz ein. Unbekannte – vermutlich die Bewohner des Planeten – hatten La Forge und Data gegen ihren Willen hierher gebracht. Vielleicht waren die Fremden jetzt auf dem Weg, um sie gefangenzunehmen oder gar zu töten ...

Geordi zwinkerte verwirrt. Die Welt auf dem Schirm konnte nur eine Illusion sein. Der Computer, der den Helm kontrollierte, übertrug vermutlich nur ein in seinem Datenspeicher enthaltenes Bild. Es gab keine andere Erklärung, fand Geordi. Die Entfernung zur *Enterprise* konnte unmöglich *so* groß sein.

Und er erinnerte sich: Ein Parsec trennte das Wrack vom nächsten Sonnensystem.

Ein Transporter hatte sie an diesen Ort gebeamt; das bunte, grelle Energiewabern während des Transfers war ein eindeutiger Beweis dafür.

Und selbst die Reichweite eines fremden Transportersystems konnte sich nicht so kraß von dem an Bord der *Enterprise* unterscheiden. Einige zehntausend Kilometer vielleicht, mehr nicht. Ganz bestimmt keine *Lichtjahre*.

Und doch ...

Versuchsweise konzentrierte sich Geordi auf ein mentales Abbild des Planeten Saturn mit seinen Ringen, rechnete damit, daß der Schirm vor ihm ein entsprechendes Äquivalent zeigte.

Aber die Darstellung blieb stabil.

Er wandte sich von der Projektionsfläche ab, ließ seinen Visor-Blick durch die Kammer schweifen.

»Data, zeigt Ihr Tricorder irgendwelche Veränderungen, seit ich die Haube aufgesetzt habe?« fragte La Forge.

»Hinter der Wand und dem Schirm sind nun viele Schaltkreise aktiv geworden, aber ihre Funktion ist mir nach wie vor ein Rätsel.«

Geordi konzentrierte seine Aufmerksamkeit auf die runde Transferfläche. »Und beim Transporter rührt sich nichts? Alles wie vorher?«

»Ja.«

La Forge fühlte neuerliche Enttäuschung, schüttelte den Kopf. Die Benutzung des silbernen Helms *hatte* zu einer technischen Reaktion geführt – aber nicht zu dem erhofften Ergebnis. Vielleicht war so etwas schlicht und einfach unmöglich: Wenn keine Sendekomponenten existierten, konnte er sie wohl kaum mit Gedankenkraft schaffen.

Aber wenn es *doch* welche gab ...

La Forge runzelte die Stirn, stellte sich die betreffenden Schaltkreise so gut wie möglich vor, beschickte sie mit imaginärer Energie.

Nichts passierte. Datas Tricorder zeigte noch immer Null-Werte.

Abrupt nahm Geordi die Haube ab und hielt sie dem Androiden entgegen. »Hier, versuchen Sie's mal«, sagte er und erklärte seine Bemühungen mit knappen Worten. »Bestimmt enthalten Ihre Gedächtnisspeicher genauere Daten über die Transportertechnik; in diesem Zusammenhang reicht meine Phantasie vermutlich nicht aus. Vielleicht haben Sie mehr Glück.«

»Wenn Sie einen Nutzen darin sehen, bin ich gern bereit, Ihren gegenwärtigen Platz einzunehmen.«

Geordi schüttelte den Kopf. »Ich bin mir absolut nicht sicher, ob es etwas nützt, Data. Aber ich fürchte, es ist unsere einzige Chance.«

»Ich verstehe«, erwiderte der Androide und nickte, als er den Helm entgegennahm. »Ich glaube, Ihr Vorschlag läßt sich mit der Redewendung ›ein Schuß ins Blaue‹ umschreiben.«

Geordi lächelte schief, als Data die Haube auf seinen Kopf herabsenkte. »Damit liegen Sie durchaus richtig. Aber wenn ...«

Geordi unterbrach sich plötzlich und starrte auf den Helm. Die silbernen ›Finger‹ berührten Datas Stirn, und einen Sekundenbruchteil später erglühte die Halbkugel wesentlich stärker und heller als zuvor.

»Data! Nehmen Sie das Ding ab! Irgend etwas geht nicht mit rechten Dingen zu ...«

»Schon gut, Geordi«, antwortete der Androide ruhig und ließ die Hände sinken. »Das intensive Licht ist meiner Aufmerksamkeit keineswegs entgangen. Noch spüre ich überhaupt nichts, nur einen leichten Druck, der von den Zangen ausgeübt wird.«

Noch während er sprach, wurde aus dem Glühen ein fast blendendes, pulsierendes Schimmern.

»Als ich das Ding trug, hat es sich ganz anders verhalten«, meinte La Forge voller Unbehagen.

»Vielleicht reagiert es anders, weil ich eine Maschine bin, also eine größere Ähnlichkeit zu diesem Mechanismus aufweise.«

»Vielleicht. Vielleicht auch nicht. Nun, ich habe beim Kontakt eine Art mentales Prickeln gespürt, kurz darauf ein vages Brennen, das den ganzen Körper erfaßte. Nehmen Sie denn *gar nichts* wahr?«

»Nein, Geordi.« Data zögerte und hob den Blick, als sich das Pulsieren beschleunigte. »Wenn Ihre menschliche Intuition Anlaß zur Sorge sieht, sollte ich möglicherweise ...«

Der Androide erstarrte, und lange Datenkolonnen wanderten über den winzigen Bildschirm auf Geordis Tricorder.

KAPITEL 5

Nach einer Stunde war die erste neue Abschirmung fertiggestellt, und dadurch sank die Strahlung in den peripheren Bereichen des Wracks auf ein erträgliches Maß. Während jener sechzig Minuten gewannen die Kontrollsysteme, die Chefingenieur Argyle beschädigt glaubte, zumindest einen Teil ihrer Funktionskapazität zurück. Entweder ging der wechselhafte und unbeständige energetische Output auf ›normale‹ Anforderungen von den Bordmechanismen zurück, oder das fremde Schiff war mit recht schnell reagierenden automatischen Reparaturgeräten ausgestattet.

Welche Erklärung auch zutreffen mochte: Es dauerte nur fünf Minuten, bis sich Riker, Yar und Worf zu den Koordinaten beamten, die Fähnrich Carpelli unmittelbar vor dem Verschwinden von Data und La Forge ermittelt hatte.

»Zwölf Hibernationskapseln, Captain«, meldete Riker einige Sekunden später. »Nicht aktiv. Eine ist geöffnet und leer. Auch die anderen enthalten keine Schläfer.«

»Können Sie das Innere der Behälter sehen, Nummer Eins?«

»Nein, Sir, aber die Tricorder ...«

»Finden Sie eine Möglichkeit, die Kapseln zu öffnen. Diese ganze Angelegenheit sprengt die Grenzen des Normalen. Wer weiß: Vielleicht befinden sich Data und La Forge in einer der Hibernationseinheiten, obwohl die Indikatoren keine Lebensformen anzeigen.«

»Eine Möglichkeit, die sich angesichts der besonderen Umstände nicht ausschließen läßt«, erwiderte Riker. »Andererseits: Wir stehen hier vor einer großen Schaltwand, und ich habe nicht die geringste Ahnung, welche Tasten den Hibernationsbereich kontrollieren. Bevor wir damit beginnen, irgendwelche Knöpfe zu drücken, halte ich es für besser, Chefingenieur Argyle und ein Team von Fremdtechnikspezialisten mit einer eingehenden Analyse zu beauftragen. Unsere jüngsten Erfahrungen lassen mich befürchten, daß dieses Wrack noch eine ganze Reihe von Überraschungen bereithält.«

Riker hörte das leise und ein wenig verärgert klingende Seufzen des Captains, aber er wußte, daß Picard seine Ungeduld zu bezähmen verstand und dem gesunden Menschenverstand den Vorrang gab.

»Data!« rief Geordi, als er vorsprang und nach dem Helm griff.

Es war bereits zu spät. Bevor La Forges Hände die Haube zu fassen bekamen, erbebte der Androide am ganzen Leib. Seine Stiefel – noch immer in das magnetische Feld des teilweise reaktivierten Individualschilds gehüllt – lösten sich vom Boden, und Data schwebte ohne Halt durch die Kammer. Krampfhaft versuchte er, sich den Helm vom Kopf zu reißen, ruderte verzweifelt mit den Armen. Geordi begegnete dem flehentlichen Blick Datas, bevor sich die goldenen Augen zwei Kameraverschlüssen gleich schlossen und die Gestalt des Androiden erschlaffte.

Datas charakteristische Aura verblaßte.

Geordi begriff, daß er keine Zeit verlieren durfte. Er stieß sich ab, segelte durchs Zimmer, schaffte es irgendwie, Data an einem Arm zu packen. Er zog ihn zu sich heran, stieß gleichzeitig die Haube vom Kopf des Androiden. Dann bekam er auch den anderen Arm zu fassen. Seite an Seite drifteten sie durch die Schwerelosigkeit – bis Geordis Stiefel die Decke berührten und sich dort mit einem Magnetfeld verankerten. Vorsichtig drehte er Data, bis er ebenfalls festen Halt zurückgewann.

»Data!« Hilflos umklammerte Geordi die Schultern des Androiden, als könne er ihn auf diese Weise ins Leben zurückbringen. »Wachen Sie auf!«

Mehrere Sekunden lang blieb Datas Leib völlig schlaff. Er atmete nicht einmal, und Geordi spürte, wie sich kaltes Entsetzen in ihm regte.

Schließlich aber fühlte er, wie sich die Muskeln des Androiden spannten, so als entstünden neue Nervenverbindungen zwischen ihnen und dem Hirn. Datas Aura bildete sich wieder. Zuerst war sie sehr schwach und kaum als solche zu erkennen, doch dann verdichtete sie sich.

Abrupt zuckten die Lider hoch. Data zwinkerte einige Male, fand wieder ins Hier und Jetzt.

»Lieber Himmel!« entfuhr es Geordi, und er widerstand der Versuchung, Data zu schütteln, um ein Erwachen zu beschleunigen. »Sie haben mich fast zu Tode erschreckt! Was ist geschehen?«

Data schwieg zunächst, erweckte den Anschein, als führe er eine interne Systemkontrolle durch. Geordi vermutete, daß dieser Eindruck den Tatsachen entsprach.

»Ich weiß es nicht«, erwiderte der Androide in dem nüchtern-neugierigen Tonfall, den er bei Konfrontationen mit völlig neuen Erfahrungen benutzte. »So etwas habe ich noch nie zuvor erlebt. Nur in einem Punkt bin ich ziemlich sicher: Wenn Sie den Helm nicht rechtzeitig genug entfernt hätten, wäre ich ...« Er zögerte, als suche er nach den richtigen Worten. Seine Pupillen weiteten sich ein wenig, und er fügte hinzu: »Dann wäre ich permanent desaktiviert worden.«

»Aber jetzt ist alles in Ordnung mit Ihnen?«

»Die Systemverifikation hat keine internen Schäden ermittelt, doch ganz sicher bin ich nicht. Ich müßte mich von qualifizierten Technikern untersuchen lassen, um ...«

Wieder unterbrach sich der Androide, und Geordi schluckte nervös, als er einen Rückfall befürchtete.

Dann aber hörte er etwas, ein dumpfes Pochen. Datas Schweigen bedeutete offenbar, daß er es ebenfalls vernommen hatte.

Das Geräusch kam aus dem Bereich der Luftschleuse.

Geordi drehte sich langsam um, und Data blickte bereits auf die Anzeigen seines Tricorders.

»Drei humanoide Lebensformen«, sagte der Androide kurz darauf. »Etwa zwanzig Meter entfernt.« Er streckte den Arm aus und deutete auf die Schleusenattrappe.

Geordi erblaßte plötzlich, als er begriff, daß ihm ein eigentlich unverzeihlicher Fehler unterlaufen war. Nach ihrer Rematerialisierung in der Kammer hatte er überhaupt nicht daran gedacht, mit dem handlichen Gerät nach Lebensformen zu suchen. Daß sich an Bord des Wracks keine befanden, bedeutete noch lange nicht ...

Er riß die Augen auf, als er die Anzeige sah.

Datas Angaben stimmten zwar, waren jedoch nicht ganz vollständig.

Die Lebensindikatoren zeigten tatsächlich drei humanoide Gestalten, kaum zwanzig Meter entfernt, aber einige tausend Meter jenseits von ihnen, verteilt in einem mehrere Kubikkilometer großen Bereich ...

»Data! Dort draußen gibt es Hunderte! Hunderte von humanoiden Lebensformen!«

»In der Tat, Geordi. Doch nur drei sind in unmittelbarer Nähe, und ihre Distanz zu uns verringert sich.«

Ein durchaus richtiger und auch logischer Hinweis. La Forge blendete die übrigen Anzeigen aus, konzentrierte sich auf die drei Wesen, die sich nun wieder in Bewegung gesetzt hatten. Sie konnten jeden Augenblick an die Tür klopfen – oder an die Wand, da ein direkter Zugang offenbar nicht existierte.

Aber nach einigen Metern verharrten sie erneut, und das dumpfe Pochen wiederholte sich.

Data starrte nach wie vor auf den Tricorder. »Geordi, ich nehme an, auf der anderen Seite der Wand befindet sich eine ähnlich beschaffene Luftschleuse. Die Lebensformen haben sie gerade betreten und das Außenschott geschlossen. Die entsprechenden Geräusche wurden zwar von der massiven Wand gefiltert, aber sie ähneln denen, die wir beim Öffnen und Schließen des Innenschotts verursachten.«

Geordi vertraute dem wesentlich besser ausgeprägten Gehör des Androiden. Darüber hinaus erschien es ihm plausibel, daß sich auf der anderen Seite der Wand ebenfalls eine Schleuse befand – obgleich er noch immer nicht begriff, aus welchem Grund man sie installiert hatte. Ohne eine direkte Verbindung zwischen den beiden von Schotten abgeriegelten Sektionen blieb sie sinnlos.

La Forge schüttelte verwirrt den Kopf und wartete. Seine Aufmerksamkeit wechselte zwischen der Schleuse und den Anzeigen des Tricorders hin und her.

Er überlegte.

Handelte es sich um ein Begrüßungskomitee?

Oder das örtliche Äquivalent einer Polizeieinheit, die nun überprüfen wollte, wer für die Auslösung des Alarms verantwortlich zeichnete?

Geordi schnappte unwillkürlich nach Luft, als ihm eine dritte Möglichkeit einfiel. Kamen die kosmischen Fallensteller, um festzustellen, wer ihnen ins metaphorische Netz gegangen war?

Widerstrebend zog er den Phaser und justierte ihn auf Betäubung.

»Data«, flüsterte er, »wer auch immer jene Leute sind, Freund oder Feind oder irgend etwas dazwischen: Ich schlage vor, einer von uns hält sich verborgen, wenn die Besucher eintreten. Und da Sie ungefähr zehnmal so schnell reagieren wie ich, sollten Sie diese Aufgabe übernehmen.«

Data starrte kurz ins Leere und nickte dann. »Ich verstehe. Sie möchten, daß ich Sie ›decke‹.«

»Etwas in der Art, ja.«

Data schaltete seinen eigenen Phaser um, wanderte an der nächsten Wand herab und duckte sich hinter die Hibernationskapsel. Geordi folgte ihm auf den Boden des Raums, blieb zwei Meter vor der Schleuse stehen.

Und wartete.

Hinter der Wand, in der zweiten Schleusenkammer, bezogen die drei Humanoiden nebeneinander Aufstellung und ...

Geordis Visor empfing die Streustrahlung eines Kurzstreckentransporters.

Natürlich, dachte er. *Wie sollten sie sonst durch die*

Wand? Aber wozu dann überhaupt die angebliche Luftschleuse?

Die drei Besucher rematerialisierten in der Innenkammer, und fast eine Minute lang herrschte Stille.

Geordi beobachtete die Veränderungen auf dem kleinen Sichtschirm des Tricorders: Eine Gestalt trat direkt vor das Schott, und die beiden anderen wichen nach rechts und links, so daß sie verborgen blieben, wenn die Tür aufglitt. Nur das Wesen in der Mitte wollte sich zeigen.

La Forges Hand schloß sich fester um den Phaser, aber er hielt den Lauf der Waffe weiterhin auf den Boden gerichtet. Ganz offensichtlich handelten die Wesen ebenso vorsichtig wie Data und er, und aus diesem Grund hielt es Geordi für angeraten, keine drohende Haltung einzunehmen. Sie mußten unbedingt vermeiden, daß die Unbekannten bei ihrem Anblick in Panik gerieten.

Er erhoffte sich Auskünfte, vielleicht sogar eine Möglichkeit, zur *Enterprise* zurückzukehren.

Der Verriegelungsmechanismus des Innenschotts knarrte und rasselte leise, und daran schloß sich neuerliche Stille an.

Ungeölte Angeln quietschten, als die stählerne Pforte langsam aufschwang.

Das Geschöpf vor Geordi trug keinen Raumanzug, und die Stiefel hafteten magnetisch am Boden fest. Es wirkte ebenso menschlich wie Data und er selbst. Ein Mann mit dunklem, kurzgeschorenen Haar, die hagere Gestalt in eine einteilige, bläulich glänzende Uniform gehüllt, deren Brustabschnitt ein stilisiertes Gesicht aufwies. In einem Halfter am Hüftgürtel steckte eine altertümliche Projektilschleuder, und als Geordi die Waffe sah, fühlte er einmal mehr, wie sich Unbehagen in ihm regte. Geschossen gegenüber boten die Individualschilde nur unzureichenden Schutz.

Der Fremde erfüllte La Forges Erwartungen, wirkte ausgesprochen nervös.

Eine ganze Zeitlang schwiegen sie. Data lauschte nur,

hielt sich weiterhin hinter der Hibernationskapsel versteckt. Geordi sah deutlich, wie sich die Pupillen des Alien weiteten, als er ihn musterte, doch er machte keine Anstalten, die Projektilschleuder zu ziehen.

Als er zu dem beruhigenden Schluß gelangte, daß La Forge ihn nicht angreifen wollte, winkte er unsicher, woraufhin seine beiden Begleiter vortraten. Ihre Uniformen schimmerten in einem dunkleren Blau, und sie trugen ähnliche Waffen. Sie rissen ebenfalls die Augen auf, als sie Geordi und sein Visor sahen, gaben jedoch keinen Laut von sich.

La Forge achtete darauf, sich nicht zu abrupt zu bewegen, als er den Phaser an den Gürtel hakte und Data aufforderte, sich zu zeigen.

Als der Androide erschien, tasteten die Hände der Fremden nach ihren Waffen, glitten dann wieder zurück.

»Wer sind Sie?« fragte Geordi sanft, in der Hoffnung, daß die Besucher sprachen. Ihre Übersetzungsmodule konnten nur dann eine Transkription vornehmen, wenn sie Gelegenheit bekamen, einen genügend großen Wortschatz der fremden Sprache zu speichern und Interpretationsverbindungen herzustellen.

Die Reaktion des Alien überstieg seine größten Erwartungen. Als dieser Geordis Worte vernahm, begann er sofort zu sprechen, ersetzte Selbstsicherheit durch Lautstärke, stockte einige Male und wiederholte sich — wie ein völlig verängstigter Schüler, der verzweifelt versuchte, sich an die Zeilen eines langen Gedichts zu erinnern.

Nach etwa zwei Minuten knisterte es in den kleinen Lautsprechern der automatischen Übersetzungsgeräte, und dann erklangen erste Lautfolgen. Daraufhin wurde der Mann vor Geordi noch nervöser, richtete furchtsame Blikke auf die winzigen, zylindrischen Instrumente. Als die transkribierten Worte erste Sätze bildeten, begriff La Forge, daß der Sprecher eine Rede hielt.

Eine Ansprache, die willkommen hieß.

»Wir hoffen sehnlichst ...« Der Alien zögerte kurz, als die Module übersetzten. Er schluckte sichtlich und fuhr fort: »Wir hoffen sehnlichst, daß Sie billigen werden, zu welchem Zweck wir Ihre wunderbaren Gaben einsetzten. Ich möchte diese Gelegenheit nutzen, Ihnen unseren demütigen Dank für Ihr großzügiges Geschenk auszusprechen.«

»Was für Gaben meinen ...« begann Data, aber Geordi unterbrach ihn sofort und bemerkte, daß der Blick des Fremden nun an ihren kleinen Zylindern festklebte.

»Ich bin sicher, daß Sie unsere Zustimmung bekommen«, sagte er, gab dem Androiden ein unauffälliges Zeichen und sprach laut genug, um die Übersetzung von Datas Erwiderung zu übertönen. Als seine eigene Antwort aus dem Lautsprecher des kleinen Instruments drang, zuckte die Gestalt in der hellblauen Uniform heftig zusammen und wechselte rasche Blicke mit ihren Begleitern.

»Diese Geräte dienen nur dazu, die Verständigung zwischen uns zu erleichtern«, erklärte La Forge.

Die drei Fremden schwiegen und starrten nur, aber schließlich räusperte sich der untersetzte Mann auf der linken Seite. »Sind Sie die Konstrukteure?«

Bevor Geordi oder Data etwas sagen konnte, warf der Fremde in der Mitte dem Fragensteller einen eisigen Blick zu, winkte und straffte die Schultern. Dann sah er direkt in den silbrigen Glanz des Visors.

»Kommen Sie«, kam es ein wenig heiser von seinen Lippen. Fürchtete er sich? »Es wäre uns eine große Ehre, Sie zu unserem Oberhaupt zu bringen. Schon seit vielen Jahren ist es sein Wunsch, irgendwann einmal jenen zu begegnen, die unsere Welt vor der Vernichtung bewahrten.«

»Und wir würden uns freuen, jemanden kennenzulernen, der so etwas vollbrachte«, improvisierte Geordi und versuchte sich vorzustellen, wie Picard in einer derartigen Situation reagiert hätte. »Nicht wahr, Data?« hauchte er so leise, daß ihn nur der Androide hörte.

Data nickte andeutungsweise und verstand offenbar, worum es ging.

»Ja«, bestätigte er. »Wir sind sehr daran interessiert, mit ihrem hochgeehrten Oberhaupt zu sprechen.« Er trat dicht an Geordi heran und fügte mit beneidenswerter Bauchrednerkunst hinzu: »Meine Erfahrungen in Hinsicht auf Täuschungen und irreführende Halbwahrheiten sind eher begrenzt, aber ich ›folge Ihrem Beispiel‹.«

Geordi offenbarte eine Zuversicht, die er überhaupt nicht empfand, als er die Luftschleuse betrat. Data schloß sich ihm sofort an. Die drei Fremden bewegten sich recht steifbeinig, als sie die Tür passierten. Ihr Anführer schloß das Schott.

Seltsamerweise gab es in der kleinen Kammer keine Beleuchtung. Zwar herrschte völlige Finsternis, aber das infrarote Spektrum gewährte zumindest Geordi eine klare Sicht. Er beobachtete die drei Wesen, wartete darauf, daß sie den Transporter aktivierten.

Aber niemand von ihnen nahm irgendeine Schaltung vor. Statt dessen schob sich der Anführer an Data und Geordi vorbei, stieß sie dabei an und stolperte zur gegenüberliegenden Wand.

Ohne daß irgend jemand einen Kontrollmechanismus auslöste, sah La Forge plötzlich das Flirren der Transferenergie. Unwillkürlich spannte er die Muskeln, bereitete sich innerlich auf die Entstofflichung vor. Die Konturen der Fremden verloren sich fast in dem gestaltlosen Wabern.

Geordi erinnerte sich an das Transportersystem an Bord des Wracks. Diesmal wurde die Entmaterialisierung von matteren, trüberen Schlieren begleitet, und er fragte sich, ob ihm das zweite Stadium — wenn es überhaupt eins gab — noch weitaus grellere Farben entgegenschleudern mochte.

Aber er spürte keinen anderen Fokus.

Als sich die Energiewirbel auflösten, befanden sie sich in der äußeren Schleusenkammer, die ebenso beschaffen zu sein schien wie die innere.

Der Anführer wankte einmal mehr durch die Dunkelheit, griff nach der Entriegelungsvorrichtung.

Einer seiner beiden Begleiter — der Mann, der Data und

Geordi zuvor gefragt hatte, ob sie die ›Konstrukteure‹ seien – ließ ganz langsam die rechte Hand sinken, bis sie den Kolben der Waffe im Gürtelholster berührte. Er zog sie lautlos, und Geordi stellte fest, daß es sich tatsächlich um eine Projektilschleuder handelte. Im Gegensatz zu Phasern konnte sie nicht auf Betäubung eingestellt werden.

Sowohl die Infrarotmuster auf der Haut des Mannes als auch sein Zittern deuteten darauf hin, daß er fest entschlossen war, Gebrauch von der tödlichen Waffe zu machen – sobald das Licht zurückkehrte und er auf ein Ziel anlegen konnte.

Im Schutz der Finsternis holte Geordi seinen Phaser hervor und feuerte.

Der erste Entladungsblitz war noch nicht ganz verblaßt, als La Forge bereits auf die beiden übrigen Männer anlegte.

Doch er kam nicht dazu, erneut den Auslöser zu betätigen. Er erstarrte förmlich, als eine andere energetische Aura heranwogte. Zunächst glaubte er, sie sei der Vorbote eines weiteren Transporterfeldes, doch praktisch im gleichen Augenblick begriff er, daß das neblige Glühen eher den Energien einer Phaserkanone ähnelte.

Unmittelbar im Anschluß an diese Erkenntnis verloren sich Geordis Gedanken im Schwarz der Bewußtlosigkeit. Sein erschlaffter Leib schwebte wie eine leblose Puppe in der Schwerelosigkeit.

KAPITEL 6

»Suchflug unter Impulskraft beginnt jetzt, Sir«, meldete Lieutenant Worf, der an der Navigationskonsole saß.

»Geschätzte Zeit bis zum Abschluß des Manövers?« fragte Picard.

»Ungefähr fünfzehn Minuten, Sir.«

Der Captain lehnte sich im Kommandosessel zurück und starrte auf den großen Bildschirm. Er hatte den Radius des zu erkundenden Raumgebiets auf zwanzigtausend Kilometer festgelegt – eine Kugel mit dem Wrack als Mittelpunkt. Jetzt konnte er nur noch warten.

Auf eventuelle Ergebnisse der Suche. Auf Berichte vom Ersten Offizier Riker und von Chefingenieur Argyle, die beide zu der Erkundungsgruppe an Bord des fremden Schiffes gehörten. Warten. Und versuchen, die wachsende Ungeduld zu verbergen, die Verärgerung darüber, auf der Brücke bleiben zu müssen und nicht an der Erforschung des Wracks teilnehmen zu können. Es enthielt viele Geheimnisse, und wenn es gelang, einige von ihnen zu lüften, fanden sie vielleicht eine Möglichkeit, Commander Data und Lieutenant La Forge zurückzuholen.

Es nahm nur wenige Minuten in Anspruch, festzustellen, daß der Raum, aus dem Data und La Forge transferiert worden waren, keine elektronischen und mechanischen Fallen enthielten. Jedenfalls nicht von der Art wie die Kontrollflächen vor den Zugängen zu den anderen Räumlichkeiten an Bord. Nur wenig länger dauerte es, die übrigen Hibernationskapseln zu öffnen und die vorherigen Anzeigen der Tricorder zu bestätigen: sie enthielten tatsächlich keine Schläfer.

Argyle und einige seiner Leute analysierten derzeit das fremde Transportersystem und hofften, einen Hinweis auf den Ort zu finden, zu dem Datas und La Forges Retransfer erfolgt war. Weitere Gruppen, insgesamt ein Dutzend, durchstreiften die schmalen Korridore des Wracks und versuchten, in andere Kammern – Instrumentenzellen, wie es schien – einzudringen, ohne dabei die Alarmschaltungen auszulösen, die alle darin enthaltenen Geräte in Schlacke verwandeln konnten.

Während all diese Untersuchungen stattfanden, ordnete Picard einen Erkundungsflug der *Enterprise* an. Er hielt nach einem Objekt Ausschau, das vielleicht den Empfänger des fremden Transporters enthielt. Die Flugbahn seines Schiffes beschrieb nun eine komplexe dreidimensionale Spirale: Nach Beendigung des Manövers würde es keinen Kubikmeter Raum geben, der nicht von den Sensoren erfaßt worden war. Wenn sich in dem entsprechenden Sektor ein anderes Raumschiff hinter Ergschilden oder in der Hülle eines Tarnfelds verbarg, so würde es irgendwann die elektronische Aufmerksamkeit der *Enterprise* wecken.

»Captain«, drang Chefingenieur Argyles Stimme aus dem Lautsprecher der externen Kommunikation. Picard bestätigte kurz und beobachtete weiterhin die sich verändernde Sternkonstellation auf dem großen Bildschirm. »Ich *glaube*, wir haben jetzt erste Hinweise darauf, wohin Data und La Forge vom Transporter im Kontrollraum geschickt worden sind. Allerdings fürchte ich, daß wir damit nicht viel anfangen können.«

Picard runzelte die Stirn. »Irgendeine Information ist immer noch besser als gar keine. Was haben Sie herausgefunden?«

»Das Ziel *dieses* Transporters befand sich mit ziemlicher Sicherheit irgendwo an Bord des Wracks, aber ...«

»Dann sind die Verschwundenen noch immer in dem fremden Schiff? Obgleich unsere Sensoren und Tricorder das Gegenteil behaupten?«

»Nein, Captain, diese Möglichkeit können wir ausschließen. Der hiesige Transporter schickte sie nur zu einer Zwischenstation – in eine von vielen hundert Gerätekammern. Leider wissen wir nicht, in welche. Sir, das Problem besteht darin, daß jedes noch so kleine Zimmerchen über ein eigenes Transfersystem verfügt. Noch haben wir keinen Weg gefunden, uns Zugang zu einem jener Räume zu verschaffen, aber von außerhalb durchgeführte Tricordermessungen deuten auf autarke Transporterschaltkreise hin. Wir müssen demnach von folgender Annahme ausgehen: Ganz gleich, in welcher Kammer Data und La Forge rematerialisiert sind — sie wurden von dort aus zu einem zweiten Ziel transferiert.«

Picards Züge verhärteten sich, als ihm etwas einfiel. »Die ... die energetischen Strukturen der beiden Offiziere könnten doch in einer der Transportermatrizen ›gespeichert‹ sein, nicht wahr?«

»Bisher haben wir keine technischen Einrichtungen gefunden, die eine solche Speicherung ermöglichen, Sir.« Argyle zögerte kurz, bevor er widerstrebend fortfuhr: »Andererseits könnte etwas anderes geschehen sein. Vielleicht wurden Data und La Forge als Energieimpulse gesendet, jedoch nicht empfangen.«

Picard unterdrückte ein Schaudern. Schon an der Akademie hatte er Horrorgeschichten über Leute gehört, die von einem Transporter entmaterialisiert, in strukturierte Energie verwandelt und gesendet wurden, ohne daß ein anderes Gerät den energetischen Code empfing und in das zurückwandelte, was er darstellte: denkende Wesen aus Fleisch und Blut. Offiziell galten solche Berichte als Phantastereien, die nur dazu dienten, unerfahrene Kadetten zu erschrecken. Solche Unfälle waren zwar extrem unwahrscheinlich, aber sie konnten nicht *ganz* ausgeschlossen werden. Picard verglich so etwas damit, lebendig begraben zu werden, und diesbezügliche Vorstellungen weckten noch immer Entsetzen in ihm. Als er nun daran dachte, daß zwei Mitglieder seiner Besatzung ein solches Schicksal erlitten haben mochten, zwei Männer, in denen er Freunde sah ...

»Dringen Sie in die Kammern vor, Mr. Argyle«, sagte Picard monoton, um sich seine Empfindungen nicht anmerken zu lassen. »Ganz gleich, was Sie dazu benötigen:

Verschaffen Sie sich Zutritt. Finden Sie heraus, was mit Commander Data und Lieutenant La Forge passiert ist.«

Wenn Geordi aus tiefem Schlaf erwachte – oder aus der Bewußtlosigkeit, wie jetzt –, wünschte er sich jene Fähigkeit, die andere Menschen für völlig normal hielten: Er sehnte sich danach, die Augen so langsam oder schnell öffnen zu können, wie er es wollte.

Doch das Visor stellte ihm keine Lider zur Verfügung. Als die visuellen Bereiche seines Hirns wieder aktiv wurden, befand er sich plötzlich im Zentrum eines Sturms aus Wellenlängen, die seine elektronische Sehhilfe bombardierten, und es gab keine Möglichkeit, sich davor abzuschirmen, wenigstens einen Teil des Hundertachtzig-Grad-Ausschnitts der Umwelt aus seiner Wahrnehmung zu verbannen.

La Forge konnte nur still liegenbleiben, um kein zusätzliches Chaos aufgrund von Eigenbewegungen zu schaffen. Mit erzwungener Geduld wartete er darauf, daß sich sein Verstand wie ein automatisch funktionierender Mechanismus auf die Konturen fester Gegenstände konzentrierte, die funkelnden Regenbogenformen vibrierender Energie und die Auren lebendiger Wesen sortierte.

Noch während sich die Bilder allmählich stabilisierten, stellte er fest, daß keine Schwerelosigkeit mehr herrschte. Er lag auf einer recht weichen Unterlage, und die Gravitation, die ihn auf das Polster preßte, war nur wenig schwächer als normal.

Allerdings ...

Es handelte sich nicht um Gravitation im üblichen Sinne.

Geordi hielt vergeblich nach dem typischen energetischen Schimmern eines künstlichen Schwerkraftfeldes Ausschau, und einige Sekunden später begriff er, daß auch das andere Strahlen fehlte: jenes trübe Glühen, das von der gewöhnlichen Gravitation eines Planeten ausging.

Dieser Umstand ließ nur einen Schluß zu: Entweder hatte er es mit einer Technologie zu tun, die eine unbekannte Art von Schwerkraft erzeugte, oder sein Gewicht war das Ergebnis von Zentrifugalkraft. Wo auch immer sich Geordi nun aufhielt: Das Objekt drehte sich wie eine Raumstation des einundzwanzigsten Jahrhunderts, nutzte die Massenträgheit, um eine Pseudogravitation zu simulieren.

Unterdessen ließ das multifrequente Durcheinander nach, und Formen tauchten aus dem Strahlen und Leuchten.

La Forge sah den Androiden Data, der direkt neben ihm stand und aus seinen großen goldenen Augen besorgt auf ihn herabblickte.

Er richtete seine Aufmerksamkeit auf das Zimmer, erkannte die weiche Unterlage, auf der er ruhte, als große Couch.

Der Raum war auffallend luxuriös eingerichtet. Rotgraue Teppiche bedeckten den Boden, und eine rasche spektrographische Analyse ergab, daß sie aus synthetischen Materialien bestanden. Ihre Dicke entsprach mehreren übereinandergelegten Läufern, wie sie in den Kabinen an Bord der *Enterprise* verwendet wurden. Die Wand auf der anderen Seite der Couch, neben der zwei weitere Liegen standen, blieb hinter langen Vorhängen aus einem samtartigen Stoff verborgen.

Geordi setzte sich abrupt auf und drehte den Kopf, ließ seinen Visor-Blick über die restlichen Einrichtungsgegenstände schweifen.

Weiter hinten sah er mehrere Stühle, ebenso üppig gepolstert wie die Couch. Sie bildeten einen Halbkreis, und davor stand ein größerer Sessel, der fast einem Thron gleichkam.

Hoch oben an der nächsten Wand betrachtete er die stilisierte Darstellung jenes Gesichts, das er bereits auf den Uniformen der drei Männer beobachtet hatte, die gekommen waren, um ihn und Data abzuholen – und sie zu töten. Darunter zeigte sich eine Schiebetür, die jedoch keinen Griff oder andere Haltepunkte aufwies.

Auf der anderen Seite des Raums bemerkte er zwei verschiedene Gemälde, die, abgesehen von einer rund zwei Meter hohen Pforte, jeden Quadratzentimeter der Seitenwände beanspruchten. Das eine zeigte eine Ruinenstadt: von Schutt und Leichen gesäumte Straßen, die Gebäude nurmehr Gerippe aus geborstenem Beton, im Hintergrund die charakteristische pilzförmige Wolke einer nuklearen Explosion. Das zweite Bild stellte ebenfalls eine Stadt dar, vielleicht sogar die gleiche. Aber dort strahlte eine helle Sonne vom Himmel, und lächelnde Humanoiden wandelten durch die Straßen. Hinter den höchsten Gebäuden erstreckte sich ein weiter Park, und die Peripherie der Metropole ging in ein grünes Hügelland über.

Ein weiteres stilisiertes Gesicht nahm den Platz der atomaren Wolke ein, gesäumt von schleierartigen Wolken an einem Himmel, der in einem weitaus klareren Blau glänzte als das Firmament über der Erde.

»Ist alles in Ordnung mit Ihnen, Geordi?« fragte Data.

»Ich glaube schon. Aber wo *sind* wir hier, zum Teufel?«

»Um Ihren Hinweis auf Oz aufzugreifen: ›irgendwo über dem Regenbogen‹, würde ich sagen.« Der Androide deutete auf das in Wolken eingefaßte Gesicht und fügte ernst hinzu: »Wenn dieser Vergleich stimmt, müßte das dort der Zauberer sein.«

Geordi lächelte und vergaß für einige Sekunden ihre eher rätselhafte Situation. »Ich schlage vor, wir bleiben auf den farbig markierten Wegen, die durch den Wald führen. Gefährlich wird's erst, wenn wir die Wüste erreichen, die uns von der Zitadelle des Magiers trennt.«

Data räusperte sich. »Ich weiß zwar nicht, wer uns hierher brachte, aber die Betreffenden scheinen uns zu vertrauen. Man hat uns keine Ausrüstungsgegenstände abgenommen, nicht einmal die Phaser.«

Geordi starrte auf seinen Gürtel – der Androide hatte ganz offensichtlich recht. Kurz darauf traf er die Feststellung, daß ihre Translatoren ausgeschaltet waren. Als La Forge aus einem Reflex heraus nach dem kleinen Zylinder griff, sagte Data: »Ich habe mir die Freiheit genommen, die Übersetzungsmodule zu desaktivieren. Um zu vermeiden, daß die Fremden unsere ersten Bemerkungen nach dem Erwachen verstehen.«

Geordi sah sich erneut im Zimmer um. »Glauben Sie, man belauscht uns?«

»Das halte ich zumindest für möglich.«

La Forge nickte. »Nun gut. Aber wenn – *falls* – jemand kommt, dürfen wir ihm nicht zu verstehen geben, daß wir die Geräte ganz bewußt ausgeschaltet haben. Sollen die Fremden ruhig glauben, die Instrumente wiesen dann und wann Fehlfunktionen auf. Das versetzt uns in die Lage, ganz nach Belieben Meinungen und Informationen auszutauschen.«

»Ich bin nach wie vor bereit, Ihrer Intuition zu vertrauen, Geordi.«

»Freut mich.« La Forge drehte den Kopf von rechts nach links. »Irgendeine Ahnung, wie wir hierhergelangt sind? Ich erinnere mich nur noch daran, von einer Art Phaserstrahl getroffen worden zu sein – unmittelbar nachdem ich einen der drei Männer mit meiner Waffe betäubte. Der Typ zog seine Projektilschleuder und wollte uns umlegen.«

»Mir erging es nicht viel anders als Ihnen«, erwiderte Data, der offenbar wußte, was mit dem Ausdruck ›umlegen‹ gemeint war. »Ich verlor ebenfalls das Bewußtsein und kam nur einige Sekunden vor Ihnen wieder zu mir, auf der Couch dort.«

»Das hatte ich schon befürchtet«, brummte Geordi, stand auf und näherte sich dem Vorhang, suchte nach einer Kordel, um ihn beiseite zu ziehen. »Vermutlich wissen Sie nicht, was sich dahinter befindet, oder?«

»Nein, leider nicht. Ich erachtete es als wichtiger, mich zu vergewissern, daß Ihnen nichts zugestoßen ist.«

Während Data antwortete, tastete Geordi nach einer Schnur, fand jedoch keine. Schließlich gab er es auf, bückte sich und hob den Vorhang einfach.

Das Visor übermittelte ihm eine neue Datenflut, und La Forge hätte sicher gezwinkert, wenn er dazu in der Lage gewesen wäre.

Hinter dem dicken Samt erstreckte sich ein vom Boden bis zur Decke reichendes Fenster.

Und es gewährte Ausblick auf eine ganze Welt: drei Täler mit Bäumen und Häusern, die Teil der Landschaft zu sein schienen, in einem Zylinder, der mehrere hundert Meter durchmaß und dessen Länge mindestens einen Kilometer betrug. Zwischen den Tälern sah Geordi breite Rillen, und dahinter bemerkte er dicke Spiegelstreifen, die das Licht einer Sonne vom G-Typ — wie Sol — in die Täler reflektierten.

Ein Raumhabitat.

Abgesehen von der besonderen Färbung der Vegetation — in dem Grün zeigte sich ein vager bläulicher Glanz —, hätte es sich um eine der großen Lebensenklaven handeln können, die O'Neill im frühen einundzwanzigsten Jahrhundert konzipierte. Geordi erinnerte sich an entsprechende Holografien, doch jetzt bot sich ihm ein solches Habitat in seiner ganzen beeindruckenden — und realen — Pracht dar.

Data und er befanden sich am einen Ende des Zylinders. Natürlich war diese gewaltige Raumstation nicht von O'Neill entwickelt worden — schließlich betrug die Entfernung zur Erde einige Lichtjahrhunderte, und hinzu kam die breite Kluft der Zeit —, aber die Arbeit des unbekannten Baumeisters basierte auf den gleichen Prinzipien.

Geordi pfiff leise und fasziniert durch die Zähne. »›Irgendwo über dem Regenbogen‹«, wiederholte er. »Ich glaube, Sie haben durchaus recht ...«

»Dies erklärt, daß unsere Tricorder Hunderte von Lebensformen anzeigten«, entgegnete Data. »Unser vorheriger Aufenthaltsort liegt offenbar im Bereich der Rotationsachse. Oder gehört zu einer anderen, separaten Struktur, die sich nicht dreht.«

»Was erscheint Ihnen wahrscheinlicher?«

»Aufgrund der Entfernung und des Verteilungsmusters der georteten Lebensformen schließe ich, daß wir nach dem Transfer vom Wrack in einem autarken Satelliten rematerialisiert sind.«

»Wären Sie imstande, ihn zu lokalisieren?«

»Nicht ohne zusätzliche Informationen, Geordi.«

La Forge runzelte die Stirn und richtete seine Aufmerksamkeit auf die Lücken zwischen den kantigen Spiegeln. Doch selbst mit seinem Visor konnte er kaum etwas erkennen. Es ließ sich nicht feststellen, ob es außerhalb des Habitats andere Satelliten oder sogar einen Planeten gab – zum Beispiel die Welt, die sie in der Retransferkammer gesehen hatten.

Plötzlich summte etwas in der Decke über dem Vorhang, und der dicke Samt glitt beiseite, gab das große Fenster vollständig frei.

Unmittelbar darauf öffnete sich die Pforte hinter dem thronartigen Sessel.

Ein Mann trat ein, und hinter ihm schloß sich der Zugang wieder. Der Fremde war alt, wirkte so menschlich wie die drei Personen des ›Begrüßungskomitees‹. Er trug ebenfalls eine einteilige, mit einem Hüftgürtel ausgestattete Uniform, die jedoch in einem fast grellen Gelb glänzte, und anstelle der Gesichtsdarstellung auf der Brust zeigte sich ein ockerfarbener Kreis. Einige Sekunden lang fragte sich Geordi nach dem Grund für das Fehlen des sonst anscheinend allgegenwärtigen stilisierten Gesichts, doch praktisch im gleichen Augenblick fand er die Antwort auf seine unausgesprochene Frage. Ganz offensichtlich hatte der alte Mann für jenes Bild Modell gestanden. Inzwischen schienen zwar einige Jahrzehnte vergangen zu sein, doch die Ähnlichkeit war noch immer bemerkenswert.

Der Fremde begann zu sprechen, doch ohne die automatische Transkription der Übersetzungsmodule blieben seine Worte unverständlich.

Geordi machte Anstalten, seinen Translator einzuschalten, entsann sich dann an die Taktik, auf die er sich mit

Data geeinigt hatte. Er gab sich verwirrt, hakte das kleine Gerät vom Gürtel, schüttelte es und lauschte kurz. Während er den alten Mann direkt ansah, sagte er zu Data: »Klopfen Sie ein paar Mal auf ihr Modul und aktivieren Sie es dann unauffällig.«

»Ich folge noch immer Ihrem Beispiel«, erwiderte Data und wandte den Blick ebenfalls nicht von ihrem Besucher ab.

Inzwischen schwieg der Fremde und musterte sie voller Unbehagen. La Forge schnitt ein verdutztes Gesicht und hoffte, daß der Unbekannte seine Mimik verstand. Wieder schüttelte er seinen Translator, schaltete ihn schließlich ein. Ein leises, kaum wahrnehmbares Klicken bestätigte, daß auch Datas Gerät funktionierte.

»So ist es schon besser«, sagte Geordi und sah wieder den alten Mann an. »Ab und zu haben wir Schwierigkeiten mit diesen Instrumenten.«

Die Pupillen des Fremden weiteten sich, als die Übersetzungsmodule Worte in seiner Sprache von sich gaben. Geordi beobachtete, wie er sich ruckartig versteifte.

»Willkommen in der Welt der Friedenswächter«, sagte der Besucher. »Ich bin Shar-Lon, Vorsitzender des Friedenskonzils. Bitte erlauben Sie mir, Ihnen unendlichen Dank für das auszusprechen, was Ihre Gaben ermöglichten. Wenn wir Ihnen irgendwie helfen können – ein Hinweis genügt.«

»Ich schlage vor, Sie erklären zunächst einmal, warum einer Ihrer Männer versuchte, uns umzubringen«, improvisierte Geordi und verlieh seiner Stimme dabei einen betont scharfen Klang. »Meine zweite Frage lautet: Aus welchem Grund wurden wir betäubt und hierher geschleppt?«

Shar-Lons Gesichtsausdruck veränderte sich nicht, abgesehen vielleicht von einem kurzen Zucken der Lider, aber das infrarote Spektrum zeigte Geordis Visor-Sensoren ein plötzliches Absinken der Hauttemperatur von Wangen und Händen. Bei Menschen bedeutete diese Reaktion Besorgnis, sogar Furcht, und vielleicht traf das auch auf Shar-Lon zu.

»Ich bitte demütig um Entschuldigung dafür, daß so etwas geschehen konnte, und ich versichere Ihnen, daß die entsprechende Person Ihren Wünschen gemäß bestraft wird. Mein Stellvertreter Kel-Nar, der Sie in dieses Zimmer brachte, hat die drei Männer bereits verhaften lassen. Sie können frei bestimmen, was mit ihnen geschehen soll.«

»Nur einer von ihnen griff uns an«, gab Geordi ernst zurück. »Und bevor wir über seine Bestrafung entscheiden ... Sagen Sie uns, warum er sich auf jene Weise verhielt. Ich nahm an, er handelte nicht aufgrund einer Anweisung von Ihnen, oder?«

Der alte Mann schüttelte hastig den Kopf. »Ich würde nie ...«, begann er flehentlich, brach dann aber ab und schien sich wieder zu fassen. Fast monoton fuhr er fort: »Unglücklicherweise gibt es einige *wenige* irregeleitete Individuen unter uns, die die allgemeine Freude über Ihr Eintreffen nicht teilen.«

»Selbst in Ihrem eigenen Mitarbeiterstab? Die Uniformen deuten darauf hin, daß die drei Männer in Ihrem Auftrag kamen.«

»Das stimmt. Leider läßt sich nicht immer voraussehen, wer dem Wahn zum Opfer fällt.«

»Woher wollen Sie wissen, daß Ihnen kein ähnliches Schicksal bevorsteht?«

»Völlig ausgeschlossen!« entfuhr es Shar-Lon mit vibrierender Stimme. Er neigte den Kopf und fügte hinzu: »Ich stehe zu Ihren Diensten, erwarte Ihre Befehle. Mein einziger Wunsch ist es, dem Willen der Konstrukteure gerecht zu werden. Die Waffen, mit denen Sie den Angreifer außer Gefecht setzten, hängen noch immer an Ihren Gürteln.«

Das ließ sich nicht leugnen. Außerdem sah Geordi, daß die Phaser nach wie vor voll aufgeladen waren.

La Forge musterte den alten Mann eingehend und fragte sich, ob sie ihm die Wahrheit anvertrauen sollten. Wie mochte er reagieren, wenn er erfuhr, daß Data und er nicht zu den sogenannten ›Konstrukteuren‹ gehörten, von denen die ›Gaben‹ stammten?

Normalerweise zog es Geordi vor, offen und ehrlich zu sein, aber unter den gegenwärtigen Umständen erwuchsen möglicherweise Gefahren daraus. Shar-Lon schien den ›Konstrukteuren‹ mit Ehrfurcht – vielleicht sogar mit Angst – zu begegnen. Was hielt er von Aufschneidern und Schwindlern? Wenn sich seine offensichtliche Nervosität in Zorn verwandelte, konnten sie mit ihren beiden Phasern nicht viel anfangen. Hunderte von Humanoiden lebten in dem Habitat, und sie stellten eine erhebliche potentielle Bedrohung dar, selbst dann, wenn nur ein Teil von Ihnen über tödliche Projektilschleudern verfügte. Der Angreifer in der Luftschleuse – hatte er geahnt, daß Geordi und Data keine ›Konstrukteure‹ waren?

Darüber hinaus: Wenn sie bei dem Bluff blieben, mußten sie immerzu auf der Hut sein und ständig den Anschein erwecken, als wüßten sie über alles Bescheid. Schlimmer noch: Sie durften nicht einmal eine einzige der vielen Fragen stellen, auf die sie eine Antwort brauchten, um zur *Enterprise* zurückzukehren.

Lügen irgendwelcher Art weckten immer profundes Unbehagen in Geordi, aber er befürchtete, daß ihnen keine andere Wahl blieb ...

Er stellte sich vor, wie Captain Picard an seiner Stelle gehandelt, welche Entscheidungen er getroffen hätte. Diese Überlegungen gaben ihm neue Zuversicht.

»Ja«, sagte er schließlich und tastete mit den Fingerkuppen über seinen Phaser. »Wir haben bereits bemerkt, daß niemand unsere Ausrüstung anrührte, und das wissen wir zu schätzen. Vermutlich begrüßen unsere Vorgesetzten Ihr Verhalten, wenn wir davon berichten«, fügte er hinzu, dankbar für den guten Einfall.

Shar-Lon versteifte sich erneut. »Sie sind also mit einem bestimmten Auftrag gekommen?«

»Natürlich. Wir möchten in Erfahrung bringen, zu welchem Zweck Sie unsere Gaben eingesetzt haben.«

Als das Übersetzungsmodul diese Erwiderung übertrug, begriff Geordi, daß er genau die richtigen Worte formuliert hatte. Shar-Lon versuchte zwar noch immer, sich nichts anmerken zu lassen, aber La Forge konnte deutlich sehen, wie er sich entspannte. Das infrarote Spektrum offenbarte eine weitere drastische Veränderung: Die Farbe kehrte in Hände und Wangen zurück – ein Zeichen von Erleichterung.

»Als Erklärung genügen eigentlich schon diese beiden Darstellungen«, sagte der alte Mann und deutete auf die Wandgemälde. Er betrachtete den atomaren Pilz und die zerstörte Stadt. »Dies hier wäre unsere Welt, wenn wir nicht Ihre Gaben empfangen hätten.« Er nickte in Richtung des anderen Bildes, das sein stilisiertes, von Wolken umrahmtes Gesicht zeigte, unter dem glückliche Humanoiden lächelten. »Das ist unsere jetzige Heimat.«

»Recht beeindruckend«, kommentierte Geordi unverbindlich. »Wenn Ihre Angaben den Tatsachen entsprechen, wird unser Bericht zweifellos positiv ausfallen und die Zustimmung unserer Vorgesetzten finden.«

Eine Zeitlang stand der alte Mann völlig reglos. Sein Gesicht blieb eine ausdruckslose Maske, und die im infraroten Spektrum übermittelten Reaktionen waren verwirrend, erweckten den Eindruck, als weise Shar-Lon eine gewisse Distanz zur Realität auf. Eine seltsame Art von Anspannung kehrte in sein Denken und Fühlen zurück.

»Kommen Sie«, sagte er abrupt und mit hohler, emotionslos klingender Stimme. »Ich möchte Ihnen verdeutlichen, was wir mit Ihren Gaben erreicht haben.«

Als er sich umdrehte, schwang die Tür lautlos auf, und mit einem leisen Knistern glitt der Vorhang zurück, verwehrte den Blick auf das große Raumhabitat.

KAPITEL 7

»Suchflug im Radius von zwanzigtausend Kilometern beendet, Sir«, meldete Lieutenant Worf. »Ergebnis negativ.«

Picard furchte enttäuscht die Stirn und beobachtete die wieder stationär gewordene Sternkonstellation auf dem Schirm. »Nun gut«, sagte er schließlich. »Erweitern Sie den Radius auf vierzigtausend Kilometer.«

»Erweiterung, Sir«, brummte Worf und verzichtete auf den Hinweis, daß die Reichweite gewöhnlicher Föderations-Transporter nicht annähernd so groß war.

»Berechnen Sie außerdem einen Rückkehrkurs, der uns bis auf Transferdistanz zum Wrack bringt. Sorgen Sie dafür, daß die Daten während unseres Manövers ständig auf den neusten Stand gebracht werden, so daß wir jederzeit reagieren können.«

»Kurs berechnet und eingegeben, Sir.«

»Fähnrich Carpelli, halten Sie sich bereit, die Mitglieder der verschiedenen Forschungsgruppen im fremden Schiff so rasch wie möglich an Bord zu beamen.«

»In Ordnung, Sir«, erwiderte Carpelli aus dem Haupttransporterraum.

Picard berührte seinen Insignienkommunikator. »Chefingenieur Argyle, Commander Riker, wir erweitern den Suchradius über die übliche Transporterreichweite hinaus, aber wir können innerhalb weniger Sekunden zurück sein.«

»Verstanden, Sir«, antwortete der Erste Offizier.

»Irgend etwas Neues, Mr. Argyle?«

»In gewisser Weise, Sir«, erwiderte der Chefingenieur unsicher. Der Captain war gerecht, aber das machte es nicht leichter, zwar keinen Mißerfolg, aber doch nur wenige Fortschritte zu melden. »Wie ich schon zuvor berichtete: Es fiel uns nicht besonders schwer, die Alarmvorrichtungen in den Kontrollflächen zu neutralisieren und uns

Zugang zu den Gerätekammern zu verschaffen. Aber was wir dort drin fanden, wird Ihnen kaum gefallen.«

Der Chefingenieur zögerte, und Picard wartete einige Sekunden lang. Als Argyle nicht weitersprach, sagte der Captain: »Zwei meiner Offiziere werden vermißt, und vermutlich hängt ihr Leben davon ab, was Sie und Ihre Leute zu leisten vermögen, wie schnell es Ihnen gelingt, die Geheimnisse der fremden Technik zu lüften.«

»Das ist mir durchaus klar, Sir.«

»Dann fahren Sie fort.«

Argyle schluckte. »Bisher haben wir erst zwanzig Zimmer untersucht, aber sie sind praktisch identisch, und das trifft wahrscheinlich auch auf die anderen zu. Nun, eigentlich sind es keine ›Zimmer‹, sondern eher Instrumentennischen, wie wir bereits annahmen. Sie enthalten Transportersysteme. Die Kontrollflächen dienen nur dazu, rasche Reparaturen der internen Schaltkreise zu ermöglichen. Vorausgesetzt natürlich, man kennt sich mit den Anlagen aus und weiß, wie man die Destruktionskomponenten desaktiviert.«

»Was ist mit den Transporterplattformen? Den Justierungsapparaturen?«

»Bisher konnten wir keine solchen Schalteinheiten finden, zumindest keine direkt erreichbaren. Offenbar wird die zentrale Kontrolle vom Bordcomputer ausgeübt. Und was die Transferplattformen betrifft: Sie befinden sich im *Innern* der Transporter.«

»Im Innern? Mr. Argyle ...«

»Ich weiß, wie verrückt das klingt, Captain, aber so ist es nun einmal. Wir können sie natürlich nicht sehen oder unmittelbar untersuchen, aber die Tricordermessungen zeigen Hohlräume in allen Transportern. Sie sind drei Meter hoch und ungefähr einen Meter breit, stellen das Ziel der für Kurzstrecken bestimmten Transfersysteme dar. Was dort rematerialisiert, wird nur einen Sekundenbruchteil später mit neuem Ziel abgestrahlt.«

»Und das gilt auch für Mr. Data und Lieutenant La Forge?«

»Ja, Sir. Wir sind ziemlich sicher, daß so etwas mit ihnen geschah.«

»Nun, wenn Sie feststellen, welcher Transporter benutzt wurde ... Dann müßte es doch möglich sein, das betreffende Gerät umzuschalten und die beiden Vermißten zurückzuholen.«

»Ich fürchte, das geht nicht, Sir. Erstens haben wir noch nicht herausfinden können, welche Transfereinheit sie auf die Reise schickte, und zweitens ...«

»Rejustieren Sie alle Transporter! Einen nach dem anderen!«

»Auch das läßt sich nicht bewerkstelligen, Sir. Es deutet alles darauf hin, daß sie nur in einer Richtung arbeiten, und ...«

»In einer Richtung, Mr. Argyle?«

»Ja, Sir. Nach unseren gegenwärtigen Analyseresultaten funktionieren die Transporter nur als Sender, nicht aber als Empfänger.«

Es lief Picard kalt über den Rücken. »Dann sind Data und La Forge *wirklich* in Schwierigkeiten. Mr. Argyle, halten Sie es für völlig ausgeschlossen, daß ...«

»Nein, Sir, das meine ich *nicht*«, warf der Chefingenieur hastig ein. »Die Transfersysteme an Bord des fremden Schiffes scheinen in der Lage zu sein, Objekte zu senden und sie am programmierten Ziel zu rematerialisieren; in dieser Hinsicht sind sie ebenso beschaffen wie unsere Transporter. Allerdings gibt es einen großen Unterschied: Sie können *keinen* neuerlichen Fokus auf die gebeamte Masse richten und sie an die Ausgangskoordinaten zurückbringen. Die transferierten Gegenstände — oder Personen — bleiben fort.«

»Das ergibt doch keinen Sinn, Mr. Argyle!« wandte Picard scharf ein. »Vielleicht sind die Empfangskomponenten irgendwie blockiert. Wenn ein Raumschiff in die Umlaufbahn eines Gefängnisplaneten schwenkt, werden die Transporter mit einem speziellen Code geschützt, so daß sich niemand an Bord beamen kann. Möglicherweise ...«

»Unwahrscheinlich, Sir. Zwar sehen wir uns noch immer außerstande, alle Einzelheiten der betreffenden Schaltkreise zu erfassen, doch die für den Empfang notwendigen elektronischen Bauteile sind einfach nicht vorhanden.«

»Vielleicht arbeiten die Einheiten paarweise. Wäre es denkbar, daß die noch nicht von Ihnen untersuchten Kammern Empfänger enthalten?«

»Denkbar schon, Sir. Ich befürchte allerdings, daß uns auch in dieser Hinsicht eine Enttäuschung erwartet. Die bisher bekannten Gerätekammern wurden rein zufällig ausgewählt, und doch fanden wir in ihnen nicht die geringsten Unterschiede. Jede enthält einen einzelnen Transporter – einen Sender – und außerdem noch einen Subraumkommunikator, der mit dem Zentralcomputer verbunden ist.«

»Ist es Ihnen gelungen, eine Transfereinheit zu aktivieren und eine Sonde hindurchzuschicken, um festzustellen, wohin sie abgestrahlt wird?« fragte Picard.

»Nein, Sir. Zwar haben wir jetzt Zugang zu vielen verschiedenen Schaltkreisen, darunter auch zu denen, die normalerweise eine direkte Kontrolle ermöglichen, aber wir können praktisch nichts damit anfangen. Es gibt einfach zu viele Sicherheits- und Alarmsysteme, und sie sind weitaus komplexer als die in den Verkleidungsplatten. Solange wir nicht imstande sind, sie irgendwie lahmzulegen, wäre es völlig aussichtslos zu versuchen, irgendwelche Instrumente in Betrieb zu setzen.«

»Wann rechnen Sie mit einem Erfolg Ihrer Bemühungen, Mr. Argyle?«

»Ich weiß es nicht, Sir«, erwiderte der Chefingenieur nervös.

»Sie müssen doch *irgendeine* Vorstellung haben, wenigstens ein Gefühl.«

»Das schon, Sir, aber ...«

Picard verzog das Gesicht. »Heraus mit der Sprache, Mr. Argyle. Je länger Sie meinen Fragen ausweichen, desto mehr Zeit brauchen Sie, um ...« Der Captain holte tief Luft und seufzte. »Geben Sie mir eine ehrliche Antwort, Mr. Argyle.«

Der Chefingenieur schluckte erneut. »Ich glaube, die Aktivierung der fremden Transporter ist schlicht und einfach *unmöglich*.«

»Eben haben Sie noch behauptet, zumindest eine Transfereinheit *sei* aktiviert worden. Ihr Bericht führte diesen Umstand als Grund für das Verschwinden von Data und La Forge an.«

»Ja, Sir, das stimmt, Sir, aber in jenem Fall steckte der Bordcomputer dahinter.«

»Und was hindert Sie daran, die Kontrollsignale des zentralen Rechners zu wiederholen?«

»Die Sicherheitssysteme, Captain. Wie ich schon sagte: Sie sind weitaus komplizierter als die Schutzvorrichtungen in den Deckflächen. Der Bordcomputer und alle Transporter scheinen perfekt vor Manipulationen geschützt zu sein. Ohne die richtigen Codefolgen muß *jeder* Versuch, die Justierungen zu verändern oder einzelne Komponenten mit Energie zu beschicken, zur vollständigen Zerstörung der wichtigsten Schaltkreise führen.«

»Wenn wir die Rechneranlagen der *Enterprise* mit dem Computer des Wracks verbinden ...«

»Oh, ich kann mir denken, was Sie meinen. Sie möchten Millionen von Codes eingeben, bis schließlich der richtige gefunden wird, nicht wahr? Nun, das würde nur funktionieren, wenn gleich der *erste* stimmt. Nach einer falschen Signalfolge bekommt man keine zweite Chance. Die Schaltkreise verglühen innerhalb eines Sekundenbruchteils. Einen Transporter haben wir schon auf diese Weise verloren, und alles deutet darauf hin, daß wir bei den anderen mit ähnlichen Konsequenzen rechnen müßten.«

Picard überlegte kurz. »Dann entfernen Sie die technischen Bestandteile, die Selbstzerstörungszwecken dienen. Bei den Türen und Zugangsflächen gelang Ihnen das ganz offensichtlich.«

»Auch das ist uns leider verwehrt, Sir. Die Komponenten bilden eine einheitliche, dicht integrierte Masse. Es kann kein einzelner Schaltkreis entfernt werden, ohne Hunderte von anderen zu beschädigen oder gar die automatische Selbstzerstörung auszulösen.« Argyle schüttelte den Kopf. »Ebensogut könne man eine Herztransplantation versuchen, wenn Herz, Gehirn, Lungen, Leber und alle anderen Organe fest miteinander verbunden wären. Stellen Sie sich nur einmal vor, der Herzmuskel diente gleichzeitig als Hirngewebe.«

Picard schnitt eine Grimasse und schwieg eine Zeitlang. »Na schön, Mr. Argyle«, antwortete er schließlich. »Setzen Sie Ihre Arbeit fort. Untersuchen Sie auch die anderen Kammern. Analysieren Sie die dortigen Instrumente. Unterdessen fliegen wir mit der *Enterprise* weitere Suchschleifen. Wir dehnen den in Frage kommenden Bereich solange aus, bis wir irgend etwas finden. Oder feststellen, welche Reichweite die fremden Transporter haben. Halten Sie mich auf dem ...«

»In diesem Zusammenhang gibt es noch ein anderes Problem«, warf der Chefingenieur ein. »Es wäre möglich, daß die hiesigen Transfersysteme weitaus größere Distanzen überbrücken können, als Sie glauben.«

Picard runzelte die Stirn und erinnerte sich daran, daß er die Suche längst auf eine Entfernung ausgedehnt hatte, die weit über die maximale Reichweite von Föderations-Transportern hinausging. »Können Sie genauere Angaben dazu machen, Mr. Argyle?« fragte er leise.

»Nun, vielleicht haben die fremden Transporter eine um mehrere Zehnerpotenzen höhere Kapazität«, erwiderte der Chefingenieur, und seine Stimme vibrierte bei diesen Worten. »Ich vermute, daß sich ihr Leistungsbereich auch auf den Subraum ausdehnt, und wenn das stimmt, sind Commander Data und Lieutenant La Forge vielleicht Hunderte von Parsec entfernt.«

Geordi und Data beobachteten, wie die Tür aufglitt. Dahinter kam ein Lift zum Vorschein, auf dessen Rückwand sich ein weiteres stilisiertes Gesicht zeigte. Die beiden Seitenflächen leuchteten in verschiedenen Farben: die eine in einem ebenso strahlenden Gelb wie die Uniform des alten Mannes, die andere in einem matten, stumpfen und traurig wirkenden Grau. La Forge fragte sich, ob diese Tönungen dem Bedeutungsinhalt der beiden Gemälde im Zimmer entsprachen und somit Symbole darstellten. Shar-Lon näherte sich einem kleinen Tastenfeld, gab einen Code ein und wartete schweigend. Er mied die Blicke seiner beiden Begleiter, und im infraroten Spektrum sah Geordi, daß fast alle erkennbaren Hautbereiche in einem kalten Blau schimmerten. Der Fremde schien zutiefst schockiert zu sein.

Aber als sich der Lift in Bewegung setzte, als er seine Last zur Nabe der Endkuppel trug, straffte sich die Gestalt des alten Mannes, und neue Vitalität lockerte seine angespannten Züge, ließ ihn trotz der vielen Falten um zehn Jahre jünger erscheinen. Er führte Data und Geordi aus der Aufzugkabine und durch einige Passagen, bis sie schließlich einen verlassenen Hangar erreichten, der einige kleine und primitiv anmutende Shuttles enthielt. Sie alle wiesen Gesichtszeichen auf: Einige waren nur münzengroß, wie ein Identitäts- oder Rangabzeichen, andere hatten mehr als einen Meter Durchmesser. Geordi und Data folgten Shar-Lon zu einer Raumfähre, über deren Pilotenkanzel sich eine transparente Wölbung erstreckte. Der alte Mann öffnete die Luke und forderte seine Begleiter mit einem Wink zum Einsteigen auf. Als er ihnen folgte, sich in der Schwerelosigkeit an Haltegriffen entlanghangelte und der Kontrollkonsole zuwandte, verbesserten sich seine infraroten Muster. Es hatte den Anschein, als sei es ihm gelungen, seinen inneren Konflikt wenigstens vorübergehend zu überwinden.

Geschickt lenkte er das Shuttle durch das Außenschott, und draußen, im Gleißen der Sonne, gab er kurz Schub. Die Fähre drehte sich um neunzig Grad, kam dann wieder zur Ruhe. ›Unten‹ drehte sich der blauweiße Planet, den

Geordi und Data bereits vom Bildschirm her kannten. Er schien kaum dreißigtausend Kilometer entfernt zu sein.

La Forge beobachtete die fremde Welt eine ganze Zeitlang. Ihr Anblick räumte jeden Zweifel daran aus, daß der Transporter an Bord des Wracks im interstellaren Raum sie über eine lichtjahreweite Distanz transferiert hatte. Der Planet war real, keine Illusion.

»Ohne Ihre Gaben«, sagte Shar-Lon schließlich mit unüberhörbarer Demut, »wäre unsere Heimat jetzt eine radioaktive Wüste.«

»Erklären Sie das«, brummte Geordi betont schroff.

Der alte Mann schwieg einige Sekunden lang, und ein Teil der ausdruckslosen Leere kehrte in seine Züge zurück. Dann blickte er traurig und wehmütig, und Geordi verglich ihn mit einem Schauspieler, der zu einem schwierigen Monolog ansetzte.

»Es beschämt mich sehr, einzugestehen, daß mein Volk vor einigen Jahrzehnten noch immer in der Barbarei lebte«, begann Shar-Lon. »Meine Mitbürger waren Wilde mit den technisch-wissenschaftlichen Möglichkeiten, sich selbst und alles Leben auf dem Planeten zu vernichten. Als Ihr Magazin mit den Gaben im Orbit entdeckt wurde, existierten auf meiner Welt fast hundert verschiedene Nationen. Während unserer ganzen Geschichte gab es eigentlich nie echten Frieden, und mehr als zwanzig Staaten verfügten über eigene Arsenale mit Atomwaffen. Einige davon befanden sich in der Umlaufbahn, andere in unterirdischen oder maritimen Stützpunkten.«

»Das kommt mir irgendwie bekannt vor«, sagte Geordi ernst, als der alte Mann zögerte, offenbar eine erste Reaktion erwartete.

Shar-Lons Augen weiteten sich ein wenig, aber er wandte den Blick nicht vom Planeten ab. »Dann haben Sie Ihre Gaben nicht nur uns anvertraut, sondern auch anderen?«

»Natürlich«, improvisierte Geordi und sah die kurze Verwirrung in Datas Zügen. »Allerdings wurden sie nicht immer so klug und umsichtig eingesetzt wie hier. Wie gelangten Sie in den Besitz unserer Gaben, Shar-Lon? Haben Sie sie persönlich in Empfang genommen?«

»In der Tat«, bestätigte der alte Mann sofort. Er starrte ins Leere, als hinge er Erinnerungen nach. Dann fuhr er fort: »Ich war und bin der Auserwählte. Zu meiner eigenen Schande muß ich eingestehen, daß ich mich während der früheren Jahre meines Lebens kaum von den anderen Wilden dort unten unterschied. Aber schließlich begriff ich das ganze Ausmaß der drohenden Gefahr, und ich begann, mich für den Frieden einzusetzen, für ihn zu arbeiten. Ich schloß mich einer Gruppe an, deren Mitglieder sich schon damals ›Friedenswächter‹ nannten, aber es erwartete mich eine große Enttäuschung. Ich mußte mich der Erkenntnis stellen, daß praktisch niemand auf unsere Mahnungen hörte, daß wir die allgemeine Lage nicht verändern konnten. Da unsere Bemühungen auch weiterhin ohne Erfolg blieben, verließ ich die Organisation und konzentrierte mich auf das, was ich damals für die einzige Alternative hielt: Ich wollte dafür sorgen, daß mein eigener Staat stark genug wurde, um über alle anderen zu dominieren und auf diese Weise einen dauerhaften Frieden zu erzwingen.

Einerseits war das eine sehr törichte Vorstellung, wie mir heute klar ist, aber andererseits spielte sie eine wichtige Rolle bei der Erfüllung meines Schicksals. Ohne die fortwährenden Enttäuschungen und meine Hinwendung zu fanatischem Nationalstolz hätte ich keine militärische Karriere beginnen können. Nur sie ermöglichte es mir, eine verantwortungsvolle Position einzunehmen und das Vertrauen zu erringen, das mich schließlich in die Lage versetzte, zur richtigen Zeit am richtigen Ort zu sein — als ich die Zeichen sah und sich das Magazin mit den Gaben offenbarte.«

Erneut schwieg Shar-Lon, und die infraroten Muster zeigten ständige Veränderungen.

»Berichten Sie uns davon«, sagte Geordi, als die Stille andauerte. Die bisherigen Informationen des alten Mannes mochten zwar recht interessant sein, brachten Data und ihn jedoch nicht weiter. »Schildern Sie uns, was damals geschah.«

»Ja«, warf der Androide ein und lächelte zufrieden. »Unsere Vorgesetzten benötigen genaue Angaben darüber, was sich ereignete. Mein Kollege wies bereits darauf hin, daß die hiesige Verwendung unserer Gaben zu einem außergewöhnlichen Erfolg führte, und die diesbezüglichen Details könnten sehr wichtig sein. Vielleicht helfen sie unseren Vorgesetzten, die Situation sorgfältig zu analysieren und die Methoden zu verbessern, mit denen anderen Völkern unsere Gaben zur Verfügung gestellt werden.«

Geordi unterdrückte ein Grinsen, als Data seinen kurzen Vortrag beendete. Der Androide hatte behauptet, in bezug auf Lügen und Irreführungen mangele es ihm an Erfahrung, aber er lernte ziemlich schnell.

»Mein Partner hat völlig recht«, bestätigte La Forge. »Es gibt viele andere Welten, denen es ebenso ergeht wie Ihrer Heimat, und unsere Vorgesetzten suchen immerzu nach Möglichkeiten, unsere Hilfe wirksamer zu gestalten. Sie möchten, daß eines Tages alle bewohnten Planeten so gut vor der Selbstvernichtung geschützt sind wie Ihre Welt.«

Diese mehr als deutliche Schmeichelei schien Shar-Lon in die Lage zu versetzen, seine innere Unruhe einmal mehr zu besiegen. Er begann wieder zu sprechen, wie ein Prediger, der eine skeptische Gemeinde zu überzeugen versuchte. Data speicherte alle seine Ausführungen, und Geordi suchte in ihnen nach irgendeinem Hinweis auf die wahre Natur des ›Magazins‹ und der ›Gaben‹. Vielleicht konnten Data und er Gebrauch davon machen, um zum Wrack und der *Enterprise* zurückzukehren.

Vor fünfzig Jahren, so erläuterte der alte Mann, dienten sein Bruder und er als Piloten und Navigatoren in den Raumstreitkräften ihres Staates. Sie gehörten zu insgesamt mehr als zwanzig Astronauten, die Shuttles flogen. Ihre Aufgabe bestand darin, die Besatzungen der Spionagesatelliten und Raketenrampen in der Umlaufbahn mit Nachschubmaterialien zu versorgen. Die elektronischen Anlagen in den militärischen Orbitalbasen kontrollierten jeden Quadratzentimeter der Planetenoberfläche – und die nuklearen Sprengköpfe, die jederzeit per Knopfdruck auf ihre tödliche Reise geschickt werden konnten, drohten ständig mit der Apokalypse. Jede Nation mit ausreichend großer Wirtschaftskraft unterhielt entweder ähnliche Satelliten oder besaß ebenfalls Atomraketen, die auf Städte und Industrieanlagen anderer, ebenso bewaffneter Nationen zielten. Die Instrumente totaler Vernichtung detonierten zwar nur bei sorgfältig kontrollierten Tests, aber es verging kaum ein Jahr, in dem nicht irgendwo ein konventioneller Krieg ausbrach. Jene Konflikte wurden zwar stets noch rechtzeitig beigelegt, bevor irgendein General auf den fatalen Gedanken kam, die Abschußsilos zu öffnen und den Gegner mit nuklearer Auslöschung von der Landkarte zu fegen, aber trotzdem geriet die Welt immer häufiger an den Rand des Abgrunds.

»Ich sah das Zeichen an meinem achtundzwanzigsten Geburtstag«, sagte Shar-Lon monoton, und Geordi beobachtete eine neuerliche Gefühlsaufwallung, die in dramatischen Veränderungen der infraroten Strukturen zum Ausdruck kam. »Mein Bruder und ich flogen ein Transportshuttle, und wir befanden uns ganz allein an Bord. Wir hatten den unteren Standardorbit erreicht und bereiteten uns auf die Zündung der Triebwerke vor, um einen der Satelliten anzusteuern. Als wir darauf warteten, daß die Bodenstation unsere Kursdaten bestätigte, blickte ich aus dem Fenster und beobachtete die Weltenkugel, die sich langsam unter uns drehte. Und dabei kam mir wieder jener Gedanke, der mich seit meiner frühesten Jugend nicht mehr in Ruhe ließ, immer wieder wie eine Mahnung mein Bewußtsein durchzog. Ich verglich die erhabene Schönheit unseres Heimatplaneten mit den tödlichen Spielen seiner Bewohner, mit den taktisch-strategischen Schachzügen der Militärs, die auch in uns – in meinem Bruder und mir – nur willenlose Marionetten sahen, die ihren Befehlen zu gehorchen hatten. Und dann ...«

Shar-Lon brach ab, und Geordis Visorsinn bemerkte ein plötzliches Zucken im Gesicht des alten Mannes, ein infrarotes Aufblitzen. Offenbar hatte sich ein so starker emotionaler Druck in ihm angesammelt, daß er seine Empfindungen nicht mehr vollständig unterdrücken konnte.

Shar-Lon deutete auf die Welt unter ihnen. »Und dann, nur für einen Sekundenbruchteil, verwischten die Konturen des ganzen Planeten. Sie erzitterten so wie das Spiegelbild auf einer unruhigen Wasseroberfläche.

Unmittelbar darauf, nur einen Augenblick später, wurde aus dem Blau blutiges Rot. Die Ozeane und Kontinente, selbst die Wolken – alles leuchtete in einem purpurnen Schein.

Ich verstand sofort, um was es sich handelte: ein Zeichen. Und ich wußte auch, was es bedeutete. Ich begriff, daß meiner Heimat der Untergang drohte. Sie lief Gefahr, zu einer gewaltigen Leichenhalle zu werden, zu einem globalen Friedhof. Irgendwann – irgendwie – würden die Raketen starten und alles Leben auf dem Planeten töten.

Diese Erkenntnis entsetzte mich wie nichts zuvor in meinem Leben. Ich hatte die Atomraketen auf ihren Rampen gesehen, kannte ihre ungeheure Vernichtungskraft aufgrund der Tests. Ich wußte auch, wie viele darauf warteten, zum Einsatz gebracht zu werden. Nur eine kleine Anzahl von ihnen genügte, um die Welt zu vernichten.

Vor meinem inneren Auge sah ich die schrecklichen Konsequenzen.

Ich beobachtete, wie sich unsere Städte in radioaktiven Schutt verwandelten, das einst so fruchtbare Land in leblose Wüsten.

Ich sah, wie meine Mitbürger einen gräßlichen Tod starben. Niemand von ihnen bekam eine Chance. Väter, Mütter und Kinder verbrannten. Von ganzen Völkern blieb nur Asche.

Ich sah, wie die Haut meines Bruders Feuer fing, in schwelenden Fladen von seinen Knochen fiel.

Ich sah mich selbst: ein schwacher Shar-Lon, der mit quälender Langsamkeit sein Leben aushauchte, ohne die Möglichkeit, irgend etwas für die vielen anderen Leidenden zu tun, die das Pech hatten, nicht sofort zu sterben und den Atomschlag für einige Minuten, Tage oder Wochen zu überleben.

Ich sah, wie die ganze Welt zugrunde ging und verendete, und meine eigene Hilflosigkeit raubte mir fast den Verstand. Ich wußte, daß ich nichts unternehmen konnte, um zu verhindern, daß aus der Schreckensvision grauenhafte Wirklichkeit wurde. Es gab Hunderte von möglichen Verhaltensoptionen für mich, und jede einzelne von ihnen hätte die Apokalypse auslösen können — aber ich sah mich außerstande, sie zu bannen, sie zu beenden, sobald sie einmal eingeleitet worden war. Ich dachte kurz daran, die Triebwerke des Shuttles zu zünden und die nächste Raketenbasis zu rammen, doch ich befürchtete, gerade dadurch die Katastrophe auszulösen: Wenn es mir nicht gelang, alle Sprengköpfe zu vernichten, wenn sich einige aus den Katapulten lösten ...

Als ich schließlich den Schock überwand und den Blick vom Fenster abwenden konnte, musterte ich meinen Bruder — und mußte feststellen, daß er das Zeichen übersehen hatte. Seine Aufmerksamkeit galt einzig und allein den Instrumenten: Er überprüfte unser Flugleitsystem, eine Routinemaßnahme vor dem Orbitwechsel.

Als ich die ersten Worte an ihn richtete, meldete sich die Bodenstation. Sie teilte uns mit, es sei zu einer geringen Vektorabweichung gekommen, und wir müßten eine Kurskorrektur vornehmen, um anschließend den Satelliten anzusteuern. Praktisch im gleichen Augenblick, bevor ich meinen Bruder auf das Zeichen hinweisen konnte, löste sich das blutrote Schimmern auf, und unsere Welt bot sich wieder so dar, wie ich sie kannte.

Grenzenlose Erleichterung durchströmte mich. Als mein Bruder die neuen Daten in den Navigationscomputer einspeiste, versuchte ich mich davon zu überzeugen, es sei nur eine Halluzination gewesen, eine Projektion meines eigenen Schuldbewußtseins darüber, zum Militär zu gehören, aktiv an dem Wahnsinn teilzunehmen, der den Planeten zu verheeren drohte.

Wenige Sekunden später leitete der Bordcomputer die Kurskorrektur ein, und da wiederholte sich das Zeichen. Erneut sah ich meine Heimatwelt in einen blutigen Glanz getaucht, und diesmal wußte ich, daß es kein Trugbild war.

Denn mein Bruder bemerkte es ebenfalls.

Aber er begriff nicht, daß es sich um ein Zeichen handelte. Als ich es ihm erklären wollten, lachte er mich aus.

Und dann, als sich das blutrote Glühen verdunkelte, erschien das Magazin mit den Gaben. Es versperrte den Blick auf den sterbenden Planeten — und mein Bruder konnte nicht mehr die Realität dessen leugnen, was wir sahen. Kurz darauf meldete die Bodenstation, unser Abbild auf ihren Radarschirmen werde von einem größeren Objekt gestört.

Die Bestätigung der physischen Wirklichkeit des Magazins öffnete mir endgültig die Augen, und mir wurde klar, daß es doch noch eine Möglichkeit gab, mein Volk zu retten.

Und ich *wußte*, daß es mir und niemandem sonst oblag, diese Pflicht wahrzunehmen.

Fast zehn Jahre zuvor hatte mich meine Ungeduld von den Friedenswächtern getrennt, und nun war ich dazu auserwählt worden, die absolute Vernichtung meiner Heimat zu verhüten. Das Magazin stellte das Mittel dar, um dieses Ziel zu erreichen — nicht die kläglichen, wenn auch gut gemeinten Versuche meiner ehemaligen Freunde, die Öffentlichkeit mit pazifistischen Ideen vertraut zu machen.

Aber mein Bruder verstand nicht. Er sah kein Werkzeug der Errettung, sondern eine schreckliche Gefahr, und er meinte, davor müsse die Welt gewarnt werden. Ich konnte ihn nicht aufhalten. Es sei denn natürlich, ich wäre dazu bereit gewesen, ihn einfach umzubringen — und das ließ mein Gewissen nicht zu. Er setzte sich mit den Einsatzleitern unserer Mission in Verbindung, jenen Irren, die zusammen mit den Verrückten in anderen Staaten das Grauen anstrebten, vor dem die Zeichen warnten.

Ich handelte auf die einzige Art und Weise, die mir möglich blieb: Ich verließ das Shuttle und begab mich zum Magazin. Während mein Bruder noch mit unseren Vorgesetzten sprach – so von dem Anblick des plötzlich aufgetauchten Objekts abgelenkt, daß er gar nicht auf mich achtete – nahm ich unsere beiden Raumanzüge, schlich in die Luftschleuse, verriegelte das Innenschott und streifte rasch die Schutzkleidung über. Als mein Bruder feststellte, was ich plante, versuchte er, mich zur Umkehr zu bewegen. Er meinte, man werde eine Atomrakete starten, um das Magazin – er bezeichnete es als Angreifer – zu vernichten. Und wenn wir bis dahin nicht weit genug entfernt seien, drohe uns der Tod.

Ich hörte nicht auf ihn. Mir blieb gar keine andere Wahl. Man hatte mich auserwählt, und ich mußte mein Schicksal akzeptieren.

Als ich mich dem Magazin näherte und mein Bruder das Shuttle auf sichere Distanz steuerte, sah ich das letzte Zeichen. Meine Flugbahn brachte mich zu einem Punkt, von dem aus ich die Welt hinter dem großen Objekt sehen konnte, und sie erstrahlte in helleren und schöneren Farben als jemals zuvor. Nirgends zeigte sich ein blutroter Glanz, und die blauen, grünen und weißen Muster zeichneten sich durch eine ganz besondere Klarheit aus.

Und da wußte ich, daß ich erfolgreich sein würde.

Als ich das Magazin erreichte und seine glatte Außenhülle berührte, erachtete es mich als würdig und holte mich herein, direkt durch die massive Wand, wie in einem Traum.

Und dort stand ich, ausgerüstet nur mit meinem eigenen Raumanzug und dem meines Bruders, ohne Nahrungsmittel und andere lebensnotwendige Dinge – bis ich lernte, die Gaben zu benutzen.

Zuerst beschränkten sich meine Fähigkeiten darauf, die Raketen zu zerstören, mit denen die Narren das Magazin zu zerstören trachteten. Sie wurden von meiner Heimatnation gestartet, dann auch von anderen. Als mir schließlich die ganze Leistungsfähigkeit der Gaben offenbart wurde, konnte ich alle verborgenen nuklearen Sprengköpfe aufspüren und sie unschädlich machen.

Damit war die unmittelbare Gefahr des planetaren Exitus gebannt. Ich versammelte meine früheren Freunde um mich, um die neue Freiheit unserer Welt zu feiern, auf der nun endlich Frieden herrschte.«

Ein zufriedenes Lächeln umspielte Shar-Lons Lippen, und Geordi sah, daß es von Herzen kam. »Schließlich begriff auch mein Bruder, was das Magazin bedeutete, und er kehrte zurück, half mir und meinen Gefährten bei unserer Arbeit.«

Shar-Lon schwieg, betätigte die Kontrollen des Shuttles. Kleine Korrekturdüsen feuerten kurz, und der Planet schien fortzuschweben, wich dem Habitat. Zum erstenmal konnten Geordi und Data die ganze Struktur überblicken.

Gleißender Sonnenschein spiegelte sich auf der gewölbten Endkuppel wider. Der rund einen Kilometer lange Zylinder bestand aus grauem Metall, und hinzu kamen die silbern funkelnden Streifen, die das Licht des Zentralgestirns durch die transparenten Flächen in die Täler lenkten. Die Mittelröhre reichte zweihundert Meter weit über die gegenüberliegende Begrenzungsfläche hinaus und endete in einem spinnwebartigen Gerüst, das einen gewaltigen Parabolspiegel umgab. Offenbar handelte es sich dabei um ein Solarkraftwerk. Das von dem Spiegel konzentrierte Sonnenlicht reichte sicher aus, um alle Energieprobleme des Habitats zu lösen. Geordi fragte sich, ob Zellflächen verwendet wurden, die den verdichteten Photonenstrom direkt in Elektrizität verwandelten – oder ob die Hitze altertümliche Gasturbinen antrieb.

»Aus Dankbarkeit gab uns das Volk des Planeten dieses Geschenk – die Welt der Friedenswächter«, sagte Shar-

Lon. Seine Stimme klang erneut monoton, so als habe er diese Worte schon oft wiederholt. »Von dort aus wachen wir mit den Gaben über unsere Mitbürger. Ohne den von Ihrem Magazin gewährleisteten Frieden und die Kooperation zwischen den verschiedenen Nationen wäre die Konstruktion des Habitats unmöglich gewesen. Inzwischen gehören die selbstmörderischen Aufrüstungsbestrebungen der Vergangenheit an, und dadurch wurde ein ökonomisches Potential frei, das Wunder bewirken kann.«

Geordi sah erneut aus dem Fenster und beobachtete die orbitale Welt. Shar-Lons Zivilisation hatte noch kein besonders hohes technologisches Niveau erreicht, und wenn man diesen Umstand berücksichtigte, stellte das Habitat tatsächlich eine erstaunliche Leistung dar. Darüber hinaus: Es gab keinen Mond, der als Rohstoffquelle dienen konnte. Vielleicht hatten die Baumeister sogar auf die Substanzen eines größeren Asteroiden verzichten müssen, und das bedeutete: Alle für die Konstruktion erforderlichen Materialien mußten aus dem tiefen Gravitationsschacht des Planeten heraufgebracht werden, mit Shuttles und Raketen, die nur über chemische Triebwerke verfügten und deren Nutzlast somit beschränkt war. Ein derartiges Projekt erforderte enorme wirtschaftliche Anstrengungen.

Schließlich steuerte der alte Mann die Fähre zur Luftschleuse auf der Sonnenseite des Habitats zurück. Geordi holte tief Luft und konzentrierte sich wieder auf die Lage, in der sich Data und er befanden. Ganz gleich, wie es die Bewohner des Planeten geschafft hatten, eine solche künstliche Welt zu schaffen, ganz gleich, welche Opfer sie dafür bringen mußten — für die beiden Offiziere der *Enterprise* gab es wichtigere Dinge. Ihr Interesse galt in erster Linie dem ›Magazin‹ und den ›Gaben‹ darin. Vielleicht enthielt es auch ein Transportersystem, das dem Androiden und La Forge die Rückkehr ermöglichte.

KAPITEL 8

»Suchflug mit einem Radius von vierzigtausend Kilometern beendet, Sir«, meldete Lieutenant Worf von der Navigationskonsole. »Ergebnis negativ.«

Picard widerstand der Versuchung, eine Grimasse zu schneiden. Während des ersten Suchmanövers hatten die Bordsensoren jeden Kubikmillimeter in einem Raumbereich erfaßt, dessen Durchmesser zwanzigtausend Kilometer betrug. Die Entfernung zum fremden Schiff überstieg bereits die Reichweite ihrer Transporter, und doch fanden sie nur Wasserstoffatome. Keine Hinweise auf Deflektorschirme oder Tarnfelder. Keine Hinweise auf Lebensformen oder desintegrierte organische Materie. Nur Leere.

Die Radiuserweiterung auf vierzigtausend Kilometer erbrachte ebenfalls keine Resultate. Picard erinnerte sich an die Vermutung von Chefingenieur Argyle, die fremden Transfersysteme funktionierten auch im Subraum, und diese Spekulation erschien ihm mit jeder verstreichenden Stunde wahrscheinlicher. Entweder befanden sich Data und La Forge lichtjahreweit entfernt – oder an Bord eines Raumers, für dessen Abschirmungspotential es im technischen Repertoire der Föderation keine Entsprechung gab. Aber selbst wenn jenes hypothetische Schiff nach der Rematerialisierung der beiden Verschwundenen Impuls- oder Warptriebwerke aktiviert hätte – die Sensoren der *Enterprise* wären sicher in der Lage gewesen, *irgend etwas* zu registrieren, vielleicht nur energetische Streusignale. Es sei denn natürlich, die Fremden setzten ein praktisch perfektes Tarnsystem ein, das für Föderationssensoren undurchdringlich blieb.

»Fähnrich Carpelli«, sagte Picard abrupt, »bereiten Sie sich darauf vor, Chefingenieur Argyle und Commander Riker an Bord zu beamen. Lieutenant Worf, bringen Sie uns bis auf Transporterreichweite zum Wrack. Wenn

Argyle und Riker eingetroffen sind, erweitern Sie den Suchradius auf achtzigtausend Kilometer.«

Der Captain stand auf und ging die Rampe zum Bereitschaftsraum hoch. Hinter ihm bestätigte der Klingone knapp, berührte einige Sensorflächen und ließ die *Enterprise* zum fremden Schiff zurückkehren.

Picard hörte das leise Zischen, mit dem sich die Tür zum Nebenzimmer wieder schloß, und einige Sekunden lang blieb er steif und schweigend stehen. Er schloß die Augen, atmete mehrmals tief durch, versuchte, sich von der Anspannung zu befreien, die ihm seit Datas und La Forges Verschwinden zu einem ständigen Begleiter geworden war. Als er die Lider wieder hob, fiel sein Blick auf den Tigerfisch, der wie träge im Aquarium schwamm. Picard versetzte sich in seine Lage, stellte sich vor, wie er einfach nur trieb, umschmeichelt von warmem Wasser.

Ein dünnes Lächeln umspielte seine Lippen. In gewisser Weise unterschied er sich gar nicht so sehr von dem Fisch. Das Schuppenwesen lebte in einer nach allen Seiten offenen Welt, konnte sich nicht vor Beobachtern verbergen, und dem Captain der *Enterprise* erging es ähnlich. Auch er befand sich ständig im Zentrum der Aufmerksamkeit, mußte immerzu der Rolle des Kommandanten gerecht werden, durfte sich seine Schwächen und Unsicherheiten nie anmerken lassen. Nur das Bereitschaftszimmer bot ihm eine Privatsphäre, und wenn er es aufsuchte, bekam er vorübergehend die Möglichkeit, ganz er selbst zu sein, die Maske des Captains abzulegen.

Aber derzeit durfte er sich keine solchen Freiheiten erlauben, nicht einmal für wenige Sekunden. Vor ungefähr zehn Minuten hatte Chefingenieur Argyle berichtet, die letzten Gerätekammern des Wracks seien geöffnet und untersucht worden. Ihr Inhalt unterschied sich nicht von dem der anderen: Transporter, die nur in einer Richtung arbeiteten, außerdem noch Subraumempfänger. Und jeder Versuch, irgendein Instrument zu aktivieren, mußte die sofortige Zerstörung aller wichtigen Schaltkreise zur Folge haben.

Riker hatte sich mit Argyle beraten und einen Plan entwickelt, den er nun mit Picard besprechen wollte.

Ein Plan, dessen Verwirklichung vielleicht zur vollständigen Vernichtung des fremden Schiffes führte – und alle daran beteiligten Leute tötete.

Andererseits verhieß er zumindest eine geringe Chance, Commander Data und Lieutenant La Forge zu lokalisieren, sie vielleicht sogar zurückzubringen. Wenn sie noch lebten.

Kaum eine Minute später kamen Riker und Argyle in den Besprechungsraum, und Picard bedeutete ihnen, Platz zu nehmen. Der Chefingenieur wirkte noch immer ein wenig nervös, als er sich setzte, und der Erste Offizier offenbarte eine für ihn untypische Förmlichkeit.

Picard beschloß, ganz offen zu sein, kein Blatt vor den Mund zu nehmen. »Wenn ich Ihre Meldungen richtig interpretiere, Mr. Argyle, haben Ihre Techniker keine Möglichkeit, die Sicherheitsvorrichtungen der Transporter zu umgehen und ein Transfersystem zu aktivieren.«

»Das stimmt, Captain.«

»Und ohne eine solche Aktivierung läßt sich das vorprogrammierte Ziel nicht feststellen?«

»Auch das ist richtig, Sir.«

»Worin besteht dann Ihr Plan, zum Teufel?«

Argyle sah Riker an. Allem Anschein nach wollte er ihm die Ehre überlassen, ihre Absichten zu erläutern.

Der Erste Offizier beugte sich ein wenig vor. »Nun, Captain, wir wissen, daß sowohl der Kurzstreckentransporter im ›Kontrollraum‹ als auch mindestens eins der anderen Transfersysteme bereits einmal aktiv geworden sind – als Commander Data und Lieutenant La Forge mit unbekanntem Ziel abgestrahlt wurden. Außerdem sind uns in groben Zügen die Bedingungen bekannt, unter denen das stattfand. Wir *glauben* inzwischen zu wissen, was die Aktivitätsphase der fremden Geräte bewirkte.«

Picard runzelte die Stirn. »Ich höre, Nummer Eins.«

Riker wechselte einen kurzen Blick mit Argyle und fuhr

dann fort: »Mit Hilfe der Koordinaten, auf die unser Transporter fokussiert war, konnten wir herausfinden, wo sich Data und La Forge zum Zeitpunkt des ersten Transfers aufhielten. Sie standen *nicht* auf der Entmaterialisierungsplattform, sondern in der Tür des Korridors, ungefähr fünf Meter davon entfernt. Auf der Grundlage dieser Informationen sahen wir uns noch einmal die Struktur des fremden Transporters an. Offenbar ist er in der Lage, alle Objekte – in erster Linie Lebewesen, wie wir annehmen – sowohl im betreffenden Zimmer als auch im angrenzenden Kontrollraum zu erfassen und sie zu einer der anderen Transferanlagen zu schicken.«

»Aber warum reagierte das Gerät gerade in jenem Augenblick auf Data und La Forge? Haben sie es irgendwie eingeschaltet? Oder war der Transporterstrahl der *Enterprise* dafür verantwortlich?«

»Nein, Sir. Wir gehen von folgender *Vermutung* aus: Der entsprechende Mechanismus wurde von allein aktiv, und zwar aufgrund der zunehmenden Strahlung des Antimateriekerns. Als sie eine bestimmte Intensitätsschwelle überstieg, löste sie ein automatisches Evakuierungssystem aus, das dazu bestimmt ist, alle in Gefahr befindlichen Personen an einen sicheren Ort zu bringen. Ich fürchte, wir können nie herausfinden, welche Interaktionen zwischen dem Kurzstreckentransporter und den Apparaturen in den Gerätekammern herrschten. Wie dem auch sei: Wir sind ziemlich sicher, daß das Evakuierungsprogramm alle möglichen Ziele prüfte, eins auswählte und Data und La Forge auf die Reise schickte.«

»Doch Sie wissen nicht, welche der vielen hundert Transfereinheiten die Übertragung vornahm. Und selbst wenn Sie diesbezügliche Daten ermitteln könnten – die Zielkoordinaten bleiben ein Rätsel, bis das betreffende Gerät aktiviert wird. Und das ist unmöglich, ohne die zentralen Schaltkreise zu zerstören.« Picard schüttelte den Kopf. »Wir treten auf der Stelle, meine Herren.«

Riker holte tief Luft. »Wir möchten Ihnen einen Vorschlag unterbreiten, Sir: Wenn wir die ursprünglichen Bedingungen wiederherstellen – damit meine ich das Strahlungsniveau –, gelingt es uns vielleicht, das Evakuierungsprogramm noch einmal auszulösen und jemand anderes dorthin zu senden, wo die beiden Verschwundenen rematerialisiert sind. Jemand, der weitaus besser ausgerüstet ist und die Möglichkeit hat, sich mit der *Enterprise* in Verbindung zu setzen.«

Die Falten fraßen sich tiefer in Picards Stirn. »Das gefällt mir nicht, Nummer Eins!«

»Mir gefällt es ebensowenig wie Ihnen, Sir«, erwiderte der Erste Offizier. »Aber nach Mr. Argyles Angaben ist es die einzige Chance, die uns noch bleibt.«

»Und wie *groß* sind die Aussichten, einen Erfolg zu erzielen?«

»Darum geht es nicht, Captain. Wichtig ist nur, daß wir *keine andere* Chance haben. Und ich bin bereit, ein Risiko einzugehen.«

»Ich könnte Ihnen das Gegenteil befehlen.«

»Ich weiß, Captain.«

Picard schwieg eine Zeitlang, musterte Riker und suchte in seinen Zügen nach irgendwelchen Anzeichen von Zweifel und Bedenken.

Aber das Gesicht des jungen Mannes zeigte nur Entschlossenheit – eine charakteristische Reaktion Rikers, wenn das Leben anderer auf dem Spiel stand.

Der Captain sah Argyle an. »Was meinen Sie dazu?«

»Ich teile Commander Rikers Ansicht, Sir. Es gibt durchaus eine gewisse Erfolgschance, aber ich kann beim besten Willen nicht sagen, wie groß sie ist. Es existieren zu viele Unsicherheitsfaktoren.«

»Ich hoffe, Sie sind sich darüber klar, welches Risiko Sie eingehen, Nummer Eins.«

»Selbstverständlich, Sir. Und ich werde alle Freiwilligen, die sich mir anschließen wollen, ausdrücklich darauf hinweisen.«

Schließlich nickte Picard. »Nun gut, Nummer Eins.

Geben Sie mir Bescheid, wenn Sie die notwendigen Vorbereitungen getroffen haben.«

»In Ordnung, Sir«, antwortete Riker, stand auf und kehrte zur Brücke zurück. Argyle warf dem Captain noch einen letzten Blick zu, bevor er dem Ersten Offizier folgte und Picard allein im Bereitschaftsraum zurückließ.

»Würden Sie uns die Ehre erweisen, zum Friedenskonzil zu sprechen? Damit gäben Sie uns die Möglichkeit, Ihnen für unsere Errettung zu danken.«

Shar-Lons infrarote Emanationen deuteten darauf hin, daß er innerlich noch immer hin und her gerissen war. Soweit Geordi das feststellen konnte, blieben die Gefühle des alten Mannes starken Schwankungen zwischen entgegengesetzten Extremen unterworfen. Der ›Auserwählte‹ musterte seine beiden Begleiter unsicher, als sich der private Lift wieder in Bewegung setzte, aus der Schwerelosigkeit der Rotationsachse glitt.

»Die Bestätigung, daß unsere Gaben eine weise Verwendung fanden, genügt uns als Dank«, erwiderte La Forge und errötete fast, als er dem theatralischen Klang seiner Worte lauschte. Seine Antworten auf die hochtrabende Rhetorik Shar-Lons zeichneten sich manchmal durch eine viel zu übertriebene Dramatik aus.

Die Züge des alten Mannes wurden wieder zu einer Faltenmaske, als die Zentrifugalkraft zunahm und eine wachsende Pseudogravitation schuf. Er nickte betont würdevoll. »Das stimmt natürlich«, sagte er. »Aber die anderen Friedenswächter — insbesondere die Ältesten des Konzils — wären sicher enttäuscht. Sie haben fünfzig Jahre lang darauf gewartet, sich für die Gaben zu bedanken. Ich bitte Sie untertänigst, ihnen eine entsprechende Gelegenheit zu geben.«

»Nun gut«, erwiderte Geordi und fügte energisch hinzu: »Aber bis wir ganz sicher sein können, daß uns kein weiterer Angriff droht, wäre es sicher besser — und auch sicherer —, das Wissen um unsere Anwesenheit auf möglichst wenige Personen zu beschränken.«

Einige Sekunden lang erweckte der alte Mann den Eindruck, als wolle er widersprechen, doch dann senkte er fast demütig den Kopf. »Wie Sie wünschen. Angesichts des Anschlags auf Sie ist Ihr Mißtrauen verständlich.«

»In der Tat«, bestätigte Geordi. »Und deshalb dürfte Ihnen auch klar sein, daß wir so schnell wie möglich zum Magazin zurückkehren möchten, um Bericht zu erstatten. Manchmal sind unsere Vorgesetzten sehr ungeduldig.«

»Sie denken doch hoffentlich nicht daran, uns zu verlassen, oder? Ohne daß wir Ihnen unseren Dank ...«

»Nein, natürlich nicht«, versicherte Geordi. »Der Bericht ist eigentlich kaum mehr als Routine.« Und dann, mit einem warnenden, unheilvollen Unterton: »Aber wenn er unsere Vorgesetzten nicht rechtzeitig erreicht, werden vielleicht andere Repräsentanten geschickt – Personen mit weniger Verständnis für die hiesige Situation –, um den Grund für die Verzögerung festzustellen.«

Shar-Lon faßte diesen Hinweis als Tadel auf und schauderte sichtlich. »Es liegt mir fern, Sie an der Wahrnehmung Ihrer Pflichten zu hindern«, entschuldigte er sich. »Ich werde meine vertrauenswürdigsten Assistenten beauftragen, Sie zum Magazin zu bringen.«

Geordi nickte. »Wir wissen Ihr Verständnis zu schätzen, Shar-Lon. Doch bevor wir zurückkehren ... Vielleicht wäre es angebracht, mit einem ganz bestimmten Mann zu sprechen, bevor wir den ersten Bericht verfassen.«

»Selbstverständlich! Wen meinen Sie?«

»Ihren Bruder. Sie erwähnten seinen Namen: Shar-Tel.«

Shar-Lons Miene umwölkte sich kurz. »Oh, das ist leider nicht möglich«, entgegnete er niedergeschlagen. »Shar-Tel kam vor mehr als zehn Jahren ums Leben.«

»Unter welchen Umständen?«

»Er fiel dem Anschlag eines Irregeleiteten zum Opfer.«

»Ach? Offenbar gibt es eine ganze Reihe von Leuten, die nicht mit dem gegenwärtigen Einsatz unserer Gaben einverstanden sind.«

»Sie bilden nur eine winzig kleine Minderheit, das versichere ich Ihnen!« erwiderte der alte Mann hastig. »Die entsprechenden Individuen leiden an einem ganz besonderen Wahn, und deshalb lassen sie sich zu den abscheulichsten Verbrechen hinreißen.«

»Hm«, machte Geordi. »Und worin besteht dieser ›Wahn‹? Was liegt den Betreffenden daran, uns zu töten?«

Erneut zeigte das infrarote Spektrum eine jähe Gefühlsaufwallung Shar-Lons. »Hoffentlich beleidige ich Sie nicht, wenn ich ganz offen zu Ihnen spreche«, sagte er und zwang sich dazu, den Kopf zu heben und La Forges Visor zu betrachten.

»Keineswegs. Je offener, desto besser.«

»Einige Personen – einige *wenige*, wie ich noch einmal betonen möchte – begegneten den Gaben und ihrer Verwendung durch die Friedenswächter von Anfang an mit Ablehnung und Haß. Ich weiß, es klingt verrückt, aber ... Jene wahnsinnige Minderheit sehnt die Zeit zurück, in der ihre Nationen in der Lage waren, sich gegenseitig – und den Rest des Planeten – zu zerstören. Die geringen Beschränkungen, die das Leben in Frieden erfordern, empfinden sie als unerträglich. Sie konnten sich nie an die zivilisierten Verhaltensweisen anpassen, die wir durchsetzten, als wir unsere Heimat vom Schrecken der nuklearen Apokalypse befreiten.«

»Sie beziehen also einen anderen politischen Standpunkt?« fragte Geordi.

»Das halte ich für einen viel zu beschönigenden Ausdruck.« Plötzliche Leidenschaft erklang in Shar-Lons Worten, als er fortfuhr: »Meiner Ansicht nach repräsentieren jene Leute die Essenz des Bösen, die wir mit Hilfe der Gaben überwanden. Es fällt mir schon schwer genug zu verstehen, warum die Irregeleiteten auf dem Planeten nach wie vor unsere Bemühungen, einen globalen Frieden zu gewährleisten, zu sabotieren versuchen. Schlichtweg unvorstellbar ist es für mich, daß es auch hier solche Personen gibt, in der Welt der Friedenswächter.«

Geordi nickte und trachtete danach, einen verständnisvollen Eindruck zu erwecken. Shar-Lons Rhetorik und seine wechselhaften Empfindungen stimmten ihn immer nervöser. Inzwischen zweifelte er nicht mehr daran, daß es richtig gewesen war, die angeblichen ›Vorgesetzten‹ zu erfinden. Der alte Mann schien außerordentlich labil zu sein, und die Wahrheit – die Tatsache, daß Data und La Forge in keiner Verbindung mit den Konstrukteuren standen und nur nach einer Möglichkeit suchten, zur *Enterprise* zurückzukehren –, hätte ihn dazu veranlassen können, ein Exekutionskommando zusammenzustellen und die beiden ›Gabenbringer‹ hinzurichten.

»Solche Gruppen gibt es auf fast allen bewohnten Planeten«, sagte Geordi. »Nun, ich schlage vor, wir verschieben die Diskussion darüber auf einen späteren Zeitpunkt. Vorrangige Bedeutung hat derzeit die Rückkehr ins Magazin, damit wir unseren Vorgesetzten Bericht erstatten können.« Wie beiläufig fügte er hinzu: »War außer Ihrem Bruder noch jemand mit den Gaben vertraut?«

»Nein«, erwiderte Shar-Lon sofort. »Und was Shar-Tel angeht: Er hat damals nur die Zeichen gesehen. Erst kurz vor seinem Tod betrat er das Magazin.«

»Na schön«, brummte Geordi und widerstand der Versuchung, zu fragen, warum Shar-Tel nur ein einziges Mal das fremde Schiff aufgesucht hatte. »Dann brauchen wir nur noch zu warten, bis Sie eine sichere Eskorte für uns zusammengestellt haben. Denken Sie jedoch daran, daß uns nicht viel Zeit bleibt.«

Trotz der zunehmenden Schwerkraft – inzwischen betrug sie fast 1 G – straffte Shar-Lon seine Gestalt, als habe er sich zu einer Entscheidung durchgerungen. »Ich begleite Sie selbst«, sagte er und streckte die Hand nach der Tastenfläche aus, um den Lift zur Nabe und dem Shuttlehangar zurückzuschicken.

Aber bevor er den Zielcode eingeben konnte, öffnete sich die Tür, und Geordi sah das luxuriös ausgestattete Zimmer, in dem sie zu sich gekommen waren.

Sechs Männer im Alter von Shar-Lon saßen auf den Stühlen, die einen Halbkreis vor dem thronartigen Sessel bildeten. Ein siebter, etwas jüngerer Fremder stand direkt neben dem Aufzug, streckte die Hand aus und verhinderte, daß sich die Tür wieder schloß. Alle trugen mit Hüftgürteln ausgestattete Uniformen, doch es gab einen Unterschied: Die Farbe der Kleidung entsprach einem matten Grau, und außerdem fehlten die Darstellungen des stilisierten Gesichts. Geordi und Data spannten unwillkürlich die Muskeln, und ihre Hände tasteten nach den Phasern. Als sie sahen, daß die Männer keine Waffen besaßen, ließen sie die Arme wieder sinken.

»Es stimmt also, Shar-Lon«, sagte der Unbekannte neben dem Lift. Er neigte kurz den Kopf – ein knapper, formloser Gruß. »Die Konstrukteure sind zurückgekehrt.«

»Ja, Ki-Tor, es ist wahr«, bestätigte Shar-Lon geziert. »Aber ich kann mich nicht daran erinnern, eine Versammlung des Ältestenrates einberufen zu haben.«

»Dennoch findet eine statt.« Die anderen Anwesenden nickten langsam.

»Nein, nicht gerade jetzt!« erwiderte Shar-Lon scharf. »Die Konstrukteure möchten zum Magazin, und ich ...«

»Auch wir haben ein Recht darauf, mit ihnen zu sprechen, Shar-Lon!«

»Selbstverständlich, Ki-Tor. Sie sind gekommen, um in Erfahrung zu bringen, auf welche Weise wir ihre Gaben verwenden, und davon möchten sie nun ihren Vorgesetzten berichten. Um sich bei ihnen zu melden, müssen sie das Magazin aufsuchen. Das liegt auch in unserem eigenen Interesse.«

Ki-Tor wandte sich an Geordi und Data. »Entspricht das wirklich Ihrem Wunsch?«

La Forge zögerte. Ganz offensichtlich handelte es sich um Altersgenossen Shar-Lons, und vielleicht besaßen sie nützliche Informationen über das fremde Raumschiff, das der ›Auserwählte‹ nach wie vor als ›Magazin‹ bezeichnete.

»Es ist erforderlich, daß wir unseren Vorgesetzten einen ersten Bericht erstatten«, sagte Geordi. »Aber wenn jemand von Ihnen direkt an dem Einsatz unserer Gaben beteiligt war, sollten wir darüber reden.«

Ki-Tor runzelte die Stirn. »Shar-Lon hat niemandem *erlaubt*, davon Gebrauch zu machen. Nur er allein weiß, wie man damit umgeht. Selbst jetzt, während sich unser Leben dem Ende entgegenneigt, weigert er sich hartnäckig, auch nur einen Teil seiner Geheimnisse mit uns zu teilen.«

Also kann uns nur Shar-Lon Auskunft geben, dachte La Forge enttäuscht. Laut sagte er: »Nun, dann besteht unser Wunsch tatsächlich darin, ins Magazin zurückzukehren. Aber nachdem wir Bericht erstattet und von unseren Vorgesetzten neue Anweisungen bekommen haben, würden wir eine Gelegenheit begrüßen, mit Ihnen zu sprechen.«

Seine Worte schienen Shar-Lons Selbstsicherheit wiederherzustellen. Er wartete keine Antwort Ki-Tors ab, berührte einen kleinen Vorsprung an seinem Uniformgürtel. Nur wenige Sekunden später öffnete sich die Tür in der gegenüberliegenden Wand, und ein in Blau gekleideter, schmalgesichtiger Mann trat ein. Geordi bemerkte eine lange Adlernase und Aufblitzen in den Augen, als sich der Neuankömmling im Zimmer mit den Ältesten umsah.

»Mein Stellvertreter Kel-Nar wird Sie nach draußen begleiten«, sagte Shar-Lon. »Diese unerbetene Versammlung des Ältestenrates ist hiermit beendet. Ich benachrichtige Sie, wenn die Konstrukteure bereit sind, mit Ihnen zu sprechen.«

Als die Ältesten widerstrebend den Raum verließen, erschien in der noch immer geöffneten Tür ein anderer Mann, der ebenfalls eine blaue Uniform trug. Er bedachte Geordi und Data mit einem kurzen Blick, sah dann Shar-Lon an und winkte. Der ›Auserwählte‹ runzelte die Stirn und trat näher.

Der jüngere Mann richtete einige geflüsterte Worte an ihn, seine Lippen nur wenige Zentimeter von Shar-Lons Ohr entfernt. Der Ältere schüttelte den Kopf und wollte sich abwenden, doch der andere Mann hielt ihn am Arm fest und hauchte einige weitere Sätze. Schließlich schnitt Shar-Lon eine Grimasse und drehte sich zu Geordi und Data um.

»Ich bedaure es sehr, aber wir können nicht sofort zum Magazin.«

»Ist etwas passiert?« fragte La Forge.

»Das muß ich erst noch feststellen. Ich komme so bald wie möglich wieder.«

Hinter ihm schloß sich die Tür.

Besorgt blickte Geordi zum Lift: Die stählerne Pforte stand nach wie vor offen.

La Forge schaltete sein Übersetzungsmodul aus und deutete auf Datas Gerät.

Ein leises Klicken, und beide Translatoren waren desaktiviert.

»Sollen wir jetzt wieder den Anschein erwecken, als hätten wir es mit einer Fehlfunktion zu tun?« fragte der Androide.

Geordi schüttelte den Kopf. »Angesichts der Rolle, die wir derzeit spielen, fiele das ›aus dem Rahmen‹.«

Data dachte kurz nach und nickte. »Ich verstehe. Weitere ›Fehlfunktionen‹ beeinträchtigten nur unsere Glaubwürdigkeit.«

Geordi lächelte nervös. »Ins Schwarze getroffen, Data. Ich hoffe nur, daß man uns noch nicht durchschaut hat. Um ganz ehrlich zu sein: Ich fange langsam an, mir Sorgen zu machen. Wenn sich herausstellt, daß wir nicht die sogenannten ›Konstrukteure‹ sind, geht es uns vielleicht an den Kragen.«

»›An den Kragen‹?« wiederholte Data verwirrt.

»Oder ans Leder.« La Forge schmunzelte. »Damit meine ich eine erhebliche Gefahr für unsere körperliche Unversehrtheit.«

»Oh.«

Geordis Blick glitt wieder zu der Tür, durch die Shar-Lon und die anderen Ältesten verschwunden waren. »Ich glaube, wir sollten besser die Phaser bereithalten. Für den Fall des Falles.«

»Rechnen Sie mit Problemen?«

»Keine Ahnung. Daß man Shar-Lon einfach so fortruft ... Irgend etwas geht nicht mit rechten Dingen zu.« Geordi brummte leise und runzelte die Stirn. »Es ist immer schwierig, sich allein auf das Fingerspitzengefühl zu verlassen. Wenn man merkt, daß einem ein Fehler unterlief, ist es bereits zu spät.«

Data starrte auf seine Hände. »›Fingerspitzengefühl‹?«

Geordi lachte. »Noch so ein Ausdruck, der eine Menge bedeutet. Man könnte ihn mit ›Intuition‹ umschreiben. Ich improvisiere dauernd, versuche, mich auf die jeweiligen Situationen einzustellen und keinen Verdacht zu erregen, während ich Informationen sammle. Ich reagiere allein aufgrund emotionaler Ahnungen. Mit Logik oder Rationalität hat so etwas überhaupt nichts zu tun.«

Data musterte La Forge eine Zeitlang, stumm und nachdenklich. Schließlich nickte er, und in seiner Stimme ließ sich ein seltsamer, fast sehnsüchtiger Unterton vernehmen, als er erwiderte: »Eine der rätselhaften Eigenschaften des Menschen. Vermutlich ähnelt sie der, die Sie zu dem Hinweis auf Kansas veranlaßte.«

»Etwas in der Art, ja. Vielleicht auch nur das Produkt eines desorientierten Bewußtseins.« Einmal mehr schüttelte Geordi den Kopf, ließ die Schultern hängen. »Wir könnten Counselor Troi hier wirklich gut gebrauchen. Sie wäre wenigstens in der Lage festzustellen, wann man uns belügt. Und ob Shar-Lon und seine Freunde nur schrullig sind oder schlicht und einfach ausgerastet. Das infrarote Spektrum übermittelt mir zwar einige Hinweise, aber sie sind kaum konkreter als meine ›Ahnung‹. Andererseits gibt es einige Dinge, über die ich mir ziemlich sicher bin. Erstens: Ich vertraue niemandem, der wie Shar-Lon dauernd *predigt*. Von normaler Unterhaltung mit ihm kann wohl kaum die Rede sein. Zweitens: Hier im Habitat finden wir keine Antworten auf unsere Fragen. Dazu müssen wir ins angebliche ›Magazin‹ zurück. Einverstanden?«

»Einverstanden, Geordi«, sagte Data, offenbar erleichtert darüber, wieder auf dem sicheren Boden der Logik zu stehen. »Das Magazin scheint ein anderes Artefakt zu sein, das jene Wesen erbauten und später aufgaben, von denen auch das zehntausend Jahre alte Wrack im interstellaren Raum stammt. Daraus folgt: Ganz gleich, was unsere ersten Messungen an Bord ergaben – nur dort können sich Mechanismen befinden, die uns die Rückkehr zur *Enterprise* ermöglichen.«

»Genau. Der technologische Entwicklungsstand der rätselhaften Konstrukteure muß dem unsrigen mindestens ebenbürtig sein – in bezug auf die Transporter vielleicht sogar überlegen. Kein der Föderation bekanntes Transfersystem wäre imstande gewesen, uns über eine *so* große Entfernung zu beamen. Und was Shar-Lon als ›Zeichen‹ beschrieb: Ich glaube, dabei handelte es sich um ein instabil werdendes Tarnfeld.«

»Ja. Eigentlich kein Wunder, daß einige Bordanlagen nach so langer Zeit ausfallen.«

Geordi seufzte leise. »Die Frage lautet: *Was* funktioniert noch? Wir haben vergeblich nach einigen bestimmten Apparaturen und Kontrollvorrichtungen gesucht und zunächst angenommen, sie existierten gar nicht. Aber vielleicht sind sie nur defekt. Zum Beispiel die Sendekomponenten des Transporters. Was für Instrumente befinden sich an Bord – und welche *nicht*? Wenn wir herausfinden könnten, warum das ›Magazin‹ überhaupt in den Orbit gelenkt wurde, welchen Zwecken es dort dienen sollte und warum die ›Konstrukteure‹ es schließlich aufgaben ...« La Forge verzog das Gesicht. »Ähnliche Fragen betreffen auch das Wrack.«

Er lächelte schief. »Nun, wie dem auch sei: Im Augenblick kommt es nur darauf an, ins Magazin zurückzukehren und die noch funktionierenden Bordsysteme unter unsere Kontrolle zu bringen. Shar-Lon konnte offenbar recht schnell den Umgang damit lernen, und ich sehe keinen Grund, warum nicht auch wir dazu in der Lage sein sollten.«

»Wenn die Mechanismen mit Hilfe des Helms gesteuert werden«, warf Data ein, »kann ich Ihnen leider nicht helfen. Die Haube hat versucht, mich zu desaktivieren.«

»Ja, ich erinnere mich. Offenbar eine weitere Sicherheitsmaßnahme der Konstrukteure. Vermutlich analysiert der Helm Hirnwellenmuster und metabolische Parameter des jeweiligen Benutzers, und wenn die Daten nicht den Vorgaben entsprechen, wird eine Abwehrautomatik aktiv und versucht, das unbefugte Individuum zu eliminieren.«

La Forge zögerte. »Wahrscheinlich waren jene Geschöpfe fest davon überzeugt, daß nur sie und niemand sonst die einprogrammierten Spezifikationen erfüllten. Sie wollten sicherstellen, daß niemand sonst die Anlagen des Schiffes benutzen kann. Diese Denkweise stimmt ganz mit der paranoiden Grundhaltung von Wesen überein, die ihre Raumer mit Antimateriebomben ausstatten – um alles zu zerstören, wenn sich Fremde an Bord beamen.«

»Ja«, pflichtete ihm Data bei. »Ich habe nicht nur darüber nachgedacht, sondern auch über einige Aspekte in Shar-Lons Schilderungen. Im Anschluß daran führte ich eine erste Datenkorrelation mit Informationen aus anderen Quellen durch. Wenn ...«

»Eine Theorie?« unterbrach ihn Geordi aufgeregt. »Irgend etwas, das uns zur Rückkehr verhilft?«

»Nein, in diesem Punkt muß ich leider passen. Aber vielleicht stimuliert mein Datenvergleich Ihre Intuition.«

»Heraus damit!«

»Wie Sie wünschen. Der Sektor, durch den wir mit der *Enterprise* flogen, ist der Föderation noch weitgehend unbekannt. Allerdings haben die Ferengi vor einiger Zeit Informationen mit uns ausgetauscht, und ein Teil der Angaben betrifft den bereits erwähnten Quadranten.«

»Ja, ich erinnere mich«, sagte Geordi, und seine Hoffnungen wichen neuerlicher Enttäuschung. »Es hieß, bei dem Austausch seien wir übers Ohr gehauen worden. Ich weiß nicht, was die Föderation den Ferengi gab, aber wir erhielten praktisch nur Gerüchte aus zweiter oder dritter Hand. Legenden und Sagen von anderen Völkern, zu denen die Ferengi Kontakte unterhielten. Kaum mehr als Märchen, ebenso aussagekräftig wie ... wie die Geschichte über den *Zauberer von Oz.*«

»Das stimmt, Geordi. Aber zwischen den ›Märchen‹ gibt es Parallelen. Zum Beispiel werden häufig Raumschiffe erwähnt, die dem Magazin ähneln.«

»Ach? Wann wurden sie gesichtet? Und wem gehörten sie?«

»Nun, es läuft alles auf folgendes hinaus: Irgendwann in ferner Vergangenheit wurden in mehreren Sonnensystemen Raumer wie das ›Magazin‹ gefunden, in den Umlaufbahnen von Planeten der Klasse M. Sie waren leer, und angeblich befand sich keins der Schiffe in einem funktionsfähigen Zustand.«

»Irgendwelche Hinweise auf den Zweck der Magazine?«

»Nein«, erwiderte Data. »Allerdings gibt es Berichte über andere Welten der Klasse M, deren Bewohner versuchten, ins All vorzustoßen, jedoch an einer Entwicklung der Raumfahrt gehindert wurden — in manchen Fällen durch nicht näher beschriebene ›Katastrophen‹, in anderen durch ›fremde Invasoren‹. Ich bin mir nicht sicher, ob es einen Zusammenhang ...«

Geordi schnippte plötzlich mit den Fingern. »Jetzt fällt es mir wie Schuppen von den Augen!« platzte es aus ihm heraus. »Es sind Wachtposten!«

»Ich verstehe nicht ganz ...«

»Himmel, es paßt alles zusammen«, fuhr La Forge fort. »Das Wrack im interstellaren Raum — vielleicht stellte es eine Art Hauptquartier dar, eine Einsatzzentrale, von der aus die Wachstationen kontrolliert wurden. Die einzelnen Transporter in den verschiedenen Gerätekammern — bestimmt ist jeder von ihnen auf ein anderes Ziel justiert, auf die automatischen Wächter in den Umlaufbahnen verschiedener Planeten. *Deshalb* arbeiten die Transfersysteme nur in einer Richtung. Wenn es einer planetaren Bevölkerung doch gelungen wäre, Astronauten in den Weltraum zu schicken ... wenn sie den Raumer im Orbit entdeckt und sich irgendwie Zugang verschafft hätten ...« Geordi schnappte nach Luft. »Es gab keine Möglichkeit für sie, die Zentrale – das Wrack – zu erreichen.«

»Aber was lag den Fremden daran, Wachschiffe in Umlaufbahnen zurückzulassen? Wenn es sich nicht um Gefängniswelten handelte ...«

»Nun, wir können natürlich nicht ganz sicher sein, aber ich nehme an, diese Verhaltensweise basierte auf ihrer ausgeprägten Paranoia. Ich wette ...« Geordi verzog das Gesicht. »Leider hilft uns das alles kaum, eine Verbindung zur *Enterprise* herzustellen. Es bedeutet höchstens, daß unsere Chancen noch schlechter stehen, als wir bisher dachten. Wenn die Transporter im Wrack wirklich nur auf Senden justiert sind und die Transfersysteme im Magazin ausschließlich empfangen können ... dann sitzen wir hier fest.«

Data sah La Forge an. »Teilt Ihnen Ihre Intuition mit, daß wir nie zur *Enterprise* zurückkehren können?«

Geordi schüttelte den Kopf. »Nein, *diese* Botschaft stammt von meiner Logik. Die Intuition sagt mir: Ganz gleich, was wir im Magazin finden – wir dürfen die Hoffnung nicht aufgeben. Picard läßt bestimmt nichts unversucht, uns zu lokalisieren. Er wird die Transporter im Wrack untersuchen lassen, und vielleicht entdecken Argyle und seine Techniker eine Möglichkeit, die Transfereinheiten zu aktivieren und ...«

»Jemand nähert sich«, unterbrach ihn Data. La Forge versteifte sich unwillkürlich, griff mit der einen Hand nach seinem Phaser, schaltete mit der anderen das Übersetzungsmodul ein.

Shar-Lon trat ein, die Stirn sorgenvoll gerunzelt.

»Probleme?« fragte La Forge.

»Nur Dummheit«, erwiderte der alte Mann scharf. Als

er sich daran erinnerte, wem er gegenüberstand, senkte er die Stimme, sprach sanfter und freundlicher. »Bitte kommen Sie.« Er deutete auf den Lift. »Ich bringe Sie jetzt zum Magazin. Die Verzögerung bedaure ich ebenso wie das unverzeihliche Verhalten der Ältesten.«

Geordi gab keine Antwort, trat zusammen mit Data in die Aufzugkabine.

Hinter ihnen schloß sich die Tür, und der Lift setzte sich in Bewegung. Shar-Lon schwieg die ganze Zeit über und schien zu grübeln. Als die Kabine schließlich anhielt, herrschte praktisch wieder Schwerelosigkeit.

Der alte Mann führte sie erneut durch einige Passagen, öffnete kurz darauf die Luke eines Shuttles.

Nur einen Sekundenbruchteil später schwang ein zweites Hangarschott auf, und drei Männer stürmten herein. Sie trugen keine Uniformen, sondern schlichte Hosen und Hemden.

Und Masken, die ihre Gesichtszüge verbargen.

Offenbar hatten die drei Unbekannten gewußt, wo sich Shar-Lon und seine beiden Begleiter befanden, denn ihre Projektilwaffen zielten bereits auf das Shuttle.

Bevor selbst Data reagieren konnte, krümmten sich die Finger um die Abzüge.

KAPITEL 9

Als Picard seiner Bordcounselor Deanna Troi mitteilte, was Commander Riker plante, reagierte sie zunächst nicht anders wie bei den vielen hundert Missionen, an denen der Erste Offizier im Laufe der Jahre teilgenommen hatte. Eine Zeitlang blieb sie auf der Brücke, beobachtete die Darstellungen des großen Bildschirms, während die *Enterprise* den Suchflug fortsetzte und Picard darauf wartete, daß Riker die Beendigung der Vorbereitungen meldete. Troi hoffte ebenso wie der Captain und alle anderen an Bord, daß sie irgendwann ein zweites fremdes Schiff fanden, in ein Tarnfeld gehüllt und verborgen. Sie hoffte, daß Geordi La Forge und Data gefunden und zurückgeholt wurden, bevor Riker Gelegenheit bekam, seinen gefährlichen Plan zu verwirklichen.

Bisher erfaßten die Sensoren nur leeren Raum.

Trois Empfindungen füllten ihren seelischen Kosmos: Sie wünschte sich von ganzem Herzen, daß sich Rikers Einsatz erübrigte. Gleichzeitig aber blieben ihre Gefühle kontrolliert, den Geboten des Intellekts unterworfen. Und wie immer während einer Krise horchte sie mit mentalen Ohren nach den Emotionen der übrigen Besatzungsmitglieder, nach ersten Anzeichen einer beginnenden Panik.

Bisher entdeckte sie keine. Die Crew arbeitete mit eingespielter Routine zusammen, selbst unter extremen Bedingungen.

Plötzlich aber registrierte Deanna Troi einen Hauch von Unbehagen, und abrupt drehte sie den Kopf, sah sich um, hielt nach der Quelle dieser Wahrnehmung Ausschau. Lieutenant Worf saß noch immer an der Navigationskonsole, den aufmerksamen Blick starr auf die Instrumente gerichtet, als die *Enterprise* eine weitere komplexe Schleife flog. Der Captain war gerade aufgestanden, wanderte zwischen den einzelnen Pulten auf und ab, blieb schließlich vor der wissenschaftlichen Station stehen und sah dem Operator ungeduldig über die Schulter. Lieutenant Brindle beobachtete die Anzeigen der taktischen Station; er ersetzte Lieutenant Yar, die beschlossen hatte, sich Riker anzuschließen.

Alle auf der Brücke befindlichen Personen strahlten Nervosität aus, eine Art von kontrollierter Anspannung, die sie immer dann erfaßte, wenn Gefahr drohte. Aber sie beeinträchtigte nicht etwa ihr Leistungsvermögen, sondern mobilisierte jene zusätzlichen psychischen Energien, die gebraucht wurden, um Krisensituationen zu meistern. Selbst wenn einer von ihnen unruhiger als üblich gewesen wäre — diesmal gab es allen Grund dazu. Nur selten begann eine Mission mit so vielen Risikoaspekten wie das Unternehmen, das Riker durchführen wollte. Es enthielt gleich mehrere unbekannte Faktoren: unbekanntes Ziel, möglicherweise einige Parsec entfernt; unbekannte, völlig fremdartige Transporter, die durch den Subraum sendeten; unbekannte Gefahren, die Riker und Yar nicht nur am Zielort erwarteten, sondern schon während des Transfers.

Unbehagen stellte also eine völlig normale Reaktion dar.

Doch dann, aus keinem ersichtlichen Grund, nahm die Spannung plötzlich drastisch zu.

Innerhalb eines Sekundenbruchteils begriff — oder erahnte — Troi, daß die Nervosität nicht von Picard oder den anderen stammte, vielmehr in ihr selbst entsprang.

Fast eine ganze Minute lang blieb die Counselor still sitzen, schloß die Hände fast krampfhaft fest um die Armlehnen ihres Sessels, starrte weiterhin auf das Projektionsfeld. Aber sie sah nicht etwa die wechselnden Sternkonstellationen. Vor ihrem inneren Auge beobachtete sie, wie Riker auf die Transporterplattform trat.

Ärgerlich versuchte sie, sich von dieser Vision zu befreien. Es belastete sie immer, wenn der Erste Offizier eine Erkundungsgruppe leitete und sich auf eine fremde Welt begab, die ihn mit vielen Gefahren konfrontieren mochte, doch diesmal empfand es Troi als besonders schlimm.

Sie machte sich nicht nur um seine Sicherheit Sorgen. Sie ...

Ruckartig stand Troi auf und näherte sich dem vorderen Turbolift. Es gelang ihr noch immer nicht, die seltsame Mischung aus betazoidischen Geisteskräften und menschlicher Intuition zu kontrollieren, aber dann und wann wuchsen sie zu einer Kombination zusammen und verdrängten alles andere.

So wie jetzt.

Die Sekunden im Turbolift schienen sich zu einer Ewigkeit zu dehnen, und als sich die Tür öffnete, nur wenige Meter vom Transporterraum entfernt, sprang Deanna Troi aus der Kabine, raste durch den Korridor und gab dem Schott gerade genug Zeit, vor ihr aufzuschwingen.

Dicht dahinter blieb sie wie erstarrt stehen, und das mentale Schrillen in ihr erreichte einen vorläufigen Höhepunkt.

Yar und Riker standen auf den Transferfeldern. Beide trugen schwere Strahlenschutzanzüge, und abgesehen von der üblichen Ausrüstung führten sie auch noch einen kompakten Subraum-Kommunikator sowie ein klobig wirkendes Phasergewehr bei sich. Die Helme waren bereits geschlossen, und hinter den transparenten Sichtschlitzen zeigten sich nur die Augen. Der Erste Offizier hob gerade den Arm, um Fähnrich Carpelli an den Kontrollen das Zeichen zu geben.

Doch dann ließ er ihn wieder sinken, drehte andeutungsweise den Kopf und sah Troi an.

Ihre Blicke begegneten sich, und Riker erkannte die Besorgnis, die Deanna in den Transporterraum geführt hatte.

Die Counselor beobachtete das Funkeln in Rikers Pupillen und spürte das, was sie unter ähnlichen Umständen fast immer wahrnahm. Für den Ersten Offizier kam an erster Stelle seine Pflicht gegenüber Starfleet, der *Enterprise* und ihrer Besatzung. Er nahm nur seine Verantwortung wahr.

Und wie so oft zuvor erweiterte Deanna Troi ihre Gedankensphäre und versuchte, Rikers Bewußtsein zu berühren – obgleich sie wußte, daß rein menschliche Sinne nicht das ganze Ausmaß eines solchen Kontakts wahrnehmen konnten.

Imzadi, flüsterte sie lautlos und rechnete nicht mit einer Antwort. *Imzadi. Geliebter.*

Diesmal erwartete sie eine Überraschung – Riker reagierte auf ihre psychische Stimme. Oder handelte es sich nur um ein Echo ihrer Sehnsüchte, wie zuvor bei der plötzlichen Intensitätssteigerung von Unbehagen und Furcht?

Imzadi, vernahm sie die geistige Erwiderung. *Ich werde immer bei dir sein.*

Und obwohl Troi durch den schmalen Schlitz nur einen kleinen Teil des Gesichts sehen konnte, begriff sie, daß die Worte aus Rikers Seele stammten, daß sich zwischen beider Bewußtsein tatsächlich eine Verbindung gebildet hatte, so fest wie noch nie zuvor. Deannas Gefühlsaufwallung, der emotionale Orkan in ihrem Innern, hatte den Kontakt ermöglicht.

Er erfolgte so plötzlich, daß die Counselor regelrecht erschrak. Es mußte einen Grund dafür geben, daß er ausgerechnet jetzt möglich wurde.

Troi erinnerte sich an andere Trennungen, an einige, die unter wesentlich persönlicheren, intimeren Umständen stattgefunden hatten. Und immer blieb eine direkte, unmittelbare Verbindung zwischen ihren Geistessphären aus.

Bis jetzt.

Einige Sekunden später brach der Kontakt wieder ab, reduzierte sich auf eine Erinnerung.

Das Erschrecken verwandelte sich in vages, bohrendes Entsetzen.

Deanna Troi fühlte sich hilflos, als Riker die Geste vollführte, die er kurz zuvor begonnen hatte. Carpelli reagierte, betätigte die Kontrollen. Zwei schimmernde, summende Energiesäulen entstanden, trugen Riker und Yar fort.

Als die drei Waffen ausgelöst wurden, knallte es nicht annähernd so laut, wie Data erwartet hatte. Zwar besaß er keine persönlichen Erfahrungen in Hinsicht auf Projektilschleudern, aber seine internen Speicherbänke enthielten die Information, daß sie über kleine, ›Patronen‹ genannte Kapseln verfügten: Wenn die in ihnen enthaltene chemische Ladung explodierte, jagte der Detonationsdruck die Geschosse davon. Bei einem solchen Vorgang mußte auch erhebliche Schallenergie freiwerden, und die akustischen Eigenschaften der nahen Metallwände würden das Krachen so verstärken, daß es schier ohrenbetäubende Qualitäten gewann. Statt dessen aber ertönte nur ein mehrfaches, leises Zischen – als ließe jemand ganz plötzlich den angehaltenen Atem entweichen.

Data spürte nicht etwa, wie sich ein tödliches Projektil in seinen Körper bohrte, sondern nahm ein kurzes Stechen im Bereich der Schulter wahr.

Aus einem Reflex heraus hob er die Hand und tastete nach der entsprechenden Stelle, berührte einen winzigen Pfeil, der sich mühelos durch den Stoff seiner Uniform und die Haut darunter gebohrt hatte. Er zog ihn aus der Wunde, drehte rasch den Kopf und sah, daß Geordi und Shar-Lon von ähnlichen Pfeilen getroffen worden waren. Ohne zu zögern riß er die kurzen und dünnen Schäfte aus ihren Körpern.

Gleichzeitig stellte er fest, daß seine beiden Begleiter das Bewußtsein verloren. Noch während Shar-Lon zu schwanken begann, umhüllte ihn das milchige Schimmern eines fremden Transporterfelds.

Das dumpfe Zischen wiederholte sich, und der Androide fühlte einen neuerlichen Stich, diesmal am Arm. Er löste den Pfeil aus seinem quasiorganischen Muskel, drehte sich zu den drei Angreifern um und sah aus den Augenwinkeln, wie sich Shar-Lons Gestalt auflöste – der Einsatz einer ›Gabe‹, vermutete er. Seltsamerweise schien das Verschwinden des alten Mannes die Attentäter nicht mehr zu überraschen als Data. Ihre Blicke und Waffen waren nun auf den Androiden gerichtet, nicht mehr auf die Stelle, an der Shar-Lon eben noch gestanden hatte, und die Gesichter der Männer offenbarten Furcht.

Eine Sekunde lang spielte Data mit dem Gedanken, einfach seinen Phaser zu ziehen und die Angreifer zu betäuben. Vermutlich enthielten die Pfeile irgendein Gift, das ihn selbst zwar nicht bedrohte, aber für Geordi fatale Konsequenzen haben mochte – vor allen Dingen dann, wenn ihn gleich mehrere der kleinen Geschosse getroffen hatten. Und ganz gleich, wie schnell Data seine Strahlenwaffe heben, auf die Männer zielen und schießen konnte: Zumindest einer von ihnen bekam dabei Gelegenheit, noch einmal Gebrauch von seiner Projektilschleuder zu machen. Der Androide wollte die Gefahr, in der Geordi schwebte, nicht noch vergrößern, und außerdem brauchte er Auskünfte: über die Droge, die nun ihre Wirkung in La Forges Metabolismus entfaltete, und über die Motive der Angreifer.

Datas Blick wanderte erneut zu Geordi. Er war jetzt vollkommen bewußtlos, aber ansonsten bot sein Zustand keinen Anlaß zu Sorge. Er atmete ruhig und gleichmäßig, und der Leib wirkte entspannt, nicht verkrampft.

Ich werde erneut Ihrem Beispiel folgen, Geordi, dachte der Androide, erschlaffte und ließ die Pfeile aus seiner Hand gleiten. In der Schwerelosigkeit trieb er knapp einen Meter über dem Boden, ebenso wie La Forge.

Data hielt die goldenen Augen nur einen Spaltbreit geöffnet, beobachtete, wie die Männer näher kamen. Sie bewegten sich langsam und vorsichtig, behielten ihn nach wie vor im Auge, die Waffen schußbereit in den Händen.

Zwei Meter vor dem Androiden blieben sie stehen und beobachteten ihn mißtrauisch.

»Offenbar hat der erste Pfeil nicht die Kleidung durchdrungen«, sagte einer von ihnen nervös. Die Maske verzerrte seine Stimme ein wenig, und sein Blick huschte zu dem kleinen Zylinder an Datas Gürtel, als der Translator übersetzte.

»Oder er ist widerstandsfähiger«, meinte ein anderer. »Sie sehen aus, als kämen sie von zwei völlig verschiedenen Welten. He, wir müssen uns beeilen. Es dauert nicht lange, bis sie wieder erwachen.«

Einer der Männer trat vor und hielt die Waffe noch immer schußbereit, als er in die Augen des Androiden sah und festzustellen versuchte, ob er wirklich das Bewußtsein verloren hatte.

Data wartete, schwebte weiterhin über dem Boden und ließ die schlaffen Arme so treiben, daß sich die Hände dem Fremden näherten. Die anderen beiden Männer wirkten weniger argwöhnisch als ungeduldig, schienen sich zu entspannen, als sie sich ebenfalls in Bewegung setzten.

Plötzlich griff Data nach der Waffe des Unbekannten vor ihm, hielt mit der anderen Hand seinen Arm fest. Bevor eine der beiden anderen Gestalten reagieren konnte, drehte er den ersten Mann so herum, daß er zu einem Schild wurde. Die magnetischen Stiefel des Angreifers lösten sich vom stählernen Deck, und als sie davondrifteten, fand Data den Auslöser der Projektilschleuder und betätigte ihn zweimal rasch hintereinander.

Die Pfeile bohrten sich in weiches Fleisch. Einer der Getroffenen stieß einige Laute hervor, die der Translator nicht übersetzte – wahrscheinlich ein Fluch –, und dann teilten beide Geordis Schicksal.

Der dritte Mann, der zusammen mit dem Androiden durch die Schwerelosigkeit trieb, ächzte leise und stieß hervor: »Wir wollten Sie nicht töten, nur für einige Minuten außer Gefecht setzen!«

»Ich verstehe«, erwiderte Data und drehte sich so, daß seine Stiefel die obere Wölbung eines Shuttles berührten, das unter ihnen dahinzugleiten schien. »Und warum lag Ihnen etwas daran, uns zu betäuben?«

»Jemand möchte mit Ihnen reden, das ist alles!« antwortete der Mann, viel zu erschrocken, um sich zu wehren.

»Solange wir ohnmächtig sind, können wir weder sprechen noch zuhören«, stellte Data fest, als ihn das Magnetfeld der Stiefel auf der Raumfähre verankerte. Sofort ging er los, wanderte an der Seitenfläche herab und kehrte zu La Forge zurück. »Erklären Sie mir Ihre Absichten.«

Der Fremde zwinkerte, und die Furcht in seinen Zügen wich Verwirrung. »Wir sind ... beauftragt, Sie zu der entsprechenden Person zu bringen«, entgegnete er.

Data blieb neben Geordi und den beiden anderen Bewußtlosen stehen, ließ den Mann los. Dann wich er ein wenig zurück, hielt die Projektilschleuder auf den Unbekannten gerichtet und nahm die Waffen seiner Freunde an sich. »Aus welchem Grund hielten Sie es für notwendig, uns in ohnmächtigem Zustand zu transportieren?« erkundigte sich der Androide.

»Wir mußten Sie von Shar-Lon trennen«, sagte der Mann.

»Hätte er Einwände gegen das Gespräch mit jener Person erhoben?«

»Wir wollten vermeiden ...« begann der Fremde, unterbrach sich aber sofort. »Mehr kann ich nicht sagen.«

Data musterte ihn neugierig. »Hindert Sie etwas daran? Oder fürchten Sie, zu viele Informationen preiszugeben?«

Der Namenlose schüttelte nur den Kopf und schwieg.

»Nun gut«, murmelte Data. »Wir warten, bis mein Gefährte wieder zu sich kommt.«

»Nein!« Der Mann schien sich an etwas zu erinnern und gestikulierte aufgeregt. »Wenn Shar-Lon erwacht, wird er seine Leute nach uns suchen lassen!«

»Ich verstehe«, sagte Data. »Shar-Lon *hätte* etwas dagegen, daß wir uns mit Ihrem Auftraggeber unterhalten.«

Der Mann blieb eine Zeitlang still. Sein Blick glitt von Data fort, richtete sich auf die Tür von Shar-Lons Lift, als rechnete er damit, daß sie sich jeden Augenblick öffnete. »Ja«, bestätigte er schließlich. »Shar-Lon würde alles versuchen, um eine solche Unterredung zu verhindern.«

Data sah auf Geordi herab und versuchte sich vorzustellen, wie er sich verhalten hätte. Er erinnerte sich an den Hinweis auf Intuition und Fingerspitzengefühl, öffnete seine internen Archive und analysierte die darin gespeicherten Informationen. Dabei fand er einen aufgezeichneten Satz: *Ich vertraue niemandem, der wie Shar-Lon dauernd predigt.*

Mit anderen Worten: Geordi La Forge mißtraute dem ›Auserwählten‹. Und daraus folgte: Wenn die drei Männer eine Gruppe repräsentierten, die einen anderen Standpunkt vertrat als Shar-Lon – die darüber hinaus keine tödlichen Projektilwaffen verwendete, sondern die mechanischen Äquivalente auf Betäubung justierter Phaser –, so mochte es sich als nützlich erweisen, mit dem betreffenden Anführer zu sprechen.

Einige Sekunden lang prüfte Data seine Überlegungen. Zwar basierte die Entscheidung auf Logik und nicht auf dem, was Geordi als Intuition bezeichnete, aber er war sicher, daß La Forge sie gebilligt hätte.

»In Ordnung«, sagte der Androide. »Bringen Sie uns zu dem Individuum, das mit uns reden möchte. Dies hier brauchen wir nicht«, fügte er hinzu, nahm die kleinen Pfeilkatapulte nacheinander in die Hand und verbog ihre Läufe, bevor er sie fortwarf. Der Mann riß die Augen auf, als er sah, mit welcher Mühelosigkeit Data die Struktur des Metalls veränderte. Vielleicht sah er darin einen Beweis dafür, daß er und Geordi tatsächlich zu den ›Konstrukteuren‹ gehörten.

Data zog den schwebenden La Forge heran, klemmte ihn sich unter den Arm und hielt den Phaser einsatzbereit. »Ich schlage vor, wir machen uns jetzt auf den Weg«, sagte er und winkte. »Nehmen Sie Ihre beiden Kollegen mit.«

Die Pupillen des Fremden weiteten sich noch mehr, als er der Aufforderung nachkam, die magnetischen Stiefel seiner Kameraden vom Boden löste, dann nach den Armen griff und die Bewußtlosen mit sich zog. Er hielt auf die Tür zu, durch die sie einige Minuten zuvor den Hangar erreicht hatten.

Nach einer kurzen Wanderung durch mehrere Tunnel und Gänge erreichten sie die Nabe des Habitats – eine Röhre im Rotationszentrum, die sich durch den ganzen Satelliten erstreckte. Zu jenem Zeitpunkt kam Geordi langsam wieder zu sich. Nach einigen hundert Metern rührten sich auch die beiden anderen Männer, und La Forge war vollkommen wach. Data schilderte ihm die jüngsten Ereignisse, und als er seinen knappen Bericht beendete, befanden sie sich am anderen Ende des Habitats, und die beiden Angreifer, die Data betäubt hatte, konnten wieder auf eigenen Beinen stehen.

»Sie haben sich genau richtig verhalten«, flüsterte La Forge dem Androiden zu und rang sich ein Lächeln ab.

Kurz darauf verließen sie den Hauptzylinder des Habitats, kletterten durch das Gewirr aus Kabeln, Verbindungsleitungen und Gasturbinen in unmittelbarer Nähe des Solarkraftwerks. Nach einigen weiteren Minuten gelangten sie an ein Schott, das dem Zugang der Luftschleusenattrappe im Magazin ähnelte. Geordi setzte möglichst unauffällig seinen Tricorder ein, hielt damit nach eventuell vorhandenen Transportersystemen Ausschau.

Aber es existierten keine solchen Schaltkreise, und als sich die Tür vor ihnen mit einem verhaltenen Knarren öffnete, sah La Forge, daß es sich um eine voll funktionsfähige Schleuse handelte. Mit einem Wink bedeutete er den drei Männern, die Kammer zu betreten, folgte ihnen dann zusammen mit Data. Das Innenschott schloß sich wieder, und an der einen Wand leuchteten rote Kontrollen auf. An einer Haltestange hingen mehrere antiquiert wirkende Raumanzüge.

»Es sind nicht gerade die besten«, entschuldigte sich einer der drei Männer nervös, als sie die Schutzkleidung überstreiften. »Aber wir brauchen nur vierzig oder fünfzig Meter zurückzulegen.«

Geordi lächelte dünn. »Wir können auf so etwas verzichten«, sagte er und schaltete den Individualschild ein. Die Fremden beobachteten ihn verblüfft, blieben jedoch stumm.

Die Männer überprüften ihre Ausrüstung gegenseitig, und anschließend wurde die Luft aus der Schleusenkammer gesaugt. Einige Sekunden später schwang das Außenschott auf. Draußen erwartete sie das große Gerüst, das den Parabolspiegel verankerte; die spinnwebartige Struktur wies Dutzende von Erweiterungen auf: Holme, die weit ins All reichten, dicke Streben aus schimmerndem Metall, hier und dort einige dünne, fragil anmutende Querverbindungen, mehrere blasen- und kastenartige Vorrichtungen. Hier und dort sah Geordi andere offene Schleusen, und er bemerkte auch einen kleineren, stumpfen Zylinder, der ihn an eine der ersten ›Raumstationen‹ der Erde erinnerte: Skylab. Andere Objekte erweckten den Anschein, als handele es sich um leere Treibstofftanks, die nun als Wohnquartiere oder Lager dienten. In einigen Konstruktionen erkannte er breite Löcher dort, wo sich einst hermetisch abriegelbare Zugänge befunden haben mochten. Vielleicht stellte dieser Bereich die Basis dar, von der aus der Bau des eigentlichen Habitats begonnen hatte.

Die drei Männer führten Geordi und Data zu einem Kabel direkt neben der Luftschleuse. Es reichte in das Durcheinander aus ehemaligen Baugerüsten hinein, und zwei der Fremden hangelten sich bereits daran entlang.

Geordi spürte, wie Unruhe in ihm entstand, und er forderte den dritten Mann auf, sich seinen beiden Kameraden anzuschließen. Als die Entfernung zu ihm etwa vier Meter betrug, hakte La Forge seinen Phaser an den Gürtel, griff nach dem Kabel und stieß sich vorsichtig von der Außenwand des Habitats ab. Die Schwerelosigkeit im Innern des Zylinders oder an Bord eines Shuttles machte ihm nichts aus, aber wenn er hier im All den Halt verlor und forttrieb, prallte er nicht einfach an der nächsten Wand ab. In einem solchen Fall konnte er nur hoffen, daß ihn das eigene Bewegungsmoment zu einem festen Objekt trug, zurück zum Habitat oder zu einer der Streben – andernfalls schwebte er einfach weiter, bis ihn die Unendlichkeit verschluckte. Es gab keinen Transporterfokus, der ihn in die Sicherheit zurückholen konnte, nicht einmal einen Traktorstrahl. Und der Individualschild schützte nur für eine gewisse Zeit. Wurde das Limit überschritten, erschöpften sich die Batterien, und dann brach das Energiefeld zusammen. Geordi schauderte, als er sich vorstellte, was die explosive Dekompression mit seinem Körper anrichten würde ...

Er drehte den Kopf, und sah daß sich Data direkt hinter ihm befand. Das blasse Gesicht des Androiden offenbarte gelinde Neugier.

La Forge schluckte und zog sich am Kabel entlang, weitaus langsamer und vorsichtiger als die drei Männer vor ihm. Sie bewegten sich mit beiläufigem Geschick, und das deutete darauf hin, daß sie bereits viele solcher Ausflüge hinter sich hatten. Wenn sie so etwas wie Unbehagen empfanden, so gründete es sich auf die Präsenz der beiden ›Konstrukteure‹.

Schließlich, nach den fünfzig längsten Metern seines Lebens, erreichte Geordi das Ende des Kabels. Vor ihm wölbte sich die stählerne Hülle eines der skylabartigen Objekte, und die Schleuse schien noch primitiver zu sein als die des Habitats. Einer der drei Männer hatte sie bereits geöffnet, und Geordi wartete, bis die Fremden hineinschwebten.

Behutsam tastete sich La Forge an der Wand entlang, achtete nach wie vor darauf, sich nicht zu ruckartig zu bewegen. In der Schleusenkammer seufzte er unhörbar. Data folgte ihm weitaus schneller, und unmittelbar darauf schwang das Außenschott zu. Es zischte, als die Luft aus winzigen Düsen strömte.

Dann öffnete sich das Innenschott.

Geordis Blick fiel in ein spartanisch eingerichtetes Zimmer, in dem ein Mann auf sie wartete. Er trug ebenfalls keine Uniform, nur eine schlichte Kombination aus Hemd und Hose, schien etwa so alt zu sein wie Shar-Lon. Doch er wirkte schlanker, und er hatte fast ebensowenig Haare wie Picard. Ganz offensichtlich versuchte er, sich seine Überraschung nicht anmerken zu lassen, als er feststellte, daß Geordi und Data keine Raumanzüge trugen — und daß sie ihre Phaser in den Händen hielten, während seine Männer unbewaffnet waren. Fasziniert beobachtete er, wie das diffuse Glühen der Energiefelder verblaßte, als La Forge und der Androide ihre Individualschilde ausschalteten und die Magnetfelder ihrer Stiefel reaktivierten.

»Sind Sie derjenige, der mit uns sprechen möchte?« fragte Geordi, während die drei Männer ihre Helme abnahmen.

»Ja, der bin ich. Und da Sie offenbar meine Leute entwaffnet haben, nehme ich an, daß auch Sie an einem Gespräch interessiert sind.«

»Eine durchaus richtige Schlußfolgerung«, bestätigte Geordi und ließ seinen Phaser nicht sinken. »Nun, vielleicht nähmen wir eine freundlichere Haltung ein, wenn wir wüßten, was Sie wollen – und wer Sie sind.«

»Oh, natürlich.« Der alte Mann lächelte. »Ich möchte einfach nur feststellen, wer *Sie* sind und was Sie hierher führte. Was meine Identität betrifft ... Wahrscheinlich hat Ihnen Shar-Lon bereits von mir erzählt. Ich bin sein Bruder Shar-Tel.«

KAPITEL 10

»Fertig, Lieutenant Yar?«

»Fertig, Commander Riker.«

Die Systeme der schweren Strahlenschutzanzüge arbeiteten einwandfrei, und die Magnetfelder der Stiefel schufen eine feste Verbindung zum Boden. Die beiden Offiziere standen im ›Kontrollraum‹ des Wracks, praktisch an der gleichen Stelle wie Data und La Forge unmittelbar vor ihrem Transfer.

»Alles klar, Captain«, sagte Riker.

»In Ordnung, Nummer Eins. Mr. Argyle, beginnen Sie damit, einen Teil der Abschirmung des Antimateriekerns zu entfernen.«

Der Chefingenieur empfing die Anweisung im Maschinenraum der *Enterprise* und bestätigte. Er wandte sich den Kontrollen zu, setzte sich mit den automatischen Wartungseinheiten an Bord des fremden Schiffes in Verbindung — mit jenen Robotern, die vor einigen Stunden den neuen Schild errichtet hatten.

»Lieutenant Worf«, sagte Picard, »halten Sie Fähnrich Carpelli und das Erkundungsteam ständig über die Strahlungsintensität auf dem laufenden. Fähnrich Carpelli: Seien Sie bereit, Riker und Yar beim geringsten Anzeichen von Gefahr zurückzubeamen.«

»Ja, Sir.«

Worf stand vor der wissenschaftlichen Station und übermittelte die aktuellen Emissionswerte.

»Irgendwelche Veränderungen, Nummer Eins?«

»Bisher noch nicht, Sir.«

»Erstes Schildsegment entfernt, Captain«, meldete Argyle.

»Beginnen Sie damit, das zweite zu lösen«, ordnete Picard an.

Fast eine Minute lang herrschte Stille, nur unterbrochen

von Worfs Stimme. Der Klingone wies auf jede Zunahme der Strahlung hin.

»Auf der Schalttafel leuchtete eben eine Anzeige auf, Sir«, berichtete Riker. Und einige Sekunden später: »Jetzt zeigt der Schirm eine Karte, offenbar eine schematische Darstellung der internen Struktur des Wracks. Ja, ich bin ganz sicher. In der Mitte, dort, wo sich der Antimateriekern befindet, blinkt ein grüner Kreis. Ich nehme an, es handelt sich um ein Alarmsystem, dazu bestimmt, die Aufmerksamkeit der Besatzung zu erwecken, wenn der Computer auf ein Problem stößt, das er nicht selbst lösen kann.«

»Im unteren Teil der Projektionsfläche wurden gerade einige Schriftzeichen eingeblendet«, warf Yar ein. »Unbekannte Sprache. Ich zeichne sie für eine spätere Analyse auf.«

»Gut, Lieutenant«, antwortete Picard. »Sonst noch etwas?«

»Unsere Tricorder zeigen Aktivität in den Hibernationskapseln, weiter nichts.«

»Die Strahlungsintensität hat nun fast das Niveau erreicht, die das Transportersystem auslöste«, sagte Worf.

»Sie haben es gehört, Nummer Eins, Lieutenant Yar«, brummte Picard. »Seien Sie auf der Hut.«

»Ja, Sir. Wir gehen keine unnötigen Risiken ein.«

»Drittes Schildsegment wird entfernt, Sir«, meldete der Chefingenieur.

»Langsam, Mr. Argyle, ganz langsam«, warnte Picard. »Die Strahlung ist nun fast so intensiv wie ...«

»Energetischer Output des Antimateriekerns nimmt drastisch zu, Sir«, unterbrach ihn Worf. »Das Strahlungsniveau wurde ebenfalls größer, übersteigt bereits die Auslösungsschwelle. Entweder sind die entsprechenden Kontrollen des fremden Schiffes ausgefallen oder ...«

»Mr. Carpelli!« sagte Picard scharf. »Holen Sie Riker und Yar zurück!«

»Transfer erfolgt, Sir«, antwortete der Transportertechniker.

»Ein anderes Transfersystem wird aktiv, Sir«, berichtete Worf. »Fokus im Wrack.«

»Carpelli!«

»Ich weiß, Sir! Ich gebe mir alle Mühe, aber die Interferenzen des fremden Transporters ...«

»Neue Koordinaten, Mr. Carpelli«, knurrte Worf, betätigte eine Taste und übermittelte die Daten. »Der Aufenthaltsort des Erkundungsteams hat sich verändert. Die erste Transfereinheit ...«

»Erfassung der Kommunikatorsignale«, erwiderte Carpelli angespannt.

»Yar! Nummer Eins!« rief Picard. »Halten Sie aus! Wir beamen Sie hierher!«

In den Lautsprechern der externen Kommunikation blieb alles still.

»Energie«, sagte Carpelli.

»Antimateriekern kurz vor Überladung«, stieß Worf hervor. »Angesichts unserer derzeitigen Entfernung zum fremden Schiff ...«

»Ich kenne die Gefahr, Lieutenant«, erwiderte der Captain. »Mr. Brindle! Deflektorschirme ein, wenn Riker und Yar zurück sind.«

»Bereit, Sir«, bestätigte Brindle von der taktischen Station.

»Ich habe sie verloren!« entfuhr es Carpelli bestürzt. »Interferenzen von ...«

»Ihre Erklärungen sind mir gleich! Holen Sie Riker und Yar hierher.«

»Ich versuche es, Sir, aber ...«

»Kritische Phase«, warf der Klingone ein. »Überladung in fünf Sekunden!«

»Ich kann sie nicht lokalisieren«, krächzte Carpelli. »Die verdammten Interferenzen ...«

»Noch drei Sekunden«, sagte Worf. »Zwei ...«

»Schilde hoch.«

»Schilde sind hoch, Sir«, bestätigte Brindle. Unmittelbar im Anschluß an seine Worte blitzte es auf dem Bildschirm grell auf. Die *Enterprise* erbebte, als die Deflektoren die Energie der explodierten Antimaterie zu absorbieren versuchten.

Deanna Troi erzitterte, und die Knöchel ihrer Finger traten weiß hervor, als sie die Hände krampfhaft fest um die Armlehnen des Sessel schloß. Ein schriller Schrei hallte durch ihren mentalen Kosmos.

Riker hörte noch, wie Picard den Transportertechniker anwies, sie zurückzubeamen, und einen Sekundenbruchteil später fühlte er das Prickeln des Transferfokus. Die Wände des Wracks verflüchtigten sich, und der Erste Offizier wartete darauf, an Bord der *Enterprise* zu rematerialisieren.

Aber dazu kam es nicht.

Als der Retransfer erfolgte, sah Riker nur Schwärze und nahm einen metallischen Geruch wahr. Es blieb ihm nicht einmal genug Zeit, Verwirrung zu empfinden: Ein zweites Transporterfeld umhüllte ihn, schleuderte seine Ich-Matrix durch Raum und Zeit.

Aus einem Anflug von Erstaunen wurde Erschrecken, als ihm ein Kaleidoskop aus durcheinanderwirbelnden Farben entgegenwogte – ein buntes Schillern, in dem sich kurzlebige Formen bildeten, Strukturen, die an Rikers geistiger Stabilität nagten.

Und die eigentlich überhaupt nicht existieren konnten.

Zumindest nicht im Einstein-Universum.

Riker begriff plötzlich, daß er nicht vom Transporter der *Enterprise* erfaßt worden war. Ein Transfersystem des Wracks hatte auf die zunehmende Strahlung reagiert und ihn entmaterialisiert.

Ein Gerät, das die energetischen Transfermatrizen durch den Subraum schickte, wie Argyle bereits vermutet hatte. Riker fragte sich kurz, ob ihn die Reise zu Data und La Forge führen würde.

Noch während er diesen Überlegungen nachhing, flutete völlige Finsternis heran, und alle Farben lösten sich auf.

Alles verschwand — als seien Rikers Wahrnehmungssinne plötzlich nicht mehr existent.

Entsetzen quoll in ihm empor, als sich selbst seine Erinnerungen zu verflüchtigen begannen, nur noch für eine grauenhafte Erkenntnis Platz ließen: *Das fremde Transportersystem wurde im Augenblick unseres Transits zerstört, und unsere energetischen Strukturen verlieren sich nun im Subraum ...*

Dann trieb auch dieser Gedanke davon, wie eine vom Wind erfaßte Dunstwolke, und Rikers Dasein beschränkte sich nur noch auf die unmittelbare Gegenwart, auf ein zeitloses Jetzt. Ihm fehlten Vergangenheit und Zukunft.

Irgendwann — es gab nicht die geringste Möglichkeit, temporale Distanzen zu messen — spürte er etwas.

Ein ferner, schwacher Sog zog ihn sanft aus dem Nichts, und Riker gab sich ihm hin.

Kurz darauf — wenn dieser Ausdruck einen Sinn hatte — fluteten erneut Farben auf ihn zu, und er kehrte in seinen memoralen Kosmos zurück. Eine Zeitlang waren seine Gedanken und Erinnerungen mindestens ebenso chaotisch wie die ihn umwirbelnden Muster.

Doch dann fand er irgendwo psychischen Halt. Er verglich sich mit einem Schiffbrüchigen, der zu ertrinken drohte — und im letzten Augenblick einen Rettungsring zu fassen bekam. Riker klammerte sich daran fest.

Und seine mentale Welt stabilisierte sich.

Das Durcheinander aus schillernden, desorientierenden Farben ließ nach.

Als sich in seiner Nähe wieder feste Konturen bildeten, hörte er eine Stimme, ein leises Flüstern, das ihm irgendwie vertraut erschien und ihm immer wieder ein ganz bestimmtes Wort zuraunte: *Imzadi. Imzadi. Imzadi...*

Riker versuchte, sich darauf zu konzentrieren, eine Antwort zu geben, aber seine eigene geistige Stimme verhallte im zurückweichenden Nichts, als ein Subraumempfänger seine Ich-Matrix zurückverwandelte.

Geordi verbarg seine Überraschung, und er fragte sich, womit er eigentlich gerechnet hatte; bestimmt nicht damit, dem angeblich ermordeten Shar-Tel zu begegnen.

»Ihr Bruder hat behauptet, Sie seien schon seit vielen Jahren tot«, sagte La Forge. »Diese Antwort gab er mir, als ich ihn um ein Gespräch mit Ihnen bat. Offenbar lag ihm nichts an einer Unterhaltung zwischen uns beiden.«

»Bestimmt hätte er sie zu verhindern versucht – wenn er wüßte, daß ich noch lebe«, erwiderte der alte Mann und lächelte grimmig.

»Er ahnt also gar nichts davon?«

»Nun, ich habe allen Grund zu der Annahme, daß er mich nach wie vor tot glaubt. Aber das ist eine lange Geschichte, und bevor ich sie erzähle, brauche ich eine Auskunft.«

»Uns ergeht es nicht viel anders.«

Shar-Tel nickte. »Ich bin gern bereit, Ihre Fragen zu beantworten. Doch zunächst: *Gehören* Sie zu denen, die das Objekt in der Umlaufbahn unseres Planeten zurückließen? Und wenn das der Fall ist: *Warum* gaben Sie es auf?«

»Ihr Bruder hält uns für die Konstrukteure«, erwiderte Geordi ausweichend.

»Shar-Lon glaubt eine ganze Menge. Er ist sogar davon überzeugt, dazu ›auserwählt‹ worden zu sein, unsere Welt zu retten – mit den Dingen, die er an Bord des Raumschiffs fand.«

»Sind Sie anderer Ansicht?«

»Ich bin kein Narr.«

Geordi lachte plötzlich – ohne recht zu wissen, was ihn zur Heiterkeit veranlaßte. Vielleicht lag es daran, daß ihn die schlanke, hagere Gestalt und der fast haarlose Schädel des alten Mannes an Captain Picard erinnerte. Besser gesagt: an einen Picard, wie er in etwa dreißig Jahren aussehen mochte. Hinzu kam der plötzlich so scharfe Klang seiner Stimme.

La Forge spürte, wie sich der Argwohn in ihm verflüchtigte und neuer Zuversicht wich.

»Nein, wir sind keine ›Konstrukteure‹«, gestand er ein. »Und was es mit dem fremden Raumschiff auf sich hat ... Nun, das würden wir selbst gern herausfinden. Wir haben in diesem Zusammenhang einige Vermutungen, aber das ist auch schon alles. Wenn Sie uns entsprechende Informationen geben könnten, wären wir Ihnen sehr dankbar.«

Shar-Tel runzelte kurz die Stirn, schmunzelte dann und wandte sich an die anderen Männer. »Sie sollten jetzt besser zurückkehren – bevor mein Bruder Sie vermißt und Verdacht schöpft«, sagte er. »Er hat Sie doch nicht erkannt, oder?«

»Nein, unsere Gesichter blieben ihm verborgen. Aber Vol-Mir könnte in Schwierigkeiten geraten. Er mußte sich etwas einfallen lassen, um Shar-Lon lange genug aufzuhalten, und als sich der ›Notfall‹ als falscher Alarm herausstellte, wurde Ihr Bruder mißtrauisch.«

Shar-Tel schnitt eine Grimasse. »Seien Sie vorsichtig. Und machen Sie sich jetzt auf den Rückweg. Ich bin hier sicher.«

Die Männer nickten und wirkten erleichtert, als sie wieder die Helme aufsetzten und in der Luftschleuse verschwanden. Das Innenschott schloß sich hinter ihnen.

»Ich nehme an, Ihre Geschichte ist ebensolang wie meine, und deshalb sollten wir sofort zur Sache kommen«, sagte Shar-Tel.

»Aber bevor wir beginnen, möchte ich *Sie* etwas fragen«, warf Geordi ein. »Können Sie uns im Anschluß an unsere Unterredung irgendwie zum Magazin bringen?«

In Shar-Tels Stirn bildeten sich neuerliche Furchen, und sein Blick glitt zur verriegelten Schleuse. »Warum?«

»Nur von dem fremden Schiff aus sind wir vielleicht imstande, dorthin zurückzukehren, woher wir kommen.«

»Ach? Heißt das, Sie sind nur durch Zufall hier?«

»Geordi«, sagte Data und schaltete sein Übersetzungsmodul aus.

La Forge zögerte und beobachtete, wie das Gesicht des alten Mannes wachsenden Argwohn zum Ausdruck brachte. Er ließ seinen eigenen Translator eingeschaltet und erwiderte: »Was ist, Data?«

Der Androide übertrieb seinen bedeutungsvollen Blick, den er auf das kleine, zylindrische Gerät richtete.

»Schon gut. Ich glaube, wir können Shar-Tel vertrauen.«

Data dachte kurz nach. »Oh«, machte er nach einigen Sekunden. »Ich verstehe. Es ist jetzt also nicht mehr nötig, einen ›falschen Anschein‹ zu erwecken?«

Geordi schüttelte den Kopf und lächelte reumütig. »Genau«, sagte er. »Ich verlasse mich noch immer auf meine Intuition, und sie sagt mir, daß wir hier mit offenen Karten spielen können.«

»Mit ›offenen Karten‹?«

La Forge seufzte hingebungsvoll. »Wieder eine Redewendung«, erklärte er. »Wir können ehrlich und aufrichtig sein.«

Data neigte den Kopf zur Seite und überlegte erneut. »Gut«, erwiderte er schließlich. »Es ist nicht leicht, ständig einen ›falschen Eindruck‹ zu erwecken.«

Shar-Tel musterte sie. »Kann ich diesem Wortwechsel entnehmen, daß Sie meinem Bruder kein volles Vertrauen schenkten?«

»In der Tat. Nun, Sie haben meine Frage noch nicht beantwortet: *Sind* Sie imstande, uns nach unserem Gespräch eine Rückkehr ins Magazin zu ermöglichen?«

»Ich glaube, das läßt sich bewerkstelligen.«

»Höre ich da eine gewisse Skepsis?«

»Zuerst müssen wir feststellen, wie mein Bruder auf die Aktion meiner Leute reagiert. Das Verschwinden seiner beiden ›Konstrukteure‹ dürfte für ihn ein ziemlicher Schock sein. Vielleicht ist es am besten, wenn Sie nach unserer Unterredung zu Shar-Lon zurückkehren, ihn beruhigen und sich von ihm zum sogenannten Magazin bringen lassen. Das wäre für uns alle am ungefährlichsten.«

Geordi kniff die Augen zusammen. »Spielen Sie damit auf die Leute an, die versuchten, uns in der Schleuse des Magazins zu erschießen?«

Shar-Tels Miene umwölkte sich, und er senkte kurz den Kopf. »Bitte entschuldigen Sie«, sagte er nach einer Weile. »Ich kann verstehen, welchen Eindruck Sie gewinnen mußten, als meine Männer die Pfeilkatapulte einsetzten. Da es Ihnen offenbar nicht sehr schwer gefallen ist, sie zu entwaffnen ... Vermutlich können sie von Glück sagen, noch am Leben zu sein.«

Geordi machte Anstalten, mit den Schultern zu zucken, um Shar-Tels Annahmen auf diese Weise zu bestätigen, doch dann überlegte er es sich anders. »Nein«, widersprach er. »Unsere Phaser waren auf Betäubung justiert. Mit anderen Worten: Sie hatten die gleiche Wirkung wie die Pfeile. Wir töten nur dann, wenn es sich nicht vermeiden läßt.«

»Phaser? So heißen Ihre Waffen? Könnten Sie damit ...« Shar-Tel unterbrach sich und schüttelte den Kopf. »Ich verschwende Zeit mit eigentlich unwichtigen Details«, sagte er. »Nun, da mein Bruder Sie offenbar für die ›Konstrukteure‹ hält ... hat er Sie gebeten, zum Friedenskonzil zu sprechen? Wollte er eine solche Gelegenheit nutzen, um sich in aller Form für Ihre ›Gaben‹ zu bedanken, die es ermöglichten, unsere Welt vor der atomaren Apokalypse zu bewahren?«

»Er benutzte fast die gleichen Worte«, entgegnete La Forge. »Er erzählte uns alles und ... Hat er gelogen?«

Shar-Tel holte tief Luft. »Unglücklicherweise entsprechen seine Behauptungen in gewisser Weise den Tatsachen. Allerdings sieht er die Wahrheit nur so, wie sie ihm gefällt.«

»Und Sie möchten uns mit der objektiven Version vertraut machen?«

»Das sollte ich wohl, um Ihnen die richtige Einschätzung unserer Lage zu ermöglichen.« Dann fuhr er fort. »Wie Shar-Lon Ihnen sicher sagte: Es begann alles vor fünfzig Jahren, als wir beide das verlassene fremde Raumschiff im Orbit fanden. Ich habe keine Ahnung, wer es dort zurückließ, welchem Zweck es diente und was die ›blutroten Visionen‹ bewirkte. Ich hatte gehofft, daß Sie darüber Bescheid wissen, denn immerhin sind Sie in dem rätselhaften Objekt erschienen. Aber Sie meinten vorhin, die Antworten auf diese Fragen seien Ihnen ebenfalls unbekannt, und ich bin bereit, Ihnen zu glauben.«

Geordi räusperte sich. »Wir halten die ›blutroten Visionen‹, wie Sie sie nennen, für die Auswirkungen eines zusammengebrochenen Tarnfeldes, mit dem sich das Schiff vor Entdeckung schützte«, erklärte er. »Wenn so ein Mechanismus richtig funktioniert, werden die darin eingehüllten Objekte praktisch unsichtbar. Aber wenn er versagt, kommt es zu den eigentümlichsten Phänomenen. Die Wellenlängen können in den roten Bereich verschoben werden, was vermutlich in diesem Fall geschah, oder einige Frequenzabschnitte werden verstärkt, andere blockiert.«

»Es war also nur reiner Zufall, daß unsere Welt in einem rötlichen Schimmer gehüllt war?« vergewisserte sich Shar-Tel. »Sie hätte ebensogut blau oder grün leuchten können?«

»Das nehme ich an«, sagte Geordi und nickte.

Der alte Mann lachte plötzlich. »Ich frage mich, welche Symbolik mein Bruder in einem gelben oder purpurnen Glühen unseres Planeten gesehen hätte«, brummte er und richtete seinen Blick wieder auf La Forge und Data. »Wissen Sie sonst noch etwas?«

»Nur wenig«, erwiderte Geordi und zuckte mit den Achseln. »In einem Punkt allerdings sind wir ganz sicher: In nur einer Richtung arbeitende Transfersysteme – Materietransmitter – verbinden das Schiff im Orbit mit einem anderen aufgegebenen Raumer im interstellaren Raum, einem mindestens zehntausend Jahre alten Wrack. Wir *glauben*, daß es irgendwann einmal mehrere ›Magazine‹ gab, in den Umlaufbahnen von Planeten, die Ihrer Welt ähneln.«

»Aber zu welchem Zweck?« erkundigte sich Shar-Tel.

»In dieser Hinsicht können wir nur spekulieren«, sagte Geordi und ignorierte den fragenden Blick Datas. »Wie dem auch sei: Wir erforschten das Wrack im interstellaren Raum, als plötzlich einer der Transporter aktiv wurde und uns hierher sandte. Derzeit haben Data und ich nur ein Ziel: Wir möchten feststellen, wo wir sind – und wir suchen nach einer Möglichkeit, unsere Gefährten zu benachrichtigen, damit sie uns abholen.«

Shar-Tel schwieg, und in seinen Augen glänzte Sehnsucht. Geordi kannte diesen Ausdruck: Er erinnerte ihn an die Neugier Picards, wenn sich die *Enterprise* einer unbekannten Welt näherte. Ganz offensichtlich lagen dem alten Mann tausend Fragen auf der Zunge, aber dennoch zwang er sich dazu, auf das zentrale Thema zurückzukommen.

»Zehntausend Jahre«, wiederholte er schließlich. »Eine lange Zeit. Wir können also davon ausgehen, daß die ›Konstrukteure‹ nicht hierher zurückkehren, oder?«

»Das wäre sehr unwahrscheinlich«, pflichtete ihm La Forge bei. »Andererseits habe ich schon früh die Erfahrung gemacht, daß nichts unmöglich ist.«

Shar-Tel nickte, und ein angedeutetes Lächeln umspielte seine Lippen. »Ja, das glaube ich Ihnen gern. Aber wir schweifen ab.« Er atmete tief durch. »Als Shar-Lon und ich das fremde Schiff fanden, geriet mein Bruder völlig außer sich. Derartige Entdeckungen sind viel zu wichtig, um sie einer einzelnen Person zu überlassen, und daher schlug ich vor, sofort unsere Regierung zu verständigen, damit sie eine Gruppe qualifizierter Wissenschaftler mit der Untersuchung des Objekts beauftragen konnte – oder damit, einen Kontakt mit seiner Besatzung herzustellen. Damals wußten wir noch nicht, daß sich niemand an Bord befand. Immerhin wäre es möglich gewesen, daß Dutzende von Aliens an den Kontrollen saßen, bereit dazu, verheerende Waffen gegen uns einzusetzen.

Aber mein Bruder hörte nicht auf mich. Nun, ich habe keine Ahnung, was er Ihnen erzählte, um sein Verhalten zu rechtfertigen. Die Wahrheit sieht folgendermaßen aus: Er wurde noch immer von jener Ungeduld beherrscht, die ihn als jungen Mann veranlaßte, sich der Organisation der

Friedenswächter anzuschließen — und sich zwei Jahre später wieder von ihr abzuwenden, als sie ihre Ziele nicht schnell genug durchsetzen konnte. Wann immer er sich für etwas engagierte — er wollte *handeln*, nicht planen. Und dann, als irgendwelche Militärs einer ehemals feindlichen Nation meine Meldung auffingen und erfuhren, daß sich Shar-Lon an Bord eines gerade erst entdeckten fremden Raumschiffes befand, das mit hochentwickelter Technologie vollgestopft sein mochte ... Irgend jemand geriet in Panik, startete eine Atomrakete und versuchte, das Magazin zu zerstören.«

Shar-Tel zögerte kurz und verzog das Gesicht. »Vielleicht bin ich unfair. Vielleicht sind meine Erinnerungen nach fünfzig Jahren nicht mehr ganz so klar. Was auch immer die Motive meines Bruders gewesen sind: Es gelang ihm, das Shuttle zu verlassen und meinen Raumanzug mitzunehmen; und irgendwie verschaffte er sich Zugang ins fremde Schiff.« In den Pupillen des alten Mannes blitzte es plötzlich auf. »Wahrscheinlich mit Hilfe der Transporter, die Sie eben erwähnten. Shar-Lon setzt jene Technik auch dazu ein, einfach zu verschwinden, wenn's brenzlig für ihn wird — so wie bei dem Angriff meiner Leute.«

Geordi nickte. »Offenbar steht er ständig mit den Kontrollen im Magazin in Verbindung. Sie haben übrigens ganz recht: Ein Kurzstreckentransporter ermöglicht es, das Raumschiff zu betreten und es wieder zu verlassen. Die ›Luftschleuse‹ ist nur eine Attrappe, im Bereich des Transfersystems errichtet. Ich nehme an, Ihr Bruder wollte damit über die eigentliche Zugangsmethode hinwegtäuschen.«

»Ja. Er errichtete die Schleuse, bevor er irgend jemanden an sein ›Magazin‹ heranließ. Ich weiß nicht, wie er es fertigbrachte, die fremde Technik ganz nach seinem Belieben zu verwenden, und es ist mir ebenso ein Rätsel, wie er alle nuklearen Sprengköpfe auf dem Planeten fand und sie fünfhunderttausend Kilometer entfernt im All explodieren ließ. Er sagte immer wieder, die ›Gaben‹ verliehen ihm die

Macht dazu. Wahrscheinlich meinte er damit unter anderem die Transporter.«

»Ich fürchte, Transfersysteme allein reichen nicht aus, um so etwas zu bewerkstelligen«, sagte Geordi. »Zumindest keine, die den unsrigen ähneln.«

Shar-Tel runzelte die Stirn. »Soll das heißen, daß die Konstrukteure des Schiffes einen noch höheren Entwicklungsstand erreicht haben als Sie?«

»Zumindest auf einigen Gebieten.«

Der alte Mann wirkte betroffen und dachte kurz nach. Kurze Zeit später fuhr er fort: »Nach der Zerstörung aller Raketen schnappte die ganze Welt über. Viele sahen in meinem Bruder eine Art Heiland, fast einen Gott, und das traf insbesondere auf einige hundert der fanatischsten Friedenswächter zu. Um ganz ehrlich zu sein: Eigentlich kann ich ihnen deshalb keinen Vorwurf machen. Seit Jahrzehnten lebte die Bevölkerung unseres Planeten mit der ständigen Gefahr einer atomaren Auslöschung, und ganz plötzlich, praktisch über Nacht, existierte diese Bedrohung nicht mehr.«

»Shar-Lon meinte, einige wenige Personen seien dagegen gewesen«, sagte Geordi. »Eine kleine Minderheit, die es bedauerte, keine Möglichkeit mehr zu haben, die ganze Welt in eine radioaktive Wüste zu verwandeln. Er behauptete, solche Leute hätten Sie ermordet und versucht, uns zu erschießen.«

Shar-Tel schüttelte den Kopf. »Die Situation ist ein ganzes Stück komplizierter. Wie ich schon sagte: Viele glaubten, mein Bruder habe die Welt gerettet. Vielleicht hätten wir uns ohne den Einsatz der ›Gaben‹ tatsächlich ins Verderben gestürzt, aber eigentlich bezweifle ich das. Fast siebzig Jahre lang ist es uns gelungen zu überleben, ohne daß jemand auf den falschen Knopf drückte, und zumindest *gewisse* Fortschritte lassen sich nicht leugnen. Ein Jahrzehnt vor der Entdeckung des fremden Raumschiffs wurden erste Vereinbarungen getroffen, um die Anzahl der atomaren Sprengköpfe zu reduzieren, und es stand eine echte Abrüstung in Aussicht. In jedem folgenden Jahr fanden weniger konventionelle Kriege statt, und ein vorsichtiger Optimismus schien gerechtfertigt zu sein. Man sprach sogar über die Einberufung eines Weltrats. Bis mein Bruder die Macht übernahm.«

Shar-Tel legte eine kurze Pause ein und schüttelte erneut den Kopf. »Viele Leute glaubten damals, Shar-Lon sei von einer fremden Entität übernommen worden, als er das Magazin betrat. Selbst heute gibt es noch einige, die so etwas vermuten. Sie meinen, das fremde Schiff sei eine ›Falle‹ fremder Wesen, der sogenannten Konstrukteure — eine Falle, die zuschnappte, als Shar-Lon damit begann, die technischen Anlagen an Bord zu untersuchen.«

»Aber wenn Ihr Bruder Sie nur von dem Schreckgespenst der nuklearen Selbstvernichtung befreite ...«

»Er hat sich nicht nur *darauf* beschränkt!« entfuhr es Shar-Tel mit plötzlichem Zorn. »Er verwandelte unseren Planeten in einen riesigen globalen Kerker! Und das rechtfertigt er seit fünfzig Jahren, indem er behauptet, ›auserwählt‹ zu sein!«

Shar-Tel versuchte, sich wieder zu beruhigen. »Bevor er das Magazin aufsuchte, mag Shar-Lon zwar ungeduldig und auch naiv gewesen sein, bereit dazu, sein Leben für eine ›gerechte Sache‹ zu geben, aber ansonsten war er völlig normal. Er wußte ebensogut wie ich, daß es sich um ein fremdes Raumschiff handelte, kein mystisches Objekt, das allein ihm zur Verfügung gestellt wurde. Doch als er es wieder verließ, nach der Zerstörung der Atomraketen, auf eine Weise geschützt, die ich erst jetzt zu verstehen beginne, redete er so, wie er noch heute spricht. Ich persönlich glaube, es war einfach zu viel für ihn. Irgend etwas in ihm rastete aus. Plötzlich besaß er all die Macht, die er sich erträumt hatte, aber die damit einhergehende Verantwortung empfand er als eine zu schwere Bürde. Deshalb erfand er eine ›höhere Autorität‹ — um von sich abzulenken.«

Der Glanz in Datas goldenen Augen verstärkte sich ein wenig. »Ihr Bruder wies uns mehrfach darauf hin, seine

Gegner seien Irregeleitete – aber Ihre letzten Ausführungen lassen den Schluß zu, daß er ebenfalls an einer perspektivischen Realitätsverzerrung leidet.«

»Ein anderer Ausdruck für Wahnsinn«, übersetzte Geordi.

Shar-Tel zuckte mit den Schultern. »Entweder ist er verrückt – oder er wurde tatsächlich von einer anderen Entität übernommen. Ich weiß nur eins: Er *hat* sich verändert. Oder *wurde* verändert. Er verwandelte seine Weltanschauung in eine Religion, mit sich selbst als Propheten. Er ließ es nicht zu, daß Wissenschaftler – oder andere – das Raumschiff betraten, aus Furcht, sie könnten die Funktionsweise der ›Gaben‹ herausfinden. Er versammelte den harten Kern der Friedenswächter um sich und ›salbte‹ sie, ernannte sie zu ›Botschaftern des Friedens‹. Doch dann fiel einer von ihnen einem Attentat zum Opfer – was nicht besonders verwunderlich ist, wenn man bedenkt, was die meisten Leute von Shar-Lon und seinen Anhängern hielten. Mein Bruder nahm diesen tragischen Vorfall zum Anlaß, die Besatzungen der von verschiedenen Staaten gebauten Raumstationen ultimativ aufzufordern, auf den Planeten zurückzukehren, und im Anschluß daran überließ er die Orbitalbasen seinen Günstlingen. Einige reguläre Besatzungsmitglieder, die Shar-Lon die Stirn bieten wollten, wurden einfach evakuiert – ich nehme an, in diesem Zusammenhang kamen erneut die Transporter ins Spiel – und durch Vertraute aus dem Kreis der Friedenswächter ersetzt. Mein Bruder steuerte die Raumstationen sogar aus ihren normalen Umlaufbahnen und brachte sie hierher in die Nähe seines ›Magazins‹.«

Also gehören auch Traktorstrahlen zu den ›Gaben‹, dachte Geordi. *Vielleicht auch Phaser?*

»Dieser Raum hier gehört zu einer jener Basen«, sagte Shar-Tel und vollführte eine umfassende Geste. »Nun, als Shar-Lon seine Freunde um sich versammelt hatte, befahl er die Konstruktion der sogenannten ›Welt der Friedenswächter‹. *Angeblich* sollte sie die erste von vielen anderen

Raumkolonien sein, ein ›Sprungbrett zu den Sternen‹, wie er sich ausdrückte. Manche Leute, die meinen Bruder bereits durchschaut hatten, ließen sich zumindest zu Anfang für dieses Projekt gewinnen, aus den verschiedensten Gründen. Doch kurz nach der Fertigstellung versteckte jemand eine Bombe an Bord eines Shuttles, um Shar-Lon, seine Anhänger und das ganze Habitat in die Luft zu sprengen. Es handelte sich um einen gewöhnlichen chemischen Sprengsatz, und offenbar können die ›Gaben‹ nur nukleares Vernichtungsmaterial erkennen.

Mein Bruder entdeckte die Bombe — und reagierte sofort. Er zerstörte die Raumfähren, und seitdem ist es allen verboten, die Oberfläche des Planeten zu verlassen. Seit zwanzig Jahren hat es niemand mehr *versucht*. Außerdem brachte er die Friedenswächter der Raumstationen in dieser künstlichen Welt unter. Das Habitat bietet Platz für fünf- bis zehntausend Personen, aber es leben nur knapp tausend hier, unter ihnen auch die zweite und dritte Generation, Nachkommen der ersten Männer und Frauen, die Shar-Lons Ruf folgten. Eine Zeitlang versuchte mein Bruder, weitere Friedenswächter zu holen, aber inzwischen gab es auf dem Planeten kaum jemanden mehr, der es wagte, für ihn Stellung zu beziehen. Als man ihm Saboteure schickte, gab er es auf und zog sich in die Isolation zurück.

Seit damals hassen uns die Planetenbewohner, wünschen sich wahrscheinlich nichts lieber, als uns allen die Kehle durchzuschneiden. Es finden wieder mehr konventionelle Kriege statt, und die allgemeine Entwicklung stagniert. Wenn nichts geschieht, stabilisiert sich ein unveränderlicher Status quo. Es wird niemandem erlaubt, den Planeten zu verlassen und ins All vorzustoßen.«

Shar-Tel sah Geordi und Data an. »Vielleicht verstehen Sie jetzt, warum ich manchmal selbst glaube, mein Bruder sei ›besessen‹. Wenn die Konstrukteure des Raumschiffs verhindern wollten, daß wir eine interplanetare oder gar interstellare Raumfahrt entwickeln, so ist Shar-Lon seit fünfzig Jahren ein außerordentlich nützliches Werkzeug für sie. Ich frage mich nur: Wenn es den Fremden wirklich darum ging, zu verhindern, daß wir andere Welten besiedeln — warum haben sie dann nicht einfach ihre verheerenden Waffen eingesetzt und unsere Zivilisation damit in die Steinzeit zurückgeworfen?«

»Und Sie und Ihre Gruppe?« fragte La Forge, als der alte Mann schwieg. »Wo kommen Sie ins Spiel? Ihr Bruder meinte, Sie hätten sich ihm aus freiem Willen angeschlossen.«

Shar-Tel seufzte. »Das stimmt sogar. Als das Habitat gebaut wurde. Obwohl ich damals nur hoffte, Shar-Lon zur Vernunft bringen zu können — oder zu verhüten, daß er sich noch weiter von der Wirklichkeit entfernt. Ich brauche wohl nicht zu betonen, daß meine Bemühungen erfolglos blieben. Was meine ›Gruppe‹ betrifft: Sie besteht aus einigen Dutzend Friedenswächtern der zweiten und dritten Generation. Mein vorsichtiges Einwirken sorgt dafür, daß mehr und mehr von ihnen zu zweifeln beginnen und begreifen, daß sich die allgemeine Lage immer mehr zuspitzt. Für sie sind die Entscheidungen, die mein Bruder vor fünfzig Jahren traf, fernste Vergangenheit. Sie denken in erster Linie an das Jetzt und Morgen. Nun, inzwischen sehnen sich alle — wir und unsere Freunde auf dem Planeten — nur noch nach Frieden. Nach *echtem* Frieden, der uns nicht von überlegener Technologie und einem Wahnsinnigen aufgezwungen wird. Wir meinen einen Frieden, der auf der Überwindung von Nationalismus und Militarismus basiert — eine kulturelle Evolution, die uns von unseren aggressiven Urinstinkten und unseren animalischem Territorialdenken befreit.«

»Ihre Schilderungen deuten darauf hin, daß es für viele Leute gute Gründe gibt, Ihrem Bruder nach dem Leben zu trachten«, brummte Geordi. »Aber was ist mit uns? Warum hat man versucht, *uns* umzubringen?«

»Wie ich vorhin schon erklärte: Hier leben weniger als tausend Personen, aber trotzdem gibt es unter ihnen mindestens ebenso viele verschiedene Ansichten und Standpunkte wie bei den Planetenbewohnern. Einige fürchten nichts mehr als die Rückkehr der ›Konstrukteure‹. Sie glauben, die rechtmäßigen Eigentümer des Magazins würden uns bestrafen, weil wir uns ihre Technik aneigneten. Es wäre durchaus möglich, daß der Attentäter, der Sie töten wollte, zu jenen Leuten gehörte. Vielleicht hielt er es für besser, erst zu schießen und dann Fragen zu stellen. Und dann Kel-Nar, der nur an einem interessiert ist – daran, Shar-Lons Nachfolger zu werden, von ihm den Umgang mit den ›Gaben‹ zu erlernen. Eigentlich kann ich mir nicht so recht vorstellen, warum er auf Ihren Tod aus sein sollte, aber möglich ist alles. Außerdem gibt es noch diejenigen, die mein Bruder als ›Irregeleitete‹ bezeichnet, was bedeutet: Sie machten den Fehler, meinen Bruder zu durchschauen und ihm zu verstehen zu geben, daß sie ihn für einen paranoiden Diktator halten, der seine Heimat nicht etwa errettete, sondern sie dem Untergang preisgibt. Vielleicht sah einer von ihnen die Gefahr, daß Sie Shar-Lon *noch mehr* Macht geben, als er bereits hat.«

»Warum werden dann keine Anschläge auf *ihn* verübt?« warf La Forge ein.

»Oh, es wurde mehr als nur einmal versucht, ihn umzubringen, aber normalerweise ist er sehr vorsichtig – weitaus vorsichtiger als heute. Ich war ziemlich überrascht, als ich erfuhr, daß mein Bruder sein persönliches Quartier verließ, um Sie herumzuführen, sich sogar bereit erklärte, Sie mit einem Shuttle zum Magazin zu fliegen. Normalerweise lebt er zurückgezogen, hält nur ab und zu Ansprachen über die Videoschirme. Ich nehme an, Ihr Eintreffen hat ihm einen ordentlichen Schock versetzt – erst recht, wenn Sie ihn davon überzeugt haben, daß Sie wirklich die Konstrukteure sind. Seit vierzig Jahren ist er ganz versessen darauf, die Baumeister des fremden Schiffes kennenzulernen, und gleichzeitig hat er schreckliche Angst vor einer solchen Begegnung. Ganz gleich, was er in der Öffentlichkeit behauptet: Tief in seinem Innern muß ihm klar sein, daß ihm bei seinen Entscheidungen nach der Zerstörung aller Atomraketen entsetzliche Fehler unterliefen. Wenn ich davon überzeugt wäre, daß es überhaupt keine Chance mehr gibt, ihn in die Realität zurückzuholen, hätte ich mich ihm damals gar nicht erst angeschlossen. Ein Teil von ihm fürchtet sich vor den Konstrukteuren, davor, daß sie feststellen, welche Schuld er auf sich lud.« Shar-Tel musterte die beiden Offiziere von der *Enterprise*. »Sie könnten einen entscheidenden Einfluß auf ihn ausüben ...«

»Da gibt es nur ein Problem«, entgegnete Geordi. »Wir haben ihn bereits für seine Leistungen gelobt.« Er dachte kurz nach. »Andererseits: Vielleicht sind unsere ›Vorgesetzten‹ anderer Meinung. Außerdem ließen wir keinen Zweifel daran, daß wir gekommen sind, um die Verwendung der Gaben zu überprüfen. Nun, in Hinsicht auf die Selbstzweifel Ihres Bruders haben Sie wahrscheinlich recht. Vielleicht ist das die Erklärung für den emotionalen Aufruhr, der seit unserer Ankunft in ihm herrscht.« La Forge berichtete von seinen Beobachtungen im infraroten Spektrum.

Shar-Tel nickte. »Offenbar steht er unmittelbar vor einem Zusammenbruch. Und wenn das stimmt, wird mein Anliegen noch dringender. Obgleich Sie vielleicht gar keine Hilfe anbieten können, da Sie nicht die Konstrukteure sind.«

»Was *erwarten* Sie von uns?« fragte Geordi und beobachtete, wie die Anspannung des alten Mannes zunahm.

Shar-Tels Züge verhärteten sich. »Es hat wohl keinen Sinn mehr, darum herumzureden«, sagte er, zögerte erneut und holte tief Luft. »Sind Sie in der Lage – und auch *bereit* –, das Magazin zu zerstören?«

KAPITEL 11

»Carpelli! Haben Sie Riker und Yar erfassen können?« Picards Stimme übertönte das kurze Aufheulen der Alarmsirenen. Die *Enterprise* erbebte noch immer im energetischen Orkan der Antimaterieexplosion.

Nach einigen Sekunden verblaßte das grelle Gleißen der überlasteten Deflektorschirme, und die Fluglage des großen Raumschiffs stabilisierte sich wieder. Der Captain bekam keine Antwort, hörte nur das Summen der Bordsysteme, das leise Surren der Servomechnismen, die weitaus schneller reagierten als jedes organische Wesen.

Es erfolgte keine Meldung aus dem Transporterraum. Statt dessen löste Deanna Troi die verkrampften Hände von den Armlehnen des Sessels und sagte: »Sie sind verschwunden.«

Picard drehte sich ruckartig zu ihr um. »Was soll das heißen, Counselor?«

»Sie sind fort«, wiederholte sie. »Ich habe gefühlt, wie sie sich auflösten, unmittelbar vor der Explosion.«

»Sind Riker und Yar ...?«

Troi schüttelte den Kopf. »Das glaube ich kaum, obwohl ich mir nicht ganz sicher bin. *Nach* der Explosion empfing ich ebenfalls etwas. Die emotionalen Emanationen der Besatzungsmitglieder lenkten mich ab, doch trotzdem gewann ich den Eindruck, als entstehe ein kurzer psychischer Kontakt zu Commander Riker.«

»Den *Eindruck*, Counselor? Sie müßten doch sofort feststellen können, ob ...«

»Ja, normalerweise ist das der Fall. Nun, ich zweifle kaum daran; aber andererseits ... Die mentalen Signale waren irgendwie verzerrt.« Deanna Troi zuckte hilflos mit den Schultern. »Ich kann es nicht besser beschreiben, Captain.«

Picard brummte kurz. »Wie dem auch sei: Sie fühlten also, daß Riker und Yar nach der Explosion noch lebten?«

»Ja.«

»Fähnrich Carpelli!« sagte der Captain scharf und wandte sich von Counselor Troi ab. »Melden Sie sich!«

»Bitte entschuldigen Sie, Sir«, ertönte Carpellis unsicher klingende Stimme aus dem Lautsprecher der internen Kommunikation. »Ich hatte einfach nicht genug Zeit, nach der Aktivierung des fremden Kurzstreckentransporters den Fokus unseres Transfersystems neu auszurichten. Die Interferenzen ...«

Picard unterbrach ihn. »Lieutenant Worf, welche Daten haben die Sensoren ermittelt? Was ist geschehen? Wurden Riker und Yar vor der Detonation fortgebeamt?«

»Erneute Analyse der Anzeigen, Sir«, erwiderte der Klingone und trat näher an die wissenschaftliche Station heran. »Es lassen sich keine sicheren Angaben machen. Fast eine halbe Sekunde vor der Explosion gingen die von den Lebensindikatoren gewonnenen Werte plötzlich auf Null zurück. Aber wenn die beiden Offiziere noch im Transit waren, als der Transporter des Wracks zerstört wurde ...«

»Ich weiß, Lieutenant. Vielleicht wurden sie abgestrahlt, aber nicht empfangen.« Picard versuchte vergeblich, ein Schaudern zu unterdrücken.

»Ja, Sir«, knurrte Worf. »Mit dieser Möglichkeit müssen wir rechnen.«

»Allerdings wäre es auch denkbar, daß sie rematerialisierten und sich nun an dem gleichen Ort befinden wie Lieutenant La Forge und Commander Data. Registrieren die Sensoren *irgend etwas*?«

»Nein, Sir. Nur destrukturierte Energie und vom vernichteten Wrack stammende Materialpartikel.«

»Na schön.« Picard wandte sich der taktischen Station zu. »Lieutenant Brindle, versuchen Sie, das Erkundungsteam über Subraumkommunikation zu erreichen.«

»Das habe ich bereits, Sir. Bisher keine Antwort.«

»Setzen Sie Ihre Bemühungen fort. Welche Reichweite ...«

»In dieser Hinsicht können wir nur Mutmaßungen anstellen, Sir. Die Emissionsirregularitäten im Subraum ...«

»Ich gebe mich mit einer Vermutung zufrieden«, sagte Picard.

»Mindestens hundert Parsec, Sir. Vielleicht sogar ein Vielfaches davon. Es hängt ganz von den lokalen Subraum-Konfigurationen ab.«

»Danke, Mr. Brindle«, murmelte der Captain, drehte sich um und sah in Richtung Navigationskonsole. »Fähnrich Gawelski, programmieren Sie einen Kurs, der uns in möglichst kurzer Zeit zu allen nicht weiter als fünf Parsec entfernten Sonnensystemen bringt. Wir beginnen mit einer neuerlichen Suche. Und wir brechen sie erst dann ab, wenn wir Riker und Yar finden oder einen Subraumkontakt zu ihnen herstellen.«

»Aye, Sir. Kurs wird berechnet.«

»Counselor Troi, wenn Sie in bezug auf Commander Riker oder Lieutenant Yar noch einmal etwas spüren, ganz gleich, wie vage Ihre Wahrnehmungen sind – bitte geben Sie mir sofort Bescheid. Verstanden?«

»Verstanden, Captain.«

»Kurs berechnet und eingegeben, Sir«, meldete Gawelski.

»Dann los. Maximaler Warp-Faktor!«

Und die Suche begann.

»Ich bin nicht Ihre ›Imzadi‹, Commander Riker!« In Tasha Yars Stimme, vom Helm des Strahlenschutzanzugs gedämpft, erklang eine Mischung aus Ärger und Verlegenheit.

Riker zwinkerte und preßte die Lippen zusammen, als er begriff, daß er nicht nur leise geflüstert, sonder laut gesprochen hatte. Es fiel ihm schwer, sich von der Verwirrung des Retransfers zu befreien.

Er verbannte die Reste von Übelkeit und Schwindel aus sich, aber es dauerte trotzdem einige Sekunden, bis er sein inneres Gleichgewicht wiederfand. Der Erste Offizier atmete mehrmals tief durch, konzentrierte sich auf die Umgebung und stellte fest, daß noch immer Schwerelosigkeit herrschte. Sie befanden sich in ... einem anderen Wrack? Der Raum, in dem sie rematerialisiert waren, enthielt nur eine überaus massiv wirkende Luftschleuse, eine Art Hibernationskapsel, die auf einem kleinen Podest ruhte, und einen unbequem anmutenden Stuhl, der fest im Boden verankert zu sein schien.

Yar nahm gerade den Helm ab und ließ ihren Blick durch die Kammer schweifen, das Phasergewehr in der einen Hand, den Tricorder in der anderen.

»Tut mir leid ...« begann Riker und löste den eigenen Helm. Yar unterbrach ihn mit einer knappen Geste, deutete auf ihr kleines Ortungsinstrument.

Ohne einen Ton von sich zu geben, zeigte sie auf die Hibernationseinheit. Riker sah auf seinen Tricorder: Hinter dem Podest lag ein Humanoide.

Er nickte kurz und hielt den Phaser schußbereit, als er sich zusammen mit Lieutenant Yar in Bewegung setzte. Sie wichen zur Seite, voneinander fort, so daß sie den Bereich hinter dem Tiefschlafgerät aus entgegengesetzten Richtungen beobachten konnten.

Aber sie hatten erst einen Meter zurückgelegt, als plötzlich ein alter Mann aufstand und hinter der Hibernationskapsel hervortrat. Seine Uniform leuchtete in einem grellen Gelb, und er hielt die Arme ausgestreckt, zeigt die leeren Hände.

Nach kurzem Zögern begann er nervös und aufgeregt zu sprechen. Die automatischen Übersetzungsmodule brauchten nur rund eine Minute, um einen genügend großen Wortschatz zu speichern.

»Wo sind die beiden Personen, die vor uns hier eintrafen?« fragte Yar scharf.

Als der alte Mann ihre Stimme vernahm, erzitterte er am ganzen Leib. »Ich weiß es nicht — das schwöre ich Ihnen!« entfuhr es ihm. »Auf ihr Verlangen hin wollte ich sie hierher zurückbringen, in Ihr Magazin, so daß sie Ihnen einen ersten Bericht erstatten konnten. Aber der Angriff hinderte mich daran.«

»Der Angriff?« wiederholte Yar alarmiert. Sie hob das Phasergewehr ein wenig. »Was ist ihnen zugestoßen?«

Der alte Mann duckte sich unwillkürlich. »Ich befürchte, sie wurden überwältigt und gerieten in Gefangenschaft, aber ...«

»Überwältigt? Von wem? Und warum?«

»Von meinen – und *Ihren* – Feinden.«

»Wir haben hier keine Feinde«, erwiderte Yar und richtete die Abstrahlöffnung ihrer Waffe auf den Fremden. »Besser gesagt: Wir hatten keine – bis unsere Freunde verschleppt wurden. Ich erwarte eine Erklärung!«

Der alte Mann erbebte erneut, stellte sich als Shar-Lon vor, aktivierte den Bildschirm und zeigte Riker und Yar sowohl den Planeten als auch das Habitat. Tasha unterbrach ihn, wenn er zu weitschweifigen Schilderungen ansetzte, forderte ihn mehrmals auf, sich kurz zu fassen. Innerhalb weniger Minuten gewannen sie und Riker einen groben Eindruck von der Situation, hüteten sich vor irgendwelchen Bemerkungen, die Datas und La Forges improvisierter Geschichte widersprachen. Yars aggressives und autoritäres Gebaren bestätigte nur die Angaben der beiden Verschwundenen, und das traf insbesondere auf die Erwähnung ›ungeduldiger Vorgesetzter‹ zu.

»Bevor mir die Pfeile das Bewußtsein raubten«, schloß Shar-Lon seinen Bericht ab, »fand ich noch Gelegenheit, mit einem geistigen Befehl jene Gabe zu aktivieren, die mich sofort in Ihr Magazin brachte. Ich kam nur einige Sekunden vor Ihrem Eintreffen wieder zu mir. Und ich bedaure es zutiefst, daß ich Ihre Gefährten zurücklassen mußte.«

»Lieutenant Yar«, sagte Riker, schaltete seinen Translator aus und bedeutete ihr, seinem Beispiel zu folgen.

»Wahrscheinlich können wir die Kommunikatorsignale anpeilen, wenn Data und Geordi irgendwo in der Nähe sind«, brummte Tasha.

»Versuchen Sie's«, erwiderte Riker, öffnete die am Schutzanzug befestigte Gerätetasche und entnahm ihr den Subraum-Kommunikator. »Während Sie damit beschäftigt sind, rufe ich die *Enterprise* – in der Hoffnung, daß man uns dort empfangen kann.«

»Aye, Sir«, bestätigte Yar knapp und nahm die notwendigen Justierungen des Tricorders vor. Unterdessen schaltete Riker das Com-Gerät ein, das bereits auf die richtigen Frequenzen eingestellt war.

»*Enterprise*, hier spricht Commander Riker.«

Keine Antwort.

»Probieren Sie es mit Ihrem Kommunikator«, sagte er, als nur statisches Knistern aus dem Lautsprecher drang.

Wortlos steckte Yar den Tricorder ein, holte ihren eigenen Subraum-Sender hervor und aktivierte ihn.

Aber sie hatte ebensowenig Glück wie Riker.

Als sie die Stirn runzelte und ihre Versuche wiederholte, einen Kontakt zur *Enterprise* herzustellen, begann Riker damit, die beiden Instrumente mit Hilfe seines Tricorders zu überprüfen.

Tasha musterte ihn besorgt. »Nun?«

Der Erste Offizier drehte das Analysegerät, damit Yar auf den kleinen Schirm sehen konnte. »Die Kommunikatoren funktionieren nicht mehr«, sagte er. »Ihre Subraum-Schaltkreise sind durchgebrannt. Und das bedeutet: Wir sind ebenso von der *Enterprise* abgeschnitten wie Data und La Forge.«

»Wir sollen das Magazin zerstören?« Geordi starrte Shar-Tel verdutzt an.

»Sie haben meinen Bruder erlebt«, erwiderte der alte Mann. »Und Sie wissen auch, was er mit der fremden Technologie angerichtet hat.« Shar-Lon bedachte La Forge mit einem flehentlichen Blick. »Helfen Sie uns, unsere Heimatwelt zu retten!«

Geordi schüttelte den Kopf. Sowohl seine Intuition als auch die Beobachtungen im infraroten Spektrum ließen den Schluß zu, daß es Shar-Tel ehrlich meinte. Aber entsprach *seine* Version der Wahrheit tatsächlich der Realität? Oder sah er die Wirklichkeit aus einer ebenso verzerrten Perspektive wie sein Bruder?

La Forge runzelte die Stirn. »Ich kann Sie verstehen. Aber warum liegt Ihnen etwas daran, das fremde Schiff zu vernichten? Sie können dort viele wichtige Informationen gewinnen, wenn es Ihnen gelingt, den Platz Ihres Bruders einzunehmen, die ›Gaben‹ zu kontrollieren und sie anschließend von Wissenschaftlern untersuchen zu lassen.«

Shar-Tel schürzte die Lippen. »Wenn es möglich wäre, die Kontrolle zu übernehmen, die mein Bruder über die technischen Systeme des Magazins ausübt, hätte sein Stellvertreter Kel-Nar längst gehandelt. Und damit alles nur noch schlimmer gemacht.«

»Ich nehme an, Sie sind kein Bewunderer von Kel-Nar.«

»Mein Bruder hat wenigstens ein Gewissen. Ich bin fast sicher, daß Kel-Nar hinter dem Anschlag auf mich steckte. Er wollte mich aus dem Weg räumen, als er befürchtete, ich gewänne zu großen Einfluß auf Shar-Lon. Er wußte, welches Shuttle ich benutzen würde, als ich mich schließlich dazu durchrang, die Einladung meines Bruders anzunehmen und ihn ins Magazin zu begleiten. Er versteckte eine Bombe an Bord. Allerdings versagte der Zünder, und ich fand den Sprengkörper. Schließlich begriff ich, wie erbarmungslos und verschlagen Kel-Nar ist – und daß ich nicht die geringste Chance hatte, Shar-Lon zur Vernunft zu bringen. Vermutlich hat Kel-Nar bereits mehrere Leute umgebracht, all diejenigen, die irgendeine Gefahr für ihn und seinen Ehrgeiz darstellten.«

»Und deshalb ließen Sie ihn in dem Glauben, sein Anschlag habe zum gewünschten Erfolg geführt?«

»Mein Bruder wäre wahrscheinlich nicht bereit gewesen, mir zu glauben, wenn ich ihm von den Machenschaften seines Stellvertreters erzählt hätte. Außerdem mußte ich damit rechnen, daß Kel-Nar nicht einfach aufgab und noch einmal versuchen würde, mich zu töten. Ihn davon zu überzeugen, ich sei dem ersten Attentat zum Opfer gefallen, schien mir die einzige Möglichkeit zu sein, mich vor ihm zu schützen. Darüber hinaus hatte ich damals schon genug Freunde, die meine Ansichten teilten und nicht zögerten, mir zu helfen, mich zu verstecken.«

»Fürchten Sie denn nicht, daß Shar-Lon alles von uns erfährt, wenn wir zurückkehren?« fragte La Forge.

Der alte Mann zuckte mit den Schultern. »Wenn Sie ihm davon erzählen wollen, kann ich Sie nicht daran hindern. Obwohl ich natürlich hoffe, daß Ihnen inzwischen klargeworden ist, was auf dem Spiel steht ...«

»Geordi«, warf Data plötzlich ein. »Jemand nähert sich.« Er beobachtete die Anzeigen des Tricorders. »Ein einzelner Humanoide. Und offenbar nimmt er den gleichen Weg wie wir, hangelt sich am Kabel entlang.«

»Erwarten Sie jemanden, Shar-Tel?« erkundigte sich La Forge.

»Nein, niemanden«, erwiderte der alte Mann, und Besorgnis stahl sich in seine Züge. »Hat mein Bruder Ihnen irgend etwas gegeben? Einen Gegenstand, mit dem er Sie lokalisieren könnte?«

»Nicht daß ich wüßte«, erwiderte Geordi.

Data veränderte rasch die Justierungen des Tricorders, richtete das Instrument erst auf sich selbst, dann auf seinen Gefährten.

Er kniff die goldenen Augen ein wenig zusammen, beugte sich vor und löste ein dünnes, kaum einen halben Zentimeter durchmessendes Plättchen von Geordis Uniformrükken. »Dieses Objekt sendet extrem schwache, modulierte elektromagnetische Impulse«, sagte er. »Die Modulationsstruktur deutet darauf hin, daß unser Gespräch übertragen wird und ...«

Shar-Tel fluchte dumpf, riß Data das Plättchen aus der Hand, legte es auf den Boden und hielt sich in der Schwerelosigkeit an einer Wandstange fest. Der winzige Sender splitterte unter seinem Stiefel.

Und während Geordi noch das Knirschen hörte, erinnerte er sich plötzlich. Vor seinem inneren Auge sah er, wie sie in Begleitung der drei Männer die Luftschleuse im Magazin betraten: Bevor einer von ihnen in der Finsternis Anstalten machte, seine Projektilschleuder zu ziehen, schob sich jemand an La Forge vorbei und stieß ihn an. Er hatte geglaubt, es sei nur das Resultat eines kurzen Taumelns in der desorientierenden Dunkelheit, aber jetzt begriff er, daß er dadurch nur von der elektronischen Wanze abgelenkt werden sollte.

»Das Außenschott ...« begann La Forge – und hörte, wie Pumpen brummten, die Luft aus der Schleuse saugten.

Trotz seines Alters reagierte Shar-Tel noch schneller als Geordi und Data: Er stieß sich von der Wand ab, segelte durch die Kammer, erreichte das Innenschott und versuchte, die Schleuse zu blockieren. Aber er hatte keinen Erfolg damit: Sobald die Öffnungssequenz einmal eingeleitet war, ließ sie sich nicht mehr unterbrechen. Noch zwanzig oder dreißig Sekunden – dann bekamen Shar-Tel und seine beiden Begleiter Besuch.

»Wer ist es?« fragte La Forge.

Der alte Mann gestikulierte vage. »Bestimmt jemand, der für Kel-Nar arbeitet. Oder der Stellvertreter meines Bruders höchstpersönlich. Vermutlich will er nun das nachholen, was ihm mit dem damaligen Anschlag nicht gelang.«

Geordi und Data zogen ihre Phaser, wichen zurück und verankerten die magnetischen Stiefel auf dem Metallboden. Der Androide hob seinen Tricorder und beobachtete das kleine Display.

Es blieb alles still. Es strömte keine Luft in die Schleusenkammer zurück.

»Der Fremde befestigt ein elektronisches Gerät am Innenschott«, sagte Data und sah von seinem Analyseinstrument auf. »Es scheint sich um eine Art Timer zu handeln.«

Eine kurze Pause, und dann: »Der Humanoide entfernt sich wieder.«

Doch das Außenschott schloß sich nicht. Das dumpfe Pochen, mit dem die Luke zuschwang, blieb aus. Shar-Tel versuchte vergeblich, die Schleuse unter Druck zu setzen. Er betätigte mehrere Tasten, aber die Kontrollen gehorchten ihm nicht. Das äußere Schott war nach wie vor offen.

»Ein Sprengkörper!« platzte es aus dem alten Mann heraus. »Der Timer dient als Zündvorrichtung. Kel-Nar will uns alle ins Jenseits schicken!«

»Durchgebrannt?« Tasha Yar runzelte die Stirn und starrte auf die Subraum-Kommunikatoren. »An Bord der *Enterprise* waren die Geräte völlig in Ordnung. Ich habe sie selbst überprüft, Sir.«

»Daran zweifle ich nicht, Lieutenant«, erwiderte Riker. »Aber jetzt funktionieren sie nicht mehr. Vermutlich führte unser Transit zu einer energetischen Überlastung. Chefingenieur Argyle wies uns ja darauf hin, daß die fremden Transportersysteme mit an Sicherheit grenzender Wahrscheinlichkeit durch den Subraum transferieren.«

Und leider hat er damit recht behalten, dachte Yar betroffen. Die lichtjahreweite Entfernung zur *Enterprise* genügte bereits als Beweis. Die in einem entsprechenden Transportfokus freiwerdenden Energien mußten naturgemäß weit über die Toleranzgrenze von Subraum-Kommunikatoren hinausgehen. Ihre Präsenz ließ sich mit einem plötzlichen Blitz vergleichen, der gewöhnliche elektrische Geräte innerhalb eines Sekundenbruchteils zerstörte.

Und daraus folgte: Sie besaßen keine Möglichkeit, sich mit Picard in Verbindung zu setzen.

Tasha schüttelte den Kopf. Ihre erste Reaktion bestand darin zu glauben, daß so etwas einfach nicht möglich sein konnte, aber unmittelbar darauf begriff sie das Absurde einer solchen Einstellung. Ganz gleich, wie sehr sie sich auch wünschte, die Föderation und ihre Offiziere seien unfehlbar: Tief in ihrem Innern wußte sie, wie naiv eine derartige Annahme war. Weder eine Organisation noch die ihr angehörenden Personen konnten auf *alles* vorbereitet sein. Fehler ließen sich einfach nicht vermeiden, und auch wenn ein sorgfältig ausgearbeiteter Plan Dutzende von verschiedenen Möglichkeiten vorsah: Es gab immer eine – wenn auch geringe – Chance, daß etwas völlig Unerwartetes geschah, daß sich ein Situationsmuster bildete, das allen bisher gesammelten Erfahrungen widersprach. So wie jetzt.

Tasha Yar verdrängte diese Überlegungen und konzentrierte sich wieder auf ihren Tricorder. Innerhalb weniger Sekunden empfing sie die Signale, die von normalen Föderations-Kommunikatoren automatisch abgestrahlt wurden. Rasch justierte sie die Kontrollen und stellte fest, daß sich Commander Data und Lieutenant La Forge – beziehungsweise die Personen, die nun ihre Geräte trugen – in der Gesellschaft eines dritten Humanoiden befanden. Unmittelbar im Anschluß daran ortete sie Hunderte von ähnlichen Lebensformen, verteilt in einem großen Zylinder – offenbar in dem Habitat, daß ihnen Shar-Lon auf dem Bildschirm gezeigt hatte.

»Ich habe sie gefunden, Commander«, sagte Yar und deutete auf die Anzeigen ihres Tricorders.

»Ausgezeichnet, Lieutenant.« Riker schaltete sein Übersetzungsmodul ein und warf einen kurzen Blick auf Tashas Instrument.

»Shar-Lon«, sagte er und wandte sich dem alten Mann zu, der sich seit der Desaktivierung der Translatoren nicht mehr von der Stelle gerührt hatte. Er zuckte zusammen, als er seinen Namen hörte, sah wie ein reuiger Sünder zu Riker auf.

»Zeigen Sie uns noch einmal das Habitat, die Welt der Friedenswächter«, sagte der Erste Offizier und nickte in Richtung Bildschirm.

Shar-Lon erzitterte kurz und setzte hastig den helmartigen Mechanismus auf. Kurz darauf erhellte sich der Schirm und zeigte erneut den großen Zylinder im All.

»Dort«, sagte Yar und streckte die Hand aus. Ihr Zeigefinger richtete sich auf das Solarkraftwerk in der Mitte des einen Kilometer durchmessenden Spiegels. »Können Sie den Bereich vergrößern?«

Shar-Lon kam ihrer Aufforderung wortlos nach. Das Kraftwerk und ein Durcheinander aus Streben, Holmen, halb demontierten Satelliten und einigen kleinen Raumstationen füllten das ganze Projektionsfeld aus.

»Sie befinden sich irgendwo dort drin, Commander, zusammen mit einem anderen Humanoiden, vermutlich einem der Entführer. Sowohl Entfernung als auch die Biosignale der vielen anderen Lebensformen im Habitat verhindern eine genaue Lokalisierung.«

»Was hat es mit jenem Bereich auf sich, Shar-Lon?« fragte Riker. »Wissen Sie, aus welchem Grund die Entführer unsere Leute ausgerechnet dorthin gebracht haben?«

Der alte Mann schüttelte heftig den Kopf. »Ich verstehe überhaupt nichts mehr!«

Yar zeigte noch einmal auf den Bildschirm und die silbrig glänzende Kontrollhaube. »Kann uns dieser Apparat das Innere des Habitats und der angrenzenden Strukturen zeigen?«

»Nein, das ist unmöglich, wie Sie sicher ...«

Shar-Lon brach ab, als plötzlich grelles Licht aus dem Projektionsfeld strahlte. Die tödlichen Energien eines detonierten Sprengkörpers entfalteten sich, völlig lautlos in der Leere des Alls.

In Tasha Yars Magengrube krampfte sich etwas zusammen, und eine Mischung aus ungläubigem Entsetzen füllte ihren mentalen Kosmos. Sie fürchtete nicht um ihre eigene Sicherheit, sondern das Leben der beiden verschwundenen Offiziere.

KAPITEL 12

»Haben Sie hier irgendwo einen Raumanzug?« fragte Geordi abrupt, als er seinen Phaser auf Maximalenergie und höchste Bündelung justierte.

Shar-Tel schüttelte den Kopf. »Der einzige hängt in der Schleuse. Vorausgesetzt, der Bombenleger hat ihn zurückgelassen.«

»Verdammt! Die Individualschilde schützen *uns*, wenn wir uns durch das Innenschott schweißen, aber Sie ...«

»Sie können sich einen Zugang in die Schleuse verschaffen? Obwohl das Schott aus massivem Stahl besteht?«

»Ich denke schon«, erwiderte La Forge. »Doch das Vakuum ...«

»Bringen Sie sich in Sicherheit«, sagte Shar-Tel, ohne zu zögern. »Es hat keinen Sinn, daß Sie sich opfern, nur weil ich sterben muß.«

Geordi musterte den alten Mann, und in seinem Hals entstand plötzlich ein Kloß. Erneut erinnerte ihn Shar-Tel an Captain Picard, und die Vorstellung, ihn einfach dem sicheren Tod auszuliefern ...

»Ich glaube, ich habe eine Lösung für unser Problem gefunden«, sagte Data. Er hakte den kleinen Schildgenerator vom Gürtel und reichte ihn Shar-Tel. »Ich kann im Vakuum meine Funktionstüchtigkeit bewahren und weitaus länger überleben als ein Mensch. Bestimmt bin ich in der Lage, die Luftschleuse des Habitats zu erreichen.«

Der alte Mann richtete einen fragenden Blick auf Geordi. »Stimmt das?«

La Forge nickte, verärgert darüber, nicht selbst daran gedacht zu haben.

»Ja. Nehmen Sie das Gerät.«

Dann schaltete er seinen Individualschild ein und wandte sich dem Schott zu. Mit Hilfe des Tricorders fand er den Sprengkörper, ungefähr im Zentrum der stählernen Pforte. Unterdessen machte Data Shar-Tel mit dem Umgang des Generators vertraut.

»Aber Sie ...« begann der alte Mann erneut.

»Seien Sie unbesorgt«, kam ihm Data zuvor. »Durch einen zeitlich begrenzten Aufenthalt im Weltraum brauche ich keine schwerwiegenden Funktionsbeeinträchtigungen zu befürchten. Mein Körper ist nicht völlig organischer Natur. Das bedeutet, ich bin weitaus widerstandsfähiger als Sie und Geordi.«

»Wie dem auch sei«, brummte La Forge. »Wenn wir in der Schleuse den Raumanzug finden, ziehen Sie ihn an. Gehen Sie keine unnötigen Risiken ein.«

»Ein Rat, den ich gern beherzige, Geordi«, sagte Data, trat zurück und betrachtete den matten Glanz des Kraftfelds, das Shar-Tel einhüllte.

»Diese Vorrichtung schützt mich ebenso wie ein Raumanzug?« fragte der alte Mann skeptisch. Die stabilisierten Energieschlieren dämpften seine Stimme ein wenig.

»Vermutlich noch besser, wenigstens für kurze Zeit«, bestätigte Data und wandte sich zu Geordi um. La Forge konzentrierte sich auf seine Visor-Sensoren, lokalisierte damit die Sperrbolzen, die das Schott verriegelten, wies den Androiden darauf hin und hob den Phaser. Die Mündungen der Waffen waren kaum dreißig Zentimeter vom Metall entfernt, als die beiden Männer die Auslöser betätigten.

Fast eine ganze Minute lang zischte und knisterte es, als sich die Phaserstrahlen in den Stahl fraßen. Kurz darauf gesellte sich ein lautes Fauchen hinzu: Erste Löcher entstanden im Schott, und die Luft entwich ins All.

Geordi und Data setzten ihre Bemühungen fort. Als die Bolzen nachgaben, ließ sich der atmosphärische Druck im Zimmer kaum mehr messen.

Das Gesicht des Androiden wirkte ein wenig aufgebläht, aber ansonsten schien das Vakuum keine Auswirkungen auf ihn zu haben. Er griff nach dem Rand der Luke, schwang sie in gespenstischer Lautlosigkeit auf.

Geordi berührte ihn an der Schulter und deutete auf den

Raumanzug am Haltegerüst. Als Data in die Schleuse schwebte, richtete La Forge seine Aufmerksamkeit auf den Timer und die Sprengladung. Er ignorierte die für ihn unverständlichen blaugrünen Symbolfolgen, die über ein winziges Anzeigefeld wanderten, suchte statt dessen nach den Drähten, die den Zündimpuls geben sollten. Doch bevor er sie aus der flachen, kuchenartigen Masse der Bombe lösen konnte, hielt ihn Shar-Tel am Arm fest.

»Was ist denn?« fragte La Forge verwirrt. Die Verbindung der beiden Individualschilde übertrug seine Stimme.

Der alte Mann deutete auf die Zeichenkolonnen. »Uns bleiben noch fast zehn Minuten. Zeit genug, um die Luftschleuse des Habitats zu erreichen und ...«

»Sie möchten das Ding hochgehen lassen?«

»Es wäre sicherer, wenn der Attentäter glaubt, daß er uns erledigt hat.«

Geordi sah in das Zimmer auf der anderen Seite des Innenschotts. »Und Ihre Ausrüstung? Die Detonation wird all das zerstören, was Sie hier zurücklassen.«

»Spielt keine Rolle. Dies hier ist keine Unterkunft, nur ein Treffpunkt.«

»Und wo ...« begann La Forge.

»Ich bringe Sie dorthin. *Wenn* es uns nicht vorher an den Kragen geht, weil wir zuviel Zeit mit sinnlosen Diskussionen verloren haben.«

Shar-Tel zog die Hand zurück, unterbrach damit den Kontakt und schob sich an Geordi vorbei zu Data, der sich inzwischen den Raumanzug übergestreift hatte. La Forge bedachte die Anzeigen des Timers noch mit einem letzten besorgten Blick, bevor er sich umdrehte und seinen beiden Begleitern folgte.

Auf dem Rückweg zog er sich wesentlich schneller am Kabel entlang als vorher, und als sie die Schleuse des Habitats erreichten, blieben ihnen noch einige Minuten. Data legte rasch den Schutzanzug ab, hängte ihn neben die anderen an die Wand. Das infrarote Spektrum zeigte Geordi, daß einer von ihnen erst kürzlich benutzt worden war, aber es gab keine Möglichkeit, die Identität des Betreffenden festzustellen. Sie drangen in die Nabe vor, und dort nahm Data seinen Tricorder zur Hand.

»Eine humanoide Lebensform weit vor uns, im Bereich der Endkuppel«, sagte er.

»Der Attentäter«, brummte Geordi. »Wahrscheinlich sucht er die Gesellschaft anderer Leute, um gesehen zu werden, wenn die Bombe explodiert. Ein perfektes Alibi. Gehen wir.«

Sie kletterten durch das Gewirr aus Röhren, Kabelsträngen und Turbinen des Solarkraftwerks, und plötzlich erzitterten Boden und Wände. Niemand von ihnen gab einen Ton von sich, als sie in Richtung Schleuse zurücksahen.

Datas und Geordis Kommunikatoren zirpten. »Commander Data, Lieutenant La Forge«, klang Rikers Bariton aus den kleinen Lautsprechern. »Antworten Sie!«

»Ich *wußte*, daß uns der Captain nicht einfach im Stich läßt!« entfuhr es Geordi. Er berührte das Brustabzeichen seiner Uniform. »Hier spricht Lieutenant La Forge, Sir. Wir ...«

»Ist alles in Ordnung mit Ihnen, Geordi? Data? Wir haben die Explosion gesehen.«

»Wo sind Sie?« warf Lieutenant Yar ein.

»Data und ich befinden uns jetzt wieder im Habitat, im Kraftwerk, um ganz genau zu sein«, erwiderte La Forge. »Und jetzt, da *Sie* hier sind, geht es uns prächtig. Nun, bevor Sie uns an Bord beamen ...«

»Tut mir leid, Lieutenant«, unterbrach ihn Riker. »Ich fürchte, ich muß Sie enttäuschen. Die *Enterprise* ist nicht hier; Sie müssen sich mit Lieutenant Yar und mir begnügen.«

»Aber wie ...« Geordi holte tief Luft und nickte langsam. Die Erleichterung wich neuerlicher Sorge. »Ich verstehe. Die Transporter des Wracks haben auch Sie transferiert.«

»In der Tat«, bestätigte Riker. Er schilderte die Theorie des Chefingenieurs, wiederholte das, was Yar und er kurz vor der Entmaterialisierung gehört hatten. »Wir sind zwar nicht ganz sicher«, schloß er seinen kurzen Bericht, »aber es deutet vieles darauf hin, daß das fremde Schiff im interstellaren Raum zerstört wurde.«

Geordi gewann den Eindruck, als senke sich ein schweres Gewicht auf ihn herab. »Anders ausgedrückt: Uns bliebe selbst dann die Rückkehr verwehrt, wenn es gelänge, die Transporter von Empfang auf Senden umzuschalten.«

»Das stimmt wahrscheinlich. Aber ein Versuch kann nicht schaden. Vielleicht sind wir mit Shar-Lons Hilfe in der Lage ...«

»Sie haben ihn kennengelernt? Er war bei uns, als ...«

»Als Sie angegriffen wurden«, sagte Riker. »Er hat uns davon erzählt. Er war bereits hier, als wir im sogenannten ›Magazin‹ rematerialisierten, und er ist noch immer bei uns.« Er zögerte kurz und fügte hinzu: »Aber sagen Sie: *Wer* hat Sie angegriffen? Die gleichen Leute, die anschließend die Bombe legten?«

»Nein, für den Sprengstoffanschlag trägt jemand anders die Verantwortung. Zwar fehlen Beweise, doch ...« Geordi brach ab und räusperte sich. »Vielleicht sollten Sie besser Ihre Übersetzungsmodule ausschalten«, sagte er und vergewisserte sich, daß sein Kommunikator keine von Shar-Tel stammenden Bemerkungen übertrug. Data begriff sofort, worum es La Forge ging, und folgte seinem Beispiel.

»Wir haben unsere Translatoren sofort desaktiviert, als wir Kontakt mit Ihnen aufnahmen«, erwiderte Riker. »Shar-Lons Ausführungen lassen den Schluß zu, daß Sie sich ihm gegenüber als ›Konstrukteure‹ ausgegeben haben. Es erschien uns angebracht, dem nicht zu widersprechen — bis sich eine Gelegenheit ergibt, uns abzustimmen und auf eine gemeinsame Geschichte zu einigen. Nun, Sie wollten mir gerade sagen, wer Sie angegriffen hat. Und warum.«

»Es handelt sich nicht in dem Sinn um einen Angriff, eher um eine Art Entführungsversuch. Shar-Lons Bruder

Shar-Tel, den er seit Jahren für tot hält, wollte mit uns sprechen. Shar-Lon hat keine Ahnung, daß ...«

»Es wird Zeit, daß er Bescheid weiß«, warf Shar-Tel ein. »Die Ereignisse überstürzen sich, und angesichts Ihrer Ankunft halte ich es für angebracht, mit ihm zu reden. Früher war er nicht bereit, mir zuzuhören, und nach meinem angeblichen Tod ignorierte er auch die Hinweise meiner Freunde. Aber *Ihnen* gegenüber kann er sich nicht taub stellen. Immerhin hält er Sie nach wie vor für die zurückgekehrten Baumeister des Magazins.«

»Vielleicht hat er recht, Commander«, sagte Geordi, nachdem er Shar-Tels Worte übersetzt hatte. »Doch bevor wir Shar-Lons Bruder seinen großen Auftritt ermöglichen, sollten Data und ich einige Dinge erklären ...«

»Offenbar sind Sie mit der hiesigen Situation besser bekannt als Lieutenant Yar und ich. Wir vertrauen Ihrem Urteil.«

Data korrigierte nur einige wenige Details, als La Forge das wiederholte, was sie von Shar-Tel in Erfahrung gebracht hatten. »Um ihren Traum von einer Weltregierung zu erfüllen, hält es seine Gruppe für erforderlich, das Magazin zu zerstören«, schloß Geordi. »Und dazu brauchen Shar-Tel und seine Freunde unsere Hilfe.«

Riker schnitt eine Grimasse. »Ich kann durchaus verstehen, was sie zu einer solchen Einstellung bewegt. Und wenn es wirklich keine andere Lösung gibt ... Die Erste Direktive gewährt uns einen gewissen Interpretationsspielraum, und es wäre möglich, ihn hier zu nutzen. Die von Starfleet und der Föderation erlassenen Bestimmungen sollen sicherstellen, daß sich neu entdeckte Zivilisationen ohne Einmischung oder gar Ausbeutung durch Kulturen mit höherem technischen Niveau entwickeln können. Die Freiheit dieses Volkes wird seit fünfzig Jahren drastisch beschränkt, und hinzu kommt, daß Shar-Lon vielleicht von jemandem oder *etwas* beeinflußt wurde, als er damals das fremde Raumschiff im Orbit betrat. Bei solchen Überlegungen setze ich als gegeben voraus, daß Shar-Tels Version der damaligen Ereignisse der Wahrheit entspricht. Andererseits: *Unsere* technologischen Standards gehen ebenfalls weit über die der hiesigen Spezies hinaus, und deshalb trifft die Erste Direktive auch auf eine eventuelle Einflußnahme unsererseits zu. Vielleicht besteht unsere Verantwortung in erster Linie darin, die Konsequenzen der Föderations-Präsenz in diesem Sonnensystem zu neutralisieren.«

»Ich fürchte, derartige Diskussionen erübrigen sich«, sagte Data. »Ohne die Hilfe der *Enterprise* sind wir vermutlich gar nicht imstande, das fremde Schiff zu zerstören. Wer im Magazin oder in seiner unmittelbaren Nähe Phaser einsetzt, wird sofort von einem Verteidigungsmechanismus betäubt. Geordi und ich haben bereits eine entsprechende Erfahrung gemacht, und daher kann ich Ihnen versichern, daß die betreffenden Automatiken ausgezeichnet funktionieren.«

»Und wenn es Shar-Tel und seiner Gruppe gelänge, etwas gegen das Magazin zu unternehmen, bestünde die Gefahr, daß der Antimateriekern destabilisiert wird und explodiert«, gab Geordi zu bedenken. »Daraus erwüchse eine erhebliche Gefahr für das Habitat und seine Bewohner. Die Entfernung zum fremden Schiff ist viel zu gering.«

»Nun, unser Hauptziel besteht darin, einen Rückweg zur *Enterprise* zu finden«, sagte Riker. »Und wenn die Lage nicht noch weitaus komplizierter ist, als es bisher den Anschein hat ... Ich nehme an, wir finden nur dann eine Lösung, wenn wir zusammenarbeiten und das Magazin untersuchen.«

»Es gibt da einige Dinge, die besondere Vorsicht erfordern, Sir«, brummte Geordi. »Erstens: Shar-Lon kontrolliert die Bordsysteme des fremden Schiffes seit inzwischen fünfzig Jahren. Er hatte also genug Zeit, sich ein Bild vom Potential des Magazins zu machen und herauszufinden, wie es eingesetzt werden kann. Damit ist er uns gegenüber erheblich im Vorteil.«

»Er hält uns für die Konstrukteure«, warf Yar ein. »Bestimmt wird er mißtrauisch, wenn wir zu viele Fragen stellen.«

»Genau«, bestätigte La Forge. »Wir wissen nur, daß der silberne Helm irgendeine Rolle spielt.«

»Wir haben gesehen, wie Shar-Lon Gebrauch davon machte«, erwiderte Yar. »Wenn *er* dazu imstande ist ...«

»Vielleicht gibt es in diesem Zusammenhang einige Tricks, von denen wir nichts ahnen«, warnte Geordi und erinnerte sich daran, was Data unter der Haube erlebt hatte. »Wir gingen ein weitaus geringeres Risiko ein, wenn wir Shar-Lon irgendwie dazu bringen könnten, uns die Handhabung des Steuerungsgerätes zu erklären. Aber wir dürfen keine direkten Fragen stellen, um zu vermeiden, daß er Verdacht schöpft. Wenn er aus unserem Verhalten schließt, daß wir *nicht* die Konstrukteure sind ... Ich weiß nicht, wie er darauf reagieren würde. Sein Bruder hält ihn für labil, und aufgrund meiner eigenen Beobachtungen pflichte ich ihm bei. Er versucht, sich nichts anmerken zu lassen, aber ich habe seine innere Unruhe und Nervosität gespürt, als er in unserer Nähe weilte. Außerdem: Selbst wenn er den Helm nicht trägt, übt er wenigstens eine gewisse Kontrolle über das Magazin aus. Andernfalls hätte er sich beim Angriff mit den Betäubungspfeilen nicht einfach fortbeamen können.«

»Mit anderen Worten: Sie schlagen vor, ihn mit Samthandschuhen anzufassen«, sagte Riker.

»Ja, das halte ich für angeraten, Sir.«

Der Erste Offizier schwieg einige Sekunden lang. »Nun gut, Lieutenant. Haben Sie die Möglichkeit, hierher ins Magazin zu kommen?«

Geordi zögerte, blickte durch dic Röhre im Rotationszentrum des Habitats. Während des Gesprächs hatten sie den Weg fortgesetzt, und das Solarkraftwerk lag nun schon ein ganzes Stück hinter ihnen. »Shar-Tel, können Sie ein Shuttle fliegen und uns zum Magazin bringen?«

»Wenn wir eine startbereite Raumfähre finden ...«

»Also los«, sagte La Forge. Und an Riker gerichtet: »Wir sind unterwegs, Sir.«

Sie überwanden einige letzte Hindernisse, und anschließend erstreckte sich die rund drei Meter durchmessende

Röhre leer vor ihnen: ein dünner Zylinder, in dem Schwerelosigkeit herrschte und der in regelmäßigen Abständen Handgriffe aufwies. Shar-Tel winkte, stieß sich an den Haltepunkten ab und flog an den stählernen Wänden vorbei.

»So kommen wir wesentlich schneller voran«, sagte der alte Mann. Geordi nickte, zog sich an den Griffen entlang. Data schwebte in einer geraden Linie, streckte nur dann die Hände nach den Sprossen aus, wenn sich seine Geschwindigkeit infolge des Reibungswiderstands der Luft verringerte. »Ich fürchte, uns bleibt nicht mehr viel Zeit«, fuhr Shar-Tel fort. »Wahrscheinlich wächst inzwischen die Unruhe meines Bruders, da er während der vergangenen Minuten nicht verstehen konnte, worüber Sie sprachen.«

Eine Zeitlang flogen sie weiter, und Geordi gewöhnte sich allmählich an die Bewegungsmuster, wurde geschickter und flinker.

Auf halbem Wege zum sonnenwärtigen Ende der Nabe erreichten sie eine der breiten transparenten Sektionen, durch die man nach ›unten‹ sehen und das Innere des Habitats beobachten konnte. Die anderen durchsichtigen Flächen, die sie bereits passiert hatten, maßen nur rund einen Meter, aber dieses Segment war fast zehnmal so lang, und der Anblick, der sich ihnen darbot . . .

»Data! Shar-Tel!«

La Forge drehte sich und faßte nach einem der Haltegriffe in der Mitte der transparenten Wandung.

»Was ist denn, Geordi« rief der Androide und schwebte dicht neben dem Ende des langen Fensters. Shar-Tel hielt sich ebenfalls fest und sah besorgt zurück.

»Irgend etwas geschieht dort unten«, sagte La Forge und konzentrierte seine Aufmerksamkeit auf die Täler des Habitats.

Rund zwanzig Männer — ihre blauen Uniformen deuteten darauf hin, daß sie zu Shar-Lons ›Mitarbeiterstab‹ gehörten — traten durch eine große, gelbe Tür in der Endkuppel. Einige Habitatbewohner in der Nähe — zwei Frauen, die auf einem gartengroßen Acker arbeiteten, etwa hundert Meter von der Endkuppel entfernt; mehrere Jugendliche, die mit einem Ball spielten; ein älterer Mann, der aus einem großen, schlichten Gebäude kam, das offenbar als Produktionskomplex diente — verharrten und sahen den Neuankömmlingen überrascht entgegen. Geordi runzelte die Stirn und setzte den Teleskopblick seines Visors ein. Der Talboden zuckte ihm entgegen, und kurz darauf stellte er fest, daß die Uniformierten Projektilschleudern trugen, zwar primitive, aber tödlich wirkende Waffen.

Shar-Lons Stellvertreter Kel-Nar stand neben einer der Endkuppelpforten und beobachtete die von ihm geleitete Gruppe, das Gesicht eine Maske grimmiger Entschlossenheit. Gelegentlich neigte er den Kopf und starrte zu den beiden anderen Tälern. Geordi erkannte ihn sofort wieder, obgleich er ihn nur einmal gesehen hatte — als Kel-Nar die Ältesten aus der Konferenzkammer führte.

»Shar-Tel«, rief La Forge, »allem Anschein nach findet dort unten gerade eine Razzia oder etwas in der Art statt. Kel-Nar führt eine ganze Streitmacht in den Einsatz, und das dürfte alle Zweifel beseitigen, daß er hinter dem Bombenanschlag steckt.«

Shar-Tel schnitt eine Grimasse und schwebte zur transparenten Fläche zurück. Als er nach unten blickte, erblaßte er plötzlich, und im infraroten Spektrum waren seine Reaktionen noch ausgeprägter.

»In der Tat«, bestätigte er Geordis Worte und schauderte unwillkürlich, als er sich vom Fenster abwandte und wieder der Endkuppel zuwandte. »Es bedeutet auch, daß Kel-Nar weitaus schneller gehandelt hat, als ich befürchtete. Er weiß jetzt, daß ich noch lebe — bis vor kurzer Zeit *lebte* —, daß ich nicht nur das Magazin zerstören möchte, sondern auch viele Freunde habe, die mich unterstützen. Vermutlich sucht er jetzt nach meinem Unterschlupf und den Leuten, die mir während der vergangenen zehn Jahre halfen. Der Himmel mag wissen, was er mit ihnen anstellt, wenn er sie aufspürt.«

»Er würde ihnen doch nichts antun, oder?« fragte Data

unschuldig, stieß sich an einem Haltegriff ab und flog dicht hinter Shar-Tel durch die Röhre. Geordi schloß sich ihm an.

Der alte Mann drehte kurz den Kopf. »Kel-Nar hat keine Skrupel. Er ist praktisch zu allem fähig.«

»Aber Ihr Bruder ...« warf La Forge ein. »*Er* wäre doch in der Lage, ihm Einhalt zu gebieten, nicht wahr? Ich könnte mich mit ihm in Verbindung setzen, noch während wir zum Magazin unterwegs sind. Und wenn er erfährt, was sein Stellvertreter ...«

Shar-Tel verzog erneut das Gesicht. »Dann müßten Sie Shar-Lon von mir erzählen, von der wachsenden Opposition gegen die Art und Weise, wie er die technischen Mittel des fremden Raumschiffs verwendet. Selbst wenn ich ihm bei einem solchen Bericht direkt gegenüberstünde ...« Er schüttelte den Kopf. »In seinem derzeitigen Zustand kann niemand voraussagen, wie er auf so etwas reagieren würde. Vielleicht weigert er sich schlicht, uns zu glauben. Mit der ihm zur Verfügung stehenden Macht des Magazins könnte er noch gefährlicher werden als Kel-Nar.«

Geordi widersprach nicht, stieß sich an einer weiteren Sprosse ab. Zu gut erinnerte er sich an den ständigen emotionalen Aufruhr in Shar-Lon, an seine innere Destabilität, während er ihm und Data Gesellschaft geleistet hatte.

Kurze Zeit später gelangten sie an das sonnenwärtige Ende der Nabe, schoben sich durch die Tür des Shuttle-Hangars. Da es dort keine Haltegriffe gab, mußten sie sich wieder auf ihre magnetischen Stiefel verlassen und gehen. Shar-Tel sah sich um und betrachtete die einzelnen Raumfähren.

»Wir nehmen die dort«, sagte er und deutete auf eine, die neben dem Shuttle stand, das Shar-Lon zuvor benutzt hatte. Im Gegensatz zu den meisten anderen verfügte diese Fähre über einen Mechanismus, der Andockmanöver erlaubte. »Wenn der Berechtigungscode nicht verändert wurde ...«

Plötzlich sprang eine der Hangartüren auf, und zwei Männer in blauen Uniformen stürmten herein.

KAPITEL 13

»Systemweite Sensorerfassung beendet, Sir«, knurrte Worf. »Humanoide Lebensformen auf dem vierten Planeten, aber keine Anzeichen moderner Technologie. Alle Trabanten scheinen natürlichen Ursprungs zu sein.«

»Keine Aktivität auf den Subraum-Frequenzen, Sir«, sagte Lieutenant Brindle von der taktischen Station. »Unsere Com-Signale werden nicht beantwortet.«

»Counselor?« Picard sah Deanna Troi an, aber sie schüttelte nur den Kopf.

»Ich spüre nichts«, murmelte sie.

Der Captain nickte, schloß kurz die Augen. »Na schön. Mr. Gawelski, Kurs auf das nächste Sonnensystem. Maximale Warpgeschwindigkeit.«

Einen Augenblick lang waren alle wie erstarrt. Dann erholten sich die beiden Uniformierten von ihrer Überraschung, griffen fast gleichzeitig nach ihren Waffen.

Aber sie bekamen keine Gelegenheit, sie aus den Halftern zu ziehen und die Auslöser zu betätigen. Datas Phaser feuerte. Der erste Mann brach besinnungslos zusammen, noch bevor er seine Projektilschleuder berührte, und der zweite Entladungsblitz traf den anderen Uniformierten, als sich seine Finger gerade um den Kolben schlossen. Die Waffe löste sich aus der erschlaffenden Hand, segelte durch die Luft. Geordi reckte sich, fing sie auf. Data lief los, eilte auf den ersten Mann zu, griff nach dem Lauf der ›Pistole‹ – ein Begriff, der aus seinen internen Datenspeichern stammte – und verbog ihn. Shar-Tels Pupillen weiteten sich, als er den Androiden dabei beobachtete.

»Kein Wunder, daß mein Bruder Sie für die Konstrukteure hält«, sagte er. Geordi warf die andere Waffe, und Data fing sie auf, behandelte sie ebenso wie die erste. Mit einem letzten Blick auf die bewußtlosen Uniformierten stiegen sie ins Shuttle.

Shar-Tel steuerte die Fähre ins All und gab Schub. Es dauerte nur wenige Minuten, bis sie das Magazin erreichten. Abgesehen von der Schleusenattrappe wies es nicht die geringsten Besonderheiten auf, aber mit seiner spektrographischen Wahrnehmung entdeckte La Forge einige Stellen, bei denen es sich um getarnte Phaser und verborgene Traktorstrahl-Projektoren handeln mochte.

»Ich weiß nicht, aus welchem Material die entsprechenden Sektionen bestehen«, sagte er. »Die molekulare Struktur scheint so manipuliert zu sein, daß sie für die meisten Energieformen durchlässig wird, abgesehen von einigen Teilbereichen des elektromagnetischen Spektrums, wozu auch alle Frequenzen vom mittleren Infrarot bis zum mittleren Ultraviolett gehören. Das schließt das sichtbare Licht für die meisten Lebensformen von Planeten der Klasse M ein.«

Data sah eine auf fünfundzwanzig Prozent der Größe des Wracks im interstellaren Raum verkleinerte Version. Die äußeren Maße des Magazins deuteten darauf hin, daß der Raum, in dem ihr Retransfer erfolgte, etwa ein Zehntel des gesamten Innenraums beanspruchte. Die Tricorder zeigten nichts weiter als den Antimateriekern im Zentrum und vage Hinweise auf Transportertechnik in der Nähe der Schleusenattrappe. Offenbar waren nach wie vor einige Abschirmfelder aktiv, undurchdringlich für die Ortungssignale der kleinen Analyseinstrumente. Nur die Sensoren der *Enterprise* mochten in der Lage sein, hinter die Schilde zu blicken.

Geordi berührte seinen Insignienkommunikator. »Wir befinden uns jetzt direkt vor der Schleuse und legen an.«

»In Ordnung«, erklang Rikers Stimme aus dem Lautsprecher. »Wir haben versucht, Shar-Lon so gut wie möglich vorzubereiten – ohne zu sehr in die Einzelheiten zu gehen und uns in Widersprüche zu verwickeln.«

La Forge erwog die Möglichkeit, Shar-Lon darum zu bitten, sie direkt ins Magazin zu transferieren, ohne den Umweg durch die Schleuse, doch er entschied sich schließlich dagegen. Er wußte nicht, wie Shar-Tels Bruder auf das reagieren würde, was sie ihm mitzuteilen gedachten, und deshalb hielt er es für sicherer, das Shuttle an der Luftschleuse anzudocken; dadurch stand ihnen wenigstens ein Fluchtweg frei. Wenn es zum Schlimmsten kam und Shar-Lon sich dazu hinreißen ließ, das ganze Magazin stillzulegen — wodurch er selbst wie auch alle anderen im Innern des fremden Schiffes festsitzen würden —, konnten sie hoffen, sich mit ihren Phasern durch die Wand zu schweißen, die die beiden Hälften der angeblichen Schleuse voneinander trennte. Geordi ächzte innerlich, als er sich fragte, was sie nach dem Verlassen des Magazins unternehmen sollten. Angesichts der jüngsten Ereignisse schien eine Rückkehr ins Habitat wenig ratsam.

Eins nach dem anderen, rief er sich zur Ordnung.

Nach dem Andocken verließen sie das Shuttle, warteten in der Finsternis der äußeren Schleusenkammer.

Erneut spürte Geordi das Prickeln der Transferenergie, beobachtete das nur für ihn sichtbare multispektrale Glimmen des Kurzstreckentransporters.

Nach dem Transit begann Data damit, das Schott der Innenkammer zu entriegeln. La Forge griff nach Shar-Tels Arm und führte ihn in eine Ecke des kleinen Raums, so daß sein Bruder ihn nicht sofort sehen konnte, wenn sich die Luke öffnete.

Es knirschte und knarrte leise, als die stählerne Pforte aufschwang.

Shar-Lon stand zitternd auf der einen Seite, schwankte leicht in der Schwerelosigkeit. Seine Züge offenbarten große Erleichterung über die Rückkehr der beiden ›Konstrukteure‹. Riker und Yar trugen noch immer die schweren Strahlenschutzanzüge, die flexiblen Kapuzen zurückgeschlagen. Sie warteten einige Meter von dem Schott entfernt, vor der leeren Hibernationskapsel und ihrem Podest.

Geordi widerstand der emotionalen Versuchung, die beiden Offiziere der *Enterprise* zu umarmen, wandte sich statt dessen an den ›Auserwählten‹ und musterte sein infrarotes Profil. Derzeit wirkte es fast normal.

»Shar-Lon«, begann er vorsichtig, »es freut mich zu sehen, daß Sie ebenfalls nicht verletzt sind. Ich nehme an, Sie haben sich mit Hilfe einer unserer Gaben hierher versetzt.«

»Ja, das stimmt«, erwiderte der alte Mann fast hastig. »Ich bedaure es zutiefst, daß ich nicht auch Sie in Sicherheit bringen konnte.«

»Wofür wir im nachhinein sogar recht dankbar sind«, fuhr La Forge fort. »Die Leute, die uns angriffen ... Wie sich herausstellte, wollten sie uns nicht etwa umbringen, sondern nur mit uns reden.«

Shar-Lon riß die Augen auf. »Aber die Explosion! Ich habe sie gesehen, und Ihre Vorgesetzten sagten mir, Sie ...«

»Wir entkamen, bevor die Bombe gezündet wurde«, unterbrach ihn Geordi. »Jenes Attentat wurde von einer anderen Gruppe verübt, nicht von derjenigen, die mit uns sprechen wollte.«

Shar-Lon versteifte sich. »Dann wissen Sie also, wer dafür die Verantwortung trägt? Nennen Sie mir die Namen der Schuldigen. Ich sorge dafür, daß sie so streng bestraft werden, wie Sie es verlangen.«

»Auf dieses Angebot kommen wir vielleicht noch zurück«, sagte Geordi und bemerkte den fragenden Blick Rikers. Tasha Yar runzelte verwirrt die Stirn. »Aber zuerst möchten wir Ihnen etwas erklären. Die Männer, die eine Unterredung mit uns wünschten ...« La Forge zögerte und holte Luft. »Ihr Anführer schilderte uns, auf welche Weise Sie die Gaben verwenden.«

Der alte Mann erbleichte plötzlich, und die roten Bereiche des spektrographischen Profils verfärbten sich zu einem dunklen Blau. Doch noch bevor sich Shar-Lon seiner eigenen, von Furcht geprägten Reaktion bewußt werden konnte, erwachte Trotz in ihm.

»Wer ist dieser sogenannte ›Anführer‹?« fragte er. »Und mit was für einem Unsinn hat er Sie beschwatzt?«

»Kennen Sie die Gruppe, Shar-Lon?«

»Wie ich schon sagte: Es gibt einige irregeführte Personen, die gegen mich opponieren — jene Leute, die Sie kurz nach Ihrer Ankunft zu töten versuchten, die vor rund zehn Jahren meinen Bruder ermordeten.«

Shar-Tel konnte sich nicht länger zurückhalten, trat durch das offene Schott. »Wir sind *nicht* irregeleitet«, sagte er. »Und wir haben *nicht* versucht, jemanden umzubringen. Was meinen ›Tod‹ angeht: Ich bin quicklebendig, wie du siehst. Dein Stellvertreter Kel-Nar war es, der mir nach dem Leben trachtete — aber seine beiden Anschläge blieben ohne Erfolg.«

Shar-Lon schnappte verblüfft und schockiert nach Luft und erweckte den Anschein, als könne er jeden Augenblick in Ohnmacht fallen. Nur die Schwerelosigkeit verhinderte, daß seine Knie nachgaben.

»Shar-Tel? Das ist unmöglich. Du ...« Der leichenblasse Shar-Lon wandte sich abrupt zu Riker und Yar um. »Das ist ein Test! Ich weiß, daß Ihre Gaben Trugbilder schaffen können, und so etwas ist gerade geschehen! Aber warum? Sie haben mir doch gesagt, daß ich die richtigen Entscheidungen traf, als ich die Möglichkeiten des Magazins einsetzte, um meiner Welt Frieden zu bringen ...«

»Ich bin keine Illusion«, sagte Shar-Tel, trat vor, umfaßte Shar-Lons Arm und zwang seinen Bruder dazu, ihn anzusehen. »Ich bin ebenso real wie du.«

»Nein!« Shar-Lon riß sich los, taumelte zurück und stieß dabei gegen Riker. »Die Konstrukteure können ihre Gaben wesentlich geschickter nutzen als ich. Sie verleihen den Trugbildern damit auch feste Substanz.«

Shar-Tel schüttelte den Kopf und sah Geordi und Data an. »Sagen Sie es ihm! Sagen Sie, daß ich es wirklich bin! Sagen Sie ihm die *Wahrheit*. Erklären Sie ihm, welche Schuld er auf sich geladen hat.«

»Wahrheit?« wiederholte Shar-Lon mit vibrierender

Stimme. »Was für eine Wahrheit? Es gibt nur eine, und sie lautet: Ich habe mit den Gaben die Zerstörung unserer Zivilisation verhindert! Soll ich mich *deshalb* schuldig fühlen?«

»Es ist *deine* Wahrheit, nicht unsere! Und ganz gleich, welche Verdienste du dir vor fünfzig Jahren erworben hast: Seitdem steuert uns dein Verhalten auf eine Katastrophe zu! Du ...«

»Nein! Ich werde mir die verleumderischen Lügen dieses Phantoms nicht länger anhören.« Shar-Lons flehentlicher Blick richtete sich auf Geordi. »Wenn Sie mich auf die Probe stellen wollen ... Ich bin jederzeit bereit, mich einem Test zu unterziehen. Aber ersparen Sie mir solche grausamen Tricks! Ich habe Ihnen bereits gezeigt, auf welche Weise Ihre Gaben von mir verwendet wurden. Wenn Sie noch mehr sehen möchten ...«

»Es ist kein Trick, Shar-Lon«, sagte Geordi und fühlte den Schmerz des alten Mannes wie seinen eigenen. »Es tut mir leid, aber es handelt sich nicht um eine holografische Projektion Ihres Bruders. Er überlebte den vor zehn Jahren auf ihn ausgeübten Anschlag, auch die Explosion, die uns drei vor rund einer Viertelstunde umbringen sollte. Und seine Vorwürfe sind nicht so ohne weiteres von der Hand zu weisen. Ganz gleich, wie Sie die Gaben zu Anfang einsetzten ...«

»Aber Sie haben doch *bestätigt*, daß ich ...«

»Wir wußten nicht, welchen Gebrauch Sie nach der Zerstörung aller atomaren Sprengköpfe von unserem Geschenk des Friedens machten«, sagte Geordi. Eine innere Stimme forderte ihn auf, mehr Takt walten zu lassen, subtiler zu sein, um die labile Psyche Shar-Lons nicht zu sehr zu belasten, aber er begriff auch, daß es dazu bereits zu spät war. Die Konfrontation mit den Anklagen seines Bruders hatte in Shar-Lon eine tiefe seelische Wunde gerissen.

»Dann habe ich versagt — obgleich ich auserwählt wurde! Jetzt bleibt mir nichts anderes mehr übrig, als Ihnen sowohl die Gaben als auch das Magazin zurückzugeben...«

Der alte Mann schwieg plötzlich, kniff die Augen zu und konzentrierte sich.

Einen Sekundenbruchteil später bildeten sich die energetischen Schlieren eines Transporterfeldes, das Shar-Lon forttrug.

Mit klopfendem Herzen aktivierte Shar-Lon die Gabe — die letzte Gabe, die er jemals benutzen würde. Eine ungeheure Last aus Scham drohte, Gewissen, Ehrgefühl und Würde unter sich zu zermalmen. Ein mattes Schimmern umhüllte den alten Mann, und die Konturen des Magazins begannen sich aufzulösen.

Unmittelbar darauf erfaßte ihn die Zentrifugalkraft des Habitats. Die Kritik der Konstrukteure hatte ihn zutiefst schockiert und sein empfindliches Gleichgewicht erschüttert; jetzt kam die plötzliche Pseudogravitation hinzu. Shar-Lon taumelte, fiel auf das noch immer zerknitterte Bett in seinem Quartier.

Er versuchte nicht, sich aufzusetzen, blieb still liegen.

Allmählich ließ der zerquetschende Druck der Scham nach und wich einer tiefen Leere, die sich als noch schmerzhafter erwies.

Er hatte versagt. Obwohl er der Auserwählte war.

Während er auf den klammen Laken lag und verzweifelt versuchte, sich zu beruhigen, wieder zu sich zu finden, stiegen seit fünfzig Jahren unterdrückte oder schlichtweg verzerrte Erinnerungsfragmente an die Oberfläche seines Bewußtseins.

Noch einmal empfand er jene stumme, allesumfassende Ehrfurcht, als sich ein um fünfzig Jahre jüngerer Shar-Lon dem Magazin näherte. Emotionale Gedächtnissplitter, hier und dort inzwischen ohne deutliche Umrisse, gefüllt mit verblassender Intensität. Die übrigen Reminiszenzen hingegen blieben unverändert: Sie betrafen die entscheidenden Ereignisse, die ihn ins Magazin brachten, seine eigenen Motive, die Lage auf dem Planeten, die atomare Gefahr. Er vermochte sogar zwischen der Wirklichkeit und den

Ausschmückungen zu unterscheiden, die er jenen Ereignissen im Verlauf der nächsten Jahrzehnte hinzufügte.

Im Kern dieses Erinnerungsstroms verbarg sich eine tief in ihm verwurzelte Furcht – eine Angst, die er ständig zu vergessen versuchte, die er in einem Kokon aus Selbsttäuschungen versteckte. Jene Art von Panik, die ihn zum erstenmal heimsuchte, als er das Magazin sah. Ungeduld, Hoffnung und der Wunsch, herauszufinden, was sich in dem mysteriösen Objekt befand, überwanden schließlich die Furcht. Aber als er das Shuttle verließ und zu dem fremden Raumschiff schwebte, als sein Geist genug Zeit bekam, sich auf Rationalität zu besinnen, verwandelte sich die Furcht rasch in Schrecken und Grauen, zerfaserte das dünner werdende Gespinst der Neugier.

Dennoch kehrte er nicht zurück. Er setzte den Weg fort, obwohl seine aufgewühlten Empfindungen eine lähmende Wirkung entfalteten und er zu argwöhnen begann, daß ihn vielleicht *irgend etwas* an der Rückkehr zu hindern trachtete. Er fühlte sich gezwungen, das Magazin zu erreichen, wie von einer sonderbaren Macht, die ihn in ihren Bann schlug, von der er angezogen wurde wie Eisen von einem Magneten. Später stritt er so etwas ab, behauptete statt dessen, er habe die ganze Zeit über genau gewußt, was ihn in dem fremden Objekt erwartete. Die Zeichen seien der erste Hinweis gewesen, und später folgten andere ›Offenbarungen‹.

Aber das stimmte nicht. Es gab keine Sicherheit für ihn, nur nacktes Entsetzen.

Und als er durch die massive Außenhülle des Magazins getragen wurde, ohne dabei auf irgendeinen Widerstand zu stoßen, hätte er vor Grauen fast das Bewußtsein verloren.

Kurze Zeit später bewegten sich seine Arme und Hände wie von ganz allein, wie eigenständige Wesen, auf die er keine Kontrolle mehr ausüben konnte: Er beobachtete, wie er den Helm des Raumanzugs abnahm, sich die silberne Haube aufsetzte – und plötzlich spürte er, wie die Ruhe in ihn zurückkehrte. Er nahm ein seltsames Prickeln wahr, das sich in seinem ganzen Körper ausbreitete. Als sich dieses Gefühl verflüchtigte, starben auch Furcht und Angst.

Doch als er sich an Dinge ›erinnerte‹, die er überhaupt nicht kannte, nagte neuerlicher Schrecken an seiner Seele.

Ganz langsam sickerte Fremdes in ihn hinein, und er ›entsann‹ sich daran, wie man die Gaben einsetzte. Eine von ihnen wurde zu einer Erweiterung seines Körpers, und er gewann den Eindruck, als wüchsen ihm neue Sinnesorgane, neue Gliedmaßen.

Als diese Phase zu Ende ging, als der erste direkte Kontakt mit den Gaben abbrach, als Shar-Lons Gedanken wieder in einem Meer der Ruhe schwammen, begriff er plötzlich, daß ihm nicht nur die Fähigkeit, sondern auch die Verantwortung — die *Pflicht* — gegeben wurde, die Gaben zu benutzen. Und damit die Waffen zu zerstören, die den Planeten mit einer atomaren Apokalypse bedrohten.

Erst in jenem Augenblick verstand er wirklich, was die Zeichen bedeuteten, die seine Heimatwelt Minuten oder Stunden vorher in einen blutroten Schein getaucht hatten. Und er stellte sich der Erkenntnis, wahrhaft auserwählt zu sein, dazu erkoren, über das Schicksal seines Planeten zu wachen, ihn zu schützen und zu bewahren. Diese Überzeugung wuchs nach der Verbindung mit den Gaben, verstärkte die Ahnungen während der ersten Sichtung des Magazins, widersprach in gewisser Weise seiner Behauptung, er habe gleich von Anfang an gewußt, zum Friedenswächter bestimmt zu sein.

Aber damals blieb ihm keine Zeit, darüber nachzudenken, irgendwelche Entscheidungen zu treffen. Kurz nach dem ersten Kontakt hielt eine Atomrakete auf das Magazin zu. Die Gaben entdeckten sie, machten ihn darauf aufmerksam.

Und Shar-Lon reagierte so, wie er es für erforderlich hielt. Er erweiterte seinen rätselhaften neuen Sinn, der ihn noch immer mit grenzenloser Verwunderung erfüllte, tastete nach dem nuklearen Herzen der Rakete.

Und zerstörte es. Er eliminierte auch die anderen atomaren Sprengsätze, die das Magazin vernichten sollten.

In jener ersten Stunde wehrte er alle Angriffe ab.

Als er schließlich wieder Gelegenheit bekam, sich auf die Gaben zu konzentrieren, ›erinnerte‹ er sich, wie er alle Atombomben auf dem Planeten und in der Umlaufbahn finden und unschädlich machen konnte.

Und als diese Aufgabe erfüllt war, als es keine nuklearen Sprengkörper mehr gab, fragte er sich, wer dieses Werk vollbracht hatte: er selbst oder der Geist eines Konstrukteurs?

Es spielte keine Rolle. Es kam nur darauf an, daß die atomare Bedrohung nicht mehr existierte.

Fünfzig Jahre lang war es Shar-Lon gelungen, den Frieden zu erhalten. Ganz gleich, was ihm sein Bruder vorwarf, was auch die Konstrukteure sagten: Er *hatte* die Welt vor dem Untergang bewahrt!

Abrupt setzte er sich auf, und aus seiner Scham wurde Trotz. Doch als er sich aufrichtete, wanderte sein Blick durchs Zimmer.

Zum erstenmal seit vielen Jahren sah er es nicht durch den Filter egozentrischer Erhabenheit, sondern so, wie es sich den Blicken eines objektiven Beobachters darbieten mußte: ein viel zu dicker Plüschteppich, Möbel in prahlerischem Luxus, geschmacklose Gemälde und Holografien. Die in all diesen Dingen zum Ausdruck kommende Hemmungslosigkeit widerte ihn plötzlich an.

Als er an sich herunterstarrte, schien ihm das grelle Gelb seiner Uniform entgegenzufluten. Es unterstrich seine närrische Selbstüberheblichkeit, den Anspruch, dauernd im Zentrum zu stehen, obgleich er sich doch damit brüstete, nur ein demütiger Diener zu sein.

Gleichzeitig fielen ihm die vielen Selbstbildnisse ein, die überall im Habitat hingen — sein Quartier stellte eine der wenigen Ausnahmen dar —, die übertriebenen Darstellungen einer symbolischen Vaterfigur, die mit pompöser Gutmütigkeit von Türen, Fenstern, Wänden und Decken blickte, selbst von den Uniformen seiner Mitarbeiter.

Shar-Lon entsann sich daran, wie das alles während der ersten euphorischen Tage begonnen hatte: die ›vereinigende Symbolik‹ der Friedensfarbe, die ›vereinigende Symbolik‹ seines eigenen Bildes. Zwei- und dreidimensionale Reproduktionen eines Mannes – des Friedenswächters –, der die Welt vor der atomaren Katastrophe schützte.

Übelkeit stieg in ihm empor, als er sich daran erinnerte, wie sehr er jeden einzelnen Augenblick der Verehrung genossen hatte: die Verherrlichung durch die anderen Friedenswächter, ihren Neid, die Macht, das Wissen, der einzige ›Auserwählte‹ zu sein.

In den nachfolgenden Jahren unternahm er nichts, um etwas an dieser Situation zu ändern. Er akzeptierte sie einfach, ohne einen Gedanken daran zu verschwenden – bis er sie schließlich für völlig normal hielt.

Doch jetzt begriff er endlich, welch einen Narren er aus sich gemacht hatte – trotz all seiner Verdienste.

Und er fragte sich: *Wenn es mir so leicht fiel, die Augen selbst vor den eitlen Nachbildungen meines Gesichts zu verschließen, wenn ich all diesen Dingen gegenüber blind gewesen bin – wie gut oder schlecht war dann mein Urteilsvermögen in Hinsicht auf andere, wesentlich wichtigere Angelegenheiten?*

Ließ sich die Zerstörung der Shuttle-Flotte tatsächlich rechtfertigen? Oder basierte sein Handeln nur auf Zorn?

Seine Weigerung, Wissenschaftlern die Genehmigung zu geben, das Magazin zu untersuchen – nur aus Furcht, die Gaben könnten beschädigt werden? Oder steckte etwas anderes dahinter, zum Beispiel die Sorge, die Experten könnten herausfinden, wie die Gaben funktionierten? Vielleicht entdeckten sie dadurch eine Möglichkeit, ebenfalls mit ihnen umzugehen, Shar-Lons Macht zu beschneiden ...

Altruismus? Oder Rachsucht und Paranoia?

Kein Wunder, daß ihn die Konstrukteure verurteilten.

Shar-Lon erbebte am ganzen Leib. Er hatte es vorgezogen, einfach zu verschwinden, anstatt sich auf einen Rest von Würde zu besinnen und die Strafe hinzunehmen, die er verdiente.

Nicht einmal mehr diese Ehre wurde ihm zuteil.

Sein Verhalten stempelte ihn zum Feigling, und nun konnte er nur noch warten, darauf, daß ihn die Konstrukteure zur Rechenschaft zogen. Shar-Lon gab sich nicht der naiven Illusion hin, daß sie Gnade walten ließen.

Plötzlich aber fiel ihm etwas ein: Seine Aufgabe war noch nicht ganz erfüllt; es gab nach wie vor eine Pflicht, die er wahrnehmen mußte.

Für sein Versagen trug er ganz allein die Verantwortung, und das bedeutete, daß er die Welt – die Welt der Friedenswächter, für deren Entstehung er den Grundstein gelegt hatte – von seinen Fehlern unterrichten, ihr mitteilen mußte, daß die Schuld nur ihn traf, sonst niemanden.

Als sich Shar-Lon in Bewegung setzte, fühlte er zum erstenmal in seinem Leben die Last des Alters. Steifbeinig ging er zum Lift, gab den Code ein und beobachtete, wie sich die Tür öffnete. Er betrat die kleine Kabine, wandte den Blick von den nun grotesk anmutenden Darstellungen seines Gesichts ab. Einige Sekunden später betrat er die Kammer, die dem Ältestenrat als Versammlungsort diente. Er erinnerte sich daran, wie er die Konstrukteure hierhergebracht hatte, nach Ko-Tis Versuch, sie noch in der Luftschleuse des Magazins zu erschießen, dachte an seine Hoffnungen, daß sie von diesem Zimmer aus zur Welt der Friedenswächter sprachen, zu den Leuten, die einst seine Freunde gewesen waren.

Und nun ...

Shar-Lon hob die zitternde Hand, und es kostete ihn nicht unerheblich Mühe, die Taste zu betätigen, die eine Verbindung zu seinem Stellvertreter Kel-Nar herstellte.

Er wartete, bereitete sich innerlich auf ein schamvolles Geständnis vor.

Schließlich drang Kel-Nars aufgeregt und alarmiert klingende Stimme aus dem Lautsprecher.

»Shar-Lon!« entfuhr es ihm, und bevor der alte Mann etwas sagen konnte, fuhr er fort: »Wo sind Sie gewesen? Ich muß Sie unbedingt sprechen! Sofort! Jene Wesen, die von sich behaupten, die Konstrukteure zu sein — *sie lügen!*«

Einige Sekunden lang war Shar-Lon völlig verblüfft, und seine Gedanken rasten. Dann durchströmte ihn tiefe Erleichterung, als er in Gedanken noch einmal die letzten fünf oder sechs Stunden Revue passieren ließ und begriff, daß Kel-Nar ganz offensichtlich recht hatte.

Die Fremden logen!

Würden sich die wahren Konstrukteure von ihren eigenen Gaben betäuben lassen?

Mußten die wahren Konstrukteure nicht in der Lage sein, das Magazin ganz nach Belieben aufzusuchen und zu verlassen, ohne dabei ein primitives Shuttle der Friedenswächter zu benutzen?

Hätten sich die wahren Konstrukteure im Hangar einfach so überwältigen lassen?

Wären sie nicht imstande gewesen, sich einfach ins Magazin zu transferieren, so wie Shar-Lon?

»Haben Sie mich gehört?« rief Kel-Nar, als Shar-Lon keine Antwort gab. »Die Fremden sind nicht die, für die sie sich ausgeben!«

»Ja, ich habe Sie verstanden«, erwiderte Shar-Lon grimmig. Kel-Nars Worte tilgten Scham und Schuldbewußtsein aus ihm.

»Wir müssen unverzüglich Gegenmaßnahmen ergreifen«, drängte Kel-Nar. »Das ist Ihnen sicher klar. Wir sollten vorbereitet sein, wenn noch mehr von ihnen eintreffen.«

»Es besteht kein Anlaß zur Sorge«, sagte Shar-Lon fest. »Ich werde mit ihnen fertig.«

»Trotzdem: Ich möchte mit Ihnen reden, bevor Sie ins Magazin zurückkehren. Wir wissen nicht, wer die Fremden sind, aber eins steht fest: Sie verfügen über nicht unbeträchtliche Macht. Ich habe einige Dinge in Erfahrung gebracht, die es zu berücksichtigen gilt.«

»Was für Dinge, Kel-Nar?«

»Darüber kann ich nur unter vier Augen mit Ihnen sprechen«, entgegnete Kel-Nar im Tonfall der Verzweiflung. »Es ist viel zu wichtig!«

Shar-Lon schnitt eine Grimasse. »Wie Sie wünschen. Ich bin in der Versammlungskammer des Ältestenrats.«

Der alte Mann unterbrach den Kontakt zu Kel-Nar, drehte sich um und strich den Vorhang beiseite. Der Anblick des Habitats, der Welt der Friedenswächter, hatte ihn schon immer inspiriert, aber jetzt half er ihm dabei, die Nachwirkungen des emotionalen Aufruhrs in seinem Innern zu überwinden. Langsam brachte er seine Gedanken wieder unter bewußte Kontrolle.

Shar-Lon lächelte zufrieden und entschlossen, konzentrierte sich so sehr, daß er selbst die Schritte überhörte, die sich durch den Korridor näherten. Mit seinen zusätzlichen mentalen Sinnen tastete er nach den Gaben und übermittelte einige spezielle geistige Anweisungen, um sich endgültig von den falschen Konstrukteuren und ihren blasphemischen Anschuldigungen zu befreien.

KAPITEL 14

»Shar-Lon!« platzte es aus Geordi heraus, als sich das Flirren eines Transporterfokus um den alten Mann schloß. »Bleiben Sie hier! Wir brauchen Sie!«

Aber es war bereits zu spät. Shar-Lon entmaterialisierte.

»Wo ist er jetzt?« fragte Riker scharf. »Shar-Tel, können Sie sich irgendwie mit ihm in Verbindung setzen? Ihn dazu überreden, hierher zurückzukehren?«

Shar-Tel schüttelte den Kopf, schwieg einige Sekunden lang und holte tief Luft.

»Ich hoffe, er hält sich nun in seinem privaten Quartier auf, wo er zumindest eine Zeitlang sicher ist«, antwortete er schließlich. »Ich bezweifle, ob man ihn dort erreichen kann. Aber selbst wenn das möglich wäre: Es hätte keinen Sinn zu versuchen, ihn zur Vernunft zu bringen.«

»Himmel, er ist der einzige, der mit den sogenannten Gaben umgehen ...« Riker unterbrach sich abrupt und musterte Shar-Tel mit plötzlich erwachendem Mißtrauen. »Es sei denn, *Sie* wissen, wie man die technischen Systeme des fremden Schiffes kontrolliert.«

Tasha Yar reagierte sofort, schwang ihr Phasergewehr herum und richtete es auf den alten Mann. »Wagen Sie es bloß nicht, den Helm anzurühren«, zischte sie.

Shar-Tel dachte daran, wie sich die gebündelten Strahlen aus Geordis und Datas Phaser durch den massiven Stahl des Schotts gebrannt hatten. Er zuckte zusammen, straffte dann wieder seine Gestalt. »Warten Sie! Wenn Sie hier Ihre Waffen einsetzen ... Sie könnten mich töten, aber einen Augenblick später würden Sie betäubt. Und bis Sie erwachen ...«

»Er hat recht, Lieutenant«, sagte Geordi und schilderte, was während ihrer ersten Passage durch die Schleusenattrappe geschehen war. »Es gelang mir, den Mann außer Gefecht zu setzen, der seine Projektilschleuder zog, aber ich bekam keine Gelegenheit, den Auslöser noch einmal zu betätigen. Das automatische Verteidigungssystem des Magazins raubte sowohl mir als auch Data das Bewußtsein.«

»Vermutlich können Sie von Glück sagen, daß Sie durch den Einsatz Ihrer Phaser keine Antimateriebombe zündeten«, brummte Riker und richtete seinen Blick wieder auf Shar-Tel. »*Wissen* Sie, wie diese Mechanismen kontrolliert werden?«

»Nein! Nur mein Bruder ... Ich möchte Ihnen etwas erklären, nur ganz kurz. Ich muß ein Signal geben, bevor es zu spät ist!«

»Was für ein Signal? Zu welchem Zweck?«

»Auf der Oberfläche des Planeten werden mehr als zehn Shuttles in ständiger Bereitschaft gehalten«, sagte Shar-Tel. »Derzeit ist mein Bruder nicht in der Lage, etwas gegen sie zu unternehmen, und deshalb können sie starten.«

»Shuttles?« wiederholte Riker argwöhnisch. »Stehen sie mit Ihrem Wunsch in Zusammenhang, das Magazin zu vernichten?«

Der alte Mann nickte rasch. »Ja. Aber es gibt einen wichtigeren Grund, sie jetzt in Einsatz zu bringen.«

»Und der wäre?«

»Um Kel-Nar und seinen Komplizen einen Strich durch die Rechnung zu machen, solange wir noch die Chance dazu haben.« Mit knappen Worten berichtete Shar-Tel von dem, was Geordi und Data im Habitat beobachtet hatten. »Mit ziemlicher Sicherheit handelt es sich um eine Art Putsch. Wahrscheinlich hat er das Gespräch zwischen mir und Ihren Leuten belauscht, bevor das winzige Abhörgerät entdeckt und zerstört wurde. Wenn das stimmt, glaubt er jetzt sicher, er brauche nur das Magazin aufzusuchen und den Helm zu benutzen, um die Gaben und ihre Macht seinem Willen zu unterwerfen. Bisher hat er angenommen, er müsse von Shar-Lon in ihrem Gebrauch unterwiesen werden – nur das hinderte ihn daran, meinen Bruder einfach zu ermorden und seinen Platz einzunehmen.«

»Wenn Ihre Vermutung zutrifft, schwebt Shar-Lon jetzt in großer Gefahr.«

»Ja, und deshalb dürfen wir keine Zeit verlieren. Wie ich eben schon sagte: Die Shuttles können jederzeit starten und die Welt der Friedenswächter in zwei Stunden erreichen. Mein Bruder war so schockiert, daß er eine Weile in seinem Quartier bleiben wird. Vielleicht erfährt Kel-Nar nichts von seiner Rückkehr. Vielleicht nimmt er an, er befände sich noch immer hier im Magazin. In dem Fall dürfte seine Strategie darin bestehen, *meine* Freunde ausfindig zu machen und aus dem Verkehr zu ziehen. Das hält ihn sicher beschäftigt, bis die Fähren eintreffen.«

Riker knurrte leise. »Trotzdem: Wenn Sie Ihren Bruder nicht so sehr unter Druck gesetzt hätten, daß er sich in seine Unterkunft transferierte, wenn er statt dessen geblieben wäre ...«

»Glauben Sie etwa, er ließe sich dazu überreden, den Start unserer Schiffe zu genehmigen und ruhig zuzusehen, wie sie sich dem Habitat nähern?« Shar-Tel schüttelte den Kopf. »Nun, es ist eine Möglichkeit – aber eine sehr unwahrscheinliche. Angesichts seiner ausgeprägten Paranoia neigt er eher dazu, Sie nicht mehr für die wahren Konstrukteure zu halten und zu argwöhnen, daß Sie an einem Komplott teilnehmen und ihm die Gaben stehlen wollen. Vielleicht gelangt er ohnehin zu diesem Schluß, sobald er eine Gelegenheit findet, gründlich über alles nachzudenken. Er könnte sogar beschließen, hierher zurückzukehren – ein Grund mehr, sofort zu handeln.

Denken Sie daran: Er ist in der Lage, wenigstens einige Gaben ohne eine direkte Verbindung mit dem Helm zu kontrollieren. Möglicherweise bleibt Ihnen gar nichts anderes übrig, als ihn in dem Augenblick zu betäuben, in dem er rematerialisiert. Doch damit lösten Sie den Verteidigungsmechanismus aus, und wir *alle* verlören das Bewußtsein. Das wiederum gäbe Kel-Nar freie Bahn. Er gehört zu den wenigen Personen, die das Magazin ohne ausdrückliche Erlaubnis meines Bruders betreten dürfen.

Wenn wir wieder zu uns kommen — vorausgesetzt, Kel-Nar ließe das zu —, könnte er bereits die Gaben unter seine Kontrolle gebracht haben. Und wenn *er* sie beherrscht ...«

Shar-Tel seufzte. »Im Gegensatz zu meinem Bruder ist Kel-Nar nur an einem interessiert: Macht. Bisher hat er es geschafft, Shar-Lon gegenüber sein wahres Gesicht zu verbergen, ihn von seiner Loyalität zu überzeugen. Bis jetzt ist sein Entscheidungsspielraum begrenzt, doch wenn er die Gaben ganz nach Belieben einsetzen kann ...«

»Ihre Ausführungen entbehren nicht einer gewissen Logik«, sagte Riker mit einem Hauch von Ironie. »Aber warum hat Shar-Lon den Bau der Schiffe auf dem Planeten gestattet?«

»Er weiß nichts von ihnen.«

»Nun, vor fünfzig Jahren war er in der Lage, alle Raketen zu zerstören, selbst diejenigen, die sich in unterirdischen Silos befanden ...«

»Es handelte sich um *Atom*raketen. Ich bezweifle, ob es meinem Bruder gelungen ist, uns während der vergangenen acht Jahre zu täuschen, und daraus läßt sich nur ein Schluß ziehen: Er weiß *wirklich* nichts von den Shuttles, konnte sie nicht einmal mit Hilfe der Gaben entdecken. Solange irgendein Raumflugkörper auf der Oberfläche des Planeten bleibt — oder darunter —, lokalisieren ihn die ›Augen‹ des Magazins nur, wenn er über einen atomaren Sprengkopf oder einen nuklearen Antrieb verfügt. Nach dem Start allerdings, wenn die Fähren in einen Orbit steuern, sind sie nicht mehr ›unsichtbar‹.«

Riker musterte den alten Mann kurz, wandte sich dann an Geordi. »Was meinen Sie dazu, Lieutenant La Forge? Sagt er die Wahrheit?«

»Ich habe keinen Grund, das Gegenteil anzunehmen, Sir. Allerdings wußte ich auch nicht, daß er so heftige Vorwürfe gegen Shar-Lon erheben würde — was unsere Lage drastisch verschlechterte.«

»Selbst *wenn* seine Hinweise stimmen ...«, warf Tasha

Yar ein. »Was ist mit den Besatzungen der Schiffe, die er starten lassen möchte?« Sie kniff die blauen Augen zusammen und richtete ihre Aufmerksamkeit auf Shar-Tel. »Was sind das für Leute? Warum vertrauen Sie ihnen?«

Yars durchdringender Blick erfüllte den alten Mann mit offensichtlichem Unbehagen. »Es handelt sich um Personen, zu denen meine Gruppe vor rund zwanzig Jahren Kontakt aufnahm. Sie teilen unsere Einstellung und ...«

»Daran gibt es nicht die geringsten Zweifel?«

»Wir haben viele Jahre lang mit ihnen zusammengearbeitet«, erwiderte Shar-Tel. »Wir streben die gleiche Ziele an: Es geht uns darum, das Magazin zu zerstören oder zu verhindern, daß die Gaben jemals wieder benutzt werden.«

»Und die Bewohner des Habitats, der sogenannten ›Welt der Friedenswächter?‹ Was haben Ihre Freunde mit ihnen vor?«

»Nichts. Nur Kel-Nar und einige seiner Mitverschwörer sollen zur Rechenschaft gezogen werden.«

Yar schüttelte verärgert den Kopf. »Offenbar halten Sie dies alles für ein *Spiel*, Shar-Tel! Für ein Spiel, dessen Regeln Sie selbst bestimmen. Ihr Bruder ist ein Diktator gewesen, und ein ziemlich erbarmungsloser noch dazu. Seit fünfzig Jahren beherrscht er den Planeten. Um es vorsichtig auszudrücken: Die Bewohner Ihrer Heimatwelt mögen weder *ihn* noch die anderen Friedenswächter. Warum sind Sie so sicher, daß die Besatzungen der Shuttles nicht die Gelegenheit nutzen, reinen Tisch zu machen?«

Einige Sekunden lang blieb es völlig still. Shar-Tel wirkte plötzlich müde und erschöpft, und wieder bemerkte Geordi die frappierende Ähnlichkeit des alten Mannes mit Captain Picard.

»Nein«, sagte Shar-Tel nach einer Weile. »Ich bin nicht so naiv, diese Möglichkeit ganz auszuschließen. Doch wenn ich an die Alternative denke, wenn ich mir vorstelle, daß mein Bruder weiterhin seine bisherige Macht ausübt, oder gar Kel-Nar ... Ich fürchte, wir haben keine Wahl.

Wir müssen ein Risiko eingehen. Und selbst wenn die Mannschaften der Schiffe unser Vertrauen mißbrauchen — die Zerstörung des Habitats ist ein geringer Preis für echten Frieden.«

Tasha Yar runzelte die Stirn und ließ den alten Mann nicht aus den Augen. Schließlich aber nickte sie. »Ja«, sagte sie, »das stimmt. *Wenn* die Diktatur dadurch ein Ende findet. Wenn keiner Ihrer Freunde vom Planeten auf den Gedanken kommt, in Shar-Lons Fußstapfen zu treten.«

Shar-Tel gestikulierte vage. »Wir alle haben genug von Gewalt; das gilt sowohl für uns im Habitat als auch für unsere Mitbürger auf der Heimatwelt. Wir möchten bauen, nicht zerstören — ohne die Hilfe einer fremden Technologie. Wahren Frieden können wir nur erreichen, indem wir lernen, uns gegenseitig zu vertrauen, unsere Unterschiede zu respektieren und zu schätzen. Nur dadurch läßt sich das Überleben unserer Zivilisation gewährleisten.« Er betrachtete den Helm. »Wenn ich die Möglichkeit dazu hätte, würde ich die Gaben sofort vernichten, aber bestimmt genügt es nicht, die Haube einfach zu zerschmettern.«

»Da haben Sie sicher recht«, bestätigte Yar. Sie klopfte auf ihr Phasergewehr und fügte hinzu: »Nun, wenn sich die Dinge nicht so entwickeln, wie Sie hoffen ... Mit einer solchen Waffe kann man innerhalb kurzer Zeit großen Schaden anrichten.«

Ruckartig drehte sie sich zu Riker um. »Sir, ich schlage vor, wir erlauben es Shar-Tel, seine Nachricht zu senden.«

Der Erste Offizier nickte ernst. »Einverstanden.«

Der alte Mann schloß kurz die Augen. »Danke. Ich muß ins Shuttle zurück, um das dortige Funkgerät zu benutzen.«

»In Ordnung. Lieutenant La Forge, begleiten Sie ihn.«

»Ja, Sir.«

Die beiden Männer traten in die Luftschleuse, und Data schloß das Schott hinter ihnen. Geordi behielt Shar-Tel mit seinem Visor im Auge und beobachtete, wie er von der

Innentür forttrat. Einige Sekunden später erfaßte sie die Transferenergie, und sie rematerialisierten in der äußeren Schleusenhälfte.

Shar-Tel entriegelte das Schott, und La Forge folgte ihm in die Raumfähre.

Es dauerte fast fünf Minuten, bis es dem alten Mann gelang, Verbindung mit einem seiner Vertrauten aufzunehmen.

»Shar-Tel!« drang eine Stimme aus dem Lautsprecher des Funkgeräts. »Was ist geschehen? Kel-Nar wird uns alle einsperren, wenn...«

»Es ist meine Schuld, La-Dron. Ich war unvorsichtig. Wie dem auch sei: Wir haben keine Zeit für Erklärungen. Worauf es jetzt ankommt ... Geben Sie unseren Freunden auf dem Planeten Bescheid. Die Schiffe sollten sofort starten.«

»Aber das Magazin ...«

»Ist derzeit unter unserer Kontrolle. Beeilen Sie sich. Vielleicht bekommen wir nie wieder eine Chance, wirklichen Frieden zu erreichen.«

Eine Zeitlang hörte Geordi nur statisches Knistern. Dann: »Wie Sie wünschen. Ich gebe die Nachricht unverzüglich weiter.«

Shar-Tel schaltete das Funkgerät aus.

»Und nun, meine Herren ...« erklang Yars Stimme aus Geordis Insignienkommunikator. »Ich schlage vor, wir befassen uns mit den ›Gaben‹ und finden so viel wie möglich über sie heraus. Wenn sich die Lage zuspitzt, wäre es sicher recht nützlich zu wissen, wie wir zur *Enterprise* zurückkehren können.«

»In der Tat«, pflichtete Riker ihr bei. »Lieutenant La Forge, Sie haben sich den Helm doch schon einmal aufgesetzt, nicht wahr?«

»Ja, Sir«, erwiderte Geordi, als er zusammen mit Shar-Tel des Shuttle wieder verließ und die äußere Schleusenkammer betrat. »Deshalb sollte ich es wohl noch einmal versuchen. Zumindest Data kommt dafür nicht in Frage:

Die Kontrollvorrichtung hätte ihn fast umgebracht.« Geordi erklärte seine Theorie, wonach die silberne Haube die psychisch-mentalen Parameter der betreffenden Person analysierte: Wenn sie nicht den programmierten Spezifikationen entsprachen, wurde ein Abwehrmechanismus aktiv, der versuchte, den Benutzer zu töten.

»Shar-Lon und ich weisen offenbar große Ähnlichkeiten mit den ›richtigen‹ Profilstrukturen auf«, fuhr er fort, als er in Begleitung des alten Mannes in die Kammer mit dem Helm zurückkehrte. »Immerhin wurden wir als berechtigt klassifiziert. Trotzdem halte ich es für besser, daß einer von Ihnen in der Nähe bleibt und mir die Haube abnimmt, falls das Ding plötzlich seine Meinung ändert.«

»Selbstverständlich«, sagte Riker. »Wir überwachen Sie und das Gerät mit unseren Tricordern.«

Geordi lächelte schief und griff nach dem Helm, erinnerte sich daran, wie er Data davon befreit und die Kontrollvorrichtung einfach zur Seite geschleudert hatte. Sie hing nun wieder in der unsichtbaren energetischen Halterung.

Er wartete darauf, daß Riker und Yar die Neujustierung ihrer Instrumente beendeten, schob sich dann die Haube auf den Kopf.

Sofort zeigte der Bildschirm wieder den Planeten. Nur einen Sekundenbruchteil später spürte Geordi, wie Furcht in ihm entstand, der erste Hauch beginnender Panik in ihm emporstieg. Nervös erinnerte er sich daran, daß Shar-Tel erwähnt hatte, ›irgend etwas‹ habe vielleicht seinen Bruder übernommen, als er den ersten unmittelbaren Kontakt zu den ›Gaben‹ herstellte.

»Diesmal fühle ich nicht das Prickeln wie beim erstenmal, kein vages Stechen, das sich im ganzen Körper ausbreitet«, sagte La Forge und versuchte, das sich verdichtende Unbehagen zu unterdrücken.

»Vermutlich eine Auswirkung des hypothetischen ›Tests‹, Geordi«, erwiderte Data. »In mir regten sich ähnliche Empfindungen, kurz bevor der Helm danach trachtete, mich zu desaktivieren. Da Sie bereits als autorisierter Benutzer eingestuft wurden, braucht die Prüfphase nicht wiederholt zu werden.«

»*Können* Sie irgend etwas kontrollieren?« fragte Yar mit dem für sie typischen Pragmatismus. »Als Shar-Lon die Haube aufsetzte, veränderte er die Bildschirmdarstellungen.«

Noch während Tasha diese Worte sprach, erzitterte etwas in Geordis Gedankensphäre.

Plötzlich schien er Augen zu haben, die sich öffnen und schließen, von rechts nach links bewegen ließen. Das Gefühl weckte Erinnerungen in ihm ... Er entsann sich an die rätselhafte Entität Q, die Commander Riker eine fast göttliche Macht verlieh; und der Erste Offizier nutzte sie unter anderem, um La Forge für einige Sekunden das Augenlicht zurückzugeben.

Wie damals begriff er nun rein instinktiv, wie man solche Augen verwendete. Er ›erinnerte‹ sich daran, welche geistigen Befehle derartige Sinnesorgane steuerten, so als gehöre dieses Wissen zu seinem innersten Wesen.

Gleichzeitig aber übermittelte ihm das Visor einen beständigen Datenstrom, verband ihn mit dem Chaos der Wellenlängen, aus dem sein Verstand ganz automatisch Informationen bezog. Die andere Wahrnehmungsart — die mentalen Augen, die ihm plötzlich wuchsen — stellte eine Erweiterung dar, keinen Ersatz.

Als er den geistigen Blick fokussierte, wechselte das Bild auf dem Schirm.

Das Habitat kam in Sicht, seine Konturen aufgrund der relativen Nähe bis zur Unkenntlichkeit verzerrt. Unmittelbar darauf ›erinnerte‹ sich Geordi daran, wie man die mentalen Augen ausrichtete. Die Projektion erzitterte kurz, wurde dann völlig klar.

Kurz darauf erweiterte sich das Bild. Impulse, die normalerweise zur Steuerung des Visors dienten, ihm teleskopische und mikroskopische Wahrnehmung gestatteten, verschmolzen mit seinem neuen Sinn.

»Seien Sie vorsichtig«, sagte Yar scharf, und in ihrer

Stimme ließ sich jähe Sorge vernehmen. Sie starrte auf das Display des Tricorders, beobachtete dann Geordi. »Dutzende von Schaltkreisen werden mit Energie beschickt. Die Apparaturen ähneln den Sensoren der *Enterprise*, aber ihre Erfassung beschränkt sich auf das gewöhnliche elektromagnetische Spektrum.«

La Forge ›erinnerte‹ sich an mehr.

Die Darstellung des Habitats dehnte sich erneut aus, so als fiele ihm das Magazin der Welt der Friedenswächter entgegen.

Nur wenige Meter vor der Außenhülle des großen Zylinders verschwammen die Umrisse und wichen einem strukturlosen Durcheinander. Doch es dauerte nur wenige Sekunden, bis sich ein weiteres Bild formte.

Es zeigte das Innere des Habitats. Die Farben wirkten matt und stumpf, wie durch einen dünnen Filter betrachtet.

»Die Sensorsysteme werden immer aktiver, Lieutenant«, warnte Tasha Yar. »Offenbar sind sie für die Projektion verantwortlich, die wir jetzt auf dem Schirm sehen.«

»Allem Anschein nach setzen Sie eine ›Gabe‹ ein, die Shar-Lon nie zur Verfügung stand«, sagte Riker. »Er hielt es für unmöglich, auf diese Weise ins Habitat zu blicken.«

»Vielleicht liegt es daran, daß ich schon seit vielen Jahren ein Visor benutze und daran gewöhnt bin, Dinge zu beobachten, die sich mit normalen Augen nicht erkennen lassen. Ich ... ich empfinde so, als sei der Bildschirm ein integraler Bestandteil meines Körpers, als könne ich ihn so benutzen wie meine Gliedmaßen.« Geordi zögerte, schüttelte den Kopf und schmunzelte. »Himmel, es macht *Spaß*!«

»Sind Sie in der Lage, Shar-Lon zu finden?« fragte Riker.

»Ich versuch's«, erwiderte La Forge und wurde wieder ernst.

Er sammelte seine Gedanken, konzentrierte sich auf das Projektionsfeld und sah eine Art Geisterbild: Er starrte nicht nur auf die Darstellungen des Schirms, sondern beobachtete gleichzeitig ein zweites Bild in seinem Geist, dessen Konturen deutlicher ausgeprägt waren. Vorsichtig und behutsam drehte er die mentalen Augen, orientierte sich. Er schien sich zwischen der Nabe und einem der drei Täler zu befinden, nahm die Einzelheiten seiner ›Umgebung‹ in sich auf und spürte, wie die Freude über seinen neuen Wahrnehmungssinn Besorgnis wich. Kel-Nars Männer durchstreiften noch immer die künstlich angelegte Landschaft. Einer hatte seine Projektilschleuder gezogen und führte zwei Unbewaffnete zur sonnenwärtigen Endkuppel.

»Einer von ihnen ist La-Dron!« platzte es aus Shar-Tel heraus. »Wenn er keine Gelegenheit fand, die Besatzungen der Shuttles zu benachrichtigen ...«

Der alte Mann brach wieder ab, als sich das Bild auf dem Schirm einmal mehr veränderte und die drei Gestalten aus der Nähe zeigte.

Doch während sie größer wurden, verlor die Darstellung an Kontrastschärfe. Ein seltsamer Nebel schien zu entstehen, ein sich verdichtender Dunst zwischen dem Beobachter – Geordi – und der aus drei Personen bestehenden Gruppe. Trotz der geringeren Entfernung wurden ihre Züge nicht deutlicher.

»Können Sie ihm nicht *irgendwie* helfen?« fragte Shar-Tel alarmiert, als die schemenhaften Gestalten den Weg zur Endkuppel fortsetzten.

»Ich weiß nicht«, entgegnete La Forge. »Vielleicht ...«

Plötzlich wuchs ihm eine dritte Hand.

Sie besaß ebensowenig feste Substanz wie die mentalen Augen, formte sich in Geordis Bewußtsein.

Und er ›erinnerte‹ sich daran, wie man sie benutzte.

Er streckte die neue Hand aus, griff nach Kel-Nars Schergen.

»Lieutenant!« rief Yar, riß die Augen auf und betrachtete die Anzeigen ihres Tricorders. »Leistungsstarke Transportersysteme nehmen Energie auf.«

»Ich glaube, ich kenne auch den Grund dafür«, antwortete Geordi und schloß imaginäre Finger um den Mann.

Er verschwand im kurzen Aufblitzen eines Transferfelds. La-Dron warf einen kurzen Blick über die Schulter, und seine Pupillen weiteten sich. Er schnappte überrascht nach Luft, preßte dann die Lippen zusammen, sah sich rasch um und stob davon, gefolgt von der zweiten Gestalt.

Geordi bewegte seine unsichtbare Hand.

Mit den mentalen Augen hielt er nach einem geeigneten Ort Ausschau, und das Bild auf dem Schirm zeigt die sonnenwärtige Endkuppel.

Er öffnete die Hand.

Erneut flirrten Transporterenergien, und der transferierte Mann rematerialisierte einen Meter über dem Pflaster eines Pfads, der zur gelben Tür in der Kuppelwand führte. Er ruderte mit Armen und Beinen, und die Projektilschleuder wirbelte davon, als der Namenlose fiel.

Geordi hörte ein leises Pfeifen, stellte fest, daß es von Tasha Yar stammte.

»Haben Sie das fertiggebracht?«

»Ich *glaube* schon.«

Geordi zog seine mentalen Ausläufer zurück, bis auf dem Bildschirm wieder das ganze Habitat zu sehen war. »Was meinen Sie, Shar-Tel? Wo hält sich Ihr Bruder jetzt wohl auf?«

Der alte Mann schien wie aus einer tiefen Trance zu erwachen, hob ruckartig den Kopf und löste seine magnetischen Stiefel vom metallenen Boden des Magazins.

»Dort ist das Fenster des Zimmers, in das Sie kurz nach Ihrer Ankunft gebracht wurden«, sagte er. »Shar-Lons Quartier befindet sich direkt darüber, etwa hier.«

Ein mentales Zoom holte den entsprechenden Bereich heran, und kurz darauf wurde wieder der seltsame Filtereffekt wirksam. Doch bevor alle Konturen verwischten, wurden die Vorhänge am wandgroßen Fenster in der Versammlungskammer des Ältestenrats beiseite gezogen.

Geordi wich sofort zurück, richtete seinen geistigen Blick nach unten, bewegte das Fenster dadurch in die Mitte des Schirms.

Hinter der dicken Scheibe stand Shar-Lon. Er hielt die Augen geschlossen, schien sich zu konzentrieren.

Plötzlich sprang die Tür des Zimmers auf, und ein schwer atmender Kel-Nar stürmte mit gezückter Projektilschleuder herein.

»Der Stellvertreter meines Bruders!« preßte Shar-Tel hervor. »Er hat herausgefunden, wo sich Shar-Lon aufhält. Bestimmt will er ihn erschießen.«

Geordi reagierte aus einem Reflex heraus, streckte wieder die gedankliche Hand aus und griff nach Kel-Nar.

Aber es war schon zu spät. Noch während sich das Transporterfeld aufbaute, betätigte Kel-Nar den Auslöser seiner Waffe.

Shar-Lon drehte sich halb um, riß die Augen auf, als er sah, wie sein Stellvertreter die Projektilschleuder auf ihn richtete, taumelte zurück. Auf der linken Brustseite seiner Uniform quoll Blut aus einem Loch.

La Forge fluchte lautlos, zog die Hand zurück, schob sie tief ins Habitat hinein. Aber bevor er seine Absichten verwirklichen konnte, fühlte er ein vertrautes Prickeln, und der mentale Griff, der Kel-Nars Transfer lenkte, lockerte sich.

»Was machen Sie da, Lieutenant?« hörte er Tasha Yar. »Ein *zweiter* Transporter wird aktiv, ein Gerät mit Subraum-Schaltkreisen. Und der Fokus richtete sich auf *uns*!«

»Dafür bin nicht etwa *ich* verantwortlich«, erwiderte Geordi und begriff, wer dahintersteckte.

»Es ist Shar-Lon!« rief er und kämpfte gegen die zunehmende Verwirrung an, als er Kel-Nar drei Meter über dem Boden losließ.

Shar-Lon war der einzige, der mit den ›Gaben‹ des Magazins umzugehen verstand, und außerdem unterhielt er eine mentale Verbindung zum Kontrollzentrum. Offenbar hatte er eine der Bordanlagen des fremden Schiffes aktiviert, bevor Kel-Nar auf ihn schoß.

Verzweifelt konzentrierte sich Geordi auf die Versammlungskammer und versuchte, die imaginäre Hand um Shar-Lon zu schließen, der dicht vor dem Fenster auf den Teppich gesunken war. Er rührte sich nicht mehr.

La Forge spürte einen Widerstand.

Und er fühlte, wie sich das Prickeln der Transferenergie verstärkte.

»Welchen Vorgang er auch eingeleitet hat – ich kann nichts dagegen unternehmen«, knurrte Geordi und griff nach dem kleinen Generator des Individualschilds. »Entweder ist er immer noch bei Bewußtsein und blockiert mich, oder er hat die entsprechenden Bordmechanismen auf Automatik justiert. Wir werden transferiert – *irgendwohin.*«

Fast gleichzeitig schlossen Riker und Yar die Helme ihrer Strahlenschutzanzüge. Data zog Shar-Tel zu sich heran, drückte dem alten Mann ein zylindrisches Gerät in die Hand und schaltete es ein. Ein mattes glühendes Energiefeld entstand.

Als sich der Androide zu Riker und Tasha Yar umwandte, wurde der Transporterfokus stabil.

Die Entmaterialisierung begann, und die Konturen des Magazins verflüchtigten sich in gestaltlosem Schimmern.

KAPITEL 15

Shar-Lon fühlte keinen Schmerz, als sich die Kugel in seinen Leib bohrte. Er spürte nur Überraschung und eine plötzlichen Taubheit in der linken Körperhälfte.

Dann fiel er, den Blick noch immer auf die fratzenhaften Züge Kel-Nars gerichtet. Und als er zu Boden stürzte, als ihn der weiche Teppich empfing und die Wucht des Aufpralls dämpfte, begriff er plötzlich, was für ein schrecklicher Fehler ihm unterlaufen war.

Verzweifelt versuchte er, die Konsequenzen daraus zu ziehen, den von ihm bereits eingeleiteten Prozeß zu unterbrechen und umzukehren, die Konstrukteure zurückzubringen.

Aber er sah sich außerstande dazu.

Der Transfer hatte schon begonnen, und Shar-Lon fehlte die mentale Kraft, die Koordinaten zu verändern.

Er verfluchte sich dafür, so naiv gewesen zu sein.

Kel-Nar war schon seit vielen Jahren sein Stellvertreter, und er hatte immer wieder versucht, die Geheimnisse des Magazins in Erfahrung zu bringen. Wenn er Shar-Lon darauf ansprach, wies er ständig darauf hin, wie wichtig es sei, ihn in den Umgang mit den Gaben einzuweihen. »Jemand muß Ihre Nachfolge antreten können, wenn Sie sterben«, betonte er.

Shar-Lon *wollte* glauben, daß Kel-Nar die Wahrheit sagte, wenn er meinte, es ginge ihm nur darum, nach dem Tod des ›Auserwählten‹ das Werk der Friedenswächter fortzusetzen. Selbst als sein Bruder Shar-Tel zu ihm kam und ihm zu erklären versuchte, wie gefährlich Kel-Nar sei, daß er es nur auf die Macht der Gaben abgesehen habe, rang sich Shar-Lon nicht dazu durch, seinem Stellvertreter zu mißtrauen.

Während der letzten Minuten hatte er Kel-Nar direkt in die Hände gespielt, indem er sich davon überzeugen ließ, daß die angeblichen Konstrukteure Lügner waren. Vielleicht stimmte das sogar, aber darauf kam es nun nicht mehr an. Sie stellten keine annähernd so große Gefahr dar wie Kel-Nar selbst. Die Tatsache, daß sie sich jetzt nicht mehr im Magazin befanden, räumte das letzte Hindernis aus Kel-Nars Weg, gab ihm die Möglichkeit, die Kammer mit der Kontrollhaube zu betreten, den Helm aufzusetzen — und das ganze technische Potential der wahren Konstrukteure zu nutzen.

Damit zerstörte er all das, was die Friedenswächter in den vergangenen fünfzig Jahren geschaffen hatten.

Shar-Lon wehrte sich gegen die Schwärze, die seine Gedanken auszusaugen drohte, besann sich auf die mentale Verbindung und versuchte, die Gabe zu aktivieren, die das Magazin vernichten würde. Er wollte unter allen Umständen verhindern, daß Kel-Nar die fremde Technik nutzen konnte.

Aber die Kraft sickerte aus ihm heraus.

Er kam nicht mehr dazu, in Gedanken die kurze Codefolge zu formulieren, um die Selbstzerstörung auszulösen. Flutwellen aus Finsternis wogten heran und spülten seinen Geist fort.

Noch während Riker den Helm seines Strahlenanzugs schloß, hoffte er, daß die Transferenergien von den Transportern der *Enterprise* stammten. Aber als die Entmaterialisierung erfolgte, nahm er wieder die verwirrenden, desorientierenden Farbmuster wahr und begriff, daß sie durch den Subraum gebeamt wurden.

Es blieb ihm gerade noch Zeit genug, zu überlegen, ob die Reise nun in umgekehrter Richtung erfolgte und sie zum Wrack zurückführte. Besser gesagt: zu dem Strahlungschaos, in dessen Zentrum sich einst das fremde Schiff befunden hatte.

Energetische Strudel umgaben ihn, und an Rikers innerem Auge zogen streiflichtartige Bilder vorbei, die ihm sowohl das Wrack als auch die ferne *Enterprise* zeigten. Als er sich darauf zu konzentrieren versuchte, fühlte er plötzlich das gleiche mentale Zerren wie beim ersten Transfer, als es den Anschein hatte, seine Ich-Matrix löse sich zwischen Sender und Empfänger auf.

Es war nur ein vages Gefühl, kurzlebig und verlockend im allgemeinen Chaos.

Unmittelbar darauf verflüchtigte es sich wieder, wich erneut dem Wogen des Subraums. Die reale Welt des Strahlenschutzanzugs formte sich um ihn herum.

Und im Innern des Helms hallte ein geflüstertes Wort wider, dessen Klang ihn mit Wehmut und Hoffnung erfüllte: *Imzadi* ...

Das dritte Sonnensystem und seine öden, leblosen Welten blieben hinter der *Enterprise* zurück. Picard stand vor dem großen Wandschirm und beobachtete, wie der nächste Stern anschwoll, vom Punkt zur Scheibe wurde. Deanna Troi saß hinter dem Captain, und der Blick ihrer dunklen Augen richtete sich ebenfalls auf das Projektionsfeld.

Seit dem Beginn der Suche betrachtete sie die Darstellungen auf dem Schirm, hockte völlig reglos in ihrem Sessel. Nur ihre Brust hob und senkte sich mit metronomischer Regelmäßigkeit, während sie atmete. Die Counselor hoffte noch immer, aber inzwischen nagten erste Zweifel an den Wehrwällen ihrer Zuversicht. Einmal mehr fragte sie sich, welchen Sinn es hatte, immerzu auf den Bildschirm zu starren.

Der herbeigesehnte mentale Kontakt blieb aus. Statt dessen wurde ihre Seele ständig von den Emotionen aller Besatzungsmitglieder an Bord der *Enterprise* bedrängt. Mit fast schmerzhafter Intensität nahm sie die kontrollierten Gefühle des Captains wahr, eine Mischung aus energischer Entschlossenheit und Besorgnis. Worfs komplexe und recht turbulente Empfindungen, verborgen unter einer in der Föderation erlernten Selbstdisziplin, waren deutlicher als jemals zuvor.

Wie *konnte* sie hoffen, trotz dieses emotionalen Mahlstroms in unmittelbarer Nähe etwas aus lichtjahreweiter Entfernung zu empfangen? Es spielte keine Rolle, mit welcher Intensität die Signale abgestrahlt wurden oder welche Verbindungen sie zu der Person unterhielt, von der sie ausgingen. Unter den gegebenen Umständen mußte ein derartiger Kontakt schlicht und einfach unmöglich bleiben.

Deanna Trois Gedanken kehrten in die Vergangenheit zurück ...

Die *Enterprise* erbebte noch immer im energetischen Orkan, den die Zerstörung des fremden Schiffes bewirkt hatte. Die Counselor entsann sich an die auf der Brücke herrschende Anspannung, an die intensiven Emotionen der vielen hundert Personen an Bord, die eine andere Art von Sturm bildeten, dessen Tosen individuelle ›Stimmen‹ übertönte.

Und doch ...

Für einen Sekundenbruchteil berührte ihr Geist das Bewußtsein William Rikers.

Ganz gleich, wo er sich zu jenem Zeitpunkt befunden haben, wo sein Retransfer erfolgt sein mochte: Er *existierte* lange genug, um einen kurzen Kontakt zu ermöglichen.

Deanna Troi klammerte sich an der Überzeugung fest, daß Riker nach wie vor lebte, daß er irgendwo dort draußen, in der Weite des Alls, auf sie wartete.

»Wir erreichen das nächste Sonnensystem in zehn Minuten«, meldete Fähnrich Gawelski.

»Sensoren erfassen mehrere Planeten«, sagte Worf und beobachtete die Instrumentenanzeigen der wissenschaftlichen Station. »Auf diese Entfernung lassen sich keine Einzelheiten feststellen.«

Picard nahm die einzelnen Berichte mit einem knappen Nicken entgegen; seine Aufmerksamkeit galt nach wie vor dem Bildschirm.

Nach einer Weile drehte er sich um, nahm wieder im Sessel des Befehlsstands Platz, der Rücken gerade, den Kopf hoch erhoben.

»Jean-Luc«, murmelte Deanna Troi. Ihre schlanken Finger berührten den kühlen Handrücken des Captains. »Ich bin sicher, wir ...«

Sie unterbrach sich und erstarrte, als sie einen vertrauten Hauch fühlte.

Und ihre Gedanken riefen: *Imzadi!*

Die Crew der *Enterprise* bombardierte sie noch immer mit emotionalen Signalen aller Art, aber trotzdem zweifelte sie nicht daran, für einen Sekundenbruchteil Will Rikers Ich gespürt zu haben.

Gleichzeitig begriff sie auch, warum ein solcher Kontakt möglich wurde. Sie wußte plötzlich, welche besonderen Bedingungen ihn ermöglichten.

Während der ersten Verbindung hatte Deanna den Eindruck gewonnen, Rikers Selbst durch eine Zerrlinse zu sehen, die ihr die Gedanken des Ersten Offiziers aus einer eher seltsamen Perspektive zeigten. Hinzu kam, daß sich beider Bewußtsein unmittelbar nach der Entmaterialisierung durch ein Transportersystem berührte, dessen Beförderungsfokus sich nach Auskunft Chefingenieur Argyles durch den Subraum erstreckte.

Mit anderen Worten: Rikers Geist wurde in jenen Augenblicken Bestandteil einer übergeordneten Dimension, in der Materie und Energie völlig fremdartige Strukturen gewannen, die nur mit Hilfe von mathematischen Abstraktionen beschrieben werden konnten. In jenem *anderen* Weltraum verloren Entfernungen die Bedeutung, die ihnen im Einstein-Universum zukam.

Der zweite kurze Kontakt konfrontierte Deanna Troi einmal mehr mit dem Empfinden einer sonderbaren Verzerrung.

Das ließ nur einen Schluß zu: Riker hatte sich erneut im Subraum befunden, wodurch sich die Distanz zu ihm auf einen nicht errechenbaren Wert reduzierte.

Die Counselor stand abrupt auf und wandte sich den rückwärtigen Stationen zu.

»Lieutenant Worf ...«, sagte, sie und ihre normalerweise sanfte Altstimme gewann einen scharfen Klang. »Versuchen Sie, eventuelle Subraum-Aktivitäten festzustellen, irgendwelche Anomalien, die mit den Sensoren registriert werden können.«

»Sofort, Counselor«, bestätigte der Klingone ohne zu zögern, als er die Anspannung in Deannas Stimme hörte. Seine Finger huschten über die Kontrollen.

Picard stand auf und musterte Troi neugierig. »Sie haben etwas wahrgenommen«, sagte er – eine Feststellung, keine Frage.

»Ja. Aber bis die Sensoren ...«

»Eine schwache Störung im allgemeinen energetischen Gefüge«, brummte Worf. »Bewegungsrichtung eins zwei sieben komma fünf acht.«

»Passen Sie den Kurs an, Mr. Gawelski«, sagte Picard rasch. »Entfernung, Lieutenant Worf?«

»Fast außerhalb der Sensorreichweite, Sir. Mindestens anderthalb Parsec.«

»Bringen Sie uns zu den angegebenen Koordinaten, Fähnrich Gawelski. Maximaler Warp-Faktor. Lieutenant Brindle, versuchen Sie noch einmal, Commander Riker und Lieutenant Yar per Subraumkommunikation zu erreichen.«

Als sich das Summen der Warptriebwerke verstärkte, richtete Picard seinen Blick erneut auf Troi.

»Ich nehme an, für Ihr plötzliches Interesse an Subraum-Aktivitäten gibt es einen guten Grund, nicht wahr, Counselor?« fragte er. Zum erstenmal seit Rikers und Yars Verschwinden deutete er ein dünnes Lächeln an.

Deanna Troi erwiderte es zaghaft, nickte und begann zu erklären.

Als er entmaterialisierte, merkte Geordi sofort, daß die Transporterenergien nicht annähernd so strahlend hell waren wie während des ersten Transfers durch den Subraum. Wieder spürte er, wie die eigentümlichen Muster und Schlieren an seiner geistigen Stabilität zerrten – ein sicherer Beweis dafür, daß sie nicht durch das Einstein-Universum gebeamt wurden.

Eine nicht meßbare Zeitspanne später kehrte er in die normale, ihm vertraute Welt zurück und sah seine Schlußfolgerungen bestätigt.

Er schwebte im Vakuum des Alls und sah den erdähnlichen Planeten, der nun wesentlich kleiner wirkte. Das Magazin befand sich in einer rund dreißigtausend Kilometer hohen Umlaufbahn, und La Forge schätzte, daß seine Distanz mindestens hunderttausend Kilometer betrug. Eine Entfernung, die kein Föderations-Transporter überbrükken konnte – und doch nichts im Vergleich zu den Parsec, die sie beim ersten Transfer zurückgelegt hatten.

Wo sind die anderen? fragte sich La Forge plötzlich, und in seiner Magengrube krampfte sich etwas zusammen. Data, der seinen Schildgenerator Shar-Tel regelrecht aufzwang ... Vermutlich rechnete er damit, daß Riker und Yar ebenfalls über solche Vorrichtungen verfügten, von ihnen Gebrauch machten und ihm einen der Strahlenschutzanzüge gaben.

Aber wenn sie voneinander getrennt worden waren ...

Im Innern des Energiefeldes, das ihn vor der explosiven Dekompression bewahrte, hob Geordi die Hand und berührte den Insignienkommunikator. »Commander Riker! Lieutenant Yar!«

Einige Sekunden später antwortete ihm die Stimme des Ersten Offiziers.

»Ist Data bei Ihnen?« fragte La Forge.

»Ich bin allein«, sagte Tasha Yar.

»Ich auch«, erwiderte Riker.

»Data hat seinen Schildgenerator Shar-Tel überlassen«, meinte Geordi. »Ich weiß, daß er einen ungeschützten Aufenthalt im Weltraum weitaus länger überlebt als wir, aber ...«

»Nach den Anzeigen meines Tricorders zu urteilen«, unterbrach ihn Yar, »befinden wir uns alle innerhalb eines Umkreises von zwei oder drei Kilometern.«

Geordi schaltete sein eigenes Analyseinstrument ein, ärgerlich darüber, nicht sofort daran gedacht zu haben. Er achtete sorgfältig darauf, abrupte Bewegungen zu vermeiden, als er das kleine Gerät hin und her schwenkte.

Er fand Data fast sofort: Die charakteristische Aura des Androiden unterschied ihn von den anderen. Er schwebte etwa anderthalb Kilometer entfernt, direkt zwischen Geordi und dem Planeten. Shar-Tel — aufgrund seiner Biostruktur ebenso leicht zu identifizieren wie Data — war ihm am nächsten: Seine Distanz betrug nur etwa fünfhundert Meter.

Geordi peilte Yar und Riker mit Hilfe der Signale an, die ihre Kommunikatoren ständig ausstrahlten: Ihr Retransfer war noch etwa zwei Kilometer weiter vom Planeten entfernt erfolgt, und die Distanz zwischen ihnen belief sich auf etwa tausend Meter.

La Forge begriff sofort, daß es für sie keine Möglichkeit gab, Data mit einem der Schutzanzüge auszustatten.

Außerdem konnten sie sich nicht mit dem Androiden in Verbindung setzen. Ohne seinen Individualschild, ohne die Luft im Innern des Energiefelds, existierte kein Übertragungsmedium für die Schallwellen aus dem Lautsprecher. Ein Kommunikationskontakt mit ihm hätte sie in die Lage versetzt, einen Plan zu entwickeln und die Phaser als kleine Düsenpistolen zu benutzen, sich damit genügend Bewegungsmoment zu verleihen, um einen gemeinsamen Treffpunkt in der Leere anzusteuern.

Ohne eine genaue Koordinierung mußte ein solches Unterfangen erfolglos bleiben.

Geordi richtete seine Visor-Sensoren auf den vom Tricorder angezeigten Koordinatenpunkt und sah den Androiden als winzigen Fleck vor dem Hintergrund des Planeten, der sich hunderttausend Kilometer ›unter‹ ihm drehte. Als er das Sichtinstrument auf teleskopische Erfassung umschaltete, schien ihm Data entgegenzuspringen. Er bot einen ähnlichen Anblick dar wie vor einiger Zeit in der luftleeren Schleuse: Durch den fehlenden Druck wirkte sein Gesicht aufgequollen. Ansonsten bemerkte La Forge keine Veränderungen.

Doch noch während er ihn beobachtete, schloß Data die goldenen Augen, und seine Züge erschlafften.

Geordi schluckte, als er sich vorstellte, wie der Androide seine internen Systeme abschaltete.

Gleich darauf begriff er die Logik einer solchen Entscheidung. Er wußte nicht genau, wie lange Data in voll funktionsfähigem Zustand im Vakuum überleben konnte, aber eins stand fest: Wenn er sich desaktivierte, verlängerte er diese Zeitspanne. Geordi erinnerte sich daran, daß in diesem Zusammenhang auch Shar-Tel und ihm Grenzen gesetzt waren. Die Luft im Innern der Individualschilde konnte nicht ständig erneuert und gefiltert werden, und hinzu kam das Problem mangelnder Nahrungsmittel und Wasservorräte. Das Konstruktionskonzept der Schildgeneratoren sah nur eine Benutzung von höchstens einigen Tagen vor. Und selbst die wesentlich komplexeren Strahlenschutzanzüge, die Riker und Yar trugen: Wenn sie nicht daran gedacht hatten, Proviant mitzunehmen ...

»Wir müssen zum Magazin oder ins Habitat zurück!« entfuhr es La Forge. Seine Kommunikator übertrug ein kurzes, humorloses Lachen.

»Von *mir* brauchen Sie keinen Widerspruch zu erwarten, Lieutenant«, sagte Riker. »Haben Sie eine Idee?«

»Gibt es *irgendeine* Möglichkeit für Sie, das Magazin über diese Entfernung hinweg zu kontrollieren?« fragte Tasha Yar. »Sie und Shar-Tel wiesen uns darauf hin, Shar-Lon sei imstande, die Anlagen des fremden Schiffes auch dann zu nutzen, wenn er sich im Habitat aufhält.«

»Ich konnte ihn nicht einmal daran hindern, uns hierher zu transferieren – obgleich ich den Helm trug«, erwiderte Geordi.

»Aber wenn er seine mentale Verbindung zum Magazin nicht mehr nutzt ...« gab Yar zu bedenken. »Wenn er bewußtlos oder tot ist ...«

»Sie haben recht«, sagte Geordi knapp und versuchte, das Gefühl der Schuld aus sich zu verdrängen, als er sich an den blutigen Körper Shar-Lons erinnerte.

Er fokusierte seinen teleskopischen Blick auf die Nähe des Planeten und hielt nach dem Habitat Ausschau. Gleichzeitig versuchte er, sich auf die Empfindungen zu besinnen, die der Helm in ihm bewirkt hatte. Natürlich war es möglich, daß sich das Magazin derzeit auf der anderen Seite der Weltenkugel befand, und in dem Fall ...

Schließlich entdeckte er den langen, stählernen Zylinder, sah das Gleißen des großen Spiegels, der den Photonenstrom der Sonne einfing und dem Solarkraftwerk zuleitete. Das Habitat glitt gerade hinter der Wölbung des Planeten hervor: Sein polarer Orbitalvektor führte es nur für kurze Zeit hinter den Beobachtungshorizont, und Geordi schätzte, daß ihm rund zwei Stunden blieben, bevor die Welt der Friedenswächter erneut verschwand.

Kurz darauf zeigte ihm sein Visor auch das Magazin, angesichts der Distanz von rund siebzigtausend Kilometern kaum mehr als ein vager, grauer Fleck.

»Ich sehe jetzt das fremde Schiff«, sagte er und justierte den Teleskopblick mit einer mentalen Anweisung auf stärkste Vergrößerungsstufe. Doch schon wenige Sekunden später schaltete er das Visor-Zoom zurück: Die geringe Eigenbewegung seines Körpers erschwerte es ihm, das Magazin im Fokus zu behalten.

»Haben Sie bereits einen Kontakt herstellen können?« fragte Riker. »Mit dem Helm?«

»Noch nicht.«

»Sir«, ließ sich Tasha Yar mit einer Spur Sarkasmus vernehmen, »ich schlage vor, wir lenken Lieutenant La Forge nicht ab, indem wir alle dreißig Sekunden einen Bericht von ihm verlangen.« Stille schloß sich an.

Geordi wußte nicht so recht, wie er beginnen sollte. Er stellte sich die silberne Haube vor und dachte daran, wie er sie sich auf den Kopf setzte, was er dabei spürte.

Er rief sich das Gewicht des Helms in Erinnerung zurück, den leichten Druck der fingerartigen Haltespangen.

Als die entsprechenden Gefühle in das innere Zentrum seiner Wahrnehmung rückten, besann er sich auf die geistigen Augen, an die fremden ›Erinnerungen‹, die ihn durchströmten. An die Furcht, als ihm einfiel, daß Shar-Lon von einer fremden Entität ›übernommen‹ sein mochte.

Aus dem memorialen Zittern wurde ein echtes Schaudern, und Geordi begriff, daß ihm erneut die Phantompupillen wuchsen. Zwar war er sich ihrer Existenz bewußt, aber trotzdem konnte er nichts sehen.

Dann ertastete er auch den unsichtbaren Arm, der das geistige Äquivalent eines fremden Transportersystems darstellte. Er erwies sich als ebenso substanzlos wie die Augen: Der geringste Versuch, ihn zu bewegen, führte dazu, daß er sich auflöste, wie Nebelschwaden im Wind.

Einmal mehr bedauerte Geordi, nicht die Augen schließen zu können. Er gab sich alle Mühe, das energetische Chaos zu ignorieren, das ihm das Visor übermittelte. Im Weltraum gab es keine Atmosphäre, die als natürlicher Filter wirkte. Das Spektrum reichte vom Ultravioletten bis hin zu Röntgen- und kosmischen Strahlen. Unaufhörlich hämmerten sie auf seinen Geist ein und verlangten beharrlich nach Aufmerksamkeit.

Doch trotz dieser Ablenkung blieb er nicht völlig erfolglos. Ganz langsam verstärkten sich die psychischen Erweiterungen seines Selbst, und diesmal stieß er nicht auf Widerstand wie bei dem Versuch, Shar-Lon in ein Transporterfeld zu hüllen. Die Phantomaugen zeigten ihm weiterhin gestaltlose Gräue.

Bis ...

Plötzlich sah er etwas, diffuse Konturen, die sich fast im allgemeinen Strahlungswüten verloren. In der Ferne schwebte ein undeutliches Abbild des Habitats.

Und jenseits davon bemerkte er einen Lichtpunkt, klein wie ein Stern. Ein seltsames Licht ging davon aus, und Geordi begriff plötzlich, daß er sich selbst beobachtete.

Mit plötzlicher Hoffnung dehnte er seine expandierten Sinne aus, aber der mentale Arm verlor erneut an Stabilität.

Während er noch versuchte, mit der in ihm emporquellenden Enttäuschung fertig zu werden, fühlte er etwas anderes, das weitaus mehr Substanz besaß. Es schien nicht auf die Art und Weise ›lebendig‹ zu sein wie der imaginäre Arm, aber es existierte. Und er konnte das Etwas ebensogut kontrollieren wie eine Keule, die in seiner Hand zu einer Waffe wurde. Er spürte, wie die Masse an ihm zerrte, nahm ein fremdes Trägheitsmoment wahr.

Irgendwie gelang es ihm, das *Ding* zu bewegen, es durch den Raum zu schieben, dem Lichtpunkt entgegen, der ihn selbst darstellte. Kurze Zeit später erfolgte ein Kontakt.

Sofort wurde Geordis Kontrolle umfassender, und er begann zu ahnen, daß es tatsächlich noch eine Überlebenschance für ihn und seine Gefährten gab.

Er zog vorsichtig an dem Etwas, ganz behutsam, um die Verbindung nicht zu gefährden – um zu verhindern, daß sich die ›Masse‹ ebenso auflöste wie der mentale Transporterarm.

»Unsere Tricorder registrieren die Aktivierung eines Traktorstrahls.« Tasha Yars Stimme durchdrang die Barrieren, mit denen sich Geordi vor störenden Wahrnehmungen schützte. La Forge hörte die Worte, verstand ihre Bedeutung und reagierte mit einer Mischung aus Aufregung und Begeisterung.

»Das ist mein Werk!« erwiderte er. »Als ich versuchte, die Transferanlagen meinem Willen zu unterwerfen, fand ich etwas anderes, das sich leichter kontrollieren läßt. Ich *glaube*, ich ziehe uns nun zum Magazin. Aber selbst wenn der Strahl nur mich erfaßt: Wenn ich wieder im fremden Schiff bin, setze ich den Helm auf und hole Sie zurück.«

Unmittelbar im Anschluß an diesen Hinweis fühlte er eine sanfte Beschleunigung: Der Traktorstrahl erhöhte sein Bewegungsmoment.

»Spüren Sie etwas?« fragte er.

»Ich denke schon«, antwortete Yar zögernd. »Ja, Lieutenant.«

Ein oder zwei Minuten lang schwiegen sie, während das Traktorfeld ihre Entfernung zum Magazin verringerte.

Geordi richtete einen Teil seiner Aufmerksamkeit auf

die vom Visor übertragenen Daten, seufzte erleichtert, als der Zugstrahl weiterhin stabil blieb.

Er justierte seinen teleskopischen Blick auf kürzere Reichweite und beobachtete Data. Der Androide rührte sich nicht, und seine Augen waren noch immer geschlossen — deutliches Zeichen dafür, daß er zumindest einen Teil seiner internen Systeme stillgelegt hatte. Der einen halben Kilometer entfernte Shar-Tel rotierte um die eigene Achse. Um nicht in eine ähnliche Situation zu geraten, widerstand Geordi der Versuchung, den Kopf zu drehen und zu Riker und Yar zu sehen.

Er konzentrierte sich wieder auf das Habitat und fragte sich voller Unbehagen, was geschehen mochte, wenn das Magazin hinter die Wölbung des Planeten verschwand.

La Forge befürchtete, daß sie in einem solchen Fall aus dem Fokus des Traktorstrahls gerieten. Vielleicht brach sogar sein Kontakt zu den Steuerungsanlagen ab. Konnte er ihn später wiederherstellen? *Und wenn uns der Strahl wenige tausend Kilometer über der Oberfläche des Planeten freigibt? Dann fallen wir lebenden Meteoriten gleich und verglühen in der Atmosphäre ...*

Geordi verbannte diese Überlegungen aus sich, spürte erneut etwas. Eine ganze Zeitlang versuchte er vergeblich, den Grund für jenes seltsame Gefühl festzustellen — ein einzelnes Erinnerungsfragment aus einem vergessenen Traum, der keine Bezüge zur Wirklichkeit aufwies.

Dann wurde ihm klar, daß es sich nicht um eine Erinnerung handelte, sondern um den ›Schatten‹ eines Ereignissen, das *jetzt* stattfand. Der Luftschleusentransporter nahm Energie auf. Jemand betrat das Magazin.

Sofort erweiterte Geordi seine Geistessphäre, wies den Transporter allein mit seinem Willen an, die Aktivitätsphase zu beenden. Wer auch immer versuchte, in das fremde Raumschiff zu gelangen — Shar-Lon? Kel-Nar oder einer seiner Männer? —, für Shar-Tel und die vier Offiziere der *Enterprise* mochten sich daraus nur weitere Probleme ergeben.

Doch Geordis Bemühungen führten nicht zu dem erhofften Erfolg. Kurz darauf stellte der Transporter seine Funktion ein. Geordi schirmte sich einmal mehr vor der Datenflut des Visors ab und konzentrierte sich auf die mentalen Augen. Wenn er nicht in der Lage war, den Zugang zum Magazin zu blockieren, konnte er wenigstens herausfinden, wer es betrat.

Doch die geistigen Pupillen zeigten ihm nur eine verschwommene Darstellung des Habitats. In der Ferne schwebte nach wie vor der Punkt, der ihn selbst symbolisierte, eine einsame Gestalt im All. Er verstärkte seine Konzentration, eliminierte alle störenden Einflüsse aus seiner psychischen Welt, veränderte vorsichtig den Blick, bis er das graue, kastenförmige Magazin sah. Neben der Luftschleuse bemerkte er ein Shuttle; es unterschied sich ein wenig von der Fähre, die Data, Shar-Tel und La Forge benutzt hatten. Das andere Kleinraumschiff schwebte in der Nähe, driftete langsam vom Magazin fort.

Geordi modifizierte seinen ›Blickwinkel‹, näherte sich.

Seine ›Augen‹ durchdrangen die Außenhülle, nahmen das Innere wie durch einen dunstigen Filter wahr.

Jemand begann gerade damit, das Innenschott zu entriegeln. Nur noch einige Sekunden, und der Unbekannte erreichte die Kammer mit dem Helm! Und wenn er ihn aufsetzte, wenn es ihm dadurch gelang, die Systeme des fremden Schiffes zu kontrollieren ...

Geordi wandte sich von der Schleusenattrappe ab, richtete den Blick seiner Phantompupillen auf die silberne Haube, dachte nicht daran, daß sich sein Körper noch immer fast hunderttausend Kilometer vom Planeten entfernt befand. Hoffnung regte sich in ihm.

Die meisten Konturen in der Kammer blieben verzerrt und undeutlich, nicht jedoch die des Helms. Als Geordi ihn beobachtete, gewann er eine ganz besondere Art von Festigkeit. La Forge wagte es nicht, auch nur einen Sekundenbruchteil in seiner Konzentration nachzulassen, beobachtete, wie die Umrisse der Haube noch schärfer wurden, einer holografischen Projektion gleich, deren Feldstruktur sich zunehmend stabilisierte.

Das Herz in seinem materiellen Körper klopfte lauter und schneller, als sich Geordi an den Helm heranschob. Die Kontrollvorrichtung wirkte nun so real, als brauche er nur die Hand auszustrecken, um sie zu berühren.

Und er berührte sie tatsächlich. Er betastete die fingerartigen Haltespangen, das kühle, silbrig schimmernde Metall.

Plötzlich lösten sich die verschleiernden Dunstschwaden auf, und der Rest des Magazins wurde fast ebenso substantiell wie die Haube. Geordi spürte energetische Macht.

Aber noch besaß er keine *vollständige* Kontrolle.

Er wußte instinktiv, daß ihn die große Entfernung zum fremden Schiff daran hinderte, den Mann in der Schleuse einfach mit einer mentalen Hand zu packen und zu transferieren. Aber was ihn selbst betraf, seinen Körper ...

Er glitt am quasimateriellen Traktorstrahl entlang, griff blindlings nach dem, was er am anderen Ende fand.

Die Visorsinne übermittelten ihm neue Informationen, als sich ein Transporterfeld aufbaute. Das Gefühl, an zwei Orten gleichzeitig zu sein, erschütterte Geordis psychisches Gleichgewicht fast ebensostark wie die desorientierenden Energieschlieren, die ihn durch den Subraum schleuderten.

Nur einen Hauch eines Augenblicks später rematerialisierte er im Magazin, setzte sofort den Helm auf. Und mußte sich der Erkenntnis stellen, daß er nicht schnell genug gehandelt hatte. Das Innenschott öffnete sich, und Kel-Nar trat aus der Schleuse, legte mit einer Projektilschleuder an.

La Forge stieß die silberne Haube fort, warf sich zur Seite und feuerte seinen Phaser ab.

Unmittelbar darauf fühlte er, wie das Verteidigungssystem des fremden Schiffes aktiv wurde und ihm das Bewußtsein raubte. Schwärze umhüllte ihn.

Der Traktorstrahl existierte plötzlich nicht mehr. Zehntausende von Kilometern entfernt sausten Riker und Yar weiterhin durchs All, fielen dem Planeten entgegen.

KAPITEL 16

Die *Enterprise* flog vertikal zur Ekliptik und näherte sich dem Sonnensystem. Eine erste Sensorerfassung begann.

»Eins Komma null vier Sonnenmassen, Sir«, sagte Worf. »Sechs Planeten. Der zweite gehört eindeutig zur Klasse M. Keine natürlichen Trabanten. Dafür ein künstlicher, dessen Masse ein Vielfaches der *Enterprise* beträgt. Die Entfernung ist noch zu groß, um kleinere artifizielle Raumobjekte zu orten.«

Picard hielt den Atem an, während Worf an der wissenschaftlichen Station Bericht erstattete. Er widerstand der Versuchung, laut und erleichtert zu seufzen, ließ die Luft lautlos entweichen.

»Schalten Sie auf die Impulstriebwerke um, Fähnrich Gawelski«, sagte er. »Deflektoren ein. Lieutenant Brindle, Lieutenant Worf – suchen Sie nach Anzeichen einer hochentwickelten Technologie. Vielleicht stammen die Baumeister des Wracks im interstellaren Raum von einem Planeten diese Systems.«

Doch als sie sich der M-Welt näherten, sank die Wahrscheinlichkeit, auf eine Zivilisation zu stoßen, deren technisches Niveau den Völkern der Föderation entsprach. Es ließen sich keine durch den Subraum abgestrahlten Com-Signale messen. Die entsprechende Aktivität beschränkte sich auf die üblichen Frequenzen des elektromagnetischen Spektrums, typisch für eine Kultur, die gerade erst mit der Raumfahrt begann.

Als die Entfernung bis auf zehn Millionen Kilometer schrumpfte, sah Worf von seinen Instrumenten auf. »Die Sensoren registrieren einen zweiten künstlichen Trabanten, Sir«, knurrte er. »Er hat kaum ein Prozent der Masse des ersten Orbiters, aber er enthält eine auf Materie-Antimaterie-Fusion basierende Energiequelle, die ebenso beschaffen ist wie der Kern des Wracks. Allerdings weist sie eine bessere Abschirmung auf.«

Picard runzelte die Stirn. »Und woher bezieht der größere Trabant seine Betriebsenergie?«

»Keine Ahnung, Sir. Nichts deutet auf Antimaterie oder nukleare Reaktionen irgendeiner Art hin, weder dort noch auf der Oberfläche des Planeten.«

»Weitere künstliche Objekte in der Umlaufbahn?«

»Nein, Sir.«

»Soll das heißen, im ganzen Sonnensystem gibt es nur diese beiden Satelliten?«

»Zumindest sind es die einzigen im Orbit des Klasse M-Planeten. Eine Untersuchung der übrigen Welten, die kein Leben tragen ...«

»Das dürfte sich erübrigen.« Der Captain wandte sich zur taktischen Station um. »Noch immer keine Subraum-Aktivität, Lieutenant Brindle?«

»Nein, Sir.«

»Projizieren Sie die Satelliten auf den Schirm, Mr. Gawelski. Maximale Vergrößerung.«

Gawelski bestätigte. Das holografische Bild veränderte sich, und die Mitte zeigte einen Bereich rund dreißigtausend Kilometer über dem Planeten. Das elektronische Zoom reagierte, und Picard kniff die Augen zusammen, beobachtete das größere Objekt. Das andere war nur ein vager Fleck.

»Subraum-Emissionen«, sagte Worf plötzlich. »Sie stammen von einem Transportersystem. Die Signale gehen von dem kleineren Trabanten aus.«

Picard drehte den Kopf und sah die Counselor an, doch Deanna Troi schüttelte den Kopf. »Ich spüre nichts, Jean-Luc.«

»Irgendwelche anderen Aktivitäten in dem zweiten Orbiter, Mr. Worf?«

»Eine geringfügige Erhöhung des energetischen Niveaus im Antimateriekern. Offenbar diente sie dazu, den Transporter mit Energie zu beschicken, Sir, aber ...«

»Captain!« warf Lieutenant Brindle an der taktischen Station ein. »Ich orte drei Starfleet-Kommunikatoren!«

»Wo?« Neuerliche Erleichterung erfüllte Picard, doch gleich drauf wich sie dumpfer Sorge. Brindle hatte drei Kommunikatoren erwähnt, nicht vier.

»Hunderttausend Kilometer vom Planeten entfernt, Sir. Ungefähr ... dort.« Bei diesen Worten schrumpfte die Weltenkugel, und jenseits davon wurde ein gelber Kreis eingeblendet.

»Bringen Sie uns bis auf Transporterreichweite heran, Mr. Gawelski. Volle Impulskraft.« Picard wartete keine Bestätigung ab. »Lieutenant Brindle, senken Sie auf meinen Befehl hin die Schilde. Halten Sie den Transporterraum auf dem laufenden, während Sie die Koordinaten der Kommunikatoren bestimmen. Mr. Carpelli, alles für einen Transfer bereit.«

Der Captain zögerte, betrachtete die Schirmdarstellungen, den glühenden Kreis. Die Identifikationssignale der kleinen Comgeräte bedeuteten nicht, daß sie die verschwundenen Offiziere gefunden hatten. Noch gab es keine Möglichkeit festzustellen, *wer* oder *was* die Instrumente trug.

»Sicherheitsabteilung«, sagte Picard. »Eine Einsatzgruppe zum Transporterraum. Dr. Crusher, schicken Sie ein Medo-Team. Bereiten Sie sich insbesondere auf eine Behandlung Commander Datas vor.«

Dann konnten sie nur noch warten.

»Sensoranzeigen bestätigen Präsenz von Commander Data und zwei anderen Humanoiden, Sir«, sagte Worf, als sie sich auf Transporterreichweite näherten. »Offenbar sind sie jeweils rund zwei Kilometer voneinander entfernt. Im gleichen Bereich befindet sich eine vierte Lebensform, ebenfalls humanoid und möglicherweise menschlich.«

»Das vierte Besatzungsmitglied?« fragte Picard scharf.

»Ich weiß es nicht, Sir,«, erwiderte Worf. Er runzelte die Stirn, und dadurch wirkten seine klingonischen Züge noch fratzenhafter und bedrohlicher. »Die betreffende Person ist in einen Individualschild gehüllt, während Commander Data über keine solche Schutzvorrichtung verfügt. Die Lebensindikatoren zeigen sehr geringe Werte; die Biosignale sind kaum stärker als bei einem hibernierenden Menschen.«

»Haben Sie gehört, Dr. Crusher?«

»Ja, Captain. Ich treffe alle notwendigen Maßnahmen.«

»Transporterfokus auf die Koordinaten der Kommunikatoren ausgerichtet, Captain«, erklang Carpellis Stimme aus dem Lautsprecher. »Alles zum Beamen bereit, sobald wir bis auf maximale Transferreichweite heran sind und die Deflektoren desaktiviert werden.«

»Warten Sie auf meine Anweisung, Fähnrich.«

»Der kleinere Trabant hüllt sich in ein Abschirmfeld, Sir«, meldete Worf und starrte auf die Monitoren und Sensorflächen der wissenschaftlichen Station. »Es ist undurchdringlich für unsere Sensoren. Bevor sich die Schilde stabilisierten, stellten die Sensoren eine erhebliche Zunahme des energetischen Outputs im Antimateriekern fest.«

»Handelt es sich um einen Mechanismus, der den Trabanten ebenso zerstören könnte wie das Wrack im interstellaren Raum?«

»Das wäre möglich, Sir.«

»Und *wenn* das der Fall ist: Besteht dadurch eine Gefahr für Data und die anderen?«

»Wenn der Trabant ebensoviel Antimaterie enthält wie das herrenlose Schiff, sind Strahlungsschäden nicht auszuschließen.«

»Transporterreichweite, Sir«, meldet Gawelski.

»Setzen Sie den Flug mit voller Impulskraft fort!« stieß Picard hervor. »Mr. Brindle, ich möchte die vier Personen dort draußen im *Innern* unseres Deflektorschirms.«

Der Captain wußte natürlich, daß die *Enterprise* die restliche Distanz innerhalb eines Sekundenbruchteils zurücklegen konnte. Dadurch verlor er nicht mehr Zeit als mit einer Ausrichtung des Transporterstrahls.

»Die vier Lebensformen befinden sich nun diesseits unserer Schilde, Sir«, sagte Brindle.

»Ausgezeichnet. Fähnrich Carpelli, bringen Sie zunächst die drei Personen mit den Starfleet-Kommunikatoren an Bord.« Picard beugte sich zu einer der allgegenwärtigen dunklen Kontrollflächen vor. »Computer, eine Projektion des zentralen Transporterraums.«

Kurz darauf zeigte die Bildfläche Carpelli, der im Vordergrund an der Konsole saß.

Mit wachsender innerer Anspannung warteten Picard, Counselor Troi und die anderen Offiziere der Brückencrew darauf, daß sich über den Retransferfeldern schimmernde Energiesäulen bildeten.

Der Traktorstrahl zog Riker und Yar noch immer in Richtung Magazin, als ihre Tricorder plötzlich Transporterenergien orteten. Kurze Zeit später erloschen die Anzeigen, die Geordi La Forge betrafen, und der Transferfokus löste sich wieder auf.

Dann verschwand auch der Traktorstrahl. Im freien Fall stürzten sie dem Planeten entgegen.

Riker berührte seinen Insignienkommunikator. »Lieutenant La Forge! Geordi!«

Er erhielt keine Antwort.

»Lieutenant Yar ...« begann er, unterbrach sich aber, als er das Prickeln einer beginnenden Entmaterialisierung spürte. »Vielleicht steckt Kel-Nar dahinter«, sagte er rasch, bevor ihn die Lähmung des Fokusierungsprozesses erfaßte. »Möglicherweise ist es ihm gelungen, das Magazin unter seine Kontrolle zu bringen.«

»Ich bin bereit!« erwiderte Yar, schloß die Hand fester um das Phasergewehr, den Zeigefinger dicht über dem Auslöser. »Geordi meinte, das fremde Schiff ließe einem nur eine Chance, und die werde ich nutzen.«

Ihre Körper verwandelten sich in strukturierte Energie.

Und als der Transporter sie durch Zeit und Raum riß, fühlte Riker den gleichen Kontakt wie bei den beiden Subraum-Transfers. Diesmal aber blieben die Verzerrungen aus, und er spürte Trois Bewußtsein, nicht als sorgenvolles Flüstern in der Ferne, sondern als ein von tiefer Erleichterung erfülltes Ich.

Unmittelbar darauf begann die Rematerialisierung, und als Rikers Körper feste Substanz zurückgewann, sah er nicht etwa die Konturen der Kontrollkammer im Magazin. Statt dessen fiel sein Blick in den Transporterraum an Bord der *Enterprise*.

Tasha! riefen seine Gedanken, doch Zunge und Kehlkopf reagierten noch nicht auf seine mentalen Befehle.

Nur einige Meter vor Riker stand Counselor Troi, als wolle sie den Retransfer mit ihrer Präsenz beschleunigen. Aus den Augenwinkeln sah er, wie sich die Mündung eines Phasergewehrs auf Deanna richtete.

»Tasha!« platzte es aus ihm heraus, als ihn die Transportermatrix freigab. »Nicht schießen! Wir sind wieder in der *Enterprise*!«

Gleichzeitig empfand er die jähe Rückkehr der Gravitation wie einen Hammerschlag. Er sprang vor, warf sich zwischen Yar und Troi. Aus einem Reflex heraus krümmte sich Tashas Finger um den Abzug, aber einen Sekundenbruchteil später ließ sie das Gewehr sinken, als sie die Bedeutung der Worte verstand und sie eine vertraute Umgebung erkannte.

Der noch immer ›desaktivierte‹ Data sank auf den Boden der Transporterplattform und blieb still liegen.

Riker klappte die Helmkapuze seines Strahlenschutzanzugs zurück, und dabei begegnete er kurz dem Blick der Counselor. Ihre Augen drückten mehr aus als tausend Worte. Der Erste Offizier seufzte innerlich, richtete seine Aufmerksamkeit auf Dr. Crusher, ihr Medo-Team und die Leute aus der Sicherheitsabteilung.

»Doktor«, stieß er hervor, »Data ist dem Vakuum einige Minuten lang ausgesetzt gewesen. Mit Lieutenant Yar und mir ist alles in Ordnung.«

»Wo steckt Geordi?« warf Tasha ein, strich ebenfalls die

Kapuze beiseite und sah Fähnrich Carpelli an, der hinter den Transporterkontrollen saß. »Haben Sie ihn nicht vor uns hierhergeholt?«

»Bisher hat der Transferfokus nur Sie drei erfaßt, Lieutenant Yar«, klang Picards Stimme aus dem Lautsprecher der internen Kommunikation. »Was ist mit der vierten Lebensform, die offenbar Datas Individualschild benutzt? Trotz der Anzeigen unserer Sensoren hoffte ich, es handele sich um Mr. La Forge.«

»Oh, Sie meinen Shar-Tel«, erwiderte Riker. »Ein Freund von uns. Holen Sie ihn bitte an Bord.«

»Sie haben es gehört, Mr. Carpelli«, bestätigte der Captain.

»Welche Transferplattform?« fragte Riker schnell.

»Nummer zwei, Commander«, erwiderte Carpelli. »Aber ...«

Der Erste Offizier drehte sich um. »Lieutenant Yar, helfen Sie mir, Shar-Tel festzuhalten, wenn er rematerialisiert. Er erwartet sicher eine wesentlich geringere Gravitation, und in seinem Alter ...«

»Energie, Commander«, sagte Carpelli. Riker und Yar warteten neben der zweiten Plattform.

Einen Augenblick später materialisierte Shar-Tel in einem bunten Wogen und Gleißen. Die beiden Offiziere griffen nach seinen Armen, bewahrten ihn vor einem Sturz.

»Es ist alles in Ordnung«, sagte Riker. »Hier sind wir in Sicherheit. Dies ist das Raumschiff, von dem Ihnen Geordi und Data erzählten. *Unser* Schiff.«

Shar-Tel riß die Augen auf und blickte sich verwirrt um. Er offenbarte keine Furcht, nur Erleichterung. In seinen Augen blitzte eine Neugier, die Riker wieder an Captain Picard erinnerte.

»Was ist geschehen?« fragte der alte Mann besorgt. »Mein Bruder ... Lebt er noch? Kontrolliert Kel-Nar jetzt das Magazin?«

»Das wissen wir nicht«, erwiderte Riker. »Aber wenn das der Fall ist ...«

»Ich muß unbedingt mit La-Dron sprechen. Vielleicht hat mein Bruder den Anschlag überlebt! Vielleicht gibt es noch eine Möglichkeit, ihn zu retten.«

»Von hier aus können wir nichts unternehmen.« Riker trat von der Plattform und streifte den Strahlenschutzanzug ab. »Ich schlage vor, wir suchen die Brücke auf und machen uns ein Bild von der allgemeinen Lage.«

»Eine gute Idee, Nummer Eins«, entgegnete die körperlose Stimme Picards. »Kommen Sie hierher. Es gibt da einige Fragen, die ich Ihnen stellen möchte.«

»Wir sind schon unterwegs, Sir. In der Zwischenzeit ... Überprüfen Sie bitte das Magazin – den kleineren der beiden Trabanten. Wahrscheinlich hält sich Lieutenant La Forge darin auf. Und es würde mich nicht wundern, wenn er in Schwierigkeiten ist.«

»In Ordnung, Lieutenant Worf»› sagte Picard. »Geben Sie sich alle Mühe. Nummer Eins, was hat es mit dem kleineren Trabanten auf sich? Soweit wir das bisher feststellen konnten, verfügt er über die einzige Antimaterie-Masse im ganzen Sonnensystem.«

Riker erklärte die Situation mit knappen Worten, als er durch den Korridor eilte, gefolgt von Yar und dem langsameren Shar-Tel.

Der im Transporterraum zurückgebliebene Data öffnete die Augen und richtete sich so abrupt auf, daß er fast gegen Dr. Crusher und ihren medizinischen Tricorder stieß, mit dem sie ihn untersuchte. Eine Zeitlang schwieg er, während er seine inneren Systeme nach und nach reaktivierte.

»Wie ich sehe, hatte Geordi recht«, sagte er schließlich. »Der Captain hat nicht aufgegeben.«

»Data ...«, begann Dr. Crusher, aber der Androide stand bereits auf.

»Ich habe einen kompletten Selbsttest durchgeführt, Doktor« verkündete er. »Ich bin jetzt wieder voll funktionsfähig. Wo sind die anderen?«

»Auf dem Weg zur Brücke, aber ...«

»Ich sollte mich ihnen anschließen. Es gibt da einige Informationen, die ich aus den Datenspeichern des Bordcomputers abrufen möchte.«

Er wartete keine Antwort ab und trat auf den Gang. Dr. Crusher sah ihm besorgt und auch ein wenig mißtrauisch nach.

Shar-Tels Kleidung, die aus einer bequemen Hose und einem weiten Hemd bestand, unterschied sich auffallend von den Uniformen der Starfleet-Offiziere. Er stand neben Lieutenant Brindle an der taktischen Station und sprach mit La-Dron; Picard hatte ihm Gelegenheit gegeben, einen entsprechenden Kontakt herzustellen. Riker und Yar unterrichteten den Captain über Geordis und Datas Erlebnisse nach dem Transfer vom Wrack.

»Die Gaben haben mir *gezeigt*, wie Kel-Nar auf meinen Bruder schoß, aber sie versetzten mich nicht in die Lage, direkt einzugreifen!« entfuhr es Shar-Tel. Er starrte auf die Bildschirmdarstellung La-Drons. »Wir haben jetzt keine Zeit mehr für Erklärungen! Wenn wir uns beeilen, können wir Shar-Lon vielleicht noch retten. Wenn Kel-Nar die Kontrolle über das Magazin errungen hat, ist mein Bruder unsere einzige Hoffnung.«

La-Dron zögerte trotz des drängenden Tonfalls in Shar-Tels Stimme. Erst nach einer ganzen Weile erwiderte er: »Na schön. Wenigstens sind wir dann nicht schlimmer dran als zuvor.«

Der alte Mann atmete erleichtert auf und unterbrach die Verbindung.

Data trat aus dem vorderen Turbolift und näherte sich stumm der zweiten wissenschaftlichen Station. Unterdessen beendeten Riker und Yar ihren ersten, noch unvollständigen Bericht.

»Statusmeldung, Lieutenant Worf«, sagte Picard und drehte sich ungeduldig um.

»Angesichts der derzeitigen Entfernung können unsere

Sensoren die Schilde des zweiten Satelliten nicht durchdringen. Sie sind mindestens so stark und dicht wie die des Wracks.«

Als Shar-Tel nur einige Meter hinter sich den knurrenden Baß des Klingonen vernahm, drehte er sich um und musterte Worf. Seine Pupillen weiteten sich, und instinktiv wich er von der bedrohlich wirkenden Gestalt fort.

Doch kurz darauf faßte er sich wieder, schluckte und wandte sich erneut an Picard.

»Sind Sie in der Lage, das Magazin zu zerstören?« fragte er unverblümt.

»Wir hoffen, es vor der Selbstzerstörung bewahren zu können«, erwiderte Picard. »Zumindest so lange, bis wir Lieutenant La Forge zurückgeholt haben. Vorausgesetzt, er befindet sich wirklich an Bord des fremden Schiffes. Anschließend haben wir noch Zeit genug, über Ihr Anliegen zu sprechen. Mr. Gawelski, nehmen Sie Kurs auf das Magazin. Minimaldistanz fünftausend Kilometer. Lieutenant Worf, setzen Sie die Sensorerfassung fort.«

»Captain«, warf Brindle von der taktischen Station ein. »Sechs mit chemischen Triebwerken ausgestattete Kleinraumschiffe verlassen die Atmosphäre des Planeten und steuern in eine Umlaufbahn.«

»Überwachen Sie die Frequenzen, die hier zur externen Kommunikation genutzt werden. Zeichnen Sie alle Signale für eine spätere Auswertung auf.« Picard bedachte Shar-Tel mit einem durchdringenden Blick, sah dann Riker an. »Was hat es *damit* auf sich, Nummer Eins?«

Riker setzte zu einer zweiten Erklärung an. Shar-Tel stand in der Nähe und wirkte plötzlich sehr nervös.

»Sie haben dafür gesorgt, daß jene Schiffe starten«, stellte Picard fest, den Blick auf Shar-Tel gerichtet. »Können Sie die Piloten dazu bewegen, auf Distanz zu bleiben, in einem niedrigen Orbit, weit genug vom ›Magazin‹ entfernt? Wir müssen zunächst eine Situationsbewertung vornehmen.«

»Nun, Captain, diese Bitte würde ich Ihnen gern erfüllen«, entgegnete der alte Mann. »Wenn Kel-Nar wirklich das technische Potential des Magazins beherrscht ...«

»Halten Sie sich nicht mit irgendwelchen Erläuterungen auf. Fordern Sie die Verantwortlichen einfach auf, eine gewisse Entfernung zu wahren. Lieutenant Brindle, versuchen Sie, einen Kontakt herzustellen. Shar-Tel, verraten Sie nicht, wo Sie sind. Lassen Sie die Piloten in dem Glauben, Sie wären nach wie vor im Habitat.«

Der alte Mann nickte und nannte Brindle die Frequenzen, die eine Verbindung zu den sechs Schiffen ermöglichten.

»Fünftausend Kilometer, Sir«, meldete Gawelski.

»Lieutenant Worf?«

»Mit maximaler Energie sind die Sensoren imstande, die peripheren Bereiche des Magazins zu erfassen, Sir. Ich empfehle, die Distanz weiter zu verringern.«

»Eintausend Kilometer, Mr. Gawelski«, ordnete Picard an.

»Keine Antwort von den Schiffen, Captain«, berichtete Brindle. »Sie empfangen uns, antworten jedoch nicht.«

»Shar-Tel?« Picard sah den alten Mann an und runzelte die Stirn. »Was hat das zu bedeuten?«

»Keine Ahnung, Captain.«

»Versuchen Sie es weiter, Mr. Brindle. Shar-Tel, auch wenn Ihre angeblichen Freunde nicht reagieren — senden Sie ihnen trotzdem die Botschaft.«

»Jetzt ermitteln die Sensoren erste Daten, Sir«, sagte Worf, als die *Enterprise* bis auf tausend Kilometer heran war. »An Bord befinden sich zwei humanoide Lebensformen, eine von ihnen mit menschlichen Charakteristiken. Vermutlich trägt sie einen Kommunikator bei sich.«

»Das ist La Forge«, sagte Riker und seufzte.

»Ja, Sir«, bestätigte Worf gleichmütig. »Er scheint bewußtlos zu sein, ebenso sein Begleiter. Außerdem registriere ich noch zwei weitere Lebensformen in einem Shuttle. Sie sind ebenfalls ohnmächtig.«

»Ohnmächtig?« wiederholte Picard. »Wieso?«

»Ich nehme an, das Verteidigungssystem des Magazins wurde aktiv«, sagte Riker und schilderte, wie dieses Geordi und Data kurz nach ihrem ersten Subraum-Transit das Bewußtsein geraubt hatte. »Wahrscheinlich hat La Forge seinen Phaser eingesetzt.«

»Wann kommen er und die anderen wieder zu sich?«

»Das wissen wir nicht«, erwiderte der Erste Offizier.

»Als La Forge und Data aus dem fremden Schiff ins Habitat gebracht wurden, dauerte es keine halbe Stunde, bis sie erwachten. Aber wenn sie im Magazin bleiben ...« Riker furchte die Stirn und schüttelte den Kopf. »Das Abwehrsystem ist ganz offensichtlich dazu konzipiert, das fremde Schiff zu verteidigen und insbesondere auf Phaser-Emissionen zu reagieren. Nun, es könnte seine Aufgaben nur unvollkommen wahrnehmen, wenn es den Aggressor zwar betäubt, aber nicht verhindert, daß er später das Bewußtsein wiedererlangt.«

Picard nickte langsam. »Mit anderen Worten: Wir müssen davon ausgehen, daß die betreffenden Personen weiterhin ohnmächtig bleiben und vielleicht sogar sterben, wenn wir keine Möglichkeit finden, sie aus dem Magazin zu holen.«

»Das ist durchaus möglich«, pflichtete ihm Riker bei. »Und vielleicht wäre es gar nicht einmal so schlecht. Die fortgesetzte Bewußtlosigkeit, meine ich. Wenn Kel-Nar vor Geordi erwachte ...«

»Ich verstehe, Nummer Eins. Nun, wir sollten uns schleunigst etwas einfallen lassen, um Lieutenant La Forge aus seiner mißlichen Lage zu befreien.« Picard sah sich auf der Brücke um. »Ich bin für alle Vorschläge, Anregungen und Informationen dankbar.«

Data hatte die ganze Zeit über still an der zweiten wissenschaftlichen Station gestanden und drehte sich nun zum Captain um. »Mit Vorschlägen und Anregungen kann ich zwar nicht dienen, Sir, aber ich besitze einige Informationen, die Lieutenant La Forge in diesem Zusammenhang für recht interessant hielt.«

»Ich höre, Mr. Data.«

»Nun, Sir, während der letzten Minuten habe ich mich eingehend mit den Einzelheiten jener Daten befaßt, die uns die Ferengi in Hinsicht auf diesen stellaren Sektor zur Verfügung stellten ...«

»Die *Ferengi*?« fragte Picard verblüfft.

»Ja, Sir«, bestätigte der Androide. »Ich meine jene Informationen, die der Föderation im Austausch gegen andere, von unseren Explorer-Einheiten gesammelten, und nicht verifizierten Daten übermittelt wurden.«

»Oh.« Der Captain nickte. »Der ›Austausch von Gerüchten‹, ich erinnere mich. Soweit ich weiß, waren weder die Repräsentanten der Ferengi noch die der Föderation besonders begeistert, als sie mit einer Analyse der sogenannten ›Informationen‹ begannen. Alles stammte aus zweiter und dritter Hand und betraf Ereignisse – wenn überhaupt –, die vor vielen tausend Jahren stattfanden.«

»Ja, Sir, genau diese Angaben meine ich.«

»Und Sie haben darin irgend etwas Nützliches entdeckt?«

»Ich denke schon, Sir. Ich glaube, einige der Daten, die ich gerade korreliert habe, beantworten unsere Fragen nach Ursprung und Funktion sowohl des Wracks im interstellaren Raum als auch des fremden Schiffs in diesem Sonnensystem.«

»Fahren Sie fort«, sagte Picard, als der Androide schwieg.

»Ja, Sir.« Data berichtete von Geordis Vermutungen in bezug auf Raumschiffe, die dem Magazin ähnelten und vor vielen Jahrtausenden in den Umlaufbahnen verschiedener Planeten der Klasse M gesichtet wurden. Er erwähnte auch die Geschichten, in denen es hieß, bestimmte Kulturen seien von ›fremden Invasoren‹ oder nicht näher beschriebenen ›Katastrophen‹ an der Entwicklung der Raumfahrt gehindert worden.

»Geordi nahm an, die Trabanten seien ›Wächter‹«, fuhr Data fort. »Und in dem Wrack sah er eine Art Zentrale, ein Hauptquartier, von dem aus irgendwann einmal die Trabanten kontrolliert und mit Nachschubmaterialien versorgt wurden.«

»Das ergibt nur dann einen Sinn, wenn die ›Konstrukteure‹ an akuter Paranoia litten«, warf Riker ein. »Transfersysteme, die nur in einer Richtung funktionieren, Selbstzerstörungsvorrichtungen, all die anderen ›Sicherheitsvorkehrungen‹. Für ein Volk mit solcher Mentalität muß die Vorstellung, auf eine ebenbürtige oder sogar überlegene Zivilisation zu stoßen, geradezu entsetzlich gewesen sein.«

Picard schürzte die Lippen. »Als die Fremden Welten mit potentiell ›gefährlichen‹ Kulturen entdeckten, beschlossen sie nicht etwa, ihnen zu helfen oder sie schlicht zu ignorieren, sondern trafen Vorbereitungen, die sicherstellen sollten, daß die entsprechenden Intelligenzen nicht den technologischen Weg zur Raumfahrt beschreiten konnten. Ihre ›Wächter‹ verwandelten die entsprechenden Planeten – vielleicht Hunderte oder Tausende – in riesige, globale Kerker.«

Riker nickte. »Sie brachten ihre ›Wächter‹ in den Umlaufbahnen aller Welten unter, auf denen sie eine ›bedrohliche‹ Bevölkerung fanden – Geschöpfe, die vielleicht bestrebt waren, den Kosmos zu erforschen. Offenbar befürchteten die Konstrukteure, mit Rivalen konfrontiert zu werden. Wahrscheinlich sollten wir dankbar sein, daß sie die betreffenden Welten nicht einfach zerstörten. Alles deutet darauf hin, daß sie die Macht dazu besaßen.«

»Und die Hibernationskapseln?« fragte Picard. »Um die Routineüberwachung kümmerte sich der Computer. Er weckte nur dann jemanden, wenn die Kontrollprogramme eine ›Gefahr‹ registrierten: den ersten künstlichen Satelliten, die erste nukleare Explosion – den ersten Hinweis darauf, daß die beobachtete Zivilisation ein technisches Niveau erreichte, das ihr den Vorstoß ins All ermöglichte.«

»Ja«, sagte Data. »Vielleicht sind in den Geschichten solche Aktivitäten gemeint, wenn die Rede ist von ›fremden

Invasoren‹, die die Bewohner vieler Welten an einer Entwicklung der Raumfahrt hinderten. Die ›Katastrophen‹ wurden möglicherweise von den Selbstzerstörungsanlagen verursacht. Die von den Ferengi stammenden Informationen berichten in diesem Zusammenhang von gewaltigen Explosionen bis dahin unsichtbarer Objekte im Orbit. In einigen Fällen folgte ›großes Elend‹ – wahrscheinlich als Resultat enormer Strahlungsschübe.«

Riker schnitt eine Grimasse. »Und dann begegneten die Fremden einem Volk, das bereits die interplanetare oder gar interstellare Raumfahrt beherrschte – einer Zivilisation, die ihnen in technologischer Hinsicht überlegen gewesen sein mag. Anstatt Kontakt mit ihr aufzunehmen und Freundschaft zu schließen, gerieten sie in Panik. Sie zogen sich zurück, vielleicht auf ihre Heimatwelt, lösten zuvor die Antimateriebomben aus und versuchten, alle ihre Spuren zu verwischen. Doch in einigen Fällen, sowohl beim hiesigen Trabanten als auch bei dem Wrack im interstellaren Raum, ging etwas schief. Die Schiffe wurden nicht vernichtet.«

Picard brummte leise. »Bisher nichts weiter als eine Hypothese – aber es spricht vieles dafür. Als wir das Wrack fanden, funktionierte das Evakuierungssystem noch gut genug, um Sie, Yar, La Forge und Data in das sogenannte Magazin zu beamen, vermutlich den einzigen noch existierenden Orbiter.«

Der Captain dachte kurz nach, holte tief Luft. »Nun, leider helfen uns diese Informationen nicht viel weiter«, fügte er ernst hinzu. »Derzeit kommt es vor allen Dingen darauf an, Lieutenant La Forge zu uns zurückzuholen ...«

»Sir«, warf Worf ein, »der energetische Output des Trabanten nimmt erneut zu.«

Picard drehte sich ruckartig um und starrte auf den großen Bildschirm. »Mr. Brindle, halten Sie unsere Schilde auf maximaler Stärke. Mr. Worf, wozu wird die Energie verwendet?«

»Das läßt sich nicht feststellen, Sir. Ein großer Teil fließt anscheinend in das Abschirmfeld, aber ...« Der Klingone brach ab und beugte sich vor. »Eine neuerliche Aktivitätssteigerung des Antimateriekerns, und sie gilt ebenfalls den Deflektoren.«

»Werden sie verstärkt?«

»Nein, Sir. Das ist ja so rätselhaft: Die Energie wird ganz offensichtlich in den Schutzschirm geleitet, doch dort zeigt sie kaum Auswirkungen.«

»Eine Fehlfunktion?«

»Möglich, Sir. Immerhin ist das Magazin ebensoalt wie das Wrack, etwa zehntausend Jahre.«

Picard wollte sich gerade zur taktischen Station umdrehen, um Shar-Tel eine Frage zu stellen, aber bevor er den Blick vom Bildschirm abwandte, beobachtete er, wie die Konturen des kleineren Trabanten verschwammen. Das fremde Schiff schien sich einfach aufzulösen.

»Was ist geschehen, Mr. Worf?«

»Die einzige Veränderung besteht darin, daß ein Teil der Energie von dem Schirmfeld abgestrahlt wird.«

»Der Orbiter hat seine Position nicht verändert? Er wird nach wie vor von den Sensoren erfaßt?«

»Ja, Sir. Ansonsten ist alles beim alten geblieben. Die Anzeigen der Lebensindikatoren sind gleich.«

»Aber warum ...«

Picard unterbrach sich und riß die Augen auf, als dort, wo sich eben noch das Magazin befunden hatte, ein riesenhaftes, gigantisches Raumschiff erschien.

KAPITEL 17

Ebenso langsam wie gnadenlos zerrte etwas an Shar-Lons Geist, lenkte ihn aus dunkler Ohnmacht ins Licht bewußter Wahrnehmung zurück.

Zuerst widersetzte sich seine benommene Gedankensphäre dem beharrlichen Sog, fürchtete den Schmerz, der immer stärker wurde, je mehr er sich der Schwelle des Erwachens näherte. Vergeblich kämpfte er gegen die Erschöpfung an, die selbst Vorstellungen von geringfügigen Bewegungen qualvoll gestaltete.

Doch dann, als sich der mentale Dunst hinter der Stirn des alten Mannes zu lichten begann, begriff er plötzlich: *Es sind die Gaben. Sie wecken mich.*

Von einem Augenblick zum anderen war er wach. Abgesehen von sengender Pein und Müdigkeit spürte er Schmerzen im Rücken, ein dumpfes Stechen im Bein. Er hob die Lider, zwinkerte einige Male und stellte fest, daß er in der Versammlungskammer des Ältestenrats lag.

Aber er ruhte nicht etwa auf einer der weichen Liegen, die er häufig benutzte, um sich vor einer Konferenz zu entspannen, sondern auf dem Boden, das eine Bein angewinkelt.

Plötzlich kehrten die gräßlichen Erinnerungen an Kel-Nars Verrat und sein eigenes Versagen zurück.

Begleitet von der Erkenntnis, daß er aus irgendeinem Grund eine zweite Chance erhielt.

Sie galt nicht nur ihm, sondern auch allen anderen: seinem Bruder, den Bewohnern des Planeten, in erster Linie aber den Friedenswächtern.

Es war die Chance, einen *wahren* Frieden zu erreichen

Die Gaben holten ihn ins Leben zurück, damit er eine ganz bestimmte Aufgabe erfüllte.

Shar-Lon hoffte nur, daß er die dafür notwendige Kraft aufbringen konnte.

Er wagte es nicht, die Augen zu schließen – aus Furcht, sie anschließend nicht wieder öffnen zu können –, zwang sich zur Konzentration, zum Nachdenken. Bestimmt befand sich Kel-Nar inzwischen im Magazin, und Shar-Lon sah keine Möglichkeit, ihn an einer Kontrolle der Gaben zu hindern.

Damit blieb nur eine einzige Entscheidung: Er mußte noch einmal das versuchen, woran er kurz vor seiner Bewußtlosigkeit gescheitert war.

Jetzt bestand eine neue Verbindung zu den Gaben, die einen letzten Dienst von ihm verlangten ...

Shar-Lon mobilisierte alle Kraftreserven in seinem zitternden Leib, tastete nach den Gaben und spürte, wie sich der Kontakt zu ihnen intensivierte. Einige Sekunden lang gab er sich einem illusionären Empfinden hin, das ihm neue Vitalität vorgaukelte.

Mit einer Mischung aus Triumph und Bedauern formulierten seine Gedanken einige bestimmte Befehlsworte, die den Selbstzerstörungsprozeß einleiteten.

Als ihm zum letztenmal die Sinne schwanden, empfing Shar-Lon die Bestätigung der Gaben. Im Augenblick des Todes gewährten sie ihm jenen inneren Frieden, den er sein Leben lang gesucht hatte.

Alle Personen auf der Brücke, selbst Data und Worf, standen wie erstarrt, als das Raumschiff erschien, ohne dabei die kurzzeitigen Strukturverzerrungen hervorzurufen, wie sie für die Beendigung eines Warptransits typisch waren.

Neben dem gewaltigen, in einem metallischen Blau glänzenden Objekt wirkte die *Enterprise* wie ein Zwerg. Jede der drei runden, festungsartigen Segmente hätte das Föderationsschiff aufnehmen können. Stummelartige Erweiterungen ragten aus den Seiten der bugwärtigen Sektion, und an ihren Spitzen wölbten sich Triebwerkskammern – oder vielleicht Bordgeschütze –, so groß wie mittlere Starfleet-Kreuzer. Das enorme Gebilde schien eine Welt für sich zu sein, vermittelte den Eindruck geballter Macht.

Data erholte sich als erster von der Überraschung.

»Captain, in den Ferengi-Geschichten wird häufig das Erscheinen solcher Schiffe erwähnt. Derartige Hinweise stammen angeblich von raumfahrenden Völkern, nicht von Zivilisationen, die an einzelne Planeten gebunden sind. Und es gibt eine weitere Parallele: In allen Berichten heißt es, derartige Phänomene gingen einer verheerenden Explosion voraus. Die Zeitspanne läßt sich nicht genau bestimmen, und was die Detonation angeht ... Offenbar wird sie von überkritischer Antimaterie verursacht.«

»*Dieses* Ding hat die anderen Trabanten vernichtet?« hauchte Picard. »Nun, vielleicht gab es gute Gründe für die Paranoia der Konstrukteure. Ein Schiff solcher Größe, das offenbar keinen Warp-Antrieb benutzt, sondern ein autarkes Transportersystem ...«

»Es hat sich nicht mit einem Transporter hierher versetzt, Sir«, widersprach Worf. »Es existiert nicht einmal.«

Picard drehte sich ruckartig zu dem Klingonen um. »Was soll das heißen?«

»Die Sensoren zeigen, daß sich die Deflektoren des Magazins stark ausgedehnt haben. Form und Größe des Schirmfelds entsprechen nun den Dimensionen des gerade erschienenen Raumschiffs. Gleichzeitig erzeugt es die elektromagnetische Strahlung der Projektion.«

»Ein Trugbild?«

»In gewisser Weise ist es mit den Illusionen auf unseren Holodecks zu vergleichen, Sir. Die fremden Schilde haben ihre Struktur verändert und enthalten nun eine primitive Version der stabilisierten Energie, die den uns bekannten Holografien quasimaterielle Substanz verleiht. Ich nehme an, das ist die Erklärung für die sprunghaft gestiegene energetische Aktivität des Antimateriekerns.«

Picard wandte sich nachdenklich zur taktischen Station um. »Mr. Brindle?«

»Dem kann ich mich nur anschließen, Sir«, lautete die Antwort. »Es handelt sich tatsächlich um ein Trugbild mit Masse. Wenn wir weniger empfindliche Sensorsysteme einsetzten und nur das gewöhnliche elektromagnetische Spektrum untersuchten, hielten wir das Schiff sicher für real.«

»Und die Explosionen, die nach Mr. Datas Auskunft auf solche Manifestationen folgten ...«

»Gehen vermutlich auf das Konto von Selbstzerstörungsanlagen«, sagte Riker, als sich der Captain unterbrach und wieder auf den Wandschirm sah. »Sie können schlicht und einfach durch die Annäherung eines anderen Raumschiffs ausgelöst werden. Beim Wrack genügte in diesem Zusammenhang die Rematerialisierung eines Erkundungsteams. Die Projektion eines so gewaltigen Objekts stellt wahrscheinlich den letzten Versuch dar, einen potentiellen Angreifer zu erschrecken und zu verjagen. Wenn das nicht klappt, wird die Selbstvernichtungssequenz aktiviert.«

»Lieutenant Worf, wie stark sind jetzt die fremden Schilde?« fragte Picard rasch. »Können wir sie mit unseren Transportern durchdringen und La Forge zurückbeamen?«

»Nein, Sir. Andererseits: Phasern setzen sie kaum einen nennenswerten Widerstand entgegen ...«

Picard schüttelte den Kopf. »Der Einsatz unserer Bordwaffen ist ausgeschlossen, solange sich Lieutenant La Forge noch im Magazin befindet. Wie wäre es mit physischen Objekten? Wenn die Deflektoren so verändert wurden, daß sie nun den Kraftfeldern ähneln, die wir auf unseren Holodecks verwenden ...«

»Ich verstehe, was Sie meinen. Nun, es müßte eigentlich möglich sein.«

»Die *Enterprise* könnte die Peripherie des Trugbilds durchstoßen und ins Innere des energetischen Schirms gelangen?«

»Ja, Sir, ich glaube schon. Allerdings wäre es dazu notwendig, unsere eigenen Schilde zu senken. Die Wechselwirkungen zwischen den beiden Deflektorsystemen ...«

»Und sobald wir uns im Innern des Trugbilds befinden,

ließe sich Lieutenant La Forge von unserem Transporterfokus erfassen?«

»Ja, Sir — vorausgesetzt, die derzeitigen Kraftfeldstrukturen bleiben unverändert.«

Der Captain trat an die Navigationskonsole heran. »Mr. Gawelski, bringen Sie uns in die Projektion. Mr. Brindle, senken Sie unsere Schilde lange genug, um ein Durchdringen des fremden Schirms zu ermöglichen. Mr. Carpelli, halten Sie sich bereit, Lieutenant La Forges Kommunikator anzupeilen und ihn an Bord zu beamen. Transferieren Sie auch die drei anderen Personen, wenn es Zeit und Umstände erlauben. Lieutenant Yar, Dr. Crusher — Sicherheitsgruppe und Medo-Team sofort in den Transporterraum.«

Das festungsartige Gebilde schwoll an, bis die Bugwölbung den ganzen Schirm ausfüllte.

»Passage durch Schirmfeldbarriere steht unmittelbar bevor, Sir«, meldete Gawelski.

»Deflektoren aus, Mr. Brindle!« befahl Picard.

Plötzlich erzitterten die Darstellungen im Projektionsfeld. »Wir durchfliegen die Peripherie mit Impulskraft«, sagte Gawelski.

Das Trugbild dehnte sich noch weiter aus, und die Details verloren an Kontrast. Aus einer gewissen Entfernung betrachtet, wirkten die Linien am Rand der Bugwölbung völlig gerade, doch nun verwischten sich ihre Konturen. Picard verglich diesen Effekt mit der mikroskopischen Betrachtung eines Gemäldes: Pinselstriche, die vorher ganz glatt wirkten, erwiesen sich plötzlich als zerfurchte Farblandschaften.

Dann löste sich das gigantische Objekt schlagartig auf, und vor der *Enterprise* hing das Magazin im All.

Im gleichen Augenblick nahmen der Captain und seine Begleiter einen kurzen Druck wahr — wie ein jäher Wind, der ihnen entgegenwehte.

»Wir haben das Schirmfeld passiert und sind jetzt im Innern der Schildsphäre, Sir«, knurrte Worf von der wissenschaftlichen Station. »Die Instrumente ...«

Der Klingone brach abrupt ab, berührte einige Schaltflächen und starrte auf die wechselnden Anzeigen.

»Die Schilde des Magazins schrumpfen und kehren zur vorherigen Konfiguration zurück.«

»Fähnrich Carpelli ...«

»Transferfokus wird ausgerichtet, Sir.«

»Mr. Brindle, Phaser auf den Antimateriekern des Magazins. Bereit zum Feuern, wenn Lieutenant La Forge zurück ist.«

»Transporter aktiv, Sir«, berichtete Carpelli.

»Haben Sie sowohl La Forge als auch die drei anderen Personen erfaßt?« »Positiv, Sir.«

»Sind sie noch immer bewußtlos, Lieutenant Worf?«

»Ja, Sir.«

»Empfang der Transferierten bestätigt, Captain«, meldete Carpelli.

»Schilde hoch, Mr. Brindle! Vorbereitung auf Einsatz der Phaser!«

»Schilde sind hoch. Bereitschaft für ...«

»Schirmfeld des Magazins hat sich wieder stabilisiert, Captain. Es betrifft nur das fremde Schiff, nimmt aber noch immer sehr viel Energie auf und ist nun für die Phaser undurchdringlich.«

»Halten Sie sich weiterhin bereit, Mr. Brindle. Lieutenant Worf, was ...«

»Neue Aktivität im energetischen Kern des Magazins, Sir«, brummte der Klingone. »Vermutlich eine Selbstzerstörungssequenz, die zur Explosion aller Antimateriemassen führen soll.«

»Bringen Sie uns von hier fort, Mr. Gawelski!«

»Einen Augenblick Sir!« warf Riker ein. »Die Entfernung zwischen Magazin und Habitat ist viel zu gering. Die Detonation bedroht die Welt der Friedenswächter, und dort leben rund tausend Personen ...«

»Mr. Brindle, setzen Sie den Traktorstrahl ein«, sagte Picard sofort. »Wieviel Zeit haben wir noch, Lieutenant Worf?« »Weniger als eine Minute, Sir.«

»Das müßte eigentlich genügen. Mr. Gawelski, nehmen Sie Kurs auf den interplanetaren Raum, sobald der Traktorstrahl aktiviert ist. Wenn Mr. Datas Ferengi-Geschichten wenigstens ein Körnchen Wahrheit enthalten, ist nicht nur das Habitat in Gefahr, sondern auch die Bevölkerung des Planeten.«

Kurzes, angespanntes Schweigen folgte, und dann: »Traktorstrahl aktiviert und auf Magazin ausgerichtet, Sir.«

»Volle Impulskraft, Mr. Gawelski.«

Der Wandschirm zeigte eine rasch kleiner werdende Weltenkugel. Die Größe des im Vordergrund sichtbaren Magazins veränderte sich nicht.

Worf stand nach wie vor an der wissenschaftlichen Station und begann den Countdown bei zwanzig Sekunden.

Als er bei ›zehn‹ angelangt war, betrug die Entfernung zum Plancten hunderfünzigtausend Kilometer.

»Traktorstrahl desaktivieren«, ordnete Picard an. »Mr. Gawelski, Kursumkehr. Fliegen Sie zurück. Sorgen Sie dafür, daß die *Enterprise* genau zwischen Habitat und Magazin bleibt. Wir schirmen den Strahlungsschub mit unseren Deflektoren ab.«

Das fremde Schiff raste weiter durchs All, und die Gravitation des Planeten verringerte sein Bewegungsmoment nur wenig. Es war etwa dreihunderttausend Kilometer entfernt, als es sich selbst vernichtete.

Für einige Sekunden gleißte eine zweite Sonne, die noch weitaus greller strahlte als das Zentralgestirn des Systems. Die Schilde der *Enterprise* absorbierten die harte Strahlung. Das Habitat befand sich im ›Schatten‹ des Föderationsschiffes, und die Atmosphäre des Planeten fungierte als Filter für die Restemissionen.

Kurz darauf ließ der blendende Glanz nach, und nur noch ein schwaches Glühen erinnerte an das detonierte Magazin.

»Dr. Crusher«, sagte Picard, »Statusbericht über Ihre Patienten, besonders in bezug auf Lieutenant La Forge.«

»Die ersten Untersuchungen bestätigen seinen ausgezeichneten Gesundheitszustand. Aber ganz sicher bin ich erst, wenn er aufgewacht ist und ich mit ihm sprechen kann.«

»Mir ergeht es nicht anders, Doktor. Und die anderen drei Transferierten? Gibt es irgendeinen Grund, sie nicht in ihr Shuttle zurückzubeamen?«

»In medizinischer Hinsicht spricht nichts dagegen, Sir. Ihr körperlicher Zustand ist so wenig besorgniserregend wie der Lieutenant La Forges.«

»Sie haben es gehört, Mr. Carpelli. Je weniger Angehörige dieses Volkes von der *Enterprise* erfahren, desto geringer wird die Gefahr, die Erste Direktive zu verletzen.«

»Ich schlage das andere Shuttle vor, Captain«, sagte Brindle. »Die Raumfähre, mit der sie das Magazin erreichten, war am fremden Schiff angedockt und wurde ebenfalls zerstört.«

»In Ordnung. Ist es noch immer funktionsfähig, Lieutenant Worf?«

»Nach den Sensoranzeigen zu urteilen, ja, Sir.«

Picard nickte zufrieden und unterrichtete Carpelli, bevor er sich an Shar-Tel wandte. »Sie haben doch nichts dagegen, wenn wir Sie auf die gleiche Weise zurückbringen, oder? Das ›Magazin‹ und die ›Gaben‹ existieren nicht mehr, und es spielt wohl keine Rolle, wer für ihre Zerstörung verantwortlich ist. Mit Ihren Freunden an Bord der gestarteten Schiffe sollte es Ihnen eigentlich gelingen ...«

»Captain!« warf Lieutenant Yar ein, die weiter hinten an der taktischen Station saß. »La-Dron möchte mit Shar-Tel sprechen.«

Picard winkte zustimmend.

Der alte Mann trat an die Konsole heran und schluckte hörbar, bevor er fragte: »Worum geht es, La-Dron?«

»Es tut mir leid, Shar-Tel. Wir kamen zu spät.«

Shar-Tel ließ kurz die Schultern hängen, straffte dann seine Gestalt. »Mein Bruder ist tot?«

»Offenbar starb er nur wenige Minuten vor unserer Ankunft. Aber selbst wenn wir ihn früher erreicht hätten: Ich bezweifle, ob es möglich gewesen wäre, ihn zu retten. Die Kugel ...«

»Sie brauchen keine Einzelheiten zu nennen«, erwiderte Shar-Tel müde. »Was ist mit Kel-Nars Leuten? Gehen sie noch immer gegen die Mitglieder unserer Gruppe vor?«

»Einige von ihnen schon. Aber wenn sie erfahren, was mit Ihrem Bruder geschah ...«

»Sagen Sie ihnen, daß Kel-Nar mein Gefangener ist, daß er versuchte, die Kontrolle des Magazins an sich zu reißen, jedoch keinen Erfolg hatte. Teilen Sie ihnen mit, daß die Gaben zerstört wurden.«

Eine Zeitlang herrschte Stille. »Dann haben wir unser Ziel erreicht«, sagte La-Dron schließlich.

Shar-Tel schloß kurz die Augen und seufzte leise. »Ja, in der Tat. Ich kehre bald zu Ihnen zurück und bringe sowohl Kel-Nar als auch die Männer mit, die ihn zum Magazin begleiteten.«

Wieder folgte ein mehrere Sekunden dauerndes Schweigen, bevor La-Dron antwortete: »Wie Sie wünschen. Obgleich Ihnen niemand einen Vorwurf machen würde, wenn Sie ohne Kel-Nar kämen.«

Shar-Tel schüttelte den Kopf. »Nein, ich bringe ihn mit.«

Als er sich von der taktischen Station abwandte, hob Tasha Yar die Hand. »Eins der Schiffe reagiert endlich auf Ihre Botschaft«, sagte sie.

Picard lächelte. »Shar-Tel, bitte erklären Sie Ihren Freunden die neue Situation, bevor Sie uns verlassen. Ohne dabei die *Enterprise* zu erwähnen.«

Der alte Mann zögerte. Unbehagen regte sich in ihm, als er sich an das kurze Gespräch mit Yar erinnerte, an die Frage nach den Motiven der Personen, die nun das Habitat anflogen.

»Man versucht erneut, sich mit Ihnen in Verbindung zu setzen«, fügte Tasha Yar hinzu und wechselte einen raschen Blick mit Picard.

»Nun gut, Captain«, sagte Shar-Tel, hob den Kopf und trat wieder an die taktische Station heran.

»Hier ist Shar-Tel«, sagte er. »Wer möchte mich sprechen?«

»Lyn-Pron.« Die Stimme klang aus dem Lautsprecher; alle konnten sie hören.

Erleichterung durchströmte den alten Mann, und er entspannte sich.

Die Tatsache, daß ausgerechnet Lyn-Pron die Mission der vom Planeten gestarteten Schiffe leitete, erfüllte ihn mit großer Hoffnung. Shar-Lon kannte ihn nicht persönlich, nur von vielen Funkkontakten her. Seit fast zwanzig Jahren sprachen sie über die allgemeine Lage, entwickelten dabei Hunderte von Plänen und Alternativen, träumten gemeinsam den Traum von einem wahren Frieden.

»Haben Sie meine Nachricht erhalten?« fragte der alte Mann.

»Ja, mein Freund, aber ...«

»Sie spielt jetzt keine Rolle mehr«, unterbrach ihn Shar-Tel. »Inzwischen ist wieder alles unter Kontrolle. Wir haben den Sieg errungen. Das Magazin existiert nicht mehr. Es wurde durch die Explosion zerstört, die Sie eben beobachten konnten.«

»Wenn das ein Täuschungsmanöver sein soll ...« In Lyn-Prons Stimme ließ sich plötzliches Mißtrauen vernehmen. »Wir *sahen* den Lichtblitz einer Explosion, aber nicht dort, wo sich das Magazin befand.«

»Es ist eine lange Geschichte, und ich kenne nicht alle Einzelheiten. Kel-Nar hat meinen Bruder ermordet und versucht, die Gaben zu kontrollieren, aber irgend etwas hinderte ihn daran. Er verlor das Bewußtsein und wurde irgendwie ins Shuttle zurückgebracht.«

Shar-Tel zögerte und sah kurz zu Picard, der ihn aufmerksam musterte. »Anschließend verließ das Magazin die Umlaufbahn, entfernte sich von dem Planeten und zerstörte sich selbst. Wäre es im Orbit geblieben, hätte es nicht nur das Habitat, sondern auch die planetare Bevölkerung in Gefahr gebracht. Wie ich schon sagte: Mein Bruder ...«

»Aber das Magazin besaß doch gar keinen Antrieb – darauf haben Sie mich immer wieder hingewiesen.«

»Shar-Lon hat die fremden technischen Systeme vor fünfzig Jahren genutzt, um alle Atomraketen zu finden und sie einige hunderttausend Kilometer entfernt im All zu vernichten«, erwiderte Shar-Tel und machte dabei keinen Hehl aus seiner Verärgerung. »Also dürfte er auch in der Lage gewesen sein, das *Magazin* zu bewegen. Nur er wußte, wie man mit den Gaben umgeht. Wie dem auch sei: Jetzt ist er ...«

»Ich glaube Ihnen, alter Freund«, sagte Lyn-Pron. Er klang jetzt nicht mehr argwöhnisch, sondern niedergeschlagen. »Leider.«

Shar-Tel runzelte die Stirn. »Leider? Was ...«

»Was ich Ihnen jetzt sagen muß, fiele mir wesentlich leichter, wenn ... Lyn-Pron zögerte kurz und fuhr mit brüchiger, vibrierender Stimme fort: »Wenn ich Ihnen nach wie vor mißtrauen müßte, wenn ich annehmen könnte, Sie hätten sich auf Kel-Nars Seite geschlagen, um selbst an der Macht der Gaben teilzuhaben ...«

Lyn-Pron unterbrach sich erneut, und eine Zeitlang drang nur statisches Knistern aus dem Lautsprecher.

»Die anderen wissen nicht, daß ich mich mit Ihnen in Verbindung gesetzt habe«, fuhr er schließlich fort. »Nach Ihrer Botschaft verboten Sie mir, Kontakt zu Ihnen aufzunehmen.«

»Warum denn? Es ging mir doch nur darum, Sie zu warnen ...«

»Ich weiß, ich weiß. Aber meine Gefährten glaubten Ihnen nicht. Sie befürchteten einen Trick.«

»Einen *Trick*? Um Sie vor Kel-Nar zu schützen?«

»Um uns aufzuhalten, um Kel-Nar *Zeit* zu geben – um ihn in die Lage zu versetzen, den Umgang mit den Gaben zu erlernen, unsere Schiffe zu zerstören. So wie Ihr Bruder die Atomraketen vernichtete, die vor fünfzig Jahren dem Magazin entgegenrasten.«

»Das ist doch irrsinnig! Weshalb ...«

»Ich weiß, alter Freund, ich weiß! Aber ich bin nur einer von vielen. Ich habe versucht, die anderen davon zu überzeugen, daß Sie es ehrlich meinen, aber ich konnte ihren Argwohn nicht ausräumen.«

Shar-Tel suchte fast verzweifelt nach den richtigen Worten. »Inzwischen existiert das Magazin nicht mehr, und Kel-Nar ist mein Gefangener ...«

»Ich fürchte, das ändert nichts an dem Standpunkt meiner Gefährten. Unsere Mission war nie dazu bestimmt, Ihnen gegen Kel-Nar zu helfen oder zu versuchen, das Magazin zu zerstören. Sie richtete sich von Anfang an *gegen Sie alle*.«

Für einen Sekundenbruchteil begegnete Shar-Tel dem Blick Tasha Yars, und er sah traurigen Zynismus in ihren Augen, die bittere Erkenntnis, recht behalten zu haben.

»Und worin *bestehen* Ihre Pläne?« fragte der alte Mann leise und zutiefst enttäuscht. »Wollen Sie das Habitat erobern?«

Lyn-Pron seufzte und holte tief Luft. »Nein, darum geht es uns nicht.«

»Um was dann?«

»Unser Ziel ist die totale Vernichtung der Welt der Friedenswächter.«

KAPITEL 18

In Shar-Tel wechselten Zorn und ungläubiges Entsetzen einander ab, und sein Gesicht wurde kalkweiß.

»Das ist Wahnsinn!« entfuhr es ihm mit zittriger Stimme. »Fast tausend Personen leben im Habitat – Männer, Frauen und Kinder. Wenn Sie Kel-Nar wollen – wir sind bereit, ihn auszuliefern. Wenn Sie *mich* wollen – meinetwegen. Aber verschonen Sie die anderen ...«

»Nach fünfzig Jahren der Tyrannei gibt es viele Leute, die keine Unterschiede mehr sehen«, sagte Lyn-Pron. »Nur ich und einige meiner Freunde wissen, daß nicht alle Friedenswächter über einen Kamm geschoren werden dürfen. Wenige von uns hatten Gelegenheit, Sie besser kennenzulernen, Sie zu verstehen. Die meisten denken nur daran, daß Sie eine ganze Shuttle-Flotte zerstörten, daß Sie uns mit den Gaben dazu zwangen, Tribut zu leisten, Ihnen all das zur Verfügung zu stellen, was Ihre Welt braucht. Sie und die anderen Friedenswächter haben all die Schiffe zerstört, die wir während der vergangenen zwanzig Jahre zu starten versuchten. Sie weigerten sich, uns auch nur einen kleinen Teil der von Ihnen verwendeten fremden Technologie zur Verfügung zu stellen. Sie verwandelten den Planeten vor fünfzig Jahren in einen globalen Kerker, machten uns alle zu Gefangenen! Sie ...«

Lyn-Pron brach ab, und schwere, rasselnde Atemzüge drangen aus dem Lautsprecher.

»Es tut mir leid, alter Freund, aber so empfinden wir nun einmal«, erklang es nach einigen Sekunden. »Das gilt selbst für diejenigen, die jahrelang mit Ihnen zusammengearbeitet haben. Der Haß ist viel zu tief in uns verwurzelt.«

»Warum sagen Sie mir das alles?« platzte es aus Shar-Tel heraus. Die Farbe kehrte in sein Gesicht zurück, und in den Augen blitzte es auf. »Um uns zu verhöhnen? Um zu triumphieren, bevor ihr uns umbringt?«

Lyn-Pron lachte bitter. »Einige von uns wünschten sich nichts lieber, als es jedem einzelnen Friedenswächter heimzahlen zu können. Vermutlich würden sie sich über die Möglichkeit freuen, alle Bewohner des Habitats nacheinander zu foltern, sich auf diese Weise für fünfzig Jahre gnadenloser Unterdrückung zu rächen. Nein, mein Freund, *mir* liegen Spott und Triumph fern. Ich setze sogar mein Leben aufs Spiel, indem ich Ihnen diese Mitteilung mache. Wenn meine Gefährten erführen, daß ich mit Ihnen rede ... Mit ziemlicher Sicherheit würden die Piloten der anderen Schiffe ihre Bordkanonen auf mich abfeuern, bevor sie das Habitat angreifen. Ich sage Ihnen die Wahrheit, weil ich mich dazu verpflichtet fühle, Ihnen gegenüber offen und ehrlich zu sein. Und weil ich nicht einmal jetzt bereit bin, die Hoffnung aufzugeben.«

»Eben betonten Sie noch, es gäbe nicht mehr die geringste Chance für uns!«

»Ich habe immerzu versucht, meine Gefährten umzustimmen ... Es bleibt uns noch eine Stunde, bis wir die Welt der Friedenswächter erreichen, bis die Waffen sprechen. Diese Zeit werde ich nutzen, um mit den anderen Piloten zu diskutieren. Vielleicht gelingt es mir doch noch, sie zur Vernunft zu bringen. Ich lasse einen externen Kommunikationskanal offen, um Ihnen Gelegenheit zu geben, selbst das Wort zu ergreifen ...«

»Aber in dem Fall erfahren Ihre Gefährten, daß Sie uns Bescheid gegeben haben ...«

»Ich weiß. Es ist mir gleich. Wenn wir versagen, wenn sich meine Befürchtungen erfüllen und wir es tatsächlich nicht schaffen, den Angriff zu verhindern ... dann hat das Leben keinen Sinn mehr für mich. Ihr Tod und die Vernichtung des Habitats wären eine zu große Last für mein Gewissen. Viel Glück, alter Freund.«

Ein Knacken im Lautsprecher wies darauf hin, daß Lyn-Pron die Verbindung unterbrochen hatte.

Shar-Tel drehte sich zu Picard um. »Bitte bringen Sie mich sofort ins Shuttle zurück. Ich möchte die Welt der Friedenswächter erreichen, bevor ...«

»Nein!« entfuhr es Counselor Troi. Sie hatte dem Gespräch zwischen Lyn-Pron und dem alten Mann mit wachsender Besorgnis zugehört und wandte sich nun an den Captain. »Das dürfen wir nicht zulassen! Wir müssen irgend etwas unternehmen!«

»Der Meinung bin ich auch«, erwiderte Picard. »Irgendwelche Vorschläge?« Er sah sich auf der Brücke um. »Mir scheint, wir sind zumindest teilweise für die gegenwärtige Situation verantwortlich, dafür, daß sich die Lage nun zuspitzt. Ich nehme gern Anregungen entgegen – solange sie nicht im Gegensatz zur Ersten Direktive stehen.«

»Sir«, antwortete Data fast sofort, »ich habe einige weitere und, wie ich vermute, recht wichtige Hinweise in den Informationskomplexen gefunden, die uns von den Ferengi zur Verfügung gestellt wurden. Durch eine Korrelation der entsprechenden Daten ergaben sich Parallelen zur hiesigen Krise ...«

»Fahren Sie fort, Data«, drängte Picard ungeduldig.

»Ich glaube, die Ergebnisse meiner Analyse können genutzt werden, um eine Lösung für das aktuelle Problem zu finden ...«

Als die Welt der Friedenswächter ins Zentrum des Radarschirms rückte und die Schubphase von Lyn-Prons Schiff endete, ließ die Pseudogravitiation des Beschleunigungsdrucks nach, und in der Magengrube des Piloten krampfte sich etwas zusammen. Doch dieses Empfinden wurde nicht von der plötzlichen Schwerelosigkeit hervorgerufen.

Der Grund war tiefe Enttäuschung.

Und das Gefühl der Schuld.

Lyn-Pron hatte vergeblich versucht, seine Gefährten umzustimmen. Sie waren entschlossen, das Habitat zu zerstören, weigerten sich sogar, den Angriff auch nur zu *verschieben*. Er erzählte ihnen von seinem Gespräch mit Shar-Tel, von der Behauptung des alten Mannes, das Magazin existiere nicht mehr. Die einzige Reaktion bestand aus Zorn. Und eine Zeitlang befürchtete Lyn-Pron, daß sich die anderen Piloten *tatsächlich* dazu hinreißen lassen mochten, ihre Bordkanonen auf sein Schiff zu richten. Rund eine halbe Stunde später bestätigte die Radarerfassung, daß das Magazin nicht mehr neben dem Habitat schwebte, doch darin sahen die Besatzungen der übrigen Kampf-Shuttles nur einen Trick. »Man will uns täuschen«, ertönte eine knurrende, wütende Stimme. »Mit den verdammten Gaben ist Shar-Lon praktisch zu allem fähig.«

Lyn-Prons Schuldgefühl war fast noch stärker als die Enttäuschung. Viele Jahre lang hatte er einen Mann belogen, in dem er inzwischen einen Freund sah — trotz seiner Bemühungen, sich nicht emotional zu engagieren, ›objektiv‹ zu bleiben. Schon beim Bau der Schiffe stand fest, zu welchem Zweck sie eingesetzt werden sollten. Sie dienten nicht etwa dazu, Soldaten zu transportieren: Sie boten nur einem Mann an den Kontrollen Platz, und die restliche Nutzlast bestand aus Raketen. Um außer dem Magazin auch die Welt der Friedenswächter zu vernichten. Es gelang Lyn-Pron nicht, die Missionsleiter davon zu überzeugen, daß Trümmer ein schlechtes Fundament für das Bauwerk eines echten Friedens bildeten.

Er blickte erneut auf den Schirm und schauderte. In knapp fünfzehn Minuten mußte er beobachten, wie sich das Habitat in einen großen, stählernen Sarg verwandelte. Es gab keine Möglichkeit für ihn, die vielen Männer, Frauen und Kinder in der künstlichen Welt zu retten.

Plötzlich bildeten sich wogende Farbmuster auf dem Monitor über der zentralen Konsole.

Lyn-Pron hob verwirrt den Kopf. Die akustische Verbindung bestand nach wie vor, aber die Videokanäle ...

»Lyn-Pron!« eine scharfe, vorwurfsvolle Stimme erklang aus dem Lautsprecher. »Ist das ein weiterer Versuch, Ihren Freunden zu helfen?«

Bevor er Antwort geben, bevor er sich fragen konnte, ob Shar-Tel für die seltsamen Interferenzen verantwortlich war, formte sich ein Bild. Es zeigte den alten Mann.

Aber ganz offensichtlich befand er sich weder im Habitat

noch im Magazin — es sei denn, Shar-Tel hatte bei seinen entsprechenden Ortsbeschreibungen schlicht und einfach gelogen. Abgesehen von Shar-Tel und seiner Kleidung ließen sich in dem trüben Licht nur schwarze und dunkle, orangefarbene Tönungen erkenne. Hier und dort trieben faserige Dunstwolken, hinter denen die Konturen verschwammen, und sie verliehen dem alten Mann eine unheilvolle, bedrohliche Aura. Hinter ihm glommen mehrere Kontrollflächen, die keine Schalter oder Tasten aufwiesen, sondern nur eigentümlich verzerrt wirkende Symbole.

Lyn-Pron schnappte nach Luft. »Wo *sind* Sie?«

»Es tut mir leid«, erwiderte Shar-Tel in einem eigentümlich steifen, ausdruckslosen Tonfall. »Ich wollte ...«

Jemand packte den alten Mann von hinten, stieß ihn grob beiseite. Lyn-Prons Blick fiel auf eine gewaltige Hand mit langen, krallenartig gekrümmten Fingern. Die Knöchel verbargen sich unter dickem Leder, auf dem eiserne Beschläge glänzten, ebenso wie an dem Ärmel, der aus einem ähnlichen Material bestand.

Lyn-Pron riß die Augen auf, als das Wesen vor die Erfassungslinsen der Übertragungskamera trat. Es war mindestens dreißig Zentimeter größer als Shar-Tel und ein ganzes Stück breiter, trug eine Art Kampfanzug, der fast metallisch schimmerte. An einer dicken Halskette hing ein Gegenstand, der zunächst wie eine kleine Skulptur anmutete. Als Lyn-Pron genauer hinsah, begriff er, um was es sich wirklich handelte: den ausgestopften Schädel eines kleinen, mit langen Reißzähnen ausgestatteten Tiers.

Kopf und Gesicht des Fremden ...

Die Züge wirkten humanoid, aber gewiß nicht menschlich. Im Mundbereich und über dem bärtigen Kinn spannte sich dunkle, wie halb verweste Haut, und über den durchdringend blickenden Augen wölbte sich ein dicker Brauenhöcker. Davon wiederum ging ein knöcherner Kamm aus, der über den ganzen Kopf hinwegreichte, bis hin zu dem Schopf aus pechschwarzem Haar, das bis auf die muskulösen Schultern fiel und die mißgebildeten Ohren bedeckte.

»Ihr seid also die Narren, die es wagen, mich herauszufordern«, donnerte ein tiefer Baß. Die Lippen verzogen sich zu einem spöttischen, verächtlichen Lächeln.

Einer der Piloten brachte unsicher hervor: »Wer sind Sie?« Das Wesen lachte knurrend, und Lyn-Pron spürte, wie Furcht sein Herz umklammerte, zu Panik anschwoll. »Jene, die sich preisen können, mir ebenbürtig zu sein – es sind nur wenige –, nennen mich Worf. Für euch bin ich der Eigentümer dessen, was ihr in eurer Vermessenheit als ›Magazin‹ bezeichnet. Eure kläglichen Versuche, es zu vernichten ... Habt ihr denn nicht mit der Möglichkeit gerechnet, dadurch meinen Zorn zu erwecken?«

»Von ›kläglich‹ kann wohl kaum die Rede sein«, warf ein anderer Pilot ein. »Wir haben gesehen, wie es explodierte.«

Das Geschöpf lachte erneut und breitete die Arme aus. »Die Explosion? Eine kleine Spielerei, weiter nichts. Ich lasse es nicht zu, daß jemand meinen Besitz zerstört.«

»Wir wußten nicht, daß das Magazin Ihnen gehört!« sagte eine dritte, fast hysterisch klingende Stimme. »Es war verlassen! Wir haben doch nur ...«

»Und ich gebe mein Eigentum auch nicht so einfach auf!«

»Dann nehmen Sie es zurück! Machen Sie damit, was Sie wollen. Wir sind froh, es endlich loszuwerden.«

Der Fremde gab ein kehliges Grollen von sich. »Ihr versteht mich nicht, Gewürm. Es gibt hier *viele* Dinge, die ich als mein Eigentum betrachte, und ich bin nicht geneigt, jemanden von *euch* aufzugeben.«

»Jemanden von *uns*?« stieß Lyn-Pron hervor. »Was soll das denn heißen? *Wir* sind nicht Ihr Besitz!«

»Meint ihr?« Das Wesen hob gebieterisch die linke Hand.

Und plötzlich spürte Lyn-Pron, wie sein ganzer Körper zu prickeln begann. Die Luft um ihn herum glühte, und aus dem Lautsprecher klangen die entsetzten Schreie der anderen Piloten. Einige Sekunden lang konnte sich Lyn-Pron nicht mehr rühren, nicht einmal mehr atmen. Eine seltsame Lähmung erfaßte ihn, drang bis in die entlegensten Winkel seines Selbst vor, erfüllte alles mit Taubheit.

Dann lösten sich die Konturen der Kabine auf.

Für eine nicht bestimmbare Zeitspanne sah er nur buntes Wogen und Wabern, das ihn wie ein Kokon umhüllte.

Unmittelbar darauf befand er sich an dem Ort, den zuvor der Monitor gezeigt hatte. Das Geschöpf namens Worf ragte wie ein dämonischer Koloß vor ihm auf. Etwas abseits stand Shar-Tel, völlig reglos und erstarrt. Nach wie vor zogen Dunstschwaden dahin, filterten das Licht der Kontrollflächen, krochen wie eigenständige Wesen über die ferne Wand. Die Hitze trieb Lyn-Pron den Schweiß aus den Poren, und er nahm einen ganz und gar unvertrauten, ätzenden Geruch wahr.

Lyn-Pron wollte zurückweichen, aber seine Füße lösten sich nicht vom Boden. Er konnte nur den Kopf und die Arme bewegen.

Hinter ihm keuchte jemand, und aus den Augenwinkeln sah er, wie die Piloten der übrigen fünf Schiffe aus dem Nichts auftauchten, die Pupillen vor Grauen geweitet. Neben ihnen erstreckten sich weitere Wände; nirgends zeigte sich eine Tür.

»Willkommen in meinem Heim, Gewürm!« donnerte Worf. »Habt ihr irgendeinen Wunsch?«

Als Worf grinste und die sechs Männer mit gespieltem Interesse musterte, gewann Lyn-Pron den Eindruck, als kehre gespenstisches Leben in den Kettenanhänger auf der Brust des Wesens zurück: Der kleine Schädel bleckte die langen Zähne.

»Nein? Nun, dann möchte ich euch etwas zeigen.«

Ein kurzer Wink, und eine der rechteckigen Lichtflächen an den Wänden veränderte sich, glühte ein wenig heller.

In den nebligen Schlieren vor den Entführten formte sich ein dreidimensionales Abbild des Schiffes, das Lyn-Pron geflogen hatte. Es schien sogar feste Substanz zu besitzen.

Worf hob den Zeigefinger, und ein jäher Blitz zuckte dem winzigen Raumschiff entgegen. Es schimmerte kurz auf – und verschwand.

»Vielleicht erlaube ich euch, die anderen zu behalten«,

grollte der dämonische Riese. »Wenn ihr mich nicht *zu* sehr verärgert.«

»Was wollen Sie von uns?« Nur Lyn-Pron schien den Schock soweit überwunden zu haben, um wieder sprechen zu können. »Warum sind Sie hier?«

»Ich bin gekommen, weil ihr es gewagt habt, in mein Eigentum vorzudringen. Und ich bin geblieben, weil mich eure Possen amüsierten.« Worf lachte erneut, und Lyn-Pron duckte sich unwillkürlich, als er das heisere Knurren hörte. »Als besonderes Vergnügen empfand ich es, den Winzling Shar-Lon zu beobachten, als er sich der egoistischen Illusion hingab, aus freiem Willen zu handeln.«

»Dann *war* er also besessen?«

»Natürlich — obwohl er glaubte, ›auserwählt‹ zu sein. Shar-Lons Wahn erwies sich als fast ebenso interessant wie eure lächerlichen Reaktionen auf seine Entscheidungen.«

»Aber warum zeigen Sie sich uns erst jetzt? Nach fünfzig Jahren ...«

»Nach fünfzig Jahren langweilt ihr mich allmählich, selbst mit euren banalen Verschwörungen. Deshalb habe ich beschlossen, die unmittelbare Kontrolle zu übernehmen und mich nicht mehr darauf zu beschränken, euch durch Shar-Lon zu beeinflussen. Um euretwillen hoffe ich, daß mich die Ergebnisse nicht enttäuschen. Nicht alle sind so privilegiert, eine zweite Chance zu erhalten! Seid dankbar dafür, daß mich eure Kapriolen damals so erheitert haben. Andernfalls hätte ich dieses Sonnensystem vielleicht verlassen und wäre nie zurückgekehrt.«

»Jetzt haben Sie Gelegenheit dazu!« entfuhr es Shar-Tel. »Verschwinden Sie!«

Worf musterte den alten Mann eine Zeitlang und lächelte dünn. Dann trat er zurück und nahm in einem thronartigen Sessel Platz, in dessen Armlehnen kleine Kontrollflächen leuchteten.

»Oh, vielleicht erfülle ich Ihnen diesen Wunsch«, brummte er. »Wenn ihr mich langweilt, wenn ich endgültig das Interesse an euch verliere. Doch die Konsequenzen würden euch bestimmt nicht gefallen.« Er zögerte, und sein Blick glitt über die sechs Piloten. »Denkt daran: Ich gebe meinen Besitz nicht einfach so auf«, fügte er hinzu. Und diesmal konnte kein Zweifel mehr bestehen: Der kleine Schädel auf der Brust wiederholte das Lächeln des Hünen.

»Sie würden uns alle töten?« fragte Lyn-Pron entsetzt.

»Vielleicht. Wenn ihr euch vorher nicht selbst umbringt. Das könnte mein Interesse an eurer kleinen Welt noch eine Zeitlang wachhalten. Planetarer Selbstmord ist ein faszinierendes Phänomen.«

»Aus welchem Grund haben Sie dann vor fünfzig Jahren die Atomraketen zerstört? Warum ...«

Worf zuckte andeutungsweise mit den Schultern. »Damals erschien mir das als eine gute Idee. Und sie gewährte mir einige Jahrzehnte der Unterhaltung — was wohl kaum möglich gewesen wäre, wenn ihr eure Heimat in eine radioaktive Wüste verwandelt hättet. Nun, ganz gleich, was ihr von meinen Methoden und Motiven haltet: Ihr solltet mir wenigstens dafür dankbar sein, daß ich euch eine fünfzig Jahre lange Gnadenfrist gab.« Er lachte einmal mehr. »Wie wär's, wenn ihr eure Dankbarkeit zeigt, indem ihr eure Selbstvernichtung möglichst interessant gestaltet? Ich könnte zum Beispiel einige ›Gaben‹ mit hohem destruktiven Potential unter den Anführern eurer Nationen verteilen ...«

»Zum Teufel mit Ihnen!« fauchte Lyn-Pron. »Sie sprechen von *unserer* Welt! Wir haben nicht die geringste Absicht, sie zu verheeren — weder mit Ihren Gaben noch mit unseren Waffen. Sie verhalten sich so, als sei das alles ein *Spiel*!«

»Und genau das ist es auch, Winzling. Gibt es auf eurem Planeten nicht ähnliche Spiele? Ich glaube, ich kenne einige davon. Zum Beispiel läßt man zwei speziell abgerichtete Tiere gegeneinander kämpfen, und die Zuschauer feuern sie an, jubeln laut, wenn sich die Wesen mit ihren Krallen zerfetzen.«

»Nur kranke Gemüter finden Gefallen an so etwas! Eine kleine Minderheit, die ...«

»Und wer bestimmt, wer ›krank‹ ist, wer zu dieser ›Minderheit‹ gehört? Vielleicht sind solche Neigungen viel weiter verbreitet, als du glaubst. Was ist mit dir selbst, Wurm? Du hast eine Mission begonnen, deren Ziel darin besteht, tausend deiner Artgenossen umzubringen. Ja, vielleicht bist du ebenfalls ›krank‹.« Worf gestikulierte abrupt. »Aber genug damit. Ich bringe euch zu euren kleinen Raumschiffen zurück – zumindest diejenigen, die noch welche haben. Du ...« Der Blick des dämonischen Wesens richtete sich auf Lyn-Pron. »Du scheinst mutiger zu sein als die anderen. Ich behalte dich eine Weile hier.«

Lyn-Pron schauderte, zuckte jedoch nicht zusammen.

Einige Sekunden später riß er die Augen auf. In dem Dunst hinter Worfs großem Sessel formte sich irgend etwas. Zunächst hatte es den Anschein, als verdichteten sich die grauen Schwaden, doch dann bildeten sich vage Konturen. Das seltsame Gebilde war bleich, fast weiß, gewann schließlich eine deutlichere Ausprägung.

Auf einmal begriff Lyn-Pron, um was es sich handelte.

Shar-Lons Gesicht schwebte fast zwei Meter über dem Boden.

Zwar gelang es Lyn-Pron, sich nichts anmerken zu lassen, aber die fünf anderen Personen waren nicht ganz so erfolgreich. Worf drehte sich um. Einen Augenblick lang schien er überrascht zu sein, doch er fing sich sofort wieder und lachte. »Du bist hartnäckiger als ich dachte, Auserwählter. Nun, was hast du auf dem Herzen?«

»Lyn-Pron«, sagte das geisterhafte Gesicht, »wenn Sie dies sehen und hören, hatte ich Erfolg. Jetzt kommt es ganz auf Sie, Shar-Tel und die anderen an. Beeilen Sie sich. Konzentrieren Sie Ihre Gedanken auf Shar-Tel. Geben Sie ihm die Kraft, die er braucht. Schnell! Das Ungeheuer *kann* überwältigt werden.«

»Ich glaube, das reicht jetzt«, knurrte Worf, stemmte sich in die Höhe und marschierte durch Shar-Lons Gesicht, als wolle er damit beweisen, daß es überhaupt nicht existierte.

Aber als er die blassen Züge durchwanderte, erklang erneut die Stimme des alten Mannes.

»Das Wesen ist *nicht* unbesiegbar. Selbst bei seinem eigenen Volk gilt es als Unhold, und es wurde schon vor langer Zeit aus der Gemeinschaft verbannt. Nur aufgrund meiner Naivität gelang es dem Monster, mir mit den Gaben eine Falle zu stellen. Es konnte mich kontrollieren, weil ich allein war. Trotzdem bin ich nicht ganz hilflos gewesen. Vor meinem Tod gelang es mir ...«

Worf stand inzwischen vor den Kontrollflächen, pochte mit seinen langen, krallenartigen Fingern auf verschiedene Lichtmuster.

Die zitternden Muskeln in den bleichen Wangen erstarrten, aber das Gesicht löste sich nicht auf.

Einige Sekunden später wiederholte es seine Botschaft.

»Jetzt reicht's!« grollte Worf. Im gleichen Augenblick zuckte Shar-Tel zurück, als ihn die unsichtbaren Fesseln freigaben.

»Lyn-Pron!« ächzte er. »Dies ist unsere einzige Chance. Für uns und unsere Heimat. Sie *müssen* ...«

»Geistlose Primitivlinge!« brüllte Worf und griff nach einer kleinen, scharfkantigen Waffe, die an der Wand hing. Noch während er sie aus der Halterung löste, verwandelte sie sich wie durch Magie in einen rund hundert Zentimeter langen Säbel. Der Hüne holte damit aus, und die Klinge durchstieß das phantomhafte Gesicht, traf jedoch nur auf grauen Dunst.

Einen Sekundenbruchteil später wirbelte Worf zu Shar-Tel herum, und sein kehliges Donnern übertönte die Stimme Shar-Lons.

Lyn-Pron spürte, daß er sich wieder bewegen konnte.

Mühelos hob er einen Fuß.

Er zögerte nicht, stürmte sofort auf den Fremden zu, sprang ihm auf den Rücken und griff nach der Waffenhand.

Auch die Fesselfelder der anderen Piloten brachen zusammen. Die Männer stürzten sich ebenfalls auf Worf, klammerten sich verzweifelt an ihm fest, zwangen die Klinge zurück, bis ihre glitzernde Schneide das wutverzerrte Gesicht des Riesen berührte.

Ein geradezu ohrenbetäubendes Kreischen entrang sich Worfs Kehle. Und dann fiel er. Sein Körper löste sich im Schillern bunter Transporterenergien auf.

Lyn-Pron und seine fünf Gefährten waren plötzlich allein.

»Er ist weg!« keuchte Shar-Tel. »Wir haben gewonnen! Aber wir dürfen jetzt keine Zeit verlieren. Ich muß die Gaben noch einmal benutzen, um Sie zu Ihren Schiffen zurückzubringen. Der Fremde übt nun keine Kontrolle mehr über die technischen Systeme aus, und das bedeutet: Jetzt wird der Selbstzerstörungsmechanismus aktiv, den mein Bruder noch vor seinem Tod auslösen konnte. Dem Magazin steht die endgültige Vernichtung bevor. Uns bleiben nur noch wenige Minuten.«

Shar-Tel wartete keine Antwort ab, achtete nicht auf die sechs Männer, die nun wieder aufstanden. Er trat an eins der Kontrollfelder heran und streckte die Hand danach aus.

Lyn-Pron verspürte erneut ein sonderbares Prickeln, als ihn die Transferenergie der *Enterprise* erfaßte und entmaterialisierte.

Shar-Tel beobachtete, wie die Piloten verschwanden, atmete erleichtert auf und drehte sich zu der Tür des Holodecks um. Die angebliche Kammer im Innern des Magazins: nur eine dreidimensionale, quasimaterielle Projektion, bei der verschiedene Matrizen und Vorlagen verwendet wurden, unter anderem die Darstellung der Brücke eines hundert Jahre alten klingonischen Schlachtkreuzers.

Kurz darauf wanderte er durch die Korridore der *Enterprise*, in der sicheren Überzeugung, daß sie alle nun eine bessere Zukunft erwartete. Die Welt der Diktatur, des Krieges und ewigen Kampfes, der nationalen Eifersüchteleien, gehörte der Vergangenheit an. Die kommenden Jahre lockten mit der Aussicht auf einen Frieden, der nicht mit ›überlegener Feuerkraft‹, einem Gleichgewicht des Schreckens oder durch fremde Technologie erzwungen wurde. Statt dessen würde er sich auf Zusammenarbeit, Kooperation und Freundschaft gründen.

Zwei Minuten später und zehntausend Kilometer entfernt gleißte die Lichtflut eines explodierenden Photonentorpedos, sicheres Zeichen für die Bevölkerung des Planeten und die Piloten der fünf Schiffe, daß das Magazin vernichtet war und keine Gefahr mehr darstellte.

Die *Enterprise* hatte sich so weit von der Weltenkugel zurückgezogen, daß sie nicht mehr geortet werden konnte, und die Offiziere auf der Brücke beobachteten, wie sich die fünf kleinen Raumschiffe dem Habitat näherten.

»Viel zu melodramatisch«, brummte Picard während der ›Vorstellung‹ auf dem Holodeck. »Von einer derartigen Personifizierung des Bösen werden sie sich *nie* überzeugen lassen.«

Später übte selbst Worf Kritik daran. Er hatte seine ›dramatischen Improvisationen‹ zwar genossen, bezweifelte jedoch, ob sie zu dem erhofften Erfolg führten.

»Kein Klingone wäre so dumm, sechs Gegnern den Rücken zuzukehren«, klagte er, als er mit einem letzten melancholischen Blick die traditionelle Kampftracht ablegte, sie gegen die Starfleet-Uniform und seine Schärpe eintauschte. »Es spielt dabei keine Rolle, ob die Gefangenen in energetischen Blockierfeldern untergebracht sind oder nicht: Sie würden ständig bewacht. Und daraus folgt: Meine ›Niederlage‹ ist völlig unglaubhaft.«

Deanna Troi hatte die emotionalen Signale der Piloten überwacht und Worf ständig über ihre Reaktionen auf dem laufenden gehalten, damit er sich darauf einstellen konnte. Sie schien die einzige zu sein, die so etwas wie Optimismus empfand.

»Sie *wollen* glauben, was sie gesehen und erlebt haben, Jean-Luc«, sagte sie. »Ganz gleich, welchen Groll sie gegen Shar-Lon und die Friedensbewahrer hegen: Die Vorstellung, tausend hilflose Personen zu töten, behagt ihnen nicht.«

Yar fing die Sendungen der Bodenstationen und der Schiffe auf, und jede verstreichende Minute bestätigte Trois Standpunkt. Worfs Verschwinden und die ›endgültige Zerstörung‹ des Magazins wurden nicht in Frage gestellt und als Tatsachen akzeptiert.

Alle Bewohner des Habitats – mit Ausnahme von Kel-Nar und seinen treuesten Anhängern, die in Arrestzellen erwachten – galten plötzlich als Opfer der Konstrukteure, nicht mehr als elitäre Assistenten eines Tyrannen, der den Planeten fünfzig Jahre lang unterdrückt hatte. Es wurden bereits Stimmen laut, die vorschlugen, das Habitat seinem ursprünglich geplanten Verwendungszweck zuzuführen, es fortan als Sprungbrett ins All zu benutzen.

Schließlich legten die Schiffe an dem großen Zylinder an, und die Piloten schwebten durch die Luftschleusen. Lyn-Pron war zusammen mit Shar-Tel direkt ins Habitat transferiert worden, und sie nahmen die fünf Männer in Empfang.

Als Picard feststellte, daß kein Ausbruch von Feindseligkeiten mehr drohte, seufzte er zufrieden und lehnte sich im Kommandosessel zurück.

»Offenbar ist es uns gelungen, die negativen Folgen unserer Präsenz zu neutralisieren. Gleichzeitig haben wir dafür gesorgt, daß jenes Volk seinen natürlichen Entwicklungsweg fortsetzen kann.«

»Ja, Sir.« Riker nickte. »Ich schätze, es wird bald mit ersten großen Raumfahrtunternehmen beginnen – wenn es die Nachwirkungen der gerade beendeten Krise überwunden hat. Vielleicht kommt es dann zu einem neuerlichen Kontakt mit Shar-Tel und Lyn-Pron. Oder ihren Nachkommen.«

»Ja, vielleicht«, pflichtete ihm Picard bei. »Und dann können wir ganz wir selbst sein und darauf verzichten, eine andere Identität anzunehmen – nicht wahr, Mr. La Forge?«

»Ja, Sir«, sagte Geordi, wandte sich von seiner Konsole ab und sah den Captain an. Picard hatte ihn bereits darauf hingewiesen, wie wichtig es sei, bei Begegnungen mit fremden Kulturen an die Erste Direktive zu denken. La Forges Entscheidung, in die Rolle eines ›Konstrukteurs‹ zu schlüpfen, basierte zwar auf dem Bestreben, Leben zu retten – aber sie führte auch zu folgenschweren Verwicklungen. Diesmal war alles gut ausgegangen. Aber beim nächstenmal ...

Er schüttelte den Kopf. Gelegentlich brachte es erhebliche Probleme mit sich, die Erste Direktive zu respektieren.

Picard lächelte.

»Nehmen Sie wieder Kurs auf Starbase vierundfünfzig, Mr. La Forge.«

»Kurs programmiert, Sir.«

»Warp-Transit.«

Die Welt der Friedenswächter verschwand in der samtenen Schwärze des Alls.

Einige Minuten später zog sich der Captain in den Bereitschaftsraum zurück, um seinen Bericht für Starfleet zu formulieren. Geordi richtete seinen Blick auf Data, der an seiner Station saß.

»Commander Riker sagte mir, die rettende Idee stamme von Ihnen.«

»Ich entwickelte nur die entsprechenden Grundlagen. Andere benutzten diese Vorarbeit, um eine Lösung für das Problem zu finden. Die Ehre gebührt insbesondere Lieutenant Yar.«

»Trotzdem – ohne Sie säßen wir jetzt noch immer in der Tinte, Data.« Geordi lächelte, beugte sich etwas näher heran und fügte leise hinzu: »Ich glaube fast, es steckt typisch menschliche Intuition dahinter.«

Der Androide schüttelte traurig den Kopf. »Vielen Dank, Geordi, aber ich fürchte, es handelt sich nur um eine logische Extrapolation. Die von den Ferengi gesammelten Geschichten erwähnen drei Fälle, in denen gewaltige Explosionen im Raum – vermutlich detonierende Trabanten – langfristig zu recht positiven Resultaten führten. Die Völker der entsprechenden Planeten waren noch nicht ins All vorgestoßen. Die einzelnen Nationen bekriegten sich ständig, verschwendeten die begrenzten Ressourcen ihrer Welten, um immer neue Waffen zu bauen. Aber die Explosionen und nachfolgenden Strahlungsschübe wiesen sie darauf hin, daß sich dort draußen *irgend etwas* befand. Und gleichzeitig begriffen sie die Banalität ihrer Differenzen. Die Situation in dem Sonnensystem, das wir jetzt verlassen, erschien mir ähnlich. Die planetare Bevölkerung ist schon lange bereit, eine Weltregierung zu bilden, das kulturelle Krebsgeschwür des Nationalismus auszumerzen und die Waffenarsenale zu zerstören. Die Friedenswächter stellten das einzige Hindernis dar. Die Lösung lag also auf der Hand: Für eine Versöhnung zwischen den Bewohnern des Planeten und den Leuten im Habitat wurde ein ›gemeinsamer Feind‹ gebraucht. Und da wir bereits von den Gerüchten wußten, die besagten, Shar-Lon sei während des ersten Kontakts mit den Gaben von einer fremden Entität übernommen worden, hielt ich es für angebracht, diese Vermutungen in die Lösungsstrategie einzubeziehen. Hinzu kommt: Es deutet einiges darauf hin, daß Shar-Lon tatsächlich von einem Aspekt der Konstrukteure beeinflußt wurde, einem Mentalitätsfaktor, der sich über den Kontrollhelm im Magazin auswirkte. Eigentlich haben wir Lyn-Pron und die anderen Piloten nur auf das hingewiesen, was mit Shar-Lon geschehen war. Nun, soweit ist alles logisch. Strittig war nur die Wahl der Mittel – womit ich Worf und die Projektionen auf dem Holodeck meine.« Geordi lachte. »Im nachhinein ist immer alles völlig klar. Wie dem auch sei: So funktioniert die Intuition eben. Wenn jemand eine tolle Idee präsentiert, gibt es bestimmt jemanden, der sie mit einem ›Warum bin *ich* nicht darauf gekommen‹ kommentiert.«

Er zögerte kurz und schüttelte den Kopf. »Vielleicht besteht der einzige Unterschied nur darin, daß der ›intuitive Prozeß‹ bei Menschen auf einer unbewußten Ebene abläuft. Dort können wir ihn nicht genau erfassen, bezeichnen das Ergebnis als ›Ahnung‹ und belassen es dabei. Aber Sie haben überhaupt kein Unbewußtes, und deshalb spielt sich der Vorgang im inneren Fokus Ihres Ichs ab, gibt Ihnen somit Gelegenheit, ihn aufmerksam zu beobachten.«

Datas Züge erhellten sich, als er Geordi musterte und fragte: »Halten Sie das wirklich für möglich? Glauben Sie im Ernst, die menschliche Intuition sei Teil meines Wesens?«

»Und ob, Data.« Geordi nickte und lächelte. »Andererseits: Es ist nur so eine Ahnung.«

Carmen Carter

Die Kinder von Hamlin

KAPITEL 1

Das Konzept des ›Tages‹ gilt nur bei Planeten, die in einem stellaren Orbit gefangen sind. Im unendlichen All jenseits von Licht und Hitze lodernder Sterne herrscht die Finsternis immerwährender Nacht . . .

»Warum liegen Sie nicht im Bett und schlafen, Captain?«

Die Worte ließen eine imaginäre Blase platzen, die Jean-Luc Picards Gedanken durch den Kosmos trugen. Sein Bewußtsein kehrte aus der Leere ins Innere des großen Raumschiffs zurück. Der Blick des Kommandanten richtete sich auf die Oberfläche des Aussichtsfensters, und eine Zeitlang betrachtete er sein Spiegelbild: dunkle, durchdringend blickende Augen in einem schmalen Gesicht, über dessen markanten Zügen sich eine hohe Stirn wölbte; der Schädel fast kahl – nur an den Seiten dünnes, grauweißes Haar. Picards Fingerkuppen berührten die transparente Wand und verloren ihre Wärme an die Kälte des Alls. Nach einigen Sekunden zog er die Hände zurück und wandte sich zu der Frau um, die den Beobachtungsraum betreten hatte.

»Die gleiche Frage könnte ich an Sie richten, Dr. Crusher«, sagte der Captain.

Beverly Crusher trat an seine Seite und blickte in die lichtjahreweite Schwärze. Picard musterte sie weiterhin.

»Es liegt an meiner Arbeit. Ich bin Ärztin, und Leute wie ich sind selbst dann auf den Beinen, wenn die anderen – zumindest die meisten – schlafen.« Sie gähnte und strich das glatte, ein wenig zerzaust wirkende rote Haar zurück. »Wie lautet Ihre Entschuldigung? Eine Schlafstörung oder die Pflicht des Captains?«

»Philosophie.« Doch das vage, fast mystische Empfinden, das Picards Gedanken in die Unendlichkeit entführt hatte, wich von ihm; in Beverly Crushers Gegenwart wollte er sich nicht erneut darauf besinnen. »Handelte es sich dabei um einen medizinischen Notfall?« fragte er.

»In gewisser Weise. Aber er war nicht ernst genug, um einen offiziellen Bericht an den Captain zu erfordern – wenn Sie das meinen.« Die rothaarige Frau fröstelte und zog ihre blaue Medo-Jacke enger um die Schultern.

Picard trat aus der Kühle am Fenster zurück und wanderte durch den Korridor. Crusher folgte ihm, blieb an seiner Seite und hielt mühelos mit ihm Schritt. Leer und still erstreckte sich die gewölbte Passage vor ihnen, nur erhellt von den matt glühenden Decklichtern. »Wie dem auch sei«, brummte der Captain. »Ich bin immer am Wohlergehen der Besatzung interessiert.«

»Dann kann ich Sie beruhigen. Lieutenant T'Salas Erstgeborenes litt an einer recht schmerzhaften Kolik, aber inzwischen hat es sich davon erholt.«

»Eine Kolik?« wiederholte Picard. Er sah die Ärztin an und versuchte, höfliches Mitgefühl zu zeigen. »Ich wußte gar nicht, daß bei vulkanischen Kindern so etwas möglich ist.«

»Nun, um ganz genau zu sein: Ich habe bei Surell keine gastrische Störung, sondern eine metabolische Destabilisierung des Blutgefäßsystems diagnostiziert. Das Ergebnis ist ein Säugling, der stundenlang schreit. Es könnte also ebensogut eine Kolik sein.« Crusher bedachte Picard mit einem kurzen Blick und lächelte. »Aber derart banale Dinge verdienen eigentlich nicht die Aufmerksamkeit des Captains, oder?«

»Vielleicht nicht«, murmelte Picard und schmunzelte. Selbst im Zwielicht des Korridors bemerkte er das amüsierte Funkeln in Beverlys großen blauen Augen.

Er räusperte sich und hüstelte unsicher. »Wie haben sich unsere neuen Passagiere an das Bordleben gewöhnt?«

»Die Farmer von Oregonia?« Die Ärztin seufzte. »Nun, Starfleet bestätigt natürlich, daß alle Emigranten gesund und reisetauglich sind. Andererseits: Die plötzliche Konfrontation mit dem allein von Technik beherrschten Ambiente eines Raumschiffes muß zwangsläufig zu psychisch-emotionalen Belastungen führen ...«

»Wo liegt das Problem, Dr. Crusher?« warf Picard ein.

»Ich halte es für übertrieben, bereits von regelrechten ›Problemen‹ zu sprechen«, erwiderte Beverly. Sie überlegte kurz. »Troi erzählte mir von einem jungen Farmer, den unsere Technologie außergewöhnlich fasziniert. Er wurde von der Gemeinschaft streng bestraft, weil er auf eigene Faust das Schiff durchstreifte.«

»Ich verstehe.« Picard dachte an die möglichen Konsequenzen. »Armer Kerl. Soweit ich weiß, stehen die Oregonianer moderner Technik mit ausgeprägter Skepsis gegenüber. Aber ich glaube, wir brauchen trotzdem nicht mit größeren Schwierigkeiten zu rechnen. Es dauert nur noch einen Tag, bis wir das Ziel erreichen. Dann setzen wir die Farmer auf ihrem neuen Heimatplaneten ab, und dort sind sie nicht mehr dem schädlichen Einfluß ...« Er unterbrach sich und blieb abrupt stehen.

»Was ist denn?«

»Spüren Sie es nicht?« Picard verlagerte das Gewicht von einem Bein aufs andere und fühlte, wie sich das kaum merkliche Vibrieren im Deck auf seinen Körper erweiterte. »Die *Enterprise* hat gerade den Kurs geändert – und die Warpgeschwindigkeit erhöht.« Er hob die rechte Hand zum silbernen Abzeichen an der Brust und schaltete den Insignienkommunikator ein. »Picard an Brücke ...«

»Hier Riker, Captain«, klang es aus dem kleinen

Lautsprecher. »Wir haben den Prioritäts-Notruf eines Raumschiffes der Föderation empfangen, und darin ist von einem Angriff die Rede.«

»Wer ist der Aggressor?« fragte der Kommandant. »Ferengi?«

»Unbekannt. Es handelt sich um ein automatisches Signal, das wahrscheinlich von einer ausgeschleusten Kom-Boje gesendet wird. Wir versuchen noch immer, einen Kontakt mit dem betreffenden Schiff herzustellen.«

»In Ordnung, Nummer Eins. Ich bin unterwegs.« Picard unterbrach die Verbindung und eilte mit langen Schritten durch den Korridor.

»Gute Nacht, Captain!« rief ihm Dr. Crusher nach.

»Oh, ja.« Picard zögerte kurz und warf einen Blick über die Schulter.

»Warten Sie nicht auf mich«, sagte die Ärztin und schlenderte in aller Gemütsruhe an den Decklichtern vorbei. »Die *Enterprise* ist Ihre Patientin, nicht meine.«

Picard winkte knapp und setzte den Weg fort. Die Pflicht verdrängte alle Gedanken an Beverly Crusher aus seinem Bewußtsein.

Wesley Crusher schlich auf leisen Sohlen durch den Aufenthaltsraum des Quartiers, als der Medo-Alarm summte und seine Mutter aus dem Bett holte. Sofort kehrte er in die Schlafkammer zurück und lauschte T'Salas Stimme, die aus dem Interkom drang, untermalt vom Schreien eines vulkanischen Säuglings, der zu klein war, um seinen Schmerz zu unterdrücken. Wenige Minuten später machte sich die Ärztin auf den Weg.

Wesley zählte langsam bis dreißig, öffnete die Kabinentür, spähte nach draußen und stellte erleichtert fest, daß seine Mutter nicht mehr in der Nähe weilte. Trotzdem klopfte ihm das Herz bis zum Hals empor, als er in den Gang trat und sich dem Turbolift näherte. Er *fühlte* sich alt genug für einen Streifzug während der Bordnacht, aber vielleicht vertrat Beverly in dieser Hinsicht einen anderen Standpunkt. Deshalb hielt er es für besser, daß sie nichts von seinem Ausflug erfuhr.

Um diese Zeit herrschte Stille in der *Enterprise*, aber es waren noch immer Passagiere zwischen den einzelnen Sektionen unterwegs. Niemand von ihnen schenkte dem Jungen mehr als nur beiläufige Beachtung. Wesley mochte kaum mehr sein als ein Knabe, aber seine Größe reichte bereits an die der Erwachsenen heran. Und das gestreifte Kadettenhemd deutete darauf hin, daß er zur Besatzung gehörte. Darüber hinaus stand er in dem Ruf, ein ernster, frühreifer und sehr verantwortungsbewußter Schüler zu sein – was restliche Zweifel ausräumte.

Dnnys wartete am vereinbarten Treffpunkt, in einem leeren Freizeitraum auf Deck 21. »Ich dachte schon, du kommst nicht mehr.«

»Ich wurde aufgehalten«, erklärte Wesley.

Der andere Junge lächelte wissend. »Ja, auch ich wäre fast erwischt worden. Aber nach der letzten Tracht Prügel, die mir Tomas gab, rechnete niemand damit, daß ich noch einmal das Passagierquartier verlasse.« Er grinste und nahm scherzhaft Haltung an. »Wo beginnen wir unsere Runde, Mr. Crusher?«

»Im Maschinenraum«, erwiderte Wesley sofort. Er hatte die Route im Bett geplant, um sich die Zeit zu vertreiben. »Ich kann dir einige Bereiche zeigen, die keinen Zugangsbeschränkungen unterliegen. Aber du mußt sehr diszipliniert sein und dich tadellos verhalten – man wird dich sicher bemerken.«

»Wieso denn?« fragte Dnnys, hob unschuldig die Brauen und sah an sich herab. Er trug die typische Farmer-Kleidung: eine abgetragene Baumwollhose in verblaßtem Blau, darüber einen weiten, formlosen Pulli mit roten und schwarzen Flicken.

»Ich hätte dir gern andere Sachen mitgebracht, aber

wahrscheinlich würdest du trotzdem auffallen.« Wesley deutete auf das zottelige braune Haar des jungen Farmers. »Müßte mal wieder geschnitten werden.«

Dnnys zuckte nur mit den Schultern. »Wie wär's mit einem Abstecher zur Brücke?«

»Ausgeschlossen«, sagte Wesley fest. »Der Captain hat sie für alle Kinder verboten. Bevor man mich zum Fähnrich ernannte, habe ich mir die Kommandozentrale vom Turbolift aus angesehen – und bekam dafür einen strengen Verweis.« Er zögerte kurz und fuhr dann fort: »Ich will nicht prahlen. Mit dem Hinweis auf meinen Rang als Fähnrich, meine ich.«

»Du hast nicht damit angegeben«, antwortete Dnnys. »Jedenfalls nicht sehr. Meine Güte, wenn ich auf der Brücke eines Raumschiffs arbeiten könnte ... Ich würde vor Glück krähen wie der Hahn am Morgen.« Er ging zur Tür des Freizeitraums. »Komm jetzt. Es bleibt mir nicht viel Zeit, bevor man mich vermißt.«

Wesley folgte ihm langsam. »Vielleicht solltest du zurückkehren. Du könntest dir eine Menge Schwierigkeiten einhandeln.«

»Ach, ich werde dauernd getadelt und habe mich längst daran gewöhnt.« Dnnys seufzte.

»Na schön«, brummte Wesley. Da der andere Junge auf dem Streifzug durchs Schiff beharrte, führte er ihn ins periphere Segment des Maschinenraums. Die Techniker der Nachtschicht drehten sich nur stumm um, als Fähnrich Crusher eintrat, und sie warfen seinem Begleiter einen neugierigen Blick zu, bevor sie sich wieder den Konsolen zuwandten.

»Der zentrale Schacht ist wesentlich interessanter«, entschuldigte sich Wesley, als sie durch die große, niedrige Kammer schritten, vorbei an langen Kontrolltafeln.

»Vielleicht – aber ich finde das alles sehr aufregend«, entgegnete Dnnys und deutete auf ein Pult. »Wozu dient das dort?« Wesley holte tief Luft und begann mit einer detaillierten Erklärung der Funktionsweise. Das gleichmäßige Summen des nahen Materie-Antimaterie-Wandlers untermalte seine Worte. Dnnys nickte mehrmals, und in seinen Augen glänzte Begeisterung, während er eine von Technik bestimmte Welt beobachtete, die auf ihn ebenso exotisch wirkte wie das Leben eines einfachen Bauern auf Wesley.

Der junge Farmer zuckte unwillkürlich zusammen, als ein neues Geräusch erklang. Sein besorgter Blick huschte durch den Raum. »Was bedeutet das?«

»Wir haben gerade unsere Warpgeschwindigkeit erhöht«, sagte Wesley, neigte den Kopf ein wenig zur Seite und spürte die veränderten Vibrationen im Deck. Ruckartig wandte er sich vom Pult ab, doch der Techniker, der eben noch die Kontrollen bedient hatte, verschwand gerade im Zugang zu einer anderen Sektion.

Er mußte selbst herausfinden, was geschehen war.

Die Hauptbrücke der *Enterprise* kam dem Nervenzentrum des Raumschiffes gleich: ein großer Raum mit kuppelartig gewölbter Decke und gekrümmten, elegant geschwungenen Wänden, die der Funktionalität einen ästhetischen Aspekt verliehen. Die Sessel an den Konsolen wiesen dicke Polster auf, und ein Teppich bedeckte den Boden. Warme Pastellfarben dominierten, doch das matte, indirekte Licht fiel auch auf flache, schwarze Kontrollflächen mit bunt schimmernden Anzeigen.

William Riker, Erster Offizier der *USS Enterprise*, stand einige Meter vor dem großen Bildschirm, der die ganze vordere Wand des runden Zimmers beanspruchte – eine hochgewachsene Gestalt, unter deren Uniform sich eine muskulöse Statur abzeichnete. Er fühlte, wie das in ihm zitternde Unbehagen zunahm, hielt den Blick starr auf die Projektion gerichtet.

»Kurs halten«, sagte er knapp. Riker hörte Lieutenant Worfs schwere Schritte auf dem erhöhten Deck weiter hinten und widerstand der Versuchung, ihn erneut zu fragen, ob die Fernsensoren irgend etwas erfaßten. Er hatte bereits einen entsprechenden Bericht entgegengenommen und mußte sich gedulden.

Riker reagierte aus einem Reflex heraus, als die *Enterprise* den Notruf empfing: eine rasche Einschätzung der Nachricht und sofort im Anschluß daran der Befehl, die Geschwindigkeit zu erhöhen und den Kurs zu ändern. Der nächste Punkt auf seiner Routine-Liste forderte ihn auf, den Captain zu verständigen, doch als er die Hand nach dem Interkom ausstreckte, erklang Picards Stimme aus dem Lautsprecher und verlangte eine Erklärung. Riker zweifelte nicht daran, daß er die richtigen Anweisungen gegeben hatte, und er wußte auch, wie sehr es unter solchen Umständen auf unverzügliches Handeln ankam. Trotzdem bedauerte er, nicht zuerst Picard unterrichtet zu haben. Ein Erster Offizier, der sich die Autorität des Captains anmaßte – selbst wenn er annehmen konnte, daß der Kommandant schlief –, sollte sich rechtfertigen, bevor man ihn nach dem Grund für seine Entscheidungen fragte.

Kurz darauf öffnete sich die Tür des Turbolifts mit einem leisen Zischen, und erneut ertönte die deutliche Stimme Jean-Luc Picards. »Statusbericht, Nummer Eins«, sagte er scharf und betonte jede einzelne Silbe, als er die kurze Rampe zur Kommandoebene der Brükke heruntertrat.

Riker hatte sich bereits die Worte zurechtgelegt. »Die *USS Ferrel* – sie gehört zur Constellation-Klasse – sendet einen automatischen Notruf.« Er atmete tief durch und fuhr fort: »Ich habe die entsprechenden Koordinaten ermitteln lassen, einen Kurswechsel angeordnet und unsere Geschwindigkeit auf Warp sechs erhöht.«

»Ja, das ist mir nicht entgangen«, erwiderte der Captain trocken.

Riker begegnete Picards kühlem Blick und versuchte, seine Nervosität zu verbergen. Er war einen halben Kopf größer als der Kommandant, doch irgendwie schien es Picard immer zu gelingen, auf Augenhöhe mit ihm zu sein.

»Völlig richtig, Nummer Eins.«

Rikers Brust hob und senkte sich kurz – das einzige sichtbare Zeichen der Erleichterung, die ihn durchströmte. Der neue Captain weckte nach wie vor Unsicherheit in ihm – obwohl Picard immer darauf achtete, persönliche Erwägungen von den Erfordernissen seiner Pflicht zu trennen. Der Erste Offizier entspannte sich ein wenig und fügte hinzu: »Geschätzte Zeit bis zum Rendezvous mit der *Ferrel:* zweiundzwanzig Minuten.«

»Sicherheitsabteilung, veranlassen Sie Alarmstufe Gelb!« befahl Picard. »Und benachrichtigen Sie Starbase Zehn.« Das Licht auf der Brücke trübte sich und begann zu pulsieren, als sich der Captain setzte. Er blickte an sich hinab und glättete den krausen Stoff des Uniformpullis. »Setzen Sie sich, Will. Jetzt können wir nur noch warten.«

Riker beneidete den Captain um seine Ruhe und fragte sich, ob die Gelassenheit Picards Wesen zum Ausdruck brachte oder nur eine Maske war. Vielleicht spielte der Unterschied überhaupt keine Rolle. Der Erste Offizier nahm ebenfalls Platz und beschloß, zumindest dem Verhalten des Kommandanten nachzueifern.

Als die Alarmlichter zum zweitenmal blitzten, war Natasha Yar bereits auf den Beinen. Beim dritten Pulsieren öffneten sich die blauen Augen, und die letzten Reste der Müdigkeit wichen von ihr. Rasch tastete sie nach dem Kommunikator und aktivierte das kleine Gerät. »Sicherheitschef an Brücke«, sagte sie, als sich ihre Finger um das kühle Metall des Abzeichens schlossen.

Fünf lange Sekunden verstrichen, bis sie eine Antwort bekam – Yar nutzte die Gelegenheit, um in die Uniform zu schlüpfen. Alarmstufe Gelb bedeutete, daß sie es sich leisten konnte, angemessene Kleidung überzustreifen, aber für eine Dusche blieb keine Zeit. Mit einer fahrigen Bewegung strich sie das Haar glatt. Soviel zur Morgentoilette.

»Hier Brücke, Lieutenant.«

Tasha maß die Anspannung in Rikers Stimme und schloß daraus auf den Bedeutungsgrad des Alarms. Der *Enterprise* drohte keine Gefahr. *Noch* nicht.

»Ich bin unterwegs.« Yar hielt sich nicht damit auf, die Beleuchtung einzuschalten, als sie zur Tür eilte. Sie hatte sich alle Details ihres Quartiers eingeprägt, um auf solche Notfälle vorbereitet zu sein.

Der Sprint zur Kommandozentrale dauerte einige Sekunden länger als ihr Rekord, aber weder Riker noch der Captain fragten sie nach dem Grund der Verzögerung, als Yar aus dem Turbolift stürmte. Sie nahm ihren Platz an der taktischen Station ein, beobachtete eine Zeitlang das Geschehen auf dem oberen und unteren Brückendeck und richtete den Blick schließlich auf den großen Wandschirm. Da er keine interessanten Einzelheiten zeigte, wandte sich Tasha der Datenstruktur des Notrufs zu, die in einem stabilen Muster über den Kommunikationsmonitor wanderte.

»Keine Reaktion auf unsere Rufsignale«, sagte Worf und blieb neben Yar stehen.

»Warum haben Sie mich nicht sofort verständigt, als die Nachricht eintraf?« zischte sie.

»Ich war beschäftigt.«

»Die Alarmstufe Gelb hätte von *mir* ausgelöst werden müssen.« Sie sprach leise, um nicht die Aufmerksamkeit des Captains zu wecken, und daher fand nur ein Teil ihres Zorns verbalen Niederschlag. Aber selbst wenn es zu einer regelrechten Explosion ihres überschäumenden Temperaments gekommen wäre, hätte sich der Klingone davon kaum beeindrucken lassen. Auf seinem emotionalen Barometer nahmen die Empfindungsorkane der Menschen nur den Platz eines leichten Sommerregens ein.

»Ich war beschäftigt.«

Yar setzte zu einer scharfen Erwiderung an, klappte jedoch den Mund zu, als sich die Scanner-Anzeigen plötzlich veränderten: Orangefarbene Schlieren deuteten unmißverständlich auf ein fluktuierendes Energiefeld hin.

Geordi LaForge sprang aus seiner Kabine – und stolperte über zwei Füße vor der Tür. Eine starke Hand zuckte nach oben, schloß sich um seine Schulter und bewahrte ihn vor einem Fall.

»Was machen Sie hier?«

»Ich habe auf Sie gewartet«, erwiderte Data. Er stützte Geordi kurz und folgte ihm dann. Im Laufschritt eilten sie durch den Korridor, zwei Männer, wie sie verschiedener nicht sein konnten. Lieutenant LaForge war kleiner und kräftiger gebaut, und die dunkelbraune Haut stand in einem auffallenden Kontrast zur Blässe seines Begleiters. Lieutenant Commander Datas Augen glühten in einem goldfarbenen Ton, der sich auf dem Visor vor Geordis Pupillen widerspiegelte.

»Was ist geschehen?« schnaufte Geordi, als sie durch die aufgleitende Tür des Turbolifts hasteten.

»Es wurde Alarmstufe Gelb angeordnet«, sagte Data, nachdem er dem Liftcomputer das Ziel genannt hatte. Er war nicht außer Atem, ganz im Gegensatz zu Geordi.

»Ja, aber warum?« keuchte LaForge. Die positronischen Komponenten, die dem Androiden Kraft und Ausdauer verliehen, trugen auch die Verantwortung für manchmal fehlerhafte Interpretationen der menschlichen Sprache. Geordi ahnte, welchen Verlauf das Gespräch nahm, und er fand sich geduldig damit ab. Gelegentlich fungierte er als eine Art inoffizieller Lehrer in bezug auf Datas soziale Bildung, und es gab immer Zeit genug für eine kurze Lektion.

»Vermutlich wurden wir mit einer Situation konfrontiert, die ein erhöhtes Maß an Wachsamkeit erfordert und ...«

LaForge seufzte. »Warum sagen Sie nicht einfach: ›Ich habe keine Ahnung, Geordi‹?«

»Ich hab keine Ahnung, Geordi«, wiederholte Data. Einige Sekunden lang runzelte er die Stirn und dachte über den Wortwechsel nach. »Ich verstehe. Offenbar mangelte es meiner internen Signifikanzanalyse an einer ausreichenden Differenzierung.«

Geordi ächzte innerlich. »In der Tat, Data.«

»Ich werde versuchen, beim nächstenmal die einzelnen Begriffsinhalte nicht wörtlich zu nehmen.«

»Das versprechen Sie dauernd«, sagte Geordi, als die Liftkabine hielt.

Yar nahm die Ankunft der beiden Männer mit einem knappen Nicken zur Kenntnis. »Brückencrew komplett, Captain.«

LaForge und Data warteten nicht auf eine Bestätigung, lösten ihre Stellvertreter ab und setzten sich vor die Konsolen.

Das routinemäßige Manöver führte zu keiner Unterbrechung der Arbeit: Ein Paar Hände löste sich von den Kontrollen, während das nächste bereits die Sensorflächen berührte.

Deanna Troi spürte die wachsende Anspannung auf der Brücke, noch bevor Alarmstufe Gelb angeordnet wurde. Sie drehte sich im Schlaf auf die andere Seite, und einzelne Gedankenfetzen krochen durch die zarten, seidigen Schichten vager Traumbilder. Das ruhende Bewußtsein wartete darauf, von einer Meldung geweckt zu werden.

Als das Summen des Kommunikators ausblieb, fügten sich die mentalen Fragmente zu einem einheitlichen

Ich-Komplex zusammen und verbannten träge Benommenheit.

»Troi an Brücke.«

»Sie haben dienstfrei, Counselor. Und derzeit werden Sie nicht gebraucht.«

Rikers Antwort hätte sie eigentlich mit Erleichterung erfüllen sollen. Statt dessen bewirkte die sachliche Feststellung einen Hauch von Ärger. Deanna glättete die emotionalen Wogen ihres Selbst: William kannte sie gut genug, um zu erraten, was ihr durch den Kopf ging.

»Wenn ich mich irgendwie nützlich machen kann ...«

»Captain Picard begrüßt Ihre Kooperationsbereitschaft. Wir setzen uns mit Ihnen in Verbindung, wenn sich die Lage ändert.«

»Oh, nehmen Sie keine Rücksicht auf mich«, sagte sie zu sich selbst, als der Erste Offizier die Verbindung unterbrach. Nach kurzem Nachdenken gelangte Troi zu dem Schluß, daß sie nur deshalb schlechte Laune hatte, weil sie mitten in der Bordnacht aus einem tiefen Schlaf geweckt worden war. Und dafür konnte sie wohl kaum Will Riker die Schuld geben. Sie beschloß, ihn beim Wort zu nehmen und davon auszugehen, daß die Dienste der Counselor derzeit nicht gebraucht wurden. Deanna ging ins Bad, um zu duschen, und als sie in den Spiegel blickte, runzelte sie unwillig die Stirn. Ihr Haar bildete keinen sorgfältig zusammengesteckten Knoten mehr, sondern hing in langen, zerzausten Strähnen herab. Jemand wie Tasha Yar mochte in der Lage sein, innerhalb weniger Sekunden auf Notfälle zu reagieren, aber Troi zog es vor, sich einige Minuten Zeit zu lassen, um ihr Äußeres in Ordnung zu bringen.

Im zuvor so ruhigen Maschinenraum entfaltete sich jähe Hektik, als die dienstfreien Techniker herbeieilten und an ihren reaktivierten Stationen Platz nahmen. Wesley und Dnnys wechselten einen erfreuten Blick und konnten ihr Glück kaum fassen.

»Mußt du dich jetzt auf der Brücke melden?« erkundigte sich der junge Farmer.

Unbesonnene Begeisterung und vielleicht auch Schlafmangel führten dazu, daß die Frage durchaus vernünftig erschien. Gedankenlos schaltete Wesley seinen Kommunikator ein.

»Hier Fähnrich Crusher ...« Weiter kam er nicht.

»Geh wieder ins Bett, junger Mann«, unterbrach ihn Picard scharf.

Beide Jungen verließen den Maschinenraum und liefen durch den Korridor.

Als sich die *Enterprise* der *USS Ferrel* näherte, kämpfte Picard gegen seine wachsende Ungeduld an, blieb ruhig sitzen und nahm die Berichte der Offiziere entgegen.

»Captain«, sagte Yar. »Die Sensoren registrieren energetische Emissionen am Ausgangspunkt des Notrufs. Das Muster ist fremdartig, doch das Energiefeld muß ziemlich stark sein, wenn es sich aus so großer Entfernung anmessen läßt.«

»Schilde hoch!« befahl Picard.

»Rendezvous in drei Komma vier Minuten«, meldete Data.

LaForges Fingerkuppen verharrten einen Zentimeter über den Navigationskontrollen. »Alles für die Unterbrechung des Warptransits bereit.«

»Impulskraft.« Es bewegten sich nur die Lippen des Captains.

Sanft berührte Geordi einige Sensorpunkte. Die *Enterprise* erbebte kaum merklich, als der Überlicht-Transfer endete und das Schiff den Flug mit Unterlichtgeschwindigkeit fortsetzte. Das Universum kontrahierte, und die Darstellung auf dem großen Wandschirm veränderte sich.

Sterne bildeten lange, bunte Streifen, wurden dann wieder zu kleinen Punkten auf schwarzem Samt. In der

Mitte dieses statischen Bildes fiel ein waberndes Zittern auf, und kurz darauf zeichneten sich die Konturen von zwei Raumschiffen ab, in einem tödlichen Tanz miteinander vereint. Ein blaues Glühen umhüllte sie beide.

Picard beugte sich vor. »Alarmstufe Rot.«

Das Warten war vorbei.

KAPITEL 2

Andrew Deelor schätzte, daß der *USS Ferrel* noch knapp sechs Minuten blieben, bis die Brückenkuppel einstürzte und alles unter sich zerschmetterte: ihn, Ruthe, die Besatzungsmitglieder. Etwa dreihundertdreißig Sekunden, bis der Tod ihn vor Furcht und Besorgnis befreite. Er stellte sich die herabfallenden Stahlmassen vor, die anschließende explosive Dekompression, durch die das Blut in den Adern kochte und verdampfte, menschliche Körper, wie Ballons aufgebläht, das zornige Fauchen und Zischen der ins Vakuum entweichenden Luft ...

Seltsamerweise wurden diese Gedanken nicht von Entsetzen begleitet. Deelor hatte sich bereits mit dem unausweichlichen Ende abgefunden. Er richtete seine Aufmerksamkeit auf den blauen Energiedunst, der über den Hauptschirm glitt. Das Raumschiff war in einer energetischen Matrix gefangen, die sich wie eine Faust schloß, sich immer mehr zusammenzog und dabei langsam das Diskussegment zermalmte.

Die *Ferrel* vibrierte heftig, und das Bild auf dem Brückenschirm flackerte einige Male, bevor es erlosch.

Im Verlauf der letzten vier Stunden waren die Sensoren nacheinander ausgefallen, bis Deelor seine Informationen schließlich nur noch von dem großen Bildschirm bezog. In der rechten Hand hielt er einen kleinen Vocoder und flüsterte genaue Beschreibungen aller Geschehnisse ins Mikrofon. Das Gerät zeichnete alles auf: die einzelnen Manöver des fremden Schiffes, seine Struktur, die Angriffstaktik. Doch ohne eine Möglichkeit, weiterhin die Ereignisse außerhalb der *Ferrel* zu beobachten, fehlten wertvolle Daten.

Deelor sah sich statt dessen auf der Brücke um. Er saß

in der Mitte des kreisförmigen Raums und hatte somit einen guten Überblick. Erneut hob er den Vocoder und beschrieb, wie rasch die Temperatur sank, wie schnell sich das Licht der Notbeleuchtung trübte, während die Deflektoren alle Energiereserven beanspruchten. Doch die Matrix der Fremden war viel zu stark, schuf breitere Lücken in den Schilden, preßte sich auf die Hülle und zerstörte die strukturelle Stabilität. Deelor schilderte die Flocken aus weißem Lack, die wie Schnee von den stählernen Wänden rieselten und aus dem nicht mehr funktionstüchtigen Kommunikationspult stoben. Er erwähnte auch die Schalttafel, die wie eine überreife Frucht hinter der ausgefallenen Konsole aus der Wand platzte und Lieutenant Morrissey über die Brüstung schleuderte.

Der Mann stemmte sich in die Höhe, aber gleich darauf sank er wieder auf die Knie und spuckte Blut. Dr. Lewin sprang an seine Seite und öffnete die Medo-Tasche. Deelor hielt es für sinnlos, dem Verletzten zu helfen – niemand von ihnen würde mit dem Leben davonkommen –, und deshalb ließ er das Verhalten des Arztes in seinem Bericht unerwähnt. Wenn posthume Belobigungen für die Crew ausgesprochen werden sollten, so basierten sie in erster Linie auf den Eintragungen im Logbuch des Captains.

Das Knacken und Knirschen überlasteter Metallplatten wurde so laut, daß es Deelors Kommentare zu übertönen drohte. Er hielt das Mikrofongitter des Vocoders dichter vor den Mund, doch seine Stimme war bereits so heiser und rauh, daß er sie selbst nicht mehr verstand. Mit einem entschlossenen Ruck klappte er den Schutzdeckel herunter und verstaute das Gerät in der Innentasche seiner Jacke. Wenn das Aufzeichnungsmodul geborgen werden konnte, erfuhr sein Nachfolger von den Gründen für das Scheitern der Mission.

Deelor wußte, daß in erster Linie er die Schuld dafür trug, und diesen Umstand bedauerte er weitaus mehr als den eigenen Tod. Er wandte sich der Frau zu, die neben ihm saß. Ruthe hockte zusammengekrümmt im Sessel, hatte die Beine soweit angezogen, daß die Knie das Kinn berührten. Sie verbarg das Gesicht im weichen Stoff des grauen Mantels, der ihre Gestalt umhüllte. Einige Locken des langen weichen Haars reichten bis auf die Schultern herab.

Deelor beugte sich so nahe zu Ruthe heran, daß seine Lippen fast ihr Ohr berührten. »Es gibt keine Hoffnung mehr für uns«, sagte er und fragte sich, ob sie die Ausweglosigkeit der Situation begriffen hatte. »Wir sterben. Es tut mir leid.«

Ruthe sah auf. Ihre Wangen erschienen ihm noch blasser als sonst. »Mir ist kalt. Ich hasse es zu frieren.«

»Ja, ich weiß.«

Die allgemeine Aktivität auf der Brücke ließ plötzlich nach, und dadurch schrillte eine Alarmglocke hinter Deelors Stirn. Die Besatzungsmitglieder wirkten wie erstarrt und achteten nicht mehr auf das metallene Ächzen im zusammengepreßten Diskussegment. Sie alle starrten in eine Richtung, beobachteten irgend etwas im rückwärtigen Bereich der Brücke; den Captain und seinen Ersten Offizier. Die beiden Männer standen Seite an Seite vor der Waffenkonsole und kehrten Deelor den Rücken zu. Er konnte nicht sehen, welche Sensorflächen ihre Hände berührten, ahnte jedoch, was sie planten. Sie durften ihre Absichten auf keinen Fall verwirklichen.

Er schrie, forderte Manin auf, zum Befehlsstand zurückzukehren, aber seine Stimme verlor sich im Kreischen des berstenden Stahls. Deelor stand auf, und im gleichen Augenblick erbebte das Deck – er verlor den Halt und stürzte zu Boden. Nein, es war unmöglich, die beiden Männer rechtzeitig zu erreichen. Rasch griff er in die Innentasche der Jacke, erhob den Zylinder des Vocoders beiseite und riß einen kleinen Handphaser hervor.

Er schoß auf Manin und seinen Begleiter, doch aufgrund der ständigen Erschütterungen verfehlte er das Ziel. Die Entladung traf D'Amelio, und der Erste Offizier verlor sofort das Bewußtsein. Manin wurde von dem Betäubungsstrahl nur gestreift. Er taumelte und drehte sich verwirrt um. Als er die Waffe in Deelors Hand sah, verwandelte sich die Verwunderung des Captains in blanken Haß.

»Tötet ihn!« Der Schrei verhallte im allgemeinen Getöse, aber die Lippenbewegungen waren eindeutig. Die übrigen Offiziere zögerten nicht, dem Befehl zu gehorchen.

Andrew Deelor spürte etwas Heißes, das über ihn hinwegstrich; dann wallte Schwärze heran und verschlang sein Bewußtsein.

Drei Jahrhunderte technischer Erfahrungen und die vereinten Bemühungen der besten Förderations-Ingenieure führten zum Bau eines Raumschiffs, das zur Galaxis-Klasse gehörte und den Namen *Enterprise* trug. Es stellte ein Kunstwerk dar, das aus den besten Metallen und Legierungen bestand, aus erlesenen Polymeren und modernster Computer-Technologie. Die Triebwerke waren leistungsstark genug, um fernste Raumsektoren zu erreichen.

An den Kontrollen saßen erfahrene Offiziere. Hochbegabte Wissenschaftler erforschten mit den Sensoren, Scannern und anderen Analysegeräten all jene noch unbekannten Raumsektoren, die mit Rätseln und Geheimnissen lockten.

Aber manchmal begegnete die Besatzung tödlichen Gefahren.

Mit stabilen Schilden und einsatzbereiten Waffen unterbrach die *Enterprise* den Warptransit, raste durch das bunte Regenbogenschillern der Retransfer-Energien und näherte sich dem Kampfgebiet.

»Mr. Data, was hat es mit der blauen Aura auf sich?«

fragte der Captain und beobachtete die energetischen Schlieren. Das Wabern erfaßte sowohl die *USS Ferrel* als auch den Angreifer.

»Blau?« entfuhr es Geordi. »Für mich sieht es aus, als habe jemand Dutzende von Farben miteinander gemischt.«

Diese Bemerkung erinnerte Picard daran, daß der Navigator mit seinem Visor das ganze elektromagnetische Spektrum wahrnehmen konnte.

»Es handelt sich um ein fluktuierendes Energiefeld«, erwiderte Data, als der Bordcomputer die Daten zur Operator-Station weiterleitete. »Zweck unbekannt. Die Auswirkungen scheinen örtlich begrenzt zu sein.«

»Die beiden Schiffe ignorieren weiterhin unsere Signale, Captain«, sagte Yar. »Ich empfange nur statische Störungen, sonst nichts.«

»Die *Ferrel* kann vielleicht gar nicht antworten«, vermutete Data. »Ihre Kontrollsysteme sind entweder ausgefallen oder arbeiten auf einem sehr niederigen Energieniveau.«

»Mr. LaForge, programmieren Sie einen direkten Kurs zum Angreifer«, ordnete Picard mit gepreßt klingender Stimme an. Es blieben ihm nur wenige Sekunden, um zu entscheiden, wie er sich in Hinsicht auf das fremde Schiff verhalten sollte. Der Forscher in ihm dachte aufgeregt an die Möglichkeit eines Erstkontakts, doch als Kommandant der *Enterprise* bestand seine Pflicht vor allen Dingen darin, die *Ferrel* zu schützen; sie schien dem Fremden hilflos ausgeliefert zu sein. »Eröffnen Sie auf meinen Befehl das Feuer mit den Phasern. Vielleicht gelingt es uns, den Angreifer abzulenken und der *Ferrel* eine Atempause zu verschaffen.«

Tasha Yar winkte Worf zu sich an die taktische Konsole. Die beiden Offiziere teilten ihre Verantwortung für Deflektoren und Bordgeschütze, verständigten sich dabei mit knappen, wortlosen Gesten.

Picard holte tief Luft. »Phaser – Feuer«, sagte er.

Lieutenant Worf spreizte seine breiten Hände über den Waffenkontrollen, und jeder Fingerdruck löste eine der Phaserkanonen am Kupplungsstutzen der *Enterprise* aus. Die meisten Strahlblitze verloren sich in der Weite des Alls, doch zwei trafen ins Ziel.

Die Wirkung zeigte sich sofort. Der blaue Energiedunst verflüchtigte sich schlagartig und gab den Blick auf die beiden Raumschiffe frei. Das große Diskussegment der *Ferrel* wirkte verzerrt, und der Rand schien an mehreren Stellen eingedrückt zu sein. Dicht daneben, anscheinend völlig unbeschädigt, schwebte eine Ansammlung aus durchsichtigen, orangefarbenen Blasen im All. Angreifer und Verteidiger waren etwa gleich groß, doch die *Enterprise* besaß weitaus mehr Masse.

»Öffnen Sie die Kom-Kanäle, Lieutenant Yar.« Picard erhob sich und blieb neben dem Kommandosessel stehen. »Hier spricht Jean-Luc Picard, Captain der *USS Enterprise*. Identifizieren Sie sich.« Er wartete geduldig, und die Sekunden verstrichen. Riker trat an seine Seite, als die Stille andauerte.

»Keine Antwort«, sagte Yar schließlich.

»Zumindest keine verbale«, warf Data ein. »Aber der Fremde reagiert.« Er deutete auf den großen Wandschirm, und Picard bemerkte eine Bewegung im Blasenhaufen.

Das unregelmäßig geformte Konglomerat des unbekannten Raumschiffs wies keine Unterscheidungsmerkmale zwischen Heck und Bug auf, aber es ließ sich deutlich beobachten, daß der Kugelverbund um die eigene Achse zu rotieren begann. Als der ›rückwärtige‹ Bereich des Raumers in Sicht geriet, fiel ein dunkler, purpurner Fleck im orangefarbenen Glühen auf. Er verschwand kurz durch eine neuerliche Drehung, kehrte dann zurück.

Das Blasenschiff trieb von der *Ferrel* fort und hielt genau auf die *Enterprise* zu.

Picard bedeutete Yar mit einem Wink, noch einmal auf Sendung zu gehen. »An die fremde Einheit: Wenn Sie nicht antworten, müssen wir Ihre Annäherung als einen feindseligen Akt interpretieren.«

Das Schiff wurde noch etwas schneller.

»Ich hätte ein gewaltloses Ende dieses Konflikts vorgezogen«, raunte Picard seinem Ersten Offizier zu. »Aber allem Anschein nach will jene Lebensform dort drüben lieber die Waffen sprechen lassen. Nun gut.« Ruckartig ließ er die Hand sinken und gab Lieutenant Worf damit zu verstehen, eine zweite Phasersalve auszulösen.

Mehrere Strahlen gleißten und zuckten dem fremden Raumer entgegen. Auf den Oberflächen der Blasen flakkerte und irrlichterte es, als sich geballte Energie entlud, aber das Lodern verblaßte, ohne daß irgendwelche sichtbaren Schäden zurückblieben. Der Klingone feuerte die Bordgeschütze noch einmal ab – mit dem gleichen negativen Ergebnis.

»Ausweichmanöver«, sagte Picard.

Geordi LaForges Finger tanzten über die Kontrollen, und das Dröhnen der Impulstriebwerke wurde etwas lauter, als sich die *Enterprise* zur Seite neigte. »Der Abstand verringert sich.«

»Setzen Sie weiterhin die Phaser ein.«

Während das Sirren der Entladungen durch das ganze Schiff hallte, meldete Data mit ruhiger, monotoner Stimme die schrumpfende Distanz zwischen der *Enterprise* und dem Blasenschiff. »Tausend Kilometer ... hundert ... zehn ...« Der Androide hob den Kopf. »Ein Kilometer.«

»Zu nah für unsere Photonentorpedos«, erklärte Yar. »Bei dieser geringen Entfernung würde ihre Detonation nicht nur das Ziel in Gefahr bringen, sondern auch uns.«

»Und wenn wir den Abstand vergrößern, überlegt es sich der Gegner vielleicht anders und wendet sich wieder der *Ferrel* zu«, erwiderte Picard bitter. Sein Blick blieb auf den Wandschirm gerichtet, der das fremde Schiff in allen Einzelheiten zeigte. Er überlegte fieberhaft und versuchte, sich zu einer Entscheidung durchzuringen.

Doch bevor er neue Anweisungen geben konnte, trennte sich plötzlich die purpurne Kugel aus dem orangefarbenen Blasenkonglomerat. Offenbar begnügten sich die Fremden nicht mehr damit, die *Enterprise* zu verfolgen – sie griffen an.

»Das Objekt rast direkt auf uns zu«, warnte Data. »Die Kollision erfolgt in wenigen Sekunden ...«

Von einem Augenblick zum anderen explodierte violettes Licht und blendete die Brückenoffiziere, aber die heftige Erschütterung durch einen Aufprall blieb aus. Nur eine leichte Vibration erfaßte den Kontrollraum, spürbar an den Konsolen und im Boden. Blaue Funken knisterten über den Hauptschirm.

Data wandte sich sofort seinen Sensoren zu und nahm eine Analyse vor. »Das Energiefeld bedeckt die gesamte Außenfläche des Diskussegments.«

»Es ist ein Netz«, entfuhr es Geordi. Picard wußte, daß der Navigator mit seinem Visor weitaus mehr Einzelheiten erkennen konnte. »Eine Matrix aus energetischen, fadenartigen Gebilden. Ich sehe die einzelnen Stränge. Eine dünne, nabelschnurähnliche Erg-Brücke führt zum Mutterschiff.«

Yar beobachtete die Anzeigen der taktischen Konsole. »Die Schilde halten problemlos stand. Die Ladung des ›Netzes‹ ist also nicht sehr groß.«

Picard runzelte die Stirn. »Wieso wurde die *Ferrel* dann so stark beschädigt?«

Ein dumpfes Brummen gesellte sich dem leichten Vibrieren hinzu.

»Das Feld zieht sich zusammen und übt somit wachsenden Druck auf die Deflektoren aus«, stellte Data fest. Er zwinkerte und führte in Gedanken eine rasche

Berechnung durch. »Wenn sich die Kontraktionsrate nicht ändert, sind wir zwei Komma sechs Tage lang geschützt, bevor unsere Energiereserven zur Neige gehen. Ohne Schilde muß es innerhalb kurzer Zeit zu einer umfassenden Destabilisierung der Diskusstruktur kommen.«

Riker betrat das etwas höhere Achterdeck, näherte sich der Ambientenstation und nahm die routinemäßigen Meldungen der einzelnen Sektionen entgegen. »Captain, die derzeitigen Statusberichte deuten auf einige periphere elektrische Störungen in der Außenhülle hin. Es besteht keine unmittelbare Gefahr.«

»Aber unsere Passagiere erleben gerade ein regelrechtes Trauma«, warf Lieutenant Yar ein und deutete auf das Kommunikationspult. »Seit dem Beginn der Alarmstufe Rot treffen dauernd Anfragen aus dem Quartier der Farmer ein.«

»Setzen Sie sich mit der Counselor in Verbindung«, sagte Riker. »Bitten Sie Deanna Troi, unsere Gäste zu beruhigen. Vielleicht sitzen wir hier eine ganze Weile fest.«

»Aber auf keinen Fall zwei Tage lang«, brummte Picard und nahm wieder im Kommandosessel Platz. »Nicht einmal zwei Stunden, wenn's nach mir geht. Es muß eine Möglichkeit geben, die Verteidigungsbarrieren des Fremden zu durchdringen.«

Riker stützte sich auf die Brüstung des rückwärtigen Decks, blickte auf den Wandschirm und betrachtete die ungewöhnliche Struktur des unbekannten Schiffes. Blauer Dunst verschleierte die Details des Blasenraumers. »Die Kugeln ... Sie sehen aus wie Ballons. Vielleicht braucht man nur eine Nadel hineinzustechen, um sie platzen zu lassen.«

»Ein interessanter Vergleich, Nummer Eins«, erwiderte der Captain und nickte. »Ich glaube, wir sollten einen Versuch wagen.«

Auf Rikers Anweisungen hin modifizierte Worf die

Programmierung der Waffenkonsole und erweiterte die Justierung um einige zusätzliche Daten. Gemäß der Starfleet-Empfehlungen wurde die Streuung der Phaserenergie auf ein Minimum reduziert. Technischer Einfallsreichtum und die Veränderung mehrerer Parameter ermöglichten anschließend eine weitere Bündelung der Strahlen. Als Riker das Bereitschaftszeichen gab, begann Worf mit dem Test und löste ein Geschütz aus.

Zwar war die Entladung nicht besonders stark, aber der dünne Energieblitz bohrte sich sofort ins Ziel. Eine der externen Blasen platzte, und die plötzliche Dekompression schleuderte viskose Materie ins All. Fetzenartige Fragmente der Hülle trieben fort.

»Es klappt, Worf«, knurrte Geordi zufrieden.

»Machen Sie weiter«, wies Picard den Klingonen an. »Wenn nötig, nehmen wir das Schiff Segment für Segment auseinander.« Der Captain war entschlossen, die Offensive fortzusetzen, bis der Fremde die *Enterprise* von der energetischen Matrix befreite.

Das geschah bereits nach der zweiten Explosion.

»Das Energiefeld löst sich auf«, verkündete Data, als das grelle Flackern auf dem Wandschirm verblaßte. »Und der Gegner dreht ab.«

Picard reagierte sofort. »Traktorstrahl, Lieutenant Worf. Soll der Angreifer seine eigene bittere Medizin schmecken.« Vermutlich hätte es der Klingone vorgezogen, noch einige Salven abzufeuern und das Blasenschiff vollständig zu vernichten, aber er gehorchte dem Befehl, ohne irgendwelche Einwände zu erheben.«

»Wir haben ihn, Captain«, sagte Worf, als der fremde Raumer auf dem Schirm verharrte. »Allerdings geben die Triebwerke weiterhin Schub, und deshalb ist immer mehr Energie für die Stabilisierung des Traktorfeldes notwendig.«

Picard versuchte noch einmal, einen Kom-Kontakt herzustellen. »Kapitulieren Sie und übergeben Sie uns Ihr Schiff!« Eigentlich rechnete er nicht mit einer Antwort, und es traf auch keine ein. Kurz darauf beobachtete er erneut, wie der Blasenraumer die Form veränderte. Die Kugeln schrumpften, und zwischen ihnen bildeten sich neue Verbindungen. Eine einzelne Blase ragte aus dem Konglomerat heraus, und hinter ihr folgte eine andere, dann noch eine.

Der Fokus des Traktorstrahls wurde breiter, um der neuen Form des Ziels gerecht zu werden. Auf der Brükke flackerte das Licht, als Worfs Konsole noch mehr Energie beanspruchte. Überladungsindikatoren blinkten warnend, während sich das Blasenschiff in ein stabförmiges Gebilde verwandelte.

Riker kehrte aufs Kommandodeck zurück und trat an die Seite des Captains. Falten des Ärgers und der Enttäuschung furchten seine Stirn. »Wenn es so weitergeht, müssen wir bald auf die energetische Notreserve zurückgreifen. Und selbst dann bezweifle ich, ob wir den Fremden festhalten können.«

»Offenbar kennt unser Gegner viele Tricks.« Picard zeigte offen seine Bewunderung, und Riker musterte ihn verwundert. »Es ist keineswegs eine Schande, einen würdigen Gegner als solchen anzuerkennen.« Die Schande kam erst mit der Niederlage. Picard überlegte, welche Auswirkungen ein neuerlicher Phaserbeschuß auf die Fluchtversuche des Fremden haben mochte.

»Captain!« rief Data. »Die Sensoren zeigen an, daß die Diskussektion der *Ferrel* schwer beschädigt ist. Jene Stellen, die zum strukturellen Druckausgleich dienen, weisen erste Risse auf, die sich schnell erweitern. Die entsprechenden Abschnitte könnten praktisch jeden Augenblick auseinanderbrechen.«

Picard bedeutete Worf mit einer knappen Geste, den Traktorstrahl zu desaktivieren. Seine besorgte Stimme klang heiser. »Yar, volle Energie für die Transporterstationen. Beginnen Sie sofort damit, die Besatzung der *Ferrel* hierher zu beamen. Halten Sie sich nicht mit einer genauen Koordinatenerfassung auf. Transferieren

Sie alles, was sich bewegt. Und beeilen Sie sich. Es kommt jetzt auf jede Sekunde an.«

Der Captain wandte sich wieder dem großen Wandschirm zu und beobachtete, wie das Blasenschiff beschleunigte und davonsauste – eine in die Länge gezogene Perlenkette, die dem Griff der *Enterprise* entglitt.

Der alte Ziedorf war taub und schlief selbst dann, als das Heulen der Alarmsirenen durch die *Enterprise* hallte. Doch die anderen Farmer erwachten auf ihren schlichten Betten und sahen sich mit plötzlichem Chaos konfrontiert. Die Schreie und Rufe der Mütter und Onkel, die schlaftrunkene Kinder unter den Betten hervorzogen und an sich drückten, übertönten die ruhigen Anweisungen des Bordcomputers. Die Oregonianer hätten ohnehin nicht darauf gehört, denn die fast monoton klingenden Worte forderten sie auf, in ihren Kabinen zu bleiben.

Nervöse, verängstigte Männer und Frauen verließen ihre Quartiere und eilten durch die Korridore des Passagierbereichs. Dutzende von Stimmen erklangen. Ein Mann, der etwas mehr über die Schiffstechnik wußte, drehte die Lautstärke eines nahen Interkoms herab, um seinen Nachbarn zu verstehen. Niemand beachtete die Appelle des Sicherheitsoffiziers, die nun auf ein leises Flüstern reduziert waren.

Die Kinder spürten natürlich die allgemeine Aufregung, und einige von ihnen rissen sich los und stürmten davon, um die gute Gelegenheit für ein fröhliches Spiel zu nutzen. Ihre sensibleren Altersgenossen reagierten auf die Worte der Furcht und fügten dem akustischen Durcheinander ihr eigenes Klagen und Wimmern hinzu.

Dnnys bahnte sich mühsam einen Weg durchs Gedränge. Die Erwachsenen hielten ihn immer wieder am Ellenbogen oder der Schulter fest und verlangten Erklärungen für die seltsamen Vorgänge im Schiff. Offenbar glaubten sie, durch seine beschämende Neugier in Hinsicht auf die technischen Anlagen der *Enterprise* trüge er zumindest eine *gewisse* Verantwortung für die so drastisch veränderte Situation an Bord. Andererseits war er nur ein Kind, und daher hatte es keinen Sinn, ihm zuzuhören – erst recht dann nicht, wenn er die Farmer dazu drängte, in ihre Unterkünfte zurückzukehren.

Erneut streckte sich ihm eine Hand entgegen, und Dnnys stieß sie beiseite. Dann sah er, wem sie gehörte, und hastig schob er sich an die Seite seiner Kusine. Ihr hellbraunes Haar war viel zu lockig, um während des Schlafs aus der Form zu geraten. Die Schleifen ihrer blauen Arbeitsbluse hingen lose aus der Jeans – was darauf hindeutete, daß auch sie ganz plötzlich aus dem Bett gestürzt war.

»Ich kann nicht ins Zimmer deiner Mutter«, sagte Mry. »Sie blieb natürlich in ihrer Kabine, unbeeindruckt von der Panik. Aber als sie nicht herauskam, gingen alle anderen zu ihr.« Von den insgesamt hundertzwanzig Farmern befanden sich fast fünfzig in Patrishas Quartier. Die übrigen eilten ziellos durch die Gänge.

»Du hättest ebenfalls in deiner Unterkunft bleiben sollen«, erwiderte Dnnys vorwurfsvoll.

»Tomas nahm mich mit. Er meinte, wir müßten sowohl unsere eigene Mutter als auch deine schützen, da sie ganz allein ist.« Mry runzelte plötzlich die Stirn. »Ich erinnerte ihn daran, daß du Patrisha Gesellschaft leistest, aber ganz offensichtlich habe ich mich geirrt.«

Dnnys überhörte den Tadel. Seine Kusine würde niemandem verraten, daß er seine Mutter im Stich gelassen hatte. »Wesley meinte, Alarmstufe Gelb sei nicht weiter schlimm, aber wir sollten ...«

Er kam nicht mehr dazu, den Rat des jungen Fähnrichs weiterzugeben. Die blinkenden, bernsteinfarbenen Lichter verblaßten kurz und gewannen dann eine blutrote Tönung. Die Farmer hoben ihre Stimmen, um sich trotz der heulenden Sirenen zu verständigen.

Ein fast schriller Schrei ertönte, und die Männer und Frauen drängten sich vor den Aussichtsfenstern in der Korridorwand zusammen. Wer hinaussehen konnte, beschrieb den Anblick, und die anderen Personen gaben die Schilderungen weiter und fügte zusätzliche Details hinzu, woraufhin die Phantasie bei den Berichten eine immer größere Rolle spielte. Aus einem beschädigten Raumschiff wurde ein von Gott bestraftes Wrack, das sich innerhalb weniger Sekunden in eine Geisterflotte aus geborstenem Schrott verwandelte. Wer ganz hinten stand, erfuhr von einer Raumpiraten-Armada, die mit einem verheerenden Angriff begann.

Kurz darauf leckte blaues Feuer über die Klarstahlflächen, und die Menge wich in die Richtung zurück, aus der sie kam. Mry und Dnnys wurden von einer Flutwelle aus Menschen mitgerissen, die schließlich zu der klugen Erkenntnis gelangten, daß sie in ihren Kabinen weitaus sicherer aufgehoben waren.

Empfindsame Gemüter nahmen die in der Passagiersektion brodelnde Panik als einen dichten emotionalen Nebel wahr. Und die Furcht wirkte ansteckend. Als sich Counselor Troi den Farmerquartieren näherte, schirmte sie die empathischen Aspekte ihres Bewußtseins ab und widerstand der Versuchung, auf der Stelle kehrtzumachen und in die Sicherheit ihrer eigenen Kabine zu fliehen. Mit mentalen Augen hielt sie nach einer vertrauten Geistessphäre Ausschau und näherte sich ihr.

Dnnys stand allein im Korridor und preßte die Nase ans knisternde Fenster. Deanna lief auf ihn zu und zog ihn fort. »Geh nicht zu nahe heran.«

»Das blaue Glühen verursacht keine Schmerzen. Es prickelt nur ein wenig.« Dnnys lächelte, streckte den Arm aus und berührte die vibrierende Wand. »Woher stammt das seltsame Licht?«

»Wir wissen nicht, was es bedeutet«, erwiderte

Troi ausweichend. »Und es könnte durchaus gefährlich sein.« Dnnys war nur ein Junge, und gegenüber dem Unbekannten offenbarte er eine typisch kindliche Faszination. Eigentlich sollte sich ein erwachsener Farmer um ihn kümmern, aber die übrigen Oregonianer schienen in ihren Quartieren zu zittern und auf die kosmische Apokalypse zu warten. Vielleicht waren sie in ihrer Angst bereit, die Counselor anzuhören. Bisher hatte Troi vergeblich versucht, die Passagiere willkommen zu heißen und freundschaftliche Beziehungen zu ihnen herzustellen, und deshalb kannte sie nur wenige Farmer namentlich, wußte praktisch nichts über ihre Bräuche. »Ich möchte mit den Oberhäuptern eurer Gemeinschaft sprechen.«

Dnnys lachte kurz. »Alle Erwachsenen sind gleichberechtigt und nehmen von niemandem Anweisungen entgegen.«

»Aber bei eurer Einschiffung habe ich mich mit einer Frau unterhalten, die für alles die Verantwortung trug.« Troi hatte sich nicht nach dem Titel erkundigt und die Zurückhaltung der Farmer in bezug auf persönliche Angelegenheiten respektiert, aber sie erinnerte sich deutlich an die Aura der Autorität. »Ihr Name lautet Patrisha.«

»Oh, meine Mutter.« Das Lächeln des Jungen verblaßte, und er runzelte die Stirn. »Aber sie ist kein ›Oberhaupt‹. Niemand muß ihr gehorchen.«

Die Counselor fühlte Dnnys' reservierte Haltung. »Bitte entschuldige, ich wollte niemanden beleidigen.« Sie überlegte und suchte nach einer weniger emotionalen Formulierung. »Ich meinte nur ... Offenbar hören die übrigen Erwachsenen auf ihren Rat.«

»Ach, das ist ganz etwas anderes.« Dnnys hob stolz den Kopf. »Die Gemeinschaft hört immer auf das, was meine Mutter zu sagen hat.« Er deutete durch den Korridor, auf eine der Türen. »Dort findet gerade eine Art Versammlung statt. Gehen Sie nur.«

Vor dem Schott blieb Troi noch einmal stehen und zögerte, als sie Dnnys' Enttäuschung spürte. Sie drehte den Kopf und sah zurück.

Das blaue Glühen vor dem Aussichtsfenster existierte nicht mehr.

KAPITEL 3

Captain Manin kletterte über den Schutthaufen, der einst die Brücke der *USS Ferrel* gewesen war. Er hörte das Stöhnen und Ächzen der sterbenden Offiziere, doch dichte Rauch- und Staubwolken verwehrten ihm den Blick auf die Verletzten. Nur noch eine knappe Minute bis zur endgültigen Zerstörung des Raumschiffes und dem unentrinnbaren Tod – aber die Sekunden schienen sich zu dehnen. Manin hatte versucht, seiner Mannschaft ein rasches, gnädiges Ende zu gewähren – und Deelor machte ihm einen Strich durch die Rechnung. Der Captain verdrängte seinen Zorn; er verschwendete nur kostbare Zeit, wenn er sich der Wut hingab.

Blindlings tastete er umher, suchte irgendwo nach Halt und berührte einen Körper. Seine Fingerkuppen tasteten über eiskalte Haut und erreichten schließlich den dünnen, stengelartigen Auswuchs eines Fühlers. Nur eine Andorianerin gehörte zur Brückencrew, und damit stand die Identität der Toten fest. Manin wünschte ihrer Seele Frieden und fragte sich kurz, ob es tatsächlich ein Leben nach dem Tod gab, bevor er von der Navigationskonsole fortkroch und nach dem Kommandostand suchte. Ein taumelnder Schritt, dann noch einer – und seine Stiefelspitze stieß gegen etwas Weiches.

Das Etwas trat zurück. »Verschwinden Sie«, sagte Ruthe. »Ich kann auf Ihre Gesellschaft verzichten.« Sie wollte noch etwas hinzufügen, doch ein Hustenanfall hinderte sie daran.

Unter den besonderen Umständen wirkte ihre Verärgerung grotesk, und Manin war noch immer aufmerksam genug, um sich seinen Sinn für Humor zu bewahren. Er lachte schallend und brach abrupt ab, als ihm Blut in den Mund drang. Mit einer ruckartigen Bewegung wischte er sich die Lippen ab. Wenn sich die Transkriptorin hier befand, mußte Deelors Leiche irgendwo in der Nähe liegen.

»Wer von einem Phaserstrahl getroffen wird, stirbt einen schmerzlosen Tod, Deelor«, murmelte der Captain. »Sie haben es viel zu leicht gehabt.«

Sterne erzitterten und huschten nach rechts und links, als Data das Bild der *USS Ferrel* auf dem Wandschirm vergrößerte. Picard und sein Erster Offizier standen Seite an Seite auf der Brücke und beobachteten die letzten Todeszuckungen des Raumschiffes. Die Energiematrix war zu spät entfernt worden, um die Vernichtung des *Ferrel* zu verhindern. Riker verlagerte unruhig das Gewicht, als die Diskussektion erbebte: Die stählernen Stützholme unter der Außenhülle gaben nach.

Der Captain brach das Schweigen als erster. »*Merde.* Wir schaffen es nicht rechtzeitig. Es dauert mindestens zwanzig Minuten, um die ganze Besatzung an Bord zu beamen ...«

»Das ist das Ende«, brummte LaForge. Er saß an den Kontrollen der Navigationskonsole.

Weißgrauer Kondensdampf drang aus der unteren Diskusseite und verlor sich im Vakuum des Alls. Der Dekompressionssog wirbelte in kristallisiertes Wasser gehüllte Trümmerstücke davon.

»Starten Sie alle Shuttles, die wir haben, Worf«, sagte Picard dumpf. Er wußte natürlich, daß ein solches Rettungsunternehmen praktisch gar keinen Sinn hatte, aber ein Versuch konnte sicher nicht schaden. »Data, richten Sie die Nahbereichsscanner auf die *Ferrel* und ihre unmittelbare Umgebung. Vielleicht gibt es Überlebende inmitten der Wrackteile.«

»Nicht nötig, Captain«, warf Tasha Yar ein. »Die Transportersektion meldet gerade, daß die gesamte

Crew an Bord ist.« Sie zögerte kurz und starrte auf die Angaben. »Es sind insgesamt dreißig.«

Diese Worte trafen Picard wie ein Fausthieb in den Magen. Dreißig Männer und Frauen einer Mannschaft, die aus mehreren hundert Personen bestand! Vor neun Jahren hatte er die *Stargazer* verloren – die Erinnerung daran bedrückte ihn noch immer –, aber wenigstens kam seine Besatzung mit dem Leben davon.

Riker schnappte unwillkürlich nach Luft, und als der Captain den Kopf drehte, sah er den Schock im Blick des Ersten Offiziers. Wer Kommandopflichten übernahm und sich einer so großen Verantwortung stellte, mußte wissen, daß Katastrophen nie ganz ausgeschlossen werden konnten. Picard verbannte das Entsetzen in einen entfernten Winkel seines Selbst. Viel zu häufig wurde aus Furcht lähmender Schrecken, und so etwas durfte ihm nicht passieren. »Nummer Eins, überprüfen Sie die Transporterstationen. Finden sie den Captain oder ranghöchsten Offizier. Bringen Sie die betreffende Person unverzüglich hierher.« Diese Anweisung gab dem Ersten Offizier endlich eine Aufgabe und befreite ihn von seiner Rolle als hilfloser Beobachter.

»In Ordnung, Captain«, sagte Riker und ging zum Turbolift.

Die Rettungsmission war noch nicht zu Ende, aber Picard spürte, daß sie das Schlimmste überstanden hatten. Während des Kampfes galt seine Aufmerksamkeit einzig und allein dem fremden Schiff; für alles andere blieb in der Konzentration des Captains kein Platz. Jetzt wurde er sich wieder der Umgebung bewußt. Mit jeder verstreichenden Sekunde empfand er das Pulsieren der roten Alarmlichter als unangenehmer. Es erinnerte ihn an ein ungelöstes Problem. »Lieutenant Yar, wie groß ist die Entfernung zum Angreifer?«

»Meine Sensoren zeigen nichts mehr an, Captain. Das Blasenschiff ist verschwunden und befindet sich jenseits unserer Erfassungsreichweite.«

»Unmöglich!« platzte es aus LaForge heraus. »Es kann diesen Sektor nicht in so kurzer Zeit verlassen haben.«

»Die Matrix hinterließ eine ionisierte Wolke aus Restenergie«, sagte Data in einem interessierten Tonfall. »Sie löst sich schnell auf, aber vielleicht führt die Strahlung zu einer Beeinträchtigung der Sensorsondierung.«

»Haben Sie bereits die Energiematrix analysiert, mit der wir angegriffen wurden?« fragte Picard. Die Falle des Fremden war nicht zugeschnappt, doch möglicherweise kamen sie beim nächstenmal nicht so einfach davon. Aus irgendeinem Grund ahnte er, daß es nicht bei einer Begegnung mit dem Fremden blieb.

»Das Feld arbeitete nicht wie ein gewöhnlicher Traktorstrahl«, antwortete der Androide. »Nun, angesichts der ungewöhnlichen Struktur des Raumschiffs halte ich die Vermutung für angemessen, daß der Gegner eine höher entwickelte oder völlig andere gestaltete Technologie besitzt.«

»Eine bessere Mausefalle«, murmelte Picard.

»Nein, Sir: einen besseren Traktorstrahl.«

Der Captain ignorierte diese Bemerkung, und er unterdrückte auch ein Lächeln, als er Geordis lautes Seufzen hörte. Datas Gesicht zeigte Verwirrung über die subtile Kritik, deren Gründe er nicht verstand.

»Geben Sie Entwarnung, Lieutenant Yar«, sagte Picard. Vielleicht war das Verschwinden des Blasenschiffes die sprichwörtliche Ruhe vor dem Sturm, aber die Besatzung verdiente eine Ruhepause.

Tashas Fingerkuppen strichen über einige Sensorfelder auf der taktischen Konsole. Die roten Warnlichter erloschen, doch Yars Züge brachten weiterhin Besorgnis zum Ausdruck.

Der Captain wandte sich an seine Offiziere. »Ich danke Ihnen für Ihre Hinweise und Situationsbewertungen. Ihnen dürfte klar sein, daß nach wie vor die Möglichkeit eines zweiten Angriffs besteht. Ich bin sicher, Sie werden auch während des normalen Bordstatus wachsam bleiben.« Bevor die *Enterprise* zu einem neuerlichen Gefecht gezwungen wurde, mußten sie in Erfahrung bringen, wie sich die gefährlichen Energiematrizen neutralisieren ließen. Picard erlaubte der Brückencrew, über alles zu diskutieren, doch er wußte, daß Spekulationen allein letztendlich sinnlos waren. Er benötigte Fakten, keine Theorien.

Deanna Troi musterte die ausdruckslosen Gesichter der anwesenden Farmer. Als sie das Quartier betrat, verklangen die lauten Stimmen, und plötzliche Stille herrschte. Ihre Präsenz veränderte das allgemeine emotionale Spektrum: Aufregung und Sorge verwandelten sich in Mißtrauen und Argwohn.

»Ich bin Counselor Troi.« Sie lächelte in dem verzweifelten Versuch, die ihr entgegenschlagende Ablehnung zu lindern. »Die Brücke meldete, der Alarm habe sie beun...«

»Kriegstreiber!« Einige der stehenden Farmer traten beiseite und machten einem untersetzten Mann mit sorgfältig gestutztem Bart Platz. Sein Erscheinungsbild entsprach dem der anderen Oregonianer, doch er sprach weitaus arroganter. »Der Kampf muß sofort aufhören. Ich verlange es.«

»Wir befinden uns nicht im Krieg«, wandte Troi ein. »Es handelt sich nur ...«

»Lügnerin!« rief eine Frau und gesellte sich dem aufgeblasenen Mann hinzu. Sie war dürr und wesentlich älter, aber trotz der Unterschiede in Statur und Alter sahen sie sich sehr ähnlich. »Ihre eigenen automatischen Apparate verraten die Niedertracht, mit der Sie uns zu täuschen versuchen. Hören Sie nur!«

In der Stille, die dem gebieterischen Befehl der Frau folgte, vernahmen alle die monotone Stimme des Computeralarms.

»Wir kämpfen derzeit gegen ein feindliches Raumschiff. Bitte bleiben Sie in Ihren Kabinen, bis die Alarmstufe Rot aufgehoben wird.«

Deanna Troi machte sich eine gedankliche Notiz und beschloß, zusammen mit Data die Computer-Interfaces im Quartierstrakt zu überprüfen. Der Androide legte großen Wert auf exakte, genaue Formulierungen, aber manchmal erzielte er damit genau das Gegenteil der erhofften Wirkung. Eine diplomatischere und weniger informative Wortwahl hätte sicher nicht zu solcher Unruhe unter den Passagieren geführt.

»Die Nachricht ist nur eine Vorsichtsmaßnahme«, sagte Troi. »Wir sind einem fremden Raumschiff begegnet, und da wir nicht in der Lage waren, einen Kommunikationskontakt herzustellen, kam es leider zu einigen Mißverständnissen. Ich bin davon überzeugt, daß es uns bald gelingen wird, die damit einhergehenden Probleme zu lösen.« Wie auf ein geheimes Signal hin verblaßte das rote Glühen der Alarmanzeigen, und Erleichterung durchströmte die Counselor. Die nächsten Worte des Computers klangen beruhigender.

»Die Alarmstufe Rot ist nun beendet. Sie können sich wieder Ihren normalen Aktivitäten zuwenden.«

Eine dritte Gestalt löste sich aus der Menge, und Deanna erkannte Dnnys' Mutter. Einerseits war Patrishas Gesicht zu markant, um das Attribut ›attraktiv‹ zu rechtfertigen, aber andererseits konnte man ihre Züge auch nicht als schlicht bezeichnen. Das ergrauende Haar bildete einen langen Zopf, der bis zur Taille herabreichte. Jahrelange harte Arbeit hatte ihr eine robuste Statur und schwielige Hände verliehen. Dennoch hielt sie sich kerzengerade und strahlte Würde aus.

»Danke für Ihren Besuch, Counselor Troi.«

Deanna verstand diese Bemerkung als Verabschiedung, als Aufforderung, die Kabine zu verlassen. Zwar spürte sie bei Patrisha keine persönliche Feindseligkeit, aber die anderen Farmer nahmen noch immer eine ablehnende Haltung ein. Um die Oregonianer nicht noch mehr zu verärgern, drehte sich Troi um und kehrte stumm in den Korridor zurück.

»Wir hätten Grzydc nie verlassen dürfen!« stieß Tomas hervor, als sich das Schott hinter der Counselor schloß. Wütend zupfte er an seinem Bart.

»Uns blieb gar nichts anderes übrig«, erinnerte ihn Patrisha, obgleich sie wußte, daß Tomas kaum etwas daran lag, ausgerechnet dieses Thema zu erörtern. Praktisch alle Anwesenden wußten, daß seine unentwegte Kritik an der Regierung von Grzydc maßgeblich zum Bruch zwischen den Farmern und ihrer neuen Heimat beigetragen hatte.

»Jemand sollte mit dem Captain reden und den Frevel in aller Form verurteilen.« Einige Farmer kommentierten Tomas' feste Worte mit zustimmendem Brummen. »Er muß auf unseren Standpunkt hingewiesen werden.«

Ein Außenstehender mochte annehmen, daß Tomas damit seine Bereitschaft erklärte, diese Aufgabe selbst wahrzunehmen, aber Patrisha wußte es besser. Es dauerte sicher einige Zeit, bis eine gemeinsame Entscheidung getroffen werden konnte, und bestimmt nutzte jemand die Gelegenheit, um sie als Delegierte vorzuschlagen. Natürlich konnte sie ablehnen, aber Patrishas Verhalten war ebenso voraussehbar wie das der übrigen Farmer: Um zu vermeiden, daß Tomas schon wieder eine Autorität herausforderte, würde sie sich bereit erklären, das Gespräch mit dem Captain zu führen.

Andrew Deelor lag flach auf dem Rücken und starrte eine halbe Ewigkeit lang an die grauweiße Decke, bevor er genug Kraft fand, um den Kopf zu drehen. »Der Himmel ist ein Transporterraum«, brachte er mühsam hervor. »Erstaunlich!«

»Ich verstehe dich nicht: Sprich etwas lauter.«

Er wandte den Blick in die andere Richtung und sah

die verschwommenen Konturen Ruthes, die im Schneidersitz neben ihm hockte. Verwirrt trachtete Deelor danach, ihr einen Platz in seiner neuen Welt zuzuordnen. »Und du bist jetzt ein Engel.« Ein wunderschöner Engel noch dazu, mit einem Hauch von Strenge: Hohe Jochbeine in einem kantigen Gesicht betonten große, dunkle Augen.

»Wovon redest du?« erwiderte Ruthe scharf.

»Ich müßte eigentlich tot sein, aber dieser Ort sieht wie ein Transporterraum aus.« Ein Zimmer, dessen Boden zu zittern schien. Eine Kammer, deren Wände sich immer wieder zur Seite neigten. Nun, vielleicht war Deelor auch nur schwindelig. Er schloß die Augen und spürte, wie die imaginären Erschütterungen des Decks unter ihm nachließen.

»Vorhin hat irgend jemand gesagt, wir seien an Bord eines Schiffes namens *Enterprise*.«

»Oh, das erklärt alles.« Offenbar verlor Deelor unmittelbar darauf das Bewußtsein, denn als er wieder die Lider hob, hatten sich die dichten Schleier vor seinen Augen gelichtet. Ganz deutlich sah er die anderen Verletzten auf dem Boden. Wenige Sekunden später vernahm er eine unbekannte Stimme, hob den Blick und musterte den Uniformierten, der neben Dr. Lewin stand.

»Ich suche den befehlshabenden Offizier der *Ferrel*«, verkündete der Fremde. Er wich beiseite, als Lewin eine Gravbahre durch die Tür des Transporterraums steuerte.

»Das bist du doch, oder?« sagte Ruthe, und dadurch überhörte Deelor die Antwort des Arztes. Glücklicherweise sprach die Frau leise genug, um keine Aufmerksamkeit zu erwecken. »Du hast das Kommando übernommen, stimmt's?«

»Dies ist nicht der richtige Augenblick, um darauf hinzuweisen«, flüsterte Deelor. Er kämpfte gegen die Übelkeit an, die leichte Krämpfe in der Magengrube bewirkte – die typischen Nebenwirkungen eines antikoagulativen Mittels. Anscheinend war er bereits medizinisch behandelt worden. »Ich erkläre es später, wenn es mir besser geht, wenn ich mich erholt habe.« Er brauchte einen klaren Kopf, um seine Präsenz an Bord der *Ferrel* zu erläutern und die ihm gebührende Autorität auch auf der *Enterprise* zu beanspruchen.

»Captain Manin wurde in die Krankenstation gebracht.«

Picard ließ sich seine Erleichterung nicht anmerken, als er Rikers Bericht per Interkom entgegennahm. Wenn nur dreißig Personen der aus mehreren hundert Besatzungsmitgliedern bestehenden Crew eines Raumschiffs der Constellation-Klasse überlebten, war die Wahrscheinlichkeit sehr gering, daß sich ein hochrangiger Offizier unter ihnen befand. »Melden Sie sich bei mir, sobald Sie mit ihm gesprochen haben.« Picard brannte darauf, selbst einige Fragen an Manin zu richten, aber so kurz nach einem Angriff auf die *Enterprise* durfte er die Brücke nicht verlassen. Ungeduldig wartete er auf Rikers Rückkehr und verbarg seine Nervosität hinter einer routinierten Maske aus scheinbarer Gelassenheit.

Zehn Minuten später trat William Riker aus dem vorderen Turbolift, drehte sich um und stützte seinen Begleiter, der eine staubige Starfleet-Uniform trug. Der Fremde war hochgewachsen und hager und hatte dichtes, meliertes Haar.

»Captain Manin befindet sich in der chirurgischen Abteilung«, sagte Riker. »Darf ich vorstellen? D'Amelio, Erster Offizier der *Ferrel*.«

»Willkommen an Bord der *Enterprise*«, erwiderte der Captain und näherte sich den beiden Männern. Als D'Amelio Picards Gruß hörte, huschte ein flüchtiges Lächeln über seine Lippen, aber es vergingen einige Sekunden, bevor er den ausgestreckten Arm bemerkte. Er bewegte sich wie in Zeitlupe und reichte Picard die Hand, blieb an Ort und Stelle stehen, bevor Riker sanft nach seinem Ellenbogen griff und ihn in den Bereitschaftsraum dirigierte.

Der Captain folgte und wartete, bis sich die Tür hinter ihm geschlossen hatte. »Der Mann steht unter den Auswirkungen eines Schocks, Nummer Eins. Er gehört in die Krankenstation.«

Riker half D'Amelio dabei, auf einem der Stühle vor dem Schreibtisch des Captains Platz zu nehmen. »Er ist bereits behandelt worten. Vermutlich wäre Dr. Crusher bereit gewesen, ihn zu entlassen, aber ich wollte sie nicht stören.«

»Mit anderen Worten: Wir sollten uns beeilen – bevor unsere Bordärztin herausfindet, daß einer ihrer Patienten fehlt.«

Schon nach kurzer Zeit ergaben sich erste Schwierigkeiten. D'Amelio schien manchmal nicht fähig – oder nicht bereit – zu sein, Fragen in Hinsicht auf das fremde Schiff zu beantworten, das die *Ferrel* angegriffen hatte. Seine wenigen Auskünfte vergrößerten das Rätsel nur.

Picard holte tief Luft und verbannte die Schärfe aus seiner Stimme. »Mr. D'Amelio, Sie behaupten, die Besatzung der *Ferrel* sei drastisch reduziert gewesen. Nun, das freut mich sehr. Ich hatte weitaus höhere Verluste befürchtet. Aber versuchen Sie bitte, unsere Verwirrung zu verstehen: Sechsundvierzig Personen sind eine bemerkenswerte kleine Crew für ein Raumschiff der Constellation-Klasse.«

»Für unsere Zwecke genügte sie.«

»Was für ›Zwecke‹ meinen Sie?« warf Riker ein.

D'Amelio schwieg erneut und starrte ziellos durchs Zimmer. Picard tauschte einen kurzen Blick mit Riker und fühlte seinen Argwohn bestätigt. Langsam ergab sich ein bestimmtes Muster. Alle Fragen in bezug auf die Mission der *Ferrel* führten bei D'Amelio zu einem jähen Nachlassen der Aufmerksamkeit. Der Captain brauchte nicht die empathischen Fähigkeiten

Deanna Trois, um zu begreifen, daß ihm der Erste Offizier Informationen vorenthielt. Wie dem auch sei: Vielleicht sollte die Counselor hinzugezogen werden, wenn D'Amelio weiterhin so wenig Kooperationsbereitschaft zeigte.

Das Summen des Interkoms hinderte Picard daran, der Sturheit des Mannes mit einer direkten Herausforderung zu begegnen. »Crusher an Captain.«

Picard hatte erwartet, daß sich die Ärztin mit ihm in Verbindung setzte. »Seien Sie unbesorgt, Doktor, wir geben gut auf Ihren Patienten acht.« Er musterte D'Amelio verärgert. »Aber wir müssen ihm noch einige Fra...«

»Captain«, unterbrach ihn Dr. Crusher, »bei einem Verletzten von der *Ferrel* habe ich Wunden festgestellt, die nur von einem Handphaser stammen können.«

Picard hob abrupt den Kopf. »Sind Sie sicher?« erkundigte er sich. »Vielleicht kam es zu einem Kontakt mit dem fremden Energiefeld ...?«

»Nein, die energetische Matrix spielt in diesem Zusammenhang keine Rolle«, klang Beverly Crushers Stimme aus dem Lautsprecher. »Die zellularen Rißmuster sind charakteristisch für Phaser-Entladungen, und außerdem weist nur eine Person solche Verbrennungen auf. Bei allen anderen lautet die Diagnose: Schock, Unterdruck-Trauma durch die Dekompression, von herumfliegenden Trümmerstücken hervorgerufene Platzwunden und so weiter. Doch was diesen Mann angeht ... Jemand hat auf ihn geschossen.«

Picard drehte sich zum Ersten Offizier der *Ferrel* um, und diesmal gab er seinen Ärger offen zu erkennen. »Mr. D'Amelio, erklären Sie mir endlich, was in Ihrem Schiff geschah!«

»Ich weiß nichts davon.« Der hochgewachsene Mann zwinkerte benommen, und sein Blick wanderte zwischen Picard und Riker hin und her. »Im Ernst! Bitte glauben Sie mir. Die Brücke stürzte ein ... und ... uns blieb kaum mehr Zeit. Wir schlossen mit dem Leben ab, sahen keine Hoffnung mehr. Captain Manin und ich ... Wir wollten die Selbstzerstörungsfrequenz auslösen.«

»Aber ganz offensichtlich kamen Sie nicht dazu«, sagte Picard.

»Nein.« D'Amelio schüttelte den Kopf, als wollte er auf diese Weise seine Gedanken ordnen. »Ich gab gerade den Code meiner Rangidentifikation ein, als ich plötzlich das Bewußtsein verlor.«

»Was hat dieser Mann auf der Brücke zu suchen?« fragte Dr. Crusher scharf. Zu spät erinnerte sich Picard daran, daß die Ärztin zuhörte. »Sie werden ihn auf der Stelle in die Krankenstation zurück ...«

Sie unterbrach sich abrupt, obgleich die Komverbindung weiterhin bestehenblieb. Picard hörte ein dumpfes Krachen, gefolgt von lauten Schreien im Hintergrund. Schließlich erklang wieder die Stimme der Doktorin. »Hören Sie auf! Captain Manin, das lasse ich nicht zu ... Dr. Crusher an Sicherheitsabteilung ...«

Bei den letzten Worten sprang Picard auf und stürmte in den Kontrollraum zurück. Riker schloß am Turbolift zu ihm auf.

Die Krankenstation eignete sich kaum als Arena für einen erbitterten Kampf, und die Kontrahenten waren nicht besonders überzeugend. Dr. Crusher hinderte Captain Manin an einem zweiten Angriff auf ihren anderen Patienten, zog ihn zurück und dachte dabei in erster Linie an die Verletzungen, die er sich selbst zufügen mochte. Er versuchte, sich aus dem Griff der Ärztin zu befreien, und es kostete sie erhebliche Mühe, ihn weiterhin festzuhalten. Die von ihm entfaltete Kraft konnte Beverly nicht über seinen Zustand hinwegtäuschen: Sie wußte um seine schweren Verletzungen. Das heiße Feuer des Zorns verdrängte vorübergehend die Schwäche aus seinem Leib.

»Zum Teufel mit Ihnen, Deelor!« heulte Manin und

trachtete vergeblich danach, Crusher fortzustoßen. »Sie haben mein Schiff zerstört, meine Besatzung umgebracht!«

Die Doktorin warf einen Blick über die Schulter, beobachtete den zweiten Mann und schätzte seinen Zustand ein. Er lehnte zitternd an der Wand, und Schweiß perlte in seinem Gesicht. Manin hatte ihm mehrere wuchtige Schläge auf die Brustwunde versetzt, doch es bildeten sich keine roten Flecken auf dem Schutzverband. Blutverlust schien also nicht der Grund für Deelors Blässe zu sein. Wahrscheinlich war er deshalb so bleich, weil ihn neuerlicher Schmerz quälte.

Das Zugangsschott der Krankenstation glitt mit einem leisen Zischen beiseite. Tasha Yar, die Leiterin der Sicherheitsabteilung, eilte herein, dichtauf gefolgt von Riker und Captain Picard. Als Yar sah, daß Crusher mit einem Mann rang, hob sie sofort ihren Phaser.

»Nein.« Die Ärztin trat in Tashas Schußlinie. »Er ist schwer verletzt. Selbst ein Betäubungsstrahl könnte ihn töten.«

Captain Manin nutzte die Gelegenheit und stürzte sich auf Deelor. Picard handelte sofort, sprang zwischen die beiden Männer und hob den Arm, um einen Hieb abzuwehren. Aber Manin schlug gar nicht zu. Er taumelte, verharrte, neigte sich von einer Seite zur anderen ... Picard fing ihn auf, als er erschlaffte, ließ ihn behutsam zu Boden gleiten.

»Bleiben Sie still liegen«, sagte er, als Manins Arme und Beine zuckten. »Entspannen Sie sich.«

»Es war nicht meine Schuld«, brachte der Captain der *Ferrel* hervor. Er keuchte. »Ich habe nur seine Anweisungen befolgt. Starfleet zwang mich dazu.«

»Schweigen Sie!« zischte Deelor. »Ich befehle es Ihnen!«

Crusher ging neben Picard in die Knie und untersuchte den Mann, dessen Kopf er stützte. »Bitte helfen Sie mir, ihn unter den Scanner zu legen.« Rasch trugen Sie den Verletzten zur Diagnoseliege. Die Ärztin brauchte gar keine speziellen Instrumente einzusetzen: Sie sah deutlich, daß sich Manins Zustand von Sekunde zu Sekunde verschlechterte. Als sich die gewölbte Sondierungseinheit herabsenkte, bestätigten rot flackernde Anzeigen ihre Befürchtungen.

»Ein zweiter Blutsturz.«

Dr. Crusher rief ihre Assistenten herbei und stellte umfassende Zellschäden in Leber, Milz und den Nieren fest. »Gewebefaktor«, sagte sie zu einer Krankenschwester, die daraufhin einen Injektor lud und ihn der Ärztin reichte. Beverly spritzte das Gerinnungsmittel in eine Halsvene ein, doch an den inneren Blutungen änderte sich nichts. Die nächste Dosis verdickte das Blut ein wenig, aber es füllte nach und nach den Brustkorb des Patienten. Eine dritte Injektion war ausgeschlossen – sie hätte zu Pfropfenbildungen in den Adern führen können.

Manin achtete gar nicht auf die Bemühungen der Ärztin und schloß die Finger fest um den Arm des Captains. Der Griff lockerte sich allmählich, aber Picard ließ sich trotzdem an die Liege heranziehen. »Volle Befehlsgewalt über die Mission – für einen verdammten Bürokraten.« »Sie sollen schweigen, Manin!« Deelor stieß sich von der Wand ab und taumelte näher. Lieutenant Yar hielt noch immer den Phaser in der Hand und richtete die Waffe auf ihn. Der Mann blieb stehen, wankte und versuchte, das Gleichgewicht zu wahren. »Sie verletzen die Sicherheitsbestimmungen Starfleets.«

Crusher wußte, daß Manin viel zu schwach war, um eine Operation zu überstehen. Sie hätte es dennoch mit einem chirurgischen Eingriff versucht, aber es bestand nicht die geringste Aussicht auf eine Besserung: Die wichtigsten Organe des Patienten stellten nurmehr desorganisierte Zellmassen dar. Nach kurzem Zögern verabreichte sie ihm ein schmerzstillendes Mittel.

Manin flüsterte nur noch. Picard beugte sich tiefer zu

ihm herab und spitzte die Ohren, verstand jedoch nur ein einziges Wort.

»Hamlin?« wiederholte er. »Was ist mit Hamlin?« Er erhielt keine Antwort, und die Hand löste sich von seinem Arm.

»Sie Narr!« Deelor ignorierte den Strahler in Yars Faust und trat an die Diagnoseliege heran. »Ich sorge dafür, daß Sie degradiert und Ihres Postens enthoben werden.«

»Captain Manin kann Sie nicht mehr hören.« Dr. Crusher schaltete das Untersuchungsgerät aus und starrte auf den reglosen Körper herab. »Er ist tot.«

KAPITEL 4

CAPTAINS LOGBUCH, NACHTRAG:

Die Ereignisse, die zur Zerstörung der *USS Ferrel* führten, bleiben nach wie vor rätselhaft. Wir haben dreißig Besatzungsmitglieder eines Raumschiffes an Bord gebeamt, dessen Crew eigentlich aus mehreren hundert Personen bestehen müßte. Und niemand von ihnen ist bereit, uns die Gründe für den Angriff auf ihr Schiff zu erklären.

Der Aufenthaltsraum im Bereich des Brückendecks war so konzipiert, daß er seinen Benutzern ein hohes Maß an Bequemlichkeit bot. Dick gepolsterte Sessel saumten einen großen, ovalen Tisch, und mehrere breite, leicht gewölbte Fenster boten einen atemberaubenden Blick auf diamantene Sterne. Der Tisch bot mehr als zehn Personen Platz, doch diesmal traten nur vier ein.

»Fühlen Sie sich nicht gut, Counselor?« fragte Picard, als sich Troi in einen Sessel sinken ließ und die Augen schloß.

Die langen, dunklen Wimpern zitterten kurz, bevor Deanna die Lider hob. »Ich bin ein wenig müde«, gestand sie widerstrebend ein. »Die emotionalen Kontakte zuerst mit den Farmern und dann auch mit den Überlebenden der *Ferrel* haben mich erschöpft.«

»Und außerdem gewannen wir dadurch kaum neue Erkenntnisse«, fügte Riker hinzu. Data und er wanderten um den Tisch herum. »Sie alle begegnen uns mit einer feindseligen Einstellung.«

Picard beobachtete, wie sich Troi versteifte, als Riker ihren Sessel passierte. Diese unbewußte Reaktion bestätigte seinen Verdacht, daß die Counselor die Stimmungen des Ersten Offiziers besonders intensiv wahrnahm. Er verglich Rikers Ärger mit einer Ramme, die immer wieder gegen Trois mentale Barrieren prallte.

»Ich schlage vor, wir beginnen mit der Besprechung«, sagte Picard, nahm an der Stirnseite des Tisches Platz und ahnte, daß seine Ungeduld Deannas psychische Belastung verstärkte.

»Ich werde einfach nicht schlau daraus«, entfuhr es Riker und setzte sich ebenfalls. »Nach D'Amelios Aussagen ist Deelor ein Effizienzberater und wurde der *Ferrel* zugewiesen, um die dortigen Wartungsroutinen und Standardprozeduren zu verbessern. Aber nach den Personalaufzeichnungen Starfleets gehört er nicht zur Besatzung. Er steht nicht einmal auf der Crewliste.«

»Ich habe dem Computer ein spezielles Programm eingegeben und eine umfassende Identitätskontrolle vorgenommen«, erklärte Data. »Das Ergebnis ist absolut negativ. Sein Name wird nicht in den uns zugänglichen Starfleet-Dokumenten genannt und fehlt in allen elektronisch archivierten demografischen ID-Übersichten der Föderationswelten, die in diesem Sektor verzeichnet wurden.«

»Darüber hinaus ist kein Mannschaftsmitglied der *Ferrel* bereit, uns mitzuteilen, wer auf ihn schoß und *warum* jemand versuchte, ihn umzubringen.« Riker seufzte und schüttelte den Kopf. »Offenbar sahen alle in die andere Richtung, als sich der Handphaser entlud. Deanna, bitte sagen Sie dem Captain, was Sie fühlten.«

Troi zögerte und suchte nach den richtigen Worten für ihre Empfindungen. »Eine Eruption widerstreitender Emotionen. Kummer und Trauer über den Tod des Captains. Zorn, fast Haß in bezug auf Deelor. Und immer das Bestreben nach Geheimhaltung. Wenn die Überlebenden etwas wissen, so geben sie ihre Informationen nur preis, wenn sie erheblichem Druck ausgesetzt werden.«

Picard hob mahnend die Hand. »Es liegt mir keineswegs etwas daran, eine Inquisition zu veranstalten. Andererseits bin ich dazu verpflichtet, die Hintergründe jener rätselhaften Vorgänge zu klären. Ich muß erfahren, was an Bord der *Ferrel* geschehen ist. Es geht dabei auch um die Sicherheit der *Enterprise.*« Er runzelte die Stirn, als vor seinem inneren Auge eine düstere Vorstellung entstand: das zerstörte Diskussegment des eigenen Schiffes, die Brücke verheert, tote Besatzungsmitglieder und Passagiere inmitten der durchs All treibenden Trümmer ... »Was ist mit der anderen zivilen Person, der Frau?«

»Sie heißt Ruthe«, erwiderte Riker und seufzte erneut. »Ihren Nachnamen nennt sie uns nicht, und sie ignoriert alle Fragen, antwortet nur immer: ›Wenden Sie sich an Deelor.‹«

»Der sich zu schwach fühlt, um uns Auskunft zu geben.« Als Dr. Crusher auf Manins Tod hinwies, erlitt Deelor einen für ihn recht praktischen Ohnmachtsanfall. »An seinen Verletzungen kann kein Zweifel bestehen, aber die zeitliche Übereinstimmung ist mir suspekt.« Picard preßte kurz die Lippen zusammen. »Ich bin sicher, es geht ihm nicht annähernd so schlecht, wie er den Anschein zu erwecken versucht. Und wahrscheinlich ist das auch bei D'Amelio und seinem angeblichen Schock der Fall. Aber warum? Was verbergen sie vor uns?«

Yars Interkom-Meldung unterbrach die Beratung. »Farmer Patrisha hat sich mit der Brücke in Verbindung gesetzt – schon wieder.« Die Verärgerung in Tashas Stimme war unüberhörbar. »Sie besteht darauf, mit Ihnen persönlich zu sprechen, Captain.«

»Sagen Sie ihr ...« Picard holte tief Luft und beherrschte sich. »Sagen Sie ihr, es sei alles unter Kontrolle. Ich wende mich an sie, sobald es meine Pflicht erlaubt.«

Er berührte seinen Insignienkommunikator und unterbrach damit die Verbindung. »Manchmal sind Passagiere ebenso hartnäckig wie Kinder«, brummte er mehr zu sich selbst. »Man darf sie nicht einfach nur anhören, sondern muß ihnen direkt gegenübertreten.« Er verdrängte alle Gedanken an die Oregonianer und konzentrierte sich wieder auf das aktuelle Problem. »Hamlin. Ich assoziiere dieses Wort in erster Linie mit dem Hamlin-Massaker. Ich war damals ein Knabe, aber ich erinnere mich recht gut an den Zwischenfall.«

»Ich habe während meines Akademie-Studiums die historischen Berichte gelesen.« Riker bemerkte Trois fragenden Blick und fuhr fort: »Hamlin war eine Bergbaukolonie an der Föderationsgrenze. Vor fünfzig Jahren meldeten die Bewohner des Planeten den Erstkontakt mit fremden Intelligenzen – und daran schloß sich absolute Kommunikationsstille an. Das nächste eintreffende Versorgungsschiff stellte den Tod aller Kolonisten fest.«

»Sie kamen nicht alle ums Leben«, berichtete Data. »Nur die Erwachsenen. Die Kinder hingegen fehlten. Man suchte vergeblich nach ihnen.«

»Manche behaupten, sie seien gefressen worden.« Picard starrte ins Leere, entsann sich an Furcht und Schrecken.

»Anfrage: Bedeutet ›gefressen‹ die metabolische Verarbeitung von Nahrung?«

»Ja, Data. In einigen aufgebauschten Berichten wurde eine solche Möglichkeit erwähnt.« Picard bedauerte seine Bemerkung und versuchte, das Thema zu wechseln. Er wandte sich an Riker. »Der Angriff auf die *Ferrel* . . . Stecken vielleicht die gleichen Fremden dahinter, die für das Hamlin-Massaker verantwortlich sind?«

»Vielleicht sind die vermißten Besatzungsmitglieder des Constellations-Schiffes ebenfalls ›gefressen‹ worden.« Data brachte diesem Phänomen besonderes Interesse entgegen und ließ nicht locker. »Allerdings: Das Fehlen von mehreren hundert Personen deutet auf beträchtlichen Appetit hin.«

Eine neuerliche Meldung von Lieutenant Yar bewahrte Picard vor einer Antwort. »Geht es wieder um die Farmer?« erkundigte er sich.

»Nein, Sir. Ich empfange eine Sendung von Zendi Starbase Zehn.«

Riker lehnte sich in seinem Sessel zurück und verschränkte die Arme. »Dort hat man sich ziemlich viel Zeit gelassen, Sir. Die Übertragungsverzögerung beträgt nur einige Stunden, nicht einen ganzen Tag.«

»Wie dem auch sei ...« brummte Picard. »Vielleicht kann uns Admiral Zagráth einige Antworten geben. Ich nehme die Nachricht hier entgegen, Lieutenant.«

»Ich schlage vor, Sie suchen Ihr Büro auf, Sir«, sagte Yar. »Es handelt sich um ein verschlüsseltes Signal, Code 47: ausschließlich für den Captain bestimmt.«

»Die Sendung dauerte nur drei Minuten«, betonte Tasha. Sie beugte sich über die Brüstung des Achterdecks und starrte auf die gewölbte Wand, die den Bereitschaftsraum von der Brücke trennte. »Aber er ist schon seit einer Ewigkeit dort drin.«

Data schwang die Operator-Konsole herum und musterte seine Offizierskollegen. »Seit zehn Minuten und zwölf Sekunden. Keine besonders lange Zeitspanne, um über den Bedeutungsinhalt einer wichtigen Meldung nachzudenken. Vorausgesetzt natürlich, die Analysephase betrifft einen Menschen.«

»Zwanzig Minuten sind wirklich übertrieben«, sagte Geordi zehn Minuten später. »Wie oft kann man sich in dieser Zeit eine hundertachtzig Sekunden lange Sendung anhören?«

»Genau sechs Komma sechs sechs sechs ...«

»Data«, warf Yar ein und unterbrach die Berechnung des Androiden. »Haben Sie irgendwelche Aktivitäten am Terminal des Captains feststellen können?«

»Die Anzeigen auf meinem Pult ...«

»Data ...« sagte Riker warnend und schüttelte den Kopf. »Das grenzt an eine Verletzung der Privatsphäre.

Wir werden früh genug erfahren, ob sich etwas Neues ergeben hat.« Sie warteten noch einmal zehn Minuten, und schließlich wandte sich der Erste Offizier an Troi. »Während der Abwesenheit des Captains haben Sie kaum ein Wort gesprochen. Sind Sie nicht neugierig?«

»Das ist eine suggestive Frage, wie Sie sicher wissen«, entgegnete Deanna spitz. »Wo bleibt Ihre Sorge um den Schutz des Privaten?«

Geordi und Data sahen auf und musterten die Counselor stumm. Als Troi kurz den Kopf drehte, fühlte sie auch Yars und Worfs Blicke auf sich ruhen. Sie ließ den Atem in einem langen Seufzer entweichen. »Nun, wenn Sie es unbedingt wissen wollen: Ich spüre großen Zorn im Captain. Derzeit versucht er, sich wieder unter Kontrolle zu bringen.«

Weitere Erklärungen erübrigten sich: Die Tür des Bereitschaftsraums glitt mit einem leisen Zischen auf, und Picard kehrte in die Kommandozentrale zurück. Sein Gesicht war völlig ausdruckslos, als er an den großen Wandschirm herantrat, ihm den Rücken zukehrte und Haltung annahm. Er räusperte sich demonstrativ, um die Aufmerksamkeit der Offiziere zu erwecken. Als er sprach, klang seine Stimme monoton, und er sah über die Köpfe der Männer und Frauen hinweg.

»Auf Anweisung von Starfleet Command wird es keine Diskussionen mehr geben, bei denen es um jene Ereignisse geht, die dem Notruf der *USS Ferrel* folgten. Alle Logbucheinträge und Sensordaten in Hinsicht auf die *Ferrel* und den Angreifer werden versiegelt. Ich erwarte von Ihnen, daß Sie sich strikt an diese Order halten.«

Das Summen des Interkom beendete die unbehagliche Stille, die den Worten des Captains folgte. Yar beugte sich abrupt vor und betätigte eine Schaltkomponente ihrer Konsole. »Der Anruf stammt von den Oregonianern, Sir.«

»Teilen Sie Farmer Patrisha mit, daß ich nun zu einer

persönlichen Begegnung bereit bin«, erwiderte Picard ruhig. Er durchquerte die Brücke, und vor der Tür des Turbolifts wandte er sich noch einmal um. »Sie haben das Kommando, Data. Nummer Eins, ich brauche Ihre Hilfe.«

Riker schwieg, als die Liftkabine ihn und Picard durch den stählernen Leib des großen Raumschiffs trug. Er blickte starr geradeaus und nahm sich ein Beispiel an der steifen, kerzengeraden Haltung des Captains.

»Halt«, sagte Picard plötzlich, und die Transportkapsel verharrte. Ein warnendes Blinklicht wies darauf hin, daß sie sich zwischen zwei Decks befanden. »Als Erster Offizier haben Sie das Recht, zumindest über einige Aspekte der Nachricht informiert zu werden.«

»Und vermutlich soll ich alles streng vertraulich behandeln«, erwiderte Riker. Er sah sich in der kleinen Kabine um. »Für eine offizielle Besprechung ist dies ein eher ungewöhnlicher Ort.«

In Picards Mundwinkeln zuckte es kurz, und seine Lippen bildeten einen dünnen Strich. »Allem Anschein nach ist doch ein Mann namens Andrew Deelor bekannt. Bei einigen Personen, die ziemlich hohe Ränge bekleiden. Admiral Zagráth bezeichnete ihn als Diplomaten, als Botschafter.« Ein leises Hüsteln des Captains machte seine Skepsis deutlich. »Nun, vielleicht stimmt das sogar. Aber ich tippe eher auf den Geheimdienst der Flotte.«

»Das könnte die stark reduzierte Besatzung der *Ferrel* erklären. Eine Mission mit hohem Risiko und oberster Geheimhaltungsstufe.«

»Ja. Wahrscheinlich erfahren wir nie, was Manin in diesen Raumsektor führte. Der ganze *Ferrel*-Zwischenfall wurde für top-secret erklärt.« Picard berührte eine Taste, und der Lift setzte sich wieder in Bewegung. »Im Interesse der Föderationssicherheit.«

Bei der letzten Bemerkung runzelte Riker die Stirn.

»Lieber Himmel ... Das ist die absolut höchste Geheimhaltungsstufe.«

»In der Tat.«

Die Tür des Turbolifts öffnete sich, und Picard trat in den Korridor. Das kurze Gespräch war beendet.

Als der Melder summte, holte Patrisha tief Luft und stand auf. »Herein!« rief sie, und daraufhin schoben sich die beiden Schotthälften von ganz allein auseinander. Was für eine Energieverschwendung, dachte die Oregonianerin, verdrängte ihren Abscheu und begrüßte die beiden Männer, die das Quartier betraten.

»Ich bin Ihnen sehr dankbar, daß Sie gekommen sind, Captain«, wandte sich Patrisha an den älteren der beiden Nicht-Farmer. Sie war Picard nie vorgestellt worden und wußte nicht, was die Rangabzeichen am Kragen der Starfleet-Uniformen bedeuteten, aber sie hatte gelernt, die Aura der Autorität wahrzunehmen. Die beiden Offiziere vor ihr strahlten Arroganz aus, und der fast kahlköpfige Mann zeichnete sich durch eine besonders gebieterische Verhaltensweise aus. Patrisha sah seinen Begleiter an, den sie bereits kannte. »Freudiges Wiedersehen, Mr. Riker.«

»Nach zu langer Zeit, Farmer Patrisha.«

Der jüngere Offizier lächelte weitaus freundlicher als der Captain, und außerdem gab er die traditionelle Farmer-Antwort. Patrisha hätte es vorgezogen, die Unterredung mit ihm zu führen, aber das entsprach nicht den Bräuchen jener Menschen. Sie mußte die bei ihnen herrschende strenge Hierarchie achten.

»Man wies mich darauf hin, der Alarm habe Sie beunruhigt«, sagte der Captain.

»Die ganze Gemeinschaft ist aufgrund der jüngsten

Ereignisse sehr besorgt«, bestätigte Patrisha. Der Kommandant kam ohne Umschweife auf den Grund für die Begegnung zu sprechen, und ihr lag ebenfalls nichts an einer übermäßig langen Erörterung. »Ich spreche als eine von vielen.«

»Das dachte ich mir schon«, sagte Picard und blickte kurz zur Tür, die ins Nebenzimmer führte.

Patrisha verkniff sich eine scharfe Antwort. Der Captain hatte das Rascheln der Kleidung und die leisen Stimmen im angrenzenden Raum gehört und wußte, daß jemand lauschte. Sie maskierte ihre Verlegenheit mit einem Hinweis auf die Farmer-Prinzipien. »Wir sind ein friedfertiges Volk, Captain Picard.«

»Ich bedaure, daß Sie durch unsere Konfrontation mit einem fremden Raumschiff in Aufregung versetzt wurden«, erwiderte Picard, und Patrisha spürte sofort, daß seine Worte keineswegs als Entschuldigung gemeint waren. »Ich darf Ihnen versichern, daß nie eine akute Gefahr bestand. Der Angreifer hat diesen Raumsektor inzwischen verlassen.«

»Darum geht es nicht, Captain. Wir weigern uns, an militärischen Operationen teilzunehmen.«

»Das verstehe ich durchaus. Allerdings ist die *Enterprise* verpflichtet, in Not geratenen Schwesterschiffen zu helfen. In diesem besonderen Fall mußten wir leider die Waffen sprechen lassen. Das ließ sich nicht vermeiden. Wir werden die Reise nach Neu Oregonia sehr bald fortsetzen.«

»Warum die Verzögerung?« hakte Patrisha nach. »Auf was warten wir noch?« Keiner der anderen Farmer zeigte sich bereit, dem Captain gegenüberzutreten. Es lag also allein bei ihr, die Interessen der Gemeinschaft wahrzunehmen, und deshalb war sie entschlossen, alle notwendigen Fragen zu stellen.

Riker räusperte sich kurz. »Wir leisten dem beschädigten Schiff technische Hilfe, so daß die Besatzung zur Starbase Zehn zurückkehren kann.«

Picard verlagerte sein Gewicht von einem Bein aufs andere, und daraus schloß Patrisha, daß sich die Geduld des Captains allmählich erschöpfte. Er erinnerte sie an Dnnys, erweckte den Eindruck, als wolle er die Kabine so schnell wie möglich verlassen. Nur das Gebot der Höflichkeit zwang ihn dazu, im Quartier zu bleiben.

»Lassen Sie sich nicht von Ihrer Arbeit abhalten«, sagte sie und formulierte damit einen rituellen Abschiedsgruß der Farmer.

Picard verstand ihn als Hinweis auf seine zu deutlich sichtbare Ungeduld. Er lächelte gezwungen. »Bitte setzen Sie sich mit Counselor Troi in Verbindung, wenn Sie irgend etwas brauchen.«

»Diesen Rat beherzige ich gern«, erwiderte Patrisha freundlich und begleitete die beiden Männer zum Ausgang. Sie seufzte erleichtert, als sich die Tür schloß und die Offiziere in ihre Welt zurückkehrten. Einige Sekunden später zischte hinter ihr ein aufgleitendes Schott.

»Sie haben den Gestank ihrer Technologie zurückgelassen«, sagte Dolora und schnupperte, als sie das Zimmer durchquerte.

»Ich bitte dich ...« ächzte Patrisha leise, doch ihre Worte verloren sich im nörglerischen Brummen anderer Stimmen. Weitere Farmer verließen ihr Versteck und betraten den Aufenthaltsraum.

»Du warst viel zu entgegenkommend«, verkündete Tomas mit der für ihn charakteristischen Schwülstigkeit. »Niemand kann uns hier gegen unseren Willen festhalten.«

»Ganz im Gegenteil«, widersprach Patrisha. »In dieser Hinsicht bleibt uns überhaupt keine Wahl. Und Captain Picard war wenigstens taktvoll genug, nicht darauf hinzuweisen.«

Nur Tomas brachte sie so sehr in Rage, daß sie einen Nicht-Farmer verteidigte.

Dolora hob eine zitternde Hand und deutete in Richtung Korridor. »Es ist eine Unverschämtheit. Der Regierung von Grzydc sollte sofort mitgeteilt werden, mit welcher Respektlosigkeit man uns begegnet.«

»Auf Grzydc behandelte man uns nicht besser«, murmelte eine andere Frau.

»Nicht-Farmer haben keine Ahnung von Respekt«, warf ein Mann ein, der neben dem geöffneten Schott des Nebenzimmers stand. »Anstand und Ehrbarkeit sind solchen Leuten völlig fremd.«

Es hatte keinen Sinn, an Vernunft und Logik der aufgebrachten Gemeinschaftsmitglieder zu appellieren. Patrisha ließ sich aufs Sofa sinken, schloß die Augen und versuchte, all die Beschwerden und Klagen zu überhören, für die es eigentlich gar keinen Grund gab.

Ihre Reise nach Neu Oregonia dauerte schon ein ganzes Jahr, und während dieser Zeit hatte sich das Ritual des Kummers und Zorns häufig und mit nur wenigen Variationen wiederholt. Für Patrisha war es ebenso vertraut wie langweilig.

»Ich hatte weitaus heftigere Reaktionen der Farmer auf die Verzögerung erwartet«, meinte Picard, als er zusammen mit seinem Ersten Offizier den Passagierbereich verließ. Riker wandte sich nur mit wirklich wichtigen Meldungen an ihn, aber er wußte aus anderen Quellen von dem manchmal überschäumenden Temperament der Oregonianer.

»Patrisha offenbarte tatsächlich eine bemerkenswerte Ruhe«, gestand Riker nach kurzem Zögern ein, während sie durch den Korridor schritten. »Wie dem auch sei: Inzwischen sind die Farmer an Verzögerungen gewöhnt. Sie haben fast einen Monat lang in Starbase Zelin gewartet, bevor wir den Auftrag erhielten, sie zum Zielplaneten zu bringen. Die Behörden ihrer Heimatwelt übten diplomatischen Druck aus, um die Gemeinschaft der *Enterprise* zuzuweisen.«

»Ich wußte gar nicht, daß Grzydc irgend einen politischen Einfluß hat«, erwiderte der Captain und betrat den Turbolift. Der jüngere Offizier folgte ihm.

»Brücke«, sagte Riker, und die Transportkapsel sauste los, ohne daß die beiden Männer irgend einen Andruck spürten. »Wie ich von Wesley erfuhr, soll die Regierung von Grzydc viel Geld für den neuen Lebensraum der Farmer bezahlt haben.«

»Terrageformtes Land ist sehr teuer«, brummte Picard nachdenklich. »Es überrascht mich, daß ein an natürlichen Ressourcen so armer Planet wie Grzydc einer Gruppe eingebürgerter Personen finanziell unter die Arme greift.«

Riker lächelte schief. »Vielleicht ein geringer Preis dafür, die Farmer loszuwerden.«

Die Kabine hielt. Picard und sein Erster Offizier traten auf die Brücke – und wurden Zeugen einer hitzigen Auseinandersetzung zwischen der Sicherheitschefin Tasha Yar und Andrew Deelor. Yar klappte den Mund zu und nahm Haltung an, als sie den Captain bemerkte. Deelor schob seine geballte Fäuste tief in die Taschen der blauen Medo-Jacke. Die in einen Mantel gehüllte Frau namens Ruthe stand neben ihm und wirkte völlig unbeeindruckt von dem Streit.

»Was geht hier vor?« Picards Frage galt Lieutenant Yar, aber seine Aufmerksamkeit blieb auf Deelor gerichtet. Nach der kurzen Begegnung mit ihm, in der Krankenstation, hatten sich die memorialen Einzelheiten seines Erscheinungsbilds verflüchtigt, und der Captain nutzte die Gelegenheit, den Mann eingehend zu mustern. Das Gesicht des Botschafters wies keine besonderen Züge auf, war weder attraktiv noch häßlich – man vergaß es leicht. Größe und Statur entsprachen dem Durchschnitt. Anders ausgedrückt: unscheinbar und unauffällig.

»Ich habe *Botschafter* Deelor aufgefordert, die Brükke zu verlassen, aber er weigert sich, in seine Kabine zurückzukehren.« Yar benutzte zwar den Titel, aber die besondere Betonung machte ihren Zweifel deutlich. »Ich wollte gerade ein Sicherheitsteam hierher beordern und es beauftragen, ihn zu seinem Quartier zu eskortieren.«

»Sie haben sich völlig richtig verhalten, Lieutenant Yar.« Picard wandte sich an Deelor und seine Gefährtin. »Ohne meine ausdrückliche Erlaubnis ist es Passagieren nicht erlaubt, die Brücke zu betreten.«

»Ich bin kein gewöhnlicher Passagier«, stellte Deelor fest.

»Nein, offensichtlich nicht.« Picards Lächeln beschränkte sich auf die Lippen und sparte die Augen aus. »Sie haben sich erstaunlich schnell von Ihren Verletzungen erholt, Botschafter.«

»Dr. Crusher ist eine sehr fähige Ärztin. Ich fühle mich jetzt wesentlich besser.« Deelor zog die Hände aus der Jackentasche und ließ die Arme baumeln. Doch die Schultermuskeln blieben gespannt.

»Gut. Dann dürften Sie wohl in der Lage sein, einige meiner Fragen zu beantworten.« Picard führte das Paar die Rampe herunter und zur Tür des Bereitschaftsraums. Zusammen mit Riker folgte er Deelor und Ruthe ins Zimmer, doch der Botschafter schüttelte den Kopf, als sein Blick auf den Ersten Offizier fiel.

»Ich halte es für besser, wenn wir allein miteinander sprechen, Captain.« Es handelte sich nicht um eine Bitte, sondern um einen Befehl.

»Wie Sie wünschen, Botschafter.« Picard bedeutete Riker mit einem Wink, auf die Brücke zurückzukehren.

Ruthe schien die zwischen den beiden Männern knisternde Anspannung überhaupt nicht zu spüren und beobachtete fasziniert den Löwenfisch im Wandaquarium. Riker schob sich wortlos an ihr vorbei und verließ das Zimmer. Als das Schott zuglitt, trat Picard hinter seinen Schreibtisch und blieb mit dem Rükken zum Aussichtsfenster stehen. Die Fingerkuppen ruhten sanft auf dem glänzenden Kunststoff des Tisches.

»Admiral Zagráth hat mich deutlich genug darauf hingewiesen, daß ich Ihnen keine Fragen nach dem Grund für den Angriff auf die *USS Ferrel* stellen soll. Fällt auch der Mordanschlag auf Sie unter dieses Tabu?«

»Mordanschlag?« wiederholte Deelor gelassen. »Oh, Sie irren sich, Captain. Meine Verletzungen sind die Folge eines ... Unfalls.«

»Freut mich, das zu hören. Dann droht Ihnen also keine Gefahr, wenn Sie an Bord der *Ferrel* nach Zendi Starbase Zehn zurückkehren. Natürlich werden Sie es dort nicht gerade sehr bequem haben – immerhin muß die Wartungskammer des Maschinenraums dreißig Personen aufnehmen –, aber zum Glück dauert die Reise nur acht oder neun Wochen.«

Ein dünnes Lächeln umspielte Deelors Lippen. »Touché, Captain. Nun, ich schlage vor, wir beenden unser kleines Duell. Sie wissen bereits zuviel – und gleichzeitig noch nicht genug.«

Der Botschafter zog einen Stuhl heran, nahm vor dem Schreibtisch Platz und lehnte sich zurück. Picard ließ sich in seinen Sessel sinken, blieb jedoch aufrecht sitzen. Deelors plötzliche Zwanglosigkeit täuschte ihn nicht.

»Ich beabsichtige keineswegs, an Bord der *Ferrel* zurückzukehren«, erklärte der unscheinbare Mann. »Wie Sie schon sagten: Der Flug wäre sicher sehr anstrengend. Wenn dreißig Personen fast zwei Monate lang in einer kleinen Kammer hocken, sind emotionale Komplikationen nicht auszuschließen. Irgend jemand könnte schlicht und einfach überschnappen.«

»Die Besatzung der *Ferrel* haßt Sie. Warum?«

»Weil ich die Mission befehligte und den Captain zwingen mußte, meine Anweisungen zu befolgen. Und weil ich den Gegner unterschätzte. Ich darf eine Ihrer Vermutungen bestätigen: Die Fremden, die uns angriffen, sind auch für den bedauerlichen Zwischenfall auf dem Planeten Hamlin verantwortlich.«

»Das Hamlin-Massaker«, murmelte Picard. Tief in seinem Innern zitterte etwas. »Dreihundert Menschen, die ohne irgendeinen Grund umgebracht wurden. Ein solches Gemetzel ist mehr als nur ein ›Zwischenfall‹.«

Deelor wölbte die Brauen. »Offenbar brauche ich Ihnen keine Details zu schildern.«

»Was wissen Sie über die Fremden?«

»Sie nennen sich Choraii.«

»Choraii«, wiederholte Picard langsam. Jetzt hatte der Feind einen Namen. »Und Ihre Begegnung mit ihnen war sicher kein Zufall.«

»Nein. Über viele Wochen hinweg kam es immer wieder zu Funkkontakten, und schließlich gelang es uns, ein Rendezvous zwischen der *Ferrel* und einem Choraii-Schiff zu vereinbaren.« Deelor zögerte unsicher. Als er fortfuhr, klang seine Stimme nicht mehr annähernd so herablassend und arrogant. »Ich war auf einen feindseligen Akt der Choraii vorbereitet, auf einen Test unserer Verteidigungssysteme. Ich hielt es für erforderlich, daß die *Ferrel* eine militärische Macht zeigte, die dem des anderen Schiffes ebenbürtig war. Wir mußten den Respekt der Choraii erringen – ohne sie mit einer Demonstration waffentechnischer Überlegenheit zu erschrecken.«

»Was ging schief?« fragte Picard.

»Ich schätzte die Situation falsch ein, hielt mich zu lange zurück. Die Choraii sahen darin eine Schwäche und schlugen zu. Ihr Energienetz überraschte uns alle. Und mit unseren verringerten Reserven konnten wir dem energetischen Druck nur wenige Stunden lang standhalten. Eine harte Lektion – aber sie ermöglichte bedeutsame Erkenntnisse. Beim nächstenmal, mit der *Enterprise,* habe ich sicher Erfolg.«

Picard schlug mit der flachen Hand auf den Schreibtisch. »Nicht mit *meinem* Schiff.«

»Ich bin befugt, das Kommando zu übernehmen. Hat Sie der Admiral nicht darauf hingewiesen?« Die Arroganz kehrte in Deelors Tonfall zurück.

Picard besann sich auf dreißig Jahre Starfleet-Disziplin, um der Versuchung zu widerstehen, sich auf den Botschafter zu stürzen und die Hände um seinen Hals zu schließen. »Ja, er erwähnte diesen Punkt.« Jener Teil der Nachricht hatte einen Zorn in ihm geschürt, dessen Hitze er noch immer spürte. »Und worin besteht der Sinn Ihres Kontakts mit den Choraii, wenn ich fragen darf?«

Deelor lächelte selbstgefällig, als er begriff, daß sich der Captain seiner Autorität fügte. Picard preßte die Lippen zusammen und beherrschte sich mühsam. Wie gern hätte er seine Faust in das grinsende Gesicht gerammt!

»Die Choraii sind praktisch ständig auf der Suche nach verschiedenen Metallen: Zink, Gold, Platin, Blei. Offenbar fehlt ihnen die Technik, um Erze in Asteroiden zu verarbeiten. Wenn sie keine Gefahr für sich selbst sehen, töten sie, um an ihr Ziel zu gelangen. Unsere Mission besteht darin, eine Handelsvereinbarung mit ihnen zu schließen.«

»Sie wollen mit ihnen *handeln*?« platzte es aus Picard heraus. »Warum, verdammt? Besitzen sie irgend etwas, das für uns von Interesse sein könnte?«

»Ja«, sagte Ruthe und wandte sich vom Wandaquarium ab. »Die Kinder von Hamlin.«

KAPITEL 5

Die *USS Ferrel* trieb im Weltraum. Das sanfte Glühen der vier dünnen Triebwerksgondeln glitt über die geborstenen Konturen des Diskussegments und die vielen Reihen dunkler, lebloser Fenster.

Picard beobachtete die Szene aus der bequemen Sicherheit des Kommandosessels auf der Brücke der *Enterprise.* Links stand sein Erster Offizier, rechts die Counselor. »Sind sie sicher, daß es klappt, Nummer Eins?« fragte der Captain skeptisch, während er das Bild auf dem großen Wandschirm betrachtete.

Riker zuckte mit den Schulter. »Ich kann es selbst kaum glauben. Aber Logan schwört, die Triebwerke der *Ferrel* seien in der Lage, lange genug volle Impulskraft zu halten, um eine Rückkehr zur Starbase Zehn zu ermöglichen.« Er streckte die Hand aus und deutete auf die Beschädigungen. »Das kontrahierende Energiefeld umhüllte die Diskussektion und ließ die Gondeln völlig intakt. Unsere Wartungstechniker haben alle Verbindungsstutzen versiegelt, die zu den zerstörten Bereichen führen. Anschließend konzentrierten sie sich darauf, in den nicht betroffenen Abteilungen die normale Energieversorgung wiederherzustellen. Auf künstliche Gravitation, Nahrungsmittelsynthese und andere angenehme Dinge müssen die Überlebenden zwar verzichten, aber die übrigen Systeme funktionieren einwandfrei.«

»Ich möchte dort drüben nicht gerade meinen Urlaub verbringen«, sagte Geordi. Er sprach leise, aber der Captain hörte ihn trotzdem.

»Da stimme ich Ihnen zu, Mr. LaForge. Nun, die Besatzungsmitglieder der *Ferrel* hatten inzwischen ausreichend Gelegenheit, sich ihre neuen Unterkünfte anzusehen. Vielleicht haben einige von ihnen ihre Meinung geändert. Lieutenant Yar, stellen Sie eine Audioverbindung her.« In diesem Zusammenhang führten die Reparaturbestrebungen Ingenieur Logans nur zu einem halben Erfolg: Die Kommunikationssektion des Diskussegments blieb weiterhin zum größten Teil defekt und ermöglichte keinen visuellen Kontakt.

»Kom-Kanal offen, Captain.«

»Wollen Sie noch immer die Starbase anfliegen, Mr. D'Amelio?«

»Captain Manin kehrt mit seinem eigenen Schiff heim«, tönte die Stimme des Ersten Offiziers der *Ferrel* aus dem Lautsprecher. »Darauf legen wir alle großen Wert.«

Counselor Troi beugte sich zu Picard heran. »Die Überlebenden sind tatsächlich entschlossen, in ihrem Raumschiff zu bleiben. Aber dabei geht es ihnen nicht nur darum, den Captain zu ehren. Sie können es nicht abwarten, alle Brücken zu Botschafter Deelor abzubrechen.

Picard verstand ihre Beweggründe nur zu gut. »Wie Sie wünschen, Commander«, antwortete er. »Die Entscheidung steht Ihnen frei. Ich wünsche Ihnen viel Glück für die Heimreise.«

Das Knistern der Statik verlieh D'Amelios Lachen eine seltsame Schärfe. »Verschwenden Sie Ihr Glück nicht an uns. Behalten Sie es, Captain Picard. Sie brauchen es sicher dringender als wir.«

Kurz darauf beschleunigte die *USS Ferrel*. Die verzerrt wirkende Struktur erzitterte kurz, und dann kroch das Raumschiff langsam über den Schirm. Picard beobachtete, wie es auf der einen Seite verschwand, und ein sonderbares Unbehagen regte sich in ihm. Er wußte nicht, ob die dumpfe Sorge in seinem Innern der *Ferrel* oder dem eigenen Schiff galt. D'Amelios Abschiedsworte ließen eine mentale Alarmglocke schrillen.

Die *Enterprise* hatte bei mehreren Gelegenheiten ihre Kampfqualitäten bewiesen, aber eigentlich war ihre Mission friedlicher Natur. Im Gegensatz zu vielen anderen Raumschiffen Starfleets befanden sich ganze Familien an Bord. Picard brauchte zunächst eine Weile, um sich an den Anblick von Kindern in den Korridoren zu gewöhnen. Sie waren ein deutlicher Beweis für die erweiterte Besatzung, und ihre Präsenz bedrückte den Captain manchmal. Sie erinnerten ihn an seine neue und auf unangenehme Weise veränderte Verantwortung. Mit einem Kreuzer wie der *Stargazer* hätte er nicht gezögert, die Choraii zu verfolgen und wenigstens zu versuchen, die Gefangenen von Hamlin zu befreien, aber mit der *Enterprise* sah die Sache völlig anders aus. Was verlangte die Pflicht unter solchen Umständen von ihm? Konnte er guten Gewissens tausend Leben riskieren, um längst vergessene Kinder zu befreien? Und schlimmer noch: Hatte er in dieser Hinsicht überhaupt die Möglichkeit, eine eigene Entscheidung zu treffen, oder mußte er sich fremden Anweisungen fügen?

»Captain«, sagte Data, der an den Navigationskontrollen saß. »Ich habe die von den Choraii zurückgelassene Ionenspur gründlich analysiert und die entsprechenden Werte eingegeben. Der Kurs ist programmiert.« Er wartete geduldig auf die Order des Captains. Wenn ihn Picards Zögern überraschte, so ließ er sich nichts davon anmerken.

»Warpfaktor vier, Mr. LaForge«, sagte der Kommandant schließlich. Er hatte gewartet, um festzustellen, ob der Botschafter den Befehl geben wollte. Aber er blieb weiterhin in seiner Kabine. Offenbar lag ihm zu diesem Zeitpunkt noch nichts daran, die Kommandogewalt zu beanspruchen. »Mr. Riker, versammeln Sie die Brückencrew auf dem Beobachtungsdeck. Lieutenant Yar, teilen Sie Botschafter Deelor mit, daß wir für die Einsatzbesprechung bereit sind.«

Das Gästequartier war geräumig, sogar luxuriös, wenn man es mit den eher bescheidenen Unterkünften an Bord der *Ferrel* verglich. Aber Deelor achtete gar nicht darauf, und für Ruthe blieb Bequemlichkeit ohne jede Bedeutung.

Kritisch betrachtete der Botschafter sein Abbild im Spiegel des Schlafzimmers und überprüfte den Sitz der schwarzen Uniform. Zufrieden stellte er fest, daß sich die dünne synthetische Haut auf der Brustwunde nicht unter dem eng anliegenden Stoff abzeichnete. Deelor war alles andere als eitel, aber er wußte um die subtilen Aspekte der Autorität. Jeder noch so geringe Makel konnte seine Position schwächen.

Er nickte sich selbst zu und richtete den Blick dann auf das Spiegelbild der Frau. »Du brauchst ebenfalls neue Kleidung.«

»Nein«, widersprach Ruthe. Sie rollte sich auf dem Bett zusammen und zog den Mantel zu. Er war erst kürzlich gereinigt worden, aber das Material wies deutliche Abnutzungserscheinungen auf. Nur noch ein flekkiges, helles Grau erinnerte an die ursprünglich dunkle Tönung.

Deelor kannte die Frau gut genug, um es dabei bewenden zu lassen. Er kam auf ihr vorheriges Thema zurück. »Überlaß das Reden bei der Einsatzbesprechung mir.«

Ruthe strich den Mantelkragen beiseite und bedachte ihn mit einem kurzen Blick.

»Das mache ich doch immer. Nun, *fast* immer.«

»Ja, aber diesmal ist dein Schweigen besonders wichtig. Wir dürfen Picard nicht unterschätzen. Wenn uns irgendein Fehler unterläuft, stellt er sich auf die Hinterbeine. Und wir können uns keine zusätzlichen Probleme leisten ...« Deelor drehte sich um, trat ans Bett heran und sah auf Ruthe herab. Sie lag erneut mit bis zum Kinn hochgezogenen Knien da. Er nahm auf der Kante Platz und wußte, daß sie ihn hörte, als er fortfuhr: »Picard darf nur das erfahren, was ich ihm sage, mehr nicht. Verstehst du? Unser beider Schicksal steht auf dem Spiel?«

»Warum sprichst du überhaupt mit ihm?« fragte die Frau. Der dicke Stoff dämpfte ihre Stimme.

»Weil mir keine andere Wahl bleibt.« Sanft berührte Deelor Ruthes Ellenbogen. »Komm jetzt. Der Captain und die anderen warten bereits auf uns.«

Picard stand an der Tür und beobachtete, wie sich das Konferenzzimmer mit den Angehörigen der Brückencrew füllte. Lieutenant Worf trat als erster ein, ging an dem Captain vorbei und wählte einen Sessel an der Wand. Dem Klingonen folgten Data und Geordi. Der Androide wandte sich sofort dem Computerterminal zu, und LaForge nahm neben ihm Platz.

»Sie sind früh dran«, sagte Picard, als er Dr. Crusher bemerkte.

»Pünktlichkeit ist eine Tugend, nicht wahr? Manchmal erinnere ich mich daran.«

»Hier, lesen Sie das, während wir auf die anderen warten.« Der Captain reichte ihr den medizinischen Hamlin-Bericht, den er von Deelor erhalten hatte. Die Ärztin nahm ihn entgegen und ging zum Tisch.

Kurze Zeit später traf die zweite Gruppe ein. Dr. Crusher ließ die Blätter des Ausdrucks sinken, hob den Kopf und sah ihren Sohn, der mit Tasha Yar und Deanna Troi hereinkam. Aus einem Reflex heraus hob sie die Hand, um Wesley herbeizuwinken, überlegte es sich dann aber anders. Picard lächelte amüsiert, als Beverly über die Bedeutung ihrer Geste hinwegzutäuschen versuchte, indem sie sich an der Nasenspitze kratzte.

»Wo steckt der Botschafter?« fragte Riker. Er betrat das Zimmer genau zum festgelegten Zeitpunkt. »Und Ruthe fehlt ebenfalls.«

»Ja, sie sind dauernd zusammen«, sagte Picard. »Was ist sie? Assistentin? Adjutantin? Vielleicht eine Art Attaché?« Im Grunde genommen handelte es sich um bedeutungslose, austauschbare Begriffe, aber ohne sie gab es keine Erklärung für Ruthes Präsenz.

»Möglicherweise sind sie ein Liebespaar«, warf Riker ein. »Sie haben getrennte Unterkünfte abgelehnt.«

Picard zuckte mit den Schultern. »Ich gehe einfach davon aus, daß Ruthe Deelors Frau ist.« Bei den letzten Worten glitt das Schott beiseite, und auf der Schwelle standen der Botschafter und seine Begleiterin. Picard fragte sich kurz, wieviel sie gehört hatten.

»Eine so große Zuhörermenge kann ich unmöglich akzeptieren«, sagte Deelor, als sein Blick über die wartenden Personen schweifte. »Sogar ein *Kind* ist zugegen.«

»Ich schicke meine Brückencrew weder in diese noch irgendeine andere Mission, ohne daß jeder genau weiß, worum es geht. Und das gilt auch für Fähnrich Crusher.« Der Captain nahm seinen Platz an der Stirnseite des Tisches ein. »Ich habe größtes Vertrauen in die Diskretion aller Anwesenden.«

Deelor runzelte die Stirn – deutliches Zeichen seiner Unzufriedenheit –, blieb jedoch stumm, als er einen freien Sessel wählte. Aus den Augenwinkeln sah Picard, daß Ruthe Rikers Angebot ablehnte, sich neben ihn zu setzen. Sie wich zurück und verschmolz mit den grauen Schatten an der Rückwand.

»Nun, lassen Sie uns beginnen«, sagte der Botschafter. Es klang so, als habe er sich viel zu lange gedulden müssen.

Picard bedeutete Data, das Computerdisplay zu aktivieren. Dicht über der Tischmitte bildete sich ein Hologramm, und darin schwebte ein winziges Blasenschiff.

»Vor fünfzehn Jahren«, sagte Deelor ohne Einleitung, »begegneten Ferengi-Händler einem antriebslos im Raum treibenden Choraii-Schiff. Die zur Neige gegangenen Zink-Reserven machten es manövrierunfähig. In der Hoffnung auf zukünftigen Profit tauschten die

Ferengi einige Pfund Metall gegen die einzige Waren, die ihnen die Choraii anzubieten hatten: fünf menschliche Gefangene. Nun, die Ferengi wandten sich natürlich sofort an die Föderation und verlangten hohe Lösegelder. Auf diese Weise erfuhren wir vom Schicksal der Hamlin-Kinder: Sie wurden vor über vierzig Jahren entführt und befinden sich seitdem an Bord von Choraii-Schiffen.«

Zwar sprach Deelor in einem sachlichen, neutralen Tonfall, aber seine Worte vermittelten trotzdem Entsetzen. »Fünf Überlebende«, sagte Picard. »Die damaligen Berichte erwähnen zweiundvierzig vermißte Kinder. Wie viele konnten befreit werden?«

»Acht weitere.«

Lieutenant Worf gab ein leises, kehliges Knurren von sich. Die übrigen Anwesenden brachten ihre Empörung weniger direkt zum Ausdruck: Sie rutschten unruhig hin und her, tauschten ernste Blicke.

»Versuchen sie bitte, die Schwierigkeiten zu verstehen, mit denen wir hier zu tun bekamen«, fuhr Deelor fort. »Die Choraii haben keine Heimat in dem Sinne – sie leben an Bord ihrer Raumschiffe. Zwar reisen sie oft in lockeren Gruppen, aber jede Einheit ist völlig autonom. Mit anderen Worten: Sie bilden keine in sich geschlossene politische Entität. Darüber hinaus sind sie Nomaden und fliegen oft durch große unbewohnte Raumbereiche; manchmal bleiben ihre Schiffe jahrelang verschwunden. Es dauerte Monate, um den lokalen Cluster ausfindig zu machen, und dann vergingen noch einmal mehrere Wochen mit sporadischen Funkkontakten. Schließlich gelang es uns, eine Vereinbarung mit einem Schiff zu treffen: einige Pfund Blei im Austausch gegen den menschlichen Gefangenen an Bord.«

Yar schüttelte den Kopf. »Wenn es so weitergeht, dauert es noch einmal mehr als vierzig Jahre, um die restlichen Kinder zu befreien.«

»Inzwischen sind sie sicher keine Kinder mehr«, warf Data ein. »Wenn die individuellen Angaben in den betreffenden Unterlagen richtig sind, müßte selbst der jüngste Entführte mindestens in Captain Picards Alter sein.«

Ein Lächeln huschte über Dr. Crushers Lippen, und Picard fragte sich nach dem Grund ihrer Erheiterung – Datas unfehlbarem Instinkt, in jedes Fettnäpfchen zu treten, oder seiner eigenen Reaktion auf die wenig schmeichelhafte Bemerkung?

Die Ärztin ließ den Ausdruck nachdenklich sinken und fügte Datas Kommentar genauere Angaben hinzu. »Die medizinischen Berichte der Hamlin-Kolonie ermöglichen den Schluß, daß einige Verschleppte inzwischen gut sechzig Jahre alt sind. Vorausgesetzt natürlich, sie leben überhaupt noch. Sie haben eine fast fünfzigjährige Gefangenschaft unter Bedingungen hinter sich, über die wir nur spekulieren können ...«

Eine andere, leisere Stimme weckte die Aufmerksamkeit der Versammelten. »Die Hamlin-Kinder sind von den Choraii gut behandelt worden.«

Picard reagierte erstaunlich heftig auf Ruthes Behauptungen. »Die Gefangenschaft allein ist bereits barbarisch genug!«

»Nun, ja, das stimmt sicher«, warf Deelor hastig ein. »Trotzdem müssen wir versuchen, unsere durchaus verständlichen feindseligen Empfindungen während der zweiten Verhandlungsrunde unter Kontrolle zu halten. Andernfalls riskieren wir, das dünne diplomatische Band zu zerreißen, das zu den Choraii geknüpft werden konnte. Und dann gäbe es für die übrigen Gefangenen nicht mehr die geringste Hoffnung.«

Picard war von seiner eigenen scharfen Reaktion überrascht, und er stellte fest, daß die Gesichter der meisten Anwesenden ähnliche Gefühle ausdrückten. Erinnerungen an das berüchtigte Hamlin-Massaker berührten bei Starfleet-Offizieren noch immer einen wunden Punkt, und offenbar bildete der Captain keine Ausnahme. Er bemühte sich, ein Beispiel der Ruhe und Vernunft zu geben. »Ich pflichte Ihnen bei, Botschafter Deelor. Meine Besatzung und ich haben nicht die Absicht, den Erfolg der Mission zu gefährden. Während des Kontakts mit den Choraii können Sie auf unsere volle Kooperationsbereitschaft zählen.«

Erneut meldete sich Ruthe zu Wort. »Vielen Dank, Captain.«

Picard drehte den Kopf und musterte die Frau eingehender. Bisher hatte sie im Schatten von Deelors starker Persönlichkeit gestanden, aber ihre Antwort deutete darauf hin, daß sie ebenfalls eine wichtige Rolle bei der Mission spielte.

»Leider habe ich es versäumt, Ihnen die Dolmetscherin Ruthe in aller Form vorzustellen«, sagte Deelor. »Sie ist für unsere direkte Kommunikation mit den Choraii zuständig.« Abrupt stand er auf. »Nun, Captain, wenn Sie und Ihre Crew der großen Verantwortung gerecht werden, geht sicher alles glatt über die Bühne.« Ruthe folgte ihm sofort, und gemeinsam verließen sie den Beobachtungsraum.

Als sich das Schott hinter dem Botschafter und der Dolmetscherin schloß, breitete sich wortloses Unbehagen im Zimmer aus. Männer und Frauen bewegten sich unruhig, und Picard wartete auf den unvermeidlichen emotionalen Sturm.

»Ich fasse es einfach nicht!« entfuhr es Yar. »Verhandlungen mit den Fremden, die vor fünfzig Jahren die Hamlin-Kolonisten niedermetzelten!«

Selbst Geordi konnte sich kaum mehr beherrschen. »Und sie ziehen sogar einen Gewinn aus dem damaligen Angriff. Das ist falsch. Völlig falsch.«

»Halten Sie Rache für angemessener?« fragte der Captain. Zufrieden sah er, daß Lieutenant Yar ihren Zorn unterdrückte. Auch die anderen Offiziere dachten nach.

Nach einer Weile seufzte die Leiterin der Sicherheitsabteilung. »Es ist weitaus wichtiger, die Kinder zu befreien.«

»Ich habe noch immer einige Fragen, Captain«, sagte Data. Seine ruhige Gelassenheit unterschied sich auffallend vom Verhalten der Menschen.

»Ja, Data, mir geht es nicht anders«, erwiderte Picard. »Allerdings scheint Botschafter Deelor noch nicht bereit zu sein, Antworten zu geben.« Er stand auf und wandte sich an die Versammelten. »Wir wissen, daß die Choraii in der Lage sind, ein Raumschiff der Constellation-Klasse zu zerstören, und sie brachten auch uns in eine recht schwierige Lage. Unsere erste Priorität besteht also darin, für die nächte Begegnung eine bessere Verteidigung vorzubereiten. Sie müssen sich dabei mit den wenigen Informationen begnügen, die uns derzeit zur Verfügung stehen.«

Damit war die Besprechung beendet. Die Offiziere erhoben sich und kehrten in kleinen Gruppen zu ihren Stationen zurück.

Captain Picard überlegte, ob er sein Quartier aufsuchen sollte, aber wenige Sekunden später fand er sich an der Seite Beverly Crushers wieder. Er glaubte nicht, daß er ganz bewußt ihre Gesellschaft suchte, hielt diesen Umstand eher für einen Zufall. Andererseits: Der Altersunterschied zu ihr war geringer als zu den anderen, und deshalb erschien es ihm durchaus normal, daß er sich manchmal zu ihr hingezogen fühlte.

Viele Besatzungsmitglieder und Passagiere wanderten durch die Korridore der *Enterprise*, und daher konnten Picard und Dr. Crusher nur über allgemeine Dinge sprechen. Doch als sie die relative Abgeschiedenheit von Beverlys Büro erreichten, schnitt der Captain das Thema Hamlin mit einem persönlichen Eingeständnis an.

»Sie litten in diesem Zusammenhang an Alpträumen?« fragte die Ärztin erstaunt.

»Ja, viele Jahre lang«, bestätigte Picard. »Ich besaß eine außerordentlich lebhafte Phantasie und stellte mir in allen imaginären – und recht blutigen – Einzelheiten das Schicksal der vermißten Hamlin-Kinder vor. Hinzu kam ein Rüpel aus der Nachbarschaft, der mir häufig drohte, mich nach Hamlin zu verfrachten, wo hungrige Ungeheuer darauf warteten, unleidliche kleine Jungen zu fressen.« Er nahm Crushers amüsiertes Lächeln nur mit einem Hauch Verlegenheit zur Kenntnis. »Nun, damals war ich erst fünf und ziemlich leichtgläubig.«

Beverly legte die medizinischen Unterlagen beiseite und setzte sich auf die Schreibtischkante. »Aber trotz jener Ängste zogen Sie ins All.«

Picard entspannte sich ebenfalls, lehnte am Türrahmen und dachte an seine Jugend zurück. »Vielleicht gerade *wegen* meiner Furcht. Ich hatte es satt, ständig zu zittern, und ich konnte die Drohungen des anderen Jungen nicht mehr ertragen. Deshalb beschloß ich, mich dem Alpdruck zu stellen und ihn herauszufordern.«

»Was für eine Ironie des Schicksals«, erwiderte Dr. Crusher. »Die Kinder wurden damals nicht umgebracht. Aber da Sie fest an ihren Tod glaubten, bekommen Sie nun Gelegenheit, sie zu retten.«

Picard versteifte sich wieder ein wenig. »Nein, nicht ich. In diesem Zusammenhang bin ich kaum mehr als ein Steuermann, der die Handelskaravelle zum vereinbarten Treffpunkt bringt. Ein Ferengi könnte diese Aufgabe wesentlich besser wahrnehmen – wahrscheinlich wäre er in der Lage, den Choraii einen größeren Profit abzuringen.«

»Einige Pfund Blei sind ein nur geringer Preis für die Freiheit der Gefangenen. Das Metall ist praktisch wertlos, sogar giftig für Menschen. Wir könnten es problemlos tonnenweise entbehren.«

»Ja. Und wenn sich die Choraii vor fünfzig Jahren die Mühe gemacht hätten, darum zu bitten, wären die Hamlin-Kolonisten jetzt noch am Leben. Statt dessen wurden sie einfach massakriert. Man kann also kaum von wertlosem Metall sprechen, Dr. Crusher – der Blutzoll ist viel zu hoch.«

Die vorherige Ungezwungenheit verflüchtigte sich und wich neuem Ernst. Crusher griff wieder nach dem Ausdruck. »Ich bekam keine Gelegenheit, bei der Besprechung darauf hinzuweisen, aber die medizinischen Berichte, die uns Deelor gab, sind eigentlich nur allgemein-historische Dokumente. Darin wird nicht der physische Zustand der damals Entführten erwähnt, und es fehlen auch Angaben über die Personen, die bereits befreit werden konnten. Wenn wir Überlebende an Bord unterbringen sollen, brauche ich so viele Informationen wie möglich, um sie adäquat zu behandeln.«

»Ich verstehe Sie.« Picard nickte. »Aber dabei ergeben sich weitere Probleme. Es ist alles andere als leicht, von Botschafter Deelor irgendwelche Antworten zu bekommen. Ebensogut könnte man versuchen, eine aldebaranische Maulschale zu öffnen – das Ergebnis lohnt kaum die Mühe.«

»Aber er will die Mission zu einem erfolgreichen Abschluß bringen. Er muß doch begreifen, daß wir ihm nur dabei helfen wollen.«

»Ja«, sagte Picard. »So etwas gebietet die Logik des gesunden Menschenverstandes. Aber vielleicht ist er nur ein kleinkarierter Bürokrat, der sich festklammert an dem Stolz darauf, Zugang zu Förderationsgeheimnissen zu haben.« Der Captain verglich seine Einschätzung mit dem Eindruck, den er bisher von Deelor gewonnen hatte, stellte dabei gewisse Diskrepanzen fest. »Entweder das – oder er hat etwas zu verbergen.«

Deelor wußte, daß Ruthe im Nebenzimmer schlief, und eine Zeitlang lauschte er der Stille ihres gemeinsamen Quartiers. Dann schaltete er das Computerterminal ein und begann mit einer elektronischen Inspektion der Enterprise. Sein Rang als Botschafter erlaubte ihm Zugriff auf alle technischen Informationen, doch er stieß auf eine Sicherheitsschranke, als er Auskunft über die Besatzungsmitglieder verlangte. Deelor gab einen aus fünf Zahlen bestehenden Code ein, und daraufhin öffnete sich das Personalarchiv für ihn. Geschickt löschte er alle Hinweise auf seine Datenabfrage und begann mit der Arbeit.

Zuerst konzentrierte er sich auf Jean-Luc Picard. Deelor blätterte durch die Bildschirmakte, befaßte sich mit den verschiedenen Aufgabenbereichen des Captains und ging eine lange Versetzungsliste durch, bevor er sich jüngeren Einträgen zuwandte. Ein Code aus sieben Ziffern erlaubte es ihm, im Logbuch des Captains zu lesen. Innerhalb kurzer Zeit gewann er einen recht guten Eindruck von Picards Kommandostil, und es ergaben sich auch Hinweise darauf, wie er unter den gegenwärtigen Umständen reagieren mochte. Er war ein sehr erfahrener Offizier, was Deelors Erwartungen in bezug auf den Captain eines Raumschiffes der Galaxis-Klasse entsprach.

Mit dem Ersten Offizier William Riker und Lieutenant Commander Data nahm er sich weniger Zeit, obwohl er auch bei ihnen das Prinzip der Gründlichkeit achtete. Was die übrigen Offiziere betraf ... Mit ihnen konnte er sich auch später noch befassen.

Ruthe erwachte nicht, als Deelor nach der Kiste griff, die auf dem Frisiertisch neben der Liege stand – das einzige Objekt, das er aus der *Ferrel* mitgenommen hatte. Er verabscheute persönliche Besitztümer und konnte es kaum erwarten, sich davon zu befreien. Der Computer teilte ihm mit, daß Riker und Data gemeinsam in der wissenschaftlichen Abteilung arbeiteten, und bot an, ihm den Weg zu zeigen, aber Deelor lehnte ab.

Der Botschafter testete seine Kenntnisse über die innere Struktur der *Enterprise*, als er durch die Korridore ging und versuchte, die Laboratorien ohne Hilfe zu finden. Er erreichte das Ziel, ohne sich unterwegs zu verirren. An Bord der *Ferrel* hatte er eine ähnlich lange Strecke im Dunkeln bis zur Brücke zurückgelegt – eine Vorbereitung, die ihm und Ruthe das Leben rettete. Wenn die Choraii auch die nächste Runde gewannen, waren sie vielleicht gezwungen, diese Leistung zu wiederholen. Deelor bemerkte die Überraschung der beiden Offiziere, als er den Raum betrat, und ihre Reaktion stimmte ihn zufrieden. Er legte großen Wert auf das Überraschungsmoment. Es reduzierte die ihm und seiner Begleiterin drohende Gefahr.

»Ich möchte Ihnen dies hier überlassen, Mr. Riker.« Deelor stellte die kleine Truhe auf den Labortisch, holte den Vocoder aus der Jackentasche und warf ihn dem anderen Offizier zu. Der Androide fing das Gerät mühelos auf. »Und das ist für Sie, Mr. Data.«

Riker betrachtete die Kiste einige Sekunden lang, bevor er sie öffnete. Deelor rechnete ihm seine Vorsicht hoch an. »Blei«, sagte der Erste Offizier und zählte die Barren. »Rund fünfzehn Pfund.«

»Ich habe etwas mehr mitgebracht – falls die Choraii den Preis für ihre Gefangenen erhöhen.«

»Warum so wenig?« fragte Riker. »Selbst völlig reines Blei ist alles andere als teuer.«

»Unsere Verhandlungspartner verlangen nie mehr, als sie unbedingt brauchen«, entgegnete Deelor. »Nachdem sie die Hamlin-Kolonie zerstörten, nahmen sie nur fünf Kilo Metall mit.«

»Und jetzt geben wir ihnen mehr.«

»Es ist zunächst nichts weiter als ein Angebot.«

Riker schüttelte voller Widerwillen den Kopf, doch Datas Gesicht zeigte nur Neugier. »Die Choraii verfügen ganz offensichtlich über eine hochentwickelte technologische Basis. Warum fehlen ihnen die Möglichkeiten, natürliche Erzvorkommen zu verarbeiten? Asteroiden enthalten mehr als genug der von ihnen benötigten Metalle.«

»Der Grund sind irgendwelche politischen Streitigkeiten«, erklärte Deelor. »Allem Anschein nach haben die mit entsprechenden Anlagen ausgerüsteten Schiffe den lokalen Cluster verlassen. Die soziale Struktur der Choraii ist sehr komplex, und wir wissen nur wenig darüber.« Bevor Data eine weitere Frage stellen konnte, wandte sich Deelor wieder an den Ersten Offizier – er durfte sich nicht damit aufhalten, den Wissensdurst des Androiden zu stillen. »Mr. Riker, bringen Sie die Kiste an einem sicheren Ort in der Nähe des Transporterraumes unter, so daß die Barren jederzeit geliefert werden können.«

»Was ist hiermit?« warf Data ein und hob das zylinderförmige Instrument.

»Der Vocoder enthält alle Sensoraufzeichnungen der *Ferrel*. Die Informationen betreffen das Choraii-Schiff. Nehmen Sie eine Auswertung vor – vielleicht bekommen wir dadurch neue Erkenntnisse über die ungewöhnlichen Waffensysteme der Fremden. Ich erwarte so bald wie möglich einen umfassenden Bericht.«

Riker versteifte sich. »Weiß Captain Picard von diesen Anweisungen?«

»Es steht Ihnen frei, ihn zu informieren«, erwiderte Deelor, drehte sich ruckartig um und verließ das Laboratorium.

KAPITEL 6

»Der Junge braucht einen Onkel«, erklärte Dolora, als sie ein weiteres Hemd faltete und es im großen Koffer auf dem Kabinenboden verstaute.

»Nun, er hat keinen«, antwortete Patrisha. Sie saß in einem weichen Sessel und sah der älteren Frau zu. Unter anderen Umständen hätte sie vielleicht die Bequemlichkeiten an Bord der *Enterprise* genossen. Die Farmer-Prinzipien tabuisierten weder gepolsterte Möbel noch große Zimmer, die viel Platz boten, aber die Gemeinschaft konnte sich solche Annehmlichkeiten nicht leisten. Schon seit einer Woche teilte Patrisha die Unterkunft mit ihrer Tante, und dadurch wurde die Reise fast unerträglich. »Ein weiteres Beispiel für die Gedankenlosigkeit meiner Mutter – sie starb zu jung.«

Dolora schürzte die dünnen Lippen. Manchmal erschien ihr Patrishas Humor als recht verschroben. »Tomas wäre sicher bereit, ihm gegenüber die Pflichten eines Onkels wahrzunehmen. Du brauchst ihn nur zu fragen.«

»Das ist gar nicht nötig. Tomas versucht auch so, in die Rolle meines Bruders zu schlüpfen.«

»Er ist dein Vetter.«

»Er ist ...« Patrisha unterbrach sich gerade noch rechtzeitig. Tomas war ein sturer Dummkopf – und Doloras Sohn. Vermutlich begriff er nicht einmal, welchen Ärger er ständig in seiner Kusine weckte. »Ich bin ihm dankbar dafür, daß er solches Interesse an unserem Wohlergehen zeigt, aber ich werde auch allein mit Dnnys fertig.«

Dolora prüfte den Inhalt des Koffers und überlegte, ob sie ihn wieder auspacken und noch einmal von vorn beginnen sollte. »Du bist als Einzelkind aufgewachsen und dadurch eigensinnig geworden.«

»Eine Eigenschaft, für die ich Gott danke!« fluchte Patrisha, bevor sie sich beherrschen konnte. »Tut mir leid, Tante Dolo.« Sie scheute nicht davor zurück, den alten Kosenamen zu verwenden, der kaum mehr gebraucht wurde. »Es ist nur ... Die Neuigkeiten, die uns Dnnys brachte, haben mich sehr bestürzt.«

Auf den Wangen ihrer Tante zeigten sich noch immer zwei helle Flecken, aber sie akzeptierte Patrishas Entschuldigung. »Glaubst du dem Jungen?«

»Selbstverständlich. Er ist ganz sicher, daß die *Enterprise* den Kurs geändert hat und wir nicht mehr nach Neu Oregonia fliegen.«

»Das beweist nur, daß Dnnys die Lektion seiner letzten Strafe nicht gelernt hat«, schnaubte Dolora. »Er schleicht sich noch immer von der Gemeinschaft fort.«

Womit sie wieder beim eigentlichen Thema waren. Erneut stellte sich Patrisha auf die Seite ihres Sohns und verband seine Verteidigung mit den Interessen der Farmer. »Wir brauchen seine Kenntnisse über das Raumschiff, um uns und unsere Fracht zu schützen.«

Die praktischen Aspekte dieses Arguments ließen sich nicht leugnen und mußten selbst von der häufig so irrationalen Dolora bestätigt werden. Aber sie fand rasch einen anderen Kritikpunkt. »Wenn er doch nur ein Mädchen wäre! Jungen erliegen viel zu leicht den Verlockungen einer leblosen Umgebung.«

»In einem solchen Fall hätte Krn keinen Bruder«, sagte Patrisha.

»Da wir gerade bei Krn sind ...« begann Dolora. Sie vergaß den Koffer, und in ihren Augen blitzte es unheilverkündend.

Dnnys' Ankunft bannte die Gefahr einer neuerlichen verbalen Auseinandersetzung. Patrisha versuchte, ihn mit einem warnenden Blick aus dem Zimmer zu schikken, aber er bewahrte sie beide vor einem direkten Angriff Doloras.

»Captain Picard ist gekommen, um mit dir zu sprechen, Mutter.«

Patrisha stand auf, und Dolora meinte nervös, sie habe ihren besten Pullover im Nebenzimmer vergessen. Bestimmt kehrte sie nicht zurück, während der Kommandant des Raumschiffes zugegen war.

»Freudiges Wiedersehen, Farmer Patrisha«, sagte Picard, als er eintrat. Er wirkte ebenso selbstbewußt wie bei ihrer ersten Begegnung, doch diesmal offenbarte er keine Anzeichen von Ungeduld.

»Nach zu langer Zeit, Captain.« Patrisha entschied im Gegensatz zu den Farmer-Bräuchen, sofort auf den Kern der Sache zu kommen. Dafür achtete sie einen anderen Grundsatz der Oregonianer und drückte sich recht vage aus, was die Quelle ihrer Informationen betraf. »In unserer Gemeinschaft ist ein sehr beunruhigendes Gerücht entstanden. Einige von uns glauben, die *Enterprise* fliege nicht mehr in Richtung Neu Oregonia.«

Picard bedachte ihren Sohn mit einem kurzen Blick. »Du hast Freundschaft mit Wesley Crusher geschlossen, nicht wahr?« Seine Stimme klang scharf; vermutlich wollte er den Jungen einschüchtern.

»Er hat mir nichts gesagt – wenn Sie das meinen«, erwiderte Dnnys und schnitt eine finstere Miene. »Ich gehöre zwar zu den Farmern, aber ich bin nicht so dumm, eine Kursänderung zu übersehen. Schließlich braucht man nur aus einem Fenster zu blicken.«

»Ja, in der Tat«, bestätigte Picard und wandte sich wieder an Patrisha. »Ihr Sohn hat eine bemerkenswerte Beobachtungsgabe.«

Sie ließ sich von dem Kompliment nicht ablenken. »Dann stimmt es also: Wir sind nicht mehr nach Neu Oregonia unterwegs.«

»Wir machen nur einen kleinen Umweg«, erklärte

Picard. »Starbase Zehn hat uns angewiesen, mit einem anderem Raumschiff in diesem Sektor gewisse ... Dinge auszutauschen. Ihnen dürfte inzwischen klar sein, daß die *Enterprise* nicht nur Forschungsaufgaben wahrnimmt. Wir sind Passagiertransporter, Handelsschiff und Rettungskreuzer.«

Seine Ausführungen erinnerten Patrisha auf subtile Weise daran, welche Belastung sie und die anderen Farmer für den Captain darstellten. Die Kommandantin des letzten Raumschiffes, das die Gemeinschaft befördert hatte, zeichnete sich durch weniger Takt aus: Vier Monate mit den Farmern hatten Buchers Geduld erschöpft. Sie setzte die Oregonianer in der nächsten Starbase ab und weigerte sich hartnäckig, auch nur einen einzigen Farmer an Bord des Frachters *Forox* zurückkehren zu lassen. Patrisha entsann sich voller Scham an jene Ereignisse, und ihre energische Entschlossenheit ließ ein wenig nach. »Ich bin Ihnen sehr dankbar, daß Sie sich die Zeit nehmen, uns die Situation zu erläutern.«

»Schon gut«, erwiderte Picard großzügig. »Das gehört zur Pflicht eines Captains.«

Er verabschiedete sich und verließ die Kabine.

Patrisha sah Dnnys an. »Hat er die Wahrheit gesagt?« fragte sie, bevor Dolora Gelegenheit bekam, erneut den Wohnbereich des Quartiers aufzusuchen.

»Ich weiß es nicht«, erwiderte der Knabe verdrießlich. »Wesley will mir nicht verraten, was eigentlich los ist.«

Riker und Data standen dicht neben Lieutenant Yar und starrten auf die eingeblendeten Meldungen der Sensorerfassung.

»Endlich!« entfuhr es Tasha triumphierend. »Der Computer hat den Kurs berechnet: Koordinaten vierunddreißig Komma zwölf.«

Data wechselte einen kurzen Blick mit dem Ersten Offizier und nickte knapp. »Inzwischen ist die Strahlungsstruktur der ionisierten Rückstände bekannt, und deshalb sollte es uns nicht sehr schwer fallen, den Choraii zu folgen.«

Picard trat aus dem Turbolift und bemerkte die Offiziere, die sich an der Konsole zusammendrängten. »Ist irgend etwas passiert?«

»Die Jagd kann beginnen, Sir!« verkündete Data begeistert. »Wir haben eine Blutspur entdeckt.«

»Eine Blutspur? An Bord meines Schiffes?«

Riker belächelte die Verwirrung des Captains. »Data hat eine Metapher benutzt, Sir. Er meint folgendes: Wir sind nun in der Lage, dem Choraii-Schiff zu folgen.«

»Ausgezeichnet«, sagte Picard und schritt zum Kommandosessel.

»Nun, eigentlich hat die Bezeichnung ›Blutspur‹ mehr als nur einen metaphorischen Sinn.« Data folgte dem Captain. »Die Untersuchung einiger am Ort der Auseinandersetzung zurückgebliebenen Partikel führte zu einem außerordentlich faszinierenden Ergebnis: Das Choraii-Schiff weist eine höchst interessante Mischung aus organischen und anorganischen Komponenten auf. Wir haben eine entsprechende Justierung der Sensoren vorgenommen, um die besondere Kombination der Elemente aus dem verletzten Segment zu erfassen.«

Riker ging ebenfalls die Rampe herunter und näherte sich dem Befehlsstand. »Es existiert eine direkte Datenverbindung mit der Navigationskonsole. Ich schlage vor, daß Geordi das Schiff manuell lenkt und keinen Kurs programmiert, durch den wir die Spur verlieren könnten.«

LaForge vollführte eine übertrieben theatralische Geste und ließ die Finger knacken, bevor er die Hände dicht über die Kontrollen seines Pults hielt. »Ich bin soweit.« Jeder Pilot träumte davon, ein Raumschiff manuell zu fliegen, ohne zuerst einen Kurs festzulegen. Normalerweise übernahm der Bordcomputer die Steuerungsaufgaben, und dabei beschränkte sich die Rolle des Navigators darauf, die Anzeigen im Auge zu behalten.

»Beschleunigen Sie auf Warp sechs«, sagte Picard.

»Was ist los mit dir?« fragte Beverly Crusher ihren Sohn, als er in die Krankenstation kam. »Fühlst du dich nicht gut?«

»Oh, es geht mir bestens«, behauptete Wesley. Seine Mutter legte ihm trotzdem die Hand auf die Stirn.

»Kein Fieber«, stellte sie fest. »Warum siehst du so aus, als hättest du gerade deinen besten Freund verloren?«

»Weil genau das geschehen ist.«

Beverly ließ die Hand sinken und umarmte den Jungen kurz. Er wich nicht einmal zurück.

»Dnnys ahnt, daß irgend etwas nicht mit rechten Dingen zugeht. Er hat entsprechende Fragen an mich gerichtet, und zwar nicht nur aus Neugier: Er macht sich Sorgen über die Sicherheit seiner Familie. Aber ich kann ihm nichts sagen, weil die Sache mit den Hamlin-Gefangenen geheim bleiben muß.«

Wesleys Mutter seufzte. Mit der Behandlung von Fieber kannte sie sich aus – aber für dieses Problem gab es keine einfache Arznei. »Wenn du wirklich eine berufliche Laufbahn in Starfleet einschlagen willst ...« Sie winkte, kam damit seinem Einwand zuvor. »In einem solchen Fall mußt du die Erfordernisse deiner Pflicht sorgfältig gegen die deines Privatlebens abwägen. Manchmal kommt es zwischen diesen beiden Aspekten zu Widersprüchen, die sich nicht einfach überwinden lassen.«

Sie befanden sich erst seit wenigen Monaten an Bord der *Enterprise*, aber in dieser Zeit hatte Dr. Crusher beobachtet, wie ihr Sohn an Körper und Geist reifte. Trotzdem war er noch zu jung, um im vollen Ausmaß die möglichen Konflikte zwischen Beruf und Persönlichem zu verstehen. Betreffende Hinweise von seiner

Mutter gefielen ihm sicher nicht, und deshalb schwieg Beverly.

»Ich habe einen Eid geleistet«, sagte der Junge betont ernst. »Und daran muß ich mich halten, ungeachtet aller Konsequenzen.«

Einige Leute wiesen häufig darauf hin, wie sehr Wesley der Ärztin ähnelte, aber in diesem Augenblick erkannte sie seinen Vater in ihm wieder. Der Vergleich weckte sowohl Stolz als auch dumpfes Unbehagen in ihr. Deutlich erinnerte sie sich daran, mit welcher intellektuell-emotionalen Hingabe ihr Mann seinen Dienst in Starfleet erfüllt hatte. *Das* bedauerte sie nicht – wohl aber seinen viel zu frühen Tod.

Erneut hob Beverly die Hand, um über das Haar ihres Sohnes zu streichen, aber diesmal trat er einen Schritt fort – eindeutiges Zeichen dafür, daß er sich bereits besser fühlte. Als die Doktorin einen kurzen Blick durch das Fenster hinter dem Jungen warf, bemerkte sie Andrew Deelor.

»Du hast eben einen Schwur geleistet«, sagte sie und seufzte. »Ich muß mich jetzt ebenfalls auf einen Eid besinnen – den hippokratischen. Es wartet Arbeit auf mich, Fähnrich Crusher. Und das bedeutet: Mach dich schleunigst aus dem Staub, wenn du nicht willst, daß ich auch an dir einige Untersuchungen vornehme.« Sie atmete erleichtert auf, als ihr Sohn lächelte und davonsauste. Wesley besaß eine viel zu fröhliche Natur, um längere Zeit deprimiert zu sein.

Beverly verdrängte die Gedanken an ihn und konzentrierte ihre ganze Aufmerksamkeit auf den Patienten. Deelor war erst vor einigen Tagen aus der Krankenstation entlassen worden, aber die schwere Phaser-Wunde mochte zu Komplikationen führen, und deshalb hielt sie tägliche Kontrollen für angemessen.

»Ich bin sehr zufrieden«, sagte Dr. Crusher, als Deelor die Uniform ablegte und ihr die synthetische Haut auf der Brust zeigte. »Die Verbrennungen sind fast vollständig verheilt.« Das künstliche Material war nur noch spurenweise vorhanden, wurde bemerkenswert schnell von neuem Zellgewebe absorbiert. Beverly klappte die automatische Diagnoseeinheit hoch und wies den Botschafter an, sich auf der Liege auszustrecken. Die Instrumente bestätigten ihre Einschätzung.

»Ihr Körper hat wahrhaft erstaunliche Rekonvaleszenz-Eigenschaften.« Sie betrachtete das Bild auf dem Monitor des Medo-Scanners und fokussierte die Erfassung auf einen Schatten unter der Haut. Eine kurze Schaltung vergrößerte den Bereich. »Da können Sie wirklich von Glück sagen – offenbar haben Sie im Laufe der Zeit mehrmals recht schwere Verletzungen erlitten. Verschwielungen des Muskelgewebes in der Nähe von Herz und Leber ...« Dr. Crusher veränderte den Erfassungsfokus ein wenig. »Perforationen im linken Lungenflügel. Zahlreiche Bruchstellen in den Rippen.«

Einige Minuten später schwang sie das Diagnosegerät beiseite. »Ich wußte gar nicht, daß der diplomatische Dienst so gefährlich ist.«

»Ich habe oft Pech«, erwiderte Deelor knapp, als er sich von der Liege rollte und aufstand.

»Es war also reiner Zufall, daß Sie von einem Phaserstrahl getroffen wurden?«

Der Botschafter streifte sich wieder die Kleidung über. Die Bewegungen bereiteten ihm zwar keine Schmerzen mehr, aber er bewegte sich noch immer recht steif.

»Warum werden in Ihrer Medo-Akte jene alten Wunden mit keinem Wort erwähnt?« fragte Dr. Crusher.

»Ach, solche Angaben fehlen?« Deelor hob wie verwundert die Brauen. Normalerweise wirkte die gespielte Überraschung sehr überzeugend, aber die Ärztin ließ sich nicht davon täuschen.

»Vielleicht sind Sie nicht nur ungeschickt, sondern auch nachlässig. Da wir gerade bei medizinischen Unterlagen sind: Ich benötige genauere Informationen in Hinsicht auf die Überlebenden des Hamlin-Massakers.«

»Alles zu seiner Zeit, Doktor.« Ruckartig zog Deelor den Reißverschluß der Uniformjacke zu; es sah aus, als wollte er ein Geheimnis darunter verbergen. »Alles zu seiner Zeit.«

Künstliche Schwerkraft und Trägheitsabsorber sorgten dafür, daß die tausend Personen an Bord der *Enterprise* nichts von den einzelnen Flugmanövern des Raumschiffes spürten: Sie gaben sich der Illusion hin, die Reise führe immer in eine Richtung. Während Männer, Frauen und Kinder durch die langen Korridore wanderten, in den Speisesälen Mahlzeiten einnahmen oder in ihren Kabinen schliefen, ahnten sie nichts von den ständigen und manchmal ziemlich abrupten Kurswechseln, die Geordi LaForge vornahm, um der ›Blutspur‹ des Choraii-Schiffes zu folgen. Doch ein Blick aus den Panoramafenstern genügte, um festzustellen, was während der scheinbaren Ruhe geschah. Viele Leute hielten sich von den transparenten Wandsegementen fern. Auf der Brücke fiel es nicht annähernd so leicht, das Wirbeln der Sterne im Projektionsfeld des großen Wandschirms zu ignorieren; mehrere Offiziere entschuldigten sich und suchten überstürzt die Krankenstation auf. Ihre Kollegen konzentrierten sich in erster Linie auf die jeweiligen Konsolen.

Captain Picard fiel es schwer, ihrem Beispiel zu folgen: Als Lieutenant Data Bericht erstattete, stand er direkt vor dem Bildschirm, der vom Boden bis zur Decke reichte. Immer wieder wanderte Picards Blick von einem neutralen Punkt zum Gesicht des Androiden. Und dahinter blieben die Sterne in ständiger Bewegung. Der Captain kämpfte gegen die in ihm emporkeimende Übelkeit an, doch sie führte schon nach kurzer Zeit zu einem flauen Gefühl in der Magengrube.

»Das genügt.« Picard unterbrach sich und schluckte

krampfhaft. Den letzten Worten Datas hatte er überhaupt keine Beachtung geschenkt. »Ich schlage vor, wir gehen in den Bereitschaftsraum.«

»Gute Idee, Sir«, pflichtete ihm Riker bei.

»Sie sind ebenso blaß wie Data, Will«, sagte der Captain, als sie die visuelle Sicherheit des Büros erreichten.

Der Erste Offizier lächelte schief und nahm so Platz, daß er dem einzigen Fenster den Rücken zukehrte.

Dem Androiden schien der Unterschied zwischen der optischen Wahrnehmung und dem Gefühl einer stabilen, stationären Umgebung überhaupt nichts auszumachen. Er zögerte nicht und setzte seinen Bericht fort. »Unglücklicherweise verhinderten die Störstrahlungen des Energienetzes eine umfassende Sensoranalyse. Botschafter Deelor stellte uns eine Aufzeichnung der Begegnung mit den Choraii zur Verfügung, doch die von der *Ferrel* erfaßten Daten sind ebenfalls nicht vollständig.«

Picard dachte darüber nach und runzelte die Stirn. »Das erschwert unsere Aufgabe, ein wirkungsvolles Verteidigungssystem zu entwickeln, nicht wahr?«

»Ja, Sir«, bestätigte Data. »Wie dem auch sei: Wir haben es zwar mit einem sehr komplexen Problem zu tun, aber es müßte sich trotzdem lösen lassen. Wenn uns genug Zeit bleibt.« Er kam der nächsten Frage des Captains zuvor. »Leider sehe ich mich außerstande, einen genauen Termin zu nennen.«

Picard seufzte. »Eins steht fest: Wir müssen uns beeilen. Ich halte es für absolut unabdingbar, auf die nächste Begegnung mit den Choraii vorbereitet zu sein.«

»Ich verstehe.« Data holte einen kleinen Metallzylinder hervor und legte ihn auf den Tisch. Nachdenklich fuhr er fort: »Interessant. Diese spezielle Vocoder-Technologie ist ziemlich hochentwickelt. Es überrascht mich, daß solche Instrumente von gewöhnlichem Starfleet-Personal verwendet werden. Ich hätte angenommen, derartige Geräte stünden in erster Linie Angehörigen der Nachrichtendienste zur Verfügung.

»Ist das eine persönliche Meinung?« fragte Riker. »Oder handelt es sich um eine Tatsache?«

»Eine Meinung, Sir«, erwiderte Data. »Doch in meinem Fall sind individuelle Einschätzungen und Fakten oft deckungsgleich.«

»Nun, Sie sollten Ihre Ansichten für sich behalten, mein Freund – wenn Sie nicht auf Glatteis ausrutschen wollen.«

Data starrte verblüfft zu Boden, hob dann den Kopf und nickte. »Oh, ich verstehe. Ein bildlicher Ausdruck, der auf Gefahr hindeutet. Vielleicht erklärt das die leeren Stellen in der Aufzeichnung: gelöschte Informationen, um Geheimhaltungserfordernissen zu genügen. Soll ich auch darüber schweigen?«

»Seien Sie ganz offen«, sagte Picard und beugte sich vor. Die Konfrontation mit einem neuerlichen Rätsel ließ ihn die Übelkeit vergessen.

»Die Vocoder-Aufzeichnung schildert nur die letzten Sequenzen der Begegnung. Sie beginnt mit dem Angriff des Choraii-Schiffes, mit dem Einsatz der Energiematrix gegen die *Ferrel*. Einige frühere Informationen wurden gelöscht, doch ich konnte mehrere Bytes der Datei zurückgewinnen.«

»Was haben Sie dabei herausgefunden?«

»Die Daten betreffen den Status der *Ferrel* unmittelbar vor der Choraii-Offensive. Allem Anschein nach waren die Energiereserven außerordentlich gering, wodurch sich das Kontraktionsfeld als besonders fatal erwies.«

»Konnten Sie auch feststellen, warum das energetische Niveau so niedrig war, Data?« fragte der Captain.

»Nein, Sir, bedauerlicherweise nicht. Wenn der Vocoder solche Angaben enthielt, so sind sie nicht mehr zugänglich.«

»Mit anderen Worten: Der Botschafter ist noch immer nicht bereit, uns reinen Wein einzuschenken.« Picard ignorierte den verwirrten Blick des Androiden und rieb sich nachdenklich das Kinn. Plötzlich fielen ihm die warnenden Worte D'Amelios ein. *Verschwenden Sie Ihr Glück nicht an uns, Captain Picard. Sie brauchen es sicher dringender als wir.* Wer stellte die eigentliche Gefahr dar – die Choraii oder Andrew Deelor?

Wesleys Schritte tönten durch den langen und schmalen Zugangsschacht und verhallten in der Düsternis weiter vorn. Die Schatten blieben immer einige Meter entfernt, ganz gleich, wie schnell der Junge ging. In regelmäßigen Abständen glühte vor ihm ein Decklicht auf, während hinter dem Knaben eins verblaßte. Die Dunkelheit weckte Erinnerungen an halb vergessene Schauergeschichten, und Wesley wanderte immer schneller, lief fast.

Er gab einen gedämpften Schrei der Furcht von sich, als in unmittelbarer Nähe irgend etwas zischte. Einen Sekundenbruchteil später begriff er die Ursache des Geräuschs: zwei auseinandergleitende Schotthälften. Er schalt sich einen Narren, sprang durch die Öffnung und erreichte einen großen Raum. Dnnys hatte ihm diesen Weg zur Frachtkammer gezeigt, und Wesley nutzte ihn als Abkürzung.

Er hatte die Transportbereiche zum erstenmal kurz nach dem Eintreffen der Farmer aufgesucht. Sein eigentliches Interesse galt der komplexen Technik des Warptriebwerks und den Kontrollsystemen der Brücke. Doch die beiläufige Bemerkung eines Besatzungsmitglieds machte ihn auf die Stasisbehälter der Kolonisten aufmerksam, und Neugier veranlaßte ihn zu einem Abstecher in die betreffenden Sektionen. Dort stieß er auf den jungen Oregonianer namens Dnnys und freundete sich mit ihm an.

Wesley seufzte, als er sich daran erinnerte, daß er die Freundschaft des Farmerjungen vielleicht verloren hatte. Er schob sich an den hohen Stapeln segmentierter

Container vorbei und zählte dabei ganz automatisch, wie oft er nach rechts und links abbog. Kurz vor der letzten Ecke hörte er bereits das leise Blubbern der kyrogenischen Flüssigkeit in den Kühlröhren.

»Dnnys?« Während des Bordtages saß der Junge häufig in der Nähe der Stasiseinheiten. Abgesehen von der Passagiersektion durfte er sich nur an diesem Ort aufhalten, und der machte so oft wie möglich von der Gelegenheit Gebrauch, die Stille der Frachtkammer zu genießen.

Ein Kopf mit zerzaustem Haar kam hinter der wabenartigen Struktur der Erhaltungszellen zu Vorschein, wich dann wieder zurück. Wesley hatte mit gemischten Gefühlen an die neuerliche Begegnung gedacht, und nun glaubte er seine Befürchtungen bestätigt, interpretierte Dnnys' Verhalten als wortlose Abfuhr. Er blieb stehen und wußte nicht so recht, wie er sich verhalten sollte.

»Beeil dich!« rief Dnnys. Seine Stimme hallte gedämpft hinter den Geräten hervor. »Wird auch Zeit, daß du kommst. Ich habe ein Problem.«

»Warum hast du dich nicht gemeldet?« erwiderte Wesley und kroch auf Händen und Knien in die kleine Kontrollnische. Sie bot gerade genug Platz für die beiden Jungen.

Dnnys ignorierte Wesleys Frage. »Hier stimmt irgend etwas nicht.« Er klopfte auf eine Anzeige, und die Indikatornadel zitterte. »Die Werte sind normal, aber trotzdem habe ich eine Fehlfunktion festgestellt.«

Wesley nahm die Behauptung des Oregonianers ohne Überraschung hin. Die Stasis-Maschinen waren sehr alt – technische Relikte, wie man sie nur auf so armen Planeten wie Grzydc fand. Sie mußten täglich gewartet werden, um einen einwandfreien Betrieb zu gewährleisten. Mit Wesleys theoretischen Kenntnissen und seinem eigenen Wissen von der entsprechenden Elektronik gelang es Dnnys schließlich, die Ursache der

Störung zu finden. Er lag flach auf dem Rücken, zwängte sich in einen Spalt, der für einen ausgesprochen zwergenhaften Instandhaltungstechniker bestimmt zu sein schien, streckte die Hand nach den mechanischen Eingeweiden eines Kontrollkastens aus – und fand einen dunklen Metallbrocken.

»Der Chip ist durchgebrannt«, sagte Wesley und betrachtete den integrierten Schaltkreis. »Das geschah vermutlich, als wir in dem Energienetz gefangen waren.« Die Diagnoseprogramme des Bordcomputers hatten alle ausgefallenen Systemkomponenten der *Enterprise* lokalisiert, doch die Stasiseinheiten verfügten über kein eigenes Fehlersuchprogramm. Er gab Dnnys einen Ersatzprozessor und beobachtete, wie sich die Anzeigen auf der Schalttafel veränderten.

Digitale Ziffern erweckten die Aufmerksamkeit der beiden Jungen. Sie beobachteten das Chronometer, dessen Zahlen in einem gleichmäßigen Rhythmus wechselten.

»Der Aktivierungszyklus hat begonnen«, stöhnte Dnnys. »Jetzt dauert es nur noch einige Tage, bis sich die erste Kammer öffnet.« Er schob sich aus der Nische und starrte durch das kleine Fenster der nächsten kyrogenen Einheit. Ein trübes rotes Glühen offenbarte die undeutlichen Konturen eines Embryos, der in spezieller Nährflüssigkeit schwamm. Seit der letzten Inspektion war er deutlich gewachsen. Dnnys eilte zur nächsten Maschine und blickte durch das rubinfarbene Glas. Das Zellkonglomerat dahinter schien noch größer zu sein, wies schon Gliedmaßen auf. Ein winziger Huf zuckte.

»Kann der Zyklus nicht angehalten werden?« fragte Wesley.

»Nur mit einer hohen Ausfallquote«, erwiderte Dnnys. »Bitte gib mir ehrlich Antwort, Wes: Erreichen wir Neu Oregonia, bevor die Wachstumsphase endet?«

Der etwas größere Junge schüttelte den Kopf. Er durfte nicht den Grund für die Kursänderung verraten, aber die Passagiere würden schon recht bald merken, daß es zu einer weiteren Verzögerung kam.

»Nun ...« murmelte der Farmer. »Bald wimmelt es hier von Schweinen und Schafen, ganz zu schweigen von Hunden und Hühnern. Ich hoffe, dein Captain mag Tiere.«

»Ich glaube, ich sollte der Brücke Bescheid geben«, sagte Wesley. Mit ein wenig Glück konnte er das Problem zuerst Commander Riker schildern.

KAPITEL 7

»Wollen Sie unseren Viehbestand über Bord werfen?« entfuhr es Patrisha entsetzt.

»Natürlich nicht«, entgegnete Riker. Eine derart drastische Maßnahme kam nicht in Frage. »Es liegt uns fern, Ihre Tiere in Gefahr zu bringen.«

»Aber wo können sie untergebracht werden?«

Picard hatte die gleiche Frage mit weitaus mehr Nachdruck gestellt und auch einen Kraftausdruck hinzugefügt. Riker erfüllte die Pflicht eines Ersten Offiziers, indem er sich eine mögliche Lösung des Problems einfallen ließ, bevor der Captain oder die Farmer vom eingeleiteten Wachstumszyklus der Stasis-Föten erfuhren.

»Die Holodecks der *Enterprise* können so umprogrammiert werden, daß sie Weiden und Farmland darstellen, auch Schuppen, Gehege und Pferche. Wesley Crusher gibt dem Computer bereits entsprechende Daten ein.«

Der Captain bestand darauf, daß Beverlys Sohn diese Aufgabe wahrnahm – als mache er den Überbringer der Nachrichten für die schlechten Neuigkeiten verantwortlich. Aber der junge Fähnrich sah in diesem Auftrag alles andere als eine Strafe: Er freute sich über die Gelegenheit, die Simulationsparameter zu verändern. Dnnys fungierte als Berater für die Erfordernisse der Farmer, und Riker zweifelte nicht daran, daß die beiden Jungen eine Menge Spaß hatten.

Patrishas Gesicht zeigte nach wie vor Sorge. »Ein Holodeck. Meine Güte!«

»Haben Sie was dagegen einzuwenden?« fragte Riker. Dnnys hatte den Vorschlag mit Begeisterung aufgenommen, aber seine Mutter wirkte noch bestürzter als vorher.

»Oh, es ist sicher die einzige Möglichkeit, das verstehe ich durchaus.« Die Oregonianerin suchte nach den richtigen Worten. »Allerdings sind Holodecks ...« Hilflos zuckte sie mit den Schultern.

»Teufelswerk?« vermutete Riker und erschrak über den spöttischen Klang seiner Stimme.

»Wir sind nicht abergläubisch, Mr. Riker.« Patrishas Ärger war unübersehbar, aber glücklicherweise schien sie nicht zu sehr beleidigt zu sein. »Als Farmer versuchen wir, auf unnötige Technik zu verzichten – um unsere Abhängigkeit von Maschinen zu verringern.«

»Aber Ihre Philosophie gestattet Stasiskammern«, wandte der Erste Offizier ein. Patrisha wirkte vernünftiger und aufgeschlossener als die übrigen Kolonisten; trotzdem bedauerte er, nicht auf die Dienste der Counselor zurückgreifen zu können. Er brauchte Trois Empathie, um zu wissen, wann er zu großen Druck auf seine Gesprächspartnerin ausübte.

»Weil wir auf Vieh angewiesen sind«, sagte Patrisha. »Uns blieb keine Wahl. Trotz unserer Zwangslage sprachen sich viele Farmer gegen die Benutzung einer derart unkonventionellen Methode für den Transport von Tieren aus. Durch die Fehlfunktion der Geräte sehen sie sich in ihrem Standpunkt bestärkt. Sie sind jetzt noch ... noch sturer.«

Riker spürte, wie sich Patrishas reservierte Haltung ein wenig lockerte, so als habe sie es satt, weiterhin eine so große Distanz zu ihm zu wahren. Sie bat ihn sogar, auf dem Sofa in ihrem Quartier Platz zu nehmen. Zwar blieb sie in ihrem Polstersessel sitzen, aber sie gab sich nun freundlicher.

»Wir sind ständig auf der Wanderschaft, Commander. Ziedorf, der älteste von uns, wurde vor fast zweihundert Jahren auf Titan geboren. Meine Mutter und meine Tante stammen von Yonada, und ich kam während des Flugs nach Grzydc zur Welt. Nun, wir übernehmen einige der lokalen Bräuche und passen unsere Namen der jeweiligen Sprache an, doch die Veränderungen sind nur oberflächlicher Natur. Unter allen Umständen halten wir an unserer Identität als oregonianische Farmer fest, und schließlich führen die kulturellen Differenzen dazu, daß wir uns erneut auf den Weg machen. Mit jeder Reise zu einem anderen Planeten wird unsere Gemeinschaft kleiner, unser Besitz geringer.«

»Neu Oregonia ist eine Heimat unter vielen.«

»Die letzte und endgültige, wie ich hoffe.« Patrisha lächelte traurig. »Obgleich meine Mutter das auch von Grzydc behauptete.« Sie schüttelte den Kopf und fuhr etwas energischer fort: »Meine Tochter Krn wartet in der terrageformten Region auf uns und trifft letzte Vorbereitungen für die Kolonie, die wir dort gründen wollen. Wir nannten die Welt nach unserem Herkunftsort, einer Provinz auf der Erde: Oregonia. Manche behaupten auch, sie hieße Oregon. Nun, es spielt keine Rolle. Die Veränderung des Namens spiegelt vielleicht unseren eigenen Wandel wider. Fast tausend Menschen brachen vor drei Jahrhunderten auf. Wir sind der Rest jener Gruppe. Und unsere kostbarste Habe sind die Tierembryonen.«

»Ich verstehe, Farmer Patrisha.« Riker stand auf und ging zur Tür. »Die *Enterprise* wird Sie und Ihr Vieh sicher nach Neu Oregonia bringen.« Er war erleichtert, daß sie ihn nicht nach dem Wann fragte.

»Welche Jahreszeit ist dir am liebsten?« erkundigte sich Wesley. Der Computer projizierte ein Fragesymbol und wartete geduldig auf weiteren Input.

»Frühling!« antwortete Dnnys sofort und grinste vom einen Ohr bis zum anderen. Das Jahr auf Grzydc dauerte recht lange, und in seinem Leben hatte er jene herrliche Zeit des Wachstums insgesamt nur viermal erlebt. Er wußte nicht, was er von einem terranischen Frühling erwarten sollte, aber bestimmt war er weitaus besser als alles, was Grzydc anzubieten hatte. In diesem Zusammenhang hielt er eine Verschlechterung für unmöglich.

»Ich füge noch ein paar hübsche Details hinzu«, sagte Wesley und erweiterte das Holodeck-Programm um einige Daten. »Commander Riker meint immer: Wenn man die Zeit hat, ein Projekt zu einem guten Abschluß zu bringen, so kann man sich ebensogut die Mühe geben, Großartiges zu leisten.«

»Das klingt ganz nach Dolora«, seufzte Dnnys. »Aber wenn solche Worte von Mr. Riker stammen, erscheinen sie mir nicht annähernd so schlimm. Ich mag ihn.«

»Ich auch.« Wesleys Finger tanzten über die Tastatur. »Manchmal frage ich mich, ob ...« Er sprach nicht weiter.

»Ja?« Dnnys musterte ihn neugierig.

»Nun, weißt du, ich war noch ziemlich klein, als mein Vater starb. Ich versuche, mich an ihn zu erinnern, aber es fällt mir sehr schwer.« Und es war keineswegs leichter, darüber mit seiner Mutter zu sprechen. Sie würde ihn wahrscheinlich verstehen, aber vermutlich erfüllte sie es mit Kummer, wenn sie erfuhr, daß ihr Sohn eine nurmehr vage Vorstellung von seinem Vater hatte. »Manchmal frage ich mich, ob er Mr. Riker ähnelte.«

»Ohne einen Vater aufzuwachsen ...«, murmelte Dnnys nachdenklich. »Das muß so ähnlich sein, wie keinen Onkel zu haben. Allerdings gibt es einen wichtigen Unterschied zwischen uns: Du vermißt eine echte Person, während meine Vorstellungen allein von Phantasie bestimmt werden.« Noch nie zuvor hatte er mit jemandem über diese Wunschvorstellung gesprochen, aber sein Freund Wes verstand ihn sicher.

Für eine Weile vergaßen sie das Simulationsprogramm. »Du leidest also auch darunter?«

»Eigentlich nicht sehr oft«, sagte Dnnys und zuckte

mit den Schultern. Manchmal vergingen Wochen, ohne daß er an einen Onkel dachte. Dann wieder erfaßte ihn solche Verzweiflung, daß er Tomas besuchte, den er überhaupt nicht mochte. Aber wenigstens war er kein Hirngespinst, sondern ein Mann aus Fleisch und Blut. »Außerdem komme ich recht gut mit meiner Mutter zurecht. Ganz im Gegensatz zu meiner Schwester Krn, die sich immer mit ihr streitet. Ich nehme an, das ist einer der Gründe dafür, warum sich Krn vorübergehend von der Gemeinschaft trennte, um alle notwendigen Vorbereitungen auf Neu Oregonia zu treffen.«

Vor seinem inneren Auge sah Wesley eine rothaarige Schwester, die seine Mutter anschrie. Das imaginäre Bild erschien ihm so absurd, daß er leise lachte. »Mögen sie sich denn nicht?«

»Oh, natürlich. Nun, zumindest haben sie sich lieb.« Dnnys begriff das weitaus besser als Patrisha und Krn. »Tomas meint, sie seien aus dem gleichen Holz geschnitzt, und deshalb gingen sie sich gegenseitig an die Gurgel.«

»Wer geht wem an die Gurgel?« fragte eine tiefe Männerstimme. Riker hatte das Zimmer betreten und Dnnys' letzte Worte gehört. »Programmiert ihr hier eine Holofarm, oder plant ihr einen Überfall?«

Die beiden Jungen lachten und winkten den Ersten Offizier dann an die Konsole, um ihm das Ergebnis ihrer bisherigen Arbeit zu zeigen. Die Gedanken an Väter und Onkel wichen den Erfordernissen des Holodeck-Projekts.

Für gewöhnlich blieb Picard auf dem Kommandodeck der Brücke, aber als die Suche nach dem verschwundenen Choraii-Schiff andauerte, bemerkte er, wie Tasha Yar unbewußt die Stirn runzelte. Eine Zeitlang beobachtete er sie unauffällig. Als sich die Furchen vertieften und die Leiterin der Sicherheitsabteilung nach wie vor schwieg, ging der Captain die Rampe zum Achterdeck hoch. Manchmal neigte Yar dazu, vorschnelle Schlüsse zu ziehen, aber dann und wann übertrieb sie es auch mit ihren Versuchen, das eigene Temperament zu zügeln. Sie hatte einen guten, sicheren Instinkt, der nicht hinter Vorsicht verborgen bleiben durfte.

»Haben Sie etwas entdeckt, Lieutenant?« fragte Picard wie beiläufig.

Auf diese Frage war sie nicht vorbereitet, und deshalb antwortete sie: »Ja, Sir.« Sofort fügte sie einschränkend hinzu: »Das heißt: vielleicht, Sir.«

Picard betrachtete das Suchgitter auf dem Monitor und hielt vergeblich nach Anomalien Ausschau. »Eine Ahnung?«

Yar senkte verlegen den Blick. Sie wußte natürlich, daß sich vage Eindrücke nicht verifizieren ließen. »Wahrscheinlich handelt es sich nur um eine Randverzerrung, Captain.« Sie beugte sich vor und deutete auf eine winzige, kaum sichtbare Auswölbung am Rand des erfaßten Raumbereichs. »Dieser Koordinatenpunkt liegt nicht auf unserer derzeitigen Flugbahn.«

»Mr. Data, was halten Sie von der Anzeige?«

Der Androide zögerte kurz und gab dann eine eher ausweichende Antwort. »Wenn die Störung vom Choraii-Schiff hervorgerufen wird, ist unser Kurs falsch.«

»Was für ein Kurs?« warf LaForge ein. Sein Visor-Blick blieb auf das Computersignal gerichtet, das über die Darstellungsflächen der Konsole glitt. »Die Fremden fliegen in Schleifen und nicht etwa geradeaus, wie es sich für jeden anständigen Piloten gehört. Ihr Schiff könnte praktisch überall auftauchen.«

Picard dachte über die Bemerkungen seiner Offiziere nach. Er nahm eine rein rationale Bewertung der Argumente vor, doch seine Entscheidung basierte schließlich nicht auf Logik – er folgte seinem eigenen Instinkt. Im Gegensatz zu Yar schreckte er nicht davor zurück, Ahnungen zu vertrauen. »Mr. LaForge, nehmen Sie direkten Kurs auf den Bereich der Sensorstörung.«

»Aye, aye, Captain«, bestätigte Geordi. Wenige Sekunden später endete das desorientierende Taumeln und Zittern der Sterne auf dem großen Wandschirm. Es bildeten sich wieder stabile Konstellationen.

»Computernavigation hat auch seine Vorteile«, sagte Picard zu Lieutenant Worf.

Der Klingone nickte ernst. Ein seltsames Gurgeln erinnerte den Captain daran, daß es Worf im Gegensatz zu allen anderen Offizieren abgelehnt hatte, sich von Dr. Crusher eine Horizon-Injektion verabreichen zu lassen, die den Gleichgewichtssinn förderte. Das Blubbern und gelegentliche Knurren in Worfs Leib deuteten darauf hin, daß Klingonen ebenso an Übelkeit litten wie Menschen – sie waren nur nicht bereit, ihr Unwohlsein einzugestehen.

Picard nickte zufrieden, kehrte zum Kommandosessel zurück und hoffte, daß ihre Suche nach dem Blasenschiff von einem baldigen Erfolg gekrönt wurde. Mehrmals berührte er seinen Insignienkommunikator und beorderte Riker und Troi in den Kontrollraum. Deelor wollte er erst nach einem Gespräch mit der vollständigen Brückencrew verständigen. Er hatte dem Botschafter volle Kooperationsbereitschaft zugesichert, aber von blindem Gehorsam konnte keine Rede sein. Das mußte früher oder später zu einer Auseinandersetzung führen, die vielleicht sogar über das Schicksal der *Enterprise* entschied.

Andrew Deelor schlief nie sehr fest. Als sich die Brücke meldete, war er von einer Sekunde zur anderen hellwach, und in seiner Stimme ließ sich nicht ein Hauch von Müdigkeit vernehmen.

Er wechselte nur einige wenige Worte mit dem Captain, schlug anschließend die Decke zurück und stand auf. Seit die *Enterprise* mit der Verfolgung des Choraii-Schiffes begonnen hatte, ging Deelor voll angezogen zu

Bett, um keine Zeit zu verlieren, wenn ihn Picard benachrichtigte.

»Ruthe?« Er schaltete das Licht ein, zwinkerte nur einmal in der jähen Helligkeit und suchte nach dem grauen Mantel der Dolmetscherin. Bestimmt lag sie darunter. In der vergangenen Nacht hatte Ruthe die Kissen von ihrer Liege genommen und sich auf dem Boden ausgestreckt. Diesmal lag sie zusammengekrümmt in einem Sessel.

Deelor weckte sie und flüsterte ihr die Neuigkeiten zu – die Frau verabscheute laute Geräusche. Sie streckte sich langsam und war dann ebenfalls bereit, die Kabine zu verlassen. Diesen Punkt hatten sie gemeinsam: Sie hielten sich nicht mit unnötigen Routinen auf.

Stille herrschte in den Korridoren des Raumschiffs, und sie begegneten nur wenigen Besatzungsmitgliedern. Die Brücke bildete einen auffallenden Kontrast zur ›nächtlichen‹ Ruhe in den anderen Sektionen der *Enterprise*: Offiziere eilten zwischen den verschiedenen Konsolen hin und her, und aufgeregte Stimmen erklangen. Deelor sah, wie Ruthe zusammenzuckte, als sie aus dem Turbolift traten.

»Das Blasenschiff fliegt an der Grenze des Erfassungsbereichs unserer Sensoren«, wandte sich Picard an Deelor. Der Botschafter und seine Begleiterin blieben neben dem Kommandosessel stehen. »Ab und zu wird es von den Scannern geortet, dann wieder nicht. Wir bekommen einfach keine eindeutigen Werte.«

»Geben Sie's auf«, antwortete Deelor. Er winkte den Ersten Offizier beiseite und nahm neben dem Captain Platz. »Die Choraii reagieren nicht auf eine direkte Verfolgung.«

»Auf was reagieren sie sonst?« fragte Picard ein wenig ungehalten. »Wie wollen Sie einen Kontakt zu ihnen herstellen?«

»Hiermit.« Ruthe zog die Hände aus den Falten des weiten Mantels und zeigte drei Teile eines reich verzierten hölzernen Stabes. Mit geübtem Geschick fügte sie die einzelnen Komponenten zusammen.

Die Frau ließ sich zu Boden sinken und nahm direkt neben Deelor im Schneidersitz Platz. Sie hob das Musikinstrument an die Lippen, spreizte die Finger wie eine Flötenspielerin. Aber es ertönten völlig andere, dumpfere Klänge, die an eine Oboe oder ein Fagott erinnerten und denen es gleichzeitig an der dafür typischen rauhen Qualität mangelte.

»Beginnen Sie jetzt mit der Sendung«, befahl Deelor. Seine Worte machten deutlich, daß er das Kommando übernahm, und Yars Zögern entging ihm nicht. Sie wartete das Nicken des Captains ab, bevor sie einen Kom-Kanal öffnete. Bald würde sich Picard ihm ganz unterordnen müssen. Jetzt noch nicht – aber bald.

Deelor lauschte den Tönen des flötenartigen Instruments und konzentrierte seine Aufmerksamkeit wieder auf Ruthe. Sie spielte eine eher schlichte Melodie, eigentlich kaum mehr als die Tonleiter, wobei sie Tempi und Rhythmen auf subtile Weise veränderte. Ein sonderbarer Zauber ging davon aus. Jede Phrase endete mit der gleichen Note, die unmittelbar darauf verhallte und kurze Zeit später noch einmal erklang.

»As«, stellte Riker fest, nachdem er eine Zeitlang zugehört hatte. »In Oktav-Intervallen, aber ganz eindeutig As.«

»Ein guter Name für das Choraii-Schiff«, sagte Deelor.

Ruthe erreichte das Ende des Grußes und wiederholte die Namensnote, bis ihr die Luft ausging. Dann ließ sie das Instrument auf den Schoß sinken und wartete.

Die Antwort war weitaus komplexer. Drei verschiedene Flöten – oder vielleicht Stimmen – ertönten, kletterten die Tonleiter herauf und wieder herunter, während ein vierter Spieler die As-Note hielt. Ruthe lauschte einige Sekunden lang, hob ihre eigene Flöte und fügte den Harmonien eine individuelle Melodie hinzu. Das Quintett dauerte an, und erst nach einigen Minuten verklangen die Choraii-Stimmen, bis nur noch Deelors Gefährtin spielte.

Die Dolmetscherin hielt die Augen geschlossen und blies noch immer in ihre Flöte, als Yar meldete, das Blasenschiff werde nicht mehr von den Fernsensoren erfaßt. Deelor berührte Ruthe sanft an der Schulter, und daraufhin drehte sie abrupt den Kopf und schien aus tiefer Trance zu erwachen.

»Sie müssen erst noch ein Lied beenden, bevor sie sich mit uns treffen können, aber sie sind mit einem zweiten Rendezvous einverstanden.«

»Obgleich wir ihr semiorganisches Raumschiff beschädigt beziehungsweise verletzt haben?« fragte Picard. »Ich hätte die Herstellung eines neuerlichen Kontakts für weitaus schwieriger gehalten.«

»Sie meinen die kurze Auseinandersetzung?« Ruthe verzog das Gesicht. »Es wurde niemand verletzt, und die Wunde des Schiffes ist geheilt.«

Die Frau zögerte, bevor sie einmal mehr die Flöte hob, einige Takte der Gruß- und Mitteilungsmusik wiederholte und die Bedeutung der Noten erklärte. »In zwanzig Stunden menschlicher Zeitrechnung. Die Wahl des Ortes überließen sie mir, und ich nannte die Koordinaten acht fünf sechs Komma zwölf.«

Data gab die angegebenen Vektorwerte in seine Konsole ein und führte eine schnelle Berechnung durch. »Mit Warp sechs können wir den entsprechenden Sektor rechtzeitig erreichen. Aber warum ausgerechnet dort? Hat der Koordinatenpunkt eine besondere Bedeutung für Sie?«

»Nein«, erwiderte Ruthe. »Mir gefiel nur der Klang der Zahlenfolge.«

Riker lächelte, als er die Verwunderung des Androiden bemerkte.

»Manchmal ist die Verpackung wichtiger als der Inhalt.«

»Ich verstehe nicht ganz ...«

»Später, Mr. Data«, sagte der Captain fest. »Wir haben gerade ein neues Treffen mit den Choraii vereinbart. Sowohl Zeit als auch Ort stehen fest, und das bedeutet: Wir koppeln das Diskussegment ab, lassen es zurück und setzen den Flug mit der Kampfbrücke fort.«

»Das ist völlig ausgeschlossen«, warf Deelor ein. »Die Einheit der *Enterprise* darf nicht aufgegeben werden.«

Picard versteifte sich unwillkürlich und bedachte den Botschafter mit einem durchdringenden Blick. »Ich darf nicht riskieren, daß die Passagiere an Bord in den bevorstehenden Konflikt verwickelt werden.«

»Sie sind weitaus sicherer, wenn ihre Sektionen mit dem Rumpf verbunden bleiben, der die Waffensysteme enthält. Allein wären sie völlig hilflos. Die Navigation der Choraii ist alles andere als linear. Wenn sie hierher zurückkehren und den Diskus angreifen ...« Deelor sprach nicht weiter.

»Ich verstehe, was Sie meinen.« Picard seufzte. »Den Zivilisten droht in jedem Fall Gefahr.«

»In der Tat.« Der Botschafter hielt das Thema damit für abgeschlossen, stand auf und bedeutete Ruthe, die Brücke mit ihm zu verlassen. Am Turbolift blieb er noch einmal stehen und sagte herablassend: »Sie dürfen den Treffpunkt ansteuern, Captain Picard.«

»Jemand sollte Deelor bessere Manieren beibringen«, brummte Picard, als sich das Schott des Lifts hinter dem Botschafter und der Dolmetscherin geschlossen hatte. Er wies den Navigator an, Ruthes Koordinaten einzugeben – und spürte dabei, wie Unbehagen in ihm zu vibrieren begann. Der Captain war kein Musiker. Während Riker der Melodie wie hingerissen lauschte, hörte Picard mit wachsender Besorgnis zu und fragte sich immer wieder nach dem Bedeutungsinhalt der Noten.

»Wir wissen nicht, welche Informationen ausgetauscht worden sind«, wandte er sich an seinen Ersten Offizier. »Ruthes Auskunft mag stimmen, aber es wäre ebensogut möglich, daß sie uns angelogen hat.« Picard gestikulierte hilflos. »Zwar sehe ich keinen Grund, an ihren Angaben zu zweifeln, aber ich kann mich nicht dazu durchringen, ihr zu vertrauen.«

Er sah Troi an, und die Counselor zuckte mit den Schultern. »Ruthe dachte nur an ihre Musik. Und Deelor achtete wie üblich darauf, seine Gefühle abzuschirmen. Er weiß, daß ich eine halbe Betazoidin bin, und deshalb ist er immer auf der Hut, wenn er mich in der Nähe weiß.«

»Die ganze Sendung ist aufgezeichnet worden, Captain«, sagte Data, als er Picards Blick auf sich spürte. »Rein theoretisch müßten die Übersetzungscomputer zu einer Signifikanzanalyse in der Lage sein. Allerdings gibt es in diesem Zusammenhang ein Problem: Die Sprache der Choraii ist überaus komplex und basiert offenbar auf einer sehr emotionalen Struktur. Ich brauche zusätzliche Informationen, um den Elaborationsprozeß zu beschleunigen und bei der Übersetzung ein Mindestmaß an Genauigkeit zu erzielen.«

Picard wandte sich an den Ersten Offizier. »Sie sind Musiker, Nummer Eins. Ich habe Sie schon einmal spielen gehört.«

»Ich bin Amateur«, gab Riker zu bedenken. »Und eigentlich kenne ich mich nur mit Jazz aus.«

»Ob Amateur oder Profi – Sie sind der einzige an Bord, der sowohl eingeweiht ist und außerdem vielleicht einen Sinn in den musikalischen Aspekten der Choraii-Sprache erkennen kann.« Picard erinnerte sich an die Freizeit-Interessen seines Ersten Offiziers und nickte, zufrieden mit seiner Wahl. »Ja, Sie sind sicher imstande, Deelors Gefährtin Ruthe zu bewegen, mit Ihnen über ihre Arbeit zu sprechen.«

»Aber, Captain ...«

»Ruthe ähnelt Herrin Beata auf Angel Eins. Will, Ihre Überzeugungskraft führte dazu, daß sie den Mannschaftsmitgliedern der *Odin* mit Milde begegnete.« Wie man hier und dort munkelte, errang Riker Beatas Wohlwollen nicht nur mit freundlichen Worten. Picard begann jenen Gerüchten zu glauben, als er beobachtete, wie sich Rikers Ohren röteten.

»Ich werd's versuchen, Sir.«

An Rikers Unbehagen konnte kein Zweifel bestehen, aber Picard bemerkte auch ein gewisses Interesse in den Zügen seines Ersten Offiziers. »Achten Sie nur drauf, daß Deelor nicht in der Nähe ist. Ich fürchte, er kann sehr eifersüchtig werden.«

Ein Ablenkungsmanöver fiel nicht weiter schwer. Es erfüllte Dr. Crusher mit Unbehagen, daß Riker bei seinem Plan die medizinischen Untersuchungen Deelors ausnutzte, aber auf sein Drängen hin vereinbarte sie einen weiteren Termin mit dem Botschafter. Als weitaus problematischer erwies es sich, Ruthe aus der Kabine zu locken. Riker betätigte mehrmals den Türmelder, doch es vergingen einige Minuten, bis die Frau darauf reagierte. Er bot ihr eine Besichtigungstour durchs Raumschiff an, aber Ruthe starrte ihn nur groß an. Da sie ihn jedoch nicht fortschickte, versuchte er es mit einer direkteren Taktik.

»Ihre Flötenmusik auf der Brücke hat mich fasziniert. Würden Sie für mich spielen?«

»Hier?« erwiderte Ruthe verwirrt.

Riker interpretierte ihre Antwort als Zustimmung und schlug einen nahen Freizeitraum als geeigneten Ort vor. Nach einigem Zögern folgte ihm Deelors Gefährtin in einen weiten, offenen Bereich mit bequemen Sesseln und vielen Pflanzen. In der großen Kammer hielt sich niemand auf, und das schien Ruthe zu erleichtern: Sie entspannte sich, ging voraus und nahm neben einem großen Aussichtsfenster Platz. Der Anblick des Weltraums mit seinen Myriaden Sternen gefiel ihr offenbar, denn sie lächelte verträumt.

Die zwanglose Atmosphäre täuschte. Angehörige von Lieutenant Yars Sicherheitsabteilung waren in allen Passagen postiert, die zum Freizeitbereich führten. Ihre Anweisungen bestanden darin, dienstfreie Besatzungsmitglieder daran zu hindern, den entsprechenden Raum aufzusuchen. Dr. Crusher konnte Deelor nur für eine gewisse Zeit in der Krankenstation festhalten, und diese Spanne mußte Riker so gut wie möglich nutzen – er durfte auf keinen Fall gestört werden.

Der Erste Offizier hatte sich gründlich vorbereitet und in der Schiffsbibliothek seine Kenntnisse über Musik aufgefrischt. »Die melodische Botschaft der Choraii erinnerte mich ein wenig an die terranische Musik während des Mittelalters«, begann er. »Bei den damaligen Liedstrukturen gab es mehrere Stimmen, die jedoch nicht durch Takt oder Rhythmus vereint waren, sondern unabhängig voneinander blieben.«

Diese Bemerkung überraschte Ruthe. Sie löste den Blick von der lichtjahrweiten Tiefe des Alls und musterte den Mann an ihrer Seite. »Ja, die polyphone Entwicklung ist ähnlich, obgleich die harmonischen Reihen der Choraii eher mit den Tonfolgen zu vergleichen sind, die Schönberg im zwanzigsten Jahrhundert schuf.«

»Sie sind also eine professionelle Musikerin?« erkundigte sich Riker. Außerhalb ihrer Kabine hatte die Frau noch nie so viele Worte verloren, und der Erste Offizier wollte sie dazu bewegen, ihren Vortrag fortzusetzen. Doch die Frage bewirkte genau das Gegenteil.

Ruthe starrte wieder aus dem Fenster. »Ich habe Musikgeschichte studiert«, sagte sie seltsam gepreßt und schwieg.

»Der Gruß, den Sie spielten ...« Riker summte einige

Takte der kurzen Melodie, die er auf der Brücke gehört hatte. »Stammt er aus Ihrem Repertoire? Oder gibt es bei den Choraii einen musikalischen Standard, der dazu dient, Kontakte mit anderen Schiffen herzustellen?«

»Die einzelnen Noten sind immer gleich«, erwiderte die Frau. »Aber der Rhythmus unterliegt keinen Beschränkungen.« Sie holte die Einzelteile der Flöte hervor. »Ich verändere das Lied jedesmal.«

Während Riker beobachtete, wie sie das Instrument zusammensetzte, bewunderte er einmal mehr Ruthes Schönheit. Ein Teil seines Bewußtseins konzentrierte sich auf ihre Musik, doch die Aufmerksamkeit des anderen Teils galt der klaren Linie ihres Profils. Sie blies in die Flöte, und zarte Finger tasteten mit geschmeidiger Anmut über den langen Holzstab.

Kurz darauf betrat Data den Raum, aber Ruthe unterbrach ihr Spiel nicht. Die einzelnen Tonfolgen zogen sich nur ein wenig in die Länge, als sie beobachtete, wie der Androide Platz nahm. Er schien mehr an dem Bericht interessiert zu sein, den er mitgebracht hatte, und daraufhin fand die Dolmetscherin zu den ursprünglichen Tempi zurück. Riker wußte, daß der kleine und in Datas Hand verborgene Vocoder alles aufzeichnete.

Kurze Zeit später kam Deanna Troi. Riker befürchtete, die Präsenz der Counselor könne Ruthe verunsichern, aber sie war viel zu sehr in ihre Musik vertieft, um sich von einem zusätzlichen Zuhörer stören zu lassen. Unglücklicherweise konnte der Erste Offizier kaum seine Verärgerung über das wachsende Publikum verbergen.

»Vielleicht hättest du einen intimeren Ort wählen sollen«, flüsterte ihm Deanna zu.

Ein vibrierendes As beendete Ruthes Lied.

»Das klang wunderbar – auch wenn ich die Bedeutung der Melodie nicht verstehe«, sagte Riker. »Wie dem auch sei: Vermutlich finden die Choraii unsere Sprache ebenso geheimnisvoll.«

Die Dolmetscherin schüttelte den Kopf. »Ganz und gar nicht. Die Choraii haben von den Kindern das in der Föderation gebräuchliche Standard gelernt. Sie beherrschen unsere Sprache ziemlich gut, ziehen jedoch eine harmonischere Art der Kommunikation vor.«

Eine wichtige Information, die es verdiente, Picard übermittelt zu werden, dachte Riker. Aber seine Hoffnungen auf weitere bedeutungsvolle Hinweise erfüllten sich nicht.

»Will ...«, vernahm er Trois Warnung, als sich Deelor näherte.

»Ich habe dich gesucht«, sagte der Botschafter. Seine Worte galten einzig und allein Ruthe.

»Ich hatte es satt, allein in der Kabine zu sein.«

»Du wirst nie wieder auf mich warten müssen«, versprach ihr Deelor. »Die Untersuchungen in der Krankenstation sind beendet.« Die letzte Bemerkung richtete er an den Ersten Offizier.

Der Botschafter sah Ruthe an und winkte kurz. Sie stand sofort auf und verließ die große Kammer.

Riker runzelte die Stirn, als er dem seltsamen Paar nachsah. Ruthe ging ohne ein Wort des Abschieds, warf nicht einmal einen Blick zurück. »Es gefällt mir ganz und gar nicht, daß Deelor sie so herumkommandiert.«

»Ihr scheint das nichts auszumachen«, sagte Troi. »Warum sollte es dich ärgern?« Erneut benutzte sie die persönliche Anrede.

Riker setzte zu einer scharfen Erwiderung an, unterbrach sich jedoch, als er Data bemerkte. Der Androide saß noch immer in der Nähe und wirkte jetzt nicht mehr annähernd so gleichgültig und desinteressiert wie noch vor wenigen Minuten. Mit unverhohlener Neugier musterte er den Ersten Offizier und die Counselor.

»Bitte gehen Sie jetzt«, sagte Riker. »Es wird Zeit für Sie.«

Data neigte verwundert den Kopf zur Seite und führte eine interne Speicherkontrolle durch. »Der gegenwärtige Zeitpunkt sieht keine Pflichten für mich vor.« Er versuchte, die stumme Botschaft in Rikers Zügen zu deuten. »Möchten Sie, daß ich den Raum verlasse?«

»Ja, Data«, erwiderte Troi fest.

Der Androide rührte sich nicht von der Stelle. »Ich könnte die menschlichen Interaktionen sicher besser verstehen, wenn ich häufiger Gelegenheit zu direkten Beobachtungen hätte. Ihre Diskussion verspricht mir wichtige Erkenntnisse.«

»Wir legen Wert auf eine gewisse Privatsphäre«, beharrte Riker.

»Aber gerade das hindert mich daran, die komplexen Strukturen physisch-psychischer und emotionaler Beziehungen zwischen den Personen an Bord zu analysieren.«

»Auf Wiedersehen, Data«, brummte Riker. Der Androide stand auf und ging mit langsamen, zögernden Schritten in den Korridor. Der Erste Offizier fragte sich, wie gut die Hörfähigkeit Datas sein mochte. Sicherheitshalber wartete er eine Zeitlang, bevor er sagte: »Deanna, wenn ich es nicht besser wüßte ... Man könnte fast meinen, du seist eifersüchtig.«

»Ich habe kein *Recht* auf Eifersucht. Die Trennung ließ keinen Zweifel an diesem Aspekt unserer Beziehung.«

»Aber du hast auch keinen *Grund*, eifersüchtig zu sein.«

»Ich weiß, Will«, erwiderte Troi und seufzte. »Oh, sicher, ich spüre in dir ein vages Interesse für Ruthe. Du bewunderst ihre Schönheit, aber du fühlst dich nicht in dem Sinne zu ihr hingezogen. Was die Dolmetscherin betrifft ...«

Rikers Eitelkeit verlangte nach einer Bestätigung. »Soll das etwa heißen, Ruthe habe sich in mich verliebt?«

»Nein, bestimmt nicht«, entgegnete Deanna mit einer Gewißheit, die er in diesem Ausmaß nicht erwartet hatte. »Um ganz offen zu sein: Du bewirkst nicht die geringste Reaktion in ihr.«

Die Counselor lächelte, als sie den kurzen Ärger sah, den Riker nicht ganz verbergen konnte. Ihre nächsten Worte waren wie eine Salbe für seinen verletzten Stolz und erklärten gleichzeitig Deannas Sorge. »Das ist der Punkt, der mir so sonderbar erscheint. Ruthe interessiert sich nur für ihre Musik, sonst nichts. In ihrem Innern herrscht Leere, Will. Ich empfange überhaupt keine Empfindungen von ihr.«

KAPITEL 8

Zehn Männer und Frauen drängten sich vor dem Zugang des Holodecks zusammen. Hinter dem offenen Schott erstreckte sich ein sanft gewölbtes Hügelland. An einigen Hängen wuchsen schattenspendende Bäume, und eine leichte Brise ließ ihre Blätter rascheln. Hölzerne, in einem dunklen Rot gestrichene Gebäude erhoben sich an der gegenüberliegenden Wand, doch die holografischen Darstellungen des fruchtbaren Acker- und Weidenlands reichten weit darüber hinaus, bis zum fernen Horizont.

Farmer Leonard schob sich näher an die Öffnung heran und schnupperte – die frische Luft roch nach Geißblatt. Er atmete tief ein und genoß den vertrauten Duft.

»Frühlingsanfang. Genau der richtige Zeitpunkt, um die Saat auszubringen.«

Einige der besorgteren Kolonisten beobachteten ihn aufmerksam, aber entgegen ihren Befürchtungen stürzte Leonard nicht etwa tot zu Boden. Weitere Oregonianer gesellten sich zu ihm.

»In all den Jahren auf Grzydc habe ich nie soviel Grün gesehen«, seufzte Charla. »Es erinnert mich sehr an Yonada.«

Tomas schnaubte laut und wich zurück. »Ein billiger Trick, weiter nichts. Eine Illusion.« Mürrisch zupfte er an seinem Bart.

»Nach den vielen Monaten im All ist mir auch ein Trugbild recht«, sagte Mry. »Es kann kaum schlimmer sein als die Realität.«

Sie rang sich als erste dazu durch, das harte Metalldeck zu verlassen und einen weichen Boden zu betreten, der unter ihr federte. Leonard folgte ihr sofort. Die anderen Farmer konnten der Verlockung einer weiten, offenen Landschaft nicht lange widerstehen. Allein oder zu zweit passierten sie den Zugang.

Schließlich blieb nur noch Tomas. »Schämt euch!« rief er. »Ich habe es schon einmal gesagt, und ich wiederhole es jetzt: Eher würde ich mich von einem Drachen verschlingen lassen, als an einer holografischen Simulation Gefallen zu finden.« Er hob die Stimme, als sich seine Gefährten entfernten. »Damals habt ihr meine Ethik begrüßt, aber jetzt gebt ihr eure Prinzipien einfach so auf.«

»Komm schon, Tomas«, erwiderte Myra. Die alte Frau stand noch immer in der Nähe des Eingangs. »Du kannst auch hier drin gegen unsere moralische Verdorbenheit wettern.«

Tomas rührte sich nicht. Seine Hände zitterten so heftig, daß er die Daumen hinter den Gürtel hakte. »Von hier aus hat man einen guten Blick.« Er kniff die Augen zusammen, als er beobachtete, wie seine Schwester und Leonard lachend durchs hohe Wiesengras liefen.

»Mry ist eine attraktive Frau«, stellte Myra fest. Sie schmunzelte. »Und alt genug, um Kinder zur Welt zu bringen.«

»Vielleicht«, brummte Tomas. »Aber was den Vater angeht, habe ich ein Wort mitzureden.« Er biß die Zähne zusammen und trat über die Schwelle.

Einen Sekundenbruchteil später erklang ein leises Zischen. Hinter ihm glitten die beiden Schotthälften zu und schienen sich einfach aufzulösen. Die Illusion war komplett. Tomas stand im Gras, dessen Halme sich im leichten Wind hin und her neigten. Über ihm spannte sich ein klarer blauer Himmel, und der warme Schein einer gelben Sonne veranlaßte ihn dazu, die obersten Knöpfe des Flanellhemds zu öffnen.

Der junge Stvn sank auf die Knie, grub die Hand in den Boden und zerbröckelte dunklen Lehm zwischen den Fingern. Der alte Steven griff nach einem Grashalm und kaute auf der Wurzel. »Für Mais nicht geeignet. Aber Weizen wüchse hier bestimmt recht gut.«

»Wir wollen hier die Tiere unterbringen«, erinnerte Tomas und starrte die beiden Männer finster an. »Die Saat bleibt, wo sie ist.«

»Was für eine Vergeudung, so gutes Land ungenutzt zu lassen«, meinte der junge Stvn und nickte seinem Onkel zu. »Neu Oregonia wird sich erst nach jahrzehntelanger harter Arbeit in eine so schöne Welt verwandeln.«

Tomas wandte sich von ihnen ab und richtete seinen Unmut auf Dnnys und Wesley, die gerade aus der Scheune liefen und über die Wiese stürmten, um die Erwachsenen zu begrüßen. »Noch ein Kurzschluß, und unsere Schafe grasen auf blankem Stahl«, sagte er verdrießlich, als die beiden Jungen bis auf Hörweite seiner volltönenden Stimme heran waren.

»Ich finde das alles wundervoll«, sagte Mry. Kleine, weiche Flügel strichen ihr über die Wange und tanzten fort. »Ein orangefarbener Schmetterling! Ich habe noch nie einen lebendigen gesehen. Wer kam auf die Idee, der Holografie ein so hübsches Detail hinzuzufügen?«

»Äh, ich«, sagte Wesley und senkte verlegen den Kopf.

»Also bist du nicht nur ein ausgezeichneter Techniker, sondern auch künstlerisch begabt.« Mry zupfte einige Strohhalme aus seinem Haar.

»Was ist denn los mit dir?« Dnnys stieß seinen Freund mit dem Ellenbogen an. »Du wirst ja ganz rot.«

»Das liegt an der Sonne«, behauptete Wesley. Er sah Mrys Lächeln und spürte erneut, wie ihm das Blut ins Gesicht schoß. »Sie leuchtet zu grell. Ich sollte besser den Helligkeitscode überprüfen.«

Dnnys seufzte. »Ich wünschte, das Leben auf einer Farm machte ebensoviel Spaß wie das Schreiben eines entsprechenden Programms. Dann wäre ich bereit ...«

Mry hielt ihm die Hand vor den Mund und berührte seine Lippen. »Pscht. Sie könnten dich hören.« Dnnys' Kusine warf einen nervösen Blick in Richtung der anderen Farmer.

Myra stapfte auf sie zu und runzelte mißbilligend die Stirn. »Trödelt nicht herum. Zeigt mir die Pferche.«

»Es hat keinen Sinn, noch mehr zu sehen«, erklärte Tomas gebieterisch.

Myra hob die Hand und wedelte seinen Protest wie einen üblen Geruch fort. »Dies ist eine Farm, und das bedeutet, hier gibt es viel zu tun. Die jungen Leute liegen schon zu lange auf der faulen Haut. Sie haben die Tugend harter Arbeit vergessen. Ich werde ihre Erinnerungen auffrischen.«

Myra gestikulierte ausladend und führte die Gruppe zu den Gebäuden. Tomas ging neben seiner Schwester und schützte sie mit dem eigenen Leib vor Leonards Blicken. Alle Einwände gegen die Benutzung der holografischen Simulation waren vergessen.

Die Besatzung der *Enterprise* hatte die Vorbereitungen auf eine neuerliche Begegnung mit der *As* abgeschlossen, doch Deelor hielt den Zeitpunkt noch nicht für gekommen, das Kommando zu übernehmen. Da es nichts weiter zu tun gab, beschränkten sich Ruthe und er darauf, zu warten und sich in Geduld zu fassen.

Deelor saß so still wie eine zum Sprung bereite Katze, die Muskeln angespannt, der Geist wach und aufmerksam. Schon seit über eine Stunde hockte er auf diese Weise im Sessel, während seine Gedanken zwischen einer unveränderlichen Vergangenheit und einer viel zu ungewissen Zukunft hin- und hereilten.

Ruthe lag auf dem Kabinenbett und lauschte den sanften Klängen eines Cellosolos, das aus der Musikbibliothek des Raumschiffs stammte. Sie gab sich mit der Gegenwart zufrieden.

»Riker mag dich«, sagte Deelor plötzlich.

»Tatsächlich?« Sie sah desinteressiert zu ihm auf und lauschte noch immer der Melodie. Der Botschafter fragte sich, ob die Choraii der menschlichen Kultur mit mehr Achtung und Respekt begegnen würden, wenn sie diese Bach-Suite oder ein Mozart-Konzert hören konnten.

»Woher willst du das wissen?« murmelte Ruthe.

»Sein Blick ist deutlich genug.«

»Verlangt dieser Umstand eine besondere Verhaltensweise von mir?«

»Nein, nicht unbedingt. In dieser Hinsicht kannst du frei entscheiden.«

Die Sarabande[1]) wich der Gavotte[2]), Ruthes Lieblingspassage der Suite in D-Dur. Deelor kannte seine Begleiterin gut genug, um still zu bleiben, bis diese Sequenz verklang. Als die Gigue[3]) begann, fuhr er fort: »Er hält uns für ein Liebespaar.«

»Wer?« fragte Ruthe.

»Riker.«

»Ach, du meinst ihn.« Sie runzelte die Stirn. »Hat er

---

1) Die Sarabande ist ein wahrscheinlich aus Spanien oder Mexiko stammender Tanz im Dreiertakt. Im 16. und 17. Jahrhundert war sie als lebhafter, erotischer Paartanz verbreitet. Sie wurde 1583 von der Inquisition verboten, aber dennoch 1618 am spanischen und 1625 am französischen Hof eingeführt. Besonders kunstvoll gestaltet ist sie im Klavierwerk Johann Sebastian Bachs. Man denke in diesem Zusammenhang nur an die ›Französische Suite‹ Nr. 5 (BWV 816, 1722), auf die sich wahrscheinlich die Autorin bezieht.

2) Die Gavotte ist ein mäßig bewegter Volkstanz, der noch heute in baskischen und bretonischen Gebieten gepflegt wird. Sie wurde im 17. Jahrhundert Hoftanz und war bis ins 19. Jahrhundert als Gesellschaftstanz beliebt. J. B. Lully bezog den damals neuen Modetanz in die Orchestersuite ein, und über das Ballett gelangte die Gavotte in die Oper. J. S. Bach verwendete sie in der Klaviersuite.

3) Die Gigue (vom Altfranzösischen ›giguer‹ – tanzen, springen) ist ein um 1635 in Frankreich aus der irisch-schottischen Jig abgeleiteter lebhafter, vorwiegend instrumentaler Tanz. Im 17. und 18. Jahrhundert war sie weit verbreitet und Grundbestandteil der Suite. Auf dem Kontinent entwickelten sich verschiedene Ausprägungen, unter anderem die sogenannte Fugen-Gigue bei J. S. Bach. Anm. d. Übers.

mich aus diesem Grund gebeten, für ihn zu spielen? Weil er mich mag?«

»Zum Teil. Ich glaube allerdings, daß er sich in erster Linie an die Anweisung hielt, mehr über die Choraii herauszufinden.«

Ruthe rollte sich zusammen, sicheres Zeichen dafür, daß ihr Deelors Worte nicht gefielen.

»Was hast du ihm gesagt?« Der Botschafter achtete darauf, nicht zu neugierig zu erscheinen. Wenn Ruthe seine Anspannung spürte, durfte er keine Antworten mehr von ihr erwarten.

»Ich erinnere mich nicht.«

Wahrscheinlich stimmte das sogar. Die Vergangenheit spielte für Ruthe ebensowenig eine Rolle wie die Zukunft. Deelor beugte sich vor und berührte die Wandkontrollen. Von einem Augenblick zum anderen verklang die Musik.

Die Frau richtete sich ruckartig auf und bedachte ihn mit einem durchdringenden Blick.

»Du kennst meine Position«, sagte Deelor. »Wenn der Captain und seine Offiziere unsere Vereinbarung mit den Choraii durchschauen, kann ich dir nicht helfen. Du handelst praktisch auf eigene Faust. Und deshalb gebe ich dir folgenden Rat: Begegne Riker und den anderen mit der gebotenen Vorsicht.«

»Er gefällt mir ohnehin nicht.«

»Eine Einschätzung, die ich teile.«

Deelor lachte.

»Aber mir liegt etwas an dir.« Er seufzte, als er das wachsame Funkeln in Ruthes Augen bemerkte. »Und um deine Frage vorwegzunehmen: Nein, meine Gefühle erfordern keine besondere Verhaltensweise deinerseits.«

Data berührte eine Sensorfläche der Operatorkonsole, und auf dem großen Wandschirm erschien sofort eine grafische Darstellung des Energienetzes, das die Choraii als Waffe einsetzten. Eine zweite Schaltung – und das blaue Gespinst begann zu glühen.

»Es handelt sich nur um eine Theorie«, wandte sich der Androide an die beiden Offiziere auf dem Kommandodeck.

»Ja, ich verstehe«, erwiderte Picard und zwinkerte in der jähen Helligkeit, die aus dem Projektionsfeld strahlte. Geistesabwesend rieb er sich den Nasenrücken. »Bitte fahren Sie fort.«

»Das Netz besteht aus flexiblen Energiesträngen. Ich halte es für möglich, einen Ergfaden aus der allgemeinen Struktur zu lösen und dadurch eine schwache Stelle zu schaffen, die als Ansatzpunkt für eine spezielle Sonde dienen könnte.«

»Zu welchem Zweck?« fragte Riker und betrachtete das Schema, das Data mit einem kurzen Tastendruck einblendete. Ein dreidimensionales Abbild der erwähnten Sonde schwebte dem Netz entgegen.

»Um die Energie des Gespinstes anzuzapfen.« Während Data diese Worte formulierte, trübte sich der blaue Glanz. »Wir können sie entweder ins All ableiten oder sie selbst verwenden. Das Ergebnis: Die geschwächte Matrix stellt für die *Enterprise* keine Gefahr mehr dar.«

»Klingt ziemlich riskant.« Riker runzelte die Stirn. »Was geschieht, wenn sich der energetische Fluß unserer Kontrolle entzieht?«

»Es besteht eine Wahrscheinlichkeit von vierunddreißig Prozent dafür, daß es zu einer explosiven Überladung kommt«, erklärte der Androide. »Wie ich schon sagte: Es ist ein theoretisches Modell, und während der Umsetzung in die Praxis sind sicher einige Anpassungen erforderlich.«

Picard dachte daran, welche Konsequenzen sich ergeben mochten, wenn sie ein solches Verteidigungssystem unter Gefechtsbedingungen testeten. »Ich hoffe, wir können auf diese Methode verzichten, Mr. Data.«

»Nur noch vier Stunden trennen uns vom Rendezvous mit den Choraii«, sagte Riker. Er saß zurückgelehnt und wie erschlafft, fühlte sich viel zu müde, um seine übliche gerade Haltung einzunehmen. Die Brückenoffiziere hatten bereits mehrere Dienstschichten ohne Pause hinter sich. »Die Zeit genügt nicht, um neue defensive Strategien zu entwickeln.«

»Wahrscheinlich müssen wir uns auf Andrew Deelors Diplomatie verlassen. Vielleicht offenbart der Botschafter während des Kontakts mit den Choraii ein Taktgefühl, das er nicht an seine Untergebenen verschwendet.« Picard musterte Riker. »Ich schlage vor, wir ruhen uns jetzt ein wenig aus. Das gilt auch für Sie, Nummer Eins.«

Der Erste Offizier richtete sich auf und begriff erst jetzt, welches Erscheinungsbild er bot. »Unter einer Bedingung, Captain: Sie sollten sich ebenfalls in Ihr Quartier zurückziehen.« Um Picards Widerstand vorzubeugen, fügte er hinzu: »Ich bin sicher, unsere Bordärztin wäre sofort bereit, Sie ins Bett zu schicken.«

Der Kommandant lächelte dünn und kam zu dem Schluß, daß er über seine eigene Müdigkeit ebensoschlecht hinwegtäuschen konnte wie Riker. »Ich sehe keinen Grund, Dr. Crusher mit solchen Dingen zu belästigen. Ich krieche wie ein braver Junge unter die Dekke.« Mit einem leisen Seufzen stand er auf und wandte sich an den einen Brückenoffizier, der keine Erholungsphase benötigte. »Ich übergebe Ihnen die *Enterprise*, Commander Data.«

Picard suchte seine Kabine auf – und mußte schon wenig später feststellen, daß er nicht schlafen konnte. Reglos lag er auf dem Bett, schloß die Augen und dachte nach. Andrew Deelor würde sicher bald das Kommando übernehmen. Und Admiral Zagráth hatte deutlich darauf hingewiesen, daß der Captain die Order des Botschafters befolgen mußte.

Verschwenden Sie Ihr Glück nicht an uns. Behalten Sie es, Captain Picard. Sie brauchen es sicher dringender als wir, flüsterte D'Amelios Warnung durch Picards Bewußtsein. Er sah sich selbst, spürte das Gewicht des sterbenden Phil Manin in den Armen. Der Captain der *Ferrel* hatte Deelors Befehle befolgt und lange genug gelebt, um das zu bereuen. Wann verwandelte sich respektvoller Gehorsam gegenüber der Autorität in naive Dummheit?

Stunden vergingen.

Picard suchte noch immer nach einer Antwort auf seine Frage, als ihn Data zur Brücke rief. Er verließ das Bett und fühlte sich noch müder als vorher.

Lieutenant Worf nahm Picards Anweisung, sich in die Kabine zurückzuziehen und auszuruhen, mit unerschütterlicher Gelassenheit zur Kenntnis, obwohl er sich tief in seinem Innern davon beleidigt fühlte. Als Klingone war er daran gewöhnt, sich strikt an seine Befehle zu halten. Doch gleichzeitig nahm er sich das Recht, ihren eigentlichen Sinn zu mißachten, wenn sie ihm nicht paßten. Er beschränkte den Aufenthalt in seinem Quartier auf zwei oder drei Minuten und machte sich dann wieder auf den Weg zur Brücke.

»Menschen schlafen zuviel«, sagte Worf, als ihm Data einen fragenden Blick zuwarf. »Das schadet den Reflexen.«

Da der Androide keine regenerativen Inaktivitätsperioden benötigte, konnte er die Stichhaltigkeit dieser Behauptung nicht beurteilen. Allerdings fügte er den Worten des Klingonen eine eigene, bereits verifizierte Bemerkung hinzu: »Das Schlafen scheint ihnen zu gefallen.«

»Ein Grund mehr, um wach zu bleiben.«

Worf konzentrierte sich wieder auf das Problem, das ihn schon seit Tagen beschäftigte: die Fähigkeit der *As,* die Kapazität eines fremden Traktorstrahls zu überlasten. Die einzelnen Blasen der Choraii besaßen eine recht glatte und schlüpfrige Oberfläche, und deshalb konnten sie sich selbst im Innern eines Traktorfeldes bewegen. Wenn sie eine lange Reihe bildeten, mußte die Energie des Strahls verstärkt werden, um alle Komponenten des Schiffes unter Kontrolle zu halten. Computersimulationen wiesen darauf hin, daß Ringformationen den gleichen Effekt bewirkten. Beide Konfigurationen erweiterten den Traktorfokus weit über das vorgesehene Maß hinaus.

»Die Choraii haben nicht versucht, das Traktorfeld zu sprengen und zu fliehen«, sagte Worf, als er Data die Ergebnisse seiner Berechnungen zeigte. »Sie befreiten sich, indem sie uns zwangen, den Traktorstrahl aufgrund eines zu hohen Energieverbrauchs abzuschalten.«

»Vielleicht hat die *Ferrel* zu lange versucht, das Blasenschiff festzuhalten«, vermutete Data. »Das würde erklären, warum sie später der energetischen Matrix zum Opfer fiel, ohne sich dagegen wehren zu können.«

»Die bisherigen Elaborationen deuten darauf hin, daß wir mehr Energie brauchen.«

Data nickte. »Das ist die einfachste Lösung. Vielleicht hätten stärkere Phaserstrahlen die Fremden an einem Angriff gehindert.«

Worf runzelte die Stirn. Der letzte Hinweis des Androiden stimmte ihn nachdenklich. »Commander Riker fand eine Möglichkeit, die *As* mit weniger Energie zu beschädigen, indem er die Strahlen bündelte. Mit anderen Worten: Man muß zu ungewöhnlichen Maßnahmen greifen, um den Choraii ein Schnippchen zu schlagen.«

Mit einer vagen Idee kehrte der Klingone zur wissenschaftlichen Station zurück. Die bisherigen Computeranalysen basierten auf normalen Parametern, aber wenn man die vorgegebenen Daten des Traktorstrahls veränderte, ergaben sich vielleicht neue Lösungen für das Problem.

Nach einer Stunde erhielt Worf ein vielversprechendes Resultat.

»Rein theoretisch könnte es klappen«, sagte Data und beobachtete die neue grafische Simulation: vier einzelne Strahlen, die jeweils einer Blase galten. Ganz gleich, welche Struktur das Schiff annahm – der Traktorfokus blieb auf die erfaßten Kugeln gerichtet. Und was noch wichtiger war: Der Energieverbrauch ging nicht über den eines großen Strahls hinaus.

»Jetzt kommen die Choraii nicht so einfach davon«, knurrte der Klingone. Diese Erkenntnis erfrischte ihn mehr als erholsamer Schlaf.

Dr. Crusher hörte, wie jemand ihr Büro betrat, aber sie wandte den Blick nicht vom Computerschirm ab. »Verschwinden Sie. Ich habe zu tun.«

Der Schatten auf dem Schreibtisch wich nicht fort. »Eine Krankenschwester warnte mich bereits und wies darauf hin, Sie seien ziemlich schlecht gelaunt.«

Crusher drehte den Kopf, als sie Deelors spöttische Stimme hörte. »Ich bin Erster Medo-Offizier dieses Raumschiffes, und deshalb ist es meine Pflicht, alle notwendigen Vorbereitungen für die Ankunft der Hamlin-Überlebenden zu treffen. Aber dazu fehlen mir genaue Informationen. Ich muß mit emotionaler Desorientierung rechnen, auch mit ausgeprägtem Vitaminmangel. Darüber hinaus wäre praktisch alles denkbar: von geringfügigen physisch-psychischen Störungen bis hin zu umfassenden Schäden des Nervensystems.« Beverly deutete auf den Monitor. »Wenn es in den Choraii-Schiffen keine künstliche Schwerkraft gibt, fehlt den menschlichen Gefangenen vielleicht ein ausgeprägter Knochenbau. Möglicherweise haben sie nur weiche Knorpel, die unter dem Gewicht der Körper nachgeben. Himmel, und das alles ist erst der Anfang . . .«

»Oh, machen Sie sich keine Sorgen«, erwiderte Deelor im Plauderton. »Ich habe hier ein Heilmittel für ärztlichen Kummer.« Er legte eine Kassette auf den

Schreibtisch. »Sie enthält medizinische Daten, die fast alle Ihre Fragen in bezug auf die Verschleppten beantworten.«

»Na endlich!«

»Nichts zu danken.« Deelor grinste breit, und seine Fröhlichkeit weckte nur noch mehr Ärger in Beverly. »Was jene Aufzeichnungen angeht, Dr. Crusher: Ich brauche Sie wohl nicht extra darauf hinzuweisen, daß die Daten strikter Geheimhaltung unterliegen.« Er sprach noch immer wie beiläufig, aber seine Worte waren ernst genug.

»Das ist mir durchaus klar, Botschafter.« Die Ärztin schob das Speichermodul ins Lesegerät und rief die ersten Informationen ab.

Als Picard die Brücke erreichte, hatte der Erste Offizier das Kommando übernommen, und Data saß wieder an seiner Konsole. Riker begrüßte den Captain mit ungewöhnlichem Ernst.

»Botschafter Deelor möchte Sie sprechen.«

Picard wußte, was sich anbahnte. »Teilen Sie ihm mit, daß ich ihn im Bereitschaftsraum empfange.«

»Er wartet dort auf Sie, Sir.«

Der Captain betrat das Zimmer. Deelor stand am Fenster und sah in den Weltraum hinaus.

»Möchten Sie sich nicht setzen?« fragte Picard trokken. Er deutete auf seinen eigenen Sessel hinter dem Schreibtisch.

Der Botschafter wandte sich vom Fenster ab.

»Der Platz dort gehört Ihnen, aber für die Brücke bin von nun an ich zuständig, Captain. Ich übernehme hiermit die volle Befehlsgewalt über Ihr Schiff.«

»Ihre Kommandoautorität gilt einzig und allein der Mission«, erwiderte Picard kühl. »Nicht aber der *Enterprise*.«

Deelor runzelte die Stirn, schien jedoch nicht überrascht zu sein. »Admiral Zagráth ...«

»Ist derzeit nicht hier«, unterbrach ihn Picard ruhig. »Ich bin in erster Linie für die Besatzung verantwortlich und keineswegs bereit, das Schicksal der Crew in Ihre Hände zu legen.«

»Damit riskieren Sie ein Kriegsgerichtsverfahren.«

»Sind Sie sicher? Dabei müßte ganz offen über die Choraii, ihre Hamlin-Gefangenen und die *USS Ferrel* gesprochen werden.«

»Sehr scharfsinnig«, sagte Deelor. »Im Gegensatz zu Ihnen ist Phil Manin auf den Bluff hereingefallen. Nun, es gibt viele Möglichkeiten, einen Captain aus dem Verkehr zu ziehen. Ich denke da nur an Versetzungen zu irgendwelchen langweiligen Provinzplaneten.«

»Das ist immer noch besser, als dieses Raumschiff zu verlieren. Sie haben die *Ferrel* zerstört. Die *Enterprise* werden Sie nicht vernichten.«

Die Falten fraßen sich tiefer in Deelors Stirn. »Ihr Verantwortungsgefühl ist bewundernswert, aber in diesem Zusammenhang fehl am Platz. Ich habe schon mehrfach Kontakte zu den Choraii hergestellt. Ich besitze also größere Erfahrung und kann somit bessere Entscheidungen treffen.«

»Lassen Sie mich an Ihrem Wissen teilhaben.«

Deelor seufzte. »Sie sind sehr hartnäckig. Persönliche Antipathie führt unter Umständen zu einer Beeinträchtigung des Urteilsvermögens. Ich darf Ihnen folgendes versichern: Ganz gleich, was Sie von mir halten – mein Handeln ist weder launisch noch inkompetent.«

Er klopfte vorsichtig an die gläserne Wand des Aquariums und beobachtete, wie der Löwenfisch am Spiegelbild seiner Finger saugte. Als er sich wieder zu Picard umdrehte, lächelte er reumütig.

»Behalten Sie den Befehl über Ihr Schiff, Captain. Wir müssen Auseinandersetzungen zwischen uns vermeiden – die Choraii würden derartige Kontroversen sofort zu ihrem Vorteil nutzen. Aber wenn Ihnen soviel an der *Enterprise* liegt, sollten Sie jeden meiner Ratschläge beherzigen.«

Picard spürte einen ersten Hauch von Zweifel. Deelor war nicht nur klug – er wußte auch, wie man mit Menschen umging. Und er nahm seine Niederlage mit überraschendem Anstand hin.

Die beiden Männer verließen den Bereitschaftsraum und kehrten auf die Brücke zurück. Picard bemerkte den fragenden Blick seines Ersten Offiziers, bot ihm jedoch keine Erklärung an. Mit ausdruckslosem Gesicht nahm er am Befehlsstand Platz, und Deelor ließ sich in den Sessel daneben sinken. Eine Zeitlang starrte der Captain auf den großen Wandschirm, und erst dann wandte er sich an Riker. »Wir haben das Ziel fast erreicht, Nummer Eins. Unterbrechen Sie den Warptransit.«

»Impulskraft, Mr. LaForge«, sagte Riker sofort. Die *Enterprise* näherte sich dem Treffpunkt.

»Warptriebwerk ist desaktiviert«, bestätigte Geordi.

Der Erste Offizier sah den Androiden an. »Sensorerfassung, Mr. Data.«

»Die Choraii sind noch nicht eingetroffen.«

»Geschwindigkeit auf null.«

Die von Ruthe angegebenen Koordinaten waren erreicht, und die *Enterprise* schwebte antriebslos im All.

»Nun, Botschafter?« fragte Picard scharf. »Wir sind hier, am vereinbarten Ort, zur vereinbarten Zeit. Wo bleiben die Choraii?« Bei der kurzen Konfrontation mit Deelor hatte er seine Karriere aufs Spiel gesetzt – möglicherweise völlig umsonst, wenn die *As* nicht erschien.

»Haben Sie Geduld, Captain. Ich bin sicher, daß die Choraii kommen.« Deelor sah über die Schulter und runzelte einmal mehr die Stirn. »Ruthe läßt ebenfalls auf sich warten.«

»Eigentlich sind wir ein wenig zu früh dran«, warf Data ein. »Noch eine Minute und fünfzehn Sekunden bis zum verabredeten Zeitpunkt.«

Picard war viel zu angespannt, um die sachliche Bemerkung des Androiden zu überhören. »Es befinden sich keine Raumschiffe in Scanner-Reichweite, Mr. Data. Und das bedeutet, die Choraii verspäten sich. Wenn sie überhaupt die Absicht haben, den Termin mit uns wahrzunehmen.«

»Captain!« entfuhr es Yar. »Die Fernbereichssensoren registrieren ein Objekt. Es erreicht gerade ... Nein, es ist schon tief in unserem Ortungsradius. Es kommt schnell, unglaublich schnell näher!«

Picard versteifte sich. »Deflektoren ein!«

»He, seht euch das an!« stieß Geordi hervor und deutete auf den Wandschirm.

Noch vor einigen Sekunden hatte das Projektionsfeld nur Schwärze gezeigt, doch jetzt glänzte ein kleiner Punkt und wurde rasch größer. Die *As* drehte sich um die Längsachse, als sie der *Enterprise* entgegenraste.

»Kollisionskurs«, warnte Yar, als das Konglomerat aus rötlichen und orangefarbenen Blasen den ganzen Schirm ausfüllte. Ein rhythmisches Pfeifen erklang – der Computer gab automatisch Alarmstufe Gelb.

Picard holte tief Luft. »Ausweichmanöver.«

»Nein«, sagte Deelor hastig. »Wir werden nicht angegriffen.«

»Woher wollen Sie das wissen?« Aber Picard zögerte und gab keine weiteren Befehle.

Im letzten Augenblick bremsten die Choraii ab. Die Blasen zitterten und vibrierten, als das seltsame Schiff neben der *Enterprise* verharrte.

»Zweiundzwanzig Sekunden zu früh«, stellte Data fest. »Ihre Pünktlichkeit ist beeindruckend.«

»Ebenso wie die Geschwindigkeit«, fügte Picard hinzu und wölbte die Brauen. Er verstand jetzt, warum Starfleet einen Geheimagenten mit einer diplomatischen Mission beauftragt hatte.

KAPITEL 9

PERSÖNLICHES LOGBUCH DES CAPTAINS:

Um der Pflicht willen habe ich oft sehr unangenehme Aufgaben wahrgenommen, aber diese finde ich besonders abscheulich. Wir tauschen Handelswaren gegen menschliches Leben. Wir bezahlen ein Lösegeld für Entführte und sanktionieren somit ein Verbrechen. Kann uns die Diplomatie keine besseren Lösungen anbieten?

Ruthe begrüßte die *As* mit neuer Flötenmusik. Die Dolmetscherin war ebenso plötzlich auf dem Achterdeck erschienen wie das Choraii-Schiff am Treffpunkt im All. Deelors Begleiterin spielte, während sie die Rampe herunterschritt und sich dem Befehlsstand näherte. Die ganze Zeit über blieb ihr Blick auf den Wandschirm gerichtet.

»Läßt sich ein visueller Kontakt herstellen?« fragte Picard den Botschafter, während Yar Ruthes Melodie sendete. »Ich würde mir gern das Innere des Blasenschiffes ansehen.«

Deelor schüttelte den Kopf. »Nein, das ist nicht möglich. Offenbar fehlt den Choraii eine entsprechende Technik, obwohl sie über hochentwickelte Audiosysteme verfügen.«

Picard besann sich auf seine zweite Informationsquelle.

»Spüren Sie etwas, Counselor?«

Deanna Troi befreite ihr Bewußtsein vom Ballast persönlicher Gedanken, schirmte die vertrauten Emanationen der Brückencrew ab und analysierte den Rest. »Ich fühle eine starke Präsenz, die alle Individuen an Bord der *As* überlagert. Das Schiff scheint ein lebendes Wesen zu sein – oder vielleicht eine Erweiterung seiner Besatzung.«

Die letzten Flötenklänge verhallten, und einige Sekunden später antworteten die Choraii mit einem eigenen Gruß. Vier Stimmen sangen und begleiteten sich gegenseitig die Tonleiter herauf und herunter.

Der Botschafter wartete geduldig auf das Ende der einleitenden Kontaktsequenz und wies Ruthe schließlich an, die ursprüngliche Handelsvereinbarung zu bestätigen. Sie übersetzte die betreffenden Worte in eine weitere Melodie und wartete auf die Antwort.

Picard glaubte, in den Choraii-Noten einen ablehnenden Klang zu vernehmen, und fragte sich vergeblich, was diesen Eindruck hervorrief. Rikers besorgter Gesichtsausdruck bewies, daß auch er den Tonwechsel gehört hatte. »Stimmt irgend etwas nicht?«

»Die Choraii verlangen mehr Blei«, erklärte Ruthe. »Zwölf Pfund anstatt zehn.« Sie sah Deelor an, bereit dazu, neue Anweisungen entgegenzunehmen.

»Nein. Sag ihnen, die Bedingungen für den Austausch seien bereits festgelegt. Fünf Kilo insgesamt, und kein Gramm mehr. Erinnere sie daran, daß die erste Zahlung schon erfolgt ist.«

Ruthe nickte, übersetzte das Standard der Föderation in die Musik der Choraii. Der Captain überlegte, ob der mühsame Prozeß ein Zugeständnis an die Fremden im Blasenschiff darstellte oder dazu diente, Einzelheiten der Verhandlung vor ihm und den übrigen Offizieren zu verbergen. Zwar hatte sich seine Einstellung gegenüber Andrew Deelor im Verlauf der letzten Stunde geändert – er war nun eher bereit, ihm zu vertrauen –, aber es gab noch immer keine Möglichkeit festzustellen, ob Ruthes Auskünfte der Wahrheit entsprachen. Picard wußte, daß Datas Sprachcomputer bei der Signifikanzanalyse erste Erfolge erzielten, doch sie genügten nicht, um den komplexen Austausch von Nachrichten zu entschlüsseln.

Die von der *As* gesendeten Dissonanzen nahmen zu, und nach einer Weile schüttelte Ruthe den Kopf. »Die Choraii weisen darauf hin, dies sei ein neues Schiff, und deshalb müsse auch eine neue Vereinbarung getroffen werden.«

»Einverstanden«, sagte Deelor gepreßt. »Drei Pfund für den Gefangenen – weil die *Enterprise* stärker ist und die *As* im Kampf besiegte. Die Alternative wäre ein zweites Gefecht, nach dem der Preis neu verhandelt werden muß.«

Picard räusperte sich demonstrativ, protestierte jedoch nicht gegen die Herausforderung des Botschafters. Er hatte sich bereit erklärt, ihm diesen Teil der Mission zu überlassen.

Deelor drehte kurz den Kopf und bemerkte die Skepsis des Captains.

»Die Choraii respektieren Handelspartner, die nicht sofort nachgeben«, sagte er. »Außerdem: Je weniger Metall sie bekommen, desto eher müssen sie uns weitere Gefangene anbieten.«

In der Zwischenzeit beschrieb Ruthe den Standpunkt ihres Gefährten und übermittelte die Antwort. »Der ursprüngliche Preis ist akzeptabel«, sagte sie nach einem längeren musikalischen Austausch. »Sie möchten nun die Art der Lieferung erörtern.«

»Zuerst soll der Gefangene hierhergebracht werden.«

Bisher hatte die Dolmetscherin Deelors Bemerkungen ohne jeden Kommentar wiederholt, aber nun äußerte sie ihre Meinung. »Bestimmt fordern sie eine Sicherheit.«

»Die wir nicht gewähren«, sagte der Botschafter fest. »Dieses Recht haben sie sich mit dem Angriff auf die *Ferrel* verscherzt. Entweder gehen sie auf meine Bedingungen ein, oder sie bekommen kein Blei.«

Ruthe zuckte mit den Schultern und setzte die Flöte

an die Lippen. Einige stakkatoartige, dissonante Laute ertönten.

Deelor neigte den Kopf an die Rückenlehne des Sessels. »Entspannen Sie sich«, riet er dem Captain und Riker. »Es dauert sicher noch einige Zeit.«

»Was geschah mit der *Ferrel?*« fragte Picard leise. Er erwartete erneut eine ausweichende Antwort des Botschafters, und deshalb verblüffte ihn seine Offenheit.

»Als Beweis unseres Vertrauens beamten wir die Hälfte des Bleis an Bord ihres Schiffes.« Deelor runzelte die Stirn, als er sich erinnerte. »Und die *As* machte sich sofort aus dem Staub.«

»Daraufhin haben Sie versucht, das Blasenschiff mit einem Traktorstrahl festzuhalten, wodurch Sie einen großen Teil der Energiereserve verloren«, warf Data ein. »Das ist zumindest meine Theorie, die auf den verfügbaren Daten basiert. Habe ich recht?«

Deelor schwieg einige Sekunden lang und dachte über die Schlußfolgerungen des Androiden nach. Noch immer ertönte Ruthes Flöte und wob ein harmonisches Gespinst. »Ja«, bestätigte er schließlich. »Als uns die Choraii mit der energetischen Matrix angriffen, konnten wir nicht einmal mehr die Phaser abfeuern.«

Das Lied der Dolmetscherin endete, und sie ließ ihr Instrument sinken. »Unsere Forderungen haben sie sehr verärgert.«

»Die Choraii schließen gerade den Kom-Kanal«, meldete Lieutenant Yar und beobachtete die Anzeigen ihres Pultes.

»Aber sie fliegen nicht fort«, sagte Deelor langsam und starrte auf den Wandschirm. »Also warten wir.«

»Verdammt!« fauchte Beverly Crusher, nachdem sie die letzten Informationen aus der Hamlin-Datei abgerufen hatte. »*Verdammt!*«

Sie schaltete das Lesegerat aus, holte die Kassette hervor, löschte die als geheim klassifizierten Daten aus dem Speicher des Computers und trachtete danach, das neugewonnene Wissen zu verarbeiten. Gerade ihr als Ärztin hätten die Konsequenzen sofort klar sein müssen. Sie machte sich heftige Vorwürfe, weil sie erst jetzt die richtigen Schlußfolgerungen zog. Vielleicht lag es daran, daß sie zunächst auf das unmittelbare medizinische Problem hinsichtlich der Kinder von Hamlin konzentriert blieb. Allein die Bezeichnung war schon irreführend. Data hatte deutlich darauf hingewiesen, daß die Entführten kaum mehr als Kinder bezeichnet werden kcnnten, doch solche Vorstellungen hielten sich hartnäckig.

Dr. Crushers Gedanken galten noch immer den neuen Daten und ihrer Bedeutung, als sie sich auf den Weg zur Brücke machte. Sie erinnerte sich an die kurze Vibration im Deck, als die *Enterprise* den Warptransit beendete – vielleicht hatten inzwischen die Verhandlungen mit der *As* begonnen.

Beverly rechnete mit Musik auf der Brücke, aber statt dessen erwartete sie angespanntes Schweigen. Als sie den Turbolift verließ, richteten sich alle Blicke auf sie. Eine seltsame und völlig ungewohnte Befangenheit erfaßte sie, während sie über die Rampe zum Kommandodeck schritt. Alle Plätze waren besetzt, und deshalb blieb die Ärztin neben Ruthe stehen, was ihre Unsicherheit noch ein wenig verstärkte.

»Haben Sie Ihre Hausaufgaben beendet, Doktor?« fragte Deelor.

»Ja.« Crusher grub die Hände tief in die Taschen ihrer Medo-Jacke und widerstand der Versuchung, nur zu flüstern. »Höchst interessante Informationen.« Die Aufmerksamkeit des Captains blieb auf den Wandschirm konzentriert. Er überhörte die Bemerkung der Ärztin, und Crusher legte keinen Wert darauf, vor einem so großen Publikum Erklärungen hinzuzufügen. Sie nahm an der stummen Wache teil.

»Die Choraii senden wieder«, verkündete Yar schließlich und schaltete die Lautsprecher ein. Es ließen sich nicht mehr so viele Dissonanzen vernehmen, aber die Melodie klang irgendwie gedämpft.

Ruthe lauschte den fremden Sängern und nickte langsam. »Sie sind einverstanden, doch die Entscheidung wurde nicht einstimmig getroffen. Wir sollten die Gelegenheit so schnell wie möglich nutzen, bevor die Meinungsverschiedenheiten an Bord der *As* zu einer regelrechten Kontroverse führen.« Eine neuerliche Taktfolge ertönte, klang wie ein kurzes Klimpern und Klirren. »Einer der Choraii warnt: Wenn die *Enterprise* zu fliehen versucht, werden sofortige Gegenmaßnahmen ergriffen.«

»Selbstverständlich«, erwiderte Deelor. Er deutete auf die Flöte. »Sag ihnen, wir empfänden es als unehrenhaft, wenn sie sich nicht revanchierten.«

Ruthe übersetzte seine Antwort in eine muntere, fröhliche Melodie, und alle vier Choraii reagierten mit lebhafter Musik.

»Sie freuen sich über die amüsante Mitteilung. Sei vorsichtig: Vielleicht kommen sie auf die Idee, auch Verhandlungen über dich zu führen.«

»Mein Preis wäre ihnen sicher zu hoch.« Deelor stand auf. »Mr. Riker, bitte sorgen Sie dafür, daß die Bleibarren in den Transporterraum gebracht werden. Unterdessen beamt sich Ruthe an Bord der *As*.«

»Ist ein direkter Kontakt notwendig?« fragte Picard besorgt.

Data ersparte dem Botschafter die Mühe, die Hintergründe seiner Entscheidung zu erläutern. »Aufgrund der dichten organischen Struktur des Choraii-Schiffes liefern die Lebensindikatoren keine genauen Werte. Mit den Sensoren ist es nicht möglich, exakte Transporterkoordinaten in Hinblick auf den gefangenen Menschen zu bekommen.«

»Meine Erkundungsgruppe steht Ihnen zur Verfügung, Botschafter«, sagte Riker und erhob sich ebenfalls. »Wir können uns gründlich an Bord der *As* umsehen und ...«

»Halten Sie sich da raus«, erklang Ruthes kühle Stimme. »Ich brauche Ihre Hilfe nicht.«

»Vielen Dank für Ihr Angebot, Mr. Riker«, sagte Deelor rasch. »Ich fürchte jedoch, Ihrer Landegruppe mangelt es an den notwendigen Erfahrungen. Das Ambiente eines Choraii-Schiffes unterscheidet sich völlig von der hiesigen Umgebung.« Er sah den Captain an und fuhr fort: »Das Innere ist zwar nicht gefährlich, aber die Atmosphäre im Blasenschiff besteht aus einer dichten Flüssigkeit. Unsere Unterhändler dürfen auf keinen Fall Isolationsfelder oder Individualschilde tragen. Die Choraii empfinden es als Beleidigung, wenn Besucher ihr physisches Erscheinungsbild verbergen. Sie sehen darin sogar ein Zeichen für die Bereitschaft zum Betrug.«

Picard wirkte noch immer skeptisch, und daraufhin meldete sich auch Dr. Crusher zu Wort. »Nach meinen medizinischen Unterlagen ist die sauerstoffreiche ›Atmosphäre‹ durchaus atembar – man kann nicht einmal dann ertrinken, wenn die Lungen vollständig gefüllt sind. Aber so etwas ist eine ziemlich unangenehme Erfahrung für Lebewesen, die normalerweise Luft atmen.«

Deelor vollführte eine zustimmende Geste. »Nun, ich halte es trotzdem für angebracht, eine Erkundungsgruppe in Bereitschaft zu halten. Für den Fall, daß sich Schwierigkeiten ergeben. Erlauben Sie Mr. Riker und Lieutenant Yar, Ruthe in den Transporterraum zu begleiten?«

»Natürlich«, antwortete Picard und lächelte ironisch. Nur Beverly hörte den gelinden Spott in seiner Stimme. »Für gewöhnlich halten Sie sich nicht damit auf, mich um etwas zu *bitten*.«

Deelor wandte sich an die Ärztin und deutete eine galante Verbeugung an. »Sie werden ebenfalls gebraucht, Dr. Crusher. Um die bestmögliche medizinische Hilfe zu gewähren.«

»Wir sollten nicht noch mehr Zeit verlieren.« Ruthe trat ungeduldig zum Turbolift. »Die Choraii warten.«

Beverly Crusher folgte der Dolmetscherin zögernd. Sie hatte keine Möglichkeit erhalten, die Hamlin-Datei mit Captain Picard zu diskutieren, aber was für eine Rolle spielte das schon? Einige bestimmte Dinge sollte sie ohnehin besser nur für sich behalten.

Ruthe traf nur wenige Vorbereitungen für ihren Transfer an Bord des Choraii-Schiffes. Sie überließ ihre Flöte Lieutenant Yar, streifte den grauen Mantel ab und legte ihn auf die Stufen vor der Transporterplattform. Ein Insignienkommunikator baumelte an ihrem Hals – abgesehen davon war sie splitternackt.

Ruhig blieb sie auf einem der Entmaterialisierungsfelder stehen und wartete völlig unbefangen. Riker versuchte, sich ein Beispiel an ihrer Gelassenheit zu nehmen, aber es fiel ihm sichtlich schwer. Er vereinbarte einen besonderen Signalcode.

»Eine Berührung des Kommunikators bedeutet, daß Sie auf der Stelle zur *Enterprise* zurückkehren möchten. Wenn Sie eine zweite hinzufügen, beamen wir die Landegruppe zur *As*.«

»Das ist bestimmt nicht nötig«, sagte Ruthe. »Lassen Sie uns jetzt beginnen, Mr. Riker.«

Der Erste Offizier wandte sich von der Plattform ab und nickte Tasha Yar zu. Sie überwachte alle Vorgänge, die die Sicherheit des Raumschiffes betrafen, und die Aktivierung des Transportersystems erforderte eine Strukturlücke in den Schilden, was einer Schwächung des Verteidigungspotentials der *Enterprise* gleichkam. Yar achtete darauf, das Fenster der Verwundbarkeit so klein wie möglich zu halten. Sie betätigte einige Tasten auf der Transporterkonsole, und daraufhin ertönte ein hochfrequentes Summen. Ruthes Gestalt verflüchtigte sich in einer schimmernden Energiesäule.

Die erste Phase des Austauschs hatte begonnen. Riker und Yar begannen sofort mit der zweiten. Dr. Crusher beobachtete die beiden Offiziere, als sie Bleibarren aus einer kleinen Kiste holten und sie zu einem anderen Transferfeld auf der Plattform trugen.

Riker überprüfte die Metallmenge und nickte. »Die Bezahlung kann erfolgen.«

»Ja«, sagte Crusher und runzelte die Stirn. »Die Frage ist nur: Wen kaufen wir?«

Die Dauer des Begrüßungsrituals der Choraii deutete darauf hin, daß der Besatzung der *Enterprise* eine neuerliche Warteperiode bevorstand. Aber dieses Wissen linderte nicht die Anspannung der Offiziere. Die Gesprächsbereitschaft auf der Brücke ließ allmählich nach, und schließlich herrschte wieder Stille. Eine Stunde verstrich ohne irgendeine Nachricht von der Dolmetscherin, und es folgten noch einmal sechzig Minuten des Schweigens.

Riker gab der Ungeduld als erster nach. »Ich schlage vor, wir schicken jetzt die Landegruppe und sehen nach dem Rechten«, klang seine Stimme aus dem Interkom-Lautsprecher.

»Auf keinen Fall«, widersprach Deelor. »Ruthe hält sich nicht zum erstenmal an Bord eines Choraii-Schiffes auf. Sie weiß, worauf es ankommt. Wir warten weiterhin auf ihr Signal.«

»Vielleicht ist sie in eine schwierige Lage geraten.«

Der Botschafter ließ die Maske der Höflichkeit fallen. »Die Mission unterliegt meiner Kommandoautorität, Mr. Riker.« Er klopfte kurz auf seinen Insignienkommunikator und unterbrach die Verbindung.

»Seine Besorgnis ist verständlich«, sagte Picard zugunsten des Ersten Offiziers.

»Derartige Verhandlungen brauchen Zeit«, erklärte Deelor und starrte auf den großen Wandschirm, der nach wie vor die *As* zeigte. »Die Choraii überstürzen nichts.«

»Was für eine weise Erkenntnis.« Picard rieb sich den Nasenrücken. Die Gemüter erhitzten sich allmählich, und das schloß ihn nicht aus. »Counselor Troi?«

Deanna schüttelte enttäuscht den Kopf. »Ich spüre keine Gefahr, aber meine Eindrücke von der *As* sind noch immer vage und verschwommen. Ganz abgesehen davon: Selbst aus unmittelbarer Nähe empfing ich keine emotionalen Emanationen Ruthes.«

»Mr. Data, uns verbindet noch immer ein Kom-Kanal mit der Dolmetscherin, nicht wahr? Können Sie irgend etwas in Erfahrung bringen?«

»Offenbar erforscht sie das Schiff. Ich habe ihren Weg durch die meisten Blasen des Konglomerats verfolgt.«

»Und der Hamlin-Gefangene?«

»Ist präsent«, sagte Data und neigte den Kopf ein wenig zur Seite. »Die Strömungen und Strudel in der flüssigen Atmosphäre stören die Sensorerfassung. Die Lebensindikatoren zeigen ein sonderbares ... Echo an.«

»Läßt es sich herausfiltern?«

»Nun, die Komplexität des Problems stellt eine Herausforderung dar. Ich nehme eine Rejustierung der Instrumente vor und berücksichtige dabei Dichte und Viskosität. Wenn mein Kontroll-Logarithmus um den Faktor ...«

»Danke, Mr. Data. Eine detaillierte Erklärung ist nicht notwendig.«

»Ja, Sir«, seufzte der Androide. Er setzte seine Arbeit schweigend fort.

Gegen Ende der dritten Stunde registrierte Lieutenant Yar ein einzelnes Signal von Ruthes Kommunikator.

»Wie viele Personen sollen an Bord gebeamt werden?« fragte Riker.

»Das kann ich nicht feststellen«, erwiderte Tasha. »Ich empfange keine genauen Daten.« Sie gab die Ausgangskoordinaten ins Kontrollsystem ein und programmierte einen breiten Transporterstrahl, der sowohl Ruthe als auch eventuelle Begleiter transferieren sollte. Als sich über der Plattform die schillernden Schlieren eines Retransferfeldes bildeten, griff Dr. Crusher aus einem Reflex heraus nach ihrer Medo-Tasche.

Die Konturen von Ruthes Körper formten sich, und unmittelbar darauf gewann ihr Leib feste Substanz. Die nackte Haut glänzte feucht, und Flüssigkeit drang aus der Nase, als sie die Choraii-Atmosphäre ausatmete.

In ihren Armen trug die Dolmetscherin ein kleines Kind.

Nur eine einzige Person war auf diesen Anblick vorbereitet. Beverly sprang vor, nahm den Knaben vorsichtig entgegen, legte ihm die flache Hand auf die schmale Brust und übte behutsamen Druck aus. Das Kind hustete und atmete zum erstenmal in seinem Leben Luft. Einige Sekunden später begann es zu weinen.

»Sie sollten dem Captain Bescheid geben«, sagte Crusher zu Riker, hüllte den kleinen Jungen in eine Decke und eilte in Richtung Krankenstation.

»Ein Kind?« entfuhr es Picard, als Riker seinen Interkom-Bericht beendete. Der Captain sah Deelor an, der noch immer neben ihm saß. »Wußten Sie davon?«

»Nicht in diesem besonderen Fall«, erwiderte der Botschafter leise. »Aber wir haben schon andere Nachkommen der ursprünglichen Kolonisten von Hamlin befreit.«

»Allerdings versäumten Sie es, während der Besprechung darauf hinzuweisen«, stellte Picard fest, ohne seine Stimme zu senken. »Dadurch wird alles noch komplizierter. Inzwischen sind rund fünfzig Jahre vergangen, aber es gibt noch immer viele Personen, die sich voller Zorn und Abscheu an das Hamlin-Massaker erinnern. Wenn bekannt wird, daß die damals Verschleppten Söhne und Töchter gezeugt haben, die bei den Choraii leben, besteht die Reaktion sicher aus Empörung.«

»Darüber bin ich mir durchaus klar, Captain. Aber dies ist weder der geeignete Ort noch der richtige Zeitpunkt, um solche Angelegenheiten zu diskutieren.« Deelor sah sich nervös auf der Brücke um. »Ich hatte gehofft, diesen Aspekt des Problems auf möglichst wenige Mitwisser zu beschränken, um einer emotionalen Eskalation vorzubeugen.«

»Ich vertraue der Diskretion meiner Offiziere«, erwiderte Picard scharf. »Aber was Sie betrifft ...«

»Captain«, warf Troi ein. Sie nahm Rikers Platz ein, und als Picard ihre Stimme hörte, wandte er den Blick von Deelor ab. »Mit Ihrer Erlaubnis: Vielleicht braucht Dr. Crusher meine Hilfe. Bei der Verhandlung mit den Choraii waren meine Dienste nicht erforderlich, aber vielleicht kann ich mich in Hinsicht auf den Jungen nützlich machen.«

Picard entließ die Counselor mit einem knappen Nikken, woraufhin Troi aufstand und zum Turbolift ging. Als sich die Tür öffnete, wich sie beiseite und machte Ruthe Platz. »Wie geht es dem Kind?« fragte Deanna besorgt.

Die Dolmetscherin zuckte mit den Schultern. »Gut, nehme ich an«, antwortete sie und trat die Rampe herunter. Troi verschwand hinter dem zugleitenden Schott.

Mit wortloser Ruhe näherte sich Ruthe dem Kommandostand. In ihrem Haar glänzte noch immer die Feuchtigkeit der flüssigen Choraii-Atmosphäre. Winzige Tropfen rollten am Hals herab und verschwanden unterm Kragen des grauen Mantels. Sie achtete darauf, die hölzerne Flöte von der Nässe fernzuhalten.

»Warum haben Sie uns nicht auf das Kind hingewiesen?« fragte Picard.

»Bei dem Austausch ging es um einen Gefangenen.

Das Alter spielte keine Rolle.« Die Dolmetscherin wählte Trois Platz und lehnte sich zurück. »Ist das Blei bereits geliefert worden? Die Choraii erwarten sicher ein Abschiedslied.«

Picard schüttelte den Kopf. »Lieutenant Yar beamt das Metall zur *As*, sobald uns der Botschafter eine entsprechende Anweisung gibt.

»Wir haben lange genug auf die Choraii gewartet«, sagte Deelor. Er streckte die Beine aus und schlug die Füße übereinander. »Jetzt müssen *sie* sich gedulden – bis festgestellt ist, in welchem Zustand sich die Handelsware befindet.«

»Handelsware«, wiederholte Picard und schnitt eine kurze Grimasse. »Wir sprechen von einem Menschen.« Er bedachte den Botschafter mit einem durchdringenden Blick. »Wollen Sie den Jungen zurückschicken, wenn Sie nicht mit seinem ›Zustand‹ zufrieden sind?«

»Nein. Aber dann bestehe ich auf einer Verringerung des Preises.«

»Ihr Humor gefällt mir nicht.«

»Meine Bemerkung ist keineswegs scherzhaft gemeint«, sagte Deelor. »Ich betrachtete die ganze Sache aus der Perspektive der Choraii. Auch Ihnen könnte ein wenig mehr Objektivität sicher nicht schaden.«

Der Captain preßte die Lippen zusammen, und es verstrichen einige Sekunden, bevor er die Hand zu seinem Insignienkommunikator hob. »Picard an Crusher. Ich erwarte einen Bericht über das Kind.«

»Es handelt sich um einen etwa zwei Jahre alten Knaben. Die Lungen haben die Umstellung von Flüssigkeit auf Luft recht gut überstanden.« Im Hintergrund erklang ein dumpfes Wimmern. »Die Untersuchung ist noch nicht beendet, aber die bisher ermittelten Werte sind alle normal. Offenbar hat man sich sehr gut um ihn gekümmert.«

»Selbstverständlich«, warf Ruthe ein, als sie die letzten Worte der Ärztin vernahm. »Menschen genießen bei den Choraii eine hohe Wertschätzung.«

»Und wie beurteilen sie den ›Wert‹?« fragte Picard. »Wird er aufgrund von Arbeit bestimmt?«

Ruthe schüttelte den Kopf. »Menschen an Bord von Choraii-Schiffen werden nicht zu irgendwelchen Dienstleistungen gezwungen. Sie erfüllen einen ... symbolischen Zweck. Oft bietet man solche Kinder anderen Einheiten als Geschenk an, um die Freundschaftsbeziehungen innerhalb des Clusters zu festigen. Und die Ehrung jener Bande erfordert eine besonders rücksichtsvolle und zuvorkommende Behandlung der Gaben.«

»Was mich an das geflügelte Wort vom goldenen Käfig erinnert«, brummte Picard abfällig. »Ganz gleich, welchen Komfort er bietet – er ist und bleibt ein Käfig.« Ein wenig schärfer fügte er hinzu: »Der Status des Sklaven verändert sich selbst dann nicht, wenn man ihm mit ausgesuchter Freundlichkeit begegnet.«

Deelor seufzte hingebungsvoll. »Ich schlage vor, wir verschieben die Erörterung von Moral und Ethik auf einen späteren Zeitpunkt.« Er verschränkte die Arme über der Brust und berührte mit dem Daumen das Abzeichen. »Deelor an Transporterraum. Erfüllen Sie unseren Teil der Handelsvereinbarung.«

Die drei Personen am Kommandostand betrachteten das Abbild der *As* auf dem Wandschirm und warteten schweigend auf die Vollzugsmeldung. Geistesabwesend lauschte Picard dem leisen Summen der Operator-Konsole, an der Data saß. Die geschmeidigen Finger des Androiden strichen über die Kontrollflächen und waren in ständiger Bewegung.

»Riker an Captain. Das Blei ist geliefert worden.«

Als Deelor nickte, hob Ruthe ihre Flöte und spielte eine improvisiert anmutende, sprunghafte Melodie. Das Choraii-Schiff schwebte langsam von der *Enterprise* fort und schien sich im Takt der Musik zu drehen.

Aus halb geschlossenen Augen beobachtete Deelor,

wie sich die Entfernung zwischen den beiden Raumschiffen vergrößerte.

Als sich Picard vorbeugte und den Mund öffnete, hob der Botschafter gebieterisch den Arm. »Hören Sie zu«, hauchte er.

Der Captain achtete nicht auf ihn, stand auf und blieb neben dem Navigationspult stehen. Doch er sprach leise, als er sagte: »Mr. Data, nehmen Sie Kurs auf Neu Oregonia.«

Der Androide gab die Koordinaten ein und hielt gleichzeitig die Sensoren auf das fortgleitende Choraii-Schiff gerichtet.

»Mr. LaForge, bereiten Sie alles für den Warptransit vor.«

»Einen Augenblick, Captain«, sagte Data plötzlich. Er sah von seiner Konsole auf. »Die Lebensindikatoren haben doch keine falschen Werte angezeigt. Es handelt sich nicht um ein Bioecho, wie ich zuerst annahm. Die Anzeigen deuten darauf hin, daß sich noch ein anderer Mensch an Bord der *As* befindet.«

KAPITEL 10

Captain Picard ging im Beobachtungsraum auf und ab, wanderte nervös um den großen Konferenztisch, an dem drei Personen saßen. Nach einer Weile verharrte er abrupt und sah Ruthe an. »Data hat Ihren Weg durch die Blasen der *As* verfolgt. Sie wußten von dem zweiten menschlichen Gefangenen.«

»Ja«, erwiderte die Dolmetscherin kleinlaut. »Aber der andere zählt nicht. Er ist zu alt, um ihn zurückzuholen.«

»Wer gibt Ihnen das Recht, sich eine solche Entscheidung anzumaßen?«

Picard richtete seinen Blick auf den Botschafter, der neben Ruthe Platz genommen hatte.

»Erhielt sie die Anweisung dazu von Ihnen?«

»Ich wußte nichts davon«, antwortete Deelor. »In diesem Zusammenhang ist die Politik der Föderation eindeutig: Alle Gefangenen von Hamlin müssen befreit werden.«

»Ich habe mit Jason gesprochen«, sagte Ruthe. »Als ich ihn fragte, ober er mich und das Kind begleiten wolle, reagierte er mit Furcht. Ihn entsetzte die Vorstellung, die Choraii zu verlassen. Er hat sich viel zu sehr an das Leben im Blasenschiff angepaßt.«

Picard blieb erneut stehen und zögerte, bevor er sich auf einen Stuhl sinken ließ. »Mir hätte natürlich klar sein müssen, welche Probleme sich aus der Adaption der Verschleppten an die neue Umgebung ergeben, aber bestimmt können wir dem Mann helfen, sich wieder umzugewöhnen.«

Ruthe schüttelte den Kopf; die Argumente des Captains überzeugten sie nicht. »Nenn ihnen die möglichen

Konsequenzen«, bat sie Deelor. »Schildere ihnen die Gefahr.«

Der Botschafter gab keinen Laut von sich. Stumm starrte er auf den Tisch, so als erhoffe er sich eine Antwort von der glänzenden Kunststoffläche. Er fand keine.

»Bitte«, drängte Ruthe, als er weiterhin schwieg.

Deelor zuckte unwillkürlich zusammen, als er dieses eine Wort vernahm, das die Dolmetscherin so selten benutzte. Langsam hob er den Kopf, mied jedoch Picards Blick. »Die offizielle Föderationspolitik verlangt von uns, daß wir alle Hamlin-Überlebenden befreien.«

»Nein!« stieß Ruthe hervor. Ihr sonst so ausdrucksloses Gesicht brachte heftige Ablehnung zum Ausdruck. »Es hat keinen Sinn. Jason würde sterben. So wie die anderen.«

»Stimmt das?« fragte Picard.

Als Deelor keine Antwort gab, räusperte sich Dr. Crusher. »Von den fünf Gefangenen, die den Ferengi übergeben wurden, starben drei Erwachsene. Nur die beiden Kinder überlebten.«

»Ich verstehe«, brummte Picard und zog die beiden Worte bedeutungsvoll in die Länge. Sowohl die neuen Informationen als auch der Umstand, daß die Ärztin darüber Bescheid wußte, erfüllten ihn mit Unbehagen. »Warum erfahre ich das erst jetzt?«

»Es tut mir leid. Ich bekam die Unterlagen vor einigen Stunden, und bisher fand ich noch keine Gelegenheit, Sie in Kenntnis zu setzen ...«

Picard winkte ab. Er wußte natürlich, wen die eigentliche Schuld traf. Teilen und herrschen – das schien eine von Deelors bevorzugten Prinzipien zu sein. »Fahren Sie fort, Doktor.«

»Die Todesursachen unterschieden sich von Fall zu Fall, doch emotionaler Streß gilt als einer der wichtigsten Auslösefaktoren für den körperlichen Verfall. Der erste Erwachsene fiel einem Herzanfall zum Opfer, der zweite einer Lungenentzündung.« Crusher holte tief Luft. »Der dritte beging Selbstmord.«

»Wie lautet also Ihr medizinischer Rat?« fragte Picard und überlegte, ob er in diesem Zusammenhang überhaupt irgendeinen Beschluß fassen konnte. Seit Datas Meldung, an Bord der *As* befinde sich noch ein Mensch, ließ Deelor keinen Zweifel mehr daran, wer das Kommando führte. »Gibt es eine Überlebenschance für den Mann, wenn wir ihn zurückholen?«

»Die drei bisherigen Todesfälle genügen nicht, um einigermaßen plausible Schlußfolgerungen zu ziehen«, wandte Beverly ein. »Ich benötige weitere Daten, um genauere Aussagen zu treffen. Außerdem: Wir haben nicht die geringste Ahnung, welche Folgen der Aufenthalt bei den Ferengi für die Patienten hatte.«

»Ferengi oder Menschen – was macht das für einen Unterschied?« entfuhr es Ruthe. »Begreifen Sie endlich, daß nur eins wichtig ist: Dieser Ort unterscheidet sich viel zu sehr vom Innern eines Choraii-Schiffes. Vergessen Sie Jason.«

»Unmöglich«, sagte Deelor leise. »Die Entscheidung wurde bereits an der Spitze der Föderationshierarchie getroffen. Es bleibt uns gar nichts anderes übrig, als über die Freilassung des letzten Gefangenen der *As* zu verhandeln.«

»Ich übersetze nicht«, entgegnete Ruthe stur.

»Die Choraii beherrschen unsere Sprache.« Picards Worte überraschten Deelor ebenso wie die Dolmetscherin. »Wie Ruthe meinem Ersten Offizier mitteilte, haben die Fremden Standard von den entführten Kindern gelernt.«

»Ja, das ist richtig«, gestand der Botschafter widerstrebend ein. »Aber dadurch wird die Kommunikation nicht gerade erleichtert. Die Choraii empfinden den Klang unserer Sprache als gräßlich.«

»Wir müssen trotzdem versuchen, einen neuerlichen Kontakt herzustellen«, sagte Picard, und Deelor widersprach ihm nicht. Der Captain sah Ruthe an. »Das verstehen Sie doch, oder?«

»Nein. Und ich bin nicht bereit, Ihnen zu helfen.« Die Dolmetscherin sprang auf und verließ das Zimmer.

Das Vakuum des Weltraums überträgt natürlich keine Geräusche, aber die durch eine lange, planetengebundene Evolution entstandenen Instinkte behaupteten etwas anderes. Während die *Enterprise* der *As* folgte, ähnelte das Gebaren der Brücken-Offiziere dem von Raubtieren, die sich an ein Opfer heranschlichen. Sie sprachen nur, wenn es unbedingt erforderlich war, gingen auf leisen Sohlen von Pult zu Pult. Sogar das Raumschiff selbst schien den Atem anzuhalten – nur das dumpfe, kaum wahrnehmbare Summen der Impulstriebwerke flüsterte durch die Gänge und Korridore. Weit voraus glitt die *As* durchs All und sang dabei ein Lied für die Sterne. Data stellte einen Zusammenhang zwischen dem spiralförmigen Kurs der Choraii und den einzelnen Noten der Melodien fest, doch die Bedeutung dieses Musters blieb unklar. Ruthe hätte vielleicht Auskunft geben können, aber die Dolmetscherin hielt sich von der Brücke fern.

»Statusbericht, Nummer Eins«, sagte der Captain, als er den Kommandostand aufsuchte. Auch er ließ sich von der allgemeinen Anspannung anstecken und senkte instinktiv die Stimme.

Rikers Antwort klang ebenfalls gedämpft. »Die *As* fliegt sehr langsam. Wir achten jedenfalls darauf, daß sie gerade am Rand des Erfassungsbereichs unserer Sensoren bleibt. Vermutlich können uns die Choraii auf diese große Entfernung nicht orten.«

»Ruthe weigert sich nach wie vor, einen neuen Kontakt mit ihnen herbeizuführen«, murmelte Picard. Die Gründe für ihre ablehnende Haltung ließ er unerwähnt.

»Wir müssen also ohne ihre Hilfe versuchen, die Choraii zu einem zweiten Rendezvous mit uns zu bewegen.«

»Eine schwierige Sache. Aber ich glaube, Data könnte uns eine Lösung für dieses Problem anbieten.« Riker wandte sich an den Androiden, der bestätigend nickte. »Im Freizeitraum hat Ruthe eine Version des Begrüßungslieds für mich gespielt und Data zeichnete die Klänge mit einem kleinen Vocoder auf. Die Choraii kennen jene Melodie nicht – vielleicht glauben sie, Ruthe sänge direkt für sie.«

»Eine ausgezeichnete Idee«, sagte Picard.

Der Androide verließ die Operator-Station, reichte den Vocoder Lieutenant Yar und machte sie mit dem Gerät vertraut. »Sie brauchen den Apparat nur einzuschalten, sobald wir auf Sendereichweite heran sind.«

»Offenbar haben Sie ein sehr überzeugendes Wesen, Mr. Riker«, bemerkte Deelor und nahm neben dem Commander Platz. »Fallen alle jungen Frauen auf Ihren ach so entzückenden Charme herein, oder erzielen Sie nur bei besonders leichtgläubigen Damen derartige Erfolge?«

Der Erste Offizier preßte die Lippen zusammen und schwieg.

»Verringern Sie den Abstand zur *As*, Mr. LaForge«, sagte Picard. »Bleiben Sie auf Impulskraft, aber seien Sie bereit, auf meinen Befehl hin einen Warptransit zu beginnen.«

»Kommunikationsdistanz«, verkündete Lieutenant Yar. »Ruthes Grußlied wird gesendet.«

Die *As* reagierte auf die Flötenklänge, indem sie einen unregelmäßigen, sprunghaften Kurs flog und sich der *Enterprise* näherte. Der Wandschirm zeigte ein anschwellendes Blasenkonglomerat. Wie zuvor antworteten die Choraii mit eigenen Melodien, schwiegen dann und warteten darauf, daß sich Ruthe meldete.

»Botschafter ...« Picard drehte sich zu Deelor um.

»Sprechen Sie mit den Choraii, oder wollen Sie das mir überlassen?«

Deelor stand auf, ohne den Blick vom Wandschirm abzuwenden. Er bewegte sich jetzt nicht mehr so abrupt wie noch vor wenigen Stunden. »Ich führe die Verhandlungen.«

Eine gewisse Lebhaftigkeit kehrte in seine Züge zurück. Er hielt sich kerzengerade, holte tief Luft und sang die Namensnote der *As*. Sein klarer Tenor überraschte Picard.

»Wer sind Sie?« drang eine einzelne Choraii-Stimme aus dem Lautsprecher, und der Captain glaubte, das leise Blubbern der flüssigen Atmosphäre zu hören. Die Worte unterlagen einer rhythmischen Kadenz, und menschliche Ohren assoziierten den Klang mit einem verlockenden Sirenengesang.

»Ich bin Deelor«, antwortete der Botschafter und sprach betont sanft.

»Wo ist die Dolmetscherin? Jene Frau, die Lieder für uns erklingen ließ?«

»Nach den jüngsten Anstrengungen braucht sie Ruhe. Meine Sprache ist nicht annähernd so melodisch – sind Sie trotzdem bereit, mir zuzuhören?«

Eine zweite Choraii-Stimme ersetzte die erste. »Was wollen Sie?«

»Der Austausch hat uns gefallen«, sagte Deelor. »Wir möchten neue Verhandlungen beginnen und bieten Ihnen noch mehr Blei an.«

»Wir können nicht dafür bezahlen.«

»Vielleicht doch ...« Deelor zögerte einige Sekunden lang und suchte nach den richtigen Worten. »Mit dem anderen Menschen an Bord Ihres Schiffes.«

Es klimperte und klirrte laut. Alle vier Choraii sangen durcheinander, bis sich einer von ihnen durchsetzte. »Kein Handel.«

Picard erkannte die Stimme des vierten Sängers, der den ersten Gefangenenaustausch abgelehnt hatte. Deelor machte sich das schmeichlerische Gebaren eines erfahrenen Feilschers zu eigen. »Wir bieten Ihnen alle für Sie interessanten Metallsorten an.«

»Jason war ein Geschenk. Er kann nicht verkauft werden.«

»Der Junge hatte einen Preis«, beharrte der Botschafter.

»Weil er noch keinen Namen bekommen hat. Mit dem Mann ist es völlig anders: Wir mögen Jason zu sehr, um ihn aufzugeben.«

»Wenn Ihnen Jason so am Herzen liegt, sollten Sie ihn uns überlassen. Bei seinem eigenen Volk ist er am besten aufgehoben.«

»Verschwindet, Barbaren!« Deelor versuchte zu antworten, aber die Choraii übertönten ihn. »Eure Musik klingt gräßlich. Wir werden nicht mehr mit euch singen.«

»Sie haben den Kom-Kontakt unterbrochen«, sagte Lieutenant Yar.

»Die *As* nimmt Fahrt auf«, fügte Data hinzu. »Warpfaktor eins.«

Deelor sah Picard an und wartete auf seine Reaktion. »Wenn wir einen Traktorstrahl auf das Blasenschiff richten, gerät die *Enterprise* in Gefahr.«

Der Captain nickte ernst. »Ja, ich weiß. Aber inzwischen kennen wir einige neue Tricks, die eine ziemliche Überraschung für die Choraii darstellen dürften.«

»Sie haben völlige Handlungsfreiheit«, sagte Deelor. Er löste sein Versprechen ein und überließ Picard das Kommando. »Geben Sie alle Anweisungen, die Sie für nötig halten.«

Ein kurzer Wink des Captains genügte – die *Enterprise* machte einen Satz nach vorn und verfolgte die *As*. Die Choraii schienen nicht auf dieses Manöver des Gegners vorbereitet zu sein. Bevor sie beschleunigen konnten, rasten mehrere Traktorstrahlen durchs

All und richteten sich auf vier Blasen des Konglomerats.

»Ziel erfaßt. Fokus stabil«, meldete Lieutenant Worf.

Die *As* erbebte im Traktorfeld. Eine Mulde bildete sich in ihrer Mitte, wurde tiefer und schuf schließlich eine Lücke, als das Choraii-Schiff eine ringförmige Struktur gewann. Der Rand dehnte sich, bis die Größe der einzelnen Blasen seine Dicke bestimmte. Vier blasse Energiebündel folgten den zitternden Kugeln und blieben weiterhin auf die einzelnen Ziele fixiert. Kurze Zeit später wuchs der Ring wieder zusammen und fand zu einer neuen Anordnung: Die Blasen bildeten nun jene lange Reihe, die zuvor den Traktorstrahl überlastet hatte.

»Der Energieverbrauch erhöht sich nicht – die Berechnungen stimmen also.« Das theoretische Modell des Klingonen fand eine praktische Bestätigung.

Picard bedeutete Yar, wieder einen Kom-Kanal zu öffnen. »Hier spricht Captain Jean-Luc Picard. Wir wiederholen unsere Anfrage. Überlassen Sie Jason der *Enterprise.*«

Die Kugeln des Konglomerats gerieten in neuerliche Bewegung und formten in rascher Folge mehrere geometrische Figuren, ohne das von Worf projizierte Traktorfeld zu destabilisieren. Die Choraii unternahmen einen letzten verzweifelten Versuch, ihr Schiff zu befreien: Eine der erfaßten Blasen wurde freigesetzt; sie schwebte von der *As* fort und zog den Traktorstrahl mit sich. Der Klingone wandte sich unverzüglich dem Kontrollpult zu und richtete den betreffenden Fokus erneut auf die Hauptmasse des Schiffes. Die Fremden wiederholten ihr Manöver nicht.

Die einzelnen Kugeln drängten sich aneinander und verliehen der *As* ein deformes Erscheinungsbild. Tasha Yar trachtete danach, einen Funkkontakt herzustellen, doch die Choraii ignorierten alle Signale.

»So schnell geben sie nicht auf«, sagte Riker. »Vielleicht versuchen sie es jetzt mit etwas anderem, zum Beispiel mit der Energiematrix.«

Picard schüttelte den Kopf. »Das glaube ich kaum. Sie wissen, daß wir uns mit den Phaserkanonen zur Wehr setzen würden, und damit konnten wir beim ersten Gefecht einen entscheidenden Erfolg erzielen. Außerdem: Die Choraii haben bereits mehrere Blasen verloren. Bestimmt riskieren sie keine zusätzliche Masse-Reduzierung ihres Schiffes.«

»Was geringeren Status für sie bedeutete«, warf Deelor ein. »Jedes Raumschiff beginnt als eine Ansammlung von drei oder vier Kugeln. Während die Besatzung reift, werden weitere Blasen hinzugefügt. Sie wachsen, soweit wir das feststellen können. Einem großen Schiff – Symbol für hohes Alter – gebührt Respekt.«

»Was nun?« fragte Riker. »Wie sollen wir ...«

Das Brückendeck erzitterte heftig. Einige Offiziere verloren den Halt und fielen zu Boden. Das rhythmische Heulen der Alarmstufe Gelb erklang, und Picard hörte das schlagartig lauter werdende Summen der Triebwerke. Auf Worfs Konsole blitzten die Warnlichter der Überladungsindikatoren.

»An alle Stationen – Statusbericht!« rief Picard und schloß die Hände fest um die Armlehnen des Kommandosessels. »Was ist geschehen?«

Geordi LaForge gab als erster Antwort. »Die *As* ging in den Warptransit, um sich auf diese Weise von den Traktorstrahlen zu befreien.«

»Wie lange können wir sie festhalten, Data?« erkundigte sich Picard. Das Deck der Brücke kehrte in die Horizontale zurück, doch hier und dort vibrierte es noch immer. Die Ausgleichautomatik gab unterschiedlichen Schub auf die Korrekturmodule, um das Raumschiff zu stabilisieren. Das Heulen der Steuerdüsen wurde immer schriller.

»Darauf kann ich Ihnen leider keine Antwort geben, Captain«, erwiderte der Androide. »Die Zeitspanne hängt von der maximalen Geschwindigkeit der Choraii ab, die nach wie vor unbekannt ist.«

»Warp neun Komma neun«, sagte Deelor und lächelte schief. »Das ist eine als geheim eingestufte Information, wie Sie sich denken können.«

Data neigte den Kopf zur Seite und wies den Variablen seiner mentalen Gleichung feste Werte zu. »In dem Fall gehen unsere Energiereserven in vierzehn Komma sechs Minuten zur Neige.«

Picard erhob sich. Es fiel ihm nicht gerade leicht, auf dem zitternden Deck das Gleichgewicht zu wahren. »Yar, Zielerfassung der Geschütze auf die *As*.«

»Die Phaserenergie beträgt nur noch vierzig Prozent, Captain«, erwiderte Tasha.

Data nahm sofort eine neue Berechnung vor. »Wenn wir die Speicherbänke der Geschütze vollständig laden, erschöpft sich unser Energievorrat in fünf Komma zwei Minuten.«

»Sehen Sie nur, Captain!« Riker deutete auf den Wandschirm. Inmitten der orangefarbenen Blasen des Choraii-Schiffes glühte nun eine violette Kugel.

»Verdammt!« fluchte Picard. »Die Burschen meinen es wirklich ernst.«

Riker sah den Kommandanten erwartungsvoll an. »Was jetzt, Sir?«

»Halten Sie die Traktorstrahlen stabil, Worf.« Noch während er diesen Befehl erteilte, ging Picard in Gedanken die Liste der möglichen Alternativen durch. Er konnte Datas Matrix-Neutralisator ausprobieren, der jedoch noch nicht getestet worden war. Wenn die Sonde versagte, drohte der *Enterprise* die vollständige Vernichtung.

Der Captain atmete tief durch und schaltete mit einer kurzen Berührung seinen Insignienkommunikator ein. »An alle. Bereiten Sie sich auf eine plötzliche Beschleunigung vor. Maschinenraum, Triebwerke aus . . .«

Von einem Augenblick zum anderen gewann Picard

den Eindruck, von einer imaginären Faust beiseite geschleudert zu werden. Das Choraii-Schiff sauste jäh davon und riß die *Enterprise* mit sich. Die Trägheitsabsorber neutralisierten einen großen Teil des Andrucks, doch es kam trotzdem zu einer heftigen Erschütterung – sie warf den Captain mit solcher Wucht in den Sessel zurück, daß ihm für einige Sekunden die Luft wegblieb. Die Sterne auf dem Wandschirm verwandelten sich in bunte Streifen.

»Warp zwei«, sagte Data. Er hatte sich an der Operator-Station festgehalten; seine Finger ließen kleine Dellen im Konsolenrand zurück. »Warp fünf.«

Picard räusperte sich, aber er klang trotzdem heiser, als er sagte: »Schadensbericht.«

»Nur geringfügige Beschädigungen«, antwortete Riker, als die angeforderten Informationen eintrafen. »Alle wichtigen Systeme funktionieren einwandfrei.«

»Warp neun!« rief Data.

Yars Stimme erklang. »Captain, die Phaserenergie hat wieder ihre volle Kapazität erreicht.«

»Krankenstation an Brücke«, drang Dr. Crushers Stimme aus dem Interkom-Lautsprecher. »Was ist eigentlich los, zum Teufel? Glauben Sie etwa, in nur zwei Sekunden könne man sich auf ein derartiges Chaos vorbereiten? Beim nächstenmal sollten Sie eine rechtzeitige Warnung veranlassen. Ich bekomme Verletztenmeldungen von allen Decks.«

»Später, Dr. Crusher«, schnaufte Picard und unterbrach die Verbindung. Derzeit mußte er sich um wichtigere Dinge kümmern. »Lieutenant Yar, richten Sie die Phasergeschütze auf eine Kugel am Rand des Konglomerats. Wählen Sie ein Ziel, das kein Leben enthält.«

»Warp neun Komma sieben«, sagte Data.

Yar befolgte die Anweisung des Captains und vergewisserte sich, daß die Lebensindikatoren negative Werte anzeigten. »Phaser bereit.«

»Feuer!« befahl Picard.

Die Kugel platzte sofort, als der gebündelte Strahl die dünne Oberfläche durchschlug. Dichte Flüssigkeit spritzte ins Vakuum des Alls und bildete eine lange Kondensspur. Der Captain hielt unwillkürlich den Atem an und wartete gespannt auf die Reaktion des Gegners.

Zuerst geschah überhaupt nichts, doch dann erbebte wieder das Deck.

»Die Choraii beginnen mit einem Verzögerungsmanöver«, teilte Data mit. »Ihre Geschwindigkeit reduziert sich. Warp acht ... Warp sechs ...«

»Sie geben nach«, stellte Riker fest und warf dem Kommandanten einen bewundernden Blick zu. »Ich wußte, daß es Ihnen gelingen würde, die Fremden zu überlisten.«

Picard erwiderte das Lächeln und versuchte, seine Erleichterung über den Ausgang der Konfrontation zu verbergen. Während Data immer geringere Warp-Werte angab, spürte der Captain, wie sich sein rasender Puls allmählich beruhigte.

»Das genügt, Barbaren!« sendete die *As*, als sie wieder antriebslos im Raum hing. »Nehmt Jason. Stellt das Feuer ein.«

»Einverstanden«, sagte der Botschafter, bevor Picard Antwort geben konnte. Die Krise war überstanden, und somit erhob Deelor wieder Anspruch auf die Kontrolle der Mission. Er wandte sich zum Achterdeck. »Lieutenant Yar, machen Sie sich für den Transfer an Bord des Choraii-Schiffes bereit.«

»Ich allein?« fragte Tasha. Ihre Pupillen weiteten sich.

»In der Tat. Ich habe nicht die Absicht, Sie zu begleiten, Lieutenant.« Deelor richtete einen unbehaglichen Blick auf den Wandschirm. »Unsere Verhandlungspartner sind unberechenbar, und ich kann ihr Verhalten am besten von der Brücke aus beurteilen.«

Riker eilte der Angehörigen seiner Erkundungsgruppe zu Hilfe. »Ich bitte um Erlaubnis, Lieutenant Yar begleiten zu dürfen.«

»Abgelehnt, Commander«, sagte Deelor ruhig. »Wir planen keine Invasion. Ruthe kam gut allein zurecht, als es um den Jungen ging. Ich bin sicher, daß eine solche Aufgabe Yar nicht überfordert.«

Die Leiterin der Sicherheitsabteilung reagierte so, wie es Picard – und vermutlich auch Deelor – erwartete. »Schon gut, Sir. Wenn sich in der *As* irgendwelche Probleme ergeben, fordere ich Verstärkung an.«

Der Captain sah nur eine Möglichkeit, Tasha zumindest moralische Unterstützung zu gewähren. »Mr. Riker, Mr. Data ... Bitte begleiten Sie Lieutenant Yar zum Transporterraum.«

Während die Kabine des Turbolifts durch das Raumschiff raste, beschrieb Data detailliert die Ambiente-Bedingungen an Bord des Choraii-Schiffes. Er benutzte sachliche, neutrale Ausdrücke, und Yar hörte stumm zu. Vergeblich trachtete sie danach, die primordiale Furcht vor einer *flüssigen* Atmosphäre aus sich zu verdrängen. Ihre Selbstbeherrschung wurde einer größeren Belastungsprobe ausgesetzt, als sie den Transporterraum erreichte. Dort wartete Dr. Crusher, und ihre Hinweise berührten Tashas instinktive Angst.

»Kämpfen Sie nicht gegen den Atmungsreflex an. Pressen Sie soviel Luft wie möglich aus den Lungen – und atmen Sie dann tief ein.«

Data trat an die Transporterkontrollen heran. »Sie werden an einem Ort rematerialisieren, der einige Blasen von Jason entfernt ist. Dadurch bekommen Sie Zeit, sich an die Umgebung zu gewöhnen.«

»Also los«, sagte Yar und stieg auf die Plattform. Sie wollte nicht zu lange darüber nachdenken, was sie im Choraii-Schiff erwartete.

Kurze Zeit später schwamm sie in der *As*, vergaß

Crushers Rat und hielt unwillkürlich die Luft an. Alles in ihr protestierte dagegen, die Lungen mit Flüssigkeit zu füllen.

Mit behutsamen Bewegungen der Hände und Beine hielt sie sich aufrecht und ließ den Blick umherschweifen. Sie schwebte in einer rund zehn Meter durchmessenden Kugel. Leise Musik erklang um sie herum, und von den gewölbten Wänden ging ein rötlicher Glanz aus, schimmerte durch das klare Naß. Weit und breit konnte sie keine Öffnungen erkennen.

Yar war imstande, die Luft einige Minuten lang anzuhalten, vermutlich lange genug, um den Gefangenen zu finden und mit ihm zur *Enterprise* zurückzukehren. Vorausgesetzt natürlich, es ergaben sich keine Schwierigkeiten. Wenn sie auf Probleme stieß, mußte sie irgendwann atmen. Sie hielt es für besser, ihren Widerstand dagegen schon jetzt aufzugeben, bevor die Furcht zu groß wurde. Tasha sah den Luftblasen nach, die sich aus ihrem Mund lösten – und dann saugte sie die Flüssigkeit in sich hinein. Ein Anflug von Panik zerriß das Gefüge ihrer Gedanken, als sie feuchte Wärme in den Lungen fühlte, aber entgegen aller Erwartungen erstickte sie nicht. Ein zweiter tiefer Atemzug. Die ›Atmosphäre‹ in der *As* vermittelte zwar ein höchst seltsames Gefühl, versorgte ihren Körper aber mit genug Sauerstoff. Yar nahm einen leichten Beigeschmack von Zimt wahr.

Mit rhythmischen Bewegungen breitete sie die Arme aus und zog sie wieder an, näherte sich auf diese Weise der Trennwand zwischen zwei Blasen. Die Membran war glatt und recht kühl, gab nach, als Yar kurz die Hand daraufpreßte. Sie drückte noch fester zu – ohne Ergebnis. Schließlich erinnerte sie sich an Riker und seinen Vorschlag, die Phaserstrahlen zu bündeln: Sie streckte die Hände aus, formte sie zu einem Keil und fühlte sofort, wie ihre Finger die Membran mühelos durchstießen. Ein weiterer Schwimmzug, und sie glitt durch die Öffnung, erreichte die zweite Blase. Sie war leer. Im Gegensatz zur dritten.

Dort fand sie einen Mann, der sich mit geschlossenen Augen treiben ließ und der sanften Choraii-Musik lauschte. Yars Präsenz verursachte eine Strömung, die auch den nackten Menschen erfaßte und seine Aufmerksamkeit weckte. Sie rechnete damit, daß er durch den Anblick einer Fremden erschrecken würde und vielleicht zu fliehen versuchte, aber statt dessen schwamm Jason neugierig näher. Sein Alter ließ sich nur schwer bestimmen. Er war untersetzt, hatte das weiche, faltenlose Gesicht eines Kindes, doch im braunen Haar zeigten sich graue Strähnen. Als er dicht vor ihr verharrte, berührte Tasha den Insignienkommunikator und gab damit das vereinbarte Signal.

Die angenehme Wärme der flüssigen Atmosphäre wich plötzlicher Trockenheit und dem jähen Zerren erbarmungsloser Gravitation. Der Schock des plötzlichen Wechsels überraschte Yar, und grelles weißes Licht blendete sie.

Tasha versuchte zu atmen, sank auf die Knie, erkannte vage die Transporterplattform wieder und erlitt einen Hustenanfall, als sich in ihrer Lunge Flüssigkeit und Luft mischten. Krämpfe schüttelten ihren Leib, und schon nach wenigen Sekunden verlor sie das Bewußtsein.

KAPITEL 11

Dr. Crushers Nachricht wies das Medo-Team der Krankenstation auf die Einlieferung von zwei Patienten aus dem Transporterraum hin. Einige Pfleger und Schwestern nahmen ihre hastigen Anweisungen entgegen und trafen alle notwendigen Vorbereitungen.

Data kam als erster. Mit Tashas erschlafftem Körper in den Armen stürmte er ins Behandlungszimmer. Er hatte Yar aufgefangen, als sie von der Plattform fiel, entschied sich dagegen, auf eine Bahre zu warten und trug die Ohnmächtige selbst.

»Dort drüben«, sagte einer der Krankenpfleger und trat an die leere Diagnoseliege heran.

Data ließ die Frau aufs weiche Polster herab. Ihre Uniform war völlig durchnäßt, und das feuchte Haar klebte am Kopf.

»Ein Schwimmunfall?« fragte die Schwester. Sie war viel zu sehr auf die Anzeigen der Kontrollapparaturen konzentriert, um zu bemerken, daß der Androide keine Antwort gab. »Die Werte bewegen sich innerhalb der normalen Toleranzen, und die Lungen enthalten kein Wasser mehr.«

»Nehmen Sie eine chemische Analyse der Flüssigkeit vor«, brachte Crusher atemlos über die Lippen, als sie ins Zimmer eilte. Deutlich nahm sie den Zimtgeruch wahr, der von Yar ausging. Ruthe und das Kind waren ohne einen solchen Duft aus dem Choraii-Schiff zur *Enterprise* zurückgekehrt.

Riker erreichte die Krankenstation als letzter und übergab seine Last dem Pflegepersonal. Er hatte es abgelehnt, Data sowohl Yar als auch Jason tragen zu lassen, doch wie sich unterwegs herausstellte, konnte er nicht mit dem unermüdlichen Androiden Schritt halten. Erschöpft taumelte er durch den Raum und keuchte.

»Wenn Sie unbedingt zusammenbrechen müssen – draußen im Korridor ist genug Platz«, sagte Crusher, schob den Ersten Offizier beiseite und blickte auf die Monitorflächen des Diagnosegeräts. »Ich kann mich nur jeweils um einen Patienten kümmern.«

Riker fand nicht die Kraft, darauf Antwort zu geben. Er überließ es Data, sich nach Yars und Jasons Zustand zu erkundigen.

»Stabil«, erwiderte Beverly. Jason reagierte ähnlich wie das Kind auf den Retransfer: Er trat und schlug wild um sich. Dadurch blieb Crusher nichts anderes übrig, als ihm ein Beruhigungsmittel zu geben. Als sie sich anschließend Tasha zuwandte, war sie bereits bewußtlos.

»Der Captain möchte sicher wissen, wie lange ihre Rekonvaleszenzphase dauert.« Rikers Brust hob und senkte sich noch immer in kurzen Abständen, aber wenigstens konnte er wieder sprechen.

»Später«, erwiderte Crusher schroff. »Zuerst einmal muß ich Tasha und Jason genau untersuchen.« Sie schenkte Riker keine Beachtung mehr, richtete ihre Aufmerksamkeit wieder auf die Anzeigen der automatischen Diagnose und vergaß Data und den Ersten Offizier, als die beiden Männer gingen.

»Dr. Crusher!« Schwester Tathwell nannte ihr die einzelnen Biowerte, als Yar zu sich kam. Die Leiterin der Sicherheitsabteilung hob ruckartig den Kopf und schnappte nach Luft.

»Tasha«, sagte Beverly sanft und umfaßte die Schultern ihrer Patientin. »Sie sind wieder an Bord der *Enterprise.*«

Die Ärztin lockerte ihren Griff erst, als sich Yar entspannte. Sie zwinkerte mehrmals, und allmählich kehrte der Glanz in ihre Augen zurück. Doch die Pupillen waren noch immer geweitet.

»Offenbar habe ich geträumt.« Yars Stimme vibrierte ein wenig. »Ich hatte das schreckliche Gefühl zu ertrinken.«

»Sie sind eben nicht daran gewöhnt, eine flüssige Atmosphäre zu atmen«, erwiderte Dr. Crusher, lächelte aufmunternd und strich Tasha feuchtes Haar aus der Stirn. Die Frau schnaufte noch immer, aber die einzelnen Indikatoren der Diagnose zeigten grüne Marken. An ihrem körperlichen Zustand gab es nichts auszusetzen; allerdings dauerte es sicher noch eine Weile, bis sie sich von dem emotionalen Schock erholte.

»Was ist mit ihm?« fragte Tasha und nickte in Richtung Jason, der reglos auf einer zweiten Liege ruhte. »Alles in Ordnung mit ihm?«

»Er bleibt bewußtlos, bis die Wirkung des Sedativs nachläßt.« Beverly bedeutete zwei Krankenschwestern, den Mann in eine andere Abteilung zu bringen, wo sein Zustand ständig überwacht werden konnte. Als sie das leise Klacken eines metallenen Verschlusses hörte, drehte sie sich verwundert um. Yar schwang gerade das Analysegerät zurück und stand auf. »He, was fällt Ihnen denn ein?«

»Ich fühle mich gut«, sagte Tasha und hielt sich fest, um nicht das Gleichgewicht zu verlieren. »Ich muß zur Brücke zurück; bestimmt wartet der Captain schon auf mich.«

Crusher beobachtete, wie sich auf den blassen Wangen der Frau rote Flecken bildeten. Ohnmacht bedeutete Schwäche, und diese Erkenntnis erfüllte Yar mit Verlegenheit. Zum Glück wußte sie nicht, daß Data sie bis zur Krankenstation getragen hatte – sonst wäre sie wahrscheinlich noch weitaus bestürzter gewesen. »Sie sind von Ihren Pflichten entbunden worden, Lieutenant. Für mindestens die nächsten vierundzwanzig Stunden bin ich für Sie verantwortlich. Ich möchte Sie weiterhin unter Beobachtung halten.«

»Aber ich war doch nur einige Minuten lang bewußtlos.«

Die Ärztin kannte Yars Temperament und vergeudete keine Zeit mit Appellen an ihre Vernunft. »Wenn Sie sich nicht auf der Stelle hinlegen, verabreiche ich auch Ihnen ein Beruhigungsmittel.«

Der Drohung mangelte es gewiß an Takt, aber sie blieb nicht ohne Wirkung: Tasha seufzte und streckte sich erneut auf der Liege aus. Dr. Crusher wollte sie nicht gehen lassen, bevor sie ganz sicher sein konnte, daß die Leiterin der Sicherheitsabteilung den Aufenthalt an Bord des Choraii-Schiffes ohne schädliche Folgen überstanden hatte. Außerdem mußte das Rätsel des Zimt-Aromas gelöst werden.

»Lieutenant Yar hat das Bewußtsein verloren?«

»Sie schien an Atemschwierigkeiten zu leiden, Sir.« Vielleicht ging es Data nur darum, den Captain auf die erfolgreiche Befreiung des Hamlin-Gefangenen hinzuweisen, aber seine sehr anschaulichen Beschreibungen der Ereignisse im Transporterraum vergrößerten Picards Besorgnis.

Deelor hingegen schien zufrieden zu sein, als er hörte, daß sich Yar und Jason in der Krankenstation befanden. »Lieutenant Worf, stellen Sie eine Kom-Verbindung zur *As* her«, befahl er und trommelte nervös mit den Fingern auf die Armlehnen des Sessels, als die Klingone auf eine Bestätigung des Captains wartete.

»Diebe!« sangen die vier Choraii-Stimmen. »Dies war kein Handel.«

»Nun, mal sehen, ob ich unsere guten Beziehungen wieder herstellen kann«, flüsterte der Botschafter Picard zu und hob die Stimme. »Wir bieten Ihnen nach wie vor das zusätzliche Blei an und sind bereit, für den zweiten Gefangenen zu bezahlen.«

»Behalten Sie Ihr Metall! Geben Sie uns nur frei.«

Picard hörte die Disharmonien in den Stimmen der Fremden und wußte, daß Deelors Bemühungen ohne Erfolg bleiben mußten. »Wenn wir das Blasenschiff noch länger festhalten, entscheiden sich die Choraii vielleicht zu einem Angriff.«

»Na schön«, sagte Deelor nach kurzem Nachdenken. »Desaktivieren Sie das Traktorfeld.«

Ein völlig gleichgültig wirkender Lieutenant Worf schaltete die vier Traktorstrahlen ab, und unmittelbar darauf raste die *As* davon. Die Brückencrew beobachtete fasziniert, wie das Blasenkonglomerat auf dem Wandschirm zu einem kleinen Punkt schrumpfte und dann verschwand.

»Die Choraii erreichen den Rand des Erfassungsradius unserer Fernbereichssensoren«, meldete Worf ruhig. Nach wenigen Sekunden fügte er hinzu: »Ortung negativ.«

Die Konfrontation mit den Fremden endete ebenso plötzlich, wie sie begonnen hatte. Die *Enterprise* verbuchte einen Sieg. Captain Picard dachte kurz an den Triumph seines Schiffes, bevor er sich wieder an die Erfordernisse der Gegenwart erinnerte. Er sah Deelor an.

»Ich bin jetzt nur mehr ein Passagier«, sagte der Botschafter und erriet Picards Gedanken. »Sie können mich in Starbase Zehn absetzen, zusammen mit Ruthe und den beiden Hamlin-Überlebenden.«

»Gedulden Sie sich noch ein wenig«, erwiderte Picard. »Zuerst bringen wir die Farmer in ihre neue Heimat. Sie haben bereits genug Verzögerungen hinnehmen müssen.« Er rechnete mit einem Einwand, aber Deelor zuckte nur mit den Schultern. Offenbar wußte er immer, in welchen Punkten der Captain nachzugeben bereit war und wo er nicht mit Zugeständnissen rechnen durfte – eine Fähigkeit, die dem Kommandanten der *Enterprise* geradezu unheimlich erschien. »Steuermann, nehmen Sie Kurs auf Neu Oregonia. Warp vier.«

Data hatte mit einer solchen Anweisung gerechnet und die Koordinaten bereits eingegeben. »Kurs liegt an, Sir.«

Picard lehnte sich in seinem Sessel zurück. Nach den jüngsten und recht nervenaufreibenden Geschehnissen freute er sich auf einige ruhige Tage.

»Transit.«

Geordi leitete den Warptransfer ein, beugte sich verwundert vor und kontrollierte die Anzeigen seiner Konsole. »Das kann unmöglich stimmen, Data.« Der Navigator wandte sich an den Captain. »Geschätzte Flugzeit bis nach Neu Oregonia: sechsunddreißig Tage.«

»Was?« Picard beugte sich ruckartig vor. »Mr. Data?«

»Sechsunddreißig Tage, vier Stunden und zwölf Minuten, um ganz genau zu sein«, erwiderte der Androide und fragte sich, warum die anderen Offiziere so verwirrt waren. »Das Choraii-Schiff hat uns mitgerissen, als die Traktorbrücke bestand. Dadurch sind wir vom Kurs abgekommen.«

»Ja, aber *so weit*?« stieß Picard hervor. »Vom zweiten vereinbarten Treffpunkt aus hätten wir den Planeten der Farmer in rund anderthalb Tagen erreichen können.«

»Die *As* flog für einige Sekunden mit der Höchstgeschwindigkeit von Warp neun Komma neun«, erklärte Data. »Ich bin gern bereit, Ihnen die exakte Proportionalität zwischen Distanz und Beschleunigung zu erläutern und ...«

»Schon gut, Mr. Data«, sagte der Captain und seufzte leise, als er sich vorstellte, wie lange er noch die Gesellschaft des Botschafters und der nörglerischen Farmer ertragen mußte. »Mr. LaForge, erhöhen Sie die Geschwindigkeit auf Warp sechs.«

Data ermittelte sofort die veränderte Flugzeit. »Zwölf Tage, zehn Stunden ...«

»In Ordnung«, unterbrach Picard den Androiden. Die verkürzte Reisedauer verbesserte seine Stimmung nicht; bestimmt verlangten die Kolonisten bald eine neuerliche Erklärung von ihm. Er beschloß, Riker damit zu beauftragen. Eine der Privilegien des Captains bestand darin, unangenehme Pflichten zu delegieren.

Es wurde kein Farmer verletzt, als das Choraii-Schiff die *Enterprise* mit sich riß. Die Berichte von einem herrlichen Weideland verlockten die ganze Gemeinschaft dazu, das simulierte Wunder auf dem Holodeck zu bestaunen. Die meisten Kolonisten wanderten noch immer durch die bezaubernde Landschaft, als der Boden unter ihnen plötzlich erzitterte. Weiches Gras dämpfte den Sturz vieler Männer, Frauen und Kinder.

Einige der kühneren Farmer hielten sich zu jenem Zeitpunkt im Bereich der hölzernen Gebäude auf. Glücklicherweise bedeckte ein dichtes Polster aus trokkenem Stroh den Scheunenboden, und deshalb kam niemand zu Schaden. Nur Tomas hatte Pech: Eine quergeteilte Tür schwang auf und traf ihn am Hinterkopf, wodurch er für einige Minuten das Bewußtsein verlor.

»Oh, Tomas, Sohn, mein armer Junge«, gluckte Dolora und beugte sich über den massigen Leib, der reglos vor der Tür lag. Besorgt musterte sie die Frau, die den Puls des Mannes fühlte. Einige andere Farmer traten neugierig näher, blickten auf Tomas herab und warteten auf Charlas Diagnose.

»Ich kann nicht einmal eine Beule finden«, sagte Charla und kicherte.

Der Oregonianer auf dem Boden schlug die Augen auf, starrte zu seiner Mutter hoch und stöhnte leise.

»Nein, beweg dich nicht!« entfuhr des Dolora in höchster Sorge, als sich ihr Sohn aufrichtete. Sie griff nach seiner Schulter und versuchte, ihn wieder aufs Stroh zu drücken, aber Tomas beachtete sie überhaupt nicht und stemmte sich in die Höhe. »Dadurch machst du es nur noch schlimmer.«

»*Bitte*, Mutter«, preßte er zwischen zusammengebissenen Zähnen hervor. Er trachtete danach, die Blicke der übrigen Farmer zu meiden, aber das fiel ihm nicht leicht: Die Männer und Frauen bildeten einen dichten Kreis um ihn und Dolora. »Ich bin kein Kind mehr.«

»Nein, zum Glück nicht«, bestätigte Patrisha. »Du bist erwachsen und hast einen ziemlich dicken Schädel.«

Tomas überhörte den Spott, strich wütend einige Halme von der Kleidung und stopfte das Hemd in die Hose zurück. Nacheinander wandten sich die Farmer ab und gingen fort. Als Tomas nach einer Weile den Kopf hob, bemerkte er Dnnys und Wesley.

»Wer kam auf die Idee, der Holografie ein so hübsches Detail hinzuzufügen?« Er wiederholte damit die Frage seiner Schwester, ahmte sogar ihren Tonfall nach. »Nun?«

»Es gehört nicht zum Programm«, wandte Wesley ein und fügte kleinlaut hinzu: »Aber vielleicht ist mir irgendwo ein Fehler unterlaufen.«

Er ahnte die wahre Ursache der Erschütterung, nahm jedoch lieber die Schuld auf sich, als über die Gefechtsmanöver der *Enterprise* zu sprechen. Derartige Hinweise hätten bei den Oregonianern sicher Empörung geweckt.

»Und welche Überraschungen hast du sonst noch für uns parat, Fähnrich Crusher?« Tomas' laute Stimme fesselte die Aufmerksamkeit der anderen Farmer. »Scheunenfeuer? Wirbelstürme? Vielleicht sogar eine biblische Sintflut?«

»Tomas!« platzte es aus seiner Mutter heraus. »Jetzt gehst du zu weit.«

Ihr Sohn errötete. »Entschuldige bitte. Vermutlich liegt es daran, daß ich mir den Kopf angestoßen habe.« Unmittelbar im Anschluß an diese Worte drehte er sich um und ging nach draußen.

Wesley und Dnnys nutzten die gute Gelegenheit, sausten davon und kletterten in den fast schwindelerregend hohen Heuboden. Von dort aus wirkte die Besorgnis der Erwachsenen noch immer verwirrend, schien jedoch keine so große Rolle mehr zu spielen.

»Was sollte das eben?« fragte Wesley. »Wofür entschuldigte er sich?«

Dnnys murmelte etwas Unverständliches, als sich die beiden Jungen an sorgfältig zusammengeschnürten Heuballen vorbeischoben. Der von ihren Schuhen aufgewirbelte Staub kitzelte in der Nase, und sie niesten mehrmals. Kurze Zeit später erreichten sie die breite Luke, schwangen sie auf und atmeten die von draußen hereinwehende frische Luft in tiefen Zügen.

»Erklär's mir«, sagte Wesley, nahm Platz und ließ die Beine über den Rand baumeln. Die holografische Sonne neigte sich dem Horizont entgegen, und die Schatten auf dem Hof vor der Scheune wuchsen in die Länge.

»Wir sprechen nicht über solche Dinge.«

»Über was für Dinge?«

Wesley beobachtete überrascht, wie sein Freund errötete. Dnnys seufzte, zögerte einige Sekunden lang und flüsterte schließlich: »Du weißt schon. Über religiöse Angelegenheiten.«

»Oh.« Wesley achtete darauf, seine Erheiterung sorgfältig zu verbergen. Er kannte viele verschiedene Kulturen und hatte gelernt, selbst ihre absurdesten Aspekte zu respektieren. Dieses besondere Farmer-Tabu erschien ihm nicht ausgefallener als andere. Rasch wechselte er das Thema, um dem Jungen weitere Verlegenheit zu ersparen. »Wann endet die Wachstumsphase der ersten Tiere?«

Dnnys kaute auf einem Strohhalm, sank zurück und stützte sich auf den Ellenbogen ab. »Morgen früh«, sagte er düster. Es klang wie ein Todesurteil.

Wesley verstand. Wenn sich die Farmer um ihr Vieh kümmern mußten, gab es für Dnnys keinen Grund mehr, die Frachtkammern der *Enterprise* aufzusuchen.

Mit anderen Worten: Er verlor dadurch einen großen Teil seiner persönlichen Freiheit. »Wenn ich dir irgendwie helfen kann ...«

»Du nimmst mir das Wort aus dem Mund«, sagte Dnnys. »Ich möchte dich um einen Gefallen bitten. Einen großen Gefallen.«

Wesley wartete, aber der Knabe an seiner Seite schwieg eine Zeitlang. »Heraus damit, Dnnys. Du weißt, daß ich jederzeit bereit bin, dir unter die Arme zu greifen.«

»Ich habe einen Plan.« Der junge Farmer wischte sich den Schweiß von der Stirn. »Aber er muß ein Geheimnis bleiben.«

Wesley lauschte den Ausführungen seines Freundes, und während er zuhörte, runzelte er allmählich die Stirn.

Die medizinische Isolationskammer diente gleich mehreren Zwecken. Wenn jemand an einer ansteckenden Krankheit litt, hielten hermetische Siegel die Viren oder Bakterien von den außerhalb der Behandlungszelle liegenden Bereichen fern. Umgekehrt verhielt es sich ebenso: Individuen mit geschwächtem Immunsystem brauchten keine Infektionen zu fürchten. Gedämpftes rotes Licht schonte von Fieber und Erschöpfung sensibilisierte Augen. Weiche Kissen und reduzierte Schwerkraft entsprachen den besonderen Bedürfnissen von Patienten mit Verbrennungswunden.

Darüber hinaus ermöglichte die Kammer eine einigermaßen adäquate Simulation der Umweltbedingungen an Bord eines Choraii-Schiffes.

Ein automatischer Diagnoser überwachte den Zustand des befreiten Mannes und kontrollierte ständig sowohl die einzelnen Körperfunktionen als auch die Wirkung der letzten Sedativdosis. Dr. Crusher starrte auf die Anzeigen, ohne eine Antwort auf die Frage zu bekommen, die sie schon seit Stunden quälte – seit sie vom Tod der anderen erwachsenen Gefangenen von

Hamlin erfahren hatte. Nachdenklich beobachtete sie die reglose Gestalt. Die Haut an Knien und Ellenbogen wies noch immer wunde Stellen auf. Der Transporterfokus entführte Jason aus der Schwerelosigkeit in der flüssigen Choraii-Atmosphäre; unmittelbar nach dem Retransfer spürte er zum erstenmal in seinem Leben das Gewicht des eigenen Körpers – und brach sofort zusammen. Das Gesicht wirkte nun wieder entspannt, aber Beverly erinnerte sich zu deutlich an das Grauen in Jasons Augen, als er zu Boden sank.

Von einer Sekunde zur anderen sah er sich mit einer für ihn völlig fremdartigen Welt konfrontiert. Dünne Luft verdrängte die dichte Flüssigkeit in den Lungen und erstickte seine entsetzten Schreie. Vielleicht gehörte Jason zu den Kindern, die vor fast fünfzig Jahren von Hamlin verschleppt worden waren, aber selbst wenn sein Gedächtnis noch vage Erinnerungen an das *menschliche* Leben enthielt – sie bereiteten ihn nicht auf den Schock des jähen Ambiente-Wechsels vor. Sogar Tasha zeigte sich verwirrt, als sie in die *Enterprise* zurückkehrte – und sie hatte nur einige Minuten an Bord der *As* verbracht.

Kam für diesen Mann jede Hilfe zu spät? Würde er sterben, wie die anderen Erwachsenen?

Dr. Crusher strich mit den Fingern über das Glas des kleinen Fensters. Die Sensoren in der transparenten Fläche reagierten sofort: Dunkelheit glitt heran und umhüllte die Gestalt des Ruhenden. Seine Bewußtlosigkeit dauerte sicher noch einige Stunden, aber Beverly verließ das Zimmer auf Zehenspitzen, so als fürchte sie, Jason zu wecken.

Im Nebenzimmer befand sich eine zweite Isolationszelle, die ebenfalls einen Patienten enthielt. Das Kind brauchte kein Beruhigungsmittel, um zu schlummern. Die sahnefarbene Haut des Knaben und das lockige schwarze Haar bildeten einen auffallenden Kontrast zu Jasons Blässe.

»Er hat sich in den Schlaf geweint«, sagte Troi, die das Kind im Auge behielt. Als sie Crushers kurzen Blick auf die Blutzucker-Anzeige bemerkte, fügte sie hinzu: »Er war viel zu aufgeregt, um etwas zu essen, aber bestimmt ist er sehr hungrig, wenn er erwacht. Vielleicht kann ich ihn dann dazu bringen, Nahrung zu sich zu nehmen.«

Beverly nickte aus einem Reflex heraus, überlegte es sich aber sofort anders und schüttelte den Kopf. »Ganz so einfach ist das nicht, Deanna.« Erneut dachte sie an den medizinischen Bericht, den sie von Deelor erhalten hatte. »Der Junge ist an eine flüssige Atmosphäre gewöhnt. Er benötigt eine vollständige Rehabilitation, um sich an die Erfordernisse unserer Welt anzupassen.«

»Anders ausgedrückt: Er braucht ständige Hilfe«, kommentierte die Counselor. »Wie sollen wir seine Präsenz Ihren Mitarbeitern erklären?«

»Gute Frage.« Nur einige wenige Personen hatten gesehen, wie Crusher den Jungen in der Isolationskammer unterbrachte, und seitdem kümmerte sich Troi um ihn. Aber sicher dauerte es nicht mehr lange, bis jemand Verdacht schöpfte. Das plötzliche Erscheinen eines Zweijährigen und bis dahin völlig unbekannten Knaben *mußte* Aufmerksamkeit erwekken. »Da wir gerade dabei sind: Welche Antworten geben wir, wenn sich jemand nach Jason erkundigt?«

»Wir behaupten einfach, es seien Überlebende eines Raumschiffunglücks«, schlug Troi vor. »Das ist nicht sonderlich einfallsreich, aber es entspricht wenigstens zum Teil der Wahrheit.«

»Meinetwegen.« Die Ärztin seufzte. »Allerdings muß sichergestellt sein, daß die Offiziere auf der Brücke die gleiche Geschichte erzählen. Wenn sich ihre Version der Ereignisse von der unsrigen unterscheidet, läßt sich Argwohn nicht mehr vermeiden.« Sie ging zur Tür.

»Ich schaue später noch einmal herein. Dann können wir entscheiden, was wir unternehmen sollen, wenn er erwacht.«

»Beverly!« rief ihr Troi nach, als sie in den Korridor zurückkehren wollte. »Wir können ihn nicht dauernd ›das Kind‹ oder ›der Junge‹ nennen. Er braucht einen Namen.«

»Wie wär's mit Moses?« meinte Crusher und verließ den Raum, um ihre Visite fortzusetzen.

Sie schritt durch den Gang, verdrängte die Gedanken an den Zustand der befreiten Hamlin-Gefangenen und konzentrierte sich statt dessen auf die anderen Patienten. Fast alle Betten der Krankenstation waren belegt, und das bedeutete, es gab mehr als genug Arbeit für das medizinische Personal.

Captain Picard hatte nicht rechtzeitig genug vor der abrupten Beschleunigung gewarnt, als das Choraii-Schiff die *Enterprise* in den Warptransit zerrte. Es befanden sich rund tausend Personen an Bord, und nicht alle trafen Vorbereitungen für die heftige Erschütterung. Einige hörten den Alarm überhaupt nicht und wurden ganz plötzlich durch ihre Kabinen geschleudert. Andere reagierten einfach nicht schnell genug. Das Ausmaß der Verletzungen hing davon ab, welche Körperteile an das nächste feste Objekt prallten. Wer Knochenbrüche und tiefe Fleischwunden davontrug, wurde auf Gravbahren eingeliefert oder von Freunden in die Krankenstation gebracht. Im Verlauf der nächsten Stunde trafen weitere humpelnde Männer und Frauen ein, um schmerzhafte blaue Flecken oder verstauchte Knöchel behandeln zu lassen.

»Es geht Duncan schon viel besser«, sagte der aufsichtsführende Pfleger in der Intensivstation. Er betätigte einige Tasten, und daraufhin veränderte sich die Darstellung auf dem Computerschirm. Dr. Crusher betrachtete die vielversprechenden Strukturen heilender Nervenverbindungen und seufzte erleichtert. Ein herumschwingendes Teleskop hatte den Astronomen am Rücken getroffen, doch die Wirbelsäule zeigte keine direkten Bruchstellen.

»Was ist mit Butterfield?« Der Botaniker war besonders schwer verletzt – der plötzliche Ruck warf ihn mit dem Kopf voran in eine Caudifera. Butterfield hätte vermutlich darüber gelacht, von einer seiner eigenen Pflanzen angegriffen worden zu sein, aber um über diese Ironie des Schicksals zu schmunzeln, mußte er erst einmal das Bewußtsein wiedererlangen. Die Schädelfrakturen zeigten eine gute Regenerationsrate, doch es blieb fraglich, ob das Gehirn des Wissenschaftlers ebensogut funktionieren würde wie vor dem Zwischenfall.

Doswell zuckte mit den Schultern. »Keine Veränderung.«

Es blieb Crusher also nichts anderes übrig, als zu warten. Ihre Machtlosigkeit erfüllte sie mit dumpfem Zorn, und einige Minuten später, im Büro, fand sie ein Ventil für die Wut.

»Captain, in meiner Station wimmelt es von Patienten, und weil Deelor so großen Wert auf Geheimhaltung legt, wissen sie nicht einmal, wem oder was sie ihre Verletzungen verdanken. Sie haben mit der ganzen Sache nichts zu tun, müssen aber trotzdem die Konsequenzen tragen.«

Beverlys scharfe Worte entsprachen Picards Überlegungen und verstärkten sein Schuldgefühl. Er allein trug die Verantwortung für das, was an Bord geschehen war.

»Es sind Passagiere«, fuhr die Ärztin scharf fort. »Sie hätten *auf keinen Fall* mit einer derart gefährlichen Situation konfrontiert werden dürfen. Captain, Ihre Pflicht bestand darin, das Diskussegment vom Rumpf zu trennen.«

Picard hatte eine solche Anweisung geben wollen, doch Deelor hinderte ihn daran, indem er auf die möglichen Folgen hinwies. Zwei verschiedene Gefahrenpotentiale, die gegeneinander abgewogen werden mußten. Oder lag es daran, daß er nicht mit der angebrachten Hartnäckigkeit auf seiner Kommandoautorität beharrte? Und wenn die Diskussektion tatsächlich zurückgeblieben wäre? Es ließ sich nicht ausschließen, daß die Choraii eine solche Gelegenheit für einen fatalen Angriff genutzt hätten. »Ich hielt das für unangemessen«., erwiderte Picard knapp.

»Sagen Sie das meinen Patienten.«

»Ich stehe zu meinen Entscheidungen.«

»Wenigstens sind Sie noch in der Lage zu stehen – im Gegensatz zu Butterfield und Duncan.« Sofort bereute Crusher ihre Worte, aber Picard gab ihr nicht die Zeit für eine Entschuldigung.

»Ihre Pflicht besteht darin, sich mit den direkten Folgen meiner Fehler zu befassen«, erwiderte der Captain. »Aber wenigstens haben Sie die Möglichkeit, sich das Blut von den Händen zu waschen, ohne Ihr Gewissen zu belasten. Was mich betrifft: Ich kann die Schuld nicht so einfach abstreifen.«

»Es tut mir leid, Jean-Luc. Ich hätte das nicht sagen sollen. Es war unfair.«

»Niemand braucht sich der Wahrheit zu schämen, Dr. Crusher«, sagte Picard und lehnte damit eine Erlösung von seinen Sünden ab. Bevor Beverly antworten konnte, drehte er sich um und ging fort.

Nach und nach verließen die Senior-Offiziere den Kontrollraum, und schließlich führte Geordi das Kommando. Er wandte sich von der Navigationskonsole ab, nahm im Befehlstand Platz und gab sich unweigerlich süßen Captain-Träumen hin. Er hatte Picard bei den Aktionen gegen das Choraii-Schiff beobachtet und fragte sich, wie er unter ähnlichen Umständen reagieren würde. LaForge schmunzelte bei diesen Überlegungen. Bestimmt dauerte es noch eine Weile, bevor er die

Chance bekam, sein Geschick als Kommandant eines Raumschiffes zu beweisen.

»Geordi?«

Überrascht drehte er den Kopf, und sein Visor-Blick fiel auf Dr. Crushers Sohn. »Oh, Wesley.« Er hatte das leise Zischen überhört, mit dem sich die Tür des Turbolifts öffnete. Zum Glück war es kein vorgesetzter Offizier, der ihn bei seiner Geistesabwesenheit ertappte. »Du kannst eine der unbesetzten Stationen übernehmen ...«

»Ich bin nicht gekommen, um zu arbeiten«, erwiderte Wesley und schüttelte kurz den Kopf. »Ich möchte Sie um einen Gefallen bitten.«

»Heraus damit«, sagte Geordi und sah im Gesichtsausdruck des Jungen einen für ihn eher untypischen Ernst.

»Nun, es geht dabei eigentlich nicht um die *Enterprise*«, begann Wesley in einem entschuldigenden Tonfall. »Ein Freund von mir braucht gewisse Informationen.«

»Was für Informationen?«

Wesley warf einen nervösen Blick über die Schulter, beugte sich dann vor und flüsterte etwas in Geordis Ohr. LaForge hörte stumm zu und begriff sofort, als wessen Fürsprecher der Junge auftrat. »Mit einer solchen Anfrage solltest du dich an Logan wenden.«

»Oh.«

Geordi lächelte und verstand Wesleys Unbehagen. »He, unser Chefingenieur ist zwar nicht gerade ein Fan von dir, aber bestimmt beantwortet er deine Fragen. Immerhin geben sie ihm die Möglichkeit, zur Abwechslung *dir* etwas zu erklären.«

»Ja, da haben Sie wahrscheinlich recht«, sagte Wesley und drehte sich um.

»Und noch etwas, Wes. Sag Dnnys ... Ich meine, sag deinem Freund, daß ich ihm viel Glück wünsche.«

»Danke, Geordi«, rief der junge Fähnrich und eilte

die Rampe zum Achterdeck hoch. »Das kann er sicher gut gebrauchen.«

Riker war auf dem Weg zu seiner Kabine, als er die schwermütige Melodie vernahm. Er folgte ihr, wanderte durch ein wahres Labyrinth aus Gängen und Korridoren, blieb unterwegs immer wieder stehen, um zu lauschen. Einmal wurden die zarten Klänge lauter, dann wieder leise – es kam ganz darauf an, in welche Richtung er sich wandte. Nach einer Weile blieb der Erste Offizier stehen, neigte den Kopf zur Seite und orientierte sich. Er kehrte einige Meter weit zurück, verharrte erneut und stellte fest, daß die Flötenmusik aus der geöffneten Luke eines Deckenschachts wehte. Einige Minuten lang rührte er sich nicht von der Stelle und hörte hingerissen zu.

Schließlich gab er sich einen inneren Ruck, griff nach der Haltesprosse im Zugang, zog sich in den schmalen Tunnel und spürte, wie seine Schultern über die gewölbten Wände strichen. Entschlossen setzte er den Weg fort, kletterte an der metallenen Leiter hoch und erreichte kurz darauf eine Wartungskammer zwischen zwei Decks.

Ruthe saß im Schneidersitz auf dem stählernen Sims, der die Öffnung im Boden wie ein Filterelement umgab. Ihre Melodie verklang, als sich Riker durch das Rund schob und neben der jungen Frau Platz nahm. Sie ließ das hölzerne Instrument auf den Schoß sinken, schien sich jedoch nicht über die Störung zu ärgern.

»Sie sind verletzt«, sagte Riker, runzelte besorgt die Stirn und beobachtete eine dünne Linie aus geronnenem Blut auf Ruthes Wange. Er strich eine Haarsträhne beiseite und entdeckte einen dunklen Fleck dicht über einer Braue.

Sie stieß seine Hand beiseite. »Ihr Raumschiff besteht nur aus scharfen Kanten und hartem Metall.«

»Vielleicht interessiert es Sie, daß wir Jason an Bord

geholt haben.« Picard hatte seinem Ersten Offizier von der Auseinandersetzung mit der Dolmetscherin und ihrer Weigerung erzählt, Hilfe bei der Rettungsmission zu leisten. »Dr. Crusher wird alles versuchen, um ...«

»Er hat gelogen«, sagte Ruthe plötzlich.

Riker hätte fast danach gefragt, wen sie meinte, obgleich nur eine Person in Frage kam. Er schwieg und wartete.

»Er wußte die ganze Zeit über von dem erwachsenen Gefangenen.«

Was den Verdacht des Captains bestätigte. »Aber warum hat es Deelor abgestritten?«

Ruthe gab keine Antwort, nahm die Flöte auseinander und verstaute die Einzelteile in verschiedenen Taschen des Mantels. Jede Komponente des Musikinstruments hatte ihren eigenen Platz. »Er weiß auch über andere Dinge Bescheid. Über sehr gefährliche Dinge, von denen er Ihnen nichts verrät.«

»Sind *Sie* bereit, mir alles zu sagen?« fragte Riker.

Ruckartig hob Ruthe den Kopf. Sie musterte den Offizier so eingehend, als sähe sie ihn jetzt zum erstenmal. »Ich habe Ihnen schon einmal Auskunft gegeben. Jetzt ist er dran.«

Sie trat an Riker vorbei und kletterte geschwind die Leiter hinunter. Er folgte ihr, doch als er wieder im Korridor stand, war die junge Frau verschwunden.

KAPITEL 12

Hinter den Fenstern des Beobachtungsraums glitzerten zahllose Sterne, aber ihr Licht spendete den drei Männern im Zimmer keine Wärme.

»Sie wußten, daß sich ein erwachsener Mensch an Bord der *As* befand, und Sie waren bereit, ihn den Choraii zu überlassen«, stellte Picard fest. »Warum?«

»Ruthe handelte auf eigene Faust, Captain«, sagte Deelor, doch er wirkte dabei nicht annähernd so überzeugend wie bei dem Gespräch, das vor einigen Stunden am gleichen Tisch stattgefunden hatte. »Ich erfuhr erst davon, als ...«

Picard erweckte absichtlich den Anschein, die Geduld zu verlieren. Er schlug mit der geballten Faust auf den Tisch und donnerte: »Ich habe Ihre verdammte Geheimniskrämerei satt. Botschafter ... oder Agent – was auch immer Sie sein mögen. Sparen Sie sich Ihre Ausflüchte. Ich verlange mehr als nur ein paar Informationsbrocken von Ihnen. Ich will endlich die vollständige Wahrheit hören.«

Der unschuldige Ausdruck gefror in Deelors Gesicht. Er strich sich mit der einen Hand über die Stirn und ließ die Maske fallen. Darunter zeigten sich Erschöpfung und Besorgnis. »Ja. Ich wußte von Jason. Und mir war auch klar, daß Ruthe ihn an Bord der *As* lassen wollte.« Er lehnte sich zurück und wirkte plötzlich völlig ausgelaugt. »Ich habe ihre Entscheidung nicht in Frage gestellt, weil ich befürchtete, daß er ebenfalls sterben würde. Es wurden noch andere Gefangene ausgetauscht, und von einigen hat Ruthe keine Ahnung. Insgesamt konnte die Föderation zwölf ursprünglich von Hamlin stammende Menschen befreien.«

»Und sie alle fanden den Tod?« erkundigte sich Riker.

»Nein, nicht alle«, erwiderte Deelor. »Aber die meisten. Und die übrigen haben sich mental von ihrer Umgebung isoliert. Katatonische Apathie. Nur Kinder scheinen in der Lage zu sein, sich an das Leben außerhalb von Choraii-Schiffen zu gewöhnen.«

Picard dachte an die Verletzten in der Krankenstation, und seine Verbitterung nahm zu. »Warum haben Sie mich nicht darauf hingewiesen, bevor wir Jason an Bord holten?«

Deelors Antwort entsprach den dunklen Ahnungen des Captains. »Weil Sie ihn sonst vielleicht an Bord der *As* gelassen hätten. Und als pflichtbewußter Mensch wären Sie vermutlich entschlossen gewesen, Ihre Entscheidung in einem Logbucheintrag festzuhalten. Ich habe weniger Skrupel. Ich war bereit, Jason zu vergessen – falls niemand von ihm erfuhr. Es gibt zu viele hochrangige und einflußreiche Personen in der Föderation, die großen Wert darauf legen, alle Hamlin-Gefangenen zu befreien.«

Picard teilte die moralischen Prinzipien des Botschafters nicht, aber wenigstens nahm er jetzt kein Blatt mehr vor den Mund. »Warum ist Jasons Rückkehr so wichtig?«

»Verschiedene Admiräle führen verschiedene Gründe an. Manche geben sich vielleicht der Illusion hin, die Entführten im wahrsten Sinne des Wortes ›retten‹ zu können. Möglicherweise glauben sie auch, ein schlechtes Leben in unserer Welt sei immer noch besser, als sie bei den Fremden zu lassen, die ihre Eltern niedermetzelten. Andere sind in erster Linie an den erwachsenen Gefangenen interessiert und hoffen, von ihnen wichtige Informationen zu erhalten. Verstehen Sie? Die Kinder können uns nicht sagen, wie die Warptriebwerke der Choraii funktionieren.«

»Nein!« Picard wischte Deelors Erklärungen mit zorniger Verachtung beiseite. »Ich glaube einfach nicht, daß Zagráth menschliches Leben für solches Wissen opfert.«

»Sie sollten nicht zu streng über sie urteilen«, entgegnete Deelor, biß sich auf die Lippe und verschluckte die nächsten Worte. Eine Zeitlang klopfte er mit den Fingern auf den Tisch – das erste deutlich sichtbare Anzeichen seiner Nervosität. Er musterte Picard, richtete den Blick dann auf Riker. Schließlich zog er die Hände zurück und fuhr fort: »Die Romulaner sind an dem Triebwerk interessiert – oder werden es bald sein. Einer ihrer Schlachtkreuzer, die *Verteidiger*, wurde bei einem Kampf mit den Choraii zerstört. Vielleicht gab es noch andere Gefechte – einige Gerüchte weisen darauf hin –, doch wir wissen nicht, wie sie ausgegangen sind.« Deelor genoß nun die volle Aufmerksamkeit der beiden Offiziere. »Mein eigentlicher Auftrag lautete folgendermaßen: Ich sollte herausfinden, wie es den Choraii gelang, den Sieg über die *Verteidiger* zu erringen.«

Riker begriff sofort. »Indem Sie die Zerstörung der *Ferrel* zuließen.«

»Falls notwendig, ja.«

»Sie kaltblütiger Mistkerl«, knurrte der Captain.

»Offenbar endet Ihr Horizont an der eigenen Nasenspitze, Picard!« platzte es aus Deelor heraus. »Was wird Ihrer Ansicht nach geschehen, wenn die Romulaner Gelegenheit bekommen, sich die Technik des leistungsstärkeren Warptriebwerks der Choraii anzueignen? Sie können durch die Neutrale Zone fliegen, ins Zentrum der Föderation vorstoßen und ganze Welten verheeren. Ich habe mit eigenen Augen gesehen, was für ein Grauen sie hinterlassen. Stellen Sie sich einmal vor, was mit unseren Außenposten passiert wäre, wenn die Romulaner ein überlegenes Antriebssystem besäßen.«

»Die *Enterprise* wurde in jene Quadranten geschickt,

um das Kräftegleichgewicht zu wahren«, sagte Picard und nickte langsam. »Damals herrschte dort eine ziemlich kritische Situation.«

»Ja, ich weiß. Ich hab's erlebt. Aber ich befand mich auf der anderen Seite – auf diese Weise erfuhr ich vom Schicksal der *Verteidiger*. Glücklicherweise schaffte ich es durch die Neutrale Zone, bevor ich verblutete.«

Einmal mehr hielt es der Captain für notwendig, seine Meinung über Deelor zu revidieren. Ganz offensichtlich mangelte es ihm nicht an Mut. Picard hörte stumm zu, als der Botschafter seinen beeindruckenden Bericht fortsetzte.

»Im Interesse der Föderationssicherheit. Das sind keine leeren Worte. Sie bedeuten vielmehr, daß vielleicht einige Gefangene oder die Besatzungsmitglieder eines Raumschiffs geopfert werden müssen, um Millionen von Leben zu retten. Daran verschwendete Captain Manin keinen Gedanken, als er die *Ferrel* zu sprengen versuchte. Er wünschte einen raschen, schmerzlosen Tod für seine Crew und sich selbst – und er wollte den Choraii eine Lektion erteilen. Ich mußte ihn daran hindern.«

Nacheinander fügten sich die einzelnen Mosaiksteine zu einem einheitlichen Bild zusammen. »Deshalb schoß man auf Sie«, murmelte Picard.

»Sie haben schon mehrfach darauf hingewiesen: Die Erinnerungen an das Massaker von Hamlin sind noch immer mit ziemlich negativen Empfindungen verbunden. Haß kann leicht in unüberlegte militärische Vergeltungsschläge münden, aber die langsameren diplomatischen Fortschritte werden den Interessen der Föderation weitaus besser gerecht. Der Austausch von menschlichen Gefangenen zwischen den einzelnen Blasenschiffen dient der Festigung von Freundschaftsbanden. Daher hoffen wir, daß unsere Verhandlungen – und damit ist vor allen Dingen der Freikauf von Kindern gemeint – zu ähnlichen Beziehungen zwischen den Choraii und der Föderation führen und schließlich eine gegenseitige technische Unterstützung ermöglichen.«

»Meine Entscheidungen haben sicher nicht dazu beigetragen«, sagte Picard und seufzte kummervoll.

»Es gibt verschiedene politische Strömungen in der Föderation, was meine Aufgabe keineswegs erleichtert. Manche offiziellen Stellen verlangen die Befreiung der erwachsenen Gefangenen; andere geben der allgemeinen Diplomatie den Vorrang.« Deelor zuckte gleichmütig mit den Schultern. »Die *As* ist nur ein Schiff des lokalen Clusters – und nicht einmal das wichtigste. Ich beginne mit einem anderen von vorn.«

»Warum haben Sie mich nicht sofort über die Hintergründe informiert? Damit hätten Sie sich viel Mühe erspart.«

»Ich müßte selbst jetzt darüber schweigen«, sagte Deelor kühl. Seine nächsten Worte verrieten eine Entschlossenheit, die sowohl Picard als auch Riker schaudern ließ. »Und wenn Sie jemand anders gegenüber irgend etwas von dem verlauten lassen, was ich Ihnen gerade erzählt habe, sind Sie so gut wie tot. Dafür sorge ich höchstpersönlich.«

Als Deelor in seine Kabine zurückkehrte, stellte er überrascht fest, daß Ruthe auf einer bequemen Couch lag und melodischer Vivaldi-Musik lauschte. Sie hob kurz den Kopf und konzentrierte sich dann wieder auf die Klänge. Das Schweigen der jungen Frau bot keinen Hinweis auf ihre Stimmung, denn sie grüßte ohnehin selten. Deelor wußte aus Erfahrung, daß Ruthe unnahbar und verschlossen blieb, bis sie seine Hilfe brauchte oder er sich direkt an sie wandte. Er rechnete damit, daß die Auseinandersetzung um Jason zu einer Verschlechterung ihrer manchmal sehr schwierigen Beziehung führte, aber vielleicht hatte Ruthe bereits alles in eine Vergangenheit verbannt, der sie mit Gleichgültigkeit begegnete.

Oder ihre Rache beschränkte sich auf den Hinweis, den sie Riker gegeben und der zu der Besprechung mit ihm und Picard geführt hatte.

Deelor nahm in einem Sessel Platz, hörte den Violinen und Bratschen zu und spürte, wie allmählich die Anspannung aus ihm wich. Wenn Ruthe keinen Groll gegen ihn hegte, war er ebenfalls bereit, ihren Zwist zu vergessen.

Picard blieb im Beobachtungsraum, als die beiden anderen Männer gingen. Nachdenklich sah er aus dem breiten Fenster. Der Anblick des Alls langweilte ihn nie, denn die fernen Sterne fanden sich zu immer neuen Konstellationen zusammen. Für gewöhnlich lockte ihn ihr stummes, im Vakuum des Weltraums völlig gleichmäßiges Leuchten mit ungelösten kosmischen Rätseln, aber diesmal nahm er es überhaupt nicht richtig wahr.

Nach einer Weile hörte er, wie sich die Tür des Zimmers öffnete, und er glaubte schon, Riker sei zurückgekehrt. Doch die Schritte waren viel zu leicht für den Ersten Offizier. Kurz darauf bemerkte Picard Dr. Crushers Spiegelbild auf der Kristallfläche des Fensters. Die Ärztin verharrte an seiner Seite und blickte ebenfalls hinaus. Mehrere Minuten lang standen sie schweigend nebeneinander, bevor Beverlys Stimme ertönte.

»Wenn man die Sterne zu lange betrachtet, beginnt man, sich wie ein Gott zu fühlen. Oder man glaubt, man müsse sich wie einer verhalten. Dinge wie Allwissenheit, Allmacht und Unfehlbarkeit gewinnen unter solchen Umständen eine ganz persönliche Bedeutung.«

Picard antwortete nicht.

»Raumschiffkommandanten sind für dieses Syndrom ebenso anfällig wie Bordärzte. Wir verlangen von uns, alle Probleme zu lösen und alle Krankheiten zu heilen, und wenn uns das nicht immer gelingt, fühlen wir uns schuldig – oder wir erheben Vorwürfe gegen andere Personen.«

Picard drehte langsam den Kopf und musterte die Frau. »Halten Sie mir eine Predigt, Dr. Crusher?«

»Vielleicht.« Beverly sah noch immer aus dem Fenster. »Predigten fallen mir leichter als Entschuldigungen.«

»Ich brauche weder das eine noch das andere.«

»Aber Sie verdienen beides.« Crusher holte tief Luft und wandte sich direkt an den Captain. »Eine Entschuldigung für die Worte, die ich in der Krankenstation an Sie richtete. Und eine Predigt über die Tugend des Schweigens. Manchmal sollte man zweimal nachdenken, bevor man etwas sagt. Insbesondere dann, wenn man in keiner besonders guten Stimmung ist.«

Picard gab seine steife Haltung auf und entspannte sich ein wenig. »Auch meine Laune war nicht sehr gut«, erwiderte er trocken. »Außerdem sprachen Sie nur das aus, was mir bereits hundertmal durch den Kopf ging.«

»Was beweist, daß wir beide Urlaub brauchen.«

Picard lächelte und spürte, wie sich die Distanz zwischen ihnen wieder verringerte und eine andere, vertraute Art von Unbehagen schuf. Crusher trat einen Schritt zurück, und der Captain blickte erneut ins All, einmal mehr von den Sternen fasziniert.

»Wie geht es Lieutenant Yar?«

»Sie übt den Aufstand«, seufzte Beverly. »Ich entlasse Sie bald – wenn ich sie nicht vorher erwürge.«

»Und Jason?«

»Steht unter der Wirkung von Beruhigungsmitteln«, erwiderte die Ärztin besorgt. »Ich habe seine Identität anhand der alten medizinischen Unterlagen von Hamlin überprüft. Das DNA-Muster entspricht dem eines gewissen Jason Reardon. Zum Zeitpunkt der Verschleppung war er drei Jahre alt, nicht viel älter als das freigekaufte Kind.«

»Sind sie miteinander verwandt?«

»Nein«, sagte Dr. Crusher. »Aber mit dem Einsatz von Genmarkern gelang es mir, Aufschluß über die Abstammung des Jungen zu bekommen. Sein Vater gehörte zur ursprünglichen Gruppe der Entführten, doch die Mutter wurde in Gefangenschaft geboren, als Tochter von zwei geschlechtsreifen Heranwachsenden.«

»Ein Gefangener der dritten Generation«, murmelte Picard und hob alarmiert die Brauen.

»Ja, und wahrscheinlich ist er nicht der einzige. Wenn sein guter Gesundheitszustand als symptomatisch gelten kann ... Vielleicht nimmt der menschliche Bevölkerungsanteil im Cluster wesentlich schneller zu, als wir glauben. Wie sollen wir alle Nachkommen der Kinder von Hamlin befreien?«

»Hätte das überhaupt einen Sinn?« fragte Picard und erinnerte sich an Deelors Hinweis auf die hohe Sterblichkeitsrate bei den erwachsenen Gefangenen.

Crusher hob abwehrend die Hand. »Ich bin noch nicht bereit, mich mit diesem Problem auseinanderzusetzen. Ach, Jean-Luc, wenn Sie Jason unmittelbar nach seinem Retransfer gesehen hätten ... seinen entsetzten, grauenerfüllten Blick ...« Sie schauderte. »Ich muß jetzt zur Krankenstation zurück. Die Wirkung von Jasons Sedativ läßt bald nach.«

Gemeinsam verließen sie den Beobachtungsraum, und im Korridor trennten sich ihre Wege. Picard stand bereits vor dem Turbolift, als sich Beverly noch einmal umdrehte und rief:

»Übrigens, Captain: Professor Butterfield möchte einen Caudifera-Salat zum Mittagessen.«

Zwar stand Data als Offizier eine eigene Kabine zur Verfügung, aber seine freie Zeit verbrachte er entweder in Geordis Quartier oder in der Schiffsbibliothek. An beiden Orten fand er Gelegenheit, sein einziges Bedürfnis zu befriedigen: Es hieß Neugier. Der Androide brauchte nicht auf die Erfordernisse eines menschlichen

Körpers Rücksicht zu nehmen, aber er strebte ständig nach Wissen, und neue Erkenntnisse bereiteten ihm einen Genuß, den einige seiner Kollegen nur dann empfanden, wenn sie besondere kulinarische Leckerbissen kosteten.

Da Geordi noch immer das Kommando über die *Enterprise* hatte, beschloß Data, während der restlichen Stunde seiner dienstfreien Zeit ein begonnenes Forschungsprojekt fortzusetzen. Er wußte bereits um die physiologische Notwendigkeit bei einigen organischen Lebensformen, die Kräfte durch regelmäßigen Schlaf zu regenerieren, doch gewisse psychologische Aspekte blieben ihm rätselhaft. Als Data die Bibliothek betrat, bemerkte er seltsame Aktivität in einer Ecke und unterbrach seinen Gedankengang.

»Oh, hallo«, seufzte Wesley und sah dem näher kommenden Androiden entgegen. Rasch sammelte er die verschiedenen Bücher ein, die neben dem Druk kerterminal auf einem Tisch lagen, aber er war nicht schnell genug. Data griff nach einem Band und las den Titel.

»Sehr interessant«, sagte er. Zwar zog er digitale Daten vor, die sich sofort in seine internen Speichermodule überspielen ließen und anschließend elaboriert und korreliert werden konnten; aber die Informationssammlung in Form von Büchern stand in enger Beziehung zu den menschlichen Verhaltensstrukturen und zeichnete sich somit durch einen nicht unerheblichen Reiz für ihn aus. »*Grundlagen des Ingenieurwesens.* Dient diese Zusammenstellung Archivierungszwecken? Du beherrschst den Stoff doch schon.«

»Ein Gefallen, um den mich ein Freund gebeten hat.« Das Summen des Druckers verklang, und ein weiteres fertig gebundenes Buch rutschte ins Ausgabefach. »Ich wäre Ihnen sehr dankbar, wenn Sie das für sich behalten würden.«

Data runzelte die Stirn. Diesen Ausdruck kannte er

nicht. »Möchtest du, daß ich die Unterlagen mitnehme?«

»Nein, ich meine ...« Wesley holte tief Luft. »Nun, erzählen Sie niemandem davon, was ich hier gemacht habe. Wissen Sie, es ist ...«

»Ein Geheimnis?« fragte Data.

»Ja.« Wesley nickte.

Der Androide lächelte und begann mit einer fröhlichen Aufzählung von Bedeutungsinhalten. »Geheimnis: Wissen, das verborgen bleiben muß; Unternehmen, die nur einem beschränkten Personenkreis bekannt werden dürfen ...«

Wesley unterbrach den Vortrag. »Es tut mir leid, Sir, aber ich muß mich beeilen, wenn ich nicht zu spät zum Unterricht kommen will.« Er lächelte entschuldigend, sammelte die ausgedruckten Unterlagen ein und eilte fort.

Data blieb stumm stehen und dachte über die mysteriöse Natur von Geheimnissen nach.

Wesley hatte ihn gerade in eins eingeweiht, aber der Androide wußte nicht so recht, was er damit anfangen sollte.

Bei jeder neuen Begegnung mit Farmer Patrisha wurde Riker herzlicher empfangen. Als er diesmal ihr Quartier betrat, bot sie ihm sogar eine Tasse Tee an, und der Erste Offizier lehnte nicht ab. Sie wahrten ein freundliches Schweigen, während sie das bittere Kräutergebräu tranken, und schließlich kam Riker auf den Grund seines Besuchs zu sprechen.

Er ahnte, daß er die Zuvorkommenheit seiner Gastgeberin einer harten Belastungsprobe aussetzte, als er die leere Tasse abstellte und begann: »Ich bringe Ihnen gute Nachrichten. Die *Enterprise* hat wieder Kurs auf Neu Oregonia genommen.«

»Treffen wir dort ein, bevor die Wachstumsphase der Tiere abgeschlossen ist?«

»Nein, ich fürchte nicht.« In diesem Punkt war Riker ganz ehrlich, doch in bezug auf die Erklärung konnte er Patrisha unmöglich die Wahrheit anbieten. »Für unser Warptriebwerk steht ein routinemäßiges Wartungsintervall auf dem Plan, und dadurch kommen wir etwas langsamer voran.« Zum Glück war es eher unwahrscheinlich, daß Logan in ein Gespräch mit den Farmern verwickelt wurde. Dem Chefingenieur hätte es bestimmt nicht gefallen, daß Riker ausgerechnet seiner Abteilung die Schuld gab.

»Wie lange dauert die Verzögerung?«

Der Erste Offizier süßte seine Antwort mit einem Lächeln. »Nur zwei Wochen.« Seine Vorsicht erwies sich als unnötig – Patrisha nahm die Auskunft ohne irgendeinen Kommentar hin. Riker fragte sich, ob sie deshalb so gelassen blieb, weil Dolora zum Holodeck umgezogen war. Dieser Gedanke erinnerte ihn an ein zweites Problem. »Was Ihre Tiere betrifft ... Der Transporter stellt die einfachste Möglichkeit dar, die Stasis-Kammern zur simulierten Farm zu bringen.«

»Dagegen wird die Gemeinschaft bestimmt Einwände erheben«, sagte Patrisha sofort. Mit gewölbten Brauen machte sie deutlich, was sie von dem häretischen Vorschlag hielt. »Die Benutzung von Transportern steht in krassem Widerspruch zu den Farmer-Prinzipien.«

»Das befürchtete ich schon.« Die Oregonianer kamen mit Raumfähren zur *Enterprise*. Der Pendelverkehr hätte eigentlich nach einer Stunde beendet sein müssen, aber statt dessen nahm er fünfmal soviel Zeit in Anspruch. Ständig flogen die Shuttles zwischen den Starbase-Docks und dem Raumschiff hin und her, und in den Passagierabteilen beklagten Erwachsene vergessenes Gepäck, während Kinder um verloren geglaubte Mütter weinten. Ein unbeschreibliches Chaos herrschte, und der Erste Offizier wollte unter allen Umständen vermeiden, daß sich so etwas wiederholte. »Die Alternative besteht darin, die Geräte zu demontieren, so daß die einzelnen Stasiszellen durch die Korridore getragen werden können.«

»Was vielleicht eine Katastrophe für unser Vieh heraufbeschwört«, stellte Patrisha ruhig fest. Offenbar erinnerte sie sich ebensogut wie Riker an das Durcheinander der Einschiffung.

»Es steht mir nicht zu, eine solche Feststellung zu treffen«, sagte Riker vorsichtig und fragte sich, wie weit er gehen durfte.

»Und auch mir nicht.« Patrisha setzte ihren Becher ab. »Derartige Entscheidungen können nur von der Gemeinschaft gefällt werden.«

Sie wußten beide, mit welchem Ergebnis eine entsprechende Diskussion enden mußte. Wenigstens habe ich es versucht, dachte Riker und stand auf. Vielleicht ließen sich die Farmer wenigstens dazu überreden, beim Transport der Stasisanlagen die Hilfe der Besatzung anzunehmen. Der Erste Offizier fragte sich, wie viele Crewmitglieder erforderlich waren, um die Inkompetenz der Oregonianer auszugleichen.

»Aber natürlich kann die Gemeinschaft nicht ablehnen, wenn niemand eine Frage an sie heranträgt«, sagte Patrisha und erhob sich ebenfalls.

»Bitte?«

Sie mied seinen Blick, machte jedoch ihren Standpunkt deutlich, als sie Riker zur Tür begleitete. »Wenn die Geräte morgen auf dem Holodeck sind, hat es kaum noch einen Sinn, irgendwelche Einwände zu erheben. Wahrscheinlich erkundigt sich niemand nach der Art des Transports.«

»Danke für den Tee, Farmer Patrisha«, sagte Riker mit einem strahlenden Lächeln. »Und für Ihren Rat.«

»Bitte lassen Sie nichts verlauten«, erwiderte sie fest. »Sprechen Sie mit niemandem darüber.«

»Wenn ich noch länger im Bett bleiben muß, schnappe ich über«, klagte Yar und betrat das Büro der

Bordärztin. »Ich könnte mich auf der Brücke nützlich machen. Unsere derzeitige Mission ist ebenso wichtig wie riskant, und der Umstand, daß ich hier festgehalten werde, bedroht die Sicherheit des Schiffes. Ich habe eine Pflicht zu erfüllen.« Sie starrte Beverly aus funkelnden Augen an. »Außerdem fühle ich mich inzwischen viel besser.«

»Das freut mich, Tasha«, erwiderte Dr. Crusher. Sie lehnte sich ein wenig zurück, um den Abstand zwischen ihr und Yar zu vergrößern. »Ich mußte mit Ihrer Entlassung bis zu einem ganz bestimmten Untersuchungsbericht warten«, fügte sie hinzu und hob eine Datenkassette. Endlich lagen die Ergebnisse der Laboranalyse vor. Eigentlich stellte der Test nur eine routinemäßige Vorsichtsmaßnahme dar, die dazu diente, alle möglichen Einflußfaktoren zu berücksichtigen, doch das Ergebnis war eine böse Überraschung. »Welche Erinnerungen verbinden Sie mit der Atmosphäre an Bord des Choraii-Schiffes?«

»Ich hatte das Gefühl zu ertrinken.« Yar schauderte. »Die ersten Sekunden waren besonders schlimm. Anschließend fiel mir das Atmen nicht sehr schwer. Die Flüssigkeit vermittelte sogar ein recht angenehmes Gefühl. Und dann der Geruch, beziehungsweise der *Geschmack* ... wie von Zimt.«

Damit gab sie das Stichwort. »Ich habe eine Probe der betreffenden Substanz analysieren lassen. Sie ist mit einer Droge durchsetzt, einem Narkotikum.«

»Bedeutet das, ich muß in der Krankenstation bleiben?« fragte Yar besorgt. Ihr ging es nur darum, in den Kontrollraum der *Enterprise* zurückzukehren.

»Ja!« entgegnete Crusher energisch. Hartnäckigkeit mochte bei der Leiterin einer Sicherheitsabteilung als Tugend gelten, doch bei Patienten hielt Beverly solche Eigenschaften eher für störend. Sie verließ ihr Büro, und Tasha folgte ihr dichtauf. »Ich kann Sie erst entlassen, wenn Ihr Stoffwechselsystem auch die letzten Reste der Droge verarbeitet hat. Und selbst dann ergeben sich vielleicht noch Konsequenzen, von denen wir jetzt nichts ahnen.«

»Aber es geht mir bestens!« entfuhr es Yar.

»Das behaupten Sie selbst nach einem Kampftanz mit Worf. Ich habe beobachtet, wie Ihr Körper an vielen Stellen blau und schwarz anlief, ohne daß Sie über irgend etwas klagten.«

»Das ist kein fairer Vergleich.«

»Genug davon!« Crusher blieb abrupt stehen und wandte sich zu ihrer Patientin um. »Noch ein Wort von Ihnen, und ich lasse Sie von einer Ihrer eigenen Sicherheitsgruppen ins Bett bringen.«

Ein schmerzerfüllter, verzweifelter Schrei ertönte in der Kammer vor ihnen und beendete den Wortwechsel der beiden Frauen. Sie stürmten sofort los und erreichten kurz darauf die Isolationssektion. Dr. Crusher schätzte die Lage mit einem raschen Blick ein. »Tasha, kümmern Sie sich um Troi«, sagte sie und betrat die Kammer.

Jason war erwacht, und sein Wimmern vermischte sich mit dem leisen Schluchzen der Counselor. Beverly strich die Schutzmembran beiseite, um den Mann direkt zu erreichen. Er hockte in einer Ecke der separaten Zelle und neigte den Oberkörper vor und zurück. Der Blick seiner weit aufgerissenen Augen reichte durch Crusher hindurch ins Leere.

»Jason.« Sie streckte die Hand aus und berührte ihn.

Der Mann schrie erneut, als er die Finger spürte. Er krümmte sich zusammen, nahm die typische Fötushaltung ein und zog die Knie bis zum Kinn an. Arme und Beine zitterten krampfhaft.

»Nein!« platzte es aus Troi heraus. »Gehen Sie nicht noch näher heran.« Tasha hielt sie fest, aber sie bebte ebenfalls am ganzen Leib, und ihr Gesicht spiegelte Jasons Entsetzen wider. »Ihre Präsenz verschreckt ihn noch mehr.«

»Wie kann ich ihn beruhigen?«

»Ich weiß es nicht«, brachte Troi mühsam hervor. »Lassen Sie ihn einfach in Ruhe.«

Jason versuchte, die Beine noch weiter anzuziehen, und sein Wimmern gewann die Qualität eines rhythmischen Klageliedes.

»Verdammt!« Crusher öffnete ihre Medo-Tasche und holte einen Injektor heraus. Der Mann zuckte zusammen, als er kaltes Metall auf der Haut fühlte, aber ansonsten reagierte er nicht. Wenige Sekunden später wirkte das Sedativ: Jason wurde still und erschlaffte. Beverly ließ ihn vorsichtig auf die weiche Unterlage zurücksinken, legte ihn auf die Seite und streckte seine Glieder – sechs Stunden lang würde er in dieser Position verharren.

Anschließend aktivierte sie die Isolationskontrollen und beobachtete, wie die Gestalt des Mannes hinter einer Abschirmung verschwand. Der Diagnoser zeigte völlig normale physiologische Werte an, obgleich im Bewußtsein Aufruhr herrschte, aber die Ärztin dachte voller Sorge daran, daß der emotional-psychische Streß irgendwann direkte körperliche Folgen haben mußte. Sie veränderte die Justierung des Injektors und wandte sich zur Counselor um.

»Nein«, protestierte Troi, aber es war bereits zu spät. Das kleine Gerät entlud sich mit einem leisen Zischen. »Ich bin jetzt wieder in Ordnung.«

»Das höre ich dauernd von meinen Patienten«, murmelte Dr. Crusher. »Das Mittel dürfte Sie beruhigen, bis Sie Ihre Kabine erreichen.«

»Ich muß bei Moses bleiben.« In gewisser Weise schien Deanna Yars Entschlossenheit zu teilen. Sie wollte unbedingt in der Krankenstation verweilen, während es Tasha gar nicht abwarten konnte, endlich entlassen zu werden. »Inzwischen erkennt er mich schon.«

»Ich leiste ihm Gesellschaft«, bot sich Lieutenant Yar an.

Crusher musterte sie erstaunt. »Ich dachte, Sie möchten zur Brücke zurück.«

Tasha zuckte verlegen mit den Schultern. »Ich kann Troi nicht weinen sehen.«

Deanna lachte, als sie die letzten Tränen fortwischte. »Danke für das Angebot, aber ... Kennen Sie sich mit Kindern aus?«

»Nun, nicht besonders gut«, gestand Yar ein. »Wie dem auch sei: Dies scheint mir eine ausgezeichnete Gelegenheit zu sein, entsprechende Erfahrungen zu sammeln.« Sie zögerte kurz. »Ich hoffe nur, daß mir die Konfrontation mit gewissen biologischen Abfallprodukten erspart bleibt.«

»Himmel, macht doch, was ihr wollt!« stieß Beverly verärgert hervor. Ganz offensichtlich hatte es keinen Sinn zu versuchen, die beiden Frauen zur Vernunft zu bringen. Troi fand schnell zu ihrem emotionalen Gleichgewicht zurück, aber Crushers Reaktion auf Jasons Erwachen setzte erst ein, als sie sich wieder in ihrem Büro befand.

Sie nahm am Schreibtisch Platz und trachtete mit nur mäßigem Erfolg danach, die wachsende Verzweiflung aus sich zu verdrängen. Wie eigenständige Wesen krochen ihre Finger über die Tastatur des Computers, und der Monitor zeigte verschiedene Medo-Dateien, doch Beverly schenkte den dargestellten Informationen überhaupt keine Beachtung. Immer wieder kehrten ihre Gedanken zu dem befreiten Hamlin-Gefangenen zurück, und sie fragte sich, wie sie ihm bei der Anpassung an eine für ihn völlig fremde Welt helfen konnte. Es gab keine Präzedenzfälle, die ihre Aufgabe erleichterten. Sie brauchte Hilfe. Schließlich berührte Crusher den Insignienkommunikator.

»Ich habe schon damit gerechnet, daß Sie sich mit mir in Verbindung setzen«, sagte Andrew Deelor. »Und ich kann mir auch denken, welches Anliegen Sie an mich herantragen wollen.«

»Sind Sie bereit, Ihre Begleiterin zu fragen?«

»Oh, natürlich«, erwiderte der Botschafter nach einer kurzen Pause. »Aber ich kann Ihnen Ruthes Hilfe nicht garantieren.« Er unterbrach die Verbindung.

Wenn ich keine Hinweise von ihr bekomme, hat Jason kaum eine Chance, dachte Beverly niedergeschlagen.

KAPITEL 13

Patrisha stand abseits der anderen Farmer. Die Männer und Frauen der Gemeinschaft bildeten einen weiten Halbkreis vor dem Scheunentor, unterhielten sich mit gedämpften Stimmen und traten in der morgendlichen Kühle von einem Bein aufs andere. Patrisha blieb stumm und beobachtete sie, während ihre Aufmerksamkeit in erster Linie dem hölzernen Gebäude galt. Das Glühen des Sonnenaufgangs kroch über den Hof – ein perfektes Bühnenbild für das beginnende Drama.

Plötzliche Stille herrschte, als sich Dnnys und Wesley einen Weg durch die Menge bahnten und zur Scheune gingen. Die beiden Jungen fühlten alle Blicke auf sich ruhen, lächelten nervös, lösten den Riegel und schwangen die große Tür auf. Die Farmer schoben sich ein wenig näher heran und reckten die Hälse, um die kryogenischen Apparaturen im Gebäude zu betrachten. Nur hier und dort wurden einige verächtliche Worte geflüstert – die meisten Oregonianer blieben still und fanden sich mit der Notwendigkeit jener Maschinen ab.

Patrisha empfand fast so etwas wie Scham, als niemand fragte, wie die Stasiszellen zum Holodeck transportiert worden waren. Nicht einmal Tomas wies auf das Fehlen von Spuren im Heu hin. Andererseits: Normale Farmer wußten nicht genug über die energetische Transfertechnik, um nach Anzeichen ihres Einsatzes Ausschau zu halten. Patrisha nahm mit besonderer Dankbarkeit zur Kenntnis, daß Riker sein Wunder während der Bordnacht bewirkt hatte und an diesem Morgen nicht zugegen war. Die Anwesenheit eines Nicht-Farmers kam der Verspottung derart leichtgläubiger Narren gleich. Einer Verhöhnung, fügte Patrisha in Gedanken hinzu, die ich selbst herausgefordert habe.

Dynns leitete den eigentlichen Erweckungsprozeß ein, indem er eine einzelne Zelle aus der wabenartigen Struktur löste. Wesley trat hinter den Apparaturen hervor, entrollte einen dünnen, flexiblen Schlauch und reichte den Anschlußstutzen seinem Freund. Dnnys offenbarte geübtes Geschick, als er die Schellen am Dränagezylinder der Gerätekammer befestigte. Er betätigte einen Schalter, und die Pumpe begann zu surren. Es gurgelte und plätscherte leise.

»Bei den Farmarbeiten war Dnnys nie so tüchtig.« Tomas trat an Patrishas Seite.

»Er ist älter geworden, seit wir Grzydc verließen.« Ihre eigenen Worte veranlaßten sie dazu, den Jungen mit anderen Augen zu sehen: Er schien nicht mehr so zart und schmächtig zu sein, wirkte kräftiger und muskulöser. »Ganz abgesehen davon: Sei froh, daß er sich so gut mit den Stasisanlagen auskennt.« Patrisha hatte dem Wunsch ihres Sohnes, sich während der langen Reise nach Neu Oregonia um die Erhaltungszellen zu kümmern, aus einem ganz bestimmten Grund entsprochen: Die Gemeinschaft konnte sich keinen qualifizierten Techniker leisten. Jetzt sah sie zum erstenmal, wie gut Dnnys mit der Technik umging, und seine Kompetenz mußte auch den anderen Farmern auffallen.

Sie sah stumm zu, wie Wesley die anderen Einheiten vorbereitete und dabei Anweisungen von seinem Freund entgegennahm. Ganz offensichtlich leitete Dnnys die Operation und nicht etwa der junge Fähnrich.

Jemand räusperte sich. Unmittelbar darauf erklang eine vertraute Stimme. »Es kann kein Zweifel daran bestehen, daß er dein Sohn ist.« Patrisha machte nicht den Fehler, Doloras Worte als Kompliment aufzufassen.

Ein lautes Piepen wies darauf hin, daß sich in der ersten Zelle keine Nährflüssigkeit mehr befand. Die Männer und Frauen bewegten sich unruhig und flüsterten miteinander, während sie darauf warteten, über den Zustand des lebenden Inhalts informiert zu werden. Dnnys klappte den Deckel zurück, griff in das Gerät und holte zwei kleine, rosafarbene Kaninchen hervor. »Sie leben«, verkündete er stolz, als sich die winzigen feuchten Wesen bewegten und leise quiekten.

»Die verdammt seltsamste Geburt, die ich jemals erlebt habe«, erklärte der alte Steven und spuckte auf den Boden, um seinen Worten Nachdruck zu verleihen.

Aus den Augenwinkeln sah Patrisha, wie Dolora die Lippen zusammenpreßte – deutliches Zeichen dafür, daß ihre Tante den Fluch gehört hatte. Nur der alte Steven wagte es, in Doloras Gegenwart Kraftausdrükke zu benutzen. Sie bildeten kein Paar mehr, aber das änderte nichts daran, daß er der Vater ihrer Kinder war. Offenbar verlieh die noch immer bestehende emotionale Verbindung dem Mann eine gewisse Immunität.

»He, seht euch das an!« entfuhr es Wesley aufgeregt. Er hatte eine Zelle geöffnet, in der sich mehrere kleine Hunde befanden. Ihre Augen waren noch geschlossen, und als er nach einem Geschöpf griff, dessen nasser Pelz schwarze und weiße Flecken aufwies, preßte es auf der Suche nach Milch eine schmale Schnauze an seine Hand.

Myra nahm ihm das Hündchen ab. »Wir sollten uns an die Arbeit machen, bevor der Knabe alles ruiniert«, sagte sie und reichte den Welpen an Charla weiter.

Patrisha trat vor, um das nächste Tier entgegenzunehmen. Myras scharfe Stimme weckte die übrigen Farmer aus ihrer Starre: Sie setzten sich in Bewegung und trugen die einzelnen Geschöpfe rasch fort. Den Hunden folgten Ferkel, Küken und Enteneier, in deren Schalen bereits erste Risse entstanden. Die Neugeborenen hatten keine Mütter, die sich um sie kümmern konnten; diese Aufgabe kam den Oregonianern zu. Nach zehn Monaten erzwungener Muße gab es wieder etwas für sie zu tun – sogar mehr als genug.

Für den Rest ihres Lebens wartete harte Arbeit auf sie.

»Und übermorgen können wir die ersten Fohlen aus den Stasiszellen holen!« sagte Wesley begeistert. »Pferde, verstehst du?« Seine Mutter sah ihn an, reagierte aber nicht. »Hörst du überhaupt zu, Mom?«

»Wie?« Dr. Crusher zwinkerte. »Tut mir leid, Wes.« Sie legte den elektronischen Medo-Block beiseite und seufzte.

»Bisher hast du dir nicht einmal die Zeit genommen, die Holofarm zu besuchen.« Wesley griff nach einem dicken Paket. »Nach dem Unterricht gehe ich zu den Farmern. Wie wär's, wenn du mich begleitest?«

»Unmöglich. Ich weiß, wieviel Arbeit du in das Simulationsprogramm gesteckt hast, und ich würde mir das Ergebnis gern ansehen, aber ...«

»Aber du bist viel zu beschäftigt«, stellte Wesley sachlich fest. »Um ganz ehrlich zu sein: Du wirkst ziemlich erschöpft.« Noch vor wenigen Monaten wäre ihm das überhaupt nicht aufgefallen.

»Seit einiger Zeit schlafe ich zu wenig.« Das stimmte: Wesley konnte sich nicht einmal mehr daran erinnern, wann seine Mutter zum letztenmal in ihrem Quartier gewesen war. »Aber sobald in der Krankenstation wieder Ruhe herrscht, sehe ich mir die Farm an.«

»Die befreiten Gefangenen ... Es geht ihnen nicht besonders gut, oder?«

Beverly gab keine Antwort darauf. »Beeil dich jetzt. Sonst kommst du zu spät zum Physikunterricht.«

»Astronomie«, berichtete Wesley und ging zur Tür des Büros. Dort blieb er noch einmal stehen und drehte sich um. »Mom, angenommen, ein Freund bittet dich um einen Gefallen, durch den er vielleicht Schwierigkeiten mit seiner Familie bekommt ...«

»Wie?«

»Schon gut«, sagte der Junge. »Bis später.«

Dr. Crusher winkte ihm einen geistesabwesenden Gruß nach und nahm dann wieder den Block zur Hand. Er schien immer schwerer zu werden. Der nächste Punkt auf ihrem Terminkalender: eine Auflistung aller Männer und Frauen, die noch in der Krankenstation behandelt wurden. Die meisten Betten waren inzwischen wieder frei.

Beverly lächelte und freute sich darauf, einen ganz bestimmten Patienten zu entlassen.

»Kehren Sie auf die Brücke zurück!« befahl Dr. Crusher. »Die letzten Untersuchungen zeigen, daß Sie vollkommen in Ordnung sind.«

»Was ich von Anfang an behauptet habe«, erwiderte Lieutenant Yar triumphierend und sprang von der Liege. »Die angebliche Droge hatte nicht die geringsten Auswirkungen auf mich.«

»Abgesehen davon, daß Sie das Bewußtsein verloren«, stellte Beverly spöttisch fest. Glücklicherweise war Yar dem Narkotikum nur wenige Minuten lang ausgesetzt gewesen. Leider erholte sich Jason nicht annähernd so schnell. Kein Wunder: Im Gegensatz zu Tasha hatte er fast fünfzig Jahre bei den Choraii verbracht, und nun befand er sich plötzlich in einer Welt, die er überhaupt nicht kannte, die ihm exotisch und völlig fremdartig erscheinen mußte. Wenn ähnliche Umweltbedingungen wie an Bord der *As* geschaffen werden könnten ... In Crushers Gedankensphäre gewann eine Idee vage Konturen. »Hat die Droge Ihre Erinnerungen an das fremde Raumschiff beeinträchtigt?«

»Nein. Und bestimmt werde ich jene Erfahrungen so

schnell nicht vergessen.« Beverly nickte zufrieden, als Yar diese Antwort gab, und Tasha freute sich so sehr über ihre Entlassung, daß sie nicht nach dem Grund für die Genugtuung der Ärztin fragte. »Was Troi betrifft ...«

»Ich weiß, daß sie müde ist«, warf Crusher ein. »Und ich habe schon jemanden ausgewählt, der sich an ihrer Stelle um den Jungen kümmern kann.« Zu viele Einzelheiten lenkten die Ärztin ab, doch wenn Yar die Krankenstation verließ, reduzierten sich die Störfaktoren erheblich. »Und noch etwas, Tasha: Lassen Sie es ruhig angehen. Ich möchte Sie nicht so schnell auf einer Diagnoseliege wiederfinden.«

»Keine Sorge«, sagte Yar und eilte zur Tür. »Ich habe keineswegs die Absicht, Ihre professionelle Gastfreundschaft noch einmal in Anspruch zu nehmen.«

Dr. Crusher blieb im leeren Zimmer stehen, dachte über ihre Idee nach und entwickelte sie zu einem konkreten Konzept. Der nächste Schritt bestand darin, Datas Meinung einzuholen. Der Androide nahm ihren Anruf entgegen und hörte geduldig zu, als Beverly die Details ihres Plans erläuterte.

»Ja, rein technisch gesehen müßte sich ein solches Projekt durchführen lassen«, erwiderte Data nach kurzem Nachdenken. »Ich habe Zugang zu den meisten erforderlichen Informationen.« Er wies darauf hin, welche zusätzlichen Angaben er benötigte.

»Vielleicht kann uns Tasha in diesem Zusammenhang weiterhelfen«, sagte Beverly. »Und Ruthe wäre ganz sicher dazu imstande.«

»Möchten Sie gleich anfangen?« erkundigte sich der Androide.

»Nein, noch nicht«, antwortete die Ärztin. »Ich gebe Ihnen rechtzeitig Bescheid.« Zuerst wollte sie eine Reaktion Deelors auf ihren ersten Vorschlag abwarten. Wenn Ruthe ihn ablehnte, ging sie wohl kaum auf den zweiten ein.

Lisa Iovino orientierte sich anhand der wimmernden Schreie des Knaben, um die Counselor zu finden. Die Frau und das Kind befanden sich in der diätetischen Abteilung, und die zuständige Krankenschwester schien geflohen zu sein, um irgendwo Ruhe zu finden. Troi war viel zu sehr auf Moses konzentriert, um Iovino zu bemerken, und dadurch bekam die junge Ärztin Gelegenheit, das seltsame Paar eine Zeitlang zu beobachten.

Deanna saß am Tisch des Lebensmittelsynthetisierers und hielt das zappelnde Kind auf dem Schoß. Mehrere Teller standen vor ihr, die meisten noch immer bis zum Rand gefüllt. Der fehlende Brei zierte Trois Gesicht und ihren Pulli.

»Hier, probier das«, lockte sie den Jungen und bot ihm Kartoffelpüree an. Moses schrie erneut, und Deanna schob ihm sofort den Löffel in den Mund.

Der überraschte Knabe schwieg einige Sekunden lang und spuckte die weiche Masse prompt aus. Weitere Flecken entstanden auf Trois Uniform.

»Ich bin die Ablösung«, verkündete Lisa und trat näher. »Dr. Crusher meinte, Sie brauchen eine Pause.« Sie war inzwischen zu dem Schluß gelangt, daß die Counselor kurz vor einem Nervenzusammenbruch stand – die Schreie des Jungen hallten schon seit Stunden durch die Krankenstation.

»Aber er ist nicht an fremde Personen gewöhnt«, wandte Deanna müde ein. Kinder schirmten ihre Emotionen nicht ab, und es kostete sie viel Kraft, die mentalen Schilde stabil zu halten, um ihr Bewußtsein vor dem intensiven Kummer des Knaben zu schützen. »Wahrscheinlich gerät er ganz außer sich, wenn ich jetzt gehe.«

»Nun, lauter kann er bestimmt nicht werden – ganz gleich, wer ihn zu füttern versucht.« Iovino griff behutsam nach dem Jungen und nahm ihn von Trois Schoß.

Die plötzliche Veränderung verblüffte Moses so sehr,

daß er den Mund zuklappte. Er blieb lange genug still, um die ihm unbekannte Frau zu mustern, und dann begann er argwöhnisch zu wimmern. Seine winzigen Hände schlossen sich fest um den Rand der weichen grünen Decke, die ihn umhüllte. Der Stoff war ebenso verschmiert wie das schmale, tränennasse Gesicht.

»Du bist nicht sehr hungrig, oder?« fragte Iovino den Jungen.

»Ganz im Gegenteil«, widersprach die Counselor.

Der Knabe drehte den Kopf, als er Trois Stimme vernahm. Zwar schluchzte er noch immer, aber trotzdem lauschte er aufmerksam dem Gespräch der beiden Erwachsenen. Deanna bezweifelte jedoch, ob er die Worte verstand. Vermutlich hörten sich menschliche Stimmen in einer flüssigen Atmosphäre völlig anders an; der von Luft übertragene Klang verwirrte ihn sicher.

»Er kann sich nur nicht auf unsere Nahrung umstellen«, fuhr Troi fort und bedauerte es, daß bei der Handelsvereinbarung mit den Fremden Choraii-Lebensmittel unberücksichtigt blieben. Sie spürte deutlich, mit welcher Ablehnung der Junge auf den für ihn so seltsamen Geschmack der verschiedenen Breiarten reagierte. »Ich habe es auch mit Suppen, Pudding, Eis und zermahlenen Früchten probiert.«

»Irgendwann wird er etwas zu sich nehmen«, erwiderte Iovino. »Kinder verhungern nicht, solange etwas Eßbares in der Nähe ist.«

Das seidenartige braune Haar Lisas und ihre pfirsichartige Haut vermittelten einen Eindruck von Unschuld und Sanftmut, aber Troi ahnte, daß die nüchterne Antwort der jungen Medizinalassistentin einen deutlicheren Hinweis auf ihr Wesen gab. »Es handelt sich um ein besonderes Kind.« Die Counselor zögerte und überlegte, wieviel sie verraten durfte, ohne die Geheimhaltungsbestimmungen zu verletzen. »Er hat recht ungewöhnliche Erlebnisse hinter sich.«

»Ja, ich weiß«, sagte Iovino. Offenbar hatte sie eine

sorgfältig zensierte Medo-Akte über die mysteriösen Überlebenden des nicht näher beschriebenen Raumschiffunglücks gelesen. In der Krankengeschichte fehlten wichtige Angaben, und die entsprechenden Unterlagen wurden gewiß nicht den hohen Ansprüchen Dr. Crushers gerecht. Dieser Umstand ließ nur eine Schlußfolgerung zu: Einige Fragen sollten weiterhin unbeantwortet bleiben: »Überlassen Sie ihn mir.«

Trotz ihrer psychischen und auch physischen Erschöpfung fiel es Troi schwer, die Verantwortung für Moses auf jemand anders zu übertragen. Erst nach einer ganzen Weile fiel ihr auf, daß der Knabe nicht mehr weinte. Sie senkte den empathischen Schild und nahm die Verwirrung des Jungen wahr. Es blieb ihr ein Rätsel, warum Iovino seine Neugier weckte. »Sie können sehr gut mit Kindern umgehen.«

»Ja, ich fürchte, das stimmt«, bestätigte Lisa und seufzte. Moses starrte stumm zu ihr empor und bekam einen Schluckauf. Iovino klopfte ihm geistesabwesend auf den Rücken. »Ich stamme aus einer ziemlich großen Familie«, fuhr sie fort und schüttelte den Kopf, als sie sich an ihre Heimatwelt erinnerte. Es hatte nur etwas mehr als hundert Jahre gedauert, bis die außerordentlich fruchtbaren Kolonisten alle Kontinente des Planeten LonGiland besiedelten. »Jede Ehe wird von einer strengen Tradition bestimmt, und daraus ergeben sich gewisse Folgen: Mein ganzes Leben lang mußte ich mich jüngerer Brüder und Schwestern annehmen, ganz zu schweigen von Neffen und Nichten.«

»Aber schließlich traten Sie in die Dienste Starfleets, statt die Tradition fortzusetzen«, sagte Troi nachdenklich. »Ich weiß, wie schwierig eine solche Entscheidung sein kann. Auch ich habe mich von den Bräuchen meines Volkes getrennt.«

»Wie dem auch sei: Meine Vergangenheit verfolgt

mich.« Iovino lachte leise – Moses war in ihren Armen eingeschlafen. »Alle Kollegen in der Krankenstation wissen um meine besondere Beziehung zu Kindern. Wenn ich nicht aufpasse, lande ich irgendwann in der Pädiatrie.«

Die Auseinandersetzung hatte im äußeren Bereich der Krankenstation begonnen, und als Dr. Crusher die scheuen Blicke der Schwestern bemerkte, begriff sie, daß sie allmählich die Beherrschung verlor. Entweder ging ihr der Botschafter mehr als sonst auf die Nerven, oder es lag am Schlafmangel. Beverly zog es vor, Deelor für ihre nachlassende emotionale Kontrolle verantwortlich zu machen. Sie führte ihn in ihr Büro.

»Ich kann Jason nicht ständig mit Sedativen behandeln, bis wir Starbase Zehn erreichen!« entfuhr es Beverly scharf. »Er hat bereits mehr Beruhigungsmittel bekommen, als mir lieb ist.«

»Geben Sie ihm geringere Dosen«, schlug Deelor vor.

»Verdammt, ich brauche keinen medizinischen Rat von Ihnen ...« Aber genau darum hatte sie ihn gebeten. Crusher holte tief Luft und dämpfte ihre Stimme. »Ich habe es schon damit versucht, aber die geringere Betäubung vergrößert seine Verwirrung. Ich weiß einfach nicht weiter.«

»Sie trifft keine Schuld.«

»Mag sein. Aber darum geht es nicht. Ich darf nicht zulassen, daß sich sein Zustand verschlechtert.«

Der Botschafter zuckte mit den Schultern. »Ich sehe mich leider außerstande, Ihnen zu helfen.«

»Und Ruthe?«

»Ich habe sie gefragt, aber sie lehnte ab.«

Crusher gab sich nicht mehr die Mühe, ihren Arger zu unterdrückten. »Fragen Sie die Dolmetscherin noch einmal! Machen Sie ihr die möglichen Konsequenzen einer Weigerung klar.«

»Nein!« Deelors Stimme klang eisig. »Begreifen Sie denn nicht, was Sie von Ruthe verlangen?«

»Es geht mir darum, Jason vor dem Tod zu bewahren.«

Ihr Streit übertönte das Geräusch von Schritten. Captain Picard kam herein, blieb stehen und wartete darauf, daß ihm jemand die Gründe des Disputs erklärte. Als Crusher und Deelor schwiegen, räusperte er sich und begann: »Ich habe den medizinischen Bericht in bezug auf die Choraii-Atmosphäre erhalten. Was hat es mit der Droge auf sich?«

»Die chemische Analyse deutet darauf hin, daß es sich um ein leichtes Narkotikum handelt«, antwortete Crusher geistesabwesend. »Vielleicht hat Lieutenant Yar deshalb unmittelbar nach dem Retransfer das Bewußtsein verloren. Da ich keine schädlichen Nachwirkungen feststellen konnte, habe ich sie inzwischen entlassen.« Sie runzelte die Stirn und warf Deelor einen durchdringenden Blick zu. »Derzeit versuche ich festzustellen, ob Jason und der Junge physiologische Reaktionen auf die Substanz aufweisen. Die bisherigen Tests bestätigen nicht den Verdacht auf eine chemische Abhängigkeit – eine Sucht, wenn Sie so wollen –, aber es liegen noch keine eindeutigen Resultate vor.«

»Und Sie glauben, Ruthe könnte Ihnen in diesem Zusammenhang wichtige Informationen anbieten?« Offenbar hatte Picard genug gehört, um einen solchen Schluß zu ziehen.

Crusher nickte. »Aber sie gibt mir nicht einmal die Möglichkeit, ihr einige Fragen zu stellen.«

»Botschafter, Sie sind der einzige, der einen gewissen Einfluß auf sie hat«, sagte der Captain herausfordernd.

»Ich?« Deelor hob die Brauen. »Nun, ich kenne sie schon seit einer ganzen Weile, aber das bedeutet noch lange nicht, daß sie auf mich hört. Ruthe ist sehr eigensinnig.« Sein Tonfall ließ die Vermutung zu, daß er diesen Aspekt ihres Charakters bewunderte.

»Ihre Begleiterin wollte Jason zwar an Bord der *As* lassen, aber bestimmt liegt ihr nichts darn, daß Jason aufgrund Ihrer Entscheidungen leidet«, beharrte Picard.

»Ruthe will nichts mit den Befreiten zu tun haben.«

»Warum?«

»Darauf kann ich Ihnen keine Antwort geben«, sagte Deelor.

»Nun gut«, brummte Picard. »Dann frage ich sie eben selbst.« Er wandte sich zur Tür um, aber der Botschafter versperrte ihm den Weg. »Haben Sie etwas dagegen?«

Deelor zögerte. »Nein«, hauchte er schließlich und trat beiseite.

Crusher und er schwiegen nachdenklich, als sie auf die Rückkehr des Captains warteten.

Picard betätigte den Türmelder, und das Schott glitt schon nach wenigen Sekunden zur Seite. Ruthe befand sich nicht im Aufenthaltsraum des Quartiers, und der Captain ließ seinen Blick durch das Zimmer schweifen. Nirgends entdeckte er irgendwelche persönlichen Gegenstände. Er wußte natürlich, daß Deelor und seine Begleiterin ihre Habe durch die Zerstörung der *USS Ferrel* verloren hatten, aber es überraschte ihn, daß sie auf Ersatz aus den Lagern der *Enterprise* verzichteten. Der Botschafter besaß zumindest neue Kleidung, aber die Dolmetscherin bevorzugte nach wie vor ihren abgenutzten grauen Mantel.

Picard fand Ruthe in der rückwärtigen Schlafkammer. »Dr. Crusher möchte Ihnen einige Fragen stellen. Es geht dabei um Jasons Zustand.«

»Solche Dinge betreffen mich jetzt nicht mehr.« Sie saß auf dem einzigen Bett des Zimmers und stützte das

Kinn auf die Knie. »Ich habe Sie davor gewarnt, ihn an Bord zu holen.«

Man konnte Ruthes Haltung nicht als verführerisch bezeichnen, aber es wäre Picard trotzdem lieber gewesen, das Gespräch in einem anderen Teil des Apartments zu führen. Die Zwanglosigkeit der Umgebung legte eine gewisse Intimität nahe und erfüllte den Captain mit Unbehagen. »Jasons Tod würde beweisen, daß Sie recht hatten. Ist Ihr Stolz das Leben eines Menschen wert?«

»Meine Aufgabe beschränkt sich darauf, die Kommunikation mit den Choraii zu erleichtern. Die Verschleppten von Hamlin gehen mich nichts an.«

»Sie können keine Verantwortung ablehnen, nur weil sie Ihnen nicht gefällt oder Sie Abscheu damit verbinden«, sagte Picard und begriff gleichzeitig, daß seine Argumente an der jungen Frau abprallten, ohne die geringste Wirkung zu erzielen. Ruthe zupfte nervös am Bettlaken, als ihre trotzige Ablehnung Nervosität wich. »Sie meinten, die Choraii behandeln die entführten Menschen gut. Aber das kann nicht stimmen; sie haben Jason großen Schaden zugefügt.«

Dieser Vorwurf weckte sofort die Aufmerksamkeit der Transkriptorin. »Was sagen Sie da?«

»Dr. Crusher hat in einer Probe der flüssigen Choraii-Atmosphäre Spuren einer unbekannten chemischen Substanz gefunden, eines Narkotikums, das nicht nur Jasons Stoffwechselsystem beeinflußt, sondern vielleicht auch das des Knaben. Unter diesen Umständen bedaure ich meine Entscheidung nicht, die beiden Gefangenen an Bord geholt zu haben. Ich werde Starfleet sogar dringend empfehlen, nichts unversucht zu lassen, um auch alle anderen Erwachsenen zu befreien.«

Ruthe stemmte sich langsam in die Höhe, blieb auf dem Bett stehen und starrte auf den Captain herab. Einige Augenblicke lang befürchtete Picard, sie wolle sich auf ihn stürzen. Statt dessen sprang sie zu Boden.

»Zeigen Sie mir die Droge.« Einmal mehr hüllte sie sich in den weiten Mantel und folgte Picard in den Korridor.

Als sie in der Krankenstation eintrafen, verhielt sich Crusher ganz neutral, doch der Captain kannte sie gut genug, um die Erleichterung in ihrem Blick zu erkennen. Er bemerkte auch Deelors Erstaunen – und einen Hauch von Mißbilligung in seinen Zügen.

Ruthe verlangte erneut nach dem Narkotikum, und Beverly reichte ihr eine Phiole, die einige Kubikzentimeter einer bernsteinfarbenen Flüssigkeit enthielt.

»Ich nahm den Geruch wahr, als Lieutenant Yar von der *As* zurückkehrte.«

Die Dolmetscherin öffnete den kleinen Behälter und schnupperte vorsichtig. »Zimt«, flüsterte sie.

Sie stand wie erstarrt, hielt die Phiole in beiden Händen und zuckte zusammen, als Deelor ihren Namen nannte. »Ruthe?«

»Ich hatte es ganz vergessen.« Sie sah ins Leere, und ihre Gedanken kehrten erst ins Hier und Jetzt zurück, als Deelor sie am Arm berührte. Mit einer ruckartigen Bewegung stöpselte sie die Phiole zu und versiegelte das würzige Aroma.

»Sie kennen die Droge?« fragte Picard.

»Ja«, sagte Ruthe leise. »Ich habe sie schon einmal gerochen, als Kind.«

Der Captain musterte sie verwundert. »Aber wie ist das möglich?«

Die junge Frau ließ das Glasröhrchen in einer Manteltasche verschwinden. »Ich wurde an Bord eines Choraii-Schiffes geboren.«

KAPITEL 14

»Für gewöhnlich schweigt sie darüber«, erklärte Deelor, als er zusammen mit Picard den Bereitschaftsraum betrat. Dr. Crusher hatte ihnen mit einer schroffen Geste zu verstehen gegeben, daß sie allein mit Ruthe sprechen wollte, ohne durch irgendwelche Zuhörer abgelenkt zu werden. »Es stand mir nicht zu, ihr Geheimnis zu verraten.«

»Ja, das verstehe ich«, sagte Picard und nickte. »Bei dieser Mission nehmen die Überraschungen anscheinend kein Ende«, fügte er hinzu.

Der Captain nahm hinter seinem Schreibtisch Platz, lehnte sich im Sessel zurück und schwang ihn ein wenig zur Seite, um Deelor zu beobachten, der erneut ans Aquarium herantrat und den Löwenfisch bewunderte. »Wann wurde sie gerettet?«

»Beim ersten Austausch, vor fünfzehn Jahren.« Ihre Herkunft war nun bekannt, und deshalb hielt es Deelor für sinnlos, Picard die Einzelheiten vorzuenthalten. »Sie gehörte zu den fünf Gefangenen, die uns von den Ferengi übergeben wurden.« Er ließ sich auf einen Stuhl sinken, blickte aus dem Fenster und beobachtete die Sterne.

»Die drei Erwachsenen starben«, erinnerte sich der Captain. »Kein Wunder, daß sich Ruthe weigerte, uns bei der Befreiung von Jason zu helfen. Was ist mit dem anderen Kind?«

»Es hat überlebt. Das Mädchen war jünger als Ruthe und konnte sich somit schneller an das Leben in der menschlichen Gemeinschaft anpassen.« Die Angaben in den medizinischen Unterlagen legten nahe, daß Ruthe eine weitaus problematischere Adaptionsphase hinter sich hatte, doch Picards Gedanken galten anderen Dingen.

»Nun, ihr Mut verdient Respekt«, sagte er nach einer Weile. »Diese Mission weckt sicher schmerzliche Erinnerungen an ihre eigene Gefangenschaft.«

»Sie bot uns freiwillig ihre Dienste an, und dadurch konnte die Föderation im Verlauf der letzten Jahre fünf Nachkommen der ursprünglichen Hamlin-Kolonisten retten.« Allerdings argwöhnte Deelor, daß ihnen einige erwachsene Verschleppte entgingen, bevor ihm klar wurde, daß Ruthe mit voller Absicht darauf verzichtete, ihre Freilassung zu erwirken.

»Sie muß sehr gelitten haben«, murmelte Picard. »Die Möglichkeit, andere Hamlin-Gefangene zu befreien, schuf wahrscheinlich einen Ausgleich und belohnte ihre Mühe.«

»Ja, vielleicht.« Zu Anfang hatte Deelor das ebenfalls geglaubt. Aber wenn die Verhandlungen mit den Choraii zu einem erfolgreichen Abschluß gebracht worden waren, erkundigte sich Ruthe nie nach den Kindern. Diese Überlegung erinnerte ihn an etwas. »Wie gelang es Ihnen, Ruthe in die Krankenstation zu locken?«

»Mit einem kleinen psychologischen Trick.« Picard beschrieb seine Strategie. »Um meine Entscheidung in Frage zu stellen, auch andere erwachsene Gefangene freizukaufen, blieb ihr gar nichts anderes übrig, als mich zu begleiten. Sie mußte beweisen, daß die Choraii ihre Menschen *nicht* schlecht behandeln.«

»Oh, natürlich. Ziemlich gerissen von Ihnen, Captain.« Deelor hatte über viele Jahre hinweg andere Personen auf diese Weise manipuliert, und oft hingen sein Überleben und eventuelle Missionserfolge von solchen Fähigkeiten ab. Eigentlich hätte es ihm nicht sehr schwer fallen dürfen, besser auf Ruthe einzugehen. Warum dachte er erst jetzt daran?

Die Antwort lag auf der Hand – und konfrontierte

Deelor mit einer eher bitteren Erkenntnis: Er reiste immer allein, und er scheute Komplikationen.

Zum erstenmal bekam Dr. Crusher die Gelegenheit, sich allein mit Ruthe zu unterhalten. Ohne die Präsenz der starken Persönlichkeit Andrew Deelors schien die junge Frau noch mehr Distanz zu ihrer Umgebung zu schaffen. Das völlig ausdruckslose Gesicht mochte bei Vulkaniern normal sein, doch bei einem Menschen wirkte es sehr sonderbar. Beverly sah Ruthe plötzlich nicht mehr nur als Passagier, sondern auch als Patientin.

»Die Droge ist harmlos«, sagte die Dolmetscherin und gab die Phiole mit der nach Zimt duftenden Flüssigkeit zurück. »Vermutlich wollten die Choraii den Transfer erleichtern. Ohne das Narkotikum hätte Jason vielleicht die Flucht ergriffen, als sich ihm Lieutenant Yar näherte.«

Ruthes Interpretation der Wirkungsweise beruhigte Dr. Crusher nicht. »Mag sein. Aber die Substanz verstärkte seine Erregung, als wir ihn hierher beamten.«

»Die Gefangenen reagieren zunächst immer sehr heftig, selbst die jungen.« Ruthe drehte den Kopf und lauschte einem kindlichen Wimmern, das durch die Bürowand filterte.

»Der Knabe?«

»Ja«, seufzte Beverly. Iovinos geradezu magische Fähigkeiten im Umgang mit Kindern stellten keinen Ersatz für Nahrung dar. Und Moses weigerte sich noch immer, gefüttert zu werden.

Ruthe deutete auf das Glasröhrchen. »Der Duft würde ihn beruhigen.«

»Er braucht etwas zu essen, keine Drogen.« Die Ärztin versuchte, den Ärger aus ihrer Stimme zu verbannen. Sie durfte sich auf keinen Fall den Unwillen der Dolmetscherin zuziehen. Eine Zeitlang überlegte sie und entschied, das Ernährungsproblem als Vorwand zu nehmen, um mehr über Ruthes Vergangenheit zu erfahren. »Was haben Sie als erstes gegessen, nachdem Sie das Choraii-Schiff verließen?«

Ruthe zuckte gleichgültig mit den Schultern. »Keine Ahnung.«

Die Antwort überraschte Dr. Crusher nicht. Selbst ohne die psychologischen Daten in den Medo-Unterlagen hätte sie angenommen, daß die Zurückhaltung der jungen Frau als ein Schild diente: Er sollte sie vor einer emotionsintensiven Vergangenheit schützen, die sie als Belastung empfand. Andererseits: Jasons Überleben hing von Ruthes Bereitschaft ab, sich an Dinge zu erinnern, die sie vergessen wollte.

»Vielleicht gibt es eine Möglichkeit, Jason mit Erfolg zu behandeln, aber dazu brauche ich Ihre Hilfe.«

»Ich habe alle Ihre Fragen in bezug auf das Narkotikum beantwortet«, sagte Ruthe. »Zu mehr bin ich nicht bereit.« Sie stand auf und kehrte Beverly den Rücken zu.

»Ich möchte die bei den Choraii üblichen Umweltbedingungen auf einem Holodeck simulieren«, erklärte Crusher mit erzwungener Ruhe. »Wenn Jason in eine vertraute Umgebung zurückkehrt, erwacht er vielleicht aus seiner geistigen Starre.« Sie beobachtete Ruthe aufmerksam und suchte nach Anzeichen irgendeiner Reaktion, doch sie konnte die starren Züge der Dolmetscherin nicht deuten. Beverly achtete darauf, keinen zu offensichtlichen Druck auszuüben, als sie fortfuhr: »Data hat mit seinen Sensoren genug Informationen über die allgemeine Beschaffenheit der Blasenstruktur und die Zusammensetzung der Atmosphäre gewonnen. Lieutenant Yar kann uns eine Vorstellung vom Innern der *As* vermitteln, aber uns fehlen wichtige Details. Nur Sie sind imstande, die Authentizität der holografischen Simulation zu beurteilen.«

»Das Kind ist sehr unzufrieden«, stellte Ruthe fest und lauschte noch immer dem Wimmern. »Empfinden Sie das ständige Weinen des Jungen nicht als störend?«

»Mit der Zeit geht es einem ganz schön auf den Wecker.« Crusher rief sich selbst zur Ordnung. Warte ab, sagte sie sich. Soll sie selbst entscheiden, auf welche Weise sie uns helfen will.

»Versuchen Sie es mit Weintrauben.« Ruthe drehte sich noch einmal um. »Oder mit anderen Früchten, die innen sehr weich sind. Die Choraii bieten ihren Menschen immer blasenförmige Nahrungsmittel an.« Im Anschluß an diese Worte verließ sie die Krankenstation.

Dr. Crusher schaltete ihren Insignienkommunikator ein. »Data, ich bin jetzt bereit, das Holo-Projekt zu beginnen.« Ruthe hatte nicht abgelehnt, und das gab ihr neue Hoffnung.

Auf den ersten Blick wirkte der Raum recht schlicht: eine große rechteckige Kammer mit blanken, schmucklosen Wänden und einem unverkleideten Metallboden. Doch der Eindruck täuschte. Das Holodeck gehörte zu den komplexesten technischen Anlagen an Bord der *Enterprise*. Dieses besondere Deck war kleiner als die Sektion mit der Farm, und die Simulation beschränkte sich auf die Mitte des Zimmers. Eine einzelne transparente Blase schwebte dort, und der Kontakt mit dem Boden drückte einen Teil der gewölbten Außenfläche platt. Die schlüpfrige Membran glänzte trüb im diffusen Licht der ersten Projektphase.

Tasha Yar glitt mit träge anmutenden Schwimmzügen im Innern der Sphäre umher, und das blonde Haar umgab ihren Kopf mit einem Halo. Sie winkte kurz, und einen Sekundenbruchteil später wurde das gegenständliche Hologramm desaktiviert – die Leiterin der Sicherheitsabteilung fiel ganz plötzlich zu Boden.

»Data!« protestierte sie, fing die Wucht des Aufpralls

in den Knien ab und richtete sich wieder auf. Mit einer fahrigen Geste strich sie sich eine Strähne aus der Stirn.

Der Androide sah vom Kontrollpult neben der Tür auf und hob verwirrt die Brauen. Er bemerkte den Ärger in Yars Gesicht, aber er brauchte einige Sekunden, um den Grund dafür zu ermitteln und zu dem Schluß zu gelangen, daß eine Entschuldigung angebracht war. »Tut mir leid. Das Gravitationsfeld ist direkt mit den anderen Programmparametern verbunden. Wir müssen noch eine Art Zugangspforte schaffen, aber zunächst einmal gilt meine Aufmerksamkeit der internen Struktur des Choraii-Schiffes. Allerdings kann ich mir genug Zeit nehmen, um . . .«

»Schon gut.« Geistesabwesend tastete Tasha über ihre Uniform – und ließ die Hand sinken, als sie völlig trockenen Stoff berührte. Durch die Unterbrechung des Simulationsprogramms verschwand nicht nur die Blasenhülle, sondern auch das Wasser. »Ich bekomme langsam ein besseres Gefühl.«

»Könnten Sie sich bitte etwas klarer ausdrücken?« fragte Data.

»Temperatur und Dichte der Flüssigkeit scheinen soweit in Ordnung zu sein. Glaube ich.« Yar rief sich ins Gedächtnis zurück, was sie während ihres kurzen Aufenthalts an Bord der *As* empfunden hatte. Die angeblich unauslöschlichen Erinnerungen trübten sich durch jeden weiteren Kontakt mit der Holografie. »Aber trotzdem stimmt irgend etwas nicht.«

Data setzte zu einer Erwiderung an, doch Tasha kam ihm zuvor und hob die Hand. »Ich weiß, daß Sie spezifischere Angaben benötigen«, sagte sie. Der Androide nickte, und daraufhin versuchte sie es erneut. »Der Auftrieb ist irgendwie . . . verkehrt.«

»Wie meinen Sie das?« erkundigte sich Data sofort. Dr. Crusher hatte ihnen einige Kubikzentimeter der Flüssigkeit aus den Blasen des Choraii-Schiffes zur Verfügung gestellt – die Proben stammten von der

Flüssigkeit in Yars Uniform –, aber das genügte nicht, um die Eigenschaften der Substanz mit der notwendigen Genauigkeit zu bestimmen. Mit ihrer quantitativen Zunahme ging auch eine Veränderung der Qualität einher, die in theoretischer Hinsicht interessant sein mochte, andererseits aber alle Versuche, ihre Wirkungen nachzuahmen, schwieriger gestaltete.

»Ich kann es nicht beschreiben. Es ist nur so ein Gefühl.« Bevor Data sie darauf festnageln konnte, fügte Yar einige weitere Einzelheiten hinzu und schloß: »Außerdem sind die Wände noch immer zu steif.«

»Oh, auch dieser Algorithmus des Programms ist sehr interessant«, behauptete der Androide und veränderte die Parameter der Simulation. »Bei der Kontrolle von Oberflächenspannungen scheinen die Choraii besonders geschickt zu sein.«

»Können wir das Modell einmal mit dem Farbzusatz ausprobieren?« fragte Tasha. »Vielleicht gewinnt es dadurch an Realität.«

Data nickte und erweiterte die Kontrollsequenz um mehrere Zahlen. Die allgemeine Erscheinungsform der Blase stand bereits fest, aber es mußten noch einige subtile Einzelheiten hinzugefügt werden, um das ›richtige Gefühl‹ zu gewährleisten, wie sich Yar auszudrücken beliebte. Damit meinte sie natürlich eine Verbesserung der *Glaubwürdigkeit*. Leider führte die typisch menschliche Ungenauigkeit zu weiteren Verzögerungen bei der zeitaufwendigen Prozedur. Wenn man Data anstelle von Tasha zur *As* gebeamt hätte, wäre das Projekt längst abgeschlossen. Der Androide nahm eine letzte Überprüfung vor und reaktivierte das Programm.

»He!« entfuhr es Tasha, als sie durch eine Umkehrung den Boden unter den Füßen verlor und nach oben gezerrt wurde. Um sie herum bildete sich eine durchsichtige, orangefarbene Kugel.

Als Wesley Crusher das Holodeck der Farmer betrat, glänzte noch immer die Feuchtigkeit des Morgenregens auf den Wiesen, und am gegenüberliegenden Horizont wölbten sich matte Farbstreifen zum Himmel. Ein idyllischer Anblick bot sich dem Jungen dar: Weiße Lämmer stapften gemächlich durch hohes, saftig-grünes Gras, und ein langbeiniges Fohlen erprobte seine Kraft und Ausdauer, indem es um eine kleine Herde aus Kälbern lief. Wesley wanderte an den bunten Blütenkelchen wilder Blumen vorbei und fragte sich, wann die ersten programmierten Pilze sprießten.

»Gutes Wetter heute«, sagte der alte Steven, als Wesley den Obstgarten erreichte. Der Mann saß auf einem Baumstumpf, nahm sein Taschenmesser und begann sorgfältig damit, einen Apfel zu schälen.

»Ja, das stimmt«, bestätigte der Junge. Er wußte nicht, ob Steven seine Bemerkung als Kompliment meinte oder damit nur eine Feststellung traf. Es war in jedem Fall unhöflich, auf das eigene Verdienst hinzuweisen, und deshalb ging Wesley stumm weiter.

Er suchte das Holodeck recht häufig auf, und trotz seiner Kleidung, die ihn deutlich als Besatzungsmitglied des Raumschiffs aufwies, fiel er unter den Farmern kaum auf. Er machte sich die gleiche zielstrebige Gangart zu eigen, die er bei Dnnys beobachtet hatte, und wie ein gut erzogener Farmerjunge behielt er seine Meinungen für sich. Nach einer Weile gewöhnten sich sogar die feindseligsten Kolonisten an ihn. Die meisten ignorierten den Fähnrich einfach. Einige andere, unter ihnen der alte Steven und Mry, grüßten ihn freundlich.

»Dnnys ist oben im Heuboden«, sagte Mry, als Wesley die Scheune betrat. Ihre Aufgabe bestand darin, die Kaninchen zu versorgen, und sie bereitete die nächste Mahlzeit vor, indem sie Milch in kleine Flaschen füllte.

Wesley griff nach einem der kleinen Tiere, streichelte die langen Ohren und bewunderte das weiche Fell. »Von den Schafen bekommen Sie Wolle, und die Kühe geben Milch. Was ist mit den Kaninchen?«

»Wir essen sie«, sagte Mry schlicht.

Der Junge starrte auf das seidige braune Bündel herab. »Sie dienen als Nahrung?«

»Natürlich. Warum bist du so überrascht?« Die junge Frau streckte ihm die Hände entgegen.

»Ich weiß nicht.« Widerstrebend gab ihr Wesley das Kaninchen. »Vielleicht habe ich Sie bisher für Vegetarier gehalten.«

»In diesem Alter sind die Kaninchen sehr niedlich«, stellte die Oregonianerin fest und lächelte, als das Tier am Schnuller der Milchflasche saugte. »Aber sie schmecken auch gut. Und das Fell ist warm.«

»Achtung!« erklang eine Stimme über ihnen. Wesley reagierte nicht rechtzeitig genug und verschwand unter losem Stroh. Als er hustend darunter hervorkroch, sah er Dnnys, der grinsend über den Rand des Heubodens blickte. »Komm. Hier oben bist du sicher.«

Wesley kletterte die Leiter hoch, und aus der Nähe fiel ihm auf, wie gezwungen das Lächeln seines Freundes wirkte.

»Wie ist es gelaufen?« flüsterte Dnnys. Er stieß die Heugabel in einen Ballen und bewegte sie hin und her; das laute Knistern des Strohs übertönte die Stimmen der beiden Jungen.

»Heute morgen habe ich die Aufgaben kontrolliert und sie mit den Antworten verglichen. Du hast die Prüfung bestanden. Knapp.«

Dnnys runzelte die Stirn und seufzte dann. »Ich wäre bestimmt besser, wenn ich mehr Zeit fürs Lernen hätte.«

»Daran zweifle ich nicht«, bestätigte Wesley. »Die mathematischen Konzepte hast du schnell erfaßt, und die lange Reise versetzte dich in die Lage, praktische Erfahrungen zu sammeln. Mit anderen Worten: Die Grundlagen sind bereits vorhanden. Du brauchst nur zusätzliche Kenntnisse.« Er nahm die Heugabel und schob einen weiteren Strohhaufen über den Rand der hölzernen Planken. »Mach dich an die Arbeit. Ich kann dich hier eine gute Stunde lang vertreten.«

Dnnys kroch in eine Ecke und holte das unter einem gelockerten Brett versteckte Buch hervor. Er schlug es in der Mitte auf, zwinkerte im trüben Licht und begann zu lesen.

Iovino nahm die letzte Weintraube zur Hand und legte den kahlen Stengel neben eine leere Schüssel. »Traube?« fragte sie mit sorgfältiger Betonung.

Moses nickte sofort, griff nach der Frucht, preßte sie an die vorgewölbten Lippen und saugte. Die kleine Kugel verschwand mit einem leisen *Plop* in seinem Mund. Unmittelbar darauf streckte er wieder die Hand aus.

»Das reicht jetzt«, sagte Iovino. Der Junge hatte den ganzen Tag über nichts anderes gegessen, aber es war ein guter Anfang, um ihn auf feste Nahrung vorzubereiten. Er reagierte sogar schon auf den Klang des Wortes. Allerdings blieb ein anderes und recht ernstes Problem: Der Knabe weigerte sich nach wie vor, Flüssigkeiten zu schlucken. Vielleicht enthielten die Lebensmittel der Choraii genug Wasser, doch an Bord der *Enterprise* drohte ihm ständig die Gefahr einer Dehydratation.

Iovino hatte einen Plan entwickelt, der Abhilfe schaffen sollte.

Langsam beugte sie sich vor und übertrieb ihre Bewegungen, um die volle Aufmerksamkeit des Jungen zu erwecken und auf ein nahes Glas Wasser zu richten. Ein bunter Strohhalm ragte daraus vor. Die junge Ärztin setzte das Glas an die Lippen und saugte geräuschvoll, bis die Flüssigkeit im Mund ihre Wangen aufblähte.

Anschließend schob sie sich ganz nahe an das Kind heran und spritzte ihm das Wasser ins Gesicht. Es benetzte die Stirn, tropfte von Nase und Kinn, und Moses lachte begeistert.

»Das gefällt dir, nicht wahr?« fragte Iovino. »Soll ich das noch einmal machen?« Der Knabe schwieg, aber als sie erneut das Glas hob, gluckste er erwartungsvoll.

Sie wiederholte den Trick mehrmals und bot Moses dann den Strohhalm an. Er brauchte gar nicht zu lernen, wie man ihn benutzte – was der jungen Frau einen wichtigen Hinweis auf seinen Entwicklungsstand gab. Innerhalb weniger Sekunden füllte er den Mund mit Wasser, spitzte die Lippen und blies einen dünnen Strahl, der Iovino an der Nase traf. Er stellte sich wesentlich geschickter an.

»Ausgezeichnet«, lobte sie und lachte. »Jetzt bin ich dran.« Sie setzten das Spiel eine Zeitlang fort, bis sie beide völlig durchnäßt waren. Iovino füllte das Glas und beobachtete, wie Moses einmal mehr an dem Strohhalm saugte. Aber als er sich ihr zuwandte, drückte sie ihm die eine Hand auf den Mund und übte mit den Fingern der anderen Druck auf die Wangen aus. Dem Jungen blieb gar nichts anderes übrig, als zu schlucken.

Er starrte die Frau überrascht an und begann leise zu wimmern. Iovino wartete nicht, bis er weinte, gab ihm statt dessen die Möglichkeit, das neue Spiel an ihr auszuprobieren. Sie schluckte, als kleine Finger über ihr Gesicht tasteten. »Das ist lustig, nicht wahr?«

Moses schien ihr zuzustimmen, denn er füllte seinen Mund einmal mehr, ohne die Lippen zu spitzen. Geduldig wartete er darauf, daß ihn die junge Ärztin an den Wangen berührte.

Dr. Crusher las dem Captain einen Teil von Iovinos Bericht laut vor, aber um die Würde ihrer Mitarbeiterin zu wahren, verzichtete sie darauf, ihm die visuelle Aufzeichnung zu zeigen. Sie schmunzelte unwillkürlich, als sie sich daran erinnerte: Der Anblick des Jungen, der fröhlich Wasser in Lisas Gesicht spritzte, lenkte sie für einige Minuten von ihren Sorgen ab. Dennoch hielt sie es nicht für angebracht, dieses Spektakel einem größeren Publikum zugänglich zu machen.

»Sehr einfallsreich«, kommentierte Picard. Er lächelte, als Crusher die Wasserschlacht beschrieb, und gleichzeitig musterte er Beverlys Züge mit einer gewissen Besorgnis. Sie war blasser als sonst, wirkte müde und erschöpft.

»Iovino ist eine meiner besten Assistentinnen«, verkündete die Bordärztin stolz und schien den prüfenden Blick des Captains gar nicht zu bemerken. »Sie kommt sehr gut mit dem Jungen zurecht, und Moses macht rasche Fortschritte. Vielleicht lernt er sogar laufen, bis wir Starbase Zehn erreichen. Wir können von Glück sagen, daß er so jung ist. Kinder können sich erstaunlich schnell an neue Umgebungen anpassen.«

Vor fünfzehn Jahren hatte sich die Dolmetscherin einer ähnlichen Rehabilitation unterziehen müssen. Picard versuchte, die Zeitdifferenz bei seinen Überlegungen zu berücksichtigen, aber es fiel ihm schwer, das gegenwärtige Alter von Deelors Begleiterin zu schätzen. »Wie alt war Ruthe, als man sie rettete?«

»Etwa zehn. Das behaupten jedenfalls die medizinischen Unterlagen. Aber da sie keine Geburtsurkunde bei sich führte, müssen wir solchen Angaben mit Vorsicht begegnen. Hinzu kommt: Wir wissen nicht, welche Auswirkungen die besonderen Umweltbedingungen an Bord eines Choraii-Schiffes auf die frühen physiologischen Entwicklungsphasen haben.«

»Zehn Jahre«, sagte Picard nachdenklich. »Man stelle sich einmal die Mühe vor, die es einem solchen Kind bereiten muß, sich auf das neue Ambiente umzustellen. In einem derartigen Alter zu lernen, Luft zu atmen, zu gehen, zu sprechen, feste Nahrung zu sich zu nehmen, Wasser zu trinken ...«

»Für einen fünfzigjährigen Mann dürfte das noch weitaus schwieriger sein«, warf Crusher ein. Was Jasons Adaption anging, beschränkte sie sich auf die Hoffnung, ihn am Leben zu erhalten. Das Holo-Projekt erschien ihr zunächst recht vielversprechend, aber Yar erinnerte sich nicht an alle notwendigen Einzelheiten, und Data wies immer häufiger darauf hin, wie schwierig es war, eine überzeugende Simulation zu schaffen.

»Sie hinken, Beverly«, sagte Picard scharf, als die Ärztin zu ihrem Schreibtisch ging.

»Ist mir noch gar nicht aufgefallen.« Crusher sah verwundert an sich herab und spürte ein vages Stechen im rechten Bein. Sie ging mit einem mentalen Achselzucken darüber hinweg. Seit der Verletzung vor zwei Wochen kehrte der Schmerz dann und wann zurück.

»Ich dachte, die Wunde sei inzwischen verheilt.« Deutlich erinnerte sich Picard an den tiefen Schnitt, der bis zum Knochen reichte. Der hohe Blutverlust hätte sich fast als fatal erwiesen. Noch nie zuvor war Beverly dem Tod so nahe gewesen wie auf dem Planeten Minos, und diese Erkenntnis ließ den Captain innerlich schaudern.

»Seien Sie unbesorgt. Es liegt nur an den Anstrengungen der vergangenen Tage.«

»Wenn ich mich recht entsinne, betonten Sie vor einer Weile, wie gefährlich es sei, sich unbesiegbar zu fühlen.«

Crusher lachte kurz. »Unbesiegbar? Ich komme mir eher vor wie jemand, der gerade aus dem Ring geflogen ist.«

»Die menschliche Leistungsfähigkeit ist begrenzt«, stellte Picard fest. »Sie brauchen Ruhe.« Er wies nicht darauf hin, wie ausgelaugt sie wirkte.

Dr. Crusher war viel zu besorgt, um den Rat des Captains zu beherzigen. Sie drehte sich zu ihm um; für einige Sekunden gab sie den professionellen Gleichmut auf und offenbarte ihre Empfindungen. Es war, als ließe sie einen stählernen Schild sinken, dessen Gewicht sie nicht mehr ertragen konnte. »Jean-Luc, wenn wir mit der holografischen Simulation des Choraii-Schiffes keinen Erfolg haben ... dann sehe ich keine Chance mehr für Jason.«

In ihrer Stimme zitterte eine Furcht, die Picard noch nie zuvor gehört hatte, nicht einmal während der Gefahren in den Höhlen von Minos. Und wie damals sah er keine Möglichkeit, ihr Mut zuzusprechen.

Die substantielle Holografie gab Yar frei. Inzwischen überraschte sie der kurze Fall nicht mehr, und sie landete auf den Füßen, ohne das Gleichgewicht zu verlieren. Ihre Knie schmerzten, weil sie so oft die Wucht des Aufpralls abfangen mußten, und die Stiefel hinterließen dunkle Streifen auf dem Metallboden. Aber Tashas Stolz verbot es, Data zu bitten, der Programmierung einer Zugangspforte Vorrang zu geben; immerhin trug sie die Verantwortung dafür, daß bei der Simulation keine wesentlichen Fortschritte erzielt werden konnten.

Der Androide musterte sie neugierig und erwartete einen Kommentar.

»Ich weiß einfach nicht mehr weiter«, platzte es aus Yar heraus. Verzweifelt ruderte sie mit den Armen. »Wärmer, kälter, mehr oder weniger Druck ... Himmel, wir haben es mit so vielen verschiedenen Versionen versucht, daß in meinem Gedächtnis völliges Chaos herrscht.« Noch vor einigen Stunden hatte sie ein klares Erinnerungsbild der *As* festgehalten, aber wenn sie nun die mentale Hand danach ausstreckte, wich es fort und trübte sich.

»Vielleicht sollten wir uns jetzt den Viskositätsindex vornehmen«, sagte Data. »Sie meinten, in diesem Zusammenhang seien nur einige wenige Veränderungen notwendig.«

»Wann habe ich das behauptet?« stöhnte Tasha. »Ach, es hat keinen Sinn mehr, die Arbeit fortzusetzen.« Ruckartig wandte sich sich von dem Androiden ab und spürte, wie ihr Tränen in die Augen quollen.

Data verfügte über eine im wahrsten Sinne des Wortes unerschöpfliche Geduld. Zwar spielte es für ihn keine Rolle, wieviel Zeit für die Vervollständigung des Programms erforderlich sein mochte, aber er begriff auch, daß notwendige Informationen fehlten. »Dr. Crusher wird enttäuscht sein.« Menschliche Gefühle verwirrten ihn oft, doch er wußte, welche Hoffnungen die Ärztin mit dem Holo-Projekt verband, wie wichtig es für sie und ihren Patienten namens Jason war. »Nun, vielleicht genügt das bisherige Ergebnis unserer Bemühungen, um eine Behandlung zu ermöglichen.«

»Ja, vielleicht«, seufzte Yar. Sie trachtete noch einmal danach, ein imaginäres Bild vom Innern des Choraii-Schiffes zu stabilisieren, aber es wurde von dreidimensionalen Schatten holografischer Strukturen überlagert. Die Konturen verwischten sich, verschmolzen mit den Resultaten vergeblicher Gestaltungsversuche.

Data fand sich mit der Tatsache ab, daß sich das Projekt nicht weiterentwickeln ließ. Er sah wieder aufs Kontrollpult und aktivierte die letzte Version des Modells, als er Yars überraschten Gesichtsausdruck bemerkte: Es befand sich noch eine dritte Person in der Kammer.

Niemand von ihnen hatte Ruthe gehört, als sie das Holodeck betrat. Sie erschien wie aus dem Nichts, blieb schweigend stehen und starrte gebannt auf die durchsichtige, orangefarbene Blase. Nach einigen Sekunden setzte sie tranceartig einen Fuß vor den anderen, näherte sich dem Hologramm und verharrte dicht davor.

Die junge Frau streckte vorsichtig den Arm aus und berührte die Oberfläche der Sphäre. Als ihre Finger auf Widerstand stießen, zog sie die Hand abrupt zurück und sah Yar an. »Wie gelangt man hinein?«

KAPITEL 15

Ruthe schwebte im Zentrum des Choraii-Schiffes, umhüllt von einem warmen Ozean. Die innerste Blase durchmaß fast zehn Meter und grenzte auf allen Seiten an die flachen Ovale der Verbindungsstellen. Die Frau schwamm mit ruhigen Zügen, näherte sich der segmentierten Membran, stemmte die Füße dagegen und spürte, wie sich das dünne Material dehnte. Unmittelbar darauf zog es sich wieder zusammen, und der sanfte Ruck verlieh ihr genug Bewegungsmoment, um die gegenüberliegende Seite zu erreichen. Dort formte sie einen Keil aus den Händen, schuf eine Öffnung und schob sich in eine andere Blase. Der Riß hinter ihr wuchs sofort wieder zu. Erneut trat sie an eine Wand, und der Stoß trieb sie weiter – auf diese Weise durchquerte sie mehrere Kugeln.

Die Reise durch das Blasenkonglomerat hatte aus reiner Freude begonnen. Ruthe bewegte sich im Takt einer beschwingten Melodie, die in der Flüssigkeit um sie herum vibrierte und auf der Haut prickelte. Sie tanzte im Rhythmus der Harmonien und wechselte sorglos von Sphäre zu Sphäre, bis sie plötzlich einen anderen Laut vernahm, ein dumpfes, dissonantes Pochen. Aus dem Spiel wurde eine Verfolgungsjagd, die ihr galt.

Ruthe schwamm weiter, und allmählich wurden die Blasen kleiner. Immer schneller sauste sie durch die Kugeln, aber die Jagd dauerte an. Treten und gleiten, treten und gleiten. Als sie das Licht der Sterne sah – ein trübes, durch die gewölbte Trennwand filterndes Schimmern – begriff sie, daß sie sich im Rand des Choraii-Schiffes befand. Hinter ihr erklang erneut das Pochen nachgebender Öffnungssegmente: Der Verfolger schloß rasch zu ihr auf. Eine Strömung erfaßte sie und trug ihr einen unbekannten Duft entgegen, den Geruch der Gefahr.

Panik zerfetzte das Gefüge der Vernunft. Ruthe durchstieß die letzte Membran und schrie entsetzt, als das eisige Vakuum des Weltraums ihr die Flüssigkeit aus den Lungen saugte ...

Deelor eilte durch die dunkle Kabine, ließ sich von Ruthes Wimmern leiten und fand sie schließlich zusammengekrümmt in einer Ecke. Er schlang die Arme um ihren zitternden Körper und nannte immer wieder den Namen der Dolmetscherin, bis das Schluchzen allmählich verklang und der Leib erschlaffte. Sanft strich er ihr übers Haar, flüsterte tröstende Worte, und schließlich entspannte sich Ruthe. Gegen Ende der Bordnacht fiel sie in einen unruhigen Schlaf, und daraufhin kehrte Deelor ins Bett zurück.

»Sehen Sie nicht nach unten«, sagte Yar, als sie ihre Begleiter aufs Holodeck führte.

Dr. Crusher blieb aus einem Reflex heraus stehen und starrte in eine lichtjahrweite Tiefe. Sterne glühten in der Finsternis unter ihr. Die Ärztin unterdrückte einen Schwindelanfall, schluckte mehrmals, hob den Blick und konzentrierte sich auf die weiter vorn schwebende Kugel. Data hatte vorgeschlagen, der Choraii-Blase eine ›kosmische Szenerie‹ zu geben, und Beverly stimmte ihm zu, sah darin eine Möglichkeit, die realen Aspekte der Simulation zu verstärken. Das Ergebnis verblüffte nicht nur, sondern war auch ausgesprochen verwirrend.

»Man hat Sie gewarnt«, meinte Troi und lächelte mitfühlend.

»Achten Sie darauf, nicht gegen den Atemreflex anzukämpfen.« Yar machte keinen Hehl aus ihrem Vergnügen, Crushers Rat zurückzugeben. »Atmen Sie die Flüssigkeit ruhig ein. Es droht nicht die geringste Erstickungsgefahr.«

»Vielen Dank, Tasha«, sagte Beverly und verzog kurz das Gesicht. Sie erinnerte sich daran, daß es sich nur um eine holografische Simulation handelte, kein echtes Choraii-Schiff, doch das Wissen nützte ihr nichts, als sie die Zugangspforte passierte und mit einer völlig fremden Umgebung konfrontiert wurde. Sie schwebte in der flüssigen Atmosphäre, und der Körper wies die Befehle des Geistes zurück, tief durchzuatmen.

Mit einigen geschickten Schwimmzügen glitt die Ärztin zu Jason. Yar hatte ihn direkt von der Krankenstation ins Zentrum der Projektion gebeamt. Er krümmte sich noch immer zusammen, wirkte jedoch nicht mehr ganz so verkrampft. Crusher holte ihren Medo-Scanner hervor und begann mit der Untersuchung. Sie strich mit dem kleinen Gerät über den Leib ihres Patienten und stellte sofort fest, daß sein Stoffwechselsystem nicht einmal mehr Spuren des Sedativs aufwies. Die Hirnaktivität deutete auf einen normalen Bewußtseinszustand hin. Mit anderen Worten: Jason machte erhebliche Fortschritte.

Crusher schwamm zur Pforte zurück, doch bevor sie nach draußen zurückkehrte, ließ sie den angehaltenen Atem entweichen und füllte ihre Lungen mit warmer Flüssigkeit. Ihr Respekt Yar gegenüber nahm schlagartig zu, und sie bewunderte ihren Mut.

»Es funktioniert«, sagte Beverly, als sie wieder auf dem Deck stand und tief unten das Leuchten der Sterne sah. Wasser tropfte aus ihrem nassen Haar über die Uniform und bildete eine kleine Lache auf dem unsichtbaren Stahlboden. »Jason erwacht aus seiner Apathie.«

»Ja«, bestätigte Troi, und wirkte dabei nicht annähernd so begeistert wie die Bordärztin. Sie nahm die Emotionen des Geretteten wahr, und die Emanationen weckten Besorgnis in ihr.

Patrisha hielt noch immer die Lehrbücher in Händen, als Dnnys das Zimmer betrat.

»Sie gehören mir«, sagte er gepreßt.

»Bitte entschuldige, Dnnys. Ich wollte nicht in deinen Sachen herumstöbern.« Sie legte die Bände neben einige Kleidungsstücke auf den Frisiertisch der Kabine. »Es dauert nicht mehr lange, bis wir Neu Oregonia erreichen, und ich habe einige Sachen für dich zusammengepackt. In letzter Zeit warst du sehr beschäftigt ...« Mit den Fingerkuppen strich sie über den Titel eines Buches. »Jetzt ist mir der Grund dafür klar.«

Der Junge senkte den Blick »Es tut mir nicht leid. Ganz gleich, wie du mich bestrafen willst – es tut mir nicht leid.«

»Das kann ich mir denken«, sagte Patrisha und seufzte. »Wenn Tomas bisher nicht in der Lage wahr, dir Vernunft einzuprügeln, bist du ein hoffnungsloser Fall.«

Dnnys hob ruckartig den Kopf, und in seinen Augen funkelte Zorn. »Du glaubst nicht an die närrischen Farmer-Prinzipien. Warum sollte ich sie beachten?«

Patrisha spürte, wie ein Kloß in ihrem Hals entstand. »Ist es so offensichtlich?« fragte sie.

»Die anderen merken vielleicht nichts davon, aber ich habe keinen Zweifel daran.«

»Diese Bücher ... Was versprichst du dir davon, sie zu lesen?«

»Die Lizenz eines Mechanikers«, erwiderte Dnnys. »Und die Möglichkeit, Neu Oregonia an Bord des ersten Frachters zu verlassen, der ein zusätzliches Besatzungsmitglied benötigt.«

Von außen betrachtet bot sich Jason im Innern der simulierten Chorail-Blase als ein vager, geisterhafter Schemen dar, der langsam hin und her glitt. Er hielt die Augen geschlossen und reagierte nicht auf die drei Personen, die ihn beobachteten und mit gedämpften Stimmen über ihn sprachen. Zwar hatte er inzwischen Arme und Beine gestreckt, aber seine Bewegungen wirkten träge und unkoordiniert.

»Vielleicht sollte Data das Programm kopieren und ein holografisches Konglomerat schaffen«, schlug Dr. Crusher vor. Sorgenfalten bildeten winzige Täler in ihrer Stirn. »Das käme dem Original näher ...«

»Ich fürchte, so etwas hätte keinen Sinn«, warf Troi ein. »Die Struktur der Sphäre spielt in diesem Zusammenhang keine entscheidende Rolle. Jason sucht nach etwas, das wir ihm nicht geben können.« Erneut zitterte Beklommenheit in der Counselor, als sie ihre emotionalen Schilde vorsichtig senkte und sich auf die Empfindungen des Mannes konzentrierte. Vergeblich suchte sie nach den richtigen Worten, um seine Sehnsucht zu beschreiben, die Verzweiflung, seine schreckliche Einsamkeit.

»Er lauscht und hofft, die Choraii zu hören«, sagte Ruthe leise. Sie stand abseits der beiden anderen Frauen. »Obgleich er weiß, daß er sie nicht hören kann.«

»Sind Sie bereit, für ihn zu spielen?« fragte Crusher. »Vielleicht hilft ihm Ihre Musik.«

Die Dolmetscherin dachte einige Sekunden lang nach, bevor sie Antwort gab. »Als ich klein war und zusammen mit meiner Mutter durch die Blasen unseres Heimschiffes schwamm, erzählte sie mir die Geschichte von Hamlin. Sie schilderte mir Kinder, die beim Klang der Choraii-Melodien lachten und begeistert klatschten, während um sie herum Tod und Vernichtung herrschten. Die Fremden nahmen alle Jungen und Mädchen an Bord, damit sie für den Rest ihres Lebens die Musik genießen konnten.«

»Entsetzlich«, hauchte Troi.

»Glauben Sie?« fragte Deelors Begleiterin sanft.

»Ruthe ...« brachte Crusher mühsam hervor. »Bitte helfen Sie uns, Jason zu retten.«

Die junge Frau schüttelte den Kopf. »Sie begreifen nicht, in welcher Lage er sich befindet. Die Klänge meiner Flöte sind nichts im Vergleich mit den erhabenen Harmonien der Choraii. Außerdem könnte ich nur traurige Lieder spielen.« Sie wandte sich um und verließ das Holodeck.

»Zum Teufel mit ihr«, zischte die Ärztin wütend.

Troi streckte die Hand aus und berührte Crusher am Arm. »Sie steht dieser Angelegenheit nicht mehr gleichgültig gegenüber. Als Ruthe an Bord kam, hatte sie sich von allen Empfindungen isoliert. Aber Jason und das Kind wirken wie Katalysatoren und zwingen sie dazu, noch einmal ihre Vergangenheit zu durchleben. Ich spüre deutlich, wie viele Gefühle in ihr erwachen. Wir sollten darauf Rücksicht nehmen, wenn wir sie um etwas bitten.«

»Nun, für mich ergibt das überhaupt keinen Sinn«, sagte Riker, als er zusammen mit Data durch die Korridore schlenderte. Sie waren auf dem Weg zur Brücke. »Wie kann man eine Religion haben und Gespräche darüber tabuisieren?«

»Einige Kulturen verbieten die Erörterung sexueller Themen und sterben trotzdem nicht aus.« Data meinte seine Bemerkung keineswegs scherzhaft, aber der Erste Offizier lachte trotzdem.

Der Androide schüttelte den Kopf. »So reagieren Sie nie, wenn ich einen Witz erzähle.«

»Das liegt ganz einfach daran, daß Ihre Witze nicht lustig sind«, erwiderte Riker und lachte noch lauter.

»Diese Problematik erfordert weitere Analysen«, meinte Data.

»Ich bezweifle, ob Sie sich dadurch so etwas wie Humor zu eigen machen können«, sagte Riker. Er bemerkte eine vertraute Gestalt und schritt rascher aus, um zu der Frau vor ihnen aufzuschließen. »So etwas ergibt sich von ganz allein.«

»Vielleicht eine Analogie zum menschlichen Schlaf?« Data ging ebenfalls schneller und blieb an der Seite des Ersten Offiziers. »Auch jenes Konzept entzieht sich meinem direkten Verständnis. Mir ist nach wie vor unklar, warum den Menschen eine solche Phase der Bewußtlosigkeit erstrebenswert erscheint.«

Riker hörte gar nicht mehr zu. »Deanna.«

Er mußte den Namen noch einmal nennen, bevor sich Troi umdrehte. »Was ist denn los?« entfuhr es ihm, als er ihr Gesicht sah.

»Ich bin nur müde«, erwiderte die Counselor. Sie hob die Hand und berührte eine feuchte Stelle auf der Wange. »Oh, ich habe geweint.«

»Deanna ...«

»Schon gut, Will. Ich bin zu lange Jasons Gefühlen ausgesetzt gewesen. Er ist so einsam, so verzweifelt.«

Riker spürte die neugierigen Blicke der Passanten und war sich auch der intensiven Aufmerksamkeit Datas bewußt, aber er konnte Deanna nicht einfach sich selbst überlassen. »Ich begleite dich zu deiner Kabine«, sagte er und benutzte dabei wieder die persönliche Anrede.

»Danke, Will«, entgegnete Troi und fügte hastig hinzu: »Aber ich möchte jetzt lieber allein sein. Es sind fremde Empfindungen, und ich brauche eine Gelegenheit; doch bevor es mir gelingt, meine eigenen Gefühle von ihnen zu trennen, bin ich ... verwundbar.« Sie wandte sich um und folgte zwei Passagieren in den Turbolift.

»Deanna!«

Die beiden Türhälften glitten zu.

»Ich habe auch einige Fragen in bezug auf die Produktion von Tränen«, verkündete der Androide. »Vielleicht ist dies eine gute Gelegenheit, um ...«

»Später«, unterbrach ihn Riker und lief los.

»Nun, vielleicht auch nicht«, murmelte Data und erweiterte seine lange Liste verwirrender menschlicher Verhaltensweisen um einen weiteren Punkt.

Dr. Iovino wischte Wassertropfen vom Brustteil der Uniform. »Ich schätze, das genügt jetzt«, sagte sie und stellte das Glas des Jungen zur Seite. Sie hatte Moses noch nicht davon überzeugt, welchen Spaß es machen würde, bei den Mahlzeiten auf das Trinkspiel zu verzichten.

»Nein!« rief der Knabe energisch.

»Mit einer solchen Antwort habe ich gerechnet.« Sie redete dauernd mit ihm, und inzwischen verstand er sie sehr gut. Immer wieder ergaben sich Hinweise darauf, daß er mit der Sprache bereits vertraut war. Doch sein eigenes Vokabular blieb beschränkt und bestand derzeit nur aus einem einzigen Wort. »Falls es dich interessiert: Jetzt steht Verhaltensformung für dich auf dem Plan.«

»Nein!«

»Dachte ich mir. Schon mal was von der Zweifaktoren-Theorie des Lernens gehört? Tja, klingt schlimmer, als es ist. Bist du soweit?« Iovino beantwortete ihre eigene Frage synchron mit dem Kind. »Nein!« Moses kicherte fröhlich über den gemeinsamen Klang ihrer Stimmen.

Die junge Ärztin bemerkte einen Schatten und sah auf, um festzustellen, wer das Zimmer betreten hatte. Sie erkannte die Frau als eine Überlebende von der *USS Ferrel* und vermutete, daß es zwischen Ruthe und dem plötzlichen Erscheinen des Jungen in der Krankenstation irgendeinen Zusammenhang gab. Die Dolmetscherin zeichnete sich ebenfalls durch das scheue Gebaren eines Kindes aus. Iovino ignorierte sie und richtete ihre Aufmerksamkeit wieder auf den Knaben.

»Sieh mal, was ich hier habe.« Sie hob einen Schokoladeriegel. Moses nahm bereits feste Nahrung zu sich, und die braunschwarze Masse gehörte zu seinen Lieblingsspeisen. »Möchtest du ein Stück?«

»Nein!« erklärte der Junge glücklich.

Iovino verbarg den Riegel hinter ihrem Rücken und

wartete auf die Reaktion. Als Moses zu wimmern begann, sagte sie klar und deutlich: »Du hast abgelehnt.«

Der Knabe schluchzte, spitzte jedoch gleichzeitig die Ohren.

»Möchtest du ein Stück?« wiederholte die Ärztin und zeigte den Riegel. »Ja?«

Moses schürzte nachdenklich die Lippen. »Jaaa«, sagte er und zog das Wort in die Länge. Er nahm die Schokolade entgegen und strahlte übers ganze Gesicht.

»Es scheint ihm sehr gutzugehen«, sagte Ruthe. Sie klang ein wenig überrascht.

»Er hat eine fröhliche Natur. Er wird nirgends Schwierigkeiten haben.« Iovino runzelte die Stirn, als sie ihrer Antwort lauschte. Sie war so sehr um das gegenwärtige Wohlbefinden des Knaben bemüht gewesen, daß sie überhaupt nicht an seine Zukunft gedacht hatte. Plötzlich war sie neugierig darauf, was den seltsamen Jungen erwartete.

»Ich frage mich, ob sie alle so sind.«

»›Sie alle‹?« fragte Iovino und hob verblüfft die Brauen.

»Die anderen Kinder. Ich habe versucht, nicht an sie zu denken, aber vielleicht sind sie ebenfalls glücklich.«

Ruthe verließ den Raum wieder, verschwand so plötzlich, wie sie gekommen war. Eine nachdenkliche Iovino blieb zurück. Geistesabwesend beobachtete sie, wie Moses den Rest der Schokolade verspeiste. Für einen Jungen seines Alters biß er mit erstaunlicher Vorsicht von dem Riegel ab – er verabscheute es, wenn Mund und Gesicht schmutzig wurden. Gegen Nässe allerdings hatte er nichts einzuwenden. »Stell dir das vor, Moses: andere Kinder wie du.«

»Jaaa«, erwiderte er begeistert.

Jason starb einen raschen, schmerzlosen Tod.

Eine ganze Minute lang schwebte er friedlich im Innern der Blase, bevor das Medo-Team eintraf und die

Illusion des Choraii-Schiffes beendete. Beverly Crusher und einige ihrer Assistenten beugten sich über den reglosen Leib, der auf dem nackten Stahlboden lag. Das Summen medizinischer Instrumente und laute Stimmen hallten von den metallenen Wänden wider, aber alle Wiederbelebungsversuche blieben erfolglos.

Ruthe beobachtete die Bemühungen der Ärzte, starrte auf das bleiche, endlich entspannt und gelöst wirkende Gesicht des Toten herab und wußte, daß Jason entkommen war.

Dr. Crusher saß zusammengesunken an ihrem Schreibtisch und stützte den Kopf auf die Arme, doch Picard bemerkte eine gewisse Anspannung in ihrem Rücken und begriff, daß sie nicht schlief. Er gab sich einen inneren Ruck und betrat das Büro.

»Beverly?« Sie hob die Schultern ein wenig und blieb stumm. »Sie haben schon andere Patienten verloren.«

»Verletzte und Verwundete, ja«, murmelte die Bordärztin schließlich. »Oder Männer und Frauen, die an unheilbaren Krankheiten litten. Ihr Tod war unvermeidlich. Aber Jason ... Körperlich ging es ihm gut. Und trotzdem konnte ich ihm nicht helfen.«

»Die Entscheidung, ihn an Bord zu holen, stammt von mir.«

»Ich erhebe keine Vorwürfe gegen Sie, Jean-Luc. Nicht einmal gegen mich selbst. Damals erschien es uns allen richtig. Aber Ruthe wußte es besser. Wir hätten Jason an Bord des Choraii-Schiffes lassen sollen.«

»In Gefangenschaft?« Picard verband noch immer Abscheu mit der Vorstellung, daß die Verschleppten von Hamlin und ihre Nachkommen an Bord der Blasenkonglomerate lebten.

»Nach seinen eigenen Maßstäben war er *hier* gefangen«, erwiderte Crusher, und ihre umfassende Geste galt der ganzen *Enterprise*. »Himmel, Jason beging Selbstmord. Oh, er stieß sich kein Messer in den Leib, fügte sich keine fatalen Wunden zu. Er beschloß einfach, aus dem Leben zu scheiden.«

Besorgt hörte Picard das Vibrieren in Beverlys Stimme, und einmal mehr fiel ihm ihre unnatürliche Blässe auf.

»Für eine solche Diskussion sind Sie viel zu erschöpft.«

»Ich kann nicht schlafen«, sagte die Ärztin schroff und stand auf. »Es wartet Arbeit auf mich.«

»Sie bringen Jason nicht ins Leben zurück, indem Sie wie ein Geist durch die Krankenstation wandeln.«

»Andere Patienten brauchen meine Hilfe.«

»Haben Sie plötzlich kein Vertrauen mehr zu Ihren Assistenten, Dr. Crusher?«

»Doch, natürlich ...«

»Wo liegt dann das Problem?«

»Nun, ich fürchte, ich bin zu müde, um Ruhe zu finden.«

Picard kannte dieses Gefühl. Ab einem gewissen Punkt wurde die Erschöpfung zu einer eigenständigen Kraft, und dann schenkte der Geist den Bedürfnissen des Körpers einfach keine Beachtung mehr. »Verschreiben Sie sich selbst ein Sedativ.«

»Ohne ein Medizinstudium und mehrjährige praktische Erfahrung sollten Sie sich nicht die Autorität eines Arztes anmaßen«, sagte Beverly und ging zur Tür. »*Mir* käme es nie in den Sinn, auf der Brücke irgendwelche Befehle zu geben.«

Picard hielt sie nicht auf, sah ihr nach, als sie ihr Büro verließ und das Vorzimmer erreichte. Nach einigen Sekunden folgte er ihr und sah eine junge Frau, die sich an Beverly wandte.

»Was ist denn, Iovino?« fragte Crusher ungeduldig.

»Ich möchte Sie etwas über Moses fragen.«

Der Captain wartete, bis die Medizinalassistentin neben der Bordärztin stand. Dann sagte er laut und deutlich: »Beverly ...«

Sie drehte sich zu ihm um, und Iovino reagierte sofort, holte einen Injektor hervor und preßte ihn kurz an den Arm ihrer Vorgesetzten. Crusher zuckte zusammen, als sie das leise Zischen hörte, aber es war schon zu spät: Das Lademodul hatte sich innerhalb weniger Sekundenbruchteile entleert.

»Was soll das, Iovino?«

»Sie befolgt nur meine Anweisungen«, sagte Picard und trat näher. Er bedauerte es, zu einer solchen Taktik greifen zu müssen, aber Beverlys Sturheit ließ ihm keine Wahl. Glücklicherweise fand er in Iovino eine bereitwillige Komplizin.

»Verdammt, der medizinische Stab nimmt seine Order von mir und sonst niemandem entgegen!« platzte es wütend aus Crusher heraus. Sie fauchte leise, als sie sah, daß ihr Zorn wirkungslos an Picard abprallte, wandte sich statt dessen an Lisa. »Retranin?«

»Zehn Kubikzentimeter.«

»Das sollte ich in Ihrer Akte vermerken.«

»Es tut mir ja so leid«, erwiderte die junge Frau. Das breite Lächeln widersprach ihren Worten. »Auch Ärzte können zu Patienten werden, und der hippokratische Eid verpflichtet dazu, alle notwendigen Maßnahmen zu ergreifen.«

Crusher schwankte, als das Sedativ zu wirken begann. Sie seufzte müde. »Fünf Kubikzentimeter hätten vollkommen genügt.«

Iovino zuckte mit den Schultern. »Ich mußte Ihnen das Mittel durch die Jacke injizieren.«

»Ich verstehe«, murmelte Beverly. Sie konnte sich kaum mehr auf den Beinen halten.

»Kommen Sie.« Picard schloß die Hand um ihren Oberarm. »Ich bringe Sie zu Ihrer Kabine.«

Während der Nachtwache befanden sich nur wenige Offiziere auf der Brücke. Data überprüfte die vorderen Stationen, und Lieutenant Worf kontrollierte die

Konsolen auf dem Achterdeck. Weitere Besatzungsmitglieder hielten sich in Bereitschaft, aber der Klingone forderte sie nicht an. Er stand am Kommunikationspult, führte einen zusätzlichen Systemtest durch und meldete das Ergebnis mit ausdruckslosem Gesicht. »Keine Reaktion.«

»So ein Mist.« Riker saß im Sessel des Captains und beugte sich vor. »Data?«

»Wir haben die Kommunikationsdistanz erreicht, Sir«, sagte der Androide und sah von der Operator-Station auf. »Die erwarteten Signale bleiben aus, was meiner Ansicht nach nur bedeuten kann, daß irgend etwas nicht stimmt.«

Der Erste Offizier nannte mögliche Gründe für die Funkstille von Neu Oregonia. »Technische Störungen, Interferenzen durch einen Ionensturm ...«

»Daran habe ich bereits gedacht«, warf Data ein. »Aber die Resultate der Sensorerfassung zeigen deutlich ein normales Ionenniveau.«

»Fehlerhafter Frequenzfokus ...«, fuhr Riker fort.

»Kontrolle der Kommunikationskanäle«, sagte Worf, und die Finger seiner großen Hände glitten wie sanft über mehrere Schaltkomponenten. »Stille auf allen Frequenzen. In dem betreffenden Sektor herrscht nicht die geringste Kom-Aktivität.«

Riker seufzte schwer. »Was die Möglichkeiten erheblich einschränkt. Entweder sind die Sendegeräte auf dem Planeten ausgefallen, oder ...« Er beendete den Satz nicht.

»Mutmaßungen müssen notwendigerweise spekulativer Natur bleiben«, gab Data zu bedenken.

»Ich weiß. Wie dem auch sei: Wir müssen vom Schlimmsten ausgehen, bis das Gegenteil bewiesen ist. Die Standardprozeduren verlangen eine derartige Interpretation. Wann erreichen wir Neu Oregonia?«

»In fünfzehn Stunden, dreiundzwanzig Minuten ...«

Der Androide zögerte kurz, bevor er hastig hinzufügte: »Und fünf Sekunden.«

Riker war viel zu sehr in Gedanken versunken, um Data zu unterbrechen. In fünfzehn Stunden konnte eine Menge geschehen. »Erhöhen Sie die Geschwindigkeit auf Warp sieben.«

»Warp sieben«, bestätigte Data, und die *Enterprise* reagierte mit einem kaum spürbaren Zittern.

Doch dem Kommandanten entging die Vibration bestimmt nicht. Diesmal stellte Riker eine Verbindung zu ihm her, bevor Picard eine Erklärung verlangen konnte. »Ich halte Ihre Anwesenheit auf der Brücke für erforderlich, Captain.«

KAPITEL 16

Dr. Crusher wurde als letzte benachrichtigt. Müde rieb sie sich die Augen und versuchte zu verstehen, warum auf der Brücke solche Anspannung herrschte. Die Bordnacht dauerte noch eine Weile, aber trotzdem waren alle Stationen besetzt. Worf und Yar standen an der taktischen Konsole, und ihre Aufmerksamkeit galt in erster Linie den Anzeigen. Sie schienen die Ärztin gar nicht zu bemerken, offenbarten eine für den Alarmstatus typische Konzentration. Beverlys Unbehagen nahm zu, als sie die Rampe herunterging und sich dem Befehlsstand näherte, wo der Captain mit Riker und Andrew Deelor sprach. Geordi und Data saßen an den vorderen Pulten.

Picard hob den Kopf, als er Crusher sah, unterbrach daraufhin seine Erörterungen mit den beiden anderen Männern. Um ihr möglichst viel Ruhe zu gönnen, hatte er bis zum letzten Augenblick gewartet, bevor er die Doktorin verständigte; doch nun wurde es Zeit, daß er sie informierte. Vielleicht wurde die Hilfe seiner Ärztin benötigt, und als eingeweihte Geheimnisträgerin kam nur Beverly in Frage.

Crusher beobachtete die Darstellungen des großen Wandschirms – einen ockerfarbenen Planeten mit hellgrünen Streifen. »Neu Oregonia? Wir sind dem Zeitplan voraus.«

»Ja«, bestätigte Picard. »Es hat sich ein Problem ergeben.«

»Ein Problem? Was meinen Sie damit?«

»Wir glauben, die Kolonie wurde angegriffen.«

Picards fast monotone Stimme hätte Beverly warnen sollen, aber irgendein Teil ihres Ichs lehnte entsprechende Schlußfolgerungen ab. »Warum haben Sie mich hierhergerufen? Ich hätte längst ein Medo-Team zusammenstellen und mich auf den Planeten beamen lassen können.«

Riker setzte zu einer Antwort an, schwieg jedoch, als der Captain die Hand hob. Picard hielt es für seine Pflicht, die Doktorin selbst zu unterrichten. »Die Entsendung einer medizinischen Einsatzgruppe wäre sinnlos, Dr. Crusher.«

»Keine Überlebenden?« Betroffen ließ sie sich in einen Sessel sinken, und Benommenheit gesellte sich der körperlichen Müdigkeit hinzu. In der Krankenstation war alles für routinemäßige Untersuchungen des Föderationspersonals von Neu Oregonia vorbereitet. Es handelte sich um zwanzig Terraformer, Mechaniker und Techniker. »Alle tot?«

Picard nahm ihr jede Hoffnung. »Die Lebensindikatoren liefern ausschließlich negative Werte. Nicht einmal die Vegetation blieb von der Katastrophe verschont.« Als Geordi LaForge die *Enterprise* in eine Umlaufbahn gesteuert hatte, stellte sich sofort heraus, daß alle Hilfe zu spät kommen mußte: Die Kommunikationsanlagen auf dem Planeten würden auch weiterhin schweigen.

»Aber wie ... warum ...«, stieß Crusher hervor – und riß plötzlich die Augen auf. Die Präsenz des Botschafters genügte, um ihre Fragen zu beantworten. »Ein Überfall der Choraii.«

»Das vermuten wir«, sagte Picard. »Data hat am Rande des Sonnensystems eine schwache Spur aus organischen Partikeln entdeckt. Nun, das ist zwar kein Beweis, aber eigentlich lassen solche Indizien nur einen Schluß zu. Genaueres erfahren wir erst, wenn sich eine Landegruppe auf der Oberfläche von Neu Oregonia umsieht.«

Data wandte sich von der Operator-Konsole ab. »Ich habe die Koordinaten für die Terraforming-Station und das Dorf der Farmer ermittelt. Von beiden Stützpunkten ist nicht mehr viel übrig. Die dortige Landschaft ähnelt einer weiten Schutthalde, und es gibt nur eine einigermaßen freie Stelle.« Er deutete auf einen düster wirkenden roten Fleck, der im kleinen Projektionsfeld des Scanners glühte. »Hinzu kommt: Die Klimakontrollen sind ausgefallen, und daher ist das Wetter nicht besonders gut.«

»Zwei Gruppen«, entschied Picard. »Eine für jeden Ort.« Zu den unangenehmsten Erfahrungen eines jeden Captains gehörte der Umstand, daß er an Bord seines Schiffes bleiben und in Erkundungseinheiten eine Art Erweiterung des eigenen Wahrnehmungshorizonts sehen mußte. Riker hätte als Grund vermutlich die Sicherheit des Kommandanten genannt, aber es ging dabei um mehr. Picard wußte inzwischen, daß er seiner Aufgabe weitaus besser gerecht wurde, wenn er von der Brücke aus auf die Möglichkeiten des Raumschiffes und die Ergebnisse der Einsatzteams zurückgreifen konnte.

Riker stellte sofort die erste Gruppe zusammen. »Data, Yar – Sie überprüfen die Siedlung der Farmer.«

Die betreffenden Offiziere verließen ihre Stationen, woraufhin LaForge und Worf allein in den gegenüberliegenden Bereichen des Kontrollraums zurückblieben. Anschließend deutete Riker auf Deelor und Crusher. »Wir nehmen uns die Terraforming-Basis vor. Dort müssen wir mit den größten Schäden rechnen.«

Beverly stemmte sich in die Höhe und mobilisierte fast erschöpfte Kraftreserven. »Eigentlich besteht meine Aufgabe darin, Leben zu retten«, sagte sie mehr zu sich selbst. »Aber in der letzten Zeit beschränkt sich meine Tätigkeit darauf, Todesfälle zu registrieren.«

Rikers Team materialisierte auf einer weiten Ebene, die keine besonderen Merkmale aufwies. Kalter Regen prasselte auf sie herab, und dunkle Gewitterwolken filterten das Licht der Sonne, verwandelten den späten

Nachmittag in einen frühen Abend. Ein dichter Teppich aus verfaulenden Pflanzen bedeckte den nassen, durchweichten Boden. Der Erste Offizier sah sich um und hielt nach Gebäuden Ausschau.

»Dort drüben«, sagte Deelor und zeigte auf eine mehrere Dutzend Meter entfernte Stelle.

Riker kniff die Augen zusammen. Terraforming-Stationen genügten in erster Linie den Geboten der Nützlichkeit und zeichneten sich kaum durch irgendwelche ästhetischen Aspekte aus, doch der Anlage auf Neu Oregonia mangelte es sowohl an dem einen als auch dem anderen. Die dicken Rohre und wie aufgebläht wirkenden Kuppeln waren zerfetzt und zerquetscht.

Riker führte seine beiden Begleiter näher und stapfte durch große Pfützen. Trotz seiner Vorsicht stolperte er über ein im Schlamm verborgenes Trümmerstück. Er bückte sich und zog ein scharfkantiges Metallfragment aus dem Matsch. Die ursprüngliche Funktion ließ sich nicht mehr feststellen, doch der Regen wusch den Dreck fort und offenbarte deutliche Brandspuren. Riker reichte das Objekt an Deelor weiter, der es aufmerksam betrachtete.

»Die Außenschicht ist karbonisiert«, sagte der Botschafter und kratzte mit dem Fingernagel über die schwarze Fläche.

»Ich suche nach den Leichen«, murmelte Crusher, ging langsam weiter und ließ ihren Blick über die traurigen Reste der Station schweifen. Als ihr Tricorder leise summte, blieb sie vor einem deformen Haufen stehen.

»Ich habe etwas gefunden, Commander.«

»Das soll eine Leiche sein?« fragte Riker. Er blieb neben der Ärztin stehen, starrte zu Boden und schluckte.

Beverly nickte und veränderte die Justierung ihres Instruments. »Die hohen Kalziumwerte deuten auf Knochen im Innern der Masse hin.« Sie richtete den Tricoder auf die peripheren Bereiche der vernichteten Basis.

»Dort drüben liegen weitere Tote unter der Asche. Ebenfalls verbrannt.«

»Hier muß ein enormes Feuer gewütet haben, um solche Zerstörungen anzurichten«, sagte Riker.

»Nein, kein Feuer.« Deelor strich mit der Stiefelspitze über eine dünne Metallplatte, die neben dem verkohlten Leichnam lag. »Alles deutet auf gewaltigen Druck ein. Die Stoßwellenfront eines starken Kraftfeldes schmetterte auf diese Region herab. Und dann folgte ein Säurebad.«

»Weshalb sind Sie da so sicher?« fragte Riker.

»Ich habe Bilder von ähnlichen Verheerungen auf einem anderen Planeten gesehen. Neu Oregonia teilte das Schicksal Hamlins.«

Data hielt eine ständige Kom-Verbindung zu der anderen Landegruppe und verglich Deelors Beschreibungen der Terraforming-Station mit den schwarzen Ruinen der Farmersiedlung. Hier und dort lagen Holzsplitter in kleinen Tümpeln, und der strömende Regen verwandelte sorgfältig angelegte Felder in Schlammwüsten.

»Die Choraii haben auch hier zugeschlagen, Captain«, sagte der Androide und hielt den Kommunikator dicht vor die Lippen. »Von den aus Holz errichteten Gebäuden ist praktisch nichts übriggeblieben. Und das gilt auch für die Kolonisten.«

»Ich habe mich für den Dienst in Starfleet entschieden, um solche Katastrophen zu verhindern«, sagte Yar und beobachtete das Chaos. Ihr Gesicht wirkte sehr ernst. »Diesmal sind wir zu spät gekommen.«

Erneut waren alle Plätze im Konferenzraum besetzt. Captain Picard dachte an die erste Besprechung, die vor rund zwei Wochen stattgefunden hatte, und dabei fielen ihm mehrere Unterschiede auf. Wesley Crusher legte normalerweise großen Wert darauf, nicht neben seiner Mutter zu sitzen; aber diesmal ging er sofort auf sie zu, um Trost zu suchen. Die Nachrichten von den Zerstörungen auf Neu Oregonia hatten auch Counselor Troi bestürzt: Zwar brauchte sie weniger Zuspruch als Wesley, aber trotzdem nahm sie neben Riker Platz. Die meisten Anwesenden sahen darin sicher nichts Besonderes, doch Picard wußte es besser.

Eine Person glänzte durch Abwesenheit, und schließlich wandte sich der Captain an Deelor. »Wo ist Ruthe?«

»Mir blieb nicht genug Zeit, um ihr von dem Angriff zu erzählen«, erwiderte der Botschafter und fügte rasch hinzu: »Sie wäre ohnehin kaum in der Lage, uns nützliche Informationen anzubieten.«

Picard begriff sofort, daß Deelor mit seiner Erklärung über etwas hinwegtäuschen wollte. »Sie können das nicht lange vor ihr verbergen. Früher oder später erfährt sie davon.«

»Besser später als früher«, murmelte der Botschafter bedrückt. »Ich schlage vor, wir fangen jetzt an.«

Die Besprechung begann mit einer kurzen Zusammenfassung dessen, was die beiden Landegruppen auf dem Planeten in Erfahrung gebracht hatten. Data wies mit der für ihn typischen Genauigkeit auf die ähnlichen Verheerungsmuster an beiden untersuchten Orten hin, und Picard fragte sich, was der Androide bei seinen Schilderungen empfand. Er zweifelte nicht daran, daß Data *fühlte*, aber vielleicht glich er in dieser Hinsicht einem kleinen Kind: Möglicherweise sah er sich außerstande, die planetare Apokalypse mit seinem eigenen Leben in Zusammenhang zu bringen. Ein solcher Assoziationsprozeß konnte erst dann einsetzen, wenn Data eine persönliche Tragödie erlebt hatte. Bei ihren Autopsieberichten zeigte Dr. Crusher die gleiche Sachlichkeit, aber Picard beobachtete, wie sich ihre eine Hand um Wesleys Arm schloß.

Beverlys Vortrag endete mit Hinweisen auf Säure-Verbrennungen, und anschließend ergriff Deelor das

Wort. Er bezog sich auf das Hamlin-Massaker und verglich es mit dem Angriff auf Neu Oregonia. »Es muß ein großes Blasenschiff gewesen sein, größer als die *As.* Nur die ältesten Choraii-Konglomerate sind in der Lage, in die Atmosphäre eines Planeten vorzudringen. Wir wissen nicht genau um die Dynamik eines solchen Vorgangs Bescheid, können jedoch von folgender Annahme ausgehen: Der atmosphärische Druck preßt die einzelnen Blasen so sehr zusammen, bis sich der Hüllenumfang aufgrund der darin enthaltenen metallenen Komponenten nicht mehr weiter reduzieren läßt.«

»Ich verstehe, was Sie meinen«, sagte Data sofort. »Ein jüngeres Schiff besteht aus kleineren Blasen, deren Kontraktion die Besatzung bedrohen würde. Vielleicht fehlt es ihnen auch an genug Metall, um daraus eine Art schützendes Exoskelett zu bilden.«

»Aber warum der Angriff?« warf Riker bitter ein. »Hamlin war eine Minenkolonie, wohingegen Neu Oregonia rein landwirtschaftlich orientiert ist. Ich meine ... *war.* Was wollten die Choraii dort erbeuten?«

»Vielleicht bekommen wir nie eine Antwort auf diese Frage.« Deelors dunkle, buschige Brauen bildeten ein nachdenkliches V. »Wenn ihre Vorräte zur Neige gingen, könnten sie sich aus reiner Verzweiflung zu einem Überfall entschlossen haben. Oder es steckte nur Neugier dahinter. Wenn sie dieses Sonnensystem zum letztenmal *vor* dem Beginn des Terraforming durchquerten, bemerkten sie bestimmt die Veränderungen auf dem Planeten.«

»Und Neugier genügt, um wahllos zu töten?« fragte Picard. »Eine seltsame Entschuldigung ...«

Deelor versteifte sich ein wenig. »Es liegt keineswegs in meiner Absicht, die Choraii zu verteidigen, Captain.«

»Wird die Föderation weiterhin versuchen, diplomatische Beziehungen zu den Choraii herzustellen?«

Sofort ertönten Stimmen des Protestes. Einige Anwesende hielten es offenbar für absurd, nach dem Gemetzel auf Neu Oregonia Bündnis- oder auch nur Verhandlungspartner in den Choraii zu sehen.

»Unmöglich!« platzte es aus Lieutenant Yar heraus. Es fiel ihr nicht schwer, die anderen zu übertönen. »Erst Hamlin, jetzt die neue Heimat der Farmer. Ich habe die Zerstörungen auf dem Planeten mit eigenen Augen gesehen. Die Choraii sind Schlächter!«

»Welchen Preis wollen Sie für Diplomatie zahlen, Botschafter Deelor?« fragte Picard. Er sprach immer noch ruhig, obwohl es in ihm brodelte. »Für Diplomatie und die Warptechnik der Fremden?«

»Entscheidungen darüber stehen uns nicht zu, Captain«, erwiderte Deelor fest. »Es ist Aufgabe der Starfleet-Admiräle, ethisch-moralische Aspekte gegen die Erfordernisse der Verteidigung abzuwägen. Bis zu einer Änderung der gegenwärtigen Politik bin ich gezwungen, meine Arbeit in der einmal eingeschlagenen Richtung fortzusetzen. Mit anderen Worten: Der Angriff auf Neu Oregonia unterliegt den gleichen Sicherheitsbestimmungen wie die übrigen Begegnungen mit den Choraii. Er muß unter allen Umständen geheim bleiben.«

»Das ist völlig ausgeschlossen!« entfuhr es Riker. »Die Einsatzzentrale der Terraforming-Gesellschaft wird sich nach dem Verbleib ihrer Techniker erkundigen, und wir können wohl kaum antworten, sie hätten sich einfach in Luft aufgelöst. Außerdem: Denken Sie nur an die Farmer an Bord dieses Schiffes. Es hat keinen Sinn, ihnen den Tod all der Menschen auf Neu Oregonia zu verschweigen.«

Deelor runzelte die Stirn und nickte langsam. »Ja, das stimmt leider. Zu viele Leute an Bord der *Enterprise* wissen von den jüngsten Geschehnissen. Uns bleibt wohl nichts anderes übrig, als die Farmer über den Angriff zu informieren, aber wir sollten ihnen nicht mitteilen, von wem er ausging.«

Neuerlicher Zorn regte sich in Picard, als der Botschafter so beiläufig über eine der schwierigsten Aufgaben überhaupt sprach: die Überbringung von Todesnachrichten. Diese Pflicht fiel in den Zuständigkeitsbereich des Captains, und als Picard daran dachte, verwandelte sich sein Unbehagen in regelrechte Beklemmung.

Er starrte über den Tisch und sah Crusher an, konzentrierte sich auf ihr Profil. Vor seinem inneren Auge sah er das Gesicht der Ärztin, als sie durch ihn vom Tod ihres Mannes erfahren hatte. Er traf ganz plötzlich ein, ohne Jack, und daraufhin begann Beverly bereits zu ahnen, was passiert war. Der Schock trübte ihren Blick, noch bevor Picard einen Ton von sich gab. Vermutlich hatte sie seine Worte überhaupt nicht richtig gehört, aber der Captain erinnerte sich noch immer in aller Deutlichkeit daran ...

Er versuchte, diese düsteren Gedanken aus sich zu verdrängen, aber es bereitete ihm Mühe, in die Wirklichkeit zurückzufinden. Deelors abschließende Bemerkungen blieben ohne Sinn für ihn.

Nach der Besprechung wandte sich Troi an Picard. »Ich würde Sie gern begleiten, wenn Sie zu den Farmern gehen, Captain.«

Picard nickte knapp. Die Counselor hatte also sein mentales Durcheinander gespürt. Troi leistete ihm große Hilfe, wenn es darum ging, den emotionalen Zustand der Besatzung einzuschätzen, aber es machte ihn ein wenig nervös, wenn sie ihre empathischen Fähigkeiten auf ihn fixierte. Sicher nahm sie auch diese Reaktion wahr.

»Captain Picard?«

»Ja, Mr. Crusher?« Er musterte den jungen Fähnrich – eine weitere Erinnerung an Jacks Tod. »Was ist?«

»Ich glaube, Sie sollten wissen, daß Farmer Patrishas Tochter zu den Kolonisten auf Neu Oregonia gehörte.«

»Vielen Dank, Fähnrich«, sagte Picard. Der Junge hatte recht: Diese Information war wichtig. Und die auf dem Captain lastende Bürde wurde dadurch noch schwerer.

Zumindest weiß ich immer, wo ich Ruthe finden kann, dachte Deelor, als er das Quartier betrat. Seit Jasons Tod hatte sie die Kabine nicht mehr verlassen.

Die junge Frau lag zu einem Nickerchen zusammengerollt auf dem Boden und sah auf. »Du bist lange fort gewesen.«

»Tut mir leid«, sagte Deelor und fragte sich, ob in Ruthes Worten ein Vorwurf zum Ausdruck kam. Nein, sicher nicht. Wahrscheinlich war es nur eine Feststellung. Fast immer begegnete sie seinem Handeln mit Gleichgültigkeit. »Ich habe mich auf die Oberfläche von Neu Oregonia gebeamt«, fügte er hinzu und erklärte die Gründe.

»Wann ist das geschehen?« erkundigte sich Ruthe, nachdem sie sich eine kurze Beschreibung des Angriffs angehört hatte.

»Vor rund einer Woche. Das schließt Dr. Crusher aus dem Zustand der Leichen. Data drückt sich etwas vorsichtiger aus. Er meint, der Überfall fand vor mindestens vier Tagen statt. Für genauere Zeitangaben, so betonte er, fehle eine ausreichend stabile Informationsbasis.«

Ruthe streckte sich träge und schob ihre nackten Füße unter dem dicken Stoff des Mantels hervor. »Dann sind die Angreifer vielleicht noch immer in diesem Sektor. Versuchen wir, einen Kontakt zu ihnen herzustellen?«

»Die *Enterprise* kommt dafür nicht in Frage. Von einem solchen Vorschlag hielte Captain Picard sicher nichts. Vielleicht wird uns ein anderes Raumschiff zugewiesen, wenn wir Starbase Zehn erreichen.«

»Bis dahin sind die Choraii verschwunden«, stieß Ruthe hervor. »Sie fliegen keinen geraden Kurs, aber ihre Geschwindigkeit ist immer sehr hoch.«

Sie stellte keine weiteren Fragen, was Deelor nicht

überraschte. Seine Gespräche mit Ruthe dauerten nie sehr lange; sie neigte dazu, rasch das Interesse zu verlieren. Fast eine Stunde verging, bevor die Dolmetscherin eine letzte Bemerkung über die Katastrophe auf Neu Oregonia machte.

»Das Schiff muß sehr groß gewesen sein.«

Als Deelor diese Worte hörte, fürchtete er plötzlich, daß Ruthe den gleichen Verdacht hegte wie er.

»Sie ist allein«, sagte Troi, als sie zusammen mit dem Captain vor Patrishas Kabine stehenblieb.

Picard streckte die Hand nach dem Melder aus und zögerte. »Vielleicht sollte ihr einer der anderen Farmer Gesellschaft leisten, wenn ich die Nachricht überbringe.«

Die Counselor rief sich ins Gedächtnis zurück, was sie über Dnnys Mutter wußte. Sie hatten nur einige Male kurz miteinander gesprochen, aber dabei gewann Deanna den Eindruck einer starken Persönlichkeit. »Nein. Ich glaube sogar, sie wäre jetzt lieber allein. Wenn andere Angehörige der Gemeinschaft zugegen sind, fühlt sie sich nicht immer wohl. Ich spüre, daß Patrishas Distanz zu den übrigen Kolonisten im Verlauf der Reise gewachsen ist.«

»Nun gut, Counselor. Ich verlasse mich auf Ihre Empathie.« Picard glaubte sich der Situation nicht ganz gewachsen, und deshalb brauchte er Trois Hilfe. Er war ihr sehr dankbar, daß sie ihn begleitete – und daß er nicht zusätzlich aufgehalten wurde. Eine längere Wartezeit mochte ihn mit Zweifel darüber konfrontieren, ob seine Züge ein angemessenes Maß an Mitgefühl zum Ausdruck brachten oder ob er überkompensierte und sich zu ernst gab. Er holte tief Luft und berührte den Sensorpunkt.

Einige Sekunden später glitt die Tür auf. Picard und Troi betraten eine Kabine, in der persönliche Gegenstände fehlten. Kleine, sorgfältig aufgestapelte Container mit Gepäck standen in der Mitte des Wohnraums.

»Warum haben wir noch keine Landeerlaubnis bekommen?« fragte Patrisha. »Stimmt irgend etwas nicht?«

»Die Kolonie auf Neu Oregonia wurde zerstört.« Der Schock konnte nicht durch einige vorbereitende Worte gemildert werden, aber Picard ersparte Patrisha wenigstens die Details des Choraii-Überfalls. Er wies sie auf den Tod ihrer Tochter hin, verschwieg jedoch sowohl die gräßlichen Qualen während der letzten Sekunden ihres Lebens als auch den Zustand der Leiche.

»Unsere Landegruppen haben festgestellt, daß es keine Überlebenden gibt«, fügte Troi sanft hinzu.

»Es tut uns allen sehr leid«, murmelte Picard, als es nichts mehr zu sagen gab. Er kannte das bei solchen Gelegenheiten normale Reaktionsmuster: Seine Worte trafen zunächst auf Unglauben und wurden dann mit wachsender Verzweiflung akzeptiert. Manche Personen brachen unmittelbar im Anschluß daran in Tränen aus, aber Patrisha gehörte zum ruhigen Typ. Vielleicht gab sie sich erst dann dem Kummer hin, wenn die beiden Offiziere zur Brücke zurückkehrten. Troi hatte recht: Diese Frau brauchte nicht die Gesellschaft der anderen Farmer; sie blieb lieber allein.

Patrisha räusperte sich nach einem langen, bedrükkenden Schweigen. »Captain, was wäre geschehen, wenn es bei unserer Reise nach Neu Oregonia keine Verzögerungen gegeben hätte?«

Picard hielt nichts von solchen fruchtlosen Spekulationen, aber er verstand, welche Besorgnis zu dieser Frage führte, und daher hielt er eine respektvolle Antwort für angebracht. »In einem solchen Fall wäre Ihre ganze Gemeinschaft ausgelöscht worden. Hundert oder selbst doppelt so viele unbewaffnete Kolonisten hätten die Katastrophe nicht abwenden können.« Ein nur schwacher Trost – aber mehr konnte er nicht anbieten.

»Ich habe Krn vor fast zwei Jahren zum letztenmal gesehen«, sagte Patrisha. Ihr Gesicht blieb steinern und maskenhaft starr. »Vor vierundzwanzig Monaten brachen meine Tochter und ihr Auserwählter auf, um in der Siedlung alle Vorbereitungen für uns zu treffen. Krn und ich stritten uns so oft, daß ich sogar froh war, als sie uns verließ.«

Picard wechselte einen kurzen Blick mit Troi. Es erschien ihm nicht gerade höflich, sich jetzt zu verabschieden, und die Counselor schlug mit einem angedeuteten Nicken vor, einfach nur zuzuhören. Picard sehnte sich nach der vertrauten Umgebung des Kontrollraums zurück, aber er blieb trotzdem sitzen. Sein Unbehagen war banal im Vergleich mit Patrishas emotionalem Schmerz.

»Dvd versuchte immer, die Harmonie zwischen Krn und mir wiederherzustellen. Er entsprach nicht dem üblichen Bild von einem Farmer. Er arbeitete als Silberschmied und Künstler ...«

Silber. Als Picard dieses Wort vernahm, begannen seine Gedanken zu rasen, und die restlichen Bemerkungen Patrishas verloren sich im Getöse eines mentalen Bebens. Aus den Augenwinkeln sah er das Erstaunen in den anmutigen Zügen der Counselor, wie ein Schatten, der dem Glühen einer plötzlichen Erkenntnis wich. Sie nahm die jähe Unruhe im Captain wahr, und nur wenige Sekundenbruchteile später zog sie ihre eigenen Schlußfolgerungen. Bearbeitetes Metall in kleinen Mengen, rein genug, um das Interesse der Choraii zu wecken. Picard kannte nun den Grund, der die Fremden zu einem erbarmungslosen Angriff veranlaßt hatte, und dieses Wissen lenkte ihn so sehr ab, daß er fast einen anderen wichtigen Hinweis überhörte.

»Er war ein sanfter, freundlicher Mann und kümmerte sich so hingebungsvoll um seine Tochter, daß sie ihn Onkel nannte.«

»Es befand sich auch ein Kind auf dem Planeten?« fragte Picard scharf.

»Ja, meine Enkelin Emily. Kurz nach unserer Ankunft hätte sie ihren vierten Geburtstag feiern können.« Der stechende Blick des Captains durchdrang Patrishas Schock. »Warum ist das so wichtig für Sie?«

Darauf konnte ihr Picard keine Antwort geben. Noch nicht. Vielleicht nie.

Unruhig ging Ruthe vor den Fenstern im Beobachtungsraum auf und ab, während sich hinter ihr die Offiziere versammelten. Aus reiner Angewohnheit gingen Botschafter Deelor und Captain Picard zu dem Sessel an der Stirnseite des Konferenztisches, doch der Diplomat wich mit einem ironischen Lächeln beiseite und wählte einen anderen Platz, direkt neben Dr. Crusher. Riker und Data waren gerade von einem zweiten Abstecher auf die sturmumtoste Oberfläche des Planeten Neu Oregonia zurückgekehrt und setzten sich ebenfalls. Die Dolmetscherin gab ihre nervöse Wanderung auf, blieb jedoch stehen.

»Es gibt keinen Beweis dafür, daß das Mädchen noch lebt«, sagte Picard und begann die Besprechung mit dem Punkt, der ihm die größte Sorge bereitete.

Riker vertrat einen optimistischeren Standpunkt. »Die Leiche wurde nicht gefunden.«

»Was jedoch nicht bedeutet, daß Emily mit dem Leben davongekommen ist«, warf Beverly Crusher ein und runzelte die Stirn. »Sie war erst knapp vier Jahre alt. Ihr Körper könnte vollständig von der Säure aufgelöst worden oder derart entstellt sein, daß wir die organischen Reste nicht als menschlich identifizierten.«

»Die Choraii töten keine Kinder«, sagte Ruthe. Es klang wie eine Feststellung.

»Ich wünschte, ich könnte Ihnen glauben«, brummte Picard. »Die Fremden brachten alle Kolonisten auf Neu Oregonia um und wiederholten damit das Massaker von Hamlin. Wir haben es erwiesenermaßen mit kaltblütigen Mördern zu tun. Aus welchem Grund sollten sie ein kleines Kind verschonen?«

»Sie verstehen nicht.« Ruthe gestikulierte fahrig. »Die Choraii halten menschliche Erwachsene für widerspenstig und gefährlich. Sie vergleichen den sogenannten Homo sapiens mit einem wilden Tier. Und wenn Tiere etwas Wertvolles besitzen ... nun, dann ist es manchmal nötig, sie zu ›erlegen‹, um sich den Schatz anzueignen. Kinder jedoch sind es wert, gerettet zu werden. Weil sie ›gezähmt‹ werden können.«

Bei diesen Erklärungen verzog Picard das Gesicht. »Eine Einstellung, die ich nur als verwerflich bezeichnen kann. Aber diesmal gereicht sie uns zum Vorteil. Wir müssen davon ausgehen, daß Emily entführt wurde und sich nun an Bord des Choraii-Schiffes befindet.« Er maß Andrew Deelor mit einem durchdringenden Blick. »Zu welchem Verhalten zwingt uns die ›gegenwärtige Politik‹?«

»In diesem Zusammenhang spielen politische Erwägungen keine Rolle mehr«, erwiderte der Botschafter und zuckte mit den Schultern. »In den Vorstellungen der Starfleet-Admiräle gab es keinen Platz für die Möglichkeit einer neuerlichen Verschleppung, und deshalb können wir frei über unser Handeln entscheiden.«

»Ich schlage vor, wir nehmen die Verfolgung auf«, platzte es aus Riker heraus. »Und zwar sofort, solange unsere Sensoren noch die organischen Partikel der Flugspur orten.«

»Aber wenn wir den Angreifer gefunden haben – was unternehmen wir dann?« wandte Data vorsichtig ein. »Das entsprechende Blasenkonglomerat dürfte ein ganzes Stück größer sein als die *As*. Wie bewegen wir die Choraii dazu, uns das entführte Kind zu überlassen?«

»Nicht mit Gewalt«, sagte Ruthe und trat an den Tisch heran. »Es gibt eine andere Möglichkeit.« Sie wandte sich an Picard und schloß die Hände fest um die gepolsterte Rückenlehne des leeren Sessels zwischen ihnen. Ihre Stimme klang fast beschwörend, als sie hinzufügte: »Ich kann die Choraii sicher davon überzeugen, das Mädchen freizugeben.«

Der Androide blieb skeptisch. »Aber wenn Ihnen das nicht gelingt, droht der *Enterprise* eine Konfrontation, die ein fatales Ende nehmen könnte. Wollen Sie das Raumschiff nur wegen eines Kindes aufs Spiel setzen, das vielleicht unter den Ruinen auf Neu Oregonia begraben liegt?«

»Und wenn Emily noch lebt, Data?« fragte Crusher. »Ich finde bestimmt keine Ruhe, bis wir das Schicksal des Mädchens ohne jeden Zweifel geklärt haben. Wir brauchen Gewißheit.«

»Es ist bei den Choraii!« rief Ruthe mit allem Nachdruck. »Inzwischen schon seit fast einer Woche. Es wurde gezwungen, Teil einer ihm ganz und gar fremden Welt zu werden. Wir müssen das Schiff verfolgen und Emily befreien.«

»Der Meinung bin ich auch«, sagte Riker und schlug mit der geballten Faust auf den Tisch. »Übrigens haben wir eine recht gute Chance, wenn es zu einem Gefecht kommt. Wir kennen die Waffentechnik der Choraii zumindest in groben Zügen, und Data und Worf gelingt es sicher, unsere Verteidigungssysteme weiter zu verbessern.«

Picard argwöhnte, daß Riker nach Vergeltung strebte – ein durchaus verständliches Motiv nach den Erlebnissen auf Neu Oregonia. Hinzu kam sein Temperament. Doch der Captain wußte, wie sehr es gerade unter solchen Umständen darauf ankam, einen kühlen Kopf zu bewahren. »Was meinen Sie, Botschafter?« fragte er. Seltsamerweise hatte Deelor noch keinen eigenen Standpunkt bezogen.

Der Diplomat sah Ruthe an, offenbar erstaunt von ihrem Drängen danach, die Verfolgung aufzunehmen.

Als er die Stimme des Captains hörte, drehte er langsam den Kopf. »Ich habe volles Vertrauen zu Ruthes Fähigkeit, mit den Choraii zu verhandeln. Die Begegnung muß nicht unbedingt zu einem Kampf führen.«

Picard hob die Hand und kam damit einem Einwand Datas zuvor. »Trotzdem besteht die Gefahr einer direkten Konfrontation.« Er ließ den Arm wieder sinken und zögerte kurz. Er hatte die Diskussion aufmerksam verfolgt und den verschiedenen Argumenten zugehört, aber sie änderten nichts an der Entscheidung, die bereits einige Stunden alt war. »Nummer Eins, weisen Sie die Brückencrew an, alles für die Kampfkonfiguration vorzubereiten. Wir verfolgen die Choraii mit dem Warpsegment.«

»Ja, Sir«, erwiderte Riker erfreut. Er brannte darauf, endlich etwas zu unternehmen, schien nur noch darauf zu warten, daß der Captain die Besprechung für beendet erklärte.

Picard beobachtete Ruthes Zufriedenheit über seinen Beschluß. Ihr schiefes Lächeln wirkte ungetrübt und verblaßte schon nach wenigen Sekunden, doch das helle Funkeln in den Augen blieb.

KAPITEL 17

»Vorbereitung für Trennmanöver.«

Picards Stimme hallte durch alle Korridore und Kammern der *Enterprise.*

»Separationssequenz beginnt.«

Die massiven Stutzen an Diskussegment und Triebwerksrumpf glitten beiseite und lösten die Verbindung zwischen den beiden Schiffsteilen. Dicke Spangen aus molekularverdichtetem Stahl klappten in die Gehäuse zurück, und der Schub aus kleinen Korrekturdüsen schuf Abstand zwischen den Sektionen. Wenige Sekunden später sauste der Rumpf mit den beiden Warpgondeln in einem weiten Bogen fort und ließ den Diskus im Orbit Neu Oregonias zurück.

Riker ließ sich seufzend in den Kommandantensessel auf der Hauptbrücke sinken, beobachtete die Darstellungen des großen Wandschirms und sah dem Gefechtssegment nach.

»Auch mir wäre es lieber, den Captain und die anderen zu begleiten«, sagte Troi, die neben dem Ersten Offizier saß.

Riker zuckte mit den Schultern und versuchte, seine Enttäuschung zu verbergen. »Wir dürfen die Farmer nicht einfach sich selbst überlassen. Die Choraii könnten zurückkehren und noch einmal angreifen.«

Deanna beugte sich ein wenig zu ihm heran. »Trotzdem: Du machst dir Sorgen um Picard und die anderen. Es ist weitaus wahrscheinlicher, daß *sie* in Gefahr geraten.«

»Ja«, bestätigte Riker leise. »Wie dem auch sei: Vielleicht bleiben Komplikationen aus. Ich hoffe nur, daß Ruthe wirklich so fähig ist, wie Deelor meinte.«

Picard saß auf dem Kommandopodium und ließ seinen Blick über die Kampfbrücke schweifen. Der Sessel des Captains kam einem breiten Thron gleich, und der Mann darin hielt sich kerzengerade. Dünne Falten in der Stirn deuteten auf sein unbewußtes Bemühen hin, sich an die veränderte Umgebung zu gewöhnen.

Der Kontrollraum des Warprumpfes entsprach den Konstruktionsstrukturen der Hauptbrücke im Diskussegment, aber es fehlte die gewohnte Ästhetik. Die Erfordernisse der Kampfkonfiguration verlangten eine kleinere Kammer, in der Zweckdienlichkeit absolute Priorität genoß. Die einzelnen Konsolen standen dicht nebeneinander, und der Hauptschirm war nicht ganz so groß. Eine hohe Stufe ersetzte die zum Achterdeck führende Rampe. An den rückwärtigen Wänden glühten Dutzende von Instrumentenanzeigen, doch die Seitenflächen bestanden aus schmucklosem Stahl.

Data und seine Kollegen saßen an den Pulten, und für die Passagiere gab es kaum freie Plätze. Andrew Deelor konnte sich nicht neben dem Captain niederlassen, trat beiseite und lehnte sich an die geschwungene Brüstung. Ruthe hockte sich vor ihm im Schneidersitz aufs Deck. Beverly Crusher wählte den schlichten Sessel an einer Hilfsstation.

»Sensorenerfassung der von den Choraii hinterlassenen Flugspuren«, meldete Data und sah kurz von der Operator-Konsole auf. »Navigationsdaten ermittelt.«

»Gehen Sie auf Höchstgeschwindigkeit, Mr. LaForge«, befahl der Captain.

»Aye, Sir«, antwortete der Pilot. Das leise Pochen des Warptriebwerks wurde lauter, als die *Enterprise* durchs All raste und das fremde Schiff verfolgte. Eine Stunde später mußte Geordi auf Impulskraft zurückschalten.

»Wir verlieren die Spur«, sagte Yar und behielt die Anzeigen der taktischen Station im Auge.

Picard nahm die Information des Sicherheitsoffiziers mit einem knappen Nicken zur Kenntnis. »Danke, Lieutenant«, murmelte er und gab sich alle Mühe, die kühle Atmosphäre der Kampfbrücke zu ignorieren. »Mr. Data?«

Nur dem Androiden schien die eher düstere Umgebung nichts auszumachen. Seine Stimme klang so lebhaft wie immer, als er sagte: »Die Choraii-Schiffe stoßen ständig abgestorbene organische Substanzen ab, vergleichbar mit den toten Hautzellen von Menschen. Allerdings verringert sich im Laufe der Zeit die Dichte der zurückgelassenen Materie, denn jedes Partikel treibt mit einem eigenen Trägheitsmoment davon. Daraus folgt ...«

»Wir sind also zu spät im Neu-Oregonia-System eingetroffen«, stellte Picard fest und nahm die Schlußfolgerung aus Datas Schilderungen vorweg.

»Wir können jetzt nicht umkehren«, stieß Yar hervor. »Es muß irgendeine Möglichkeit geben, das Choraii-Schiff zu lokalisieren.«

»Wir werden es finden«, sagte Picard mit geübter Ruhe. Seine gelassenen Worte kühlten Tashas Hitzköpfigkeit ab, ohne daß ein Hinweis darauf notwendig wurde. »Mr. LaForge, weisen die einzelnen Kursmanöver des Angreifers bestimmte Muster auf?«

»Zweifellos«, erwiderte Geordi. Sein Visor-Blick galt den gewölbten Linien auf den Datenflächen der Navigationskonsole. Das Ende der leuchtenden Bahn zerfaserte bereits. »Aber die Bewegungen sind außerordentlich komplex. Ohne weitere Informationen von den Sensoren ist eine Analyse so gut wie unmöglich.«

Ruthe stand ruckartig auf und trat an das Pult heran. Sie starrte über die Schulter des Piloten, beobachtete eine Zeitlang die grafischen Symbole und schüttelte dann den Kopf. »Wenn ich nur hören könnte, wo die Choraii gewesen sind ...«

»Oh«, machte Data und nickte zufrieden. »Das läßt sich problemlos bewerkstelligen. Durch eine vom Übersetzungscomputer vorgenommene Korrelation ergeben sich musikalische Äquivalente der Flugkoordinaten.« In rascher Folge berührte er einige Sensorflächen seines Pults. »Leider ist der auf diese Weise entstehende Rhythmus willkürlich; es mangelt ihm an den melodischen Variationen der Choraii-Lieder.«

»Wenn es überhaupt eine Melodie gibt, erkenne ich sie sicher.« Ruthe schloß die Augen, atmete flach und lauschte den Geräuschen, die den Flug der Choraii von Neu Oregonia bis zur derzeitigen Position der *Enterprise* beschrieben. »Es ist ein Reiselied«, sagte sie nach einer Weile und hob die Lider.

»Hast du es schon einmal gehört?« fragte Deelor.

»Es handelt sich um ein sehr beliebtes Lied, das von vielen Schiffen im lokalen Cluster gesungen wird«, entgegnete die Dolmetscherin. »Wir brauchen gar nicht mehr der Flugspur zu folgen. Ich kann die restlichen Harmonien spielen, und dadurch ergeben sich deutlich Hinweise auf den Zielsektor.«

Die junge Frau holte die einzelnen Teile ihrer Flöte hervor und setzte das Instrument zusammen. Sie schürzte die Lippen am Mundstück, und als sie behutsam hineinblies, ertönten die gleichen Noten, die zuvor der Computer erzeugt hatte. Aber Ruthe verwandelte die zusammenhanglosen, dissonanten Klänge in einen sanften musikalischen Zauber und setzte die Melodie über die vorherige Abschlußsequenz hinaus fort. Als die letzten Takte verhallten, ließ sie die Flöte sinken. »Dorthin sind die Choraii unterwegs.«

»Ich kehre den Übersetzungsprozeß um«, verkündete der Androide und nickte, als Datenfolgen über die kleinen Monitoren wanderten. »Koordinaten des Ziels berechnet.«

»Nehmen Sie direkten Kurs auf den entsprechenden Sektor«, sagte Picard. »Warp acht.«

Ruthe lächelte zufrieden und hockte sich wieder aufs Deck. Sie hielt die Flöte im Schoß, und ihre Fingerkuppen tasteten weiterhin über das Instrument, als spiele sie ein stummes Lied, allein für sich. Nur die Hände waren in Bewegung – der Rest ihres Körpers wirkte wie erstarrt.

Wesley Crusher fiel auf den harten Boden des Hofes vor der Scheune, erinnerte sich an eine Lektion Tashas und dämpfte den Aufprall, indem er den einen Arm ausstreckte. Aus einem Reflex heraus hob er den anderen, um einen neuerlichen Hieb abzuwehren. Dnnys kämpfte nicht sehr geschickt und ließ sich leicht überlisten. Es wäre Wesley sicher nicht schwer gefallen, einen raschen Sieg zu erringen, aber statt dessen beschränkte er sich auf die Verteidigung.

»Sag es mir!« rief der junge Farmer. In seiner Wut begriff er gar nicht, daß seine Fäuste nur leere Luft trafen. »Warum hat sich der Captain nach Emily erkundigt?«

Wesley wich einem weiteren Schlag aus. »Reg dich endlich ab. Ich bin ja bereit, dir alles zu erklären.

Dnnys wankte zurück. »Es ... es tut mir leid«, stammelte er, als sein Zorn plötzlich verrauchte. »Sie ist meine Nichte. Du weißt ja, was das für mich bedeutet. Ich bin ihr *Onkel.*«

»Und deshalb hast du ein Recht darauf, Bescheid zu wissen«, sagte Wesley und setzte sich auf. Er klopfte Staub und Strohfransen vom Pulli und überlegte, wie er Dnnys' Frage beantworten sollte, ohne das Geheimhaltungsgebot zu verletzen. »Es besteht die Möglichkeit, daß Emily noch lebt. Vielleicht wurde sie von Neu Oregonia fortgebracht.«

»Du meinst, die Angreifer haben sie entführt?« platzte es aus Dnnys heraus, und er erbleichte plötzlich.

»Ja«, bestätigte Wesley und wählte die nächsten Worte mit besonderer Sorgfalt. »Man kümmert sich gut um sie, aber ihre Befreiung dürfte recht schwierig werden.« Vorsichtig betastete er eine brennende Stelle auf der Wange und fragte sich, ob der Kratzer heilte, bevor Beverly zurückkehrte. Er dachte an seine Mutter auf der Kampfbrücke, und diese Vorstellung schmerzte mehr als die blauen Flecken und Hautabschürfungen. Wenn sie sich beide an Bord der *Enterprise* befanden, verschwendete Wesley kaum Gedanken an mögliche Gefahren, aber das Warten erfüllte ihn mit Besorgnis. Hatte seine Mutter ebenso empfunden, als Jack Crusher mit der *Stargazer* in den Einsatz flog?

Dnnys schüttelte seinen Freund an der Schulter. »Wann erfahren wir, wie es um meine Nichte steht?«

»Darauf kann ich dir keine Antwort geben; ich weiß es einfach nicht.« Wesley befreite sich aus dem Griff und stand auf. »Komm jetzt. Bis zum Sonnenuntergang muß ich deine Arbeit erledigt haben.« Als sie die Scheune betraten, versuchte er, nicht mehr an die letzte Reise seines Vaters zu denken.

Die *Enterprise* erreichte einen leeren Raumsektor, der in einem Umkreis von mehreren Lichtjahren nicht die geringsten Besonderheiten aufwies. Zumindest jetzt noch nicht, dachte Andrew Deelor. Aber das mochte sich bald ändern – vorausgesetzt, Datas Übersetzungscomputer hatte das Lied richtig interpretiert.

»Dies ist das Ziel«, sagte Geordi. »Ich habe die Navigationskoordinaten mehrmals überprüft.«

»Die Sensoren registrieren keine Spuren organischer Partikel«, stellte der Androide fest. »Entweder sind die Daten fehlerhaft, oder die Geschwindigkeit der Fremden ist nicht ganz so hoch, wie wir bisher annahmen.«

»Wir befinden uns am richtigen Ort, und die Choraii werden kommen«, ließ sich Ruthe vernehmen. Sie saß noch immer im Schneidersitz auf dem Boden. »Das Lied ist ziemlich lang.«

»*So* lang nun auch wieder nicht«, erklang Yars gepreßte Stimme. »Ich empfange schwache Funksignale und schalte auf maximale Verstärkung.« Ein dumpfes Brummen drang aus den Lautsprechern.

Die Offiziere auf der Kampfbrücke lauschten und

schienen zu erstarren. Der Chorus klang weitaus dumpfer als die Gesänge der *As*. Picard verglich ihn mit den Resonanzen einer großen Kathedralorgel, und mehrere Stimmen formten eine komplexe, wechselhafte Melodie.

Deelor wartete auf Ruthes Reaktion, aber ihr Gesicht blieb völlig ausdruckslos. Entweder begegnete sie den Harmonien mit der für sie typischen Gleichgültigkeit – oder sie hatte mit einer solchen Musik gerechnet.

»Keine einzelnen Noten«, sagte Picard. Er neigte den Kopf und hörte der sanften Melodie zu. »Klingt eher wie ein Akkord.«

»Und zwar in D-Dur, um ganz genau zu sein«, bemerkte Deelor. Er trat an den Befehlsstand heran. »Dadurch ergeben sich einige Probleme für uns.«

Diese Worte weckten sofort die Aufmerksamkeit des Captains. »Was meinen Sie damit?«

»Die Tonhöhe ist ein Zeichen für das Alter des Schiffes«, erwiderte Deelor. »Außerdem: Achten Sie auf die Anzahl der Stimmen. Ich höre nur fünf verschiedene Töne, aber einige von ihnen sind gleich mehrfach vorhanden. Eine vorsichtige Schätzung deutet auf elf Sänger hin, und das heißt: Das Schiff ist sehr alt und somit auch sehr mächtig, der *Enterprise* vermutlich mehr als nur ebenbürtig.«

Ruths Lied überraschte ihn. Sie stand nun auf dem Achterdeck und benutzte es als eine Art Bühne, als sie die Flöte hob und spielte. Die Noten perlten mehrere Register über dem D-Dur-Summen der Choraii, woben das zarte Gespinst eines Kontrapunkts zur vielstimmigen Melodie.

»Soll ich die Antwort übertragen, Captain?« fragte Yar und reduzierte die Lautstärke der Choraii-Sendung.

Picard zögerte. »Stimmt etwas nicht, Botschafter?«

»Was?« Deelor merkte erst jetzt, daß er die Stirn gerunzelt hatte. »Nein, es ist alles bestens.«

Der Captain nickte Tasha zu. Ruthe setzte ihr Spiel

fort, und die beiden Rhythmen verschmolzen miteinander, wurden schneller.

»Die Fremden haben sie gehört.« Deelors Herz klopfte heftiger, und das Pochen in seiner Brust schien sich dem veränderten Takt anpassen zu wollen.

»Dort kommen sie«, sagte Geordi. Sein Visor-Blick erfaßte bereits das erste Glühen auf dem Wandschirm der Kampfbrücke, doch die anderen Offiziere konnten das Choraii-Schiff erst sehen, als es auf die dreifache Größe angeschwollen war.

Deelor hielt unwillkürlich den Atem an. Selbst ohne feste Bezugspunkte im All wurde ihm sofort klar, wie groß das Blasenkonglomerat sein mußte. Die *As* bestand aus rund zwei Dutzend dicht an dicht gepackten Sphären, doch bei der *D-Dur* wuchs ihre Anzahl auf über hundert. Ein langer Schweif aus besonders umfangreichen Blasen formte die zentrale Masse, und daran klebten kleinere Erweiterungen, die hier und dort wie Geschwülste aus der allgemeinen Formation ragten. Der Botschafter bekam es zum erstenmal mit einem so riesigen Choraii-Schiff zu tun.

»Gehen Sie auf eine niedrigere Vergrößerungsstufe«, sagte Picard, als die *D-Dur* das ganze Darstellungsfeld ausfüllte und der Schirm nur noch einen Teil von ihr zeigen konnte. Er schweig einige Sekunden lang und furchte die Stirn: »Das sind sie also: die Zerstörer der Kolonie auf Neu Oregonia.«

Das heranschwebende Konglomerat drehte sich langsam um die eigene Achse, und plötzlich bemerkte Deelor einige purpurne Blasen in der Außenschicht. »Captain ...«

»Ja, ich sehe sie«, erwiderte Picard angespannt. »Data, bereiten Sie Ihre Neutralisierungssonde auf den Start vor. Falls man uns mit einer energetischen Matrix begrüßt ...«

»Ich bezweifle, ob eine vollständige Neutralisierung möglich wäre«, wandte der Androide ein. Er setzte die Vergrößerung noch einmal herab, als das Choraii-Schiff erneut die Ränder des Hauptschirms berührte. »Das Netz wird von den Blasen gespeist, und das Energiepotential der *D-Dur* übersteigt die Aufnahmefähigkeit der Sonde bei weitem.«

»Anders ausgedrückt: Die Matrix würde uns unweigerlich zermalmen. Und zwar ziemlich schnell.«

»Uns bliebe trotzdem genug Zeit, mit unseren Phasern einige Sphären zu vernichten«, sagte Worf.

»Ja«, pflichtete ihm Data bei. »Meine Berechnungen ergeben allerdings eine Wahrscheinlichkeit von achtundsiebzig Prozent dafür, daß eine derartige Taktik letztendlich zur Zerstörung *beider* Schiffe führt.«

»Wir sind nicht hierhergekommen, um einen Kampf zu beginnen«, warf Deelor ungeduldig ein. »Dies soll eine friedliche Mission bleiben.«

»Bisher beschränkten sich die friedlichen Absichten nur auf uns«, kommentierte Picard bitter. »Die Choraii morden, plündern und verheeren, und anschließend bezahlen wir sie auch noch für ihre Beute.«

Die *D-Dur* bremste ab und verharrte neben dem Rumpfsegment der *Enterprise*. Starke Strömungen in der flüssigen Atmosphäre ließen die glühenden Blasen erzittern.

»Botschafter ...«

Deelor unterbrach den Captain mit einem kurzen Wink. »Hören Sie zu.« Das Reiselied endete, aber Ruthe spielte noch immer und fügte übergangslos eine neue Melodie hinzu. »Die Grußharmonien.«

Picard rutschte in seinem Sessel zur Seite und beugte sich zu Deelor heran. »Es klingt freundlich«, flüsterte er.

»Ja.« Also spürte auch der Captain die Fröhlichkeit, die in den musikalischen Interaktionen zwischen der Dolmetscherin und den Choraii zum Ausdruck kam. »Sobald Ruthe unsere guten Absichten erklärt hat ...« Deelor brach ab.

»Was ist los?«

»Sie beginnt gerade eine dritte Melodie«, erklärte der Botschafter. Ruthe hatte ihn nicht gefragt, was sie der *D-Dur* mitteilen sollte, aber es konnte kein Zweifel am Ende des Einleitungsrituals bestehen. Welche Bedeutung kam der veränderten Musik zu? Deelor versuchte, einen Sinn in den einzelnen Noten zu erkennen, die Klänge der Flöte vom orgelartigen Brummen und den Stimmen der Sänger zu trennen, aber die Melodien entzogen sich seinem Verständnis und blieben rätselhaft.

Dr. Crusher näherte sich ihm. »Haben die Choraii das Kind?«

»Ja, ich glaube schon«, antwortete Deelor, obwohl er nach wie vor einen Rest Unsicherheit spürte. Verwirrt lauschte er den Harmonien – nur einige wenige Tonfolgen weckten vertraute Assoziationen.

»Wie können wir Emily befreien?« fragte Picard laut. Von einem Augenblick zum anderen verklang die Musik, und es folgte ein gleichmäßiges, tiefes Brummen von der *D-Dur*.

Ruthe nahm ihre Flöte auseinander. »Es sind schon Vorbereitungen für die Rückkehr des Mädchens getroffen worden.« Sie verstaute die einzelnen Komponenten des Instruments in verschiedenen Manteltaschen. »Die Choraii fanden Emily, als sie auf Neu Oregonia nach Silber suchten. Sie ist kein Geschenk, das Freundschaftsbande festigen soll, und deshalb kann sie für einen angemessenen Preis freigelassen werden.«

Deelor begann zu schwitzen und rieb die feuchten Hände an der Uniformhose ab. »Was für einen Preis verlangen sie?«

»Drei Pfund Gold und einige Unzen Zink und Platin.« Ruthe trat vom Achterdeck herunter. »Ich beame mich an Bord der *D-Dur*, während das Metall gesammelt wird.«

Deelor war viel zu schockiert, um darauf zu antworten. Er hatte der jungen Frau mehrmals sein Leben anvertraut und wußte, daß er sich auf sie verlassen konnte, doch diesmal spürte er deutlich, daß sie ihn belog. Warum?

Picard stand auf und wandte sich zur Dolmetscherin um. »Die Sache gefällt mir nicht. Weshalb sind die Choraii sofort auf unser Anliegen eingegangen?«

»Wäre Ihnen ein Kampf lieber?« fragte Ruthe und wölbte die Brauen. »Ich bin gar nicht so sicher, ob Sie den Sieg errängen.«

Es verstrichen einige Sekunden, bevor erneut die Stimme des Captains erklang. »Lieutenant Yar, Dr. Crusher – bitte begleiten Sie Ruthe zum Transporterraum.« Picard wich zur Seite, und die junge Frau eilte sofort an ihm vorbei.

Deelor starrte ihr nach, bis sich die Tür des Turbolifts schloß. »Ich bin sicher, Ruthe hat die Lage richtig beurteilt.« Unmittelbar darauf wurde ihm klar, daß er die Dolmetscherin zu hastig verteidigte. Verriet er damit sein wachsendes Unbehagen? »Sie weiß, worauf es ankommt.«

Picard nahm wieder Platz, hielt den Rücken gerade und schloß die Hände fest um die Armlehnen des Sessels. Er schwieg eine Zeitlang und beobachtete den Wandschirm. »Vielleicht haben Sie allen Grund, Ruthe zu vertrauen. Aber was die Choraii angeht, bleibe ich bei meinem Argwohn.«

Es behagte Tasha Yar ganz und gar nicht, ein Fenster in den Deflektoren der *Enterprise* zu schaffen, um Ruthe zur *D-Dur* zu beamen. Ihre Anspannung verringerte sich nur wenig, als die Schilde anschließend wieder stabil wurden: Zu deutlich spürte sie die Gefahr, die das riesige Choraii-Schiff darstellte.

»Ich hasse es, einfach die Hände in den Schoß zu legen«, sagte Yar und lehnte sich an die Konsole. »Beim letzten Mal haben wir fast drei Stunden gewartet, bevor sich Ruthe mit uns in Verbindung setzte.«

Crusher seufzte schwer. »Das rituelle Schwimmen

durch die *As* nahm mehr als hundertfünfzig Minuten in Anspruch. Wie lange mag es dauern, bis Ruthe die *D-Dur* durchquert hat?«

»Tage, vielleicht sogar Wochen ...« Ein fast schrilles Surren unterbrach Tasha, und überrascht blickte sie aufs Pult. »Das Transportersignal«, sagte sie rauh und nahm die notwendigen Schaltungen vor.

»So schnell? Bestimmt ist irgend etwas schiefgegangen.« Weißes Transferglühen erfüllte den Raum, und Beverly eilte sofort zur Plattform. Als das Leuchten verblaßte, fiel ihr Blick auf ein kleines Mädchen. Von der Dolmetscherin keine Spur. An Emilys Hals baumelte Ruthes Insignienkommunikator.

»Bringen Sie das Kind fort!« rief Yar. Sie erweiterte den Empfangsstrahl und richtete ihn erneut auf die Zielkoordinaten. Jede Sekunde der Rejustierung beeinträchtigte die Sicherheit der *Enterprise.*

Dr. Crusher schlang das Mädchen in die Arme, drückte es fest an sich und trat von der Transporterplattform zurück, glücklich darüber, daß wenigstens ein Kolonist von Neu Oregonia mit dem Leben davongekommen war. Das Gesicht unter den langen und nassen braunen Strähnen wies eine bemerkenswerte Ähnlichkeit mit Dnnys' Zügen auf. »Emily!«

»Ich hatte eine Menge Spaß«, antwortete das Mädchen glücklich. Beverly ließ es auf den Boden herab und stellte fest, daß es ihm offenbar nicht sehr schwer fiel, sich von der flüssigen Atmosphäre auf Luft umzustellen. »Kann ich bald zurück?«

»Nein, Schatz«, sagte Crusher und rang sich ein Lächeln ab. »Wir bringen dich nach Hause.« Hatten auch die Kinder von Hamlin so rasch den Tod ihrer Eltern vergessen?

»Begleitet uns die nette Frau?«

Ruthe. Beverly hob den Kopf und sah Yar an, deren Hände auf den Transporterkontrollen ruhten. »Wo ist sie, Tasha?«

»Ich konnte den Transferstrahl nicht auf sie fixieren«, erwiderte die Leiterin der Sicherheitsabteilung. Sie gestikulierte hilflos und senkte den Blick. »Die Schilde sind wieder geschlossen.«

»Das ganze Choraii-Schiff bietet sich den Sensoren als Lebensform dar«, klang Worfs volltönende Stimme durch den kleinen Kontrollraum. »Dadurch bekommen wir keine klaren Anzeigen. Ruthes genauer Aufenthaltsort im Blasenkonglomerat läßt sich nicht feststellen.« Der Klingone richtete seinen Blick auf einen anderen Teil der taktischen Konsole. »Noch immer keine Antwort auf den Grußfrequenzen.«

»Was könnte ihr zugestoßen sein?« Picard hatte den Choraii von Anfang an mißtraut, aber seine Entscheidungen mußten in erster Linie auf Logik und Rationalität basieren. Er durfte sich von Gefühlen nicht dazu hinreißen lassen, die Motive der Fremden falsch zu deuten; die mögliche Folge bestand vielleicht darin, daß beide Raumschiffe in ein sinnloses Gefecht verwickelt wurden. »Wären die Choraii tatsächlich bereit, uns das Kind zu schicken, ohne zuerst die Bezahlung in Empfang genommen zu haben?«

»Warum nicht?« erwiderte Deelor. »Vielleicht wollen sie auf diese Weise ihre Überlegenheit demonstrieren.«

Ein weiterer Gedanke vergrößerte Picards Sorge. »Oder hat sich Ruthe das Kind geschnappt, ohne die Fremden zu informieren?«

»Nein.« Der Botschafter schüttelte den Kopf. »So dumm ist sie nicht.«

»Wir haben keine Ahnung, was dort drüben geschieht, und solange die Choraii nichts unternehmen ...«

»Captain«, sagte Data. »Die *D-Dur* nimmt Fahrt auf und entfernt sich.«

»Verfolgungsmanöver!« befahl Picard sofort, und an die übrigen Besatzungsmitglieder des Rumpfsegments gerichtet fügte er hinzu: »Alle Kampfstationen besetzen.«

Die *Enterprise* beschleunigte, und ganz langsam schrumpfte die Distanz zum Blasenkonglomerat.

Picard räusperte sich. »Wenn wir versuchen, Ruthes Rückkehr zu erzwingen, bringen wir sie in große Gefahr.«

Deelor nickte. Sein Gesicht war blaß und sehr ernst. »Versuchen Sie nur, die Aufmerksamkeit der Choraii zu erwecken und etwas Zeit zu gewinnen, Captain.«

»Ich verstehe.« Picard holte tief Luft, bevor er die nächste Anweisung gab. »Worf, aktivieren Sie den Traktorstrahl, sobald das Blasenschiff in Reichweite ist.«

Die Finger des Klingonen schwebten einige Zentimeter über der taktischen Konsole, wie die Krallen eines zum Zustoßen bereiten Raubtiers. Kurze Zeit später ließ er die Hände ruckartig sinken. Das Deck erzitterte heftig, als sich sechs Traktorbündel auf die *D-Dur* fixierten. Die weißen Brückenlampen erloschen, und rote Notlichter glühten. Auf dem Wandschirm war deutlich zu sehen, wie das Blasenkonglomerat langsamer wurde.

»Gebt uns frei, Menschen!« donnerten dunkle, verzerrte Stimmen aus den Kom-Lautsprechern. Es klang irgendwie unheimlich.

»An Bord Ihres Schiffes befindet sich noch immer eine Angehörige unseres Volkes«, erwiderte Deelor. Er schrie fast, doch sein Tenor konnte das melodische Brummen kaum übertonen. »Wir verlangen sie zurück.«

»Meint Ihr die Verlorene? Vor vielen Jahren waren wir gezwungen, uns von ihr zu trennen, aber jetzt ist sie zurückgekehrt.«

»Verdammt«, fluchte der Botschafter leise.

Picard bedeutete Worf, die Verbindung zu unterbrechen, und daraufhin herrschte plötzliche Stille auf der Brücke. »Die ›Verlorene‹?« fragte er. »Was soll das heißen?«

»Der Ausdruck bestätigt das, was ich schon vor einigen Stunden befürchtete. Es gibt nur wenige Schiffe im lokalen Cluster, die groß genug sind, um auf einem Planeten zu landen, aber ich dachte, Ruthe würde mich rechtzeitig darauf hinweisen ...« Gedankenversunken starrte Deelor ins Leere.

»Ich verstehe noch immer nicht, worauf Sie hinauswollen«, sagte Picard scharf.

»Die *D-Dur* ist Ruthes Heimatschiff. Sie wurde dort geboren, wuchs dort auf.« Der Diplomat strich sich durchs Haar; einige kurze Strähnen ragten wie kleine Stachel auf. »Sie muß sofort Bescheid gewußt haben, als sie das Lied hörte, doch sie sagte mir nichts.«

»Warum schwieg sie?«

»Weil ich nie zugelassen hätte, daß sie sich zum Blasenkonglomerat beamt.« Deelor gab Worf ein ungeduldiges Zeichen, hob die Stimme und wandte sich erneut an die Choraii. »Wir geben Ihnen soviel Metall, wie Sie wünschen. Lassen Sie Ruthe frei.«

»Nein, Barbaren. Dies ist ihre Heimat. Sie erklärte sich einverstanden, im Austausch gegen das Kind bei uns zu bleiben.«

Picard stand auf und kam mit seiner tieferen Stimme einer Antwort des Botschafters zuvor. »Wir werden nicht zulassen, daß Ruthe sich opfert.«

»Von einem Opfer kann keine Rede sein, Captain.« Die Worte der Dolmetscherin klangen ebenfalls verzerrt – vielleicht lag es an der flüssigen Atmosphäre. »Ich bin aus freiem Willen hier.«

»Nein, das glaube ich dir nicht!« entfuhr es Deelor. »Du hast eine Vereinbarung mit den Choraii getroffen. Deine Gefangenschaft ist der Preis für die Freiheit des Mädchens.«

»Gefangenschaft?« wiederholte Ruthe und lachte. Irgendwo im Hintergrund gluckerte es.

»Das lasse ich nicht zu«, sagte Picard gepreßt. »Die Choraii haben viele Menschen umgebracht, kaltblütig und erbarmungslos. Ich kann es nicht mit meinem Gewissen vereinbaren, Sie einem Volk gnadenloser Mörder auszuliefern.«

»Ich werde dafür sorgen, daß niemand mehr getötet wird«, entgegnete die Dolmetscherin. »Ich singe neue Lieder, von Mozart, Beethoven und all den anderen großen Komponisten. Ich beweise den Choraii, daß selbst Wilde zauberhafte Musik schaffen können. Und wenn die Herren der Blasenschiffe den Menschen daraufhin als würdig erachten, plündern sie nicht mehr, sondern bitten um die von ihnen benötigten Metalle.«

»Trotzdem: Ihre Entscheidung ist viel zu drastisch, zu endgültig. Es muß doch andere Möglichkeiten geben, um ...«

»Sie verstehen noch immer nicht, Captain. Ich wollte immer hierher zurückkehren. Dies ist meine wahre Heimat. Auf der Suche nach diesem Schiff habe ich viele meiner Artgenossen verraten, aber nur die Kinder, denn sie sind jung und können vergessen. Ich war zu alt, um mich von den Erinnerungen zu befreien – und zu jung, um deswegen zu sterben.«

»Sagt Ruthe die Wahrheit?« fragte Picard und bedachte den Mann an seiner Seite mit einem durchdringenden Blick. »Entspricht das tatsächlich ihrem Wunsch?«

»Ja«, flüsterte Deelor heiser. »Zum Teufel auch, ja.«

Einmal mehr drang die melodische Stimme der Dolmetscherin aus den Lautsprechern der externen Kommunikation. »Gebt uns frei, Barbaren«, drängte sie. »Wir haben viele Lieder zu singen.«

»Lieutenant Worf«, sagte Picard gedämpft. »Desaktivieren Sie den Traktorstrahl.«

»Der Klingone kam der Aufforderung sofort nach, und auf dem Wandschirm verflüchtigte sich das blasse Schimmern des Fesselfeldes. Weißes Licht verdrängte das rote Glühen der Notbeleuchtung, als wieder volle Energie zur Verfügung stand.

»Der Abstand zum Blasenschiff vergrößert sich nicht«, meldete LaForge und tastete nach den Navigationskontrollen.

Die Kommunikationsverbindung bestand nach wie vor und übertrug ein vibrierendes Summen von der *D-Dur*. Widerhallende Choraii-Stimmen sangen eine seltsam klagende Melodie, die schwermütig durch den Kontrollraum der *Enterprise* raunte. Ein hoher Sopran untermalte die traurig anmutende Musik.

Picard spürte, wie sich neuerliche Besorgnis in ihm regte. »Was hat das zu bedeuten?«

Deelor gab keine Antwort. Statt dessen wandte sich Data von der Operatorstation ab. »Ich glaube, es handelt sich um den Abschiedsgruß der Choraii.«

KAPITEL 18

Der Boden von Neu Oregonia war noch immer vom langen Regen aufgeweicht, aber an den höher gelegenen Stellen gab es keine Pfützen und kleinen Tümpel mehr. Der Geruch verfaulender Pflanzen blieb und vermischte sich mit dem Duft neuer Knospen. Einzelne Flecken aus hellem Grün versprachen die baldige Rückkehr von Gras und Büschen; die Reste der ersten Vegetationsgenerationen bildeten einen guten Nährboden. Die heftigen Stürme gehörten der Vergangenheit an. Sanfter Wind strich über die Landschaft, und am azurblauen Himmel schien die warme Sonne des Hochsommers.

Während sich die Techniker der *Enterprise* bemühten, die planetare Klimakontrolle wiederherzustellen, griffen die Farmer nach ihren Schaufeln und Hacken. Aber es ging ihnen nicht etwa darum, Korn oder dergleichen zu säen: Sie hoben Gräber aus.

Am Morgen des siebten Tages in der neuen Heimat ging Patrisha mit einem Blütenzweig zu Krns letzter Ruhestätte. Später, wenn die ersten Blumen gepflückt werden konnten, wollte sie das Grab mit einem Strauß schmücken. Jenes alte Ritual ging bis auf die Anfänge der Gemeinschaft zurück, und Patrisha war daran gewöhnt: Als Kind hatte sie lange Zeit um ihre Mutter getrauert. Vielleicht ließ der Schmerz nach, wenn Gras die aufgehäufte braune Erde bedeckte; möglicherweise kam sie dann nur noch hierher, um eine Tradition zu wahren. Sie hoffte, daß es ihr irgendwann gelang, Verzweiflung und Niedergeschlagenheit zu überwinden.

Patrisha sah auf, als sie schwere Schritte hörte. Dicke Schlammkrusten zeigten sich an den Stiefeln ihres Vetters, und die ungewohnte Arbeit hinterließ Blasen an den Händen. Dennoch hatte Tomas im Verlauf der vergangenen Woche zu einem Teil seiner Würde zurückgefunden. Patrisha empfand ihn noch immer als recht lästig, aber er war Farmer und gehörte deshalb hierher.

»Ich habe Dnnys gesucht. Wie ich hörte, ist er verschwunden.« Anklagend deutete Tomas gen Himmel. »Er hat den Transporter benutzt!«

»Wenn du unbedingt jemandem Vorwürfe machen willst ... Laß deinen Ärger ruhig an mir aus. *Ich* habe meinem Sohn die Erlaubnis gegeben.« Patrisha senkte den Kopf. Die grünen Blätter des Zweiges kräuselten sich bereits in der Hitze. »Er möchte sich von seinem Freund verabschieden.«

»Der Junge befand sich viel zu lange an Bord des Raumschiffes«, verkündete Tomas. Es klang nicht wütend, eher resigniert. »Bestimmt ist er nicht mehr bereit, unsere Grundsätze und Prinzipien zu achten. Vielleicht träumt er sogar davon, die Gemeinschaft zu verlassen.«

»Ich zwinge ihn nicht, bei uns zu bleiben«, erwiderte Patrisha ruhig. Sie hatte ihren Glauben vor vielen Jahren verloren, brachte jedoch nicht den Mut auf, woanders ein neues Leben zu beginnen. Ihr Platz war auf Neu Oregonia, bei Krns Tochter. Ein anderer Ort konnte ihr kein Zuhause bieten.

Die letzte Begegnung zwischen Wesley und Dnnys erfüllte die beiden Jungen aus verschiedenen Gründen mit Unbehagen.

Dnnys benutzte zum erstenmal ein Transportersystem. Zwar hatte er die in der Gemeinschaft kursierenden Gerüchte über Fehlfunktionen der Transfertechnik immer belächelt – insbesondere Tomas schilderte die gräßlichen Entstellungen als Ergebnis solcher Funktionsstörungen mit besonderer Phantasie –, aber als sich der Entmaterialisierungsfokus auf ihn richtete, spürte er einen Anflug von Panik. Einen Sekundenbruchteil später fand er sich bleich und mit weichen Knien an Bord der *Enterprise* wieder. Er schluckte mehrmals, kam sich wie ein Narr vor und fürchtete, daß ihn Wesley und der Mann am Kontrollpunkt für einen armseligen Feigling hielten.

Und was Wesley betraf ... Er fühlte sich auf sonderbare Weise schuldig für sein Glück, an Bord eines Raumschiffs zu leben. Er hatte Dnnys an den damit einhergehenden Vorteilen teilhaben lassen, aber als er nun den verdrießlichen Gesichtsausdruck seines Freundes sah, bedauerte er das fast. Der Unterschied zu dem, was ihn auf Neu Oregonia erwartete, war viel zu groß, und Dnnys wußte jetzt, was er aufgab.

Einige Sekunden lang herrschte bedrückendes Schweigen, und schließlich trat der junge Farmer von der Plattform herunter. Er trug einige dicke Bände bei sich. »Ich brauche sie jetzt nicht mehr«, sagte er mürrisch und reichte Wesley die Lehrbücher. Er schnitt eine Grimasse, um über die Tränen hinwegzutäuschen, die ihm in die Augen quollen, versuchte dann, sein Verhalten zu erklären. »Ich hatte nie einen Onkel, und ich möchte nicht, daß Emily mein Schicksal teilt.«

»Ich dachte mir schon, daß du auf dem Planeten bleiben willst«, erwiderte Wesley und nahm die gebundenen Ausdrucke ungerührt entgegen. Er verstaute sie in einer kleinen Tasche und griff nach einigen anderen Büchern, die neben der Konsole bereitlagen. »Deshalb habe ich dir das hier mitgebracht.«

»Um was handelt es sich?« fragte Dnnys und sah gelangweilt auf die Umschläge. Es erschien ihm sinnlos, irgend etwas zu lesen, das von Wesley stammte: Farmern blieb keine Zeit zum Träumen.

»Darin findest du alle technischen Daten der Terraforming-Station.« Mit einem zufriedenen Lächeln nahm Wesley zur Kenntnis, wie neues Interesse in Dnnys erwachte. »Es ist bereits eine Ersatzmannschaft unterwegs, um alle Anlagen in Ordnung zu bringen, aber es gibt nicht viele Terraforming-Ingenieure, und deshalb werden sicher nur wenige Leute geschickt.«

Dnnys nickte langsam, und ein dünnes Lächeln umspielte seine Lippen. »Wer sich auskennt und helfen kann ...«

»... ist in der Station herzlich willkommen«, beendete Wesley den Satz und grinste von einem Ohr bis zum anderen.

Sie mußten das Gespräch beenden. »Wir verlassen die Umlaufbahn«, sagte der Mann am Pult. »Du solltest jetzt besser zurückkehren.«

Dnnys sprang auf die Plattform und preßte die Bücher fest an die Brust. Bevor ihn der Transporterstrahl erfaßte und nach Neu Oregonia brachte, stieß er hastig hervor: »Wie lange dauert die Abschlußphase des Terraforming?«

»Ein Leben lang!« rief Wesley, als sich die Gestalt des anderen Jungen in schillernden Energieschlieren auflöste.

Seeschiffe verließen den Hafen mit der Flut, doch die *Enterprise* konnte den Orbit der Kolonie zu jedem beliebigen Zeitpunkt verlassen. Picard gab den entsprechenden Befehl, als sich die Lichter an Bord trübten und den Beginn der Bordnacht ankündigten.

»Kurs auf Starbase Zehn, Warp vier«, sagte er und lehnte sich im bequemen Kommandosessel zurück. Es war schon recht spät, und ein anderer Captain hätte es vielleicht vorgezogen, solche Anweisungen dem Ersten Offizier zu überlassen. Aber eine von Picards Angewohnheiten bestand darin, auf der Brücke zu sein, wenn die *Enterprise* aus einem planetaren Orbit schwenkte und eine weite Reise begann. Er wollte noch einige Minuten bleiben und die Verheißung des Abenteuers genießen, die er bei jedem neuen Flug spürte.

Wortlos hörte er Counselor Troi und Will Riker zu,

die rechts und links neben ihm saßen. Sie wurden nicht müde, Sticheleien auszutauschen.

»Eine Konferenz hat wohl kaum etwas mit Spaß und Freizeit zu tun«, sagte Deanna gerade. »Ganz im Gegenteil: Bei der Versammlung erwartet uns alle viel Arbeit.«

»Oh, sicher«, gab Riker zurück. »Wollen Sie dabei vielleicht herausfinden, wie viele Psychologen in einer Transporternische Platz finden?«

Yar stand auf dem Achterdeck und lachte leise, als sie die spöttische Frage des Ersten Offiziers hörte. Sie beugte sich ein wenig über die Brüstung vor. »Ich habe rein zufällig einige der Kleidungsstücke gesehen, die zu Ihrem Gepäck gehören, Deanna ...«

»Pscht, Tasha«, zischte Troi.

Picard warf Riker einen kurzen Blick zu und erwiderte sein Lächeln, achtete jedoch darauf, der Counselor weiterhin den Rücken zuzukehren – obgleich sie seine Erheiterung sicher spürte.

»Wenn Sie mich bitte entschuldigen würden, Captain ...« sagte Troi übertrieben höflich. »Ich muß noch einige andere Vorbereitungen für meine Reise treffen.«

Rikers Grinsen wirkte ein wenig gezwungen, als die dunkelhaarige Frau aufstand. »Es war nur ein Scherz, Deanna.«

Sie drehte sich zu ihm um, und Picard überlegte, welcher Schalk sich hinter ihrem bezaubernden Lächeln verbarg.

»Wenn ich mich recht entsinne, haben Sie bereits festgestellt, wie viele Erste Offiziere in ein Shuttle passen.« Troi hob stolz den Kopf, und als sie die Brücke verließ, richteten sich alle Blicke auf Riker.

Picard konnte nicht der Versuchung widerstehen, seine Nummer Eins in die Enge zu treiben. Er hob fragend die Brauen und sah, wie der jüngere Mann das Gesicht verzog.

»Es ging darum, die Maßnahmen für eine Notevakuierung zu testen«, erklärte Riker. Es gelang ihm einigermaßen erfolgreich, sich seine Verlegenheit nicht anmerken zu lassen, doch die eiserne Selbstdisziplin erstreckte sich nicht auch auf die Ohren: Sie liefen rot an. »Die Antwort lautet übrigens: zwölf.«

Data schwang die Operator-Konsole zum Commander herum. »Das Ergebnis überrascht mich ein wenig, wenn bei der Übung Aufschluß über die maximale Anzahl von Passagieren gewonnen werden sollte. Selbst das kleinste Shuttle kann mehr als zwölf Personen aufnehmen.«

»Ja, schon, aber wir fanden damals nur zwölf Erste Offiziere, die Landurlaub auf Karneval hatten. Also mußten wir die Hilfe einiger Einheimischer in Anspruch nehmen.«

»Sie haben Karneval besucht?« Picard dachte an seine eigenen Erfahrungen auf jenem Planeten. »Glauben Sie, Data ist alt genug, um den Rest der Geschichte zu hören?«

»Sir?« Die Bemerkung des Captains schien den Androiden zu verwundern, und Geordis Lachen vergrößerte die Verwirrung noch.

Riker lächelte wieder. »Nun, er hat mehrmals seine Neugier in bezug auf zwischenmenschliche Beziehungen betont, Captain. Wie soll er sonst etwas lernen?«

»Dann fahren Sie fort, Nummer Eins«, sagte Picard. »Das ist ein Befehl.«

Als Medo-Offizier trug Crusher die Verantwortung für das Personal der Krankenstation. Sie war stolz darauf, unter ihrer Obhut ausschließlich erstklassige und überaus kompetente Mitarbeiter versammelt zu haben. Viele Starfleet-Ärzte erachteten es als außerordentlich erstrebenswert, der *Enterprise* zugeteilt zu werden, und deshalb herrschte in Beverlys Abteilung eine nur sehr geringe Fluktuation. Doch die Medizinalassistentin, die nun vor ihr stand, bat um eine Versetzung.

»Woher wissen Sie von den anderen Kindern?« fragte Crusher, und Enttäuschung sorgte für eine gewisse Schärfe in ihrer Stimme. Sie bedauerte es sehr, in Zukunft auf Lisa Iovinos Dienste verzichten zu müssen. »Nun, es spielt eigentlich keine Rolle.«

»Kann ich ihnen zugeteilt werden?« beharrte die junge Frau. Sie wußte nicht, wohin man sie schicken mochte, aber das erschien ihr auch nicht wichtig. Es kam ihr nur darauf an, bei den Kindern zu sein.

»Ja«, seufzte Crusher. Tief in ihrem Innern gestand sie sich ein, daß die Nachkommen der Verschleppten von Hamlin Iovinos Hilfe dringender brauchten als die Besatzung der *Enterprise*. »Ich bin bereit, Ihren Transfer zum entsprechenden Behandlungszentrum zu befürworten.« Sie dachte in diesem Zusammenhang an Botschafter Deelor. »In Starbase Zehn wird man Sie über Ihren neuen Einsatzort unterrichten.«

»Vielen Dank, Dr. Crusher«, erwiderte Iovino. Die Plötzlichkeit, mit der sich ihr Leben veränderte, verwirrte sie ein wenig. »Es lag nicht in meiner Absicht, mich beruflich mit den Problemen von Kindern auseinanderzusetzen, aber diese besonderen Jungen und Mädchen ...«

»Lisa!« erklang eine besorgte Stimme aus dem nahen Patientenzimmer. Unmittelbar darauf vernahmen Beverly und Iovino ein lautes Krachen. »Lisa!«

»Eigentlich sollte Moses jetzt schlafen«, sagte die junge Ärztin und lief zur Tür. »Ich habe ihn dazu gebracht, die ersten Gehversuche zu unternehmen, doch er macht erstaunlich rasche Fortschritte und beginnt bereits zu klettern.«

Dr. Crusher belächelte den temperamentvollen Unternehmungsgeist des kleinen Jungen, verließ die Krankenstation und begann ihre längst überfällige Runde durchs Schiff. Ihr Sohn – er war eigentlich kein Kind mehr, sondern schon ein junger Mann – empfing sie am Eingang des Holodecks. Am Himmel auf der anderen Seite des geöffneten Schotts glühten die gelben und magentafarbenen Streifen der Abenddämmerung. Das Licht genügte noch für eine Wanderung über die hügelige Landschaft.

»Du hättest die Simulation sehen sollen, als die Tiere hier waren«, sagte Wesley, als sie sich den ersten Zäunen näherten. Die Farm wirkte gespenstisch still, als sei sie in die Ruhe eines Schlafzaubers gehüllt.

Beverly atmete die würzige Luft tief ein. Die idyllische Umgebung weckte vergessen geglaubte Erinnerungen in ihr, und sie dachte auch an Jack und das Leben in Starfleet. »Oh, ich kann mir vorstellen, wie's hier ausgesehen hat. Immerhin wurde ich in einer landwirtschaftlichen Kolonie geboren.«

Ihr Sohn öffnete ein hölzernes Tor, und sie betraten den großen Pferch. Wesley machte sich sogar die Mühe, die Pforte wieder zu schließen, obgleich jetzt keine Lämmer mehr davonlaufen konnten. Er blieb auf dem leeren Hof stehen und zeigte seiner Mutter die Schweinekoben und Kaninchenställe. Als er schwieg, klang das Tropfen von einer nicht ganz dichten Wasserpumpe seltsam laut. Wie in Trance rieb Wesley eine Schwiele an seiner Hand und entsann sich dabei an die vielen Eimer, die er zu den Pferden getragen hatte. Er versuchte, den Sinn einer solchen Mühsal zu verstehen. »Ich begreife noch immer nicht ganz, warum die Farmer ein derartiges Leben vorziehen. Der Sinn der Technologie besteht doch gerade darin, den Menschen von harter Arbeit zu befreien, ihm Zeit für andere Dinge zu geben.«

»Ja, das stimmt«, pflichtete ihm Beverly bei. »Andererseits hat es durchaus einen gewissen Sinn, daß die Farmer auf komplizierte Maschinen verzichten. Ohne ihre technische Abhangigkeit hätten die Familien auf meiner Heimatwelt weitaus weniger gelitten.« Die Katastrophe auf Arvedda III ereignete sich vor ihrer Geburt, aber Crushers Großmutter erzählte oft von jenem

Schrecken und den schwierigen Jahren, die ihm folgten. »Es fielen alle wichtigen Anlagen aus, und daraufhin waren die Kolonisten völlig hilflos. Sie mußten die alten Methoden erlernen, ohne daß sie jemand damit vertraut machte.«

»Daran habe ich nie gedacht«, murmelte der Junge.

In gelöstem Schweigen setzten sie den Weg fort und kehrten zum Schott zurück. Wesley warf noch einen letzten Blick über die dunkle Landschaft, bevor er die Holografie abschaltete.

Picard betrat den Beobachtungsraum und blieb abrupt stehen, als er eine schattenhafte Gestalt am Fenster sah. Die Konturen der Silhouette erschienen ihm vertraut. »Es ist schon spät, Dr. Crusher. Sind Sie erneut verständigt worden, um T'Salas Erstgeborenes zu behandeln?«

»Nein, ich grüble nur«, erwiderte die Frau, lächelte jedoch, als sich Picard zu ihr gesellte. »Seien Sie vorsichtig: Meine Stimmung könnte ansteckend wirken.«

»Ich bin bereit, ein Risiko einzugehen.«

»Ich habe über Ruthe nachgedacht«, sagte Beverly. »Während der letzten fünfzehn Jahre hat sie mit Menschen zusammengelebt. Was mag geschehen, wenn sie durch den langen Kontakt mit unserer Kultur so sehr verändert wurde, daß sie sich nicht mehr an die Choraii gewöhnen kann?«

Es war eine sehr schwierige Frage, und Picard spürte, wie sich seine Nacken- und Schultermuskeln versteiften. »In einem solchen Fall bleibt sie für den Rest ihres Lebens einsam.« Diese Vorstellung erfüllte ihn mit tiefer Trauer. Eine Zeitlang blieb er still und schüttelte schließlich den Kopf. »Nein, das stimmt nicht ganz. Sie wird lernen müssen, in beiden Welten zu leben.«

Crusher setzte die Assoziationskette fort und zog einen Vergleich, der den Captain zunächst überraschte. »Hier an Bord der *Enterprise* ergeht es uns ebenso. Wir haben unsere Heimat verlassen und durchstreifen als Nomaden das All, wie die Choraii.«

»Aber wir sind nicht ganz so blutdürstig«, entgegnete Picard trocken. »Wie dem auch sei: Eine gewisse Ähnlichkeit läßt sich nicht leugnen.« In den vergangenen Stunden hatte er sich oft gefragt, ob es richtig gewesen war, Ruthe den Fremden zu überlassen, und Beverlys Worte tilgten den Zweifel aus ihm. »Grübelphase beendet, Dr. Crusher?«

Sie lächelte kurz. »Ja, ich glaube schon.«

»Gut«, sagte Picard. »Dann dürften Sie sicher Gefallen daran finden, von einem ganz besonderen Abenteuer unseres Ersten Offiziers zu erfahren.« Innerhalb eines Bordtages wußte bestimmt die ganze Besatzung darüber Bescheid, und der Captain wollte die Gelegenheit nutzen, die Geschichte wenigstens einmal selbst zu erzählen.

Andrew Deelor fand keine Ruhe, streckte sich aber trotzdem im Bett aus und wartete bis zum Bordmorgen, bevor er das Laken zurückstrich und aufstand. Er verspürte keinen Appetit, zog es jedoch vor, der bedrückenden Atmosphäre im Quartier zu entfliehen und den Speisesaal aufzusuchen. Er griff nach dem zerknitterten Mantel, mit dem er sich zugedeckt hatte, ging dann Richtung Tür.

Als er das Zimmer durchquerte, spürte er einmal mehr, daß nichts in der Kabine an Ruthe erinnerte. Ihre einzigen Besitztümer bestanden aus dem Umhang und der Flöte, und beides hatte sie auf dem Boden vor der Transporterplattform zurückgelassen. Die Flöte hatte Deelor dem kleinen Farmer-Mädchen geschenkt. Aus Choraii-Schiffen befreite Kinder entwickelten sich zu ausgezeichneten Musikern. Vielleicht genügte die kurze Zeit bei den Fremden, um auch in Emily solche Fähigkeiten zu wecken. Jetzt blieb nur noch der Mantel; ein schwacher Zimtduft ging davon aus.

Deelor schob den grauen Stoffballen in die Öffnung des Recyclingterminals und verließ die Kabine mit leeren Händen. Er reiste ohne Gepäck, und das Gewicht des Mantels hätte ihn zu sehr belastet.